毕宝魁

著

唐诗三百首
译注评

中国传统文化经典读本系列

中国出版集团　现代出版社

目录

七古乐府

五言律诗

乐府

——

五言绝句

　　世俗儿童就学，即授《千家诗》，取其易于成诵，故流传不废。但其诗随手撮拾，工拙莫辨，且止五七律绝二体，而唐宋人又杂出其间，殊乖体制。因专就唐诗中脍炙人口之作，择其尤要者，每体得数十首，共三百余首，录成一编，为家塾课本，俾童而习之，白首亦莫能废，较《千家诗》不远胜耶？谚云："熟读唐诗三百首，不会吟诗也会吟。"请以是编验之。

　　世俗儿童就学，即授《千家诗》，取其易于成诵，故流传不废。但其诗随手撮拾，工拙莫辨，且止五七律绝二体，而唐宋人又杂出其间，殊乖体制。因专就唐诗中脍炙人口之作，择其尤要者，每体得数十首，共三百余首，录成一编，为家塾课本，俾童而习之，白首亦莫能废，较《千家诗》不远胜耶？谚云："熟读唐诗三百首，不会吟诗也会吟。"请以是编验之。

　　中国诗歌有三千多年历史，唐诗为诗歌之高峰，许多唐诗至今仍盛传不衰，脍炙人口。唐诗选本众多，至今最流行者乃蘅塘退士所编之《唐诗三百首》，其后无论如何翻新重选，均无出其右者。1995年春，余接受朱炯远先生邀请，和陈崇宇先生共同完成《唐诗三百首译注评》一书，由辽宁古籍出版社出版，余撰写律诗部分。该书出版后，颇受欢迎，多次再版。但由于出自三人之手，语言风格有所不同，因此出版社负责人请余重新撰写，删繁就简，统一风格和笔法，余以为此乃普及唐诗之途径，是有益社会之举，便慨然应允。

　　其后余几个月时间的全部心血尽在此书，可谓罄尽心力，不敢稍怠，即使由本人撰写的律诗部分也都重新修改润色一番，古诗和绝句部分则全部重新撰写。余幼年常听人云："背诵《唐诗三百首》，不会作诗也会绺。""绺"为东北方言，即顺着说的意思。与蘅塘退士所引之谚语异曲同工，人们都不自觉地把熟读背诵唐诗作为学习诗歌创作的最佳途径。

有价值的精神产品永不过时，可获永恒之生命。诗歌乃艺术品中最美丽之花朵，唐诗是美丽的百花园，在一千多年后依然有旺盛的生命力。《唐诗三百首》是从百花园中遴选的精粹，是从美丽中选出来的美丽，该书在成书二百多年后依然大受欢迎；《唐诗三百首译注评》则是对于美丽中之美丽的展示与鉴赏，出版后十多年中大受欢迎，本书是对于原书的全面提炼润色，但愿在以后的岁月中也同样受到欢迎。三十年后，如果本书还被欢迎，则是笔者的莫大荣幸，笔者或许能够看到。一百年后，如果还有人阅读本书，欢迎本书，则尤为幸运。能否如此，不敢断定，姑且待之，笔者肯定不知，来人可见也。

继承古典诗词传统，创作出具有时代气息的新诗词是历史发展的必然要求。继承是创新的前提，但愿本书能够成为继承的桥梁，成为创新的启迪和样板。

时代在发展，文化需求更加迫切，再应现代出版社之邀，将原书改版重出，对于原文做一些修改，注解删减一些。

衷心感谢臧永清社长和责任编辑张晶为本书付出的劳动。

毕宝魁

2014年3月15日凌晨4点

于三千斋

古诗

江南有丹橘

兰叶春葳蕤

暮从碧山下

举杯邀明月

五言

岱宗夫如何

当君怀归日

人生不相见

野老念牧童

幽居在空谷

张九龄 / 678—740

字子寿，一名博物。韶州曲江（今属广东）人。武周长安二年（702）登进士第，累官至中书侍郎同中书门下平章事，为著名贤相。后受李林甫排挤，罢相。工诗能文，文长于碑志，诗格调清雅。诗作《感遇》十二首与陈子昂诗齐名。其古近体写景抒情诸作，清淡和雅，兴象玲珑，前人以为实是王维、孟浩然、储光羲、韦应物一派的渊源。有《曲江集》。

感遇二首（其一）
张九龄

兰叶春葳蕤①，桂华秋皎洁。欣欣②此生意③，自尔④为佳节。谁知林栖者⑤，闻风⑥坐⑦相悦。草木有本心⑧，何求美人折？

注释　　①葳蕤：草木枝叶茂盛纷披貌。②欣欣：欣欣向荣的略语，草木茂盛而有生气貌。③生意：生机勃勃。④自尔：各自如此。⑤林栖者：栖身于山林之人，指隐士。⑥闻风：指仰慕兰桂芳洁的高风亮节。⑦坐：因。⑧本心：本来天生的习性。

译文　　兰草在春天里生机勃勃，叶片茂盛而润泽。桂花到秋天时芳香清幽，亮丽的花朵高雅圣洁。它们欣欣向荣，各自拥有最美好的时节。谁知道那些栖身山林的隐士，听到它们的高风亮节，便纷纷仰慕。兰草和桂花并不在乎这些，它们生来就拥有高洁的生活习性，哪里希望有君子来欣赏和攀折。

评析　　张九龄是盛唐最后一位贤相，为人方正廉明、刚直不阿，被大奸臣李林甫排挤出朝廷，从此唐代政治由开明转向黑暗。本诗是他被贬之后所作，以兰桂自喻，表达坚守节操的志向。

　　"兰叶"两句对举两种在不同季节繁荣却都很高洁美丽的花草，互文见义，

2 | 唐诗三百首译注评

作为全诗的主干意象。两句虽然分提花和叶，实际花叶皆包含在内。好花须绿叶扶，绿叶尤须好花衬，二者缺一不美。但二者确实各有侧重，春天的兰花叶片娇嫩润泽，熠熠生辉，用"葳蕤"极其精当；秋天的桂花点点黄金，错彩镂金于浓绿的树叶间，分外鲜明耀眼，用"皎洁"十分准确。两种花草比喻贤人君子的高雅品格，亦很恰切。"欣欣"两句一总一分，揭示出这两个意象的精神世界。它们在不同季节默默地向大自然奉献自己的美丽与芬芳。"谁知"两句转折，以人衬花草，为最后的收束点题做好铺垫。最后两句再起一波折，申足前意，进一步表明兰桂高洁幽雅的品格。很明显，诗人在这里比喻一种高洁的人格，正人君子处心有道，行己有方，洁身修德完全是自我心性的要求，并非用来沽名钓誉或追求富贵的资本。全诗寓意复杂深婉、比喻精当、引人遐思。

感遇（其二）

张九龄

江南有丹橘，经冬犹绿林。岂伊①地气暖？自有岁寒心②。可以荐嘉客，奈何阻重深③。运命惟所遇，循环不可寻。徒言④树桃李，此木岂无阴？

注释　①伊：代词，指江南。②岁寒心：忍受寒冷的本性。③阻重深：阻隔多且艰难。④言：语助词，无实意。

译文　江南有一种红橘木，经过冬天依然一片绿荫。哪里是因为那地方地气温暖，而是树木本身自有抵抗寒冷的决心。那鲜亮美味的果实可以献给高贵的客人，只是阻隔太多而难以实现本心。一切事物只能听从命运的安排，而命运茫然无绪无法追寻。人们只愿意栽种桃树和李树，难道丹橘就没有适宜乘凉的树荫？

评析　　这是一首咏物言志诗，在对丹橘的赞美与叹息中寄寓了自己急于用世而又要坚持人格操守的情怀。

　　读完全诗，我们很容易联想到屈原的《橘颂》。《橘颂》开篇即说："后皇嘉树，橘徕服兮，受命不迁，生南国兮。"托物言志的寓意十分清楚，张九龄是曲江（今广东韶关）人，也生活在南方。故本诗托物言志的寓意也很明显。"江南有丹橘，经冬犹绿林。"开头两句点明丹橘的坚贞品质，经过冬天，橘树依然是一片绿荫。南方的树木也有很多冬天落叶凋零的。"岂伊地气暖？自有岁寒心"两句用反问语气肯定了不是地气的原因，而是丹橘自己天性如此，自己便有忍耐寒冷的高洁坚贞的心。如果是地气使之然，便没有什么可赞美的。一般来说，耐寒是松柏的本性，孔子"岁寒，然后知松柏之后凋也"的论述可谓世人皆知，并不断被引用着。但松柏只有耐寒之高洁，却没有甜美的果实，丹橘则不同，它"可以荐嘉客，奈何阻重深"，可以摆上高贵的宴席，可以供给最尊贵的客人，然而未能如此，因为阻隔重重，依然被冷落，被丢弃一旁，无人过问。怨怼之情很明显。"运命惟所遇，循环不可寻"两句是佳果被冷落原因的猜测，是无奈的解释。一切都是命运决定的，因为人生命运就像天道循环往复无始无终，说不清楚。最后两句"徒言树桃李，此木岂无阴"意义有些模糊，桃李正春天开放，夏天结果，花则美矣，果则甜矣，然而到冬天就落叶凋零。桃李可能比喻那些左右逢源、八面玲珑的官场老手。

　　树木如同树人，《韩非子·外储说左下》记载：鲁国人阳虎逃出齐国投奔赵国，很狼狈。赵简主问他道："听说你很能树人，怎么没人帮你啊？"阳虎回答道："我在鲁国，树了三人，皆为贵卿，等我一失去权势，都积极抓我。我跑到齐国，树三人，或为国君近臣，或为县令，或为管理国家边防大官。等我失势，三个人都千方百计抓捕我。"赵简主笑道："夫树橘梨橘柚者，食之则甘，嗅之则香；树枳棘者，成而刺人。故君子慎所树。"因此培养树立重用什么人是最关键的问题，是成功与失败的关键点。这便是本诗思想最本质的内容。

　　松柏高洁坚贞而无果，桃李美丽有果而不耐寒，唯独丹橘两者兼备，那么，丹橘不就是象征既有美好坚贞品格又有实际才能可以给人们贡献美好的良臣循吏吗？这就是诗人自我形象的写照。托物言志，物我为一，是咏物诗文的最主要艺术形式，本诗是上乘之作。

李白／701—762　字太白，号青莲居士。祖籍陇西成纪（今甘肃秦安西北），其先人隋末流寓碎叶（唐时属安西都护府，今吉尔吉斯斯坦共和国托克马克附近）。李白出生地至今未有定论，一说出生碎叶，中宗神龙元年（705）随家迁居绵州昌隆（今四川江油）青莲乡。二十五岁离蜀，长期在各地漫游。天宝元年（742）秋被召入京供奉翰林，天宝三载（744）春被权贵排挤出京。安史之乱中为永王李　幕僚，因王室内讧受累外放夜郎，途中遇赦东还。诗风雄奇豪迈，飘逸多致，感情奔放，形象鲜明，语言流转自然，音律和谐多变，富有浪漫主义色彩，是屈原之后最伟大的浪漫主义诗人，同杜甫并称"李杜"。有《李太白全集》。

下终南山 ① 过斛斯山人 ② 宿置酒

李　白

暮从碧山下，山月随人归。却顾 ③ 所来径，苍苍横翠微 ④。相携及田家 ⑤，童稚开荆扉 ⑥。绿竹入幽径，青萝 ⑦ 拂行衣。欢言得所憩 ⑧，美酒聊共挥。长歌吟松风 ⑨，曲尽河星稀 ⑩。我醉君复乐，陶然共忘机 ⑪。

注释　　①终南山：即秦岭，在长安西南，唐代隐士多隐居在这里获取社会名声自重以求入仕，故有"终南捷径"之称。②斛斯山人：复姓斛斯。山人，隐士。③却顾：回头望。④翠微：草木翠绿繁盛貌。⑤田家：指斛斯山人的家。⑥荆扉：柴门。⑦青萝：一种蔓生植物。⑧所憩：休息的地方。憩，休息。⑨松风：古乐府有《风入松》曲。此意双关，指歌声与松风交相呼应。⑩河星稀：银河中星光稀少，指夜深。⑪陶然：陶醉欢乐的样子。忘机：忘掉世俗的名利和机巧之心。

译文　　在暮色苍茫中我走下碧绿的终南山岭，山上的明月一直伴随着我的身影，回头眺望刚刚走过的路径，已经隐没在隐约的绿色之中。我们携手来到一个朴素的农家小院，小孩为我们打开简陋的木制院门。进院后是绿竹掩映的幽深小路，青萝的藤蔓偶尔挂扯我的衣襟。非常高兴能找到如此好的休息场所，摆上美酒我们共同端起酒樽。酒酣时就长歌《风入松》的古调，当我们吟诵尽兴时已经星光稀少、夜色深深。我迷迷糊糊感觉很美，而且您也非常快乐，我们都陶醉在这美好的情境中而忘掉了尘世和机巧之心。

评析　　本诗写于天宝三载（744）春，即诗人被"赐金放还"的前夕。这时，经过一年多的观察和体验，诗人对奸佞当道、政治逐渐黑暗的朝廷已经非常失望，在游览终南山后到友人家住宿，抒写了隐居生活的乐趣和对于官场尔虞我诈之现状的不满和厌倦。

　　前两句情景自然真切。天渐渐黑，月亮渐渐清晰，暮色的"下"与山月的"归"是同步的，而山月本不可能移动，那么在诗人看来，月亮是如影随形的，和自己一起下山。接下来诗人可能已走到山下时，蓦然回首一望，走过的小路都掩映在绿色苍茫之中。翠微，本是形容草木茂盛，但用"苍苍"来修饰，符合天渐渐黑时所显示出草木的情景，暮色笼罩着一片苍茫的绿。诗人同朋友一起来到斛斯山人的家住宿，此处的景色与终南山上的相照应，都是青翠的绿，清新明快。绿竹和青萝陪伴着诗人饮酒快乐。"曲尽河星稀"说明诗人和友人一直在饮酒，全然不在乎时间已太久，天上的星星已经逐渐减少，这表明夜深甚至有可能是第二天的凌晨了。如此欢快的畅饮，人生能得几回？这种全然不在乎一切随心所欲的酣畅淋漓正是隐士所为。李白一生中从未以隐士身份处世，那么他为什么会产生这种渴望和向往呢？直到诗的最后一句，我们才得知原因。诗人建议自己和友人都要"陶然共忘机"，即忘掉机心，这恰是其渴望隐居生活的体现。而政治黑暗和奸佞当道不能不说是李白产生这种渴望的重要原因。

月下独酌

李 白

花间①一壶酒，独酌无相亲。举杯邀明月，对影成三人。月既不解饮，影徒随我身。暂②伴月将影，行乐须及春。我歌月徘徊，我舞影零乱。醒时同交欢，醉后各分散。永结无情游，相期邈③云汉④。

注释　①花间：花丛中。②暂：暂时、姑且。③邈：遥远，模糊不清。④云汉：天河。

译文　在花间放置一壶酒，我自斟自饮无人可亲近。只好举起酒杯邀请天上的明月，再对着自己的身影成为三人。可惜月亮不能理解我饮酒的乐趣，影子也徒自伴随我的肉身，都不能真正理解我的心。只好暂时陪伴着月亮和身影，尽情享乐需要趁这美好的春天。我放声歌唱时月亮好像在徘徊思索，我翩翩起舞时影子好像在乱动乱伸。酒醒的时候我们共同交相欢乐，酒醉后便各自分离。我愿意和月亮、身影永远忘情地交游，约定共同到天上去交往诸神。

评析　《月下独酌》共四首，这是第一首，表现诗人世无知音而极其孤独寂寞的情怀，感情很强烈。

在柔和美好的月光下的花丛间摆上一壶酒，良辰美景，环境清幽，这是一扬。但一人独酌而没有一个可以亲近的人，显得很不和谐，孤独寂寞之情立现，这是一抑，成为全篇抒情的出发点。但诗人是个多情之人，他居然举起酒杯，邀请天上的明月来陪伴自己，还嫌不够，把月光下自己的身影也拉进来，于是便成了三个人，热热闹闹，开始喝起来，这又是一扬。但他马上意识到：月亮和影子并没有感情，也不理解自己，不能与自己交谈，更无法成为知心朋友，这又是一抑。但既然没有别的朋友，也只好暂时将就，姑且与月亮和影子相互陪伴吧。这实在是一种无可奈何的选择，因为寻求快乐需要趁这美好的春天。于是诗人便继续饮酒，酒酣时兴高采烈，歌舞起来，而且此时月亮和影子好像也参与其间，诗人歌唱时，月亮好像在徘徊思索，而诗人跳舞时，影子也跟着晃动，只要是醒的时候三个人便可以尽情欢乐，而醉后便各自分散了，这又是一扬一抑。最后又要与月亮和影子永远结忘情交游，并要共同到天上去，将激情迸发出来，达到极点。

全诗的感情起伏回环，忽起忽落，这是李白抒情诗的一大特点。而贯穿全篇的则是旷世的孤独和奇妙的想象。仔细品味，花前月下，一个人弄壶酒喝，多么凄凉和无奈。最后还要与无情的月亮和影子永远结交，岂不是太悲哀了吗？但读完此诗，在令人压抑的同时依然有对美好生活的追求和欲望，并不使人悲哀沉沦和颓废。

春 思

李 白

燕^①草如碧丝，秦^②桑低绿枝。当君怀归日，是妾断肠时。春风不相识，何事入罗帏^③？

注释　　①燕：古燕国故地，在今河北北部和辽宁西部地区。是唐时的东北边塞，是思妇丈夫戍边之所。②秦：秦地，指关中平原，今陕西省，女子所居之地。③罗帏：丝织的帏帐。

译文　　燕地的春草翠绿细小如丝，而秦地的桑树叶片茂密已压低树枝。当你思念故乡盼望返回之日，也正是我思念你肝肠寸断之时。春风与我并不相识，为什么要进入我那绫罗的床帏？

评析　　本诗以表现闺中少妇思念戍边丈夫之情，委婉表达对于边塞战争的厌弃和对于和平生活的向往。

　　开头两句以景出情，通过对两地季节差异的想象性描述，曲折抒发对丈夫的关心和思念。燕地是丈夫所在地，你那里的春草刚刚发芽，而我这里的桑树已经枝繁叶茂。接下两句虽然是说双方都在相思，但是有时间前后和程度差异。当你开始相思之时，我已经肝肠寸断了。而这种时间上的差异是由两地季节差异造成的，是前两句诗意的延伸。最后两句用比兴手法再次强调思妇的寂寞和相思。那闯入帏帐的春风更令人产生青春虚掷的无奈和忧伤。

　　本诗之妙在于紧扣题目"春思"的"春"字来写，从春景开篇，由自然之春引出人之春及男女之爱，借助想象由一女之思写到两地之思，最后由春风终篇，简洁明快，不蔓不枝，一唱三叹，写出了思妇的一往情深。

杜甫／712—770

　　字子美，河南巩县（今属河南）人。又有"杜陵布衣""少陵野老""杜少陵""杜工部""杜拾遗"等称号。杜审言之孙。开元后期，举进士不第，漫游各地。寓居长安近十年。安史之乱后肃宗授官左拾遗，后为华州司功参军。不久弃官赴蜀，于成都浣花溪筑草堂，在剑南节度使严武幕中任参谋。晚年携家出蜀，病死湘江舟中。其诗篇有一千四百余首，反映当时社会面貌全面深刻，被称为"诗史"，杜甫则被尊为"诗圣"。以律诗、古体见长，风格多样，但以沉郁顿挫为主。杜诗具有集前代之大成，开后世之先路的作用，对诗歌的发展影响深远。有《杜工部集》。

望 岳

杜 甫

岱宗①夫如何，齐鲁②青未了③。造化④钟⑤神秀⑥，阴阳⑦割⑧昏晓⑨。荡胸生曾⑩云，决眦⑪入归鸟。会当⑫凌绝顶⑬，一览众山小。

注释　　①岱宗：泰山别名，也是对泰山的尊称。因古人尊泰山为五岳之首，故称岱宗。②齐鲁：春秋时两个诸侯国。齐国在泰山之北，鲁国在泰山之南。③未了：未尽。④造化：大自然，造物主。⑤钟：聚集。⑥神秀：神奇秀丽的景色。⑦阴阳：指山南山北。山南为阳，山北为阴。⑧割：划分。⑨昏晓：黄昏与拂晓。⑩曾：同"层"。⑪决眦：极力睁大眼睛，快要把眼眶撑裂。决：裂开；眦：眼眶。⑫会当：终当。⑬凌绝顶：登上最高峰。

译文　　雄踞五岳之首的泰山，你该多么辽阔崇高！你的青翠之色覆盖着齐鲁大地，无边无际，没完没了。自然生成时，你汇集了天下最神奇秀美的灵气，高耸入云的山峰将阴阳两面分割成黄昏和拂晓。缭绕山腰的白云好像在胸中荡漾，极目远眺，可以看到归巢的飞鸟。总有一天我要登上这高峻的绝顶，一览周围群山的低矮和渺小。

评析　　本诗是杜甫早年的作品，在赞美泰山高大奇伟景象的同时，抒发了自己的远大理想和抱负，有一种藐视一切的高傲伟岸的气度和昂扬向上的精神，与后期诗作的沉郁顿挫不同。

开头两句采用自问自答的设问方式表达刚刚望到泰山时的喜悦、惊奇、仰慕、赞叹之情。诗人以前没有见过泰山，因此怀着敬畏与猎奇的心情来游览观看。"夫如何"，是诗人急于看到泰山时的心理，也可引起读者的高度注意。"齐鲁青未了"是对泰山高大雄伟气势的赞美。"青未了"三字可谓俗语雅用，给人的印象很强烈，虽然侧重写泰山占地面积之大，但其巍峨崇高也暗含其中。浦起龙《读杜心解》说："写山势只'青未了'三字，胜人千百矣。"造化"两句突出泰山的高峻和壮美，"钟"字表现大自然对于泰山的偏爱，"割"字写出泰山的生命活力和崇高险峻的形象。"荡胸"两句写望的主体感受。山间升腾飘浮的白云使诗人心潮起伏激荡，眺望那归巢的飞鸟简直要把眼眶撑裂，可见诗人对于泰山景色的钟爱，也写出了泰山的神韵。"会当凌绝顶，一览众山小"两句表达诗人一定要登临绝顶而一览天下的决心，从而表现出一种高瞻远瞩的气势和俯视一切的雄心。收束有力，将登山升华为一种人生境界，给人以启迪、鼓舞和力量。

赠卫八[①]处士[②]

杜 甫

人生不相见，动[③]如参与商[④]。今夕复何夕？共此灯烛光。少壮能几时？鬓发各已苍。访旧[⑤]半为鬼，惊呼热中肠[⑥]。焉知二十载，重上君子堂。昔别君未婚，儿女忽成行。怡然敬父执[⑦]，问我来何方？问答未及已，儿女罗酒浆。夜雨剪春韭，新炊间黄粱[⑧]。主称会面难，一举累十觞。十觞亦不醉，感子故意[⑨]长。明日隔山岳，世事两茫茫。

注释　　①卫八：姓卫，排行第八，名不详。②处士：隐居不仕之人。③动：常常，往往。④参与商：两星宿名。参星居西，商星居东，此出彼没故不相见。⑤访旧：打听访问老朋友。⑥热中肠：内心很热，形容非常激动。⑦父执：父亲的挚友。⑧黄粱：即黄米饭，熟时有香味。⑨故意：老朋友的情谊。

译文　　人生亲友间难以相见，就像天空中的参星和商星，当参星出现在西天时，商星已落向东方。今天晚上是什么日子啊？竟让我们这对老朋友共同面对一个烛光。年轻时光真是短暂，转眼之间我们都已两鬓如霜。曾经打听过故旧老友，他们有一半已上天堂。忽然听到你的招呼，我不禁惊喜万分情满衷肠。哪能想到分别二十春秋，今天重新登上您的厅堂。当年分别时你还没有结婚，如今儿女忽然已成排成行。他们都很礼貌地欢迎父亲的老友，询问我来自什么地方。我们的对话还没有停止，你的儿女们已经摆上酒水佳酿。夜间下雨割来新鲜的韭菜，新煮的黄米饭喷喷香。主人说见面实在太难，连续十几杯酒进入愁肠。就是十大杯我也没有醉意，感念您的情深意长。明天我们即将分手再为山河阻隔，前途难料因为世间的事情真是渺茫。

评析　　唐肃宗乾元元年（758）六月，杜甫被贬为华州（今陕西华县）司功参军。当年冬，他回洛阳省亲，第二年春返回，本诗便是在返回华州途中所作。诗中描写了与友人久别重逢的惊喜场景，叙事简明如画，动态感很强，人情味足，生活气息浓郁，值得借鉴。

　　开头四句便使用此出彼没的参、商二星作比，借以抒发动乱年代中人生难聚的感叹。正因为如此，老友的意外相逢就更加令人喜出望外。见面后二人都往昔的青年如今已花白头发而惊讶，感慨人生短暂，感情波澜骤起。而故旧"半为鬼"虽然不是指实际有一半人去世了，但肯定是去世了一些人。当年杜甫才四十八岁，按常理推断不该如此，但当时正处在动乱之中，表现了诗人对动乱的痛恨和无奈。而在分别二十年后，在动乱的时候重到朋友之家，反问中惊喜可见。上面八句以抒情为主，间有叙事，后面则转向叙事为主，寓情于事。朋友子女的礼貌，老朋友的热情非常感人。叙事明白如话，更增加抒情的力度，因为人们很容易接受感悟，没有字面的距离。人在走背运的时候，友情就显得特别重要。杜甫正处在郁闷苦恼之中，突然遇到二十年前的老友，而且对于自己热情如初，怎能不非常感慨呢？真情的表达与明快的语言风格相结合，成为本诗的最大亮点。全诗感情波澜起伏跌宕，构成内在线索。清代张上若赞美其"情景逼真，兼极顿挫之妙"（杨伦《杜诗镜铨》注引）。从全诗来看，将这次会面之欢喜放置在动荡不安的背景下，使喜悦之情更加突出。开篇是"人生不相见，动如参与商"，结尾是"明日隔山岳，世事两茫茫"，前后巧妙呼应，使得全篇如同笼罩着苍茫阴沉的迷雾，中间把酒言欢的描述就更加给人以深刻的印象。这在艺术上叫作"相反相成"。

佳 人

杜 甫

　　绝代^①有佳人，幽居在空谷。自云良家子^②，零落依草木。关中昔丧乱^③，兄弟遭杀戮。官高何足论，不得收骨肉。世情恶衰歇，万事随转烛^④。夫婿轻薄儿^⑤，新人美如玉。合昏^⑥尚知时，鸳鸯不独宿。但见新人笑，那闻旧人哭。在山泉水清^⑦，出山泉水浊^⑧。侍婢卖珠回，牵萝补茅屋。摘花不插发^⑨，采柏动盈掬^⑩。天寒翠袖薄，日暮倚修竹^⑪。

注释　　①绝代：举世无双。②良家子：家世清白的子女。在古代，医、商、百工皆不能称良家子。③关中昔丧乱：指天宝十五载（756）安禄山攻陷长安事，战国时称函谷关以西为关中，后世相沿不改。④转烛：烛光随风转动，喻世态反复无常。⑤轻薄儿：轻佻薄情的人。⑥合昏：即夜合花，因其叶入夜而合得名。⑦泉水清：比喻贞操自守。⑧泉水浊：比喻操行不端。⑨摘花不插发：意谓佳人喜花但无意修饰打扮。⑩采柏动盈掬：意谓佳人寄情松柏，坚守贞清。盈掬，满把，两手捧取叫"掬"。⑪修竹：高竹，长竹，此有坚守气节挺立不屈之意。

译文　　有一位绝代美貌的佳人，隐居在偏僻空旷的山谷。自称出身于清白的家庭，由于沦落飘零才与草木为伍。当年长安发生动乱，兄弟们都惨遭杀戮。他们居官再高又何值一提，死后竟无法收藏尸骨。世道浇薄而厌弃衰败之家，万事变迁都像烛焰般随风摇摆反复。可恨夫婿是轻薄狠心的男人，又娶一个美妾貌如美玉。即使是夜合花尚且朝开夜合，水中的鸳鸯亦从不独宿。狠心的夫君却只知欣赏新人的欢笑，哪能体恤故人听一听旧人的悲哭？山中的泉水该多么清澈，可是一旦流到山外就难免被污。只好命侍女卖掉珍珠首饰维持日常用度，回来时又扯些藤萝修补茅屋。她爱花采花却无心把花儿插向发髻，反把松枝柏叶尽情采摘爱抚。天气开始寒冷她的绿色衣袖显得单薄，黄昏日暮时独自凭倚着高高的翠竹。

评析　　本诗作于肃宗乾元二年（759），即安史之乱后的第五年。这期间，战乱频仍，百姓流离失所，饥民遍野，诗人弃官移家秦州（今甘肃天水）。路上偶遇一贵族女子，虽家道中衰被遗弃，但坚守独立自主的人格。"偶有此人，有此事，适且放臣之感，故作此诗"（清人黄生语）。是个中人说个中语，先获我心。诗人内心常有许多怅触，忽然遇到与自己之郁闷有异质同构的人或事，如同触动灵感之闸门，便借酒浇愁，寓情于事而吟诗作赋。应当注意的是这位佳人是贵族出身，因为战乱而家道中衰，因家道中衰才被薄情丈夫冷落遗弃。但她不肯随同世俗之污浊而要保持自己的清洁，这些方面，与杜甫忠心耿耿而被皇帝疏远，满心爱国却遭受冷遇不得不辞官有相通之处。因此，他在这位佳人身上寄托了自己的人生际遇和人格理想。

　　开篇交代主要人物和生活环境，一个绝代美人，却居住在荒凉偏僻的深山里。下面一大段采用代言体的叙述方式，用"自云"便将下面的话转为佳人的自述了，这样自然而给人真实可信的感觉。原来佳人是贵族之女，因为前几年的安史之乱，做高官的兄弟都被杀戮，她娘家衰落，社会风气急转直下，丈夫立即变心另宠新欢而冷落遗弃她。于是，她自己在深山谷中过起清贫自立的生活来。最后六句又暗转为旁观者的叙事方式，属于第三人称的写法。婢女卖珠，可见其生活之窘迫，但她依旧保持坚贞的品格和高尚的情操，采摘松柏和身倚修竹的镜头仿佛是定格一样，给人以清晰而强烈的感官印象。

　　本诗用赋的笔法描述了佳人的不幸遭遇和悲惨的命运，用比兴手法表现其高洁的品格，如"在山泉水清，出山泉水浊"比喻其宁可隐居深山过清苦的生活也不到尘世去追逐富贵庸俗的生活。而柏和竹的象征意蕴也可以心领神会。"合昏尚知时，鸳鸯不独宿"用动植物都能够享受夫妻恩爱来反衬自己遭受遗弃的不幸，非常贴切生动。悲惨的命运和高洁的品格构成佳人的两个主要方面。诗人运用第一人称自述和第三人称叙述交错的手法，极大地增强了内容的真实性和故事的悲剧感。"合昏尚知时，鸳鸯不独宿"的比喻，谴责夫婿薄情连动植物都不如的卑劣品行。"在山泉水清，出山泉水浊"属于托物言志，表达人物质清品洁、不苟流俗的志向。结尾四句刻画出一个怜花不自怜、依竹柏傲凄风的非凡女性形象，令人爱怜而敬佩。这实在是卓立于古代文苑中的独特女性形象之一。

梦李白二首（其一）
杜 甫

死别已^①吞声，生别常恻恻。江南瘴疠地^②，逐客无消息。故人入我梦，明我长相忆。恐非平生魂，路远不可测。^③魂来枫林青，魂返关塞黑^④。君今在罗网^⑤，何以有羽翼？落月满屋梁，犹疑照颜色^⑥。水深波浪阔，无使蛟龙得。^⑦

注释　①已：止。②江南瘴疠地：谓南方多瘴气，人易染病。疠，疾病。③"恐非"两句：由于诗人不知李白生死，故有此疑。④关塞黑：想象梦中李白返回江南时途经秦陇关塞的艰难景象。⑤罗网：指被捕入狱。⑥颜色：指李白的容貌，此为梦醒时的幻觉。⑦"水深"两句：以江湖之艰险比喻政治环境之险恶，为此诗人刻意叮嘱李白的神魂在归途中一定要小心。

译文　如果是死别，无论怎样啜泣也会有停止之时，但生别则会经常思念而没有终止之期。江南是瘴气弥漫之地，被流放的游子却没有一点消息。老朋友进入我的梦境，那是知道我一直都在惦念着你。我真怕那不是你的魂魄，路途遥远你怎么会找到我这里。当你的灵魂来的时候枫林是青色的，而当返回时恐怕就要一片漆黑。你如今来缚在罗网里，怎么会像有翅膀一样自由来去？落下的月光照满屋梁，我还疑心也会照见你的脸色。途中水深浪急十分险恶，你可要格外小心不要落入蛟龙口中。

评析　人之所以成为朋友，关键在性情和心理上彼此认同，古语有"白头如新，倾盖如故"，很深刻。只有同类人才可成为朋友。李白和杜甫在天宝三载（744）才见面，其后不到一年便在兖州的石门分手。从此再也没有见过面。但二人却结下终生的友谊，是文学史上一大盛事。乾元元年（758）李白因永王李璘案被流放夜郎，二年（759）春行到白帝城时遇赦返回。杜甫这时辞职开始漂泊到了秦州，丝毫不知李白的信息，因为思念成梦，创作这两首充满深情厚谊的诗篇。

两首诗都是四六六句分为三层，按照梦前、梦中、梦后顺序依次写来，属于"一头两脚体"。本诗前四句写梦前的相思和惦念。"死别已吞声，生别常恻恻"用生别比死别更令人揪心和忧伤起笔，造成一种阴森悲怆的气氛笼罩全诗。"江南瘴疠地，逐客无消息"是自己做梦的缘由，也是对李白深沉的思念。"故人入我梦，明我长相忆"及以下六句是第二层，写梦境中的心理活动和感情。前两句属于从对方写起，是看到李白时的心理，实际是自己思念对方入梦，反而说对方知道我太思念，因此到我的梦境中来。属于加倍抒情法。但马上产生疑惑，你到底是人还是魂？你如今处在罗网中，怎么会到我这里来？那么远的路，你怎么来的？人在梦境中思想活动是很迅速和变幻无常的，这两句诗很可能是梦境中真实的想法。其实，我们在梦境中也常有这种情况。"君今在罗网"及以下六句属于第三层，是在梦醒后的惦念。你来的时候尚很清楚，但你返回的时候则一片漆黑，我依稀模糊好像又看见你的身影，可揉揉眼睛仔细分辨，哪有你的模样，满屋都是月光。你的梦魂在返回时可要小心再小心，不要被蛟龙那样凶残的动物抓到。感情真挚，层次清晰，读来仿佛与子美同梦，能够真实简明写出自己的感受便是好诗。

梦李白（其二）

杜 甫

浮云终日行，游子久不至。三夜频梦君，情亲见君意。告归常局促①，苦道②来不易。江湖多风波，舟楫恐失坠。出门搔白首，若负平生志。冠盖③满京华，斯人独憔悴。孰云网恢恢？将老身反累！④千秋万岁名，寂寞身后事。⑤

注释　①局促：焦急匆忙不安貌。②苦道：竭力说道，再三表示。③冠盖：冠冕和车盖，指达官贵人。④"孰云"两句：意谓谁说天道公平，像李白这样的人年纪已老还被冤入狱。网，法网。恢恢，宽广，此有公正之意。⑤"千秋"两句：言李白必将名传千古，但生时却异常寂寞不幸。

译文　天上的浮云始终飘行不定，远方的游子啊，为何久久不见你的踪迹。一连三夜我频频梦见你，从你那无比深厚的感情中，我深刻感受到你对我的一片心意。梦中的你，每次告别都非常仓促着急，痛苦地告诉我来一趟特别不容易，江湖上风大浪急，极其谨慎以防落入水里。出门的时候你痛苦地搔满头的白发，好像一生辜负了你的大志。豪门贵族布满京师，只有你一个人困窘憔悴。谁能想到罗网恢恢，将要老了反而遭受如此大罪。千秋万岁之后声名大起，但那只是你寂寞一生的身后之事。

评析　本诗是第二首，结构与前首一样，也是四六六三层。开篇即用比兴手法，表达对友人的苦盼之情。浮云漂泊无依，你也很久不来。我连续三夜都梦见你，可见你对我的情意。这两句依然是设想对方对自己亲密情深，从对方写起，更见杜甫对李白情深。"告归"以下六句是梦境中的情景，李白和杜甫告别的时候很匆忙焦躁，告诉杜甫说来一趟真不容易，路途十分艰险，"出门搔白首，若负平生志"两句尤其传神，写出对李白不幸遭遇的深切同情。梦中的李白形象是杜甫对于李白现状的理解和想象。最后六句是醒后的思念与思考。"冠盖满京华，斯人独憔悴"两句用对比的手法写世道之不公，不但有对李白的同情，也有对自己命运的愤慨和哀伤。而身后的名声对于生前的寂寞窘迫来说究竟有多大意义？这些既表现对李白的同情惋惜，也是对自己的悲悯。清人浦起龙说："次章纯是迁谪之感。为我耶？为彼耶？同声一哭！"（《读杜心解》）

两诗同写梦境，读来却有不同的感受，前篇写初梦，写疑幻疑真的心理，侧重对李白现境的关切，忧惧悲伤之情专为李白而发；后篇写频梦，写真切清晰的李白形象，侧重对李白身世遭遇的同情，其间也寄寓着诗人对自己身世遭遇的不平与愤懑。两诗都是至情至性之作，故非常感人。

王维 / 701—761

字摩诘，官终尚书右丞，世称王右丞。太原祁县（今山西祁县）人，后徙家蒲州（今山西永济西），遂为河东人。玄宗开元九年（721）登进士第。累官至给事中。安禄山叛军攻陷长安时曾受伪职，乱平后任太子中允。晚年居蓝田辋川，过着亦官亦隐的优游生活。与孟浩然并称"王孟"。王维是盛唐山水田园诗派的杰出代表。前期写过一些以边塞、妇女为题材的诗篇，其主要成就在山水诗。意境清幽，色彩鲜明，状物传神，极见功力。诗中多佛家理趣，故有"诗佛"之称。又兼通音乐，精于绘画，融诗歌、绘画、音乐之理于一体。苏轼称赞他"诗中有画""画中有诗"。有《王右丞集》。今人陈铁民《王维集校注》本最为完备。

送綦毋潜^①落第还乡

王 维

圣代^②无隐者，英灵尽来归。遂令东山客^③，不得顾采薇^④。既至金门^⑤远，孰云吾道非^⑥。江淮度寒食^⑦，京洛^⑧缝春衣。置酒长安道，同心与我违^⑨。行当浮桂棹^⑩，未几拂荆扉^⑪。远树带行客，孤城当落晖。吾谋适不用^⑫，勿谓知音稀^⑬。

注释　①綦毋潜：字孝通（一作季通），开元进士。②圣代：圣世。指政治清平的时代。③东山客：东晋谢安未仕时，曾隐居于会稽东山。故后人多以"东山"代指隐居不仕者，这里指綦毋潜。④采薇：指商末周初伯夷、叔齐反对武王伐纣，不肯食周粟而隐居首阳山采薇而食事，后世多以"采薇"代指隐居生活。⑤金门：金马门，汉代贤士等待皇帝召见的地方。⑥吾道非：孔子困顿失意时之语，此处借指綦毋潜学问不低。⑦寒食：即寒食节，相传为纪念春秋时晋国的介子推，自清明前一天（一说清明前两天）始断火三日。⑧京洛：京城长安和东京洛阳，此指洛阳。⑨违：分离。⑩桂棹：桂木做的船桨。这里代指船只。⑪拂荆扉：抚摸自家的柴门。意谓到家。⑫吾谋适不用：《左传·文公十三年》载，秦人绕朝云："子无谓秦无人，吾谋适不用也。"这里指自己的意见不被重视和采纳。从此句看王维推荐过綦毋潜，但未起作用。⑬勿谓知音稀：《古诗》有"不惜歌者苦，但伤知音稀"之句，此反用其意，意谓你还有我这样的知音朋友。

译文　圣明的时代不会有隐居不仕之人，天下英雄豪杰都纷纷来奉献爱国之心。于是促使你这样甘心隐居的高士，也放弃山中的清静来到金门。虽然未能金榜题名而等待出仕，并不是您的道德文章水平不够高深。在寒食节的时候您将到达江淮，在京师洛阳先准备好换季的衣裳和头巾。在长安道旁置酒饯行，即将告别我的知音。旅途中你将要乘船江河上，不久就会回到你的家门。远方的树木映带着你离去的身影，余晖照射在孤寂的城墙令我更加伤神。我的意见不被采纳重视，你不要以为你没有知音。

评析　　中国的科举制度自从诞生以来就如同一把"双刃剑"，为许多知识分子进入仕途提供了机会，也给许多士人设置了一张罗网，使他们将半生精力甚至终生心血消耗在贡院里。唐代文人的科举活动便成为最有特色的人文景观之一。反映科举的诗文也多而精彩。本诗是出现比较早的送别落第举子的篇章。

綦毋潜在《早发上东门》中说："十五能行西入秦，三十无家作路人。时命不将明主合，布衣空染洛阳尘。"从"三十无家作路人"来推测，綦毋潜这次落第是在开元八年（720），綦毋潜是公元692年出生，本年正好三十岁。王维正是本科状元。同场考试，一个是金榜状元，一个是落第举子。綦毋潜的失落与王维的安慰便都可以理解了。发榜一般在二月末三月初，从诗中体会，綦毋潜是发榜后就离开长安，当时王维尚未入仕。首先，王维说明参加科举考试是必要的和英明的，因为这是一个圣明的时代，接着说落第不是因为道德学问不行而是命运不济。"江淮"及以下六句是对友人行前途中的叮嘱，在琐碎生活小事中寄寓着无微不至的深情。"远树带行客，孤城当落晖"两句描写綦毋潜离开，诗人伫立城下望着友人的身影随着树木的渐渐缩小而渐远的情景，很逼真，有动态和画面的效果。而"吾谋适不用，勿谓知音稀"两句也应特殊强调一下，因为王维此年参加考试，也是举子，怎么会推荐綦毋潜呢？这不是说大话或送空头人情吗？王维是谦谦君子，绝不会发妄言。王维当时跟诸王和公主关系都很密切，王维状元及第就是岐王和九公主共同推荐的作用。因此，王维很可能也向诸王和公主推荐过綦毋潜，但没有被重视而已。这样理解，全诗的感情意蕴和抒情层次就非常清楚了。其间有对友人的鼓励、安慰、关心，多少还有点歉意，寄意幽微，可谓是"反复曲折，使落第人绝无怨尤"（沈德潜语）之佳作。

送　别

王　维

下马饮君酒，问君何所之？君言不得意，归卧南山^①陲^②。但去莫复问，白云无尽时。

注释　① 南山：即终南山，在陕西西安南部。② 陲：边。

译文　　请您下马喝杯饯行的酒，问问您究竟打算要去什么地方？您说现在非常郁闷忧伤，要到终南山去享受清静。如果这样的话您尽管前去，我也不必再问，因为那里白云飘荡，极其静谧和清凉，真是无比惬意舒适的好地方。

评析　　本诗写送友人归隐时依依惜别的深情，看似平淡，但在一问两答中，却有无限深沉的意蕴和丰富的思想，短幅小诗却有波澜。

首句叙事请友人下马进帐饮酒，饯行的情意很浓。次句"问君何所之"，出语平淡，却看出对于朋友的真切关心，即您离开长安要到什么地方去？干什么去？这当然是最实际的问题。这是一问，引出下文过渡十分自然。"君言不得意，归卧南山陲"回应上句的设问，揭示出友人归隐的原因。"不得意"三字是全诗诗眼，是抒情关节点。这是友人对自己的回答。接着，诗人的反应是"但去莫复问，白云无尽时"，是对于友人的回答，是第二答。本来，友人要离开京师去隐居，应当劝慰留下，但诗人却给以鼓励和坚决的支持，这有悖常情，但这恰恰反映出诗人对于当时朝廷政治和官场现实的看法，也包含着他的人生态度。潜台词是，那样我就不再追问了，你去隐居吧，那里山清水秀，白云舒展，非常好。就在这样简单的送别中，这样简单的对话中，却展示出诗人厌恶现实、厌恶官场，向往隐居生活的一种心态。在安慰朋友的同时表达了对朋友生活态度的赞许，也委婉表达自己对于清静闲适的隐居生活的向往，感情深厚而蕴藉。全诗选材平淡却构思巧妙，语言浅显却饱含深情。在抒情方面，前四句看似很淡，但从一叙、一问、一答的曲直变化中，可以体悟出高超的构思技巧。尤其是结句，寓情于景，借景言情，含无限之情在无尽的景象中。

青　溪①

王　维

言②入黄花川③，每逐青溪水。随山将万转，趣④途无百里。声喧乱石中，色静深松里。漾漾泛菱荇⑤，澄澄映葭苇⑥。我心素已闲，清川澹如此。请留磐石⑦上，垂钓将已矣。

注释　①青溪：水名，在今陕西勉县东。②言：发语词。③黄花川：川谷名，是当时旅游景区，在陕西凤县东北。④趣：同"趋"。⑤菱荇：菱菜，荇菜。⑥葭苇：不同品种的芦苇。⑦磐石：大石。

译文　我每次到黄花川游览观赏，总是沿着青溪水流蜿蜒前行。水流围着山峦千回万转，充满情趣但实际是不满百里的行程。水流奔行在乱石中声音激荡空谷回响，松林里却翠碧幽深一片寂静。溪水泛波菱角和荇菜在摇摆晃动，清澈的水面上映照着芦苇的倒影。我的心境本来就恬淡闲散，而这澄清的溪水竟也如此淡泊宁静。我真想就留在这里的大石上，终日垂竿钓鱼了此余生。

评析　青溪是今陕西省宝鸡市西南凤县到勉县之间的一条河流，主要流经黄花川，构成当时的一个旅游景点。王维还有一首名为《自大散以往深林密竹磴道盘曲四五十里至黄牛岭见黄花川》的诗，可见王维最起码两度到此。本诗用精练准确的语言描绘了青溪景色的优美，其中也寄托了诗人淡泊闲适的情怀。

诗分为三个层次，前四句叙事，中间四句写景，最后四句抒情。先以叙述点题，并写出其总体特点，水流随着山势千回百转、趣味无穷。中间四句集中描绘青溪的秀美景色。"声喧乱石中，色静深松里"用动静相间、声色并茂的笔法写出青溪景色的特点。当溪水流经乱石丛中时，水击石上，激起层层浪花，凌空飞溅，响声喧嚣回荡。当溪水流入松林时，又别是一番景色，静谧无声，郁郁葱葱的松林，在溪水映衬下，也显得十分翠碧，绿色很浓。这两句对仗工整，"声喧"与"色深"很精妙，给人以身临其境之感。"漾漾泛菱荇，澄澄映葭苇"则写溪流本身之景。菱叶、荇菜在水面上漂浮荡漾，摇曳多姿；清澈的水面倒映着芦花苇影，构成一幅天然妙境图。这一联，用"漾漾"状微波，以"澄澄"绘静水。同样写水，却有动有静，画面流动，妙趣横生。最后四句是见景生情，"我心素以闲，清川澹如此"将青溪之闲澹与自己内心的闲适联系在一起，物我合一，达到浑然境界，这是审美境界的最高表现。王国维在《人间词话》中说："以我观物则物皆著我之色彩。"最后两句"请留磐石上，垂钓将已矣"，暗用严子陵蔑视富贵、垂钓富春江的典故表达自己的向往归隐之情，委婉抒发对官场生活的厌倦。

渭川田家

王 维

斜光照墟落①，穷巷②牛羊归。野老念牧童，倚杖候荆扉③。雉雊④麦苗秀，蚕眠桑叶稀。田夫荷锄至，相见语依依。即此羡闲逸，怅然吟式微⑤。

注释　　①墟落：村庄。②穷巷：深邃的胡同。③荆扉：柴门。④雉雊：野鸡求偶时的鸣叫声。⑤式微：《诗经·邶风·式微》中有"式微，式微，胡不归"之句。谓天已经黑了，为什么还不回家？诗人借以表达欲归隐田园之意。

译文　　夕阳的斜光笼罩着一个小村庄，一群群牛羊下山返回深邃的街巷。一个庄稼老头惦念放牧的儿童，挂着手杖等候在木头门旁。田野里的麦子开始开花，空气中弥漫着淡淡的清香。这一季节正是野鸡求偶之时，偶尔可以听到那和谐的歌唱。蚕开始睡眠，桑树叶已经稀少疏朗。一个农民扛着锄头，从田间回来走到老头的身旁。二人见面就交谈起来，非常亲切和安详。见到这些情景，羡慕闲适安逸的念头立刻涌上我的心房。我不免惆怅彷徨，不知不觉间吟唱起《式微》这一诗章。

评析　　王维的山水田园诗代表盛唐这一诗派的最高成就，本诗是其田园诗的代表作。通过描绘一个小村庄日暮黄昏时宁静和谐的生活画面，委婉表达其对官场黑暗污浊的厌弃和对于田园生活的向往。

开头四句叙事兼写景，是一幅小村夕照牧归图，生活气息很浓。"雉雊"两句的景物描写有声有色，而且大有深意。当麦苗开花之时，便是野鸡求偶之际，野鸡便鸣叫起来，当桑树叶稀疏时，蚕应当休眠，而蚕果真开始了睡眠。一切生命都按照本来的天性自然而然地生活着，没有外来的压迫，没有干扰，息息相生，自由自在，这便是生命的最大自在，也是人生的最高境界。这便是一种宇宙精神，与佛教所追求的最高境界相吻合，是全诗意境的集中体现，故深受人们的喜爱。

西施①咏

王　维

艳色天下重，西施宁久微。朝为越溪②女，暮作吴宫妃。贱日岂殊众，贵来方悟稀。邀人傅③脂粉，不自著罗衣。君宠益娇态，君怜无是非④。当时浣纱伴，莫得同车归。持谢⑤邻家子⑥，效颦安可希⑦。

注释　　①西施：著名的古代美女，原是越国苎萝山卖柴者之女，曾在溪边浣洗衣服，为越王勾践所得，献给吴王夫差，颇受宠爱。②越溪：指若耶溪，在今浙江绍兴市东南，传为西施浣纱处。③傅：同"敷"，涂抹。④无是非：无论怎样都好，没有是非可言。⑤持谢：奉告。⑥邻家子：传说中的东施。在古代，女子也可称"子"。
⑦效颦安可希：据说西施因患心病而常捧心皱眉，样态很美。东施效仿，然而人
们见了纷纷躲避。

译文　　　美貌是天下人所重视的，西施那样的美人怎么会长久卑微？早晨还是越
国溪水边浣洗衣服的民女，傍晚便成为吴国宫殿中高贵的宠妃。卑贱的时候
哪里有特殊的出众之处，高贵的时候才发现她的美貌真是稀罕而难以匹敌。
梳妆打扮时，招呼别人给她涂脂抹粉，起身行动时自有宫女替她披上罗衣。
君王的宠爱使她日益骄矜，由于君王的怜爱也没有什么是与非。当年和她共
同浣洗衣服的女伴，再也不能和她同车而归。奉告东邻那位女子，盲目仿效
别人怎能得到他人的赏识？

评析　　　本诗属于咏史，借西施故事隐微抒发对世事变幻莫测的感慨以及对某些
人一旦得志便恃宠而骄忘却故情之行为的喟叹。

　　　西施是我国古诗中吟咏最多的历史人物之一，其他咏叹西施者多从两方
面命意，或痛斥夫差贪恋女色亡国，或指责西施惑主乱政，多从政治上落笔。
本诗则专门批评西施个人品行方面的缺点，人物形象更加丰满真实，使本诗
产生更为深广的社会意义。透过诗的表层意义，我们可以感受到王维是在讥
刺人生世相。世态炎凉，世事变幻莫测，人们的富贵发达与穷困潦倒并不完
全取决于个人的天赋与才能，而需要一定的时运，有时还需要权势者为靠山。
有些人一旦得势便趾高气扬，不可一世，令人作呕。一些势利之徒艳羡于此，
便趋炎附势，如"东施效颦"一般，也很可怜可悲。西施是美丽的，但如果
不是范蠡发现她，培养她，利用她，那么她可能依旧在若耶溪边浣洗衣服而
成为村姑，绝不会有后来高贵豪华的生活。

孟浩然／689—740

襄州襄阳（今属湖北）人。早年隐居鹿门山，玄宗开元十六年（728）赴长安应进士举，不第，还襄阳。后为荆州从事。喜漫游，东至大海，西至巴蜀，南至吴越，大都留有诗作。孟浩然为唐代山水诗派之先行者，与王维齐名，称为"王孟"。风格以清淡平易见长，然间有豪放之作。孟诗在唐时即获好评。诗集有众多版本，今人李景白《孟浩然诗集校注》最为完备。

秋登兰山①寄张五②

孟浩然

北山③白云里，隐者自怡悦。相望试登高，心随雁飞灭。愁因薄暮起，兴是清秋发。时见归村人，沙行渡头歇。天边树若荠④，江畔洲如月。何当载酒来，共醉重阳节。

注释 ①兰山：一作万山，又作岘山。②张五：即张子容，孟浩然好友，行八。"五"应为"八"之误。进士及第前曾与孟浩然同隐居襄阳。③北山：即兰山，孟浩然居所。④荠：一种野菜。

译文 在白云缭绕的北山里，隐居的人自然能够享受喜悦和快乐。今日尝试着登高远望，心情随着远飞的大雁而空静寂灭。薄暮渐渐笼来，心情淡淡忧愁，见到清爽的秋景又有些兴高采烈。偶尔看见正在回村的人们，在沙滩上行走在渡口停歇。远处天边的树像荠菜般矮小，江边的小洲如同一轮弯月。不知你什么时候才能载酒前来，我们好一起开怀畅饮这美好的重阳佳节。

评析 本诗属于重阳登高即景怀友之作，中间几句景物描写精彩逼真，生活气息浓郁，是全诗的精粹。

开头描写自己隐居环境的清幽静谧以及愉悦的心情。"相望"有人解释是望朋友，过于拘谨，重阳登高乃习俗，因此说也在重阳佳节试着登高远眺，而心情果然很开阔豁朗。"愁因薄暮起"一是黄昏历来令人感伤，同时也含有友人未来的忧思。"兴是清秋发"引出下面的写景，秋天黄昏的景色很平淡自然，充满生机。"时见归村人，沙行渡头歇。天边树若荠，江畔洲如月。"描写下望的景色，属于写生手法，偶尔看见回村的人，有的在沙滩上走，有的在渡口坐着等船。都从容不迫轻松悠闲，一切都很和谐。因为太远，天边的树就像小小的荠菜，河中的小岛宛如月牙。这种视觉形象是透视造成的，又似乎罩上一层薄薄的暮霭，很有韵味，也可以说"诗中有画"。最后两句问候对方何时前来，点明秋字以及登山之日是重阳佳节，与《过故人庄》的"待到重阳日，还来就菊花"异曲同工，以情结尾，扣合题目。

本诗艺术的最大特点就是清淡。飘浮着的朵朵白云，怡悦的隐居环境，渡头行与歇的村民，天边树木，如月江洲，都不用浓墨渲染，纯用白描勾勒。读罢全诗，一幅以山头伫望为中心，蓝天飞雁和远树江洲为背景的登高暮望图就展现在读者眼前，栩栩如生。令人读后，如品一杯上等龙井茶，满口淡淡清香、余味无穷。

夏日南亭怀辛大

孟浩然

山光忽西落，池月渐东上。散发①乘夕凉，开轩卧闲敞。荷风送香气，竹露滴清响。欲取鸣琴弹，恨无知音②赏。感此怀故人，终宵劳梦想。

注释　①散发：散开头发，休闲时的行为。古代男子平日束发于顶，上面加冠。去冠散发是一种不拘礼仪的行为。②知音：通晓音律，也指知心。

译文　西山的日光忽忽向山下落去，东边池塘上的月光渐渐明亮。我披散开头发乘着晚凉，推开窗户立刻感觉心胸十分宽敞。徐徐清风吹来荷花的清香，竹子上的露水滴落发出清脆的声响。真想拿出琴来演奏一曲，遗憾没有知音点评鉴赏。想到这里我非常怀念你啊，整个夜晚我都在梦见你。

评析　　本诗是诗人在夏日傍晚乘凉时偶然触发的一种灵感的表现，并没有什么大的主题，也没有什么重要的思想，而是一种偶然的快感和对友人的思念。皮日休说孟浩然"遇景入咏，不拘奇抉异"，确实说到关键处。

　　开头两句"山光忽西落，池月渐东上"，以景语起，但仔细品味，语中有细微的感情。太阳的余晖在山上离去时很有韵味，从山下往山上退去，开始还稍慢，一点点往上退，后来越来越快，到山顶时很快就没有了，"忽"字用得很准确传神。而月光初现时上升也很慢，因为人的共同感受是希望快，因此感觉很慢，用一"渐"表现出这种感受。这一快一慢准确表现了诗人兴趣的浓厚与感受的细腻，同时也反映出诗人内心的闲情逸致，巧妙烘托出环境的优美。

　　"散发乘夕凉，开轩卧闲敞"，描写诗人的悠闲自得与身心两方面的惬意。"散发"往往是冲凉后没有再束发，然后尽开门窗，散发而卧。"荷风送香气，竹露滴清响"，轻描淡写味觉和听觉，清风徐来，荷动香飘，馨气萦室；竹叶青青，露珠晶莹，滴入池中，叮叮作响。两句极写环境之寂静清幽，尤其是后一句，是典型的以动显静手法。此情此景是人生之最大自在，最幸福最惬意之时。陶渊明在《与子俨等疏》中说："五六月中北窗下卧，遇凉风暂至，自谓是羲皇上人。"不过就是这种境界。正是在这种情境下，诗人有了弹琴的兴致，这是感情上的一扬，但忽然感觉无人欣赏，于是思念起知音的朋友辛大。对牛弹琴都无意义，无人弹琴也只能更加孤独寂寞。全诗在淡淡的思友情怀中淡淡终篇，余韵悠悠。

宿业师①山房待②丁大③不至

孟浩然

夕阳度西岭，群壑倏④已暝。松月生夜凉，风泉满清听。樵人归欲尽，烟鸟⑤栖初定。之子⑥期宿来，孤琴候萝径⑦。

注释　　①业师：一作"来公"。②待：一作"期"。③丁大：即丁凤，孟浩然同乡朋友，行大。④倏：倏忽，很快。⑤烟鸟：在暮霭中飞翔的鸟。⑥之子：此人，这个人，指丁大。⑦萝径：挂满松萝的小径。

译文　　夕阳渐渐落向西面的山岭，千山万壑忽然间变得昏暗不明。清澈的月光从松树枝间洒落，初夜的凉意由此而产生。风声伴着泉声布满幽静的山谷，清脆悦耳令人神往聆听。下山归来的樵夫们相继消失踪影，傍晚的暮霭蒙蒙，树上栖息的鸟儿也渐渐安静。你明明约好如期和我共度良宵，为何此时还不见身影，让我怀抱孤琴孤独伶俜，久久等候在藤萝掩映的小径。

评析　　本诗抒写约好的朋友没有如期而至的焦急心情，写出时间流动之情景以及环境的清静幽雅。

开头两句"夕阳度西岭，群壑倏已暝"点明时间的起点，感情浓重，色彩鲜明。着一"度"字，准确入微地表现出诗人伫立西望，眼看着落日一点点越过西面的山岭而去，紧接着千山万壑很快就一片昏暝，暮色苍茫，意境阔大浑厚。这一"度"一"倏"，不仅生动再现了日落之缓与山暗之速，而且为全诗涂抹上幽暗的色调。时间慢慢推移，月亮上来了。"松月生夜凉，风泉满清听"，声情并茂。东月初升，夜凉露冷，清风徐来，泉声叮咚，赏心悦目。时间继续推移，夜色更重，樵夫都回家了，鸟也都进巢入梦。可是，约定好的朋友就是不来。于是，诗人深深感叹"之子期宿来，孤琴候萝径"。从日西等到日落，从月升等到鸟静，仍不见友人到来，却又不肯相信友人失约，犹自在藤萝飘垂的幽径中，怀抱孤琴等待着。感情之深厚自在其中。

本诗最大的特色是寓情于景，含蓄蕴藉。通篇采用意象组合法，把西山落日、明月青松、风鸣泉响、晚归樵夫、暮烟栖鸟、孤琴萝径等多个意象有机组合起来，烘托渲染气氛，委婉表达待友不至的失意情怀。尤其是"孤琴候萝径"的情景，似怨非怨，不怨还有点怨，感情极其深厚真实。

王昌龄 / 约694—约757

字少伯，京兆万年（今陕西西安）人。因曾官江宁（今江苏南京）丞、龙标（今湖南黔阳西南）尉，人称"王江宁""王龙标"。玄宗开元十五年（727）进士及第，授秘书省校书郎，又登博学宏词科。安史之乱起，避难江淮，为濠州刺史闾丘晓杀害。擅长七律，边塞诗气势雄浑，格调高昂，宫怨闺情诗深厚婉丽，含蓄蕴藉，为开元、天宝年间杰出诗人，时称"诗家夫子王江宁"。为时人所推重。《全唐诗》存其诗四卷。今人李云逸有《王昌龄诗注》。

同从弟①南斋玩月忆山阴②崔少府③

王昌龄

高卧南斋时，开帷④月初吐。清辉澹水木，演漾⑤在窗户。荏苒⑥几盈虚？澄澄变今古。美人清江畔，是夜越吟⑦苦。千里共如何？微风吹兰杜⑧。

注释　　①从弟：堂弟。②山阴：今浙江省绍兴市。③少府：即县尉。主管缉捕盗贼。④帷：帘帐。⑤演漾：即荡漾。⑥荏苒：时光不知不觉地逝去。⑦越吟：越人庄舄在楚国做官,在病中吟唱越歌以寄乡思。⑧微风吹兰杜:微风吹送着兰花、杜若的幽香。兰,即兰花;杜,即杜若。一名杜衡,二者都是香草。

译文　　我和堂弟在南书房中闲居之时,打开窗帘忽然看见东方的山岭刚刚吐出月光。徐徐升起的月亮照射着水面和树木,树影倒映水中的景象在窗户间晃动荡漾。月亮永远循环着圆满和虚竭,就在这淡淡月光的照映中时代在变迁动荡。那位德美才俊的崔少府此时当在清江边上,正在吟诗作赋怀念着亲友和故乡。虽然远隔千山万水,但我们也都能感受得到微风吹过兰花和杜若时那淡淡的清香。

评析　　从诗题可知,这是一首望月怀人之诗,是诗人和堂弟在南书房赏月时所作,这位堂弟与崔少府可能也有交情。诗人借助月夜的优美景色表现对友人的思念以及坚信双方都具有美好的品德和高洁的人格。

　　前四句以景带情,扣题写月亮从露头到升起时的情景,能够感受到时间的流逝。"清辉澹水木,演漾在窗户"两句渲染清幽宁静的意境和氛围,可以想象到皎洁的清辉、潋滟的水波、参差的树影杂相交融的迷人景色,令人神往,可以洗涤人的心灵。"茌苒"两句则侧重在对于人生哲理的思考和人生苦短的感叹。就在这月亮不断的圆缺转换中,就在这澄澈月光的照映下,人们不断走完生命的历程,历史也就在不断演变,现实的今天很快就会成为人们缅怀的古代。人生如此短暂,而我们就应当珍惜今天、珍惜当下。于是思绪转向对友人的思念,感情抒发自然。情生于中必发之于外,于是诗人自己赏月联想到友人的漫步江畔与望月咏怀。"越吟"的典故运用精当,设想友人崔少府在思念故乡和亲友,当然也包括诗人在内。结句"千里共如何?微风吹兰杜"寄意幽微。对于这两句的深层寓意有不同的理解:有人认为兰杜之芬芳象征崔少府的美德名声随风远扬;有人认为是以风吹兰杜隐喻二者芳洁的情操。这里特别值得注意的是"共"字,此字一下,包括双方无疑,其意是说,你我虽远隔千里,却同心共月,心息相通。其志洁情芳,有如微风吹拂兰花杜若,馨香自在。

本诗突出的艺术特点是融写景、说理与抒情于一体，而且景因情择，情因景生，在情景交融的描写中，曲折细致地表达丰富细腻和深刻睿智的情感。另外，作者紧扣"玩月"二字展开联想和想象，布局谋篇，结构很美。在用典方面，巧妙化用王粲《登楼赋》中的"庄舄显而越吟"，谢庄《月赋》中的"美人迈兮音尘阙，隔千里兮共明月"等词语典故，扩展了感情含量，同时增加凝重的历史感，加重了抒情的力度。

丘为／约703—约798

苏州嘉兴（今浙江嘉兴）人。玄宗天宝二年（743）登进士第，累官太子右庶子，卒时年九十六岁。同王维、刘长卿友善。以孝敬继母闻名于世。为人谦逊有礼。其诗多为五言，大致写田园风物。原有集，已佚，《全唐诗》存其诗十三首。

寻西山隐者不遇

丘 为

绝顶一茅茨①，直上三十里。扣关无僮仆，窥室惟案几。若非巾柴车②，应是钓秋水。差池③不相见，黾勉④空仰止⑤。草色新雨中，松声晚窗里。及兹契⑥幽绝，自足荡心耳。虽无宾主意，颇得清净理。兴尽方下山，何必待之子⑦。

注释　①茅茨：茅草屋。②巾柴车：意谓乘车出游。巾，指给车子盖上帷幔。柴车，指简陋粗劣的车子。③差池：原意是参差不齐，这里指错过。④黾勉：勉力，努力，此有殷勤意。⑤仰止：仰望，向往。⑥契：契合，吻合。⑦之子：这位先生，指隐士。

译文　　西山的绝顶有一座茅屋，从山下上去大约要走三十里。轻叩柴门却没有童仆答应，从门缝窥望只能看见桌子和茶几。看来主人不是乘坐柴车出游，就是到清澈的秋水旁去钓鱼。阴差阳错未能相见，我的殷勤寻访和由衷向往只是徒劳而已。但是眼望草色在新雨的润泽下一片葱茏，风吹松树的声音进入傍晚的窗户里。这种幽静脱俗的美景与我的心灵完全契合，我忽然感觉心满意足无限舒畅和惬意。虽然没有宾主相欢的愉悦，但我领悟了清净悠闲的深刻道理。兴致已尽我就走下山来，何必一定要等到见到主人才肯回去。

评析　　描写隐逸生活或寻访隐士的诗在古诗中比较常见，但本诗读后却能给人以新颖别致的感觉。这种新颖别致的感觉主要来自构思的新颖别致。诗人去寻访隐者却没有见到，这是令人失望和沮丧的，但诗人却写出了独特的感受，写出自己的"得"，而且"得"还胜于"失"，难道这种感受还不新颖别致吗？

　　诗按照顺序依次写来，先写"寻"。一直到三十里路以上的山顶去寻访隐者，一是这位隐士是真隐，居住的地方竟在三十里路以上的山顶，可见其远离世俗尘嚣，二是也表明诗人的真心景仰。"直上"显示山路陡峭难行，居然不怕艰苦劳累。但上去之后，敲门无人，岂不扫兴？接下几句表现出扫兴的淡淡愁思。先猜想主人干什么去了，乘车出游或钓鱼都是隐居者典型的生活情调。徒自景仰羡慕却不能相见，白跑一趟。这是"差池"二句的意思。如果没有这层铺垫就不真实了，不符合人之常情。因为主人不在，居所空无一人，给诗人观察鉴赏提供了方便，可以尽情大饱眼福。"草色新雨中，松声晚窗里"有声有色，宁静和谐，没有一点儿世俗的喧嚣，更没有官场的钩心斗角，一切都适意轻松，一片天然纯美，到处是勃勃生机，生命的律动与宇宙同韵。诗人被这种境界感染，不仅一扫"空仰止"的惆怅心情，而且欣然陶醉于"及兹契幽绝"的妙境，虽然没有得到主人的接待，却悟出"清""净"才是大美的禅理，使得诗意顿放异彩。最后用"兴尽方下山，何必待之子"结束全诗，巧妙运用王徽之"何必见戴"的高雅故事，尤为耐人寻味。《世说新语·任诞》载，王徽之（字子猷）居山阴时曾在风雪之夜乘船至剡溪寻访好友戴安道，走了一夜才到达戴的门口，却不入而返。人问其故，则曰："吾本乘兴而行，兴尽而返，何必见戴？"诗人之所以援引此典极其精当，是因为他同样有"兴尽而返，何必见戴"的感受。

本诗结构紧紧围绕"寻西山隐者不遇"七字展开。前四句一一暗扣隐者、西山、寻访、不遇，并在情思表达上造成跌势。次四句在悠悠向往中，表达诗人既遗憾又仰慕的怅惘之情，紧接着又出人意料地借景生情，抒发诗人自己因为受到隐居者环境的熏染而产生超脱的幽情雅趣，并悟出"清净理"的心理感受，从而在"不遇"的遗憾中写出"有得"的心理愉悦，表现对于人生的一种理解和感悟。

綦毋潜／生卒年不详

字孝通，一作季通。荆南（今湖北江陵）人，一说虔州（今江西赣县）人。玄宗开元十四年（726）登进士第。曾任右拾遗，终著作郎。因名位不达，挂冠归隐。与张九龄、王维、李颀、储光羲、韦应物等交游酬唱。其诗喜写方外之情和山林孤寂之景，殷璠在《河岳英灵集》中评其诗曰"举体清秀，萧萧跨俗"。《全唐诗》存其诗一卷。

春泛若耶溪

綦毋潜

幽意①无断绝，此去随所偶②。晚风吹行舟，花路入溪口。际夜③转西壑，隔山望南斗。潭烟④飞溶溶⑤，林月低向后。生事⑥且弥漫⑦，愿为持竿叟。

注释　① 幽意：幽居独处、远离世俗之意。② 偶：遇，遇合，顺其自然。③ 际夜：正值入夜时分。④ 潭烟：弥漫于溪潭上空的水雾。⑤ 溶溶：浓密的样子。⑥ 生事：指人生世事。⑦ 弥漫：渺茫无尽，模糊不清。

译文　幽居的意趣始终没有断绝，此次出去游览也就是顺水泛舟。习习晚风吹送着缓缓行进的小船，在春花掩映中驶入景色怡人的溪口。正值入夜时分，小船又随溪流转入西面的山谷。举目远望，要隔山才能看到明亮的南斗。四周溪面上弥漫着浓浓的雾霭，林间的月光随着小船的前行悄悄地退向身后。人生万事就像这弥漫的雾气难以说清，我真愿意成为一个无忧无虑持竿垂钓的老头。

评析　綦毋潜是位热爱自然、厌弃钩心斗角之世俗社会的文人，他弃官归隐的举动就是很好的说明。本诗当是他归隐后所作，在描述若耶溪春天月夜的幽美景色中，寄托了诗人闲适隐逸的情怀。

开篇即以"幽意无断绝"挈领全诗，点明主旨，成为全诗感情之骨。正因有此幽意，才会随遇而安，泛舟也是漫无目的，顺水顺风信马由缰，这样才惬意。诗题中的"泛"字为全诗结构线索，小船任凭晚风吹拂，进入春花掩映的若耶溪的溪口。时光在流动，小船在漂行，南斗升起，月亮偏西，雾气在飞动，月光在后移，暗示泛舟时间之长，心情之欢洽，最后两句的感慨是即景而生，如此优美恬静的景色令人心旷神怡，更加觉得世事的喧嚣，人心的浇薄浮躁，官场的明争暗斗实在无聊，产生"愿为持竿叟"的意愿也就顺理成章了。诗人用春江、月夜、花路、小舟以及夜色下溪水上飞动的雾气，构成一幅静谧灵动神秘的春花月夜泛舟图，表达了一种高雅圣洁的情趣，具有很高的审美价值。

常建／生卒年不详

开元十五年（727）与王昌龄同榜登进士第。曾任盱眙（今属江苏）尉，后仕途失意，寓居于鄂州武昌（今属湖北），召王昌龄、张偾同隐。以山林、寺观为诗材，也有部分边塞诗，多为五言。盛唐人对他评价颇高，殷璠云："其旨远，其兴僻，佳句辄来，惟论意表。"（《河岳英灵集》）《全唐诗》存其诗一卷。

宿王昌龄隐居
常　建

清溪深不测，隐处惟孤云。松际^①露微月，清光犹为君。茅亭宿^②花影，药院^③滋苔纹。余亦谢时^④去，西山鸾鹤群^⑤。

注释　　①松际：松树边上，际，边际。②宿：喻夜静时花影如眠。③药院：种芍药的庭院。④谢时：告别社会，犹言离开尘世。⑤鸾鹤群：与鸾鹤为伍。鸾鹤，古代多指仙人禽鸟，这里喻指高人隐士。

译文　　清清的溪水深不可测，你隐居的住处唯有孤云。松林边际露出微微的月色，那清澈的月光也因为景仰您而照临。茅亭夜静好像花影都在梦中，种植芍药的庭院滋生着绿色的苔纹。如今我也要远离世俗的喧扰，隐居到西山去和鸾鹤为群。

评析　　这是一首借赞美朋友居所表现隐逸情趣的山水田园诗，境界幽雅圣洁，光影迷离，有超凡脱俗之情味，在盛唐与《题破山寺后禅院》同样被广泛流传，都是常建的代表作品。

本诗题目很有特点，也暗示出诗之主旨，因此要先厘清诗人与王昌龄之关系以及诗题的含意。常建与王昌龄是开元十五年（727）同榜进士，古代称同年，是很重要的社会关系。及第后常建只出任过盱眙县尉，其后便辞官归隐。王昌龄仕途不顺，但一直坚持着。王昌龄在出仕前，曾经在石门山隐居，石门山在今安徽含县境内，即清溪所在地。常建任职的盱眙县离此不远，可能是在其辞职前后写的此诗。而当时王昌龄本人并不在。这首诗借王昌龄隐居之所的风光景色，衬托诗人自己的弃世隐逸之情。

开头用寄宿者的眼光观察环境。"清溪深不测"一作"深不及"，不是写水深，而是写清溪水流入石门山深处而不知最后去向。王昌龄便隐居在清溪流入的石门山上，远望唯有白云飘浮，故有下句，实景中有意蕴，暗示出主人的孤高恬淡之品性。南朝齐时被称为"山中宰相"的陶弘景曾对齐高帝说："山中何所有，岭上多白云。只可自怡悦，不堪持赠君。"其后"白云"便相沿成为隐士居处的象征。但这里用了"孤云"而不是"白云"，清人徐增解释说："惟见孤云，是昌龄不在，并觉其孤也。"中间四句具体描绘老朋友隐居处的环境，想象当年的高雅清幽的生活情趣。"松际露微月，清光犹为君"可见茅屋的旁边有松树，月亮从树梢上渐渐升起，静谧深沉。月光下，庭院里的花影依稀，仿佛睡着，暗示无风，更增加宁静之感。栽植药草的院子里因为主人长期不在而生长了苔藓。松树、鲜花、药草都衬托着隐居者的高洁和对于生活的热爱。最后两句表达自己的意愿，看到此情此景，诗人也产生强烈的归隐意念，于是说"余亦谢时去，西山鸾鹤群"。常建辞官后归隐家乡武昌樊山，即西山。看来常建确实是位热爱自然厌弃尘世的清静高人，因此才能写出如此清静幽雅的诗章。

荆州江陵（今湖北江陵）人，郡望南阳（今属河南）。曾任嘉州（今四川乐山）刺史，后人称"岑嘉州"。玄宗天宝五载（746）登进士第。天宝年间两次出塞，先随高仙芝到安西、武威，后又往来于北庭、轮台间。客死成都。以边塞诗闻名，为盛唐边塞诗派代表作家之一，与高适并称"高岑"。其诗雄奇奔放，擅长描写边地风光和戎马生涯，元辛文房赞其"诗格尤高，唐兴罕见此作"（《唐才子传》卷三）。长于七言歌行，今人有陈铁民、侯忠义有《岑参集校注》。

与高适薛据① 登慈恩寺② 浮图③

岑 参

塔势如涌出，孤高耸天宫。登临出世界④，磴道⑤盘虚空⑥。突兀压神州，峥嵘如鬼工。四角碍白日，七层摩⑦苍穹。下窥指高鸟，俯听闻惊风。连山若波涛，奔走似朝东。青槐夹驰道⑧，宫观⑨何玲珑⑩。秋色从西来，苍然满关中⑪。五陵⑫北原上，万古青濛濛。净理⑬了可悟，胜因⑭夙所宗。誓将挂冠⑮去，觉道⑯资无穷⑰。

注释　　①薛据：荆南（今湖北江陵一带）人，开元时进士。②慈恩寺：位于长安曲江北，唐高宗做太子时为他母亲文德皇后祈福而修建，故称"慈恩"。俗称大雁塔。至今保存完好，是著名文物古迹。③浮图：也作"浮屠"，即宝塔，是梵文"佛陀"的音译。④世界：此指人间。⑤磴道：指塔内阶梯。⑥盘虚空：在空中盘旋。大雁塔在内部有楼梯，可盘旋而上。⑦摩：挨着，擦着。⑧驰道：指皇帝车驾通行的御道。⑨宫观：泛指宫殿。观，犹"阙"，皇宫门前两旁高大的楼台。⑩玲珑：精致、精巧。⑪关中：指东起函谷关、西至陇关之地。⑫五陵：即汉代高祖长陵、惠帝安陵、景帝阳陵、武帝茂陵、昭帝平陵。⑬净理：指佛教中清净玄妙的道理。

⑭胜因：佛学讲因果，胜因即善因，与恶因相对。因，因缘。⑮挂冠：《后汉书·逸民传》载，逢萌至长安，见王莽欲篡权，感到天下将乱，于是把官帽挂于城门，全家弃世隐去。后多以挂冠喻辞官归隐。⑯觉道：佛学中的大觉之道。大觉，指释迦牟尼所达到的大彻大悟的境界。⑰资无穷：受用不尽。资，供用，应用。

译文　　宝塔的气势宛如平地涌起，孤零零地高耸直向天宫。登上宝塔仿佛远离喧嚣的尘世，层层台阶盘旋而上，到达云雾缥缈的天空。它高高拔起镇守着神州大地，建筑雄伟不凡如同鬼斧神工。宽阔的四角遮住耀眼的日光，七层高塔的顶端紧紧挨着苍穹。在塔上俯望指点高空的飞鸟，俯身可以听到迅疾惊人的风声。遥望绵延起伏的群山如波涛翻涌，仿佛都在匆匆奔走直接向东。俯瞰两行青槐夹着笔直的御路，宫殿楼台该是何等的精致玲珑。那浓浓秋色从西方弥漫而来，苍苍茫茫遍布整个关中。五个汉代陵墓坐落在北面的高原之上，千百年来一直都郁郁葱葱。登临此塔我才彻底领悟佛学中的清净妙理，何况高明的因果轮回学说我向来就很尊奉。如今我誓将弃官归隐园林，佛学中的大彻大悟之道实在让人受用无穷。

评析　　天宝十一载（752）秋，诗人和高适、薛据、杜甫、储光羲五人同登大雁塔，高适和薛据先作诗，杜甫、岑参和储光羲后作。五个重量级诗人同时登塔同时作诗，除薛据诗散佚外，其他四首都流传下来了，可见盛唐诗坛的阵容和气势。这时期是李林甫执政后期，朝政日非，江河日下，诗人出塞归来，实践使他认识到盛世的辉煌已经过去，社会矛盾已逐渐白热化，天下潜伏着巨大的危机，故诗中的景象描写中弥漫着迷蒙苍凉的情绪，诗人也开始厌倦官场，产生归隐之意。

　　本诗结构清晰，开头八句写大雁塔的气势和建筑特色，高耸挺拔的外形，盘旋曲折的内部楼梯，四角遮阳的效果等历历在目，凡登过大雁塔的人都会产生同感。"下窥"以下八句写登塔后所见之景，远处是起伏连绵的群山，有如波涛汹涌的大海向东奔腾。近处是一条宽阔的官道，从两行青翠的槐树间伸向壮丽的皇宫。西面是一马平川的关中平原，秋色茫茫一派萧索。北面是烟笼雾绕、松柏苍苍的高原帝陵。景色中充满迷茫凝重之感，可以体会出诗人对于当前社会的困惑与迷茫。因此才写出最后四句，抒发领悟佛学妙谛，要挂冠归隐，彻悟佛学的感慨。

沈德潜在《唐诗别裁集》评此诗说："登慈恩塔诗，少陵下应推此作。高达夫、储太祝皆不及也。"施补华在《岘佣说诗》中评此诗"雄劲之概，直与步陵匹敌"。他们都给予了很高的评价。

元结／719—772

字次山，自号元子，又号浪士、漫郎、漫叟、聱叟等。先世本鲜卑拓跋氏，北魏孝文帝时改姓元。其先居太原（今属山西），后迁居鲁山（今属河南）。玄宗天宝十三载（754）登进士第，曾抗击安史叛军，立有战功。后任道州刺史。诗文兼长，为中唐古文运动与新乐府运动之先导。其诗注重反映现实。名作《舂陵行》等受杜甫褒奖。所选《箧中集》体现他反对"拘限声病，喜尚形似"（《箧中集》序）的文学主张。今人孙望有《元次山集》。

贼退示①官吏并序

元 结

癸卯岁②，西原贼③入道州，焚烧杀掠，几尽而去。明年，贼又攻永④破邵⑤，不犯此州边鄙而退。岂力能制敌欤？盖蒙其伤怜而已。诸使何为忍⑥苦征敛？故作诗一篇，以示官吏。

昔年逢太平，山林二十年。泉源在庭户，洞壑⑦当门前。井税⑧有常期^⑨，日晏犹得眠。忽然遭世变^⑩，数岁亲戎旃^⑪。今来典斯郡^⑫，山夷^⑬又纷然。城小贼不屠，人贫伤可怜。是以陷邻境，此州独见全^⑭。使臣^⑮将^⑯王命，岂不如贼焉。今彼征敛者，迫之如火煎。谁能绝人命，以作时世贤？^⑰思欲委符节^⑱，引竿自刺船。将家^⑲就鱼麦^⑳，归老江湖边。

注释　①示：给……看。②癸卯岁：即唐代宗广德元年（763）。③西原贼：指今广西西原地区的少数民族。因当时少数民族反对压迫，多次起义，与朝廷对抗，起义者被贬称为"贼"。④永：永州，今湖南零陵。⑤邵：邵州，今湖南邵阳市。⑥忍：残忍刻薄。⑦洞壑：深邃的山谷。⑧井税：古代田税制度，此泛指赋税。古代多用井（即井田制时期）税象征太平年代的轻徭薄赋。⑨常期：固定的时间，固定的数量。⑩世变：社会发生重大变故，指安史之乱。⑪亲戎旃：亲自参加军旅生活。戎，军事。旃，军旗，此代指军队。按：作者于肃宗乾元二年（759）曾任山南东道节度参谋，招募义军，抗击史思明。⑫典斯郡：掌管此州。典，主管，治理。⑬夷：指西原地区的少数民族。⑭见全：得以保全，指道州未遭再次进攻。⑮使臣：指朝廷派遣的征收赋税的官员。⑯将：奉。⑰"谁能"两句：意思是说，怎能用断绝人命的方法（指横征暴敛）来换取"贤能官吏"的称号呢？绝，断绝。人命，人民的生计。⑱委符节：弃官不做。委，弃。符节，古代朝廷使臣或外任官员所持的凭证，一般指官印。⑲将家：携带全家。⑳就鱼麦：到鱼麦之乡去。就，靠近。

译文　广德元年（763），西原人侵入道州城，烧杀劫掠，几乎抢夺净尽而去。第二年，他们又攻打永州并攻破邵州，却没有再次侵犯道州边境。难道说道州的实力已能够遏制敌人吗？不是！这不过是承蒙人家的哀怜同情罢了。你们这些催收赋税的官吏为什么竟忍心如此残酷地搜刮百姓呢？为此，我写下这首诗给那些横征暴敛的官员看。

早年我正赶上太平的时代，又在山林中隐居二十多年。清澈的泉水源头就在我家庭院，山间洞谷正对着我家门前。那时候征收赋税都有固定的日期，日上三竿时百姓依然能安稳酣眠。忽然间遭遇世道大变，几年来我也亲自参加征战。如今来管理道州州郡，就连当地的蛮贼也造反纷乱。因为城池太小反贼无意屠城，这里百姓贫穷悲惨，连贼人都同情他们。反贼攻破周围邻近的州郡，道州却独自得到保全。治理地方的官吏代表皇帝行使政令，难道还不如反贼有心肝？如今那些横征暴敛的官员，催逼百姓火烧火燎如同熬煎。谁能够用祸害百姓的人命，以此来捞取政绩而成为有政绩的贤良官员。想到这里我有心交出符节官印，自己操持竹竿亲自去划船。回到家里打鱼种麦，在江湖边度过晚年。

评析　　本诗是元结反映社会现实，同情百姓疾苦，敢于揭露统治者横征暴敛罪恶而为民请命的代表作品，感情激越深沉，令人读后难以平静。

　　小序交代写诗的背景：唐代宗广德元年（763）十二月，广西地区的少数民族"西原贼"发动叛乱，攻破道州（故治在今湖南道县）。次年五月，元结出任道州刺史。七月，"西原贼"又进攻道州邻近的永州，破邵州，却未再击道州。诗人赴任之时，道州遗户仅四千，生活十分困窘，百姓"朝餐是草根，暮食乃树皮"（元结《舂陵行》）。他见此情景，不忍加赋，曾上言请免，并作此诗严厉批评朝廷官吏的横征暴敛远甚于"贼"之劫掠的社会现实，表达了对人民的深切同情。

　　全诗共分四层，开头六句为第一层，追思往昔的繁盛太平。关键词语是赋税"有常期"，有的书将"常期"解释为固定的日期，不十分准确，主要含意是固定的限额，没有额外负担，没有苛捐杂税，而这正是太平盛世的主要标志。为全诗抨击痛斥统治阶级肆意勒索百姓提供参照，埋下伏笔。

　　从"忽然遭世变"以下八句是第二层，描写今天的现实，侧重写"贼"之行为。安史之乱突然爆发，天下纷然，但"西原贼"并没有再次攻击抢劫道州，不是朝廷有能力阻止平定，而是"贼"可怜这里的百姓太贫穷。为下面的对照议论再度埋下伏笔。

"使臣将王命"以下六句是第三层，侧重写官。"使臣将王命，岂不如贼焉"两句直接的斥责令人感到突然而震惊，将"贼"和朝廷官员相比已大胆而尖锐，居然用"岂不如"三字反问，更加重了愤激的程度。接着说"今彼征敛者，迫之如火煎"如今那些征收赋税的人，逼迫百姓好像在煎熬一样。再用"谁能绝人命，以作时世贤"进行反诘，揭示其灵魂的肮脏本质，用逼迫百姓没有活路来取得自己的政绩，一针见血，入木三分。这几句是全诗之骨，是诗人所要表达的主题所在。"西原贼"尚不忍心抢掠，而代表官府的官员却逼迫如同催命，鲜明的对比令人触目惊心。

　　最后四句表达自己的意志，不忍心虐害百姓，又无法违抗朝廷特别是贪功搞政绩的上级官员，唯一的出路只能是"委符节""自刺船"，归老江湖边。他宁可丢掉乌纱帽，也决不愿用断绝人命的方法，去换取统治阶级的赏识。这种社会良心光照千古，难怪今天阅读此诗，依然令人气愤、感动、佩服。凡是真心为社会为百姓的官员当永远受到人们的尊敬和爱戴。

　　元结是位具有仁政爱民理想的忠臣循吏，本诗便是其仁政理想的具体表现，全诗语言古朴自然，抒情真实质朴，颇见艺术功力。清人沈德潜说："次山诗自写胸次，不欲规模古人，而奇响逸趣，在唐人中另辟门径。"（《唐诗别裁集》）清人施补华亦云："诗忌拙直，然如元次山《舂陵行》《贼退示官吏》诸诗，愈拙直愈可爱。盖以仁心结为真气，发为愤词，字字悲痛，《小雅》之哀音也。"都很精到准确。

韦应物

约737—约792

京兆万年（今陕西西安）人。曾任左司郎中，人称韦左司。又曾任江州刺史、苏州刺史，人称韦江州、韦苏州。玄宗天宝十载（751）入宫为三卫郎。安史之乱后官洛阳丞，刚直为政，终官苏州刺史。秉性高洁，其诗淡远清简，人比之陶潜。多写田园风物。长于五言。白居易赞其诗"高雅闲淡，自成一家体"（《与元九书》）。有《韦苏州集》。

郡斋①雨中与诸文士燕集

韦应物

兵卫森②画戟③，燕寝④凝清香。海上⑤风雨至，逍遥池阁凉。烦疴⑥近消散，嘉宾复满堂。自惭居处崇⑦，未睹斯民康。理会是非遣⑧，性达形迹忘⑨。鲜肥属时禁⑩，蔬果幸见尝⑪。俯饮一杯酒，仰聆⑫金玉章⑬。神欢体自轻，意欲凌风翔⑭。吴中⑮盛文史，群彦⑯今汪洋⑰。方知大藩⑱地，岂曰财赋强？

注释　①郡斋：指苏州刺史官署中的客厅。②森：如同树林般密密地排列。③画戟：古代兵器名，似矛而在枪尖下两边横出利刃，能直刺横击，柄上饰有画纹。④燕寝：小寝，相对于"正寝"而言的起居休息处所。燕：休息。⑤海上：苏州东边的海面。⑥烦疴：此指烦躁郁闷。疴，本指疾病，此处指不舒服。⑦居处崇：占据很高位置。这里指刺史高位。⑧是非遣：指排遣是非俗念。⑨形迹忘：指不拘泥于世俗礼节。⑩属时禁：属于目前所禁食的。唐高祖武德二年（619）正月下诏，每年正月、五月、九月，凡是禽兽之类一律不准捕杀宴食。而此次聚宴正在五月，故有此语。⑪幸见尝：希望得到客人品尝。⑫仰聆：抬头恭听。⑬金玉章：指文采华美、声韵和谐的诗文。⑭凌风翔：乘风翱翔。⑮吴中：此指苏州。苏州在春秋属吴国，故云。

⑯群彦：众多才华出众之士。彦，出色的学者。⑰汪洋：本指深广宏大，这里指才士群聚。⑱大藩：大的州郡，此指苏州。

译文 衙门前密密麻麻地排列着卫兵的画戟，休息室里萦绕着缕缕清香。东边海上的风雨吹来时，凉爽的水池亭阁令人神清气爽。一天的烦躁郁闷刚刚消散，贵客嘉宾又济济一堂。我实在惭愧身居刺史的高位，却未能看到这里的百姓们快乐安康。看透事理才能排遣是非观念的骚扰，性情通达就可以忘掉烦琐的礼仪典章。灾荒时节鲜鱼肥肉正在禁用，蔬菜水果请诸位品尝。低头喝下一杯淡酒，抬头聆听着精金美玉的诗章。精神愉悦身体自然觉得清爽，不由得想要乘长风凌空翱翔。苏州历来是文化兴旺发达之地，人才济济宛如大海汪洋。这才知道这广阔的大州之地，所富有的不仅仅是财赋和钱粮。

评析 本诗作于唐德宗贞元五年（789），诗人在苏州刺史任上。主要表现以文会友，招待当地文人宴饮交流诗文的盛事，其间也有无力使百姓安康的自责情怀，感情真实而复杂。

开头两句写卫兵排排、画戟森森的室外场面和香烟缭绕、清香满厅的屋内氛围，创造出典型的官邸环境，简明逼真，气象立出，《唐诗纪事》说："乐天《吴郡诗石记》独书'兵卫森画戟，燕寝凝清香'。"可见对其重视的程度。三、四句进一步渲染海风吹来、飞雨飘落、池阁生凉的爽人景象。构成第一层次。"烦疴近消散，嘉宾复满堂"两句有具体含义，我们现在难以搞清。当指政务繁忙，烦心之事近日才结束，因此才有闲暇招待文人贵客。"自惭居处崇，未睹斯民康"是向众位宾客的表白，也是诗人内心世界的真实流露。中唐前期，韦应物是著名的爱民好官。忧国忧民的思想是一贯的，在《寄李儋元锡》诗中说"身多疾病思田里，邑有流亡愧俸钱"与这两句诗可参看。"理会是非遣，性达形迹忘"感情也很复杂，因为无法解决百姓的许多难题，他可能经常烦恼郁闷，但整个社会大环境不好，一个地方一个部门一个官员是无能为力的，有时候也很无奈，因此韦应物才会发如此之深慨。"鲜肥属时禁"

以下描述宴会时的欢乐情景以及诗人的主体感受。

另外，本诗还有一大用意，被人忽视。即诗人最后提出社会硬环境与软环境的关系，明确提出文化对一个地方发展的重要性。指出吴中不仅财赋多，而且"盛文史"，"群彦今汪洋"，这种认识是很深刻的。《唐贤清雅集》评此诗说："兴起大方，逐渐叙次，情词蔼然，可谓雅人深致。末以文士胜于财赋，成为深识至言，是通首归宿处。"

初发①扬子②寄元大③校书④

韦应物

凄凄去亲爱，泛泛入烟雾。归棹⑤洛阳人，残钟广陵⑥树。今朝此为别，何处还相遇？世事波上舟，沿洄安得住？⑦

注释　①初发：刚启程。②扬子：即扬子津。在今江苏扬州市江都区南，为唐时长江南北交通要道重要渡口。③元大：姓元，排行老大，生平不详。④校书：校书郎的省称，官名。掌管校勘书籍文字。⑤棹：船桨，此代舟。⑥广陵：扬州别名。今江苏省扬州市。⑦"世事"两句：意谓世事犹如波上行船，无论顺流而下，还是逆水而上，都不能停船。

译文　凄情满怀离开至亲至爱的朋友，小舟行驶在江面上漂然荡入弥漫的江雾。我这位乘舟归向洛阳的人，依稀能够听到扬州的钟声，看到扬州的树木。今天如此分别，不知什么时候才能相遇？人生世事仿佛水上的船只，不是顺水就是逆流，何时才能停住？

评析　本诗是离开朋友归乡途中所写，属于离别作品，寓情于景，抒发了浓重的离情别绪和身世沉浮的感慨。

韦应物为什么要离开扬州，诗题中寄书的元大校书是什么人难以确考，但从诗的意境看，诗人和元大校书关系不错。因此在他刚刚离开扬州不远，便创作了此诗。船只行驶在江面上，雾气蒙蒙，依稀可以听到扬州寺庙里的钟声，依稀可以看到扬州城江边的树影，此为写实，可见扬州景象还在诗人的视线之内。"归棹洛阳人，残钟广陵树"两句成为名句而被人们称道。主要是这两句传达出一种心思、一种情境。诗人和朋友分手时依依不舍，但因为要返回故乡洛阳不得不走，因此乘船离开。按理说，归棹还乡，应当高兴，但诗人却更依依恋友，然而随着行船离开，留恋之情难以遏制，于是诗人一直回头眺望着，江面上的雾气增加心头的惆怅，此时又传来广陵城寺庙的钟声，模糊的树影，清远悠扬的钟声，怅惘的心情打成一片，造成一种迷惘忧伤的意境，将离人的心绪完全消融在这种境界之中。

"今朝此为别，何处还相遇？"我们今天在这里分别，什么时候还能重逢？是自问，也仿佛是在问对方，因为诗是要寄给元大校书的，当然有这种语气在内。刚分手就期盼重逢，更加重感情亲密的程度。"世事波上舟，沿洄安得住？"最后用听天由命作结，我们在社会上就仿佛船只行驶在水面，总是到处奔波，难以自己把握自己的命运。因此我们也不必感伤，聚散离合，升沉荣辱，一切都顺其自然吧！在无奈中安慰双方，同时也是解脱困惑的一种明智的选择。《唐诗别裁集》评此诗云："写离情不可过于凄婉，含蓄不尽，愈见情深，此种可以为法。"

寄全椒山①中道士

韦应物

今朝郡斋②冷，忽念山中客。涧底束荆薪，归来煮白石③。欲持一瓢④酒，远慰风雨夕。落叶满空山，何处寻行迹？

注释　　①全椒山：指全椒县西三十里的神山。全椒，唐代滁州属县，今属安徽。②郡斋：刺史官署中的客厅。韦应物于唐德宗建中四年（783）夏任滁州刺史。③ 煮白石：《晋书·鲍靓传》载鲍靓入海遇风，饥取白石煮食之。葛洪《神仙传》载，白石先生尝煮白石为粮，又居白石山，故时人称其为白石先生。此借指山中道士淡泊清苦的生活。④ 觚：古代一种盛酒的器具。

译文　　今天衙门的客厅里冷冷清清，我忽然思念起全椒山的道士来。他可能正在山涧下捆束薪柴，回到道观里水煮白石和野菜。我想带着一觚酒赶过去，哪怕路途遥远，想在这风雨的傍晚慰问你的辛苦的倦怠。可是满山都是吹落的树叶，我实在无法寻找到你的所在，这让我感到茫然和无奈。

评析　　从诗题看是寄全椒山道士的诗，诗眼是"冷"字，落笔即写寂寥冷清的"郡斋"环境，实际是写自己心境的冷，委婉表达出诗人对官场生活的厌倦。

"今朝郡斋冷，忽念山中客。"开篇点题，写郡斋冷冷清清，因为环境冷清，心里更冷清寂寞空虚，忽然思念起山中的客人，客人便是诗题中的道士。只此一句就可体会出诗人与道士的关系非常密切，否则怎么会在冷清的时候思念他呢？接着诗人借助联想和想象揣度"山中客"的具体生活情景。"涧底束荆薪，归来煮白石"之句虚拟想象，并非当时真实生活就是如此。但虚中有实，是往昔诗人与道士交往时看到的生活情景的再现。道士是一位清苦修炼的世外高人，诗人是位忠于职守的清廉官吏，因此都"冷"，这便是联系二人的关键，也是诗歌感情抒发的关键。最后四句的设想在关怀中寓有无限深情。作者由"郡斋冷"，写到"风雨夕"，环境渲染增进一步，心境表达又深一层。由己及彼，两处一心，在萧索中见出空廓，在平淡中寓有深情。结尾两句"落叶满空山，何处寻行迹"意境更妙。叶落空山映衬着空幽寂静的山林，表明道士居无定所，随遇而安，潇洒至极。《许彦周诗话》载："韦苏州诗：'落叶满空山，何处寻行迹？'东坡用其韵曰：'寄语庵中人，飞空本无迹。'此非才不逮，绝唱不当和也。"认为苏东坡的诗句不如韦应物的原作，不是苏东坡才气不够，而是绝唱之诗句不应当唱和，对于这两句诗的评价无以复加。施补华《岘佣说诗》也说："《寄全椒山中道士》一作，东坡刻意学之而终不似。盖东坡用力，韦公不用力；东坡尚意，韦公不尚意，微妙之诣也。"能够受到如此赞美，连苏东坡都尽力效仿，可见本诗的艺术造诣之高。

长安遇冯著①
韦应物

客②从东方来，衣上灞陵③雨。问客何为来，采山因买斧。冥冥④花正开，飐飐⑤燕新乳⑥。昨别今已春，鬓丝生几缕？

注释　①冯著：中唐诗人，韦应物的朋友。②客：指冯著。③灞陵：古地名，在长安东。因汉文帝葬此，故得名。唐时为著名隐逸之地。④冥冥：此指花簇云集，色泽厚重幽暗。⑤飐飐：轻快飞翔的样子。⑥燕新乳：指燕子父母正在哺育新燕。

译文　你从东方来到这里，衣服上还沾着灞陵的春雨。问你为何事而来到这里，你说为采伐山上的树木而前来购买一把板斧。如今那百花正在繁盛地开放，燕子飞来飞去忙碌着喂养新孵化的燕雏。刚刚离别又到了春天，咱们俩鬓角上的白发又多了几缕。

评析　唐代自从李林甫执政后，政治逐渐黑暗。安史之乱后更是江河日下，许多德才兼备之贤士报国无门，抑郁困顿。从韦应物的诗以及同时代其他诗人的作品来看，冯著是一位德才兼备的贤士。但终生不遇，先后应广州刺史李勉之邀入幕为录事，卢纶、李端推举为著作郎及洛阳县尉等，始终沉沦下僚，未能伸展才志。韦应物有四首诗赠给他，可见与他关系密切，感情深厚。

韦应物于大历四年（769）到十三年（778）在长安，冯著则在大历四年（769）离开长安到广州，十二年（777）返回长安。从全诗语气和"昨别"两句体会，本诗当作于大历十二年（777），冯著从广州回到长安之后。冯著在广州十年，仍未谋得一官半职，其黯然的心境是可想而知的。在这种情况下，韦应物题诗相赠，在深表慰问和同情中，表达了诗人对友人的一片深情。

前两句用"衣上灞陵雨"委婉表达友人因仕途落拓，已与那些隐逸之士一样。这里的"灞陵"非实指，是借隐士居所表达遁世之情。灞陵在长安东郊山区，是长安附近著名隐士居所，东汉著名高士梁鸿、卖药的韩康都曾经在此隐居遁世。因此前两句带有调侃的口吻，说老朋友有隐士风度。接着两句用问答方式进一步说明自己的判断正确。因为冯著来长安是购买斧子以进山砍柴伐薪。"采山因买斧"属于倒装，是因为要进山采伐所以来买斧子等工具。在官场挣扎十多年，最后却落得这么个结局，是很悲哀的。但诗人马上把语气一转，写春天山中的美景，"冥冥花正开，飏飏燕新乳"，色彩浓重簇簇盛开的鲜花，忙碌哺育幼雏翩翩飞舞的燕子，该是多么赏心悦目的情景，那美丽的山光水色，那新鲜润泽的空气，对于人的身心健康又是多么难得的地方？最后两句说："昨别今已春，鬓丝生几缕？"从以前咱们分别，看我们都老许多，两鬓都增加几缕白丝，人生苦短，就不必郁闷惆怅了。隐居不也很好吗？其实这是朋友之间无力援助时的一种安慰。感情深厚，无奈中有鼓励，要勇敢面对现实，热爱生活。即使现在，眼看自己最熟悉的德才兼备的朋友甚至学生遭受压抑的情况也只能如此安慰而已，因为社会政治如同没有头绪的魔方，说不清道不明，只能如此安慰而已。

夕次盱眙①县

韦应物

　　落帆②逗淮镇，停舫临孤驿③。浩浩④风起波，冥冥⑤日沉夕。人归山郭暗，雁下芦洲白⑥。独夜忆秦关⑦，听钟未眠客。

注释　　①盱眙：唐属泗州，在淮水南岸，今属江苏。②落帆：放下船帆停船。③驿：驿站，古代供传递公文或官吏途中住宿的地方。④浩浩：盛大无边的样子。⑤冥冥：幽暗不清的样子。⑥芦洲白：水中陆地长满芦苇，苇花盛开，呈一片白色。⑦秦关：韦应物的故乡在长安，古代长安属秦地。

译文　　落下船帆停泊在淮水岸边的小镇，船舫面对着孤零零的驿站。狂风掀着波浪江水翻涌，苍茫暮色中眼看夕阳渐渐沉下西山。山城昏暗人们纷纷回归家里，沙滩的芦苇中落下几只大雁。深夜静悄悄独自遥想长安，江岸传来的阵阵钟声更令人难以入眠。

评析　　韦应物出身于关中望族，早年曾任三卫郎，安史之乱后折节读书，学问大增，刚正廉洁，曾出任洛阳丞，因鞭打仗势欺人的神策军，即宦官统辖的军队被罢官。其后于代宗永泰二年（766）游览淮海，到达广陵。从本诗情形看，当是此行途中所写。抒发游子思乡之情。

　　动乱的年代，刚刚被罢官的志士，到外地游览寻找出路，心情当然不会很好。"落帆逗淮镇，停舫临孤驿"叙事点明地点，"临孤驿"值得注意，唐代驿站是官员上任食宿之处，韦应物没有去住驿站，而是睡在船上，可知属于私人出行，不是官差。有人说本诗是赴任途中所作，不确。"浩浩风起波，冥冥日沉夕"两句写所见所感。风大浪急，波涛翻涌，日落西山，景色黯淡苍凉。"人归山郭暗，雁下芦洲白"两句描写生活景象，充满生活气息，是本诗中最精彩之处。夜色中人们都回归家园，大雁也向沙滩上的芦苇丛中落下，一个"白"字凸现出夜色之暗，给人的印象很深刻。《批点唐诗正声》

说："'白'字入妙，正见夕暗之态。"所见极精到。日暮天黑，人们回家，鸟儿入巢，大雁落向沙滩，各有归宿，唯独诗人漂泊在外，孤独寂寞。看到他人回家过团圆和美的家庭生活，最能勾起游子的思乡情怀，这是最普遍的感情，因此后面"独夜忆秦关，听钟未眠客"两句就如同水到渠成一般，通过深夜失眠表现强烈的怀念故乡的情愫，深沉而真挚。

东 郊
韦应物

吏舍^①跼^②终年，出郊旷清曙。杨柳散和风，青山澹吾虑。依丛适自憩，缘涧还复去。微雨霭^③芳原，春鸠鸣何处。乐幽心屡止，遵事^④迹犹遽。终罢斯结庐，慕陶^⑤直可庶^⑥。

注释　　①吏舍：官署。②跼：拘束，束缚。③霭：云气，此为动词，有笼罩之意。④遵事：遵奉王事，指做官。⑤慕陶：仰慕陶渊明的为人。⑥庶：接近。

译文　　整年在官署过着拘谨单调的生活，实在令人枯燥烦闷，早晨来到山边郊外，顿觉视野开阔空气清新。杨柳依依散发着温柔的清风，青山苍翠洗涤了我烦躁的心。随便在一个树丛凭倚着休息一会儿，沿着小溪的流水信步而漫不经心。微雨后的草原有淡淡的芬芳，斑鸠鸟不知在什么地方唱着美妙的音乐。欣赏这种幽静的美景，我曾几度想留在这里，无奈公务在身不得不很快回到衙门。早晚我会辞去官职到这里建造茅屋，以实现美慕陶渊明的凤愿和初心。

评析　　本诗写一次郊游的经过和心理感受。人之思想感受是会随着景色的变换而不断变化的。本诗通过对郊外清新幽雅风光的描绘，反衬出身受官务束缚的失意，曲折表现对官场的厌倦和意欲归隐山林的情思。

开头两句，诗人用官署之"跼"与郊游之"旷"进行鲜明对比，表现在广阔大自然中尽情享受的乐趣。接着，诗人再用一"散"和"澹"，化静为动，仿佛诗人心中之烦闷，因风摇柳梢而消散，因山峦的翠碧欲滴而尽除。"依丛适自憩，缘涧还复去"两句写诗人被美景所陶醉，流连忘返。经过依丛小憩之后，又在寻幽探胜中，步入"微雨霭芳原，春鸠鸣何处"的天然佳境。两句诗色彩鲜明，音韵和谐，洋溢着生命的阳光，给人一种勃勃生机的深刻印象。在蒙蒙春雨的滋润下，原野的芳草散发着淡淡的馨香；春鸠此鸣彼和，仿佛是恋人的情歌清脆悦耳。诗人被这美景陶醉，热爱这种幽静清新的生活而多次想隐居，但自己还有社会责任，"邑有流亡愧俸钱"，因此暂时还要回到官衙为百姓解决困苦。最后两句"终罢斯结庐，慕陶直可庶"，是韦应物多年的心声，他羡慕陶渊明，并真心想效法陶渊明，并以实际行动追随陶渊明的遗风，过隐居清静的生活。那么，诗人是否出于附庸风雅而偶感生发呢？不是的。应当说，韦应物在很长时间里思想是很复杂矛盾的，他厌倦官场的钩心斗角相互倾轧，向往清静悠闲的生活。但拯救天下苍生，以天下为己任的儒家思想始终占据他思想的主要位置，他是位有社会责任感，有爱民之心的高尚的封建士大夫，也是封建社会的清官廉吏，当社会责任和自我清静发生矛盾冲突时，他选择了前者。这种精神是应当肯定的，与那些钻营取巧拼命买官爬官，当官后巧取豪夺，鱼肉百姓者非同类也。其实，人之高尚卑劣不在于干什么，而在于干得怎么样。

送杨氏女 ①

韦应物

　　永日方戚戚，出行复悠悠 ②。女子今有行 ③，大江溯 ④ 轻舟。尔辈苦无恃 ⑤，抚念益慈柔。幼为长所育，两别泣不休。对此结中肠 ⑥，义往 ⑦ 难复留。自小阙内训 ⑧，事姑 ⑨ 贻我忧。赖兹托令门 ⑩，任恤 ⑪ 庶 ⑫ 无尤 ⑬。

贫俭诚所尚^⑭，资从^⑮岂待周。孝恭^⑯遵妇道，容止^⑰顺其猷^⑱。别离在今晨，见尔当何秋？居闲始自遣，临感忽难收。归来视幼女，零泪缘缨^⑲流。

注释　① 杨氏女：指嫁给杨家的女儿。诗人长女。② 悠悠：愁思绵绵，没有心情。③ 有行：指出嫁。④ 溯：逆流而上。⑤ 无恃：母亲早逝，失去依靠。⑥ 结中肠：哀伤之情郁结于心。⑦ 义往：理应出嫁。⑧ 内训：母教。⑨ 事姑：侍奉婆婆。⑩ 托令门：托付给善良的人家。令，善。⑪ 任恤：仁慈爱怜。⑫ 庶：可能。⑬ 尤：指责，责备。⑭ 诚所尚：确实值得我们所崇尚。⑮ 资从：陪送的嫁妆和童仆。⑯ 孝恭：孝顺恭敬。⑰ 容止：仪容举止。⑱ 猷：规矩。⑲ 缨：系帽的带子。

译文　近日来整天闷闷不乐，出门走走心情也是忽忽悠悠。我的大女儿今天将要出嫁，即将乘坐轻舟在大江逆流而上。她们姊妹俩命苦从小就失去母亲，我对她们的爱抚更加仁慈温柔。小女儿是大女儿抚育长大，姐俩感情深厚，分手时哭得难以停休。这种时候我也留恋难舍，但女大当婚毕竟难以久留。女儿自小缺乏母亲的教诲，能否侍奉好公婆令我担忧。幸亏嫁给一个通情达理的好人家，会关怀爱护你不能苛求。清贫俭朴是高尚的行为，给你的嫁妆实在不多连童仆也没有。希望你孝顺恭谨遵守妇道，仪容举止都要符合规矩和要求。今天早晨我们即将分离，不知再见面要等几度春秋。平日闲居无事还可自我排遣，临别时的感伤却一发难收。送走你回来看到孤单的小女儿，辛酸的泪水沿着帽带止不住地潸然流下。

评析　这是充满父爱的诗，在表现父爱的诗篇中是出类拔萃的。读后令人心情沉重，那无所不在的博大细微的父爱亲情将会感染所有读者。特殊的父女关系和真情的流露抒写是本诗感人的关键。韦应物妻亡较早，两个女儿都很小。他对两个没妈的孩子特殊关怀，而大女儿又帮助他抚养小女儿。父女三人的亲密关系可以想象。这是送大女儿出嫁后写的诗，如叙家常，没有任何的雕琢和典故，好像一个慈祥的父亲在向女儿倾诉衷肠，娓娓动听，循循善诱。

　　诗歌按照顺序写来。"永日方戚戚，出行复悠悠"，追思女儿出嫁前的矛盾痛苦以及失落空虚的心境，寝食难安、坐卧不宁的情绪表现得很准确。"女子今有行，大江溯轻舟"两句揭示原因，因为自己的女儿要远嫁他乡。沿大江溯流而上，行程能近吗？"尔辈苦无恃"以下六句抒写自己对两个女儿的慈爱以及分别时的痛苦情状，尤其是"两别泣不休"的情景更令人揪心。小女儿可以哭泣不止，但他不能，因为当父亲的要替女儿着想，因此"对此结中肠，义往难复留"，无论如何难舍难分，但大义所在，不能耽误女儿的终身。这是一位深明大义的慈父应有的情怀，博大而深沉。"自小阙内训，事姑贻我忧。赖兹托令门，任恤庶无尤"四句担忧中有自慰，嘱托中有安抚。"贫俭诚所尚，资从岂待周"两句是对于女儿带有歉意的教诲，虽然父亲给你的嫁妆不多，但节俭是高尚的美德，这其实算不了什么，希望你不要介意。"孝恭遵妇道，容止顺其猷"是对女儿婚后的希望和告诫，是父母应有的态度。"别离在今晨，见尔当何秋？"两句写女儿刚走就思念盼望再见的心情，与前文逻辑有些松散，正见其心情恍惚感伤之深。"居闲始自遣，临感忽难收。归来视幼女，零泪缘缨流。"四句写送女儿走后自己的情态，平时还总觉得能够排遣忧愁，可是你真的走后我实在忍受不了，尤其是看到你孤零零的妹妹，我的眼泪止不住地流。全诗字字无华语，句句凝深情，是一位慈祥的父亲怀着慈祥的心情用慈祥的眼泪写成的充满慈祥父爱的精彩诗章。如果从古诗中选出表现父爱最优秀作品的话，我推本诗为第一。从近来出土的韦应物碑文中可以知道，韦应物的长女嫁给了杨凭，杨凭便是柳宗元的岳父。

柳宗元 / 773—819

字子厚，河东（今山西运城）人，后人称"柳河东"。晚年出任柳州刺史，后人又称"柳柳州"。德宗贞元九年（793）登进士第，后考中博学宏词科。任校书郎、蓝田尉、监察御史里行。因参与"永贞革新"被贬为永州司马。与韩愈共同提倡古文，并称"韩柳"，为"唐宋八大家"之一。其诗风格清峭，多为抒写贬谪生活的愤懑及对山水景物的独特感受。有《柳河东集》。

晨诣① 超师② 院读禅经③

柳宗元

汲④井漱寒齿，清心拂尘服。闲持贝叶书⑤，步出东斋读。真源⑥了无取，妄迹⑦世所逐。遗言⑧冀可冥⑨，缮性⑩何由熟。道人庭宇静，苔色连深竹。日出雾露余⑪，青松如膏沐⑫。澹然离言说，悟悦⑬心自足。

注释　　①诣：到。②超师：法名叫超的高僧。③禅经：禅宗的经书，也泛指佛经。④汲：打水。⑤贝叶书：即佛经。印度出产一种叫贝多（梵语）的树，僧人最初用其叶书写佛经，故称。⑥真源：真理的本源。⑦妄迹：虚妄的事情。⑧遗言：佛经中传下来的至理名言。⑨冥：默契，指心领神会。⑩缮性：修心养性，使之完善。⑪雾露余：指早晨残余的雾霭和露珠。⑫膏沐：古代妇女润发的油脂，此处形容松树为雾露所润泽。⑬悟悦：悟道的喜悦。

译文　　打来清凉的井水漱漱口，心情清闲地拂去衣上的尘土。手持佛教的经书，走出东斋潜心诵读。可叹世人对佛经的真谛全然没能领会，只是追求一些荒诞不经的长生与福禄。我多么希望能从佛经中领悟到精妙的真理，然而苦于不能静心修行而无法心领神会。超师的禅院幽静清雅，苔色青青一直延伸到竹林深处。初升的太阳照着残雾和晨露，翠碧的松枝宛如涂上油脂般润泽肃穆。此景此情令我的心境清明宁静，用任何精妙的语言都无法倾诉。我感到一切都虚幻空无没有言语可说，悄然领悟佛教的真谛而心满意足。

评析　　本诗作于永州司马任上。诗人由于政治受挫，谪迁荒蛮，愤懑正义的失败和自己无罪被贬，内心极其苦闷焦躁，于是便到佛学中寻找摆脱苦闷烦恼的理论根据。柳宗元倾心佛学不喜欢佛教，本诗所表现的正是这种思想。

　　本诗可分三层，前四句叙事为一层，描写寺院生活的清净以及自己的行为，清晨漱口拂去衣上的尘土后就拿着佛经到超师东书房去读书。"真源了无取，妄迹世所逐。遗言冀可冥，缮性何由熟"四句为第二层，写自己阅读佛经的体会，原来佛学的真正本源和妙谛现在的人们都没有领会，人们迷恋佛教所追逐的都是虚妄的。这种观点极其深刻，入木三分。佛学作为一种哲学思想博大精深，可以引导人们精神高尚，看破红尘而达到物我两忘的境界，但现实中的人们都在追求世俗的富贵福禄金钱等，与佛学创立初衷并不符合。柳宗元想要追求寻觅幽深的妙谛，但需要修行的功夫，需要对于佛经的熟练把握。"道人庭宇静，苔色连深竹。日出雾露余，青松如膏沐。澹然离言说，悟悦心自足"为最后一层，前四句说超师庭院的环境就是佛学的最好注解，那清新静谧的环境，那生生不息的生命的律动，那一松一竹尽显佛心，尽是佛性，一切都在宇宙万物和谐运行的生命律动中。于是诗人领悟到了佛教追求的最高境界，而这种境界是无法用语言形容表现的。只可意会不可言传。与陶渊明的"此中有真意，欲辨已忘言"语别而意同。陶渊明感悟的是自然生命的大彻大悟，而柳宗元感悟的是佛教精神的大彻大悟，在思想根源上不同，但大彻大悟之愉悦是一致的。全诗表面看很冷淡，但内心世界十分丰富深刻，苏东坡评价柳宗元诗"外枯而中膏，似淡而实美"（《评韩柳诗》）指的就是这一点。

溪　居①

柳宗元

　　久为簪组②累，幸此南夷谪。闲依农圃邻，偶似山林客。晓耕翻露草，夜榜③响溪石。来往不逢人，长歌楚天④碧。

注释　　① 溪居：居住在冉溪旁边。② 簪组：古代官吏的服饰，此代指做官。簪，绾发或插帽的饰品。组，系印的绶带。③ 榜：划船的用具，此指划船。④ 楚天：永州，在春秋战国时期地属楚国。

译文　　长期被官场冗事束缚杂乱无章，幸亏遭受这次贬谪来到偏远荒凉的地方。闲暇无事与农夫的菜地相邻，偶尔上山下岭好像山里人的模样。拂晓时带着露水去耕耘锄草，傍晚时划着小船侧耳聆听泉水冲击山石的悦耳声响。来来往往不会遇到令人心烦的凡夫俗子，面对寥廓的蓝天喊上一嗓子，那心情真是无比欢欣和敞亮。

评析　　本诗作于诗人谪居永州之时。元和五年（810），诗人在零陵（今属湖南）西南游览时发现了冉溪，因爱其秀丽风景，便迁居这里，并改溪名为"愚溪"，创作著名的《八愚诗》与《愚溪诗序》。虽然《八愚诗》已佚失，但我们从《愚溪诗序》中，不难看出其郁郁不平之情。本诗貌似旷达，骨子里却是幽愤与孤独。

　　诗以抒怀写起，看似旷达，实际上是无奈中的自我安慰。在位执政是很得意的，但诗人偏说当官是"累"，贬谪是不幸的，但偏巧用一"幸"字。其间虽有无尽的幽愤，但也充满辩证法，无论什么事情换个角度去思考可能就会产生不同的感受。如果不是贬谪怎么会享受如此清静之福？也不全是故作旷达语。"闲依农圃邻，偶似山林客。晓耕翻露草，夜榜响溪石"四句写居住环境的清幽和自己生活的清静，虽然劳动是艰辛的，但心情平静，人最怕的是心情烦躁焦虑，适当的体力劳动反而有益身心健康。"来往不逢人，长歌楚天碧"是说地静人稀，很少能够遇到一个人，该是多么静谧。但换个角度思考，那又是多么冷清寂寞孤独啊！连个交流的人都没有。因此全诗在赞美生活环境静谧幽雅的同时，也蕴含着对于官场生活复杂的感受，其中更多的是诗人遭受严酷的政治迫害的余悸犹在，内心孤独委屈还在。环境幽雅，生活清静但内心郁闷孤苦，构成本诗的主要意蕴。语言豪迈，怨情深沉。恰如沈德潜《唐诗别裁集》中所云："愚溪诸咏，处连蹇困厄之境，发清夷淡泊之音，不怨而怨，怨而不怨，行间言外，时或遇之。"

乐府

明月出天山

蝉鸣空桑林

饮马渡秋水

妾发初覆额

长安一片月

咸言意气高

水寒风似刀

白骨乱蓬蒿

昔日长城战

五古

塞上曲 ①

王昌龄

蝉鸣空桑林，八月萧关②道。出塞入塞寒，处处黄芦草。从来幽并③客，皆共尘沙老。莫学游侠儿④，矜夸紫骝⑤好。

注释　①塞上曲：一作《塞下曲》，乐府旧题，属横吹曲，多写边塞征战之苦。②萧关：古关塞名，位于今宁夏原州区东南。③幽并：幽州和并州。今属河北、山西等地。④游侠儿：指仗勇武、逞意气，重信义、轻生死的人。⑤紫骝：古代宝马名。

译文　落叶已尽的疏朗桑林间，传出秋蝉凄凉的鸣叫，秋高天远的八月，人们依旧行进在萧关古道。无论是出塞还是入塞，都很荒凉萧条，荒原上到处都是枯黄的芦苇和野草。自古以来幽并二州的勇士们，无不伴随滚滚尘沙直到衰老。最好不要学那些恃勇轻生的人，一味夸耀自己的紫骝马该多么神奇、多么好。

评析　王昌龄的边塞诗颇有特色，在盛唐诸公中独树一帜。本诗用边塞的荒凉艰苦来提示人们尽量避免战争，具有很明显的反战主题。

前四句写边塞环境之苦寒萧索。先以"蝉鸣空桑林"渲染悲凉之氛围，着一"空"字，立即给人一种萧瑟之感，面对叶尽林空，耳听寒蝉悲鸣，行人该如何感受，尽在不言中。"八月萧关道"是前句的补充说明，延伸景色，拓展空间。"出塞入塞寒，处处黄芦草"用高度概括的手法表现边塞战士们出入频繁战争无尽无休的状况。"从来幽并客，皆共尘沙老。莫学游侠儿，矜夸紫骝好"则描写边塞之将士，不要炫耀武力，因为炫耀武力以取边功的结果只能是死在沙场上而已。喻守真说："本篇主意，亦在警戒一般游侠儿，不要矜夸武力，请看出来征戍幽并的人，有几个生还呢？"这样理解本诗主题基本正确。

王昌龄诗歌尤其是边塞诗以意境阔大悠远，概括力强为特色，本诗兼具这两个方面，前四句的境界寥廓，"出塞入塞"四字概括出所有征战的艰苦行程，与"黄沙百战穿金甲"有同样功力。

塞下曲

王昌龄

饮马渡秋水，水寒风似刀。平沙^①日未没，黯黯见临洮^②。昔日长城战^③，咸言意气^④高。黄尘^⑤足今古，白骨乱蓬蒿^⑥。

注释　①平沙：一望无际的沙漠。②临洮：今甘肃岷县，为古长城西边的起点。③长城战：开元二年（714）吐蕃侵扰临洮，唐玄宗令陇右防御使薛讷、副使郭知运、太仆少卿王晙等出击敌人，杀敌万余人，唐军伤亡也十分惨重。④意气：意志气概。⑤黄尘：黄沙。⑥蓬蒿：这里泛指战地的野草。

译文　饮足战马后横渡这冰冷的河流，秋天的冷风飕飕吹在脸上如同刀刮。在寥廓的大沙漠里眼看着太阳西下，在苍茫暮色中隐隐约约望见临洮。从前在长城发生的战事，都说军威赫赫斗志非常高。如今到处是黄尘莽莽苍苍，白骨嶙峋横七竖八地散落于蓬草和野蒿。

评析　这首诗生动描绘了唐代西北边庭战争的残酷，委婉地谴责了统治者穷兵黩武的罪恶行径。

前两句运用顶真手法，造成一种风寒水冷、水冷风寒的环境氛围，为战士们催马远征描绘出十分艰苦的自然环境。三、四句的意境十分雄浑寥廓，既写出沙漠的茫茫无边，又点出黄昏时分眺望远景的昏暗不清，进一步营造行军紧急、前景黯淡的凄凉氛围。临洮就是此次行军的目的地。接着笔锋一转，表面写昔日将士的高昂斗志和英勇无畏的英雄主义精神，实则巧借临洮之战的双方惨重伤亡，把批判的锋芒延伸到历史的纵深。以前临洮之战的遗迹便是"黄尘足今古，白骨乱蓬蒿"，到处是无人掩埋的白骨，战争的意义和价值究竟有多大？怎样才能避免或减少这样残酷的战争？而如今这支部队又向临洮进发，他们未来的命运和下场不也令人担忧吗？用触目惊心的白骨散落荒草的景象表达对连年征战的厌弃和对弃尸沙场者的深刻同情，抒情效果极佳。

关山月①

李 白

明月出天山②，苍茫云海间。长风几万里，吹度玉门关③。汉下白登④道，胡⑤窥青海⑥湾。由来征战地，不见有人还。戍客⑦望边邑，思归多苦颜。高楼⑧当此夜，叹息未应闲。

注释 ①关山月：乐府旧曲，属《鼓角横吹曲》。多写征戍离别之情。②天山：即今之祁连山，位于甘肃省西北部。③玉门关：位于今甘肃敦煌市西北，是唐代时通往西域两大边关之一。另一是阳关，因在玉门关南而得名。④白登：山名，在今山西大同市东。⑤胡：指吐蕃。⑥青海：湖名，今青海省东北部。⑦戍客：防守边疆的战士。⑧高楼：戍客妻子居所。

译文 一轮明月从天山徐徐升起，迷蒙的月光穿行于苍茫的云海之间。长风吹过几万里的荒漠，一直把那朦胧的月光吹过玉门边关。当年汉军曾出兵于白登山一带道路上，而胡兵又不断窥伺着青海湾。此地自古以来就是兵家必争要地，只见奔赴边疆的将士却不见有人生还。守边的士兵们凝望荒凉的边城，不尽的思归情绪使他们个个愁眉苦脸。此时此刻就在月光照映下的高楼上，征人的妻子也在凭倚栏杆不停地伤心长叹。

评析 开元天宝年间，唐朝和吐蕃在今青海一带发生多次战争，著名的石堡之战，唐军损失惨烈。在这种残酷的战争中，受害最直接最深重的是军人和百姓。李白对这一问题也给予很高的关注，本诗即以上述史实为背景，揭露战争的罪恶以及给人民造成的深重灾难。

开头两句"明月出天山，苍茫云海间"起笔突兀，生动展现明月在云海苍茫、气势磅礴的天山云雾间冉冉升起之壮观景象。"长风几万里，吹度玉门关"，紧承前两句诗意，巧借秋风通过月色把内地与关外联系起来。"度"就是度过、吹过的意思。前四句，创造出边关辽阔无垠、荒凉冷清和杳无人烟的典型氛围，扣紧主题的"关山"二字。"汉下白登道，胡窥青海湾"，高度概括边塞战争不断以及残酷的史实，逐步引出主题。历史上，汉高祖刘邦孤军深入，追击匈奴，却在白登山中，被围七日。现实中，青海湾一带不仅一直为胡人觊觎，而且一度被吐蕃占领。这一古一今的巧妙关联，就把战火的连绵不断与沙场的惨烈厮杀揭示出来。因此，诗人感叹道："由来征战地，不见有人还。"将战争的残酷和罪恶一笔揭示到位，触目惊心，令人不寒而栗，于是进一步点题，揭示战争给战士及其家属带来的无边无际的痛苦："戍客望边邑，思归多苦颜。高楼当此夜，叹息未应闲。"这是借助再造想象，刻画征人与妻子双方同时在苦苦相思的情景。李白的诗歌，大气磅礴，开篇从天山月出写起，由远向近，直到玉门关内，展示边塞的苍茫寥廓，并把边塞与内地联系起来。中间用古今战例概括描述战争的频繁与惨烈，最后过渡到征人之精神痛苦上，层次井然有序，气魄很大。胡应麟《诗薮》说："青莲'明月出天山，苍茫云海间，长风几万里，吹度玉门关'，雄浑之中，多少闲雅！"可见其对此诗的推重。

子夜吴歌 ①

李 白

长安一片月，万户捣衣 ② 声。秋风吹不尽，总是玉关 ③ 情。何日平胡虏，良人罢远征。

注释　① 子夜吴歌：乐府诗题，亦称《子夜歌》《子夜四时歌》，相传为晋代女子子夜所创。后作四时乐歌，歌词多是女子思念情人之哀辞。② 捣衣：衣服浆洗后放在砧石上用木杵捶打，使之光滑坚挺耐穿。捶衣声节奏感很强。③ 玉关：即玉门关，此处泛指边塞地区。

译文　一片月光笼罩着长安城，千家万户中传出一片捣衣声。秋风再硬也无法吹散这动人心魄的声音，因为声声都饱含着思念边关亲人的无比深情。什么时候朝廷才能够扫平入侵的敌虏，使我们的丈夫不用再去远征。

评析　本诗是《子夜吴歌》四首之三——《秋歌》。通过千百妇女月夜赶制冬衣的描写，表现人民对于和平生活的渴望和迫切期待，抒发对征人及思妇的同情之感。

开头两句境界阔大，声色兼备。月光冷淡，万户捣衣的声音壮观中有些悲凉，我们可以想象千家万户同时劳作的艰辛情景。"秋风吹不尽，总是玉关情"点明季节和捣衣的目的。原来捣衣、制衣是为了在玉门关等地戍边的战士们，而在这声音中蕴含着浓烈的感情。"何日平胡虏，良人罢远征"则再进一步深化主题，由淡淡的幽怨推进到迫切的愿望，表达对战争的厌恶和对和平安定生活的向往。

本诗结构巧妙流畅。以月色砧声营造出妙境，以秋风和玉门关带来别情，以平定胡虏停止战争表现愿望，逐层生发，最后点明主题。

长干行^①

李白

　　妾^②发初覆额^③，折花门前剧^④。郎骑竹马^⑤来，绕床^⑥弄青梅。同居长干里，两小无嫌猜^⑦。十四为君妇，羞颜未尝开。低头向暗壁，千唤不一回。十五始展眉，愿同尘与灰。常存抱柱信^⑧，岂上望夫台^⑨？十六君远行，瞿塘^⑩滟滪堆^⑪。五月不可触，猿声天上哀。门前迟行迹^⑫，一一生绿苔。苔深不能扫，落叶秋风早。八月蝴蝶黄，双飞西园草。感此伤妾心，坐^⑬愁红颜老。早晚下三巴^⑭，预将书报家。相迎不道远^⑮，直至长风沙^⑯。

注释　　① 长干行：乐府旧题《杂曲歌辞》调名，内容多写船家妇女的生活。长干，古金陵巷名，在今南京市南。行，古诗的一种体裁。② 妾：古代妇女自称。③ 初覆额：刚刚盖上额头。④ 剧：游戏。⑤ 竹马：跨着竹竿当马骑。⑥ 床：指井床，围住井的栏杆。⑦ 无嫌猜：天真烂漫，没有疑忌。⑧ 抱柱信：《庄子·盗跖篇》载，尾生与情人约会于桥下，女未到，潮水却至。尾生为了守信，抱着桥柱被水淹死。抱柱信，即指坚守信约的精神。⑨ 望夫台：传说古代有一女子，因丈夫久出不归，便日日在台上眺望，日久变成一块石头。在我国，类似的望夫石、望夫山的传说有很多。⑩ 瞿塘：长江三峡之一。⑪ 滟滪堆：是瞿塘峡口矗立江中的一块大礁石，江水上涨，礁石隐没，行船极易触礁致祸。⑫ 迟行迹：一作"旧行迹"。迟，做动词，等待。⑬ 坐：因。⑭ 三巴：巴郡、巴东、巴西的总称，此处泛指蜀地。⑮ 不道远：不说远，不辞远。⑯ 长风沙：今安徽省安庆市东五十里的江边，此地距金陵七百多里。

译文　　当初我的头发刚刚遮住前额，自己采摘花朵在门前玩。你骑着竹竿当马跑过来，我们俩拿着青梅共同蹦着跳着围绕井栏。你我都居住生长在长干里，彼此间天真烂漫没有猜疑不避嫌。我十四岁就嫁你做妻子，那时我还满面羞涩未曾露笑脸。整天低头面对暗墙角，任你千呼万唤也不肯回头看。十五岁时脸上方才露笑容，愿意说出同你白头偕老共乘一条船，就是化作灰尘也心甘。我始终坚守此心至死不改变，怎能遇上负心丈夫而常常登上望夫台？十六岁时你远行长途去贩卖，要经过瞿塘峡的滟滪堆。五月经过那里实在险，山巅上猿猴的叫声令人很悲哀。门前很久不见你的足迹，路径石阶一一生满绿苔。我没心情前去打扫，又被秋风吹落的黄叶覆盖。八月的蝴蝶已经变黄，双双对对朝西园飞来。看到这种情景实在让我伤心，因为忧愁自己的容颜不断衰老。你早晚即将离开三巴，早点把书信寄回家。我会前去接你，不管路途多遥远，一直接到八百里外的长风沙。

评析　　李白《长干行》二首是前后相接的组诗，这是第一首，运用第一人称的手法，生动地描述了商妇婚前青梅竹马式的爱情经历和结婚时的幸福羞涩以及婚后久别的真挚思念。

　　全诗可分为四个层次。前六句从"妾发初覆额"到"两小无嫌猜"追忆女主人公与丈夫的婚恋史。诗人用清新柔婉的笔调，描绘两人童年时期天真烂漫的个性和纯洁朴实的心灵。用笔简洁明快，真实而细腻地描述了男女幼童的亲密友情，一直为人所推崇，被概括成"青梅竹马""两小无猜"两个成语，作为邻居成为夫妻初恋时情深意笃的专用词。

　　从"十四为君妇"以下八句写新婚以及婚后生活的幸福美满。前四句用以外显内的笔法，用外在情态揭示了少年女性在初为人妇时的羞涩之感，神态逼真，那种羞涩、纯真的神态活灵活现。"十五始展眉"四句是说，经过一年多的夫妻生活，女子才逐渐适应家庭生活，并在爱情上也日趋开朗和炽烈，品尝到爱情的幸福与温馨，并与丈夫海誓山盟，永远相爱，坚贞不渝。然而，就在女子开始懂得享受爱情的时候，她的丈夫却要远出经商，而且一走就很长时间不回来，这是对于少妇最痛苦最可怕的事。"十六君远行"到"坐愁红颜老"十二句是第三层，写丈夫走后女子的心理活动，前四句寓情于景，写女主人公对丈夫的思念与牵挂，那巨浪排空、暗礁潜伏、惊险万状的滟滪堆与三峡上空回荡着的哀猿的啸声构成一幅悲凉凄清的景象，表现出思妇惶恐不安、担惊受怕的心情，揭示出对丈夫的深沉的爱。"门前迟行迹"以下八句，进一步融情于景，借景言情。描写女主人公独守空闺，望眼欲穿盼望丈夫归来的种种情形，门前生苔，无心打扫，嫉妒蝴蝶双飞，伤心自己韶华空度，年老色衰。她急切盼望丈夫尽快回来，尽快来信告知回归的行程和日期。"早晚下三巴"及以下四句是这种感情的自然生发，想象丈夫早晚几天就要从蜀中顺流而下，那么自己一定要到八百里远的长风沙去迎接。盼望的急切，对于丈夫相思的深刻都在这几句诗中表现出来。本诗语言本色，清新自然，毫无斧凿痕迹，可以代表李白"清水出芙蓉，天然去雕饰"的艺术风格。

孟郊／751—814

字东野，湖州武康（今浙江德清）人。少年时隐居嵩山。德宗贞元十二年（796）始登进士第，任溧阳县尉。终生贫困潦倒，其诗多感伤自身遭遇，多寒苦之音。诗与韩愈齐名，为韩孟诗派之开创者。遣词造句追求瘦硬，与贾岛并称，有"郊寒岛瘦"之说。《全唐诗》存其诗五卷，今人华忱之点校《孟东野诗集》较为完备。

列女操①

孟 郊

梧桐②相待老，鸳鸯会双死。贞妇③贵殉夫④，舍生亦如此。波澜誓不起⑤，妾心古井水。

注释　①列女操：乐府《琴曲》歌辞。列，同"烈"。操，琴曲中的一种体裁。②梧桐：相传梧为雄、桐为雌，两相偕老。③贞妇：指坚守贞节操守的妇女。④贵殉夫：贵在以死殉夫。⑤波澜誓不起：意谓永不会泛起情感波澜。

译文　　雄梧雌桐都是成双成对相依而终，水中的鸳鸯更是雄雌相随生死与共。贞妇烈女的可贵就在以身殉夫从一而终。我绝不会泛起悦慕他人的感情波澜，因为我的心如同古井中的一潭死水格外平静。

评析　　中国封建社会制度以男性为中心，"三纲五常"中有"夫为妻纲"，这就要求女性从一而终，俗语也有"忠臣不事二主，烈女不嫁二夫"的说法，不但统治阶级提倡表彰，就是民间也很赞美这种品德。这种行为至今也不必完全否定，如果是建立在爱情基础上的生死相守，也不必一味批判。只要男女平等对待就好。忠于爱情，一夫一妻相互恩爱永远都是值得提倡的情操美德，总比见异思迁、朝秦暮楚、结离离结反反复复要好得多。

本诗开头两句分别用植物和动物的忠贞恩爱起兴，引入女性的贞节操守，表达从一而终的决心。孟郊本诗，当另有寄意。他出身寒微，地位低下，贫困窘迫而又不肯向权贵低头，从其耿介不阿的气节上看，他在此诗中盛赞贞妇烈女，恐怕意在表达自己坚守情操，不肯依傍奸佞权势者的耿介心理。属于一种比兴手法。

游子吟

孟　郊

慈母手中线，游子身上衣。临行密密缝，意恐迟迟归。谁言寸草心①，报得三春晖②。

注释　　①寸草心：小草长出的嫩芽。②三春晖：春天的阳光。象征母爱的温暖。

译文　　慈祥的母亲手中拿着针线，缝着儿子的衣衫。儿子临行时密密实实地缝，很怕儿子回来得晚。儿女如同春天的小草，无论用什么样的心情，也无法报答母亲给予的春风般的爱护和温暖。

评析　　本诗题下自注："迎母溧上作。"这为我们全面准确理解本诗提供了依据。孟郊自幼丧父，家境贫寒，母亲将他和两个弟弟抚养成人，恩重如山。孟郊四十六岁进士及第，五十岁才出任溧阳县尉之职。职务不高，俸禄不多，但毕竟是朝廷命官，可以奉养老母。因此他一到任所便"迎母溧上"，要尽自己的一点孝心，并写下这首歌颂母爱，欲给母亲以回报的脍炙人口的小诗。

　　前四句叙事，是对往事的回忆，在最细微的小事和细节中表现母爱，非常真实深沉。两鬓苍苍的母亲为即将远行的儿子灯下密密实实地缝制衣服的情景如同浮雕般凸出于画面，这幅生动的画面可以唤起许多人对于母亲关爱的亲切回忆。后两句则表达自己现在的心情，仿佛是在与人交流：自己迎接母亲前来，要尽孝心，自己的孝心如同春天的小草，而母亲的爱如同春天的阳光一般，小草是无论如何也报答不完的，只能是尽心而已。

　　孟郊诗多奇险古奥，但本诗却朴实无华，紧紧抓住母亲为儿子缝衣这一司空见惯的细节，用最朴实真挚的语言歌颂了朴实真挚的伟大的母爱，表达出子女的孝心无论如何也无法报答母亲恩情之万一这一思想，反映出中华民族孝敬老人这一优秀的传统美德，因而一直在潜移默化地影响着世人，使他们在无形中增长孝敬之心。仅此一点，足以使本诗不朽矣！

古诗

男儿事长征

前不见古人

月照城头乌半飞

四月南风大麦黄

七言

主人有酒欢今夕

蔡女昔造胡笳声

南山截竹为觱篥

我本楚狂人

山寺钟鸣昼已昏

陈子昂 / 659—700

字伯玉，梓州射洪（今属四川）人。曾任右拾遗，后人因称其"陈拾遗"。出身豪族，少任侠，成年后始发愤读书。睿宗文明元年（684）登进士第。武后时因上疏论时政受赞赏，后升任右拾遗。曾两度从军北上，随武攸宜击契丹时受挫，后解官回乡，为县令段简陷害，死于狱中。其诗论崇尚汉魏风骨，强调比兴寄托，反对柔靡之风，是唐代诗歌革新的先驱。诗作与诗论相合，反映社会现实，抨击时弊均深刻有力，抒写胸臆之作亦慷慨深沉。其诗得到李白、杜甫、韩愈等推崇。有《陈伯玉集》。

登幽州台①歌
陈子昂

前不见古人，后不见来者。念天地之悠悠，独怆然②而涕下。

注释　　①幽州台：即蓟北楼，又称蓟丘、燕台，相传为燕昭王招纳贤才时所筑的黄金台。②怆然：感伤貌。

译文　　前代燕昭王那样的明君我无法看见，后世的明君我也无法看见。我为何生活在如此黑暗的时代，我的命运为何如此乖蹇。想到天地的广阔和历史的悠远，我不由得非常伤感，不知不觉间，泪水竟沾湿了衣衫。

评析　　陈子昂是位很有政治才能的诗人，一度得到武则天重视，但因他不肯阿附诸武，直言敢谏，尖锐批评时弊，故屡受打击。武则天万岁通天元年（696），契丹反，攻陷营州（今辽宁朝阳）。武攸宜奉命率军征讨，陈子昂随军任参谋。武攸宜轻率寡谋，次年兵败，形势紧急。陈子昂请求自率万人前驱击敌，武攸宜不准。稍后，陈子昂又提建议，武不但不采纳，反而责他多言，将其降为军曹之职，不得参与军务。陈子昂满腔悲愤，登上幽州台，面对苍茫的宇宙，慷慨悲歌，写下这篇千古绝唱。

幽州台是当年燕昭王的求贤台。燕昭王卑身求士，重用郭隗、剧辛、乐毅的感人情景，使诗人神往和感动。然而，燕昭王早已成为古人，自己无法追攀。现实却又如此残酷无情，自己怀抱利器，本欲大济苍生，但遭到百般压抑，不得施展。前贤不可复见，后贤又无法看到，自己偏偏生活在这样一个压抑扼杀贤才的时代。于是诗人面对苍茫的长空，无垠的大地，想到天长地久，宇宙无穷，而人生短暂，死不复生，已是一悲；而自己生不逢时，又增一悲。这双重的悲哀使他感慨万千、潸然泪下。

本诗在艺术表现上也颇有特色。前两句贯通古今，写出时间之悠远，第三句俯仰天地，写出空间之广袤。正是在这悠远广袤的时空中，诗人才感到人生短暂，生不逢时的巨大悲哀，而这种感受又是人们，尤其是封建文人所共有的。故诗人的发自灵魂的呼喊如洪钟巨响，震荡着永远的时间与空间。这便是本诗千百年来盛传不衰的根本原因。

李颀 / 690—754?

郡望赵郡（今河北赵县），开元二十三年（735）登进士第，曾任新乡县尉。李颀为盛唐著名诗人。其边塞诗、人物素描诗、音乐诗等均有佳作。尤擅七律、七古。其七律形式规范，声调嘹亮，风格朗畅，深得后人赞赏。其七古风格豪放，跌宕多姿，恣肆淋漓。明人胡应麟视李颀为盛唐李、杜前的代表作者，并与高适、岑参、王维并列。有《李颀诗集》。

古 意①

李 颀

男儿事长征，少小幽燕②客。赌胜③马蹄下，由来轻七尺。杀人莫敢前，须如猬④毛磔⑤。黄云⑥陇⑦底白云飞，未得报恩不得归。辽东小妇年十五，惯弹琵琶解⑧歌舞。今为羌笛⑨出塞声，使我三军⑩泪如雨。

注释　　①古意：拟古诗，即托古喻今之作。②幽燕：古指东北地区，即今河北、辽宁一带。③赌胜：较量胜负。④猬：刺猬，身上有坚硬的刺。⑤磔：张开的样子。⑥黄云：指黄土高原，故扬起的黄色尘土，如同黄云。⑦陇：泛指山地。⑧解：懂得，引申为擅长。⑨羌笛：古代西北少数民族羌人所吹的笛子。⑩三军：左、中、右三军，即全军。

译文　　好男儿应当保家卫国从军远征，从小就在幽燕之地纵马驰骋。在万马奔腾的战场上较量胜负，从来不顾惜自己的身家性命。奋勇拼杀令强敌纷纷远避，愤怒时竖起的胡须像刺猬一样坚硬。他们在黄土高原上驰骋冲杀，白云就飘飞在他们的脚下。在没有报答完朝廷恩情的时候，他们从来不肯返回自己的家。辽东有个小媳妇刚刚十五，善于表演歌舞弹奏琵琶。如今她吹奏一曲出塞的羌笛高亢悲凉，感动得三军将士泪如雨下。

评析　　这是一首边塞题材的拟古诗，在热情歌颂边疆将士奋不顾身保家卫国高贵品质的同时，也描写了战争环境的恶劣和战士们强烈的思乡情怀。

　　诗分三层，开篇六句塑造一位奋不顾身英勇善战的勇士形象，"须如猬毛磔"一笔素描将刚烈威猛、气冲霄汉的猛士刻画出来，以少胜多，是生动传神之笔。"黄云陇底白云飞"两句是第二层，高度概括边塞环境的艰苦，境界阔大，战场黄尘飞扬，而且地势很高，白云在下面飘飞。或黄云指战场，白云指战士家乡之云，实在难以理解。如果说战士们战争时想念家乡回望之景，尚可通顺，白云在"黄云陇底"飞这个特殊语言环境不能割裂。下面接着说战争不胜利不能回归故乡，非战士不愿意回归而是不能。"辽东小妇"以下四句为第三层，突出表现战士的思乡情绪。钢铁般的汉子听到辽东小妇吹笛子竟能全军泪如雨下，这个场景非常典型。说明三军将士都处在极度的思念家乡的情绪中，悲凉的笛曲与他们内心的乡情合拍，才能产生如此巨大的穿透力和感染力。本诗前部分感情激昂豪迈，后部分情思悲凉凄婉，豪壮中见悲凉，起伏跌宕，由一股豪气贯穿其中，故整体显得非常和谐。

送陈章甫①

李 颀

四月南风大麦黄，枣花未落桐叶长。青山朝别暮还见，嘶马出门思旧乡。陈侯立身何坦荡，虬须②虎眉仍大颡③。腹中贮书一万卷，不肯低头在草莽④。东门酤⑤酒饮我曹，心轻万事如鸿毛。醉卧不知白日暮，有时空望孤云高。长河浪头连天黑，津吏⑥停舟渡不得。郑国游人⑦未及家，洛阳行子⑧空叹息。闻道故林相识多，罢官昨日今如何？

注释　①陈章甫：籍贯不详，长期隐居嵩山，后应制举及第却因为没有登记户籍而落榜。他上疏力争，终被破例录用，因而名扬天下。②虬须：蜷曲的胡须。③颡：额头。④草莽：草野。⑤酤：同"沽"，买。⑥津吏：管理渡口的人。⑦郑国游人：指陈章甫。⑧洛阳行子：作者自称。

译文　四月的南风吹得大麦一片金黄，枣花尚未飘落桐叶已经变长。在家时早晨告别青山晚上又见面，出门时马都嘶鸣留恋故乡。陈君立身处事多么襟怀坦荡，虬须虎眼宽阔的脑门器宇轩昂。学识渊博胸藏诗书上万卷，不肯屈身俯首居住在草莽。你在东面的城门买酒请我们饮宴，心气高傲把人间万事看作鸿毛。醉酒高卧不知道天色已黑，有时凝神仰望孤云在空荡荡的天空慢慢飘。如今正逢黄河涨水波涛汹涌十分险恶，所有的船只都只能靠岸避风无法渡河。你这郑国的游子不能回归家门，我这洛阳的行客也只能空自叹息伤心。听说你在家有不少知心朋友，不知此次罢官还乡他们对待你还能如何？

评析 本诗是客中送客，不得意人送失意人，故别有怀抱。用简练速写之笔法勾勒陈章甫之人物形象，却极其生动，用清新旷达笔法描画其神韵，成功地塑造了陈章甫磊落不羁的个性。

李颀于开元二十三年（735）进士及第，其后做过新乡县尉，五年未升官，便辞职而去，决意归隐，终生再没有踏进官场半步。根据诗中的感情和景物描写，我推测本诗即写于李颀在新乡县尉任上时，地点便是新乡。诗中之"东门"实际就是新乡东门，哪个邑镇都有东门。有的书将其解释为"洛阳东门"，恐怕不对。从尾句看，是陈章甫被罢官来访，流连数日后李颀送其回归。这样理解，全诗感情基调甚合。

李颀诗善于刻画人物形象，往往能够紧紧抓住人物的主要特征，运用漫画式的细节勾勒，充分展示友人的品德、相貌、才学、胸怀和志节。如"虬须虎眉仍大颡"的肖像刻画，几笔便把浓眉大眼，打卷的胡须，大宽脑门的面部特征表现得栩栩如生，形神兼备，呼之欲出。"不肯低头在草莽"的心理描写，暗含着友人在科举中据理力争的典型事件，表现其不向命运屈服的凛然气概，更是以一当十的笔法。这种外貌和内在高傲的气质与后面的心轻万事、醉酒高卧、时望孤云的似仕实隐的清高品格共同构成友人的形象。不甘屈辱是气节，轻官自遣是修身。诗人在赞美友人的同时也在表现自己的人生价值和生活道路选择，是一种艺术的宣言。最后说"郑国游人未及家，洛阳行子空叹息"暗示双方都不得意。你没有能够回家，我客游在外，你幽怨我叹息，同病相怜。陈章甫是位与世俗官场格格不入的人，李颀也如此，后来李颀辞官退出官场很好说明了这一点。

李颀性格豪爽豁达，不因失意而幽怨凄苦，也不因离别忧愁感伤，因此他的送别诗往往爽朗豪宕而不凄凉悲苦，情致幽婉而不悲怨，音韵和谐又跳脱有致，在送别诗中较为新颖。

琴　歌
李　颀

　　主人有酒欢今夕，请奏鸣琴广陵客①。月照城头乌半飞②，霜凄万木风入衣。铜炉华烛烛增辉，初弹《渌水》③后《楚妃》④。一声已动物皆静，四座无言星欲稀。清淮奉使千余里，敢告云山从此始。

注释　　①广陵客：此指善于弹琴的人。广陵，古代琴曲名"广陵散"的略称，为嵇康所创。②乌半飞：乌鸦分飞。半飞，即分飞。③《渌水》：曲名。④《楚妃》：曲名。

译文　　主人为我们设酒摆宴欢度今夕，请来名琴师演奏名乐曲。月亮照在城头上乌鸦惊飞，秋风吹过树林的声音令人感到凄凉，仿佛秋风也吹进了自己的秋衣。铜炉里的花烛增加欢庆的气氛，琴师先弹奏《渌水》后弹奏《楚妃》。琴声一起时万籁俱寂，全屋没有一点点声息，天空中的星光都显得特别稀。奉命出使因公差来到清淮，这次差事完成后我就开始到白云飘荡的深山去隐居。

评析　　唐代诗人有几位擅长描写音乐，李颀是其中之一。本诗在感叹琴音的美妙中，抒发了欲弃官归隐的情思。

　　本诗最大的特色就是借助环境描写和侧面烘托为音乐表演设置一个特定的背景。先叙事交代设宴待客并要弹琴，接着写室外的景象：月光朦胧，乌鸦分飞，秋风声起，凉风入衣。然后写室内之景：花烛明亮，美人动情，乐曲悠扬。诗人没有直接描写音乐形象而是表现其感人的效果，琴鸣物静，四座无言，天宇星稀，只有琴声在流淌。这种描写听众反应突出音乐的感人力量比直接描绘琴音高明多了。最后两句点明自己此行的目的和归隐的意向，而归隐的意向是因为听琴之后受到了感染，说明仕途之累和归隐之愿皆因琴声激起。喻守真说："这是完全咏'琴'的诗歌，旨在琴声足以改换人的性情，听了美妙琴声之后，竟生归隐之情。"李颀身为县尉之职，可能是出差到淮海一带，友人欢送他而摆设酒宴，并请琴师演奏，李颀即兴写作此诗。

听董大①弹胡笳②弄兼寄语房给事③

李 颀

蔡女④昔造胡笳声，一弹一十有八拍。胡人落泪沾边草，汉使断肠对归客⑤。古戍⑥苍苍烽火⑦寒，大荒沉沉飞雪白。先拂商弦⑧后角羽，四郊秋叶惊槭槭⑨。董夫子，通神明⑩，深松窃听来妖精。言迟更速皆应手，将往复旋⑪如有情。空山百鸟散还合，万里浮云阴且晴。嘶酸⑫雏雁失群夜，断绝胡儿恋母声。⑬川为静其波，鸟亦罢其鸣。乌珠⑭部落家乡远，逻娑⑮沙尘哀怨生。幽音变调忽飘洒，长风吹林雨堕瓦。迸泉飒飒飞木末，野鹿呦呦走堂下。长安城连东掖垣⑯，凤凰池⑰对青琐门⑱。高才脱略⑲名与利，日夕望君抱琴至。

注释　　①董大：董庭兰，唐代著名音乐家，唐肃宗宰相房琯的得意门生。②胡笳：乐器名，本是吹乐器，此是琴曲名。③房给事：房琯，曾任给事中，故称房给事。④蔡女：汉末文学家蔡邕的女儿蔡琰，字文姬，因遭逢社会战乱，流落在南匈奴左贤王军队中，后被曹操派使臣赎回。⑤归客：指蔡琰。⑥古戍：古代的边防要塞。⑦烽火：古代战争传递信息主要依靠烟火，夜晚用火，白天用狼烟。专门设置烽火台。⑧商弦：即商音，古琴有七声：宫、商、角、徵、羽、变徵、变宫。⑨槭槭：风吹落叶声，比喻琴声。⑩通神明：能感召鬼神，夸张其琴艺高明。⑪将往复旋：指手指来回移动。⑫ 嘶酸：辛酸悲苦。⑬ "断绝"句：形容琴声好像蔡琰母子诀别时悲痛欲绝之声。⑭ 乌珠：应作乌孙，汉代西域国名。⑮ 逻娑：唐时吐蕃的都城，位于今西藏拉萨市。⑯ 东掖垣：指门下省，即房琯居处。唐代给事中属门下省，在皇宫东面，与皇宫西面的中书省遥遥相对，犹如人的两掖（通腋）。因而门下省又称"左掖"。垣，城墙。⑰ 凤凰池：简称凤池，中书省所在地。⑱ 青琐门：刻有连环图案并用青色涂饰的宫门。⑲ 脱略：轻视，不在乎。

译文　　东汉的蔡文姬把《胡笳十八拍》谱写成琴曲，演奏起来有十八个段落。匈奴人听到乐曲会流下眼泪，沾湿边塞的荒草，迎接他的汉使听到乐曲也会愁肠百结。大漠中的古代烽火显得格外苍凉，阴沉黯淡的天空中飘着白雪。董大先拨弄商弦，然后是角和羽，接着那琴声就好像秋风吹得叶片飒飒下落一般。董先生的弹琴技艺真高明，简直可以感动神灵，仿佛深林中纷纷跑来窃听的妖精。慢揉快拨得心又应手，左右上下往复回环充满激情。那琴声如同空空的山谷百鸟散开又聚合，忽然间万里浮云散开天放晴。好像小雁息在夜间失群的酸楚嘶哑鸣叫声，又好像蔡文姬的两个小儿哭泣留恋妈妈的声音。此时河水全都静静的，没有波涛在流动，群鸟全部闭口不再鸣叫，仿佛是行走在去乌孙国的大漠上，仿佛前往逻娑一路尘土哀怨声。幽咽凄婉的音调忽然变得急促又飘逸，好像大风吹进树林风涛阵阵金铁鸣，好像雨点落在屋瓦上面滴滴答答响连声。好像高高的泉水飞溅树梢飒飒响，好像野生小鹿跑到大厅呦呦鸣。长安宫城连着门下省，中书省的凤凰池正好对着门下省的青琐门。在那里值班的房琯大人早就忘记名与利，终日盼望先生抱着乐器去弹琴。

评析　　本诗以大胆的想象、形象的比喻、巧妙的构思、精彩的语言，在盛赞董庭兰高超的演奏技巧的同时也包含自己怀才不遇的淡淡忧伤。

　　开头八句是第一层，交代琴曲的来源和表现内容以及风格。因为琴曲是《胡笳弄》，就不能不联系创造该曲的蔡文姬，而蔡文姬创作此曲又与她的特殊经历有联系，于是起笔便追述《胡笳十八拍》的作者与来历，并以文姬与子诀别的历史事实为背景，描摹苍苍古戍、沉沉大荒、幽幽烽火、绵绵飞雪的苍凉意境，借以渲染胡笳乐曲的内容，从而为董大的卓绝技艺和演奏效果做了有力的铺垫。

从"先拂商弦后角羽"到"野鹿呦呦走堂下"十八句为第二层，描写董大弹琴的高超技巧和音乐效果。运用各种比喻如用鸟的散聚、云的离合比喻琴音的急缓相间、纵收自如；用失群雏雁的悲鸣、胡儿别母的恸哭，模拟琴声的嘶哑悲哀；再用乌孙公主的望乡抽泣、文成公主的哀怨叹息，状绘琴音的悲切；最终以风涌林涛、雨敲屋瓦、树梢飞泉和呦呦鹿鸣展现乐调的悠扬欢快和跳跃洒脱。声情并茂地描绘出董大卓越的演奏才能，也显示出诗人运斤成风、开阖自如的艺术功力。这段文字，与白居易《琵琶行》、韩愈《听颖师弹琴》中音乐描写的段落有异曲同工之妙，都达到艺术的巅峰状态。最后四句扣合诗题中的房琯，因为这首诗是要寄给房琯，董大曾经是房琯的学生，如今又是李颀的朋友，李颀欣赏董大弹琴为何要写诗给房琯，这值得我们思考。房琯很正直讲义气，与王维、杜甫关系都很好，属于正人君子，当时任给事中，是很重要的职位。而李颀辞官多年，借此机会对房琯知人善任表示赞颂和钦佩，也含有自己对知音的渴求之意，虽然非常委婉含蓄，但依旧可以体会出来。

听安万善①吹觱篥②歌

李　颀

南山截竹为觱篥，此乐本自龟兹③出。流传汉地曲转奇，凉州④胡人⑤为我吹。傍邻闻者多叹息，远客思乡皆泪垂。世人解听不解赏，长飙⑥风中自来往。枯桑老柏寒飕飕，九雏鸣凤⑦乱啾啾。龙吟虎啸一时发，万籁⑧百泉相与秋。忽然更作《渔阳掺》⑨，黄云萧条白日暗。变调如闻杨柳⑩春，上林⑪繁花照眼新。岁夜⑫高堂列明烛，美酒一杯声一曲。

注释　　　① 安万善：凉州胡人。唐代少数民族音乐家。② 觱篥：管乐器，以竹为管，以芦做嘴，有九孔，发声悲凉。③ 龟兹：古西域国名，在今新疆库车县一带。④ 凉州：唐州名，在今甘肃武威市。⑤ 胡人：指安万善。⑥ 长飙：狂风，比喻乐声迅猛急骤。⑦ 九雏鸣凤：指乐声清脆嘈杂，语出《古乐府·陇西行》："凤凰鸣啾啾，一母将九雏。"⑧ 万籁：自然界发出的各种声响。⑨《渔阳掺》：一作《渔阳掺挝》，著名鼓曲，声音悲壮。⑩ 杨柳：双关语，既指《折杨柳》曲，又指杨柳呈现的春色。⑪ 上林：指上林苑，古代园圃，秦时开辟，汉武帝时扩建，方圆一百余里，故址在今陕西西安市长安区西。⑫ 岁夜：除夕。

译文　　　截一段南山的竹子做成觱篥，这种乐器本来出自西域的龟兹。流传到中原后曲调转变得更奇妙，凉州胡人安万善为我吹奏美妙的乐曲。邻座的人听到时多数唉声叹气，远方的游子因为乐曲勾起思乡的情怀暗自流泪。世俗之人都知道听声而不能领会欣赏，乐曲中仿佛有万里长风自然来往。枯老的桑树柏树在秋风中冷飕飕，九只凤雏在风中乱叫声啾啾。龙吟虎啸的声音同时显现，大自然各种声音夹杂着流淌奔涌的百泉。忽然又变化为《渔阳掺》的曲调，黄云翻飞白日黯淡。忽然又变调好像是《杨柳》依依一派春光，上林苑百花齐放的美景耀眼难忘。在这除夕的夜晚明烛满堂，饮美酒赏音乐真令人神清气爽。

评析　　　本诗主要刻画音乐效果，从感受上表现自己对于音乐的主体感受。全诗可分为两层，从开头到"凉州胡人为我吹"四句为第一层，指出觱篥乐器的来源以及吹奏者的身份，属于叙事。从"傍邻闻者多叹息"到最后为第二层，先写音乐总体的感人效果。接着通过再造想象，借助各种手段，先用听者的反应"叹息"和"泪垂"来概括觱篥演奏的感人力量，生动地描述出安万善吹奏觱篥的精湛技艺。然后，再用寒风吹打枯桑老柏的声音、凤雏啾啾乱鸣的声音、龙吟虎啸的声音、万籁、百泉等各种来自自然界以及动物的叫声比拟乐声，表现出觱篥演奏曲调的变化多端。又以黄云沉沉、白日昏昏和上林苑中百花竞艳的天光花色进行对比显示，表现音乐境界的丰富多样，运用鲜明的视觉形象来比喻表现音乐的境界，实际是一种通感的手法。使诗人的艺术灵感得到淋漓尽致的发挥，给读者创造出音、形、色、情高度融合的审美意象，令人读后感慨万千、余味无穷。

夜归鹿门^①歌

孟浩然

山寺钟鸣昼已昏，渔梁^②渡头争渡喧。人随沙岸向江村，余亦乘舟归鹿门。鹿门月照开烟树，忽到庞公^③栖隐处。岩扉松径长寂寥，唯有幽人自来去。

注释　①鹿门：即鹿门山，在今湖北省襄阳东南，诗人曾隐居于此。②渔梁：水中沙洲名。③庞公：即庞德公，东汉隐士，曾隐居鹿门山。

译文　山寺里响着钟声天色已黄昏，渔梁渡口上人们争着上船吵吵喧喧。人们沿着沙滩的岸边走向江边的小村，我也乘着渡船返回鹿门。鹿门山上的明月映照着烟笼雾绕的树木，我忽然行驶到庞德公的隐居之处。山洞中的石门和松林间的小路，是那么清幽寂静，只有我这避世隐居的人在这里独自来去。

评析　本诗通过对自己前去鹿门山别墅途中所见到情景的描写，表达了诗人对于世俗喧嚣生活的厌倦和对于隐逸生活情趣的向往和追求。

孟浩然家在襄阳城南郊外，岘山附近，汉江西岸，称"南园"或"涧南园"。鹿门山在汉水东岸，沔水南畔，两地隔水相望，乘船数小时可到。东汉后期庞德公躲避刘表征召，带领全家到鹿门山隐居，其后那里成为隐逸圣地。孟浩然四十岁去长安赴考求官失败，回来后心情低落，便到距离自己家不太远的鹿门山下当年庞德公隐居的庄园中买下一个小院，自己偶尔去住几天，享受一下清静的生活，本诗就是离家去鹿门山时所见所感所思。

前两句"山寺钟鸣昼已昏，渔梁渡头争渡喧"用暮寺清悠的钟声与渡口的嘈杂人声暗示人间迥然不同的两种生活情境，并在烘托对照中，表达人们的各自生活追求：或者清静无为，或者忙忙碌碌。那么哪一种生活才是诗人的追求目标呢？三、四句"人随沙岸向江村，余亦乘舟归鹿门"则做了明确的回答。那些在外奔波一天的村民吵吵嚷嚷，争相上了渡船，下船后又沿着江边各自走向家去。这是世俗之人的归宿。而诗人则正离开世俗的家门而悠然自得地回到隐居之所——鹿门山。前四句用两种声音渲染两种氛围，再以两样归途表达两种情趣，写得清新恬淡、朴实自然。五、六句顺势写来，"鹿门月照开烟树，忽到庞公栖隐处"是下船登岸走向鹿门山小院时的情景，夜色来临，路径不清，不免有些为难时，一轮皓月冉冉升起，晶莹的月光使得朦胧幽暗的山峦顿时有了微弱的光明，仿佛吹开迷雾见青天一样，这是月光照开夜色见路径，着一"开"字，十分准确地描述了诗人当时喜悦的情怀。"忽到庞公栖隐处"可以体会到诗人到达自己最喜欢的别墅时的轻松喜悦的心情。结尾两句"岩扉松径长寂寥，唯有幽人自来去"意境更为深幽。古代只有庞公携妻带子，悄悄来到这里，十分清静幽雅，只有他"自来去"，如今是只有诗人"自来去"，诗人的生活情境与东汉庞德公完全吻合了。因此这里的"幽人"是具有高蹈出尘、超凡脱俗的隐士风貌，具有贯通古今的作用。

庐山^①谣^②寄卢侍御虚舟^③

李 白

我本楚狂人^④，凤歌笑孔丘^⑤。手持绿玉杖^⑥，朝别黄鹤楼^⑦。五岳寻仙不辞远，一生好入名山游。庐山秀出南斗傍^⑧，屏风九叠^⑨云锦张^⑩，影落明湖^⑪青黛^⑫光。金阙^⑬前开二峰^⑭长，银河倒挂三石梁^⑮。香炉^⑯

瀑布遥相望，迥崖沓嶂凌苍苍。翠影红霞映朝日，鸟飞不到吴天^⑰长。登高壮观天地间，大江茫茫去不还。黄云万里动风色，白波九道^⑱流雪山^⑲。好为庐山谣，兴因庐山发。闲窥石镜^⑳清我心，谢公^㉑行处苍苔没。早服还丹^㉒无世情，琴心三叠^㉓道初成。遥见仙人彩云里，手把芙蓉朝玉京^㉔。先期汗漫九垓^㉕上，愿接卢敖^㉖游太清^㉗。

注释　　①庐山：在今江西省九江市南。相传周武王时有匡俗兄弟七人结庐于此，后来仙去庐存，故称庐山。②谣：没有乐器伴奏地唱歌。③卢侍御虚舟：姓卢，名虚舟，曾任侍御史。④楚狂人：春秋时楚国人陆通（字接舆）。楚昭王时，因政治腐败而佯狂不仕，时人称之为"楚狂"。⑤凤歌笑孔丘：据《论语·微子》和《庄子·人间世》载，孔子到楚，陆通作歌曰："凤兮凤兮，何德之衰？往者不可谏，来者犹可追！已而，已而，今之从政者殆而！"意谓世道已衰，从政危险，不要从政，以免招祸。⑥绿玉杖：饰有绿玉的手杖。⑦黄鹤楼：故址在今武汉长江大桥武昌桥头黄鹤矶上。相传费文祎驾鹤升仙时在此休息过。⑧南斗傍：星宿名，即二十八宿中的斗星，共六星，因在南方，故名南斗。古代天文学家把浔阳划属为南斗分野，而庐山在浔阳西北，故云"南斗傍"。⑨屏风九叠：庐山五老峰东北有九叠云屏，又称屏风叠。⑩云锦张：屏风九叠的彩云如锦绣般向四面铺开。⑪明湖：明净的湖，这里指鄱阳湖。⑫青黛：青黑色。⑬金阙：金阙岩，又名石门，有瀑布从中流出。⑭二峰：指香炉峰和双剑峰。⑮三石梁：九叠云屏的左边有三叠泉，水势三折而下，好像银河挂在石梁上，故称。⑯香炉：香炉峰。⑰吴天：三国时庐山属吴地，故称。⑱白波九道：旧说长江至浔阳分为九个支流。⑲雪山：比喻波涛卷起的白浪。⑳石镜：庐山东面有圆石，明亮如镜，能照见人影。㉑谢公：南朝诗人谢灵运曾游过庐山。㉒还丹：道家炼丹时，先将丹砂烧成水银，再使水银还原成丹，故称"还丹"。㉓琴心三叠：道家修炼术语，指修身养性已达到上、中、下三丹田合一的程度，亦即心和神悦的境界。㉔玉京：道教传说中元始天尊的居处。㉕九垓：九天之上。据《淮南子·道应训》载，卢敖在蒙谷山上遇见一个人，正在迎风而舞，他想和这个人交游。那人则说他已与汗漫约好，会于九垓之外，不可在此久留，说完即纵身跳入云中。㉖卢敖：战国时燕国人，秦始皇时博士，曾受命求仙而不返。此借指卢侍御。㉗太清：道家以玉清、上清、太清为三清，太清指天空的高处。

译文　　我本来就像楚国的狂人，高唱着凤歌嘲笑孔丘。手持着碧玉的宝杖，一清早就辞别了著名的黄鹤楼。到五岳寻仙访道不怕遥远，一生中最喜欢到名山大川去旅游。清秀挺拔的庐山耸立在南斗旁，九叠云屏犹如美丽的云锦在铺张，美丽的山影在清澈的湖水中泛着青光。金阙岩的开阔处，香炉峰和双剑峰直插云端。三石梁上的瀑布犹如银河倒挂形成的水晶帘。香炉峰的瀑布遥遥相望，悬崖叠峰陡峭高耸仿佛要刺破苍天。朝阳的彩霞与青翠的山色辉映美丽绚烂，鸟儿都飞不出去的天空寥廓无边。登高远望的景色更是壮观，只见大江滚滚东流一去不还。黄云随着长风飘荡在苍茫的天宇，九条支流如雪山翻涌巨浪一般。我愿高声把庐山歌唱，所有的兴致都是庐山美景激发的灵感。闲适时看着石镜我心清意爽，谢灵运当年的足迹早已是青苔斑斑。我早就服过仙丹摒弃了人间俗念，已达到清静无为的境界可谓初成神仙。我遥望见仙人正在五色彩云里，手捧着芙蓉花朝拜上天。我早已和仙人汗漫约好在九天云外相见，还想把你卢侍御接来同游九天。

评析　　李白有大济苍生的壮志却始终不得施展，安史之乱中，李白怀着满腔热情和平乱安邦的宏伟抱负，从正在隐居的庐山屏风叠下来，投身到永王李璘幕府中，高唱平叛的战歌，政治热情再度高涨起来。李白没想到自己卷入了他们父子、兄弟争夺权力的斗争中，永王被杀，李白被投入监狱，出狱后又来了爱国激情，上疏向皇帝请求工作，结果被以"从逆"罪的罪名长流夜郎。肃宗上元元年（760），诗人在途中遇赦而还。不久又上庐山，当重新看到自己隐居过的美好地方时，自然会感慨万千，于是写下这首感情翻卷纵横、内心复杂矛盾的诗篇。

　　全诗运用典故起，感情很突兀，可以作为全诗思想之纲来理解。"我本楚狂人，凤歌笑孔丘"表明诗人历尽苦难，对前途已完全失望，要像接舆那样避世隐遁，因为在政治黑暗的时候，从政太危险太可怕了。再也不愿意像孔丘那样以天下为己任而到处奔波苦苦追求了。这是李白刚刚解脱牢狱之灾和长期流放之苦后心有余悸的内心表白。表面旷达，实则饱含巨大的精神痛苦。接着诗人巧借有关的神话传说，说自己手持仙杖，辞别黄鹤楼，到五岳寻访仙踪，到各大名山游览。然后把笔墨集中在对于庐山景色的描绘上。前文提到，诗人是在庐山上隐居时被永王李璘邀请下山的，他热爱庐山，熟悉庐山，因此写到庐山景物时，如数家珍，先写庐山中的主要景点，再写眺望大江奔流的壮观景象。从"好为庐山谣，兴因庐山发"开始转入第三层次，抒写自己远离尘世的超凡之想。"闲窥石镜清我心"一句意蕴颇丰，一是自己忠心报国，绝无从逆之心；二是自己人品冰清玉洁，是诗人感觉自己冤枉的再度表白。以下再度表明自己出世的决心，最后用和仙人卢敖同姓的谐音双关方式邀请卢侍御和自己同游仙界作结。全诗想象丰富，意境宏大，诗的韵律随着情绪的变化而跌宕多姿，富有韵律的美感。

梦游天姥吟留别①

李　白

海客②谈瀛洲③，烟涛微茫信难求。越人④语天姥，云霓明灭⑤或可睹。天姥连天向天横，势拔五岳掩赤城⑥。天台⑦四万八千丈，对此欲倒东南倾。我欲因之梦吴越，一夜飞度镜湖月。湖月照我影，送我至剡溪⑧。谢公⑨宿处今尚在，渌水荡漾清猿啼。脚着谢公屐⑩，身登青云梯⑪。半壁见海日，空中闻天鸡。千岩万壑路不定，迷花倚石忽已暝。熊咆龙吟殷岩泉，栗深林兮惊层巅。云青青兮欲雨，水澹澹兮生烟。列缺⑫霹雳，丘峦崩摧。洞天⑬石扉，訇然⑭中开。青冥⑮浩荡不见底，日月照耀金银台⑯。霓为衣兮风为马，云之君兮纷纷而来下。虎鼓瑟兮鸾⑰回车⑱，仙之人兮列如麻。忽魂悸以魄动，恍惊起而长嗟。惟觉时之枕席，失向来之烟霞^⑲。世间行乐亦如此，古来万事东流水。别君去兮何时还？且放白鹿^⑳青崖间，须行即骑访名山。安能摧眉^㉑折腰事权贵，使我不得开心颜！

注释　①《梦游天姥吟留别》：又作《梦游天姥山别东鲁诸公》。② 海客：指航海经商之人。③ 瀛洲：传说为海上三仙山之一。④ 越人：古代越国一带之人，指今浙江一带。⑤ 明灭：忽明忽暗。⑥ 赤城：即赤城山。位于今浙江天台县北。⑦ 天台：即天台山，与赤城山相连。⑧ 剡溪：地名，位于今浙江嵊州市南。⑨ 谢公：指南朝诗人谢灵运，他曾游览天姥山，宿于剡溪。⑩ 谢公屐：谢灵运发明的木制登山鞋，鞋底安装可以活动的木齿，上山时去掉前齿，下山时去掉后齿。⑪ 青云梯：陡峭之处的石阶磴道。⑫ 列缺：闪电。⑬ 洞天：神仙洞府。⑭ 訇然：形容声音很大。⑮ 青冥：苍茫深远貌。⑯ 金银台：镶金嵌银的亭台楼阁，指神仙居所。⑰ 鸾：传说中凤凰一类的鸟。⑱ 回车：拉车、引车。⑲ 烟霞：祥云缭绕的景象。⑳ 白鹿：仙人常用的坐骑。㉑ 摧眉：指俯首低眉。

译文　航海的游客谈论海上的瀛洲，太虚无缥缈而难以寻求。越地的人谈论天姥山，虽然云雾缭绕却可以看见。天姥山连接高空向天横，气势超越五岳而盖过赤城。附近的天台山足有四万八千丈，但对天姥山好像倒伏一样向东南斜倾。听到这些情形，我不免心驰神往，想在梦中去游览这些胜景，一夜之间梦魂便飞越了镜湖的上空。月光照着我的身影，一直陪伴我到了剡溪。当年谢灵运住宿的地方依然还在，绿色的水波荡漾，不时传来猿猴的清啼。我穿上谢公屐，登上高耸入云的石头阶梯。半山腰处看见冉冉上升的海日，听到在空中鸣叫的天鸡。路径在岩壑间绕来绕去，到处是鲜艳夺目的花草令人着迷。我不时凭倚在石头上欣赏这千古难逢的美景而不愿离去，忽然间日头已经偏西。天色开始朦胧不明，突然听到熊在咆哮龙在吟啼，那高亢的声音在山谷间震荡传递。这声音，不由得令人胆战心惊。云雾弥漫好像就要下雨，水光晃荡烟雾蒸腾。忽然间电闪雷鸣，山峦丘陵顿时倒倾。神仙洞府的一扇石门，轰隆隆地裂开中缝。烟雾弥漫，云气腾腾，看不见山川和丘陵。只见金光灿烂，富丽堂皇的宫殿耀眼鲜明。那么多仙人出现在云中，彩虹是他们的衣裳，清风是他们的马匹，纷纷攘攘驾着彩云下了云层。老虎为他们弹奏琴瑟，凤凰为他们拉车前行。仙人密密麻麻，好一派热烈动人的场景。不知为什么忽然一激灵，从恍惚的梦境中惊醒，不由得起来连声叹气。只见睡觉时的枕头床席，完全没有梦境中云雾缥缈的情景。仔细寻思反省，人世间的富贵荣华不过如此，如同过眼烟云，来也匆匆，去也匆匆，很快便没了踪影，仿佛流水一直向东。若问我今日告别诸公，什么时候才能返回鲁东，那实在难以说清。从此后我准备好骑乘的白鹿，随时跨上去寻访名山胜景。怎能点头哈腰胁肩谄笑地侍奉权贵，使我郁闷忧愤而没有一个好心情。

评析　　天宝三载（744）春夏之交，李白被赶出长安，心情非常郁闷低沉。次年秋，他准备东游吴越，行前写此诗留赠东鲁亲朋。全诗借助想象，通过梦境，融会古代神话、民间传说、历史典故，创造了一个光怪陆离的神仙世界，表达对现实社会之黑暗的强烈憎恨和对理想的追求。

　　开头八句通过仙界之"信难求"与天姥山之"或可睹"的对比，表示了自己的选择，再通过与五岳、赤城、天台的对比衬托突出天姥山之高大挺拔的气势和雄奇壮丽的姿态，为下文的梦游做好铺垫。

　　从"我欲因之梦吴越"到"仙之人兮列如麻"是第二层，也是主体部分，集中笔墨描绘出一个神奇的神仙世界，而且是在对于世俗世界游览的生活经验之上来写，给人以亲切感和真实感。诗人因向往而入梦，梦境中，在迷蒙月色的笼罩下，他飞渡镜湖而直抵剡溪，不仅找到当年谢灵运的住处，而且居然还穿上谢灵运制作的登山鞋，开始"身登青云梯"，在高耸入云的陡峭的石壁上攀登。在半山腰处看见海上日出的美妙景色，而此时又听到天空中神仙世界中仙鸡的报晓声。境界瑰丽神奇。"千岩万壑"两句转折得非常巧妙，既写出了通往仙界路途的扑朔迷离，也为下文神仙洞府的出现奠定基础。在云雾缭绕、熊咆龙吟、电闪雷鸣中通往神仙洞府的石门"訇然中开"，于是便看到了仙界的景象，在云气之中看不见地面，宫殿楼阁金碧辉煌，仿佛都是金银建造的，老虎在鼓瑟，凤凰在拉车，仙人众多。这是多么美妙神奇，令人心驰神往的地方。

从"忽魂悸以魄动"到最后是第三层，由描写转向议论，表达绝不向权贵屈服的志节。当从理想的梦境中醒来，诗人重新感受到现实社会的污浊和权贵庸俗卑鄙的巨大压力，但他没有屈服，而是在最后喊出"安能摧眉折腰事权贵，使我不得开心颜"的心声，成为全诗的主旋律，表现对权贵的极端蔑视和与黑暗政治的彻底决裂，表现出一种独立高洁的伟岸人格，对后世产生深远的影响。

金陵①酒肆留别

李 白

风吹柳花满店香，吴姬压酒②劝客尝。金陵子弟③来相送，欲行不行④各尽觞。请君试问东流水，别意⑤与之谁短长？

注释　①金陵：即今南京市。②压酒：压酒糟取出酒汁，即新酿的美酒。③子弟：指年轻人。④不行：不走者，送别者，指金陵子弟。⑤别意：离别的情意。

译文　春风吹拂着柳絮漫天飞扬，满店里飘溢着酒香，吴地的美女刚刚酿出美酒，殷勤劝我品尝。金陵的年轻人纷纷前来为我送行，宾主依依难舍频频举杯倾诉衷肠。请你们试问这滚滚东流的长江水，我们的离别情意和它相比究竟谁短谁长？

评析　这首赠别诗，大约作于李白出川后最初漫游时，用轻盈生动的笔墨刻画了一个江南酒店中出现的送别场面，感情深厚，情景如画。

"风吹柳花满店香"，起笔引人入胜，并能启发思考。春风吹着柳絮，这是暮春时节，但"满店香"有点不好理解，柳絮可以称为柳花，但没有香味是人之常识，即使有也极其清淡，怎么会"满店香"？"吴姬压酒劝客尝"，看到第二句才恍然大悟，原来是酒店里的女子把刚刚挤压出来的美酒请客人品尝，是酒香，因此这个"香"字极妙，上句写出留有悬念，下句"酒"字一出，读者才明白。原来"满店香"在句法上属于上句，在意义上属于下句，简约明快，精彩至极。"金陵子弟来相送，欲行不行各尽觞"两句紧承前意，柳絮轻扬，吴姬压酒，境界很美，忽然又出现那么多年轻的追随者来给自己饯别，那气氛、那心情可想而知，于是送别者和被送者都各自喝下这充满浓情蜜意的酒。那种情意真是难以形容的，于是水到渠成，发出这样的疑问："请君试问东流水，别意与之谁短长？"结尾情韵悠长，用长江流水也无法比拟离别情意表达自己内心对于友人的感激之情，形象生动。谢榛在《四溟诗话》中云："太白《金陵酒肆留别》诗'请君试问东流水，别意与之谁短长'，妙在结语，使坐客同赋，谁更擅长？谢宣城《夜发新林》诗'大江流日夜，客心悲未央'；阴常侍《晓发新亭》'大江一浩荡，悲离足几金'。二语突然而起，造语雄深，六朝亦不多见。太白能变化为法，令人叵测，奇哉！"

　　全诗干净简明，层次井然，首句点季节，次句写地点，三句写来送别之人，四句写留别之情，最后两句用比喻发感慨。沈德潜在《唐诗别裁集》中评此诗说："语不必深，写情已足。"说的就是这一点。

宣州①谢朓楼②饯别校书③叔云④
李　白

　　弃我去者，昨日之日不可留；乱我心者，今日之日多烦忧。长风万里送秋雁，对此可以酣高楼。蓬莱⑤文章建安骨⑥，中间小谢⑦又清发。俱怀逸兴壮思飞，欲上青天揽明月。抽刀断水水更流，举杯消愁愁更愁。人生在世不称意，明朝散发⑧弄扁舟。

注释　　①宣州：今安徽省宣城。②谢朓楼：即谢云楼，南朝诗人谢朓为宣城太守时所建。③校书：秘书省校书郎的简称。④云：指李云，李白的族叔。⑤蓬莱：海上三仙山之一。相传为神仙收藏秘录、典籍之所。东汉学者曾把藏书的东观称为蓬莱宫。唐人多用蓬山、蓬阁指秘书省。此处借指李云的文章。⑥建安骨：指汉末建安年间，曹操父子及建安七子所倡导的刚健道劲的文风。后世称之为"建安风骨"。⑦小谢：即谢朓。⑧散发：披散开头发，表示不受礼法约束。

译文　　过去的日子离我而去，想留也无法挽留；现在的日子使我心绪烦乱而更加忧愁。长风万里吹送南飞的大雁，正应当酣饮而登上高楼。您的文章像西汉那样雄浑厚重，而且兼有建安风骨的力度和通透。我诗歌的意境也很高拔，像南朝的谢朓那样清新明秀。我们都满怀壮志豪情，神思飞扬直上九重霄。想要抽刀断水水更流，想要举杯浇愁而愁更愁。人生在世不能开心，明天早晨我便披散开头发，无忧无虑地去摆弄小舟，随兴所至而到处泛游。

评析　　本诗作于天宝十二载（753）秋，为饯别族叔李云而作。从诗题看，是一首饯别诗，但诗人只用"长风万里送秋雁，对此可以酣高楼"两句轻轻点出送别酣饮之意，而以绝大部分篇幅抒写其对理想的追求以及在现实的沉重压抑下心烦意乱，愁怀不解而想要归隐江湖的意愿。借题发挥，向族叔发泄自己内心的苦闷和忧伤。

　　起笔波澜突起，以两个类似散文的十一字长句，一气鼓荡，喷射出内心的积怨。复沓重叠的句式，拟人化的手法和时间上的承续和流动，造成强烈的抒情效果。弃我而去的"昨日"一事无成，而今日更使我心绪烦乱。两句诗中蕴含着诗人往昔岁月的多少坎坷、愤懑，又牵动诗人报国无门的忧愁和痛苦。"长风万里"两句忽作转折，写即席所见到的壮美开阔的景色和由此引发的豪情壮志，情调由低沉转向高昂。"蓬莱文章建安骨"赞美李云的文章似西汉而有风骨，"中间小谢又清发"自诩自己的诗歌清新出奇。"俱怀"两句合写双方的志向远大，青天揽月的壮志暗喻澄清天下的大志。然而，无论志向多么远大，但却无法摆脱黑暗现实的羁绊，诗人在高扬壮志后，突然用"抽刀断水水更流，举杯消愁愁更愁"这样两个精彩的比喻逆转，形成强烈的感情上的反差，给人以极强烈的印象。最后两句则表达对于黑暗政治的决裂，再度表现一种天马行空的放荡不羁的性格。全诗抒情大起大落，感情飘忽不定，语言自然奔放，充分体现了李白诗歌飘逸奔放的艺术特色。

走马川^①行奉送封大夫^②出师西征

岑 参

君不见走马川行雪海^③边，平沙莽莽黄入天。轮台^④九月风夜吼，一川碎石大如斗，随风满地石乱走。匈奴草黄马正肥，金山^⑤西见烟尘飞，汉家^⑥大将西出师。将军金甲夜不脱，半夜军行戈相拨，风头如刀面如割。马毛带雪汗气蒸，五花^⑦连钱^⑧旋作冰，幕中草檄砚水凝。虏骑闻之应胆慑，料知短兵不敢接，车师^⑨西门伫献捷。

注释　①走马川：又名左末河，即今之车尔成河，在今新疆维吾尔自治区境内。②封大夫：即封常清。当时任御史大夫。③雪海：位于今新疆以北，俄罗斯伊塞克湖以东一带，据说春夏常下雪。这里泛指西域地区。④轮台：在今新疆米泉区。⑤金山：即阿尔泰山，在新疆北部。⑥汉家：借指唐朝。以汉代唐是唐诗中惯例。⑦五花：花色斑驳的名贵之马。一说将良马鬃毛剪绞成五瓣花样。⑧连钱：即连钱骢，毛纹有如金钱相连。⑨车师：安西都护府所在地，今新疆吐鲁番附近。

译文　你没看到吗？那荒凉偏远的走马川，就在四季飞雪的雪海边。那里风卷黄沙直上云天。轮台地区九月里狂风在夜里怒吼，满沟川散碎的石头大如酒斗，被狂风吹得满地乱滚乱出溜。这时期匈奴的牧场草黄马正肥，他们纵马犯边金山西面烟尘飞，唐军大将立即点齐人马即将向西出雄师。将军的铠甲在夜间时刻不离身，半夜行军刀枪撞击声相闻，风头打脸如同小刀刮面冷在心。雪花落到马身上被汗气所熏蒸，五花连钱的马毛很快结成白白的冰，营帐中起草檄文时砚台中的墨水很快就冻凝。敌人听到这种军威应该心惊又胆战，估计他们不敢短兵相接来迎战，我们早早就在车师城的西门伫立等待将军之凯旋。

评析　　天宝十三载（754）九月，安西、北庭节度使封常清从北庭轮台出师西征，应战入侵之敌，环境非常恶劣，岑参时在幕府，创作这篇气势飞动的边塞诗，热情讴歌将士们不畏险阻、奋勇杀敌的英雄气概，是岑参边塞诗代表作之一。

　　本诗重点在渲染边塞环境的艰苦卓绝和出师行军时的昂扬斗志，是一曲英雄主义的颂歌。全诗侧重写狂风和奇寒。起笔突兀，凌空而出，先写白昼的大漠长空，黄沙莽莽，一片沙尘暴景象，接着写夜间地面，狂风吹得大如斗的石头满地乱滚，是在现实基础上的夸张。风狂风大，历历在目。"匈奴"三句写这次出战的背景，即敌人在秋高马肥之时前来骚扰，我军是打击侵略者，是正义之师。这一点很重要，不是可有可无之笔。战争的正义与否历来是表现战争主题之文学作品的关键因素。"将军金甲夜不脱，半夜军行戈相拨，风头如刀面如割"三句继续写夜间行军的状况，写出了将士们不畏严寒的爱国精神和英雄气概。"马毛带雪汗气蒸，五花连钱旋作冰，幕中草檄砚水凝"三句侧重表现奇寒的天气，用战场上最常见之现象来写，给人以亲眼所见的真实感，急行军而马出汗，雪落马体很快被汗转化为冰，可见马体之热而天气之寒。而砚台中的墨水很快凝固拉不开笔也是北方人常遇之情景，故容易引起读者的联想而仿佛感受到严寒一般，有很强的表现力。"虏骑闻之应胆慑，料知短兵不敢接，车师西门伫献捷"三句是设想之辞，表现对战争必胜的信心。

　　全诗比喻奇妙，豪气满纸，风发泉涌，将边塞奇特气候和奇特风光展现出来，造成很强烈的艺术效果，给人以身临其境之感。另外，全诗句句用韵，三句一转韵，节奏急促有力，与紧张的军事行动相适应，内容与形式达到高度而完美的统一，也是本诗的一大特点。

轮台歌奉送封大夫^①出师西征

岑 参

轮台城头夜吹角^②，轮台城北旄头^③落。羽书^④昨夜过渠黎^⑤，单于^⑥已在金山^⑦西。戍楼^⑧西望烟尘黑，汉军屯在轮台北。上将拥旄^⑨西出征，平明吹笛大军行。四边伐鼓雪海^⑩涌，三军大呼阴山^⑪动。虏塞兵气连云屯，战场白骨缠草根。剑河^⑫风急云片阔，沙口^⑬石冻马蹄脱。亚相^⑭勤王^⑮甘苦辛，誓将报主静边尘。古来青史谁不见，今见功名胜古人。

注释 ① 封大夫：封常清，时摄御史大夫兼北庭、安西节度使。② 角：号角，为古代军中传达命令之乐器。③ 旄头：即昴星。古人认为它主胡人兴衰。旄头落，为敌人失败之兆。④ 羽书：即羽檄，类似后代之鸡毛信，军用紧急文书。⑤ 渠黎：地名，在今轮台县东南。⑥ 单于：匈奴的君主，此借指匈奴军队。⑦ 金山：即阿尔泰山。⑧ 戍楼：军队驻防的城楼。⑨ 旄：旄节，古代君王赐给大臣用以表明身份的凭证。⑩ 雪海：位于今新疆以北，吉尔吉斯斯坦伊塞克湖以东一带。⑪ 阴山：在今内蒙古中西部。⑫ 剑河：在今新疆境内。⑬ 沙口：地名，位置不详。⑭ 亚相：指御史大夫封常清。在汉代，御史大夫仅次于宰相，故称亚相。⑮ 勤王：勤于王事，即为国效力。

译文 轮台城头夜里吹起号角，轮台城北旄头星忽然坠落。紧急军书昨夜从渠黎送来，报告说单于的大军已到金山西面扎寨。在戍楼上驰目西望烟尘滚滚一片昏黑，唐朝大军严阵以待驻扎在轮台城北。大将军手持旄节率兵西征，天一放亮就吹起号角催军起行。战鼓四面响起，声威阵阵如同雪海波翻浪涌；三军将士呐喊助威，就连阴山也为之震动。敌人众多如乌云，杀气腾腾气势逼人。战场上白骨累累，无人掩埋而缠绕着草根。剑河上风急云阔遮天日，沙口的岩石寒冷冻脱马蹄。封将军位高亚相忠于职守勤王政，决心报效君王平息边境胜顽敌。自古以来名垂青史的英雄多又多，而今你的功劳早已胜过古人更将光照史册。

评析　　本诗和《走马川行奉送封大夫出师西征》写于同一时期，都是送别封常清西征之作。前诗未写战斗，只是通过将士冒雪夜行军的气势烘托必胜之势，本诗则直接描写战斗场面和胜利结局，歌颂将军的伟大功绩。

开头六句描述战前两军对峙，一触即发的紧张状态，渲染了全军将士即刻出师西征的紧张氛围。轮台城头，夜角声声，是以动衬静，表明我军戒备森严，进入临战状态；轮台城北，昴星陨落，则是敌人覆灭的预兆，暗示侵扰者必败。"羽书"二句进一步渲染紧急的事态，正面点出敌人越境掳掠。"烟尘黑"揭示敌人席卷而来，远远望去，烟尘滚滚，遮天蔽日。唐军针锋相对，已经驻扎在轮台以北，做好迎战的准备。"上将"四句正面描写战争的激烈壮观与我军气吞山河的斗志。四面鼓声齐鸣，如波涛汹涌，三军将士呐喊，震荡阴山动摇，如此声威如此气魄，什么敌人能不望风披靡？"虏塞"四句进一步渲染敌人兵多势众，战斗残酷激烈，环境艰苦卓绝，伤亡惨重的情景。这些都是想象之词，以虚写实。结尾四句紧扣诗题，赞颂封常清精忠报国、誓静边尘、勤于职守、劳苦功高。最后两句在歌颂封常清的同时，也歌颂了唐军的赫赫声威。

还应当指出，从诗题和诗歌内容两方面看，本诗也是战争未进行前相送时所写，与《走马川行》的写作背景基本一致，但两诗在写作上各有侧重，故没有重复之感。《走马川行》重在环境渲染，而本诗则注重军威的烘托；《走马川行》重在揭示夜行军之威，本诗则极力突出两军对垒之盛。但两诗都具有浓郁的边塞气息和充满浪漫主义色彩，情调激越，风格豪放，都富有撼人心魄的艺术感染力。

白雪歌送武判官①归京

岑 参

北风卷地白草②折，胡天八月即飞雪。忽如一夜春风来，千树万树梨花开。散入珠帘湿罗幕，狐裘不暖锦衾薄。将军角弓③不得控，都护铁衣冷难着。瀚海④阑干⑤百丈冰，愁云惨淡万里凝。中军⑥置酒饮归客，胡琴琵琶与羌笛⑦。纷纷暮雪下辕门⑧，风掣⑨红旗冻不翻。轮台⑩东门送君去，去时雪满天山路。山回路转不见君，雪上空留马行处。

注释　①判官：官职名，佐助节度使处理公文及日常政务。②白草：西北地区生长的一种草，秋天变白，冬枯不萎，性极坚韧。③角弓：用兽角装饰的弓。④瀚海：大沙漠。⑤阑干：纵横。⑥中军：古时军队分左、中、右三军，主帅在中军。此处指中军大营。⑦羌笛：古代西北地区羌族的乐器。⑧辕门：军营之门。春秋时战争形式是车战，扎营时将两辆战车的车辕竖起为门，称辕门，后世遂沿用之。⑨掣：牵引、扯动。⑩轮台：在今新疆境内，唐代隶属北庭都护府。

译文　卷地而来的北风真是强硬，居然能把坚韧的白草刮折，北方的天气真是奇怪，八月里居然就飘起了大雪。忽然间好像是一夜春风吹来，千树万树的梨花都被吹开，漫山遍野一片洁白。潮湿的冷气散入珠帘，湿润了帐篷帷幔，使狐狸皮的大衣都不保暖，而那锦绣的棉被也轻薄而不耐严寒。将军们的弓弦冻得难以拉开，铠甲冰凉难以披挂上肩。广袤的大沙漠到处是冰川，阴云密布凝重令人心寒。中军大帐中设置饯别的酒宴，军乐队演奏的乐曲悲壮而缠绵。黄昏时又飘起了雪花，辕门处的一面红旗特别显眼，又湿又冻而非常僵硬，不能呼呼啦啦随风招展。在轮台的东门我送你归去，当时大雪已经覆盖全山。山路曲折起伏，你的身影忽隐忽现。最后终于消失在山岭的那一边，只有一行清晰的马蹄印留在地面。

评析　　本诗如题所示，是白雪歌，也是送别诗，歌咏西北边疆的雪景和抒写别情构成本诗的两项内容。全诗共十八句，前八句写白雪，后八句表送别，中间两句为过渡，承上启下，归到哪部分都可，一般惯例将其归到前边，这样，前半首便是十句。开头两句描写边塞环境气候的恶劣。北风烟雪，极其艰苦。"忽如一夜春风来，千树万树梨花开"两句如神来之笔，异想天开的精彩比喻给人以惊奇，将北风比喻为春风，将满树雪花想象成梨花，意境壮美，成为全诗的基调。接下来的六句用夸张笔法渲染天气的奇寒。"瀚海"两句承前启后，由景物描写过渡到抒情。"愁云"有双重意蕴，一是表现阴云密布的恶劣天气，二是因友人即将踏上遥远征程的担忧。后八句写送别。先写饯别宴会，写出了军营送别的特点。"风掣红旗冻不翻"准确描绘出边塞地区温差大的气候特色，而且在漫天皆白中，一面红旗的颜色也很跳跃活泼。最后两句写尽送别时的依依惜别的深情，可以体会到诗人伫立军营门前，遥望友人的身影在山路上忽隐忽现而最后终于消失的情景，仿佛一个空镜头，以景结情，与李白的"孤帆远影碧空尽，唯见长江天际流"两句异曲同工。

　　岑参边塞诗最突出的艺术成就是对边塞风光的描写，本诗中的卷地北风，"红旗冻不翻"的奇景，尤其是"千树万树梨花开"的景致，都很生动精彩。

韦讽①录事宅观曹将军②画马图

杜甫

　　国初已来画鞍马，神妙独数江都王③。将军得名三十载，人间又见真乘黄④。曾貌⑤先帝⑥照夜白⑦，龙池⑧十日飞霹雳⑨。内府⑩殷红⑪马脑⑫盘，婕妤⑬传诏才人⑭索。盘赐将军拜舞归，轻纨细绮⑮相追飞。贵戚权门得笔迹，始觉屏障生光辉。昔日太宗拳毛䯄⑯，近时郭家⑰狮子花⑱。今之新图有二马，复令识者久叹嗟。此皆战骑一敌万，缟素⑲漠漠开风沙⑳。其余七匹亦殊绝㉑，迥若㉒寒空动烟雪。霜蹄蹴踏长楸间㉓，马官厮养森成列。可怜九马争神骏，顾视清高㉔气深稳。借问苦心爱者谁，后有韦讽前支遁㉕。忆昔巡幸新丰宫㉖，翠华㉗拂天来向东。腾骧㉘磊落㉙三万匹，皆与此图筋骨同。自从献宝朝河宗㉚，无复射蛟江水中㉛。君不见金粟堆㉜前松柏里，龙媒㉝去尽鸟呼风。

注释　　　①韦讽：四川成都人，为阆中录事参军，家中藏有曹霸画马图。②曹将军：即曹霸，开元中名画家，常奉诏为御马和功臣画像，官至左武卫将军。安史之乱后流落于四川。③江都王：李绪，唐太宗李世民之侄，以画鞍马出名。④乘黄：传说中兽名，龙翼马身，黄帝乘之而成仙，故名之。后用以泛指良马。⑤貌：此为名词动用，指描绘。⑥先帝：指玄宗李隆基。⑦照夜白：马名，玄宗所乘的良马之一。⑧龙池：唐时兴庆宫之池，据说有黄龙出现其中，故名。⑨飞霹雳：比喻马像池中之龙随着迅疾的雷声而飞腾。⑩内府：皇帝的府库。⑪殷红：深红，紫红。⑫马脑：即玛瑙，宝石名。⑬婕妤：嫔妃称号之一，位居正三品。⑭才人：嫔妃称号之一，职居正四品。⑮轻纨细绮：指精美的丝织品。纨，细绢。绮，有花纹或图案的丝织品。⑯拳毛䯄：唐太宗的六匹良马之一。⑰郭家：郭子仪。⑱狮子花：即狮子骢，代宗赐给郭子仪的骏马。⑲缟素：白色细绢，绘画高级用品。⑳开风沙：指战马奔驰在风沙迷茫之中。㉑殊绝：与众不同。㉒迥若：远远望去很像。㉓长楸间：指大道间，古人多在大道两旁种植楸树。㉔顾视清高：昂首顾盼，气度高远，神情不凡。㉕支遁：即支道林，东晋名僧，曾说过"贫道重其（指马）神骏耳"的话。㉖新丰宫：指华清宫。㉗翠华：翠鸟羽毛装饰的旗帜，帝王仪仗的一种，此代指皇帝车驾。㉘腾骧：骑马奔驰。腾，奔腾。骧，宝马。㉙磊落：仪容俊伟。㉚献宝朝河宗：据载，穆天子西行，遇河宗，河宗曾献宝图，周穆王回来后即死去。此借指玄宗之死。㉛射蛟江水中：据《汉书·武帝本纪》载，汉武帝曾亲自射获一条江中蛟龙，此指游幸。㉜金粟堆：玄宗葬于金粟山，称泰陵，故地在今陕西蒲城县东北。㉝龙媒：语出《汉书·礼乐志》："天马来，龙之媒。"后称良马为龙媒。

译文　　唐朝初年以来画马名家中，技巧高妙神奇首推江都王。曹将军画马名世三十载，使得人间又能看到真正神马叫"乘黄"。你曹霸画过先帝良马"照夜白"，栩栩如生放光彩，犹如伴随霹雳腾越龙池飞出来。内府库里深紫红色玛瑙盘，婕好传旨才人搬。将军跪拜受赏回到家，轻柔细绢彩色丝绸纷纷送来无间断。皇亲国戚权贵能够得到您的亲笔画，才会觉得家中屏风壁障增光华。过去太宗皇帝曾有宝马拳毛䯄，近世郭子仪也有名马狮子花。如今两匹宝马都已进入这幅画，更让鉴赏名家赞叹复惊讶。这都是以一敌万好战马，它们奔驰在洁白画绢上，驰骋飞奔荡开茫茫之风沙。另外七匹骏马也都非凡复绝伦，奔驰之状宛如寒空飞动白雪与烟尘。骏马霜蹄踢踏行走在长楸大道间，养马官员役卒排列成行在两边。可爱的九匹骏马各自争神采，昂首顾盼神情高远气度更稳健。请问一心一意爱马之人都有谁，如今有韦讽前代只有支道林。忆往昔皇上巡幸新丰宫，翠碧的羽旗满天飘拂车驾驶向东。三万骏马奔驰跳跃何俊逸，都与画中之马强健筋骨同。如同河宗献宝穆王归天去，玄宗再也不能亲自射猎江中之蛟龙。你没看那金粟山前松柏间，宝马散尽唯有鸟儿悲鸣风雨中。

评析　　这是一首题画诗，在对著名画家曹霸名作《九马图》的赞叹中寄寓着时代变迁盛世难再的感慨。

　　全诗可分四层。开头四句概括建唐以来的画马史，前代要数江都王李绪，而近三十年来则首推将军曹霸。有人说杜甫认为李绪第一、曹霸第二，这是误会或无识之见，二人不同时代不可相比，实际是说各领风骚几十年之意，是前后相接的关系。由江都王引出曹霸，并将有唐以来一百多年画坛上马画家一笔带过，高屋建瓴，是绝大手笔。从"曾貌先帝照夜白"到"始觉屏障生光辉"是第二层，追忆曹霸当年画马受宠的风采，被召入禁宫画御马"照夜白"而受到玛瑙盘的赏赐，权贵都以得到曹霸的画为荣耀，仅此二事可见曹霸当日便闻名遐迩了。从"昔日太宗拳毛䯄"到"顾视清高气深稳"十二句是全诗的主体部分，正面描绘画面上情景，先说九匹马中有两匹人人认识的宝马，即唐太宗的拳毛䯄和郭子仪的狮子骢，这样有固定形体神态的马最难画，因为人们熟悉，另外七匹也各有神采，以及其奔驰行走时的清高神情，我们可以根据诗中的描写想象画面上骏马奔腾的情形。可见其艺术功力。"借问苦心爱者谁"到结尾十句是第四层，前两句是赞美韦讽兴趣高雅，喜欢名马名画，并将其与历史上南朝的著名高僧支遁相提并论，也有以宾衬主抬高韦讽的用意。以下是观画后的感想，想到开元年全盛时期宝马如云的盛况，而今明皇默默死去，天下衰败，再也见不到宝马而只有悲鸟在秋风中悲鸣了。最后两句寓意深刻，以无良马比喻朝廷没有杰出人才，没有人才是因为政治昏暗的缘故。

全诗由画及马，以马之盛衰消长，暗示国事的兴亡变迁。开头奇妙高远，中间纵横跌宕，结尾幽婉含蓄，意蕴十分隽永。因此，历代对此诗都有较高评价，浦起龙在《读杜心解》中云："身历兴衰，感时抚事，惟其脾中有泪，是以言中有物。"佚名的《杜诗言志》中说："题里题外，出画入画，现实历史，今昔盛衰，俯仰感慨，淋漓顿挫，波澜壮阔，一气雄浑。"杨伦在《杜诗镜铨》中道："妙在一气浑雄，了不着迹，真属化工之笔。"以上所论都值得参考。

丹青① 引② 赠曹将军霸

杜 甫

将军魏武③之子孙，于今为庶为清门④。英雄割据⑤虽已矣，文彩风流⑥今尚存。学书初学卫夫人⑦，但恨无过王右军⑧。丹青不知老将至⑨，富贵于我如浮云⑩。开元之中常引见，承恩数上南薰殿⑪。凌烟功臣⑫少颜色，将军下笔开生面⑬。良相头上进贤冠⑭，猛将腰间大羽箭⑮。褒公⑯鄂公⑰毛发动⑱，英姿飒爽来酣战。先帝天马玉花骢⑲，画工如山貌不同。是日牵来赤墀⑳下，迥立㉑阊阖㉒生长风㉓。诏谓将军拂绢素，意匠㉔惨澹经营㉕中。斯须九重真龙㉖出，一洗㉗万古凡马空。玉花㉘却在御榻上，榻上庭前屹相向。至尊含笑催赐金，圉人太仆㉙皆惆怅。弟子韩幹㉚早入室㉛，亦能画马穷殊相㉜。幹惟画肉不画骨，忍使骅骝㉝气凋丧。将军画善盖有神，必逢佳士亦写真。即今漂泊干戈际，屡貌㉞寻常行路人。途穷反遭俗眼白㉟，世上未有如公贫。但看古来盛名下，终日坎壈㊱缠其身。

注释　　①丹青：绘画用主要颜料丹砂和青䐉的省称，借指绘画。②引：乐府诗体的一种。③魏武：魏武帝曹操。④清门：寒门。玄宗天宝末年，曹霸因罪被贬为庶人。⑤英雄割据：指曹操统一北方，与刘备、孙权三国鼎立。⑥文彩风流：指曹操杰出的文学才能。⑦卫夫人：卫铄，字茂漪，东晋著名女书法家，王羲之曾向她学习过书法。⑧王右军：即王羲之，曾官至右军将军，是历史上著名书法家。⑨老将至：语出《论语·述而》："发愤忘食，乐以忘忧，不知老之将至云尔。"⑩如浮云：语出《论语·述而》："不义而富且贵，于我如浮云。"⑪南薰殿：长安南内兴庆宫的内殿。⑫凌烟功臣：凌烟阁上的功臣。是唐太宗诏令阁立本画的长孙无忌、魏徵等二十位功臣像。⑬开生面：重新画出了新的面貌。⑭进贤冠：文官上朝戴的礼帽。⑮大羽箭：唐太宗特制的四羽大杆长箭。⑯褒公：褒国公段志玄，在功臣像中位居第十。⑰鄂公：鄂国公尉迟敬德，在功臣像中位居第七。⑱毛发动：指画得栩栩如生。⑲玉花骢：玄宗所乘宝马之一。⑳赤墀：红色台阶。㉑迥立：昂首屹立。㉒阊阖：本为神话中的天门，此指宫门。㉓生长风：形容马昂首挺立神态不凡。㉔意匠：构思布局。㉕惨澹经营：苦心设计谋划。㉖真龙：良马。《周礼·夏官》："马八尺以上为真龙。"㉗一洗：犹言一扫。㉘玉花：玉花骢的省略。㉙太仆：掌管皇帝车马的官。㉚韩幹：唐代著名画家，初以曹霸为师，后自成一派。㉛入室：语出《论语·先进》："升堂矣，未入室也。"此指颇得老师的真传。㉜穷殊相：画尽各种形态。㉝骅骝：传为周穆王的八骏之一，此泛指骏马。㉞屡貌：常常描摹，谓曹霸不得不给平常人画像以谋生。㉟俗眼白：世俗的白眼。眼白，不以正眼看人，以示轻蔑。事见《晋书·阮籍传》："籍能为青白眼，见礼俗之士以白眼对之。"㊱坎壈：穷困不得志。

译文　　将军本是魏武之子孙，如今却沦落成清寒贫困之平民。英雄割据伟业虽然已过去，但文采风流至今尚留存。学习书法最初拜师卫夫人，只恨自己没能超过王右军。潜心绘画不知老将至，富贵功名视若身外之浮云。开元年间常被皇帝召见去，承蒙皇恩屡次登上南薰殿。凌烟阁中功臣画像颜色已消减，在你笔下个个重现光彩开生面。贤相之头戴上朝天冠，猛将腰间佩上硬弓大羽箭。褒国公鄂国公栩栩如生毛发好像在抖动，英姿飒爽好像在酣战。先帝神马玉花骢，无数画师无法画出真面容。这天牵到红色台阶下，昂首站立使得宫门如同起长风。诏命将军展开白绢用心画，你惨淡构思苦经营。顷刻间犹如真龙现宫中，简直把万代凡马淘汰空。皇帝把画挂在御榻上，榻上庭前两匹宝马昂然屹立真假难分清。皇帝含笑催促赏赐金，马夫马官都认为真马不如画马更有神。弟子韩幹早已登堂入内室，也能画马穷形尽相很逼真。韩幹画马只画外形不画骨骼与神态，竟然使骅骝宝马丢掉精气神。将军绘画更妙好像有神助，如果遇到正人君子也曾提笔来写真。如今四处漂泊战乱中，常常描绘一些平常人。人到穷途反遭俗人之白眼，恐怕人间无人像你这样贫。纵看古今那些享有盛名贤德者，无不坎坷失意穷困伴终身。

评析　　本诗和《韦讽录事宅观曹将军画马图》写于同一时期，是杜甫在四川亲自赠给曹霸的诗篇，与前诗可以看作吟咏曹霸绘画的姊妹篇，两诗都对曹霸出神入化的绘画技艺给予高度的评价，但在思想内容上，前首侧重绘画技巧和成就的描绘，本诗侧重控诉黑暗社会对人才的摧残。

　　本诗结构层次清晰，开头到"富贵于我如浮云"八句交代曹霸出身经历与人品，点到为止，概括性强。从"开元之中常引见"到"英姿飒爽来酣战"八句为第二层，写曹将军人物肖像画之绝妙，仍不是全诗重点，属于宾位。"先帝天马玉花骢"到"忍使骅骝气凋丧"十六句极力刻画曹将军画马的绝技，先铺后垫，反复渲染，前面用众画家，后面用韩幹，中间用真龙与凡马，真马与画中马反复对照衬托，将画面之马的神气刻画得栩栩如生。"将军画善盖有神"以下八句是第四层，写一代画师晚年的落魄潦倒，抒发"但看古来盛名下，终日坎壈缠其身"的深沉感慨，可谓是千里游龙到此结穴，点明主题，意蕴深远，引人遐思。确实回味无穷，读后动心。稍微注意的话，本诗在结构层次分布上确实颇具匠心，全诗四十句，分四个层次，除第三层为十六句外，其他每层八句。而第三层也可以分为两个八句，前面写画马的过程，后面写画完后的艺术效果。这样看来，杜甫此诗确实是下了一番功夫的。

本诗虽是赠答诗，但其间蕴含着诗人自己的满腔郁闷与感慨，借为曹霸抱不平的同时宣泄自己对命运对时代的强烈不满和抗议。二人都是一流的艺术家，往昔一个是"至尊含笑催赐金"，一个是"往时文彩动人主"；如今一个是"途穷反遭俗眼白"，一个是"此时饥寒趋路旁"。相同的遭遇使诗人对于曹霸的处境深刻理解和同情，所以他才会在末尾用"但看古来盛名下，终日坎壈缠其身"的千古悲慨结束全诗。这不仅是为曹霸，也是为自己，同时更为千百年所有遭受社会压抑和摧残的贤能之士抱以极大的不平，思想内蕴上与陈子昂的"前不见古人，后不见来者"相通，如同洪钟大吕般震荡着永远的时空。

在艺术上，本诗融叙事、描写、抒情和议论于一体，调动一切艺术手法，以错综纷绘、翻腾跌宕的构思布局，舒展自如、酣畅淋漓的笔墨技巧，赢得后人的极高赞美。在对曹霸画马技巧绝伦的描写中，层层推进，曲折有致，先用书法衬绘画，再用画人衬画马。描写画马时，前面用众多画师为反衬，后面用韩干做烘托，中间画中马和真马相比较，皇帝、朝官做陪衬。结构细密，情真词切，精美至极。苏轼在《韩干马》中曾云："少陵翰墨无形画，韩干丹青不语诗。"已把杜诗、韩画看成双绝。仇兆鳌在《杜诗详注》中说："此章首尾振荡，句句作意，是古今题画第一手。"王文简《古诗平仄论》引清人翁方纲语说，本诗是古今七言诗的"第一压卷之作"。

寄韩谏议①注②

杜 甫

今我不乐思岳阳③，身欲奋飞病在床。美人④娟娟⑤隔秋水⑥，濯足⑦洞庭望八荒⑧。鸿飞冥冥⑨日月白，青枫叶赤天雨霜。玉京⑩群帝⑪集北斗⑫，或骑麒麟翳凤凰。芙蓉旌旗⑬烟雾落，影动倒景摇潇湘⑭。星宫之君⑮醉琼浆，羽人⑯稀少不在旁。似闻昨者赤松子⑰，恐是汉代韩张良⑱。昔随刘氏定长安，帷幄⑲未改神惨伤。国家成败吾岂敢，⑳色难㉑腥腐㉒餐枫香㉓。周南留滞㉔古所惜，南极老人㉕应寿昌。美人胡为隔秋水，焉得置之贡玉堂㉖？

注释　　①谏议：诗题一作"寄韩谏议"，无"注"字，并云韩谏议名失考。今从杨伦《杜诗镜铨》。谏议大夫，官名，职掌侍从规谏。②注：指韩注，生平不详。③岳阳：州郡名，今属湖南。④美人：指所倾慕的理想人物，此谓韩注。⑤娟娟：美好的样子。⑥隔秋水：语出《诗经·秦风·蒹葭》："蒹葭苍苍，白露为霜。所谓伊人，在水一方。"⑦濯足：《楚辞·渔父》有"渔父莞尔而笑，鼓枻而去，歌曰：'沧浪之水清兮，可以濯我缨；沧浪之水浊兮，可以濯我足。'"此借指韩注遗世高隐的神态。⑧八荒：八方极远之地。⑨鸿飞冥冥：语出扬雄《法言·问明》："鸿飞冥冥，弋人何篡？"大意是鸿鹄高飞于辽阔的天空，捕鸟的人又哪能抓获呢。此喻贤人为避祸而远走高飞。冥冥，高远难见的样子。⑩玉京：道家称元始天尊所居之所，在天的中心，名玉京山。此借指皇帝的京城。⑪群帝：对天帝而言的众仙人，此喻指朝中权贵。⑫北斗：星名，象征人君。⑬芙蓉旌旗：以芙蓉做旌旗。⑭潇湘：二水名，在今湖南省境内。⑮星宫之君：星神，此喻皇帝的近侍之臣。⑯羽人：穿羽表的仙人，即飞仙。此喻指韩注。⑰赤松子：古仙人名。神农时为雨师。⑱韩张良：即张良，字子房，祖先为韩国人。他是汉代开国功臣，后弃功名隐居。⑲帷幄：帐幕。《汉书·张良传》有"运筹帷幄之中，决胜千里之外，子房功也"之语。后来代指重大决策。⑳"国家"句：意谓国家安危，不敢忘怀。㉑色难：面有难色，即不愿意。

㉒腥腐：臭肉腐败的气味，喻指污浊的社会。㉓餐枫香：道家服用的丹药，此指隐居山林。㉔周南留滞：指司马迁之父司马谈困居洛阳，未能随同皇帝到泰山封禅之事。周南，即今之洛阳。㉕南极老人：即南极老人星，据传此星一现，便天下太平，百姓安康。㉖玉堂：即玉殿，此借指朝廷。

译文　　　今天我心情不好，特别思念岳阳，很想凌空奋飞怎奈又卧病于床。好友韩注就像《诗经·蒹葭》描述的美人那样美好，却远隔秋水与我天各一方。你又像《楚辞·渔父》中的隐者，在洞庭湖中洗脚却高傲地眺望八方。鸿雁翱翔啊日赤月白，枫叶红遍啊普降寒霜。玉京山的神仙们聚集于北斗，有的骑麒麟，有的跨凤凰。荷花旌旗在烟雾间闪烁，旗影晃动倒映在清澈的潇湘。星空中的仙君多在醉饮玉液琼浆，穿着羽衣的仙人非常稀少不在近旁。好像听说从前的仙人赤松子，恐怕更像汉代开国功臣张子房。过去曾跟随刘邦定天下，如今虽然依旧运筹帷幄，却因目睹朝政腐败而神伤。国家盛衰成败哪能不关注，无奈面对污浊的社会实在令人难以在官场。司马谈滞留洛阳不能随行武帝封禅去，自古以来就为人们痛惜又感伤。如果南极老人能出现，天下势必福寿而安康。如此美丽幽雅的佳人为何阻秋水，不知怎样才能推荐你进白玉堂。

评析　　　本诗是杜甫后期漂泊西南时所作，表现其时刻关注国家命运的思想，对韩谏议退隐表示惋惜，希望他能够再度出仕为国家效力。韩谏议为何人难以确考，有人说是韩休之子韩泫，"注"是"泫"之讹，但证据不足。本诗很像游仙诗之风格，在杜诗中不多见。根据本诗体会，韩谏议可能曾经是朝廷重臣，且有谋略，曾经参与过机要政务，与杜甫很熟悉，后来因故辞官归隐。

　　　从开头到"青枫叶赤天雨霜"六句为第一层，通过想象描绘友人韩谏议在岳阳隐居生活的情景，境界清幽高洁。"玉京群帝集北斗"到"羽人稀少不在旁"六句为第二层，设想皇帝身旁多献媚取宠之人，中正高洁之臣多数不在皇帝身旁的现状。影射君昏臣佞，贤士遭斥的黑暗现实。"似闻昨者赤松子"到"色难腥腐餐枫香"六句为第三层，说韩谏议虽然曾经帮助皇帝定策安邦，但看不惯朝廷政治，不肯与污浊势力同流合污而离开官场。全诗运用象征比喻手法，委婉含蓄。"色难腥腐餐枫香"很关键，"腥腐"比喻腥臊腐臭的社会风气，有很强的感情色彩。而这种风气主要在官场，会腐化整个社会，诗人是深恶痛绝的。尽管如此，诗人还是希望韩谏议能够再度出山为国效力。"周南留滞古所惜"用司马迁父亲司马谈当年被汉武帝留在洛阳未带其参加封禅大典比喻韩谏议被投闲置散的境遇，后三句说只要他出现国家就会平安康乐，劝其尽早出仕。

本诗最大的特色就是巧借迷离的神仙幻境折射社会现实，这样免去很多麻烦。身处逆境的杜甫时刻关注朝廷的命运和友人的处境，体现了忧国忧民的一贯精神，这便是杜甫的感人之处。

古柏①行

杜 甫

孔明庙前有老柏，柯如青铜根如石。霜皮溜雨四十围②，黛色参天二千尺。君臣③已与时际会，树木犹为人爱惜。云来气接巫峡长，④月出寒通雪山白。忆昨路绕锦亭⑤东，先主武侯同閟宫⑥。崔嵬枝干郊原古，窈窕⑦丹青⑧户牖空⑨。落落⑩盘踞⑪虽得地，冥冥⑫孤高多烈风。扶持自是神明力，正直原因造化⑬功。大厦如倾要梁栋，⑭万牛回首⑮丘山重。不露文章世已惊，未辞翦伐谁能送。⑯苦心⑰岂免容蝼蚁，香叶曾经宿鸾凤。志士⑱幽人莫怨嗟，古来材大难为用。

注释　　①古柏：此指夔州（今重庆奉节）武侯（即孔明）庙前的古柏。②四十围：极言其粗，夸张语，不必拘泥。③君臣：指刘备和孔明。④"云来"句：意谓古柏与东面巫山的云气相接。⑤锦亭：杜甫住成都草堂时有"野亭"，因近锦江，故名为锦亭。⑥閟宫：指祠庙。⑦窈窕：幽深的样子。⑧丹青：指庙内的绘画与漆饰。

⑨ 户牖空：殿宇虚空。牖，窗户。⑩ 落落：俊逸挺拔貌。⑪ 盘踞：粗壮的树根深扎于地，势如龙盘虎踞。⑫ 冥冥：此指高远的天空。⑬ 造化：大自然的创造抚育。⑭ “大厦”句：喻指国家危急，急需人才。⑮ 万牛回首：万头牛也因拉不动而回首观望。⑯ “未辞”句：古柏本身虽不避砍伐，愿意献身，却无人举荐，意谓贤才难进。⑰ 苦心：树心味苦。⑱ 志士：怀雄才抱大志的人。

译文　　孔明庙前有一棵苍老的柏树，树枝如青铜树根如磐石。如霜的老树皮足有四十围，苍翠的树枝仿佛高达两千尺。先主孔明曾经在此风云际会，树木同样被人尊敬和爱惜。树色苍苍仿佛可接巫峡之云气，树枝道劲同样得到雪山之月色。回忆当年我曾漫步成都锦亭东，先主武侯同在一座祠庙中。庙外古柏矗立于郊野，庙内雕梁画壁彩绘门窗一片空。这棵古树虎踞龙盘般深深扎根虽得好土地，上接苍穹孤独高大常常遭狂风。它能挺立不折自有神扶持，它根正干直完全出自大自然的造化功。大厦将倾急需栋梁来支撑，古柏重于丘山竟使万头牛拉不动。文采未露已使世人尽震惊，虽然不避砍伐可又有谁能运送？柏心虽苦仍然难免蝼蚁来打洞，柏叶飘香也曾住过鸾与凤。志士仁人不要哀怨和叹息，自古以来大才都难以被重用。

评析　　杜甫大半生乖蹇不遇，因此对于诸葛亮得遇明主非常羡慕和敬仰，对诸葛亮忠君爱民的高尚品德和文韬武略的杰出才能也非常钦佩，因此歌颂诸葛亮的诗歌很多，都很精彩，本篇是其中之一。本诗是咏物抒怀，主要采用比兴手法，句句写古柏，句句寓孔明，篇末暗含自己之情怀。

　　诗分三层。开头到“月出寒通雪山白”八句用赋的笔法直接描述古柏的外貌特征和精神气质，古老高大的栋梁之材是其特征，为下文张本。“忆昨路绕锦亭东”到“正直原因造化功”八句由夔州孔明庙前之老柏联想到成都武侯祠外之老柏，两树并写，全面肯定孔明辅佐刘备之功绩。“扶持自是神明力，正直原因造化功”两句最为深刻，古柏和孔明合而为一，既是古柏之生物特性，需要自然造化之扶持，也是孔明需要遇到明主方可大展宏图，此乃咏物诗之最高境界。“大厦如倾要梁栋”到结尾八句为第三层，由物及人，从古柏写到诸葛亮，大厦需要栋梁，朝廷需要诸葛亮这样的文武兼备的大才。最后两句用古柏难以为用暗喻自己不被重用，有很深的感慨。喻守真说："末句是一篇主旨所在，语意双关，意思是大才大用，用则多命世之臣，不用就是志士幽人。这里子美也很露着自己的感慨。"浦起龙《读杜心解》说："言本不炫俗，而英采自露；并非绝俗，而扶进自难。"全诗采用托物比兴的手法，处处咏柏，句句喻人，形象鲜明，寄意幽远。

观公孙大娘①弟子舞剑器②行并序

杜　甫

　　大历③二年十月十九日，夔府别驾④元持⑤宅，见临颍⑥李十二娘舞剑器，壮其蔚跂⑦。问其所师，曰："余公孙大娘弟子也。"开元⑧五载，余尚童稚，记于郾城⑨观公孙氏舞剑器浑脱⑩，浏漓⑪顿挫⑫，独出冠时。自高头⑬宜春⑭、梨园⑮二伎坊⑯内人⑰洎外供奉⑱，晓是舞者，圣文神武皇帝⑲初，公孙一人而已。玉貌锦衣⑳，况余白首，今兹弟子，亦非盛颜。既辨其由来，知波澜㉑莫二㉒，抚事慷慨，聊为《剑器行》。昔者吴人张旭㉓，善草书帖，数常于邺县㉔见公孙大娘舞西河剑器㉕，自此草书长进。豪荡感激，即公孙可知矣。

　　昔有佳人公孙氏，一舞剑器动四方。观者如山色沮丧㉖，天地为之久低昂。㸌㉗如羿射九日㉘落，矫如群帝㉙骖龙翔。来如雷霆收震怒，罢如江海凝清光。绛唇珠袖㉚两寂寞㉛，晚有弟子传芬芳㉜。临颍美人在白帝，妙舞此曲神扬扬。与余问答既有以，感时抚事增惋伤。先帝㉝侍女八千人，公孙剑器初第一。五十年间㉞似反掌，风尘澒洞㉟昏王室。梨园子弟散如烟，女乐㊱余姿㊲映寒日㊳。金粟堆㊴前木已拱，瞿塘石城草萧瑟。玳筵㊵急管曲复终，乐极哀来月东出。老夫不知其所往，足茧㊶荒山转愁疾。

注释　①公孙大娘：姓公孙，名不详，"大娘"为尊称。②剑器：唐代舞蹈，属于"健舞"（与"软舞"相对），由女子着男服表演。③大历：唐代宗李豫年号（766—779）。④别驾：官名，州刺史佐吏，随刺史巡行可别乘车驾，故名。⑤元持：生平事迹不详。⑥临颍：唐县名，故址在今河南临颍西北。⑦蔚跂：脚跟不着地而又变化多端的舞蹈动作。⑧开元：唐玄宗李隆基年号（713—741）。⑨鄩城：唐县名，今属河南。⑩浑脱：舞蹈名，因表演者头戴乌羊毛做的浑脱帽而得名。⑪浏漓：形容舞姿活泼灵动。⑫顿挫：形容舞姿起伏而富于节奏。⑬高头：高昂其头，指常在皇帝面前出风头。⑭宜春：即宜春院，玄宗时宫女从事歌舞表演的地方。⑮梨园：唐玄宗在蓬莱宫旁设置教授歌舞乐器表演的教坊，凡参加的人皆称梨园弟子。⑯伎坊：教坊，教习乐舞的机构。⑰内人：住在宜春院演习乐舞的人，亦称"前头人"。⑱外供奉：指不住宫内而随时奉诏入宫表演的艺伎。⑲圣文神武皇帝：唐玄宗。⑳玉貌锦衣：指年轻貌美，服饰华美。指公孙大娘年轻时。㉑波澜：此指舞姿的表演变化精彩程度。㉒莫二：没有两样，即与公孙大娘完全一样。㉓张旭：字伯高，吴（今江苏苏州）人，唐玄宗时著名书法家，精草书，与李白诗歌、裴旻剑舞，号称"三绝"，后人称为"草圣"。㉔邺县：今河南安阳。㉕西河剑器：剑器舞的一种。㉖色沮丧：因剑舞的凌厉飞扬而震惊失色。也有惊叹折服感觉自己无能的心情在内。㉗燿：光芒闪烁貌。㉘羿射九日：据《淮南子·本经训》载，尧时十日并出，草木枯焦，勇士羿，一连射落九日。㉙群帝：犹言群神。㉚绛唇珠袖：指公孙大娘的容颜与舞姿。㉛寂寞：公孙大娘已死的委婉说法。㉜芬芳：喻指精湛的技艺。㉝先帝：指玄宗。㉞五十年间：从开元五年（717）到大历二年（767）正好五十年。㉟风尘澒洞：喻指安史之乱为害极大，几乎到处是尘土，弥漫无际。澒洞，广大无边。㊱女乐：原指歌舞艺伎，此指李十二娘。㊲余姿：指李十二娘继承并弘扬了公孙大娘的风姿。㊳寒日：李十二娘在夔州舞剑时是十月，故称寒日。㊴金粟堆：即金粟山，玄宗陵墓之所。㊵玳筵：玳，玳瑁，大海龟。玳筵借指美好的筵席。一作"玳弦"。㊶茧：老茧，此作动词用。

译文　大历二年十月十九日，我在夔府别驾元持的家中，观看临颍县李十二娘的"剑器"舞，觉得她的舞姿矫健多变，问她师傅是谁，她说："我是公孙大娘的徒弟。"开元五年，我尚年幼，记得曾在郾城观看过公孙大娘的"剑器""浑脱"舞，那舞姿灵活而且富于节奏，在当时艺人中技艺最高。玄宗年间，上至供职于皇帝身边的宜春院内人和梨园弟子，下到宫外随时应诏献技的艺伎中，通晓这种舞技的只有公孙大娘一人而已。当年她还是玉貌锦衣的妙龄佳人，何况我已白发苍苍；如今她的弟子也已不再青春年少。既然弄清了李十二娘的师承来历，又看到她的舞姿与节奏和当年的公孙大娘毫无二致，我不禁抚今追昔，生发出无限的感慨。姑且作一首《剑器行》来描述一下这种心情。从前吴人张旭，十分擅长草书书法，他曾多次到郾县观看公孙大娘的"西河剑器"舞，并从中受到启发，使得书法大为长进，草书变得豪放生动、充满激情。由此可见，公孙大娘的舞技该有多么高超神奇。

从前有位佳人名叫公孙大娘，一跳起"剑器"舞就轰动四方。观看者人山人海如潮涌，个个都震惊失色又沮丧。就连天地也感动，仿佛为之久久起伏旋转低复昂。闪烁剑光如同后羿射落九太阳，矫健舞姿宛如许多天神乘龙在飞翔。起舞时好像迅猛雷声震天地，停歇时又像江海凝聚泛清光。如今她容颜舞姿都不再，幸有弟子将高超舞技来发扬。临颍美人献艺白帝城，精妙表演此舞神气潇洒神采更飞扬。与我谈起剑舞技艺师承孙大娘，我感时伤世更增惋惜和悲伤。当年先帝侍女多达八千位，公孙大娘剑器之舞名第一。五十年岁月顷刻即逝如反掌，战乱使得大唐国运江河日下正低迷。昔日梨园子弟早已四散如烟去，只剩这临颍女子剑气寒白日。金粟山前玄宗陵木已合抱，瞿塘峡夔州城中衰草枯黄萧瑟复凄凄。华宴妙曲都结束，乐极悲生呆呆看着明月东方出。老夫不知应当哪里去，蹯蹯独行荒山里，心中忧愁更多更悲戚。

评析　　本诗是大历二年（767）杜甫寓居夔州时所作，先用小序交代写诗缘起，以便读者了解背景，更容易理解诗意。最后关于张旭观舞而草书大进之说既表示对公孙大娘舞蹈的无比钦敬，也道出了艺术上相互影响的事实，很有认识价值。诗之主旨便是"感时抚事"。怀念当年的开元盛世，感伤当前的满目疮痍，悲哀自己的颓丧晚景。

诗可分四个层次。开头到"罢如江海凝清光"八句是第一层，对公孙大娘舞姿描写得出神入化。先用"观者如山色沮丧"进行侧面烘托，用观众之多，脸色之变的表情，渲染舞姿的美妙效果和感人力量。"天地为之久低昂"是作者自己的感觉，观舞时觉得眼花缭乱，如同天旋地转一般。然后用"燿如羿射九日落，矫如群帝骖龙翔"正面描绘舞姿的雄健有力，双剑的光芒四射和翩然轻举，凌空飞翔的美妙姿势。最后用"来如雷霆收震怒，罢如江海凝清光"做总体概括，展示舞姿起势迅猛如雷鸣电闪，收势时静如江海凝清光的美妙境界，融声、色、形、势、态、境于一体，确是大手笔。"绛唇珠袖两寂寞"到"感时抚事增惋伤"六句为第二层，简略写公孙大娘死后弟子继承发扬其艺术精神，只用"神扬扬"三字概括其舞蹈风采与从容不迫的风度，联系序中"波澜莫二"四字，便可以想象其舞蹈与公孙大娘如出一辙，再写就会重复拖沓，这便是结构之妙处。"先帝侍女八千人"到"瞿塘石城草萧瑟"八句是第三层，追忆当年的繁盛，反衬如今的萧条冷落，由唐玄宗当年梨园弟子八千名的歌舞盛世跌落到梨园弟子烟消云散，玄宗墓前树木合抱，天下荒凉的现实中。在强烈的对比中，揭示了唐王朝历经五十年的沧桑巨变，抒发了诗人肝肠寸断般的悲痛心情。"玳筵急管曲复终"以下四句是第四层，悲伤自己的窘迫潦倒处境。"转愁疾"是转而感觉自己的忧愁更加快更加多。很多书解释为转而愁自己走得太快，难以理解是什么心情。王嗣奭说："此诗见'剑器'而伤往事，所谓抚事慷慨也。故咏李氏，却思公孙；咏公孙，却思先帝，全为开元天宝五十年治乱兴衰而发。"（《杜臆》）分析本诗之作意。简明扼要而透彻。方东树在《昭昧詹言》中说："古今兴亡成败，盛衰感慨，悲凉抑郁，穷通哀乐，杜公最多。"诚哉，斯言。杜甫"诗圣"之称便缘于这些地方。

石鱼湖^① 上醉歌 并序

元 结

漫叟^②以公田米^③酿酒，因休暇则载酒于湖上，时取一醉。欢醉中，据湖岸引臂向鱼取酒，使舫载之，遍饮坐者。意疑倚巴丘^④酌于君山^⑤之上，诸子环洞庭而坐，酒舫泛泛然触波涛而往来者，乃作歌以长之。

石鱼湖，似洞庭，夏水欲满君山青。山为樽，水为沼，酒徒历历坐洲岛。长风连日作大浪，不能废人运酒舫。我持长瓢坐巴丘，酌饮四座以散愁。

注释　①石鱼湖：在今湖南道县东南。②漫叟：元结自号。③公田米：唐制，州有公田，刺史可支配其收入。④巴丘：山名，即巴陵，在今湖南岳阳城内西南角。⑤君山：亦名湘山，在洞庭湖中。

译文　我用公田出产的粮食酿成酒，闲暇时把酒运到湖上，时常醉饮一次。酣醉中高兴了就倚岸伸臂向石鱼湖中舀酒，用船载着，请坐客痛饮。每逢此时，我就想象着身靠巴丘山，畅饮君山之上的情景，各位酒友围坐于洞庭湖边，载酒之船在波涛翻涌中漂漂荡荡地往来。于是写下这首吟咏的歌。

石鱼湖，开阔壮观像洞庭，夏天湖水高涨君山更是郁葱葱。把山当酒杯，把湖当酒缸，一帮酒徒并列坐在小洲小岛上。连日大风掀大浪，依旧不能耽误运酒之画舫。我拿个长把儿水瓢坐山上，酌酒供应四座宾客消愁遣闷散去心头之创伤。

评析　这是一首抒发饮酒取乐、乐中遣忧的感怀诗。

诗人在《石鱼湖上作·序》中说："漫泉南山，有独石在水中，状如游鱼。鱼凹处，修之可以贮酒。水涯四匝，多欹石相连。石上，人堪坐。水能浮小舫载酒，又能绕石鱼回流，乃命湖曰'石鱼湖'。"这段文字为我们准确把握此诗的内容提供了依据。

元结慷慨有大志，在安史叛乱中曾参加过抗战并立有战功。代宗初年出任道州刺史，为一方大吏。能够动用公田酿酒待客，定是此时无疑。他是一名廉政爱民的好官，本诗表现其性格豪爽的一个侧面，同时也抒发了无可名状的忧愁。

小序和诗歌的内容基本一致，作者借助联想与想象，把石鱼湖与洞庭湖相提并论，就是要开阔视野，提升诗歌之境界，否则这样联系似乎意义不大。洞庭湖几乎人人皆知，石鱼湖知者几人？而把天生的石鱼凹处当酒池是本诗的关键，这倒是奇特之处，而诗人能够将其开发出来，更见诗人的高雅和豪放。最后用长瓢舀酒给众酒徒斟酒的情景如同特写镜头，给人以极其深刻的印象。"散愁"二字为全诗主旨，诗人之愁，便是朝廷之愁，百姓之愁。故感情很丰富深沉。

韩愈 / 768—824

字退之，河南河阳（今河南孟州市）人。郡望昌黎，后人称"韩昌黎"。曾任吏部侍郎，谥"文"，后人又称"韩吏部""韩文公"。德宗贞元八年（792）登进士第。曾官任监察御史、国子博士、刑部侍郎等职，因谏阻宪宗迎佛骨，贬为潮州刺史。后官至国子祭酒、吏部侍郎。倡导古文，列于唐宋八大家之首。与柳宗元并称"韩柳"。其诗向奇崛险怪方向发展。把新的语言风格、章法技巧引入诗坛，对改变诗风有很大影响。诗作题材多样，风格雄奇。有《昌黎先生集》，今人钱仲联有《韩昌黎诗系年集释》。

山　石

韩　愈

山石荦确^①行径微，黄昏到寺蝙蝠飞。升堂坐阶新雨足，芭蕉叶大支子^②肥。僧言古壁佛画好，以火来照所见稀。铺床拂席置羹饭，疏粝^③亦足饱我饥。夜深静卧百虫绝，清月出岭光入扉。天明独去无道路，出入高下穷烟霏^④。山红涧碧纷烂漫，时见松枥^⑤皆十围。当流赤足踏涧石，水声激激风生衣。人生如此自可乐，岂必局促^⑥为人靰^⑦。嗟哉吾党二三子，安得至老不更归。

注释　①荦确：大石矗立、山路险峻不平貌。②支子：即栀子，常绿灌木，花大而白，有香气。③疏粝：此指简单的饭菜。疏，同"蔬"。粝，糙米。④穷烟霏：走遍云遮雾绕的山路。⑤枥：同"栎"，一种高大的落叶乔木。⑥局促：拘束，不自由。⑦靰（jī）：马缰绳，此做动词，当控制、束缚讲。

译文　山石险峻陡峭，山路狭窄细微，黄昏时分来到寺庙，看到蝙蝠在翻飞。登堂入殿坐上台阶，观看充足的新雨，雨中的芭蕉栀子，一个叶子大，一个花儿美。僧人说古壁上佛画非常好，端着灯火仔细端详，果然是难得一见之珍宝。主人铺床扫席极其殷勤周到，准备好粗茶淡饭请我吃饱。夜深静卧在床，没有一点儿虫鸣的声音，爬上山岭的月亮，将清澈的月光照向山门。天亮后独自离去而迷失道路，上下高低走遍山林。山花红，涧水绿，色彩缤纷，偶尔看见高大的松树栎树，要将其搂过来，居然需要十个人。真是令人惊讶，光脚走在沙石上的水流里，水声悦耳风摆衣襟，令人悦目而开心。人生如此便足以快乐，何必唯唯诺诺受人驱使而局促拘谨。叹息与我相好的那些友人，为什么还留在官场而不赶快退隐山林？

评析　本诗依照《诗经》的体例，取开头两字为题，实际是记游诗，并非描写咏叹山石。全诗采用素描似的散文笔法，借鉴传统的山水游记叙述一次游览寺院的经过。叙事简明，写景状物生动，虽然完全按照行程写来，没有穿插逆折之处，但给人的感觉却很清新简明，没有板滞拖沓的流水账之类的弊病。

诗完全按照时间顺序来写，开头四句写黄昏到寺庙，点出初夏季节。"僧言古壁佛画好"到"清月出岭光入扉"六句写入夜，先观壁画，后吃饭，然后睡觉，环境非常清幽，交代清楚。"天明独去无道路"到"水声激激风生衣"六句是第三层，写次日清晨离开寺庙路上所见景色，写景大气，色彩鲜明，有声有色。"天明"两句写离开寺庙时晨雾未散，因此看不清下山的道路，属于动态描写，而且有云雾在画面上飘荡，气韵生动。"山红"两句如同中景，画面艳丽，山上红叶，山涧绿苔相互掩映，十分美丽。大松树和栎树都粗大古老，如同工笔彩画。"当流"两句是特写，表现人的主观感受，大有"沧浪之水清兮，可以濯我衣"的韵味，为最后四句的抒情做好铺垫。"人生"最后四句以情结尾，抒发对官场生活拘谨的厌倦和对于自由自在生活的向往。

本诗最大的艺术成就是用散文的笔法，用诗歌来写山水游记，为诗歌开创一片新天地。苏东坡对本诗极为欣赏，他与友人游南溪，解衣濯足，朗诵韩愈《山石》诗，并依照原韵作诗抒怀。元好问有一首《论诗绝句》云："有情芍药含春泪，无力蔷薇卧晚枝。拈出退之山石句，始知渠是女郎诗。"可见本诗影响之深远。

八月十五夜赠张功曹 ①

韩 愈

纤云四卷天无河，清风吹空月舒波。沙平水息声影绝，一杯相属②君当歌。君歌声酸辞正苦，不能听终泪如雨。洞庭连天九疑③高，蛟龙出没猩④鼯⑤号。十生九死到官所，幽居默默如藏逃。下床畏蛇食畏药⑥，海气湿蛰⑦熏腥臊。昨者州前捶大鼓⑧，嗣皇⑨继圣登夔皋⑩。赦书一日行千里，罪从大辟皆除死。迁者追回流者还，涤瑕荡垢⑪清朝班。州家申名^⑫使家^⑬抑，坎轲只得移荆蛮^⑭。判司^⑮卑官不堪说，未免捶楚^⑯尘埃间。同时流辈^⑰多上道^⑱，天路^⑲幽险难追攀。君歌且休听我歌，我歌今与君殊科^⑳：一年明月今宵多，人生由命非由他，有酒不饮奈明何。

注释 ①张功曹：即张署，字公撰，河间（今属河北）人，与韩愈同时被贬岭南，顺宗登基后，二人没有被及时调回京师，同时在郴州（今属湖南）待命。②属：倾注，此引申为劝酒。③九疑：即苍梧山，又称九嶷山，在今湖南宁远县南。④猩：猩猩。⑤鼯：亦称"太飞鼠"，形似松鼠，尾长能低飞，栖于树洞中，昼伏夜出。⑥药：指蛊毒，据说是用毒虫制成的杀人药。⑦湿蛰：藏伏于潮湿之地的虫蛇所放射出的毒气。蛰，藏在土中的虫蛇之属。⑧捶大鼓：唐代宣布大赦令时，击鼓千声，集合百官、父老、囚犯，公开宣布。⑨嗣皇：继嗣的新皇帝，此指顺宗。⑩登夔皋：进用夔和皋陶那样的贤臣。夔、皋陶皆虞舜的贤臣。⑪涤瑕荡垢：洗刷瑕疵，荡涤污垢。此指革除朝中弊政。⑫申名：提名向上申报。⑬使家：指湖南观察使。⑭移荆蛮：指调往江陵任职。江陵旧属荆州，又处南蛮之地，故称荆蛮。⑮判司：唐代对诸曹参军的总称。⑯捶楚：受鞭挞。唐代凡参军、簿、尉有过即受杖笞之刑。⑰同时流辈：指和张署、韩愈同时遭贬的人。⑱上道：走上回京之路。⑲天路：喻指进身朝廷的途径。⑳殊科：不同类，不一样。

译文 浮云纤细四处飘散却不见银河，清风徐来明月当空处处洒清波。沙滩平坦风平浪静无声影，敬杯美酒恳切请你吟唱一支歌。你的歌声充满辛酸词意也悲苦，我被深深感动没等听完泪如雨。洞庭湖波涌连天九嶷山更高，湖中蛟龙出没山上猩猩号。九死一生来到贬谪地，幽居默处宛如罪犯在潜逃。下床怕蛇吃饭惧毒药，海气毒气混杂蒸发气味腥又臊。昨天州衙前面忽然擂大鼓，据说新皇继位将要选拔起用新官僚。赦免诏书一日传递一千里，死刑罪犯一律都免死。被贬官员外放官员全召还，革除弊政铲除奸邪清理满朝之官员。刺史申报姓名却被观察大使硬压下，命运坎坷多艰只能量移到荆蛮。充任判司这样小官简直不堪提，稍有不慎就遭申斥鞭打苦难言。同时遭贬官员纷纷上道回长安，我们却感觉回朝道路幽暗险阻难追攀。你歌姑且暂停听我歌，我唱与你不同，且听我细细说：一年中月光明亮今晚光最多，人生由命莫管其他只管喝，面对明月有酒不喝干什么，对不起皎洁月光特婆娑。

评析　　韩愈终生关怀国事，直言敢谏。贞元十九年（803），韩愈、张署同在朝任监察御史。此年关中大旱，二人上疏进谏，被人谗毁，同时遭贬。韩愈为阳山令（今属广东），张署为临武令（今属湖南）。贞元二十一年（805），顺宗李诵即位，大赦天下，韩愈、张署同到郴州待命。该年八月顺宗禅位于宪宗李纯，再次大赦。按理说二人在两次大赦中，本应返回京都任职，却因湖南观察使杨凭从中作梗，而分别改派为江陵府法曹参军和江陵府功曹参军。这一消息传来，使二人再受沉重打击。本诗便是借酒浇愁，抒发强烈的愤懑与牢骚。

　　全诗分三层。从开头到"不能听终泪如雨"六句是第一层，描写时间与背景，为结尾的抒情埋下伏笔，并写出张署吟诗的悲酸，引出第二层。"洞庭连天九疑高"到"天路幽险难追攀"十八句是全诗的主体，借张署之口抒发二人共同的牢骚。张署贬谪之地属湖南，故诗中之地理皆湖南。先说途中环境之险恶，经过洞庭湖的风浪和苍梧山的险峻，九死一生才到达衙门，但又深居简出怕见人，这是在政治上遭受打击之人的普遍心理，很细致入微。这里蛇多，还有蛊毒，因此时刻胆战心惊。"昨者州前捶大鼓"以下六句是一转折，谓出现转机，因为新皇登基大赦天下，贬谪流放的官员都可以落实政策回到朝廷。二人都有望还朝出任京官。但州刺史已经将二人的名字申报上去却被节度使压下，只将二人平调到江陵府出任参军之职，即州郡一级的中层干部。这又是一次打击。张署的情绪极其悲观幽愤。从"君歌且休听我歌"到最后是第三层，别出新意，用旷达语解劝对方，同时也是自我安慰，包含着命运弄人的无奈与怨恨，感情上回应张署的"声酸辞正苦"，从意境上照应开头的美景。因为这是中秋之夜，是赏月最佳时刻，因此用不要辜负美好的夜晚、美好的月光作结，首尾一体，结构很巧妙。

　　韩愈诗歌层次结构很有特点，语言风格也接近散文，直陈其事，不用比喻和寄托，而是采用主客对话的方式，在问答对话中表达自己的观点和看法，颇有点像散文赋的笔法，也可以说是"以文为诗"的一种表现。

谒^①衡岳庙^②遂宿岳寺题门楼

韩　愈

　　五岳祭秩皆三公，四方环镇嵩当中。火维^③地荒足妖怪，天假神柄专其雄。喷云泄雾藏半腹，虽有绝顶谁能穷。我来正逢秋雨节，阴气晦昧无清风。潜心默祷若有应，岂非正直能感通？须臾静扫众峰出，仰见突兀撑青空。紫盖^④连延接天柱，石廪腾掷^⑤堆祝融。森然魄动^⑥下马拜，松柏一径趋灵宫^⑦。粉墙丹柱动光彩，鬼物图画^⑧填青红。升阶伛偻荐脯酒，欲以菲薄明其衷。庙令老人^⑨识神意，睢盱^⑩侦伺能鞠躬。手持杯珓^⑪导我掷，云此最吉余难同。窜逐蛮荒^⑫幸不死，衣食才足甘长终。侯王将相望久绝，神纵欲福难为功。夜投佛寺上高阁，星月掩映云曈昽。猿鸣钟动不知曙，杲杲^⑬寒日生于东。

注释　　①谒：朝拜。②衡岳庙：在今湖南衡山县西三十里。衡岳，即衡山，亦称南岳。③火维：古人以水、火、木、金、土五行，分属东、南、西、北、中五方。南方属火，故火维指南方。④紫盖：衡山的著名山峰。以下的"天柱""石廪""祝融"都是衡山的名峰。⑤腾掷：形容山峦起伏，势如抛掷腾跃。⑥森然魄动：指山势异常高峻，望之使人惊心动魄。⑦灵宫：神灵之宫，即南岳庙。⑧鬼物图画：指绘鬼神故事的图画。⑨庙令老人：掌管神庙的老人。⑩睢盱：张目为睢，闭目为盱，此为偏义复合词，专指瞪着眼睛看。⑪杯珓：一种简单的占卜工具。用玉、蚌壳、竹头、木结制成，状如瓢，共两半，占卜时把两半合而为一掷于地上，根据其俯仰情况以定吉凶。⑫ 窜逐蛮荒：指贞元十九年（803）诗人因上疏议天旱人饥被贬为阳山县令之事。⑬ 杲杲：光明的样子。

译文　　　祭祀五岳的规模如同祭祀三公，五岳中四岳环镇四方嵩山镇当中。南方属火荒僻遥远多妖怪，天帝授予衡山山神权力称其雄。喷云吐雾迷茫掩藏山半腹，虽有绝顶谁能登上最高峰。我来此地正逢下秋雨，天气阴晦潮湿没有一丝清风。我默默祷告上天好像有感应，岂非为人正直能感应通灵？霎时风吹云散众峰现真形，仰视高峰突兀挺拔好像撑天穹。紫盖山绵延不断钩连天柱峰，石廪山逶迤起伏簇拥祝融峰。如此森然景象令我心惊魄动下马拜，沿着松柏小路径直走向神灵宫。神宫门前粉墙红柱光彩动，墙画上全是神鬼故事颜色有青也有红。登阶入堂躬身致敬献酒肉，想以这微薄祭品表达内心一片情。管庙老人仿佛晓得神灵意，凝神窥察不停致敬和鞠躬。拿出占卜器具教我投掷法，说我所占大吉大利其他无人可相同。我被流放荒蛮之地侥幸没有死，能够衣食温饱甘愿如此过一生。王侯将相之愿早绝断，即使神灵赐福也是万万难成功。夜晚投宿住在庙中高阁上，眼望星月掩映云气雾蒙蒙。猿猴叫钟声响全然不知到天亮，旭日的清光已经出现在东方。

评析　　　本诗作于贞元二十一年（805）秋天。诗人于贞元十九年末因上疏得罪权贵被贬谪到阳山，贞元二十一年德宗死顺宗继位后大赦，诗人和张署等到郴州待命，八月顺宗被迫退位，宪宗继位再次大赦，韩愈本来应当回长安，但却被安排到江陵去做法曹参军。从郴州去江陵赴任途中，韩愈拜谒衡山神庙，写下这首名诗。通过对衡山雄伟气象的精彩描绘，由衷赞美了祖国名山胜境的优美景色，同时也委婉地宣泄出内心的怨愤与牢骚。

　　　诗分四层。开头四句为第一层，概括南岳衡山的崇高地位，在五岳中分镇南方群山。从"喷云泄雾藏半腹"到"松柏一径趋灵官"十二句是第二层，正面描写衡山的雄伟气势和阴晴变化的动态形象，先写雾浓霭重的阴晦天气，是在半山途中所见之景，为下文造成曲折之势。然后绘写诗人祷念、神灵感应、展现神奇景观，"须臾静扫众峰出"是这段文字之诗眼，可仔细体会想象，这是诗人登上一个制高点之后所见到的景色，因为高，云雾都到脚下去了，"须臾"之间仿佛是风扫开云雾而看见众山峰纷纷露出真面目，别具匠心。接着写南岳四大山峰的形态，笔力雄健。汪佑《南山经草堂诗话》说："是登绝顶写实景，妙用'众峰出'领起，盖上联虚，此联实，虚实相生；下接'森然魄动'句，复虚写四峰之高峻，是古诗神境。""粉墙丹柱动光彩"到"神纵欲福难为功"十二句为第三层，写进庙后见到的景象和自己的行为，借机发泄无辜被贬而又不能回归朝廷的牢骚。按照顺序依次写来，进庙首先看到的是粉墙上的壁画，都是神仙鬼怪之类。接着写自己登上台阶敬献祭品的虔诚。接着是看庙老人引导自己进行最简单的占卜，得到大吉大利的卦象后自己的心情和看法，表达自己的满腔愤激和不满。韩愈在郴州接到江陵之任就牢骚满腹，到现在好像减弱一些，但依然很强烈。这是本诗思想表达的精华所在。"夜投"四句写自己住宿的地点以及睡眠很深很好的情景，以平和静谧的心情和语调终篇。

应当指出，韩愈这天夜晚睡眠非常好应该是真实的，不是故作旷达。这应当从三个方面来考虑：一是韩愈身体较胖，体力不好，路途奔波再加上登山，一定折腾得非常疲乏，容易睡眠好；二是他虽然有牢骚，但随着时间的冲刷已逐渐淡漠，接受这种现实，故心情的郁闷程度减低，容易入睡；三是白天占卜得个好签，大吉大利，心情也会愉快轻松一些。其实无论信不信，得到好签和得到坏签心情就是不一样，这才是最普遍的人性。三种因素综合在一起，身体的疲乏和心灵的放松，使他此夜大睡，连猿猴啼叫和寺院晨钟这样大的声音都没有惊醒，待醒来太阳已经出山，何其惬意。

本诗在艺术上有一特点也需指出，即所有偶句押韵的地方都是三平调，读起来十分顺畅，音调和谐明亮。律诗绝对不能出现三平调，而古诗则经常以此为常调，但全诗偶句之韵脚全部都是三平调者尚不多见。

石鼓①歌

韩愈

张生②手持石鼓文③，劝我试作石鼓歌。少陵无人谪仙死，才薄将奈石鼓何。周纲陵迟四海沸，宣王④愤起挥天戈⑤。大开明堂⑥受朝贺，诸侯剑佩鸣相磨。蒐⑦于岐阳骋雄俊，万里禽兽皆遮罗。镌功⑧勒成告万世，凿石作鼓隳嵯峨。从臣才艺咸第一，拣选撰刻留山阿。雨淋日炙野火燎，鬼物守护烦㧬⑨呵。公从何处得纸本，毫发尽备无差讹。辞严义密读难晓，字体不类隶与蝌⑩。年深岂免有缺画，快剑斫断生蛟鼍⑪。鸾翔凤翥⑫众仙下，珊瑚碧树交枝柯。金绳铁索锁钮⑬壮，古鼎跃水⑭龙腾梭⑮。陋儒编诗不收入，二雅褊迫⑯无委蛇⑰。孔子西行不到秦，掎摭⑱星宿遗羲娥⑲。嗟余好古生苦晚，对此涕泪双滂沱。忆昔初蒙博士征，⑳其年始改称元和。故人从军在右辅㉑，为我度量掘臼科。濯冠沐浴告祭酒㉒，如此至宝存岂多？毡包席裹可立致，十鼓只载数骆驼。荐诸太庙㉓比部鼎㉔，光价㉕岂止百倍过。圣恩若许留太学㉖，诸生讲解得切磋。观经鸿都㉗尚填咽㉘，坐见举国来奔波。剜苔剔藓露节角，安置妥帖平不颇。大厦深檐与盖覆，经历久远期无佗㉙。中朝大官老于事，讵肯感激徒媕婀。牧童敲火牛砺角，谁复着手为摩挲。日销月铄就埋没，六年西顾空吟哦。羲之俗书趁姿媚，数纸尚可博白鹅。继周八代争战罢，无人收拾理则那。方今太平日无事，柄任儒术崇丘轲。安能以此上论列，愿借辩口如悬河。石鼓之歌止于此，呜呼吾意其蹉跎。

注释　①石鼓：唐初在今陕西凤翔市发现十个石鼓，每个鼓上刻有一篇韵诗。②张生：张彻，韩愈的学生；一说为张籍。③石鼓文：石鼓的文字拓本。④宣王：周宣王名姬靖，被称为周朝的中兴之王。⑤挥天戈：指宣王征讨淮夷、西域等少数民族叛乱。⑥明堂：天子接受诸侯朝见的地方。⑦蒐：君王春猎。⑧镌功：在石头上刻记功业。⑨㧬：同"挥"。⑩蝌：蝌蚪文，周时文字。⑪蛟鼍：蛟龙和鼍龙。

鼍龙，俗称"猪婆龙"，鳄鱼的一种。⑫翥：飞。⑬锁钮：钩连得很牢固。⑭古鼎跃水：相传周显王时，有九鼎没于泗水。⑮龙腾梭：据传晋代陶侃年少时打鱼于雷泽，打上一个织布梭，挂于墙上，不久，雷雨大作，该梭变成龙飞去。此句形容文字变幻莫测。⑯褊迫：狭窄局促。⑰委蛇：从容大度。⑱掎摭：摘取（诗文）比较狭窄偏僻，不能广泛收取。⑲羲娥：羲和与嫦娥，犹言日月。⑳"忆昔"句：指自己被召为国子博士事。唐宪宗元和元年（806），韩愈入京为权知国子博士。㉑右辅：即凤翔府。㉒祭酒：国子监的长官。㉓太庙：帝王的祖庙。㉔郜鼎：郜国造的鼎。㉕光价：光荣的声价。㉖太学：隶属国子监，有时代指国子监。中央所立学校名。㉗观经鸿都：指东汉人在鸿都门观看蔡邕所撰的熹平石经。㉘填咽：阻塞。㉙无佗：不出问题。佗，同"他"。

译文　　张生拿着一篇拓印石鼓文，劝我创作一首吟咏石鼓歌。李白杜甫相继去世，我才学浅陋实在难以承受此重托。西周王朝纲纪松弛天下乱，宣王发愤平定叛乱挥师动干戈。凯旋之后大开明堂接受各地官员来朝贺，诸侯随身佩带宝剑铿锵作响相互磨。宣王岐山南面放马奔驰行春猎，猎场浩瀚众多禽兽尽皆进网罗。为将千秋功业刻在石上传万代，刻凿巨石做成石鼓非常有气魄。朝臣才智技艺都是第一流，挑选才士撰写雕刻文字放置在山坡。千百年雨淋日晒野火烧不坏，恐怕全靠鬼神挥斥邪恶方能流传到现在。不知你从哪得来石鼓文拓本，竟能如此完整丝毫无毁损。文辞严谨义理精密难读懂，字体不像隶书不像蝌蚪文。日久年深笔画难免有残缺，笔锋凌厉好像利剑斩断蛟与鳄。文字奔放洒脱有如仙人乘鸾骑凤翩翩下，又像珊瑚玉树遒劲疏朗交叉枝与柯。笔力坚挺硬朗如同金绳铁索锁钮相钩连，雄浑有势又像古鼎沉水飞龙正腾跃。可叹书生短见采风编诗未选入，《大雅》《小雅》同样狭隘不收石鼓歌。孔子西游未曾到秦国，因此整理诗集只是摘取星辰漏掉日与月。我虽好古可惜出生实在晚，面对如此奇文异字不禁心酸涕出泪水多。回忆当年我被征召为博士，国号刚刚开始称元和。有个老友参加幕府在凤翔，替我谋划寻找挖掘清理石鼓之地方。我沐浴之后虔诚禀告国子祭酒郑馀庆，如此旷世宝物人间有几多？毡包席裹便可立即运回来，十个石鼓不过需用几骆驼。如果把它进献太庙并列部鼎摆一起，声价之高何止百倍多。倘若皇帝降恩准许留在国子监，还可向生徒讲解钻研石鼓文字共切磋。汉朝鸿都门外观看摹写石经之人尚且塞街道，如此珍贵石鼓会使全国之人纷纷紧奔波。挖去鼓面苔藓露出文字笔画之棱角，把它放置平整稳妥千万别偏斜。高楼大厦长长屋檐能遮风和雨，长期保存但愿不要再遭受摧残与折磨。遗憾朝中高官个个都是老世故，怎肯热心支持只是口头答应不落实处往后拖。牧童打火老牛在上磨犄角，谁能一心爱护痛心去抚摩。一天天日晒风蚀眼看就要彻底坏，六年来我遥望西方空自叹息无奈何。王羲之书法字体优美迎合世俗味，几张书法尚可换回一群鹅。从西周到现在八代争战已停止，却无人重视保管如此珍贵石鼓究竟为什么？而今天下太平无征战，只是看重儒术尊崇孔子与孟轲。怎样能将此事奏明皇帝议一议，愿借他们之口若悬河，将此事详细陈述来辩说。石鼓之歌姑且写到此，吾情难尽百感交集如同翻江倒海着急焦躁无论什么语言难把此情尽诉说！呜呼哀哉！难把此情尽诉说！

评析　　本诗借看到石鼓文拓片之机记载石鼓文字发现的经过，抒写对古代文物的无比珍视与爱护之情。文笔老到遒劲，感情真挚热烈，既令人信服，又很有艺术感染力。

　　方世举注《元和郡县志》说："石鼓文在天兴县南二十里许。石形似鼓，其数有十。盖记周宣王畋猎之事，其文即史籀之迹。贞观中，吏部侍郎苏最记其事，云虞、褚、欧阳共称古妙。"欧阳修《集古录》说："石鼓文在岐阳，初不见称于世，至唐人始盛称之。而韦应物以为周文王之鼓，至宣王刻诗尔。韩退之直以为宣王之鼓。在今凤翔孔子庙。鼓有十，先时散弃于野，郑馀庆始置于庙，而亡其一。皇祐四年，向传师求于民间得之，十鼓乃足。其文可见者四百六十五，磨灭不可识者过半。然其可疑者三四。退之好古不妄者，余姑取以为信耳。至于字画，亦非史籀不能作也。"这两段文字对于理解本诗有重要参考价值。

根据两段文字和本诗，我们把关于石鼓文发现的经过和韩愈的作用及想法厘清，这对于真正理解本诗的内容和意蕴很有必要。石鼓文在唐朝以前无人提起，也无文字记载。贞观年间才有人发现，虞世南、褚遂良、欧阳询等大书法家都看到过原物或拓片，并都有很高评价。但石鼓依然没有引起人们的注意，更没有得到保护。元和元年（806），韩愈刚从南方回到长安，一个在凤翔幕府的朋友告诉他石鼓出土地点和石鼓现状，韩愈是否亲自到现场现在没有可靠文献资料，但从"濯冠沐浴告祭酒"这一句看，最起码韩愈将石鼓现状郑重报告给当时主管文化和文物的国子监祭酒郑馀庆。郑馀庆将这散处在野外的石鼓搜集起来，放置在凤翔的孔庙中，可能是在庭院里露天存放。但这一步也非常重要，对于石鼓的保护流传起到关键作用。韩愈曾进一步建议将石鼓放置太庙，和郜鼎同样珍藏，或者放置太学供学者和生员共同临摹讨论研究，并修建大楼长长的屋檐将其保护起来，免得风吹日晒雨淋霜打。这种意见可能是当时就提出来了，但不在郑馀庆职权范围内，需要执政大臣共同讨论，而一直没有落实。元和六年（811），韩愈门生张彻拿着石鼓文的拓片来给他看，他才借机创作此诗，一是高度评价石鼓文的历史价值和文物价值，一是抒发自己意见不被采纳的郁闷和对于文物的无比珍惜之情。

全诗分五层。开头四句为引子，是写作本诗的缘起。从"周纲陵迟四海沸"到"鬼物守护烦㧻呵"十二句为第二层，设想石鼓文的来历，实际是对石鼓文内容的解读。从"公从何处得纸本"到"掎摭星宿遗羲娥"十四句为第三层，正面描写石鼓文书法的古朴苍劲以及历代文献失载的情况，笔力苍劲，词语古拙。从"嗟余好古生苦晚"到"无人收拾理则那"三十句为第四层，写自己知道石鼓后的建议和做法，对于石鼓至今未能得到应有的重视和保护感到遗憾和困惑。"方今太平日无事"到最后为第五层，再次提出应当重视和保护石鼓的意见，尤其是尾句感情十分强烈，可见韩文公一片爱惜文物的赤诚之心。

本诗颇受推重，《唐宋诗醇》说："典重瑰奇，良足铸之金而磨之石，后半旁皇珍惜，更见怀古情深。"沈德潜《唐诗别裁集》也说："典重和平，与题相称，一韵到底，每易平衍，虽意议层出，终之涛澜漭漫之观。"

渔 翁

柳宗元

渔翁夜傍西岩①宿，晓汲清湘燃楚竹②。烟销日出不见人，欸乃③一声山水绿。回看天际下中流。岩上无心④云相逐。

注释　①西岩：永州（今湖南永州市）的西山。②楚竹：楚地之竹，永州古为楚国之地，故称。③欸乃：摇橹声，兼指渔歌声。唐代民间渔歌有《欸乃曲》。④无心：无意识地，自由自在地。语出陶渊明《归去来兮辞》："云无心以出岫。"

译文　渔翁夜晚傍船在西山脚下露宿，拂晓便打来清澈的湘水点燃楚地的毛竹。太阳一出烟消雾散就看不见他的身影，只听一声清亮的渔歌从青山绿水中传出。回头只见渔舟已在天边顺流而下，只剩山崖上的朵朵白云毫无意识地相互追逐。

评析　柳宗元因参加永贞革新而遭受严酷的政治打击，被贬谪到永州做有名无实的司马，不得签署公事，不能参加政务，还经常处在政敌的监视之下，内心苦闷恐惧，极其烦恼焦躁，便到自然中寻找寄托。在永州期间，写作大量的山水游记和山水诗。本诗就是作者被贬永州时所写的颇有情趣的山水诗，构思很奇妙。

《苕溪渔隐丛话·前集》引《冷斋诗话》云："东坡云：'诗以奇趣为宗，反常合道为趣，熟味此诗，有奇趣。'"道出此诗之妙。开篇交代渔翁夜宿山岩下，次句写拂晓之生活。其实就是打江水烧枯竹做早饭而已。但用"汲清湘""燃楚竹"意境一下子就迥然不同，大有不食人间烟火的味道，立刻给人以超凡脱俗的感觉。接着烟消雾散人却不见了，更让人感觉奇。这时摇橹声和清亮的渔歌声传来，交代了渔翁的去处和他的快乐。正是这一声"欸乃"传达出渔翁的喜悦快乐和无忧无虑，给人以山水更加可爱的感觉。最后两句用山岩上飘浮的白云象征渔翁的闲适自在。这名远离世俗尘嚣，独来独往，清高的渔翁形象不正是当时柳宗元的精神世界吗？

白居易 / 772—846

字乐天，晚年号香山居士，又号醉吟先生。下（今陕西渭南）人，郡望太原（今属山西）。卒谥"文"，后人称"白文公"。德宗贞元十六年（800）中进士，授秘书省校书郎。曾任左拾遗及左赞善大夫。因得罪权要贬江州司马。长庆初为杭州刺史，宝历初任苏州刺史，以刑部尚书致仕。诗歌与元稹齐名，并称"元白"。是新乐府运动的倡导者。主张继承《诗经》的"美刺"精神，大胆揭发社会的阴暗面。其诗语言通俗，相传老妪能懂。叙事名篇《长恨歌》《琵琶行》蜚声海内外。有《白氏长庆集》，今人朱金诚有《白居易集笺注》。

长恨歌

白居易

汉皇①重色思倾国②，御宇③多年求不得。杨家有女初长成，养在深闺人未识。天生丽质难自弃，一朝选在君王侧。回眸一笑百媚生，六宫粉黛无颜色。春寒赐浴华清池④，温泉水滑洗凝脂。侍儿扶起娇无力，始是新承恩泽时。云鬓花颜金步摇⑤，芙蓉帐暖度春宵。春宵苦短日高起，从此君王不早朝。承欢侍宴无闲暇，春从春游夜专夜。后宫佳丽三千人，三千宠爱在一身。金屋妆成娇侍夜，玉楼宴罢醉和春。姊妹弟兄皆列土⑥，可怜光彩生门户。遂令天下父母心，不重生男重生女。骊宫高处入青云，仙乐风飘处处闻。缓歌慢⑦舞凝丝竹，尽日君王看不足。渔阳鼙鼓动地来，⑧惊破《霓裳羽衣曲》⑨。九重城阙烟尘生，千乘万骑西南行。翠华⑩摇摇行复止，西出都门百余里。六军不发无奈何，宛转蛾眉马前死。花钿委地无人收，翠翘金雀玉搔头。君王掩面救不得，回看血泪相和流。黄埃散漫风萧索，云栈萦纡⑪登剑阁⑫。峨嵋山下少人行，旌旗无光日色薄。蜀江水碧蜀山青，圣主朝朝暮暮情。行宫⑬见月伤心色，夜雨闻铃肠断声。天旋地转⑭回龙驭，到此踌躇不能去。马嵬坡下泥土中，不见玉颜空死处。君臣相顾尽沾衣，东望都门信马归。归来池苑皆依旧，太液⑮芙蓉未央⑯柳。芙蓉如面柳如眉，对此如何不泪垂？春风桃李花开日，秋雨梧桐叶落时。西宫⑰南内⑱多秋草，落叶满阶红不扫。梨园弟子⑲白发新，椒房⑳阿监㉑青娥㉒老。夕殿萤飞思悄然，孤灯挑尽未成眠。迟迟钟鼓初长夜，耿耿㉓星河欲曙天。鸳鸯瓦㉔冷霜华重，翡翠衾㉕寒谁与共。悠悠生死别经年，魂魄不曾来入梦。临邛㉖道士鸿都㉗客，能以精诚致魂魄。为感君王辗转思，遂教方士殷勤觅。排空驭气奔如电，升天入地求之遍。上穷碧落㉘下黄泉，两处茫茫皆不见。忽闻海上有仙山，山在虚无缥缈间。楼阁玲珑五云起，其中绰约㉙多仙子。中有一人字太真㉚，雪肤花貌参差是。金阙㉛西厢叩玉扃㉜，转教小玉㉝报双成㉞。闻道汉家天子使，九华帐㉟里梦魂惊。揽衣推枕起徘徊，珠箔银屏迤逦㊱开。云鬓半偏新睡觉，花冠不整下堂来。风吹仙袂飘飘举，犹似霓裳羽衣舞。玉容寂寞泪阑干㊲，梨花一枝春带雨。含情凝睇㊳谢君王，一别音容两渺茫。昭阳殿㊴里恩爱绝，蓬莱宫㊵中日月长。回头下望人寰处，不见长安见尘雾。惟将旧物表深情，钿合㊶金钗寄将去。钗留一股合一扇，钗擘㊷黄金合分钿。但教心似金钿坚，天上人间会相见。临别殷勤重寄词，词中有誓两心知：七月七日长生殿㊸，夜半无人私语时。在天愿作比翼鸟㊹，在地愿为连理枝㊺。天长地久有时尽，此恨绵绵无绝期。

注释　　①汉皇：此指唐玄宗李隆基。②倾国：指绝代佳人。语出汉代《李延年歌》："北方有佳人，绝世而独立。一顾倾人城，再顾倾人国。"③御宇：统治全国。④华清池：在今陕西西安市临潼区南骊山上，有温泉。⑤金步摇：一种金质首饰。上有垂珠，人行走时则摇晃。⑥列土：此指加官晋爵。⑦慢：同"曼"，柔和。⑧"渔阳"句：指天宝十四载（755）安禄山据渔阳起兵造反。⑨《霓裳羽衣曲》：舞曲名。⑩翠华：翡翠羽毛装饰的旗子。此指皇帝的车驾马队。⑪萦纤：盘环萦绕。⑫剑阁：即剑门关，在今四川剑阁县北。是由秦入蜀咽喉险关。⑬行宫：皇帝出行时的居所。⑭天旋地转：指形势好转，唐军收复两京。⑮太液：宫中池名。⑯未央：宫殿名。⑰西宫：太极宫。⑱南内：兴庆宫。⑲梨园弟子：指玄宗亲自教练的乐伎与伶人。⑳椒房：后妃住的宫殿。㉑阿监：指宫中女官。㉒青娥：宫女。㉓耿耿：明亮貌。㉔鸳鸯瓦：嵌合成对的琉璃瓦。㉕翡翠衾：用翡翠羽毛装饰的被。㉖临邛：今四川邛崃市。㉗鸿都：东汉京城洛阳宫的门名，此借指洛阳。㉘碧落：指天空。㉙绰约：隐约不清之姿态美好貌。㉚太真：杨玉环为女道士时，号太真。㉛金阙：金碧辉煌的神仙宫殿。㉜玉扃：玉制的门。㉝小玉：相传是吴王夫差的女儿，后成仙女。㉞双成：传说为西王母的侍女，姓董名双成。小玉、双成在此借指太真在仙境的侍女。㉟九华帐：装饰极华美的帷帐。㊱迤逦：接连不断。㊲阑干：泪水纵横满面貌。㊳含情凝睇：目光中含着无限的深情而集中。㊴昭阳殿：汉宫殿名，为汉成帝皇后赵飞燕居所。此借指杨贵妃生前所居宫殿。㊵蓬莱宫：传说中海上仙山中的宫殿。㊶钿合：用黄金、珠宝镶成花纹的盒子。㊷擘：同"掰"。㊸长生殿：建于天宝元年（742），在华清宫内。㊹比翼鸟：传说中雌雄二鸟，各自只有一目一翼，并排而飞。比，并列，紧靠。㊺连理枝：两棵树的枝条连生在一起。

译文　　明皇爱重美色而思念倾城倾国的绝世佳人，登基多年却难以称心遂意。杨家有个闺女开始长大，一直养在深闺未出家门。她天生聪明美丽不甘沉沦，主动参加选美被选中进入宫门。她的回眸一笑千娇百媚，顿时让六宫宫娥嫔妃自叹不如。春天微寒恩赐华清池里去泡温水澡，水质温润滑腻可以洗去身上之油脂。侍女搀扶起来软绵娇羞无力气，那是她刚刚承受皇帝临幸时。高高云鬓上插着鲜花金步摇，芙蓉帐里正与君王度春宵。苦于春宵太短太阳高高起，从此玄宗皇帝再也不早朝。承受欢乐侍奉宴饮没有片刻闲暇时，春天伴随春游夜夜伴随君王寻欢乐。后宫有美丽佳人三千人，三千人的宠爱完全集中在她一身。化妆停当等候金屋侍奉万岁销魂夜，玉楼宴饮酒酣陪伴皇帝度春宵。姐妹兄弟加官赐爵都富贵，光宗耀祖杨家一门令人艳美又敬佩。于是竟让天下父母心，不重视生男反而重视生千金。骊山上的宫殿高入云，悠扬的乐声随风飘荡处处闻。伴随轻歌曼舞乐器伴奏也舒缓，君王终日欣赏，看不够也赏不完。渔阳战鼓忽然惊天动地来，这才停歌罢舞恐惧复惊呆。繁华的京城眼看就要遭战争，慌慌张张率领千人万马逃出城门直向西南行。人马混乱皇帝车驾走走又停停，西出城门只走百里之行程。禁军突然兵变谁都没奈何，贵妃死前冤眉恨眼泪水多。金钗花钿丢弃一地无人收，还有翠玉翘首金雀装饰玉搔头。万岁掩面哭泣无能救，临行尚且回头眷顾眼泪和血一起流。黄尘散去危机消除风瑟瑟，云梯式的栈道曲折迂回到剑阁。峨眉山下很少有人行，旌旗垂头丧气日光惨淡又冷清。蜀江水绿蜀山青，圣主朝朝暮暮思念贵妃不忘情。行宫里看见月亮感觉那是伤心色，夜间下雨听到铃声更觉那是断肠声。扭转乾坤战争胜利车驾回京去，来到马嵬驿站踌躇伤感不能去。马嵬坡下当年埋葬贵妃泥土中，再也看不见美人容颜徒自留下死亡处。君臣相互对视默默无语两眼泪，望着东边城门失魂落魄忽忽悠悠信马归。归来后眼看池沼园林都依旧，太液池的荷花未央宫的柳。荷花好像贵妃的面容柳叶像蛾眉，只是再也没有又亲又爱又娇宠的杨贵妃，面对此情此景谁人能够不泪垂。春风习习桃花李花开放日，秋雨绵绵滴落片片梧桐时。西苑兴庆宫里到处是秋草，落叶满阶再也无人来清扫。当年的梨园弟子已白发，管理后宫的女官也衰老。空荡荡的宫殿傍晚飞着萤火心黯淡，一盏青灯不断挑去灯花难入眠。钟鼓之声悠扬迟缓散去开始漫长夜，星光闪烁天河清明即将要天亮。鸳鸯瓦冰冷霜气太浓重，翡翠锦被无人相伴也觉寒冷心隐痛。悠悠一生一死分别已经一年多，可她的魂魄为何不来我梦中？一位临邛的道士客居在洛阳，能用精诚召死者亡魂回到故乡。君王思念贵妃的情意令他感动，于是道士便殷勤寻找贵妃之灵魂。那道士装模作样腾云驾雾上下奔跑如闪电，上登九天下入黄泉一切地方都找遍。上面找遍苍天下面找遍黄泉，两下渺茫迷蒙全都找不见。忽然听说东海海上有仙山，坐落在虚无缥缈的云雾间。楼阁玲珑五色祥云相环绕，里面住着许多风姿绰约之天仙。其中有一位仙女名号叫太真，雪肤花貌看起来很像寻找的杨玉环。轻叩金色楼阁西厢之玉门，请求仙女小玉双成速去报知杨太真。她听说汉家天子派来使，九华帐里睡梦猛然醒来喜又惊。急忙拿起衣服推开枕头下床来，激动得来回走动复徘徊。一路上把珠帘银屏层层都打开。发髻半偏睡眼蒙眬刚睡醒，梳妆没完就匆匆忙忙下堂来。微风吹得衣袖轻轻飘飘起，神韵风姿依然好像表演当年《霓裳羽衣舞》。寂寞悲伤面容上面挂着晶莹泪，好像春天的梨花缀满雨珠让人心都碎。她含着无限深情凝视道士请求转谢君王恩，诉说久别以后两人音容难见都伤心。昭阳殿里的恩爱已断绝，但在蓬莱仙宫的时光无限长。回头下望人世间，只能望见尘雾迷漫却始终无法见长安。我实在无法再度回人寰，唯有拿出当年君王恩赐的旧物表情深，请求道士把这些信物送到君王前。掰开两股金钗分开钿盒成两片，留下一半带回另一半。唯愿我们两人爱情之心都如金钿坚。天上人间再有阻隔终有一日会相见。临别殷勤委托道士务必把话捎回去，当初秘密誓愿只有两心知。有一年七月七日长生殿，夜深人静我和万岁秘密立下山盟海誓词：在天上愿做相依并飞的比翼鸟，在地上愿做相纠相缠的连理枝。天长地久也有穷尽时，而这生离死别的绵绵长恨永远不会有终期。

评析　　元和元年（806）十二月，白居易任盩屋（今陕西周至）县尉，与友人陈鸿、王质夫同游仙游寺，谈起唐明皇、杨贵妃之间的爱情故事及相关逸闻传说，唯恐这一"希代之事"，"与时消没，不闻于世"，于是陈鸿作《长恨歌传》，白居易创作这篇《长恨歌》。陈鸿《长恨歌传》云："乐天因为《长恨歌》，意者不但感其事，亦欲惩尤物，窒乱阶，垂于将来者也。"陈鸿的说法可以说是我们理解本诗的钥匙。关于本诗的主题，众说纷纭，概括不外三说：讽刺说、爱情说、讽刺兼爱情说，即前半部分讽刺，后半部分同情。除陈鸿的说法外，我们更要从文本出发，破译诗歌深层的密码，解读诗人本来的意愿。笔者认为，本诗最主要的思想倾向还是讽刺，讽刺的对象主要有三人。一是主要责任人唐明皇的好色荒淫误国；二是次要责任人杨玉环的献媚争宠，恃宠而骄，为娘家大捞特捞，惹得天下怨怒；三是肃宗怯懦不孝，加重了悲剧色彩，连老爸晚年的安全都不能保证，使一代风流天子死于非命。下面笔者做简单的解说。

开篇直揭主题"汉皇重色思倾国",下面一直到"尽日君王看不足"都是讽刺唐明皇和杨玉环的。唐明皇明明知道杨玉环是儿子寿王李瑁的妃子还要使用一些手段霸占到自己身边,并大宠特宠,杨氏一门,富可敌国,重用轻佻奸猾的杨国忠,加剧了社会矛盾,加快了安史之乱爆发的速度。结果便是天下大乱,马嵬坡兵变,杨贵妃被吊死。造成千古长恨。再说杨玉环,一般都认为她是被动的,对于政治败坏和安史之乱没有什么责任。其实不然,如果杨玉环是个很谦让、很懂政治的女人,如唐太宗长孙皇后,哪怕赶上一半,也不会发生那么大的动乱。杨玉环进宫直接嫁给寿王李瑁就很有心机,是奔太子妃然后奔皇后去的。当时武惠妃受专宠,寿王是武惠妃之子,有可能当太子。唐明皇二十多子,寿王排十八,杨玉环能够直接嫁给他,说明她本人或者家族中有人,关系很硬。经过三四年的激烈斗争,武惠妃死,寿王失宠,太子梦彻底泡汤。在开元二十八年(740)唐明皇主持的家庭舞会上,杨玉环在唐明皇前故意跳最拿手的柘枝舞,最后一式便是"回眸一笑",故意卖弄风骚,引起唐明皇的格外注意,这才开始以后的风流爱情。其次,在她大受宠爱的时候,三个姐姐、两个哥哥再加堂兄杨国忠大肆挥霍国库钱财,把政治搞得乌烟瘴气,她和安禄山也不明不白,都属于品质问题。特别是当潼关出现问题,杨国忠和哥舒翰尖锐冲突时,唐明皇曾经想要御驾亲征,她死活不让,如果唐明皇真的到潼关,审时度势,可能就会采纳哥舒翰意见。因此,这场大动乱以及长安失守杨玉环都有很大的责任。马嵬坡兵变时,官兵都直接称呼她为"祸本",在某种意义上说,她不冤枉,官兵们的定性还是比较准确的。再说肃宗,这是以前一直被忽略的人物。诗歌后半部分有一段道士为唐明皇搜寻杨玉环魂魄的描写,那是真实的历史事件,不是杜撰的。有几个细节需要特殊注意:一是老道是肃宗权臣奸佞李辅国派来的,李辅国是促使肃宗抢班夺权的关键导演。唐明皇刚回到长安时一直住在兴庆宫,即诗中的"南内",元宵节他出现在兴庆宫城楼上时被逛花灯的百姓发现,人们高呼万岁,跪拜,气氛很热烈,说明他人气还很旺,于是遭到猜忌，也是李辅国派人将他强行押解到西苑去，从此被软禁起来。诗中的"西宫"指的就是这里。从此玄宗彻底被边缘化，失去自由。而这次道士到来，装腔作势，寻遍天地，最后在仙山上真的看到了杨玉环。并且把当初唐明皇给的信物各带回一半。似乎真的是杨玉环捎回来的。而且杨玉环的话特别值得品味：她更想玄宗，但却无法回到尘世，既然玄宗如此相思，"但教心似金钿坚，天上人间会相见"，如果真的心坚如金钿，我们俩就一定会相见。但我回不去，相见的唯一方式就是唐明皇到仙界来。怎么来？那还用说吗？唐明皇是何许人，聪明过人，看完这出表演，听完这番动情的话，便绝食三天上仙界会见杨玉环去了。或者说，金钗和金钿确实是唐明皇当年给杨玉环的信物，怎么到道士手里了？前面有伏笔："花钿委地无人收，翠翘金雀玉搔头。"史料记载，当唐明皇凄凄惨惨率领他的部下离开马嵬坡往西走，太子也准备随行时，李辅国拦住太子，请太子不要跟随进蜀，而是打扫一下现场的残局后往北去了。不久，太子就自行登基当起皇帝来。那么金钗和金钿的来历就非常明白了。说白了，这出戏是精心安排的，暗示唐明皇自我了断。至于肃宗知道与否不敢断言，但他老爸被软禁一年多他很少探望就很说明问题了。因此唐明皇因为没有处理好爱情与政治的关系，不但保不住自己最心爱的女人，连自己的生命都保不住，难道这还不令人永远遗憾怨恨吗？越渲染唐明皇思念杨玉环，悲剧色彩越浓厚，长恨的程度就越深，讽刺的力度就越大，对读者的启发和感染就越深入骨髓。这是本诗主题的主要倾向。

本诗内容可分为两大段落，从开头到"尽日君王看不足"是写唐明皇重色荒淫怠政，导致悲剧的发生。这段中还可以分两个小层次。从"汉皇重色思倾国"到"六宫粉黛无颜色"八句为第一层，写杨玉环的出身和献媚邀宠的经过。为长恨之根。从"春寒赐浴华清池"到"尽日君王看不足"是第二层，写杨玉环专宠，杨氏一门炙手可热到了产生民愤的程度，为长恨之机。

"渔阳"二句为承上启下之转折点，以下则为后段，写悲剧的经过和结局。依然还可以分几个小层次。从"渔阳鼙鼓动地来"到"回看血泪相和流"为第一层，写马嵬坡兵变和杨玉环死的经过，为长恨之端。从"黄埃散漫风萧索"到"东望都门信马归"为第二层，概括杨玉环死后玄宗入蜀及返回长安的过程，无时不思，无处不思，为长恨之发展。从"归来池苑皆依旧"到"魂魄不曾来入梦"是第三层，写睹物思人，日夜四季都思念杨玉环，是长恨之深入。从"临邛道士鸿都客"到结尾是第四层，通过道士寻找杨玉环魂魄的生动描写，委婉暗示这是特意设的局，是变相的谋杀，是长恨之结局，绵绵长长，永远没有终止之时，扣紧"长恨"二字。

作为叙事长诗的经典之作，《长恨歌》艺术上成就很高，是多方面的。最主要的是叙事的流畅和详略得当的剪裁技巧。为突出荒淫误国，前半部分便大力渲染李、杨爱情的浪漫多姿。为突出玄宗的痛苦相思，下半部分便极力描写其孤独寂寞苦苦思念的情景。而对于与主题关系不大的事件都用极其精练的笔法一笔带过，结构上还前后接续，并不断线。如安史之乱只用"渔阳鼙鼓动地来"七字便交代清楚，对玄宗入蜀以及回长安的经过也极其简略，都看出作者剪裁的功夫，也是我们创作参照的地方。

琵琶行 ① 并序

白居易

元和十年，余左迁 ② 九江郡司马 ③。明年秋，送客湓浦口 ④，闻舟中夜弹琵琶者。听其音，铮铮然有京都声 ⑤。问其人，本长安倡女 ⑥，尝学琵琶于穆、曹二善才 ⑦。年长色衰，委身 ⑧ 为贾人妇。遂命酒使快弹数曲，曲罢悯然。自叙少小时欢乐事，今漂沦憔悴，转徙于江湖间。余出官二年，恬然自安 ⑨；感斯人言，是夕始觉有迁谪意。因为长句，歌以赠之。凡六百一十二言，命曰《琵琶行》。

浔阳江头夜送客，枫叶荻花秋瑟瑟 ⑩。主人下马客在船，举酒欲饮无管弦。醉不成欢惨将别，别时茫茫江浸月。忽闻水上琵琶声，主人忘归客不发。寻声暗问弹者谁，琵琶声停欲语迟。移船相近邀相见，添酒回灯重开宴。千呼万唤始出来，犹抱琵琶半遮面。转轴⑪拨弦⑫三两声，未成曲调先有情。弦弦掩抑⑬声声思，似诉平生不得志。低眉信手续续弹，说尽心中无限事。轻拢⑭慢捻抹复挑，初为《霓裳》⑮后《六幺》⑯。大弦嘈嘈⑰如急雨，小弦切切⑱如私语。嘈嘈切切错杂弹，大珠小珠落玉盘。间关⑲莺语花底滑⑳，幽咽泉流冰下难。㉑冰泉冷涩弦凝绝，㉒凝绝不通声渐歇。别有幽愁暗恨生，此时无声胜有声。银瓶㉓乍破水浆迸，铁骑突出刀枪鸣。曲终收拨当心画㉔，四弦一声如裂帛。东船西舫悄无言，唯见江心秋月白。沉吟放拨插弦中，整顿衣裳起敛容。自言本是京城女，家在虾蟆陵㉕下住。十三学得琵琶成，名属教坊㉖第一部。曲罢曾教善才服，妆成每被秋娘㉗妒。五陵㉘年少争缠头㉙，一曲红绡不知数。钿头银篦㉚击节碎，血色罗裙翻酒污。㉛今年欢笑复明年，秋月春风等闲度。弟走从军阿姨死，暮去朝来颜色故。门前冷落鞍马稀，老大嫁作商人妇。商人重利轻别离，前月浮梁㉜买茶去。去来江口守空船，绕船明月江水寒。夜深忽梦少年事，梦啼妆泪红阑干。我闻琵琶已叹息，又闻此语重唧唧。同是天涯沦落人，相逢何必曾相识。我从去年辞帝京，谪居卧病浔阳城。浔阳地僻无音乐，终岁不闻丝竹声。住近湓江地低湿，黄芦苦竹绕宅生。其间旦暮闻何物，杜鹃啼血猿哀鸣。春江花朝秋月夜，往往取酒还独倾。岂无山歌与村笛，呕哑嘲哳㉝难为听。今夜闻君琵琶语，如听仙乐耳暂明。莫辞更坐弹一曲，为君翻㉞作《琵琶行》。感我此言良久立，却坐促弦弦转急。凄凄不似向前声，满座重闻皆掩泣。座中泣下谁最多，江州司马青衫㉟湿。

注释　　①行：古诗体裁之一。②左迁：降职贬谪，古代大部分时期以右为上。③司马：州刺史属官，主管地方武装和治安。在唐代司马有实职和虚职之分。虚职是安排在朝中犯错误之官员的虚衔，不得办理公事，实际等于监督改造。柳宗元当年任永州司马同此。④湓浦口：即湓口，在九江西湓水的入江处。⑤京都声：都城长安流行的曲调。⑥倡女：古代以歌舞曲艺为谋生职业的人。⑦善才：当时唐代对艺伎中技艺水平高等级的一种称谓，类似今天之职称。⑧委身：托身，指出嫁。⑨恬然自安：随遇而安，心情平静。⑩瑟瑟：风吹草木声。⑪轴：琵琶上调整松紧弦线的把手。⑫拨弦：弹奏前调弦校音。⑬掩抑：声音低沉幽咽。⑭拢：扣弦。⑮《霓裳》：即《霓裳羽衣曲》。⑯《六幺》：本名《录要》，又叫《绿要》，当时京城流行的曲调名。⑰嘈嘈：声音沉重悠长。⑱切切：声音轻柔细密。⑲间关：婉转。⑳滑：形容声音流利。㉑"幽咽"句：形容乐声如泉水在冰下流动那样幽咽。㉒"冰泉"句：形容乐曲如冷涩的泉水一样沉滞，弦似凝固断折一般。㉓银瓶：汲水器。㉔当心画：在弦槽的中心对着四弦猛然一划。画，同"划"。㉕虾蟆陵：即下马陵，在长安城东南曲江附近。㉖教坊：唐代管理宫廷音乐的官署。㉗秋娘：唐代歌伎的通称，此指同行。㉘五陵：汉代五个皇帝的陵墓，都在长安附近，其地多富豪。㉙缠头：当时习俗，艺伎歌舞完毕，多以绢帛之类为赠，称"缠头彩"。争缠头，即竞相赠她财物。㉚钿头银篦：两头镶有金玉或珠宝的银篦子。㉛"血色"句：意谓和少年们戏谑，泼翻酒而弄脏了红色罗裙。㉜浮梁：今江西景德镇。㉝呕哑嘲哳：形容声音杂乱繁碎、刺耳。㉞翻：按曲调谱写歌词。㉟青衫：唐代最低品级文官八品、九品官的服色。当时白居易职为司马，而官阶则是将仕郎，从九品，故着青衫。

译文　　元和十年，我被贬到九江郡任司马。第二年秋，我到湓浦口送一个朋友，听船上有人在夜色里弹奏琵琶。听其声，铮铮然大有京城中高雅音乐的韵味。于是我就询问这位弹奏者，原来她从前是长安的艺伎，曾经跟穆、曹两位名师学过演奏琵琶。后来由于年老色衰，不得已嫁给一个商人。于是我便吩咐摆酒，让她畅快地演奏几支曲子。弹完后，她十分忧愁和伤感，并自叙年轻时的欢乐情景，而今却飘零沦落，面容憔悴，流落于江湖之间。我遭贬出京任官，已有两年，心情本来一直平静安适，听完她的话今晚才开始有遭贬的滋味。因而写这首长诗赠送给她，共计六百一十二字（按实际是六百一十六字）。取名为《琵琶行》。

　　傍晚到浔阳渡口送别好友，枫叶芦花在秋风里瑟瑟发抖。我已下马送别客人登上船，饮酒饯别却无音乐助兴真寡欢。因喝闷酒醉意沉沉凄凄惨惨将分别，茫茫江水映照一轮明月。忽然听到水上传来琵琶乐曲声，听得入神我不愿归客人不启程。追随琵琶声悄悄询问弹奏者是什么人，琵琶声停欲答不答吞吞吐吐迟迟未应声。我让船靠近邀请弹奏者出相见，添酒挑灯重新再开宴。千呼万唤她才慢慢走出来，怀里抱着琵琶还要遮挡半张脸。拧轴拨弦弹几声，还没有弹出曲调已有情。一声声低沉缓慢充满情和意，好像在倾诉自己人生不平事。低头不语不停地弹奏仿佛在沉思，弹奏出心中无限凄楚伤心事。她轻轻地拢起弦丝慢慢捻抹又是挑，先弹《霓裳》接着奏《六幺》。粗弦铮铮急促好似暴风雨；细弦嘤嘤细缓犹如有人低声语。急缓高低错杂成一片，好像大小珍珠依次落玉盘。时而声声婉转流畅如同黄鹂花下唱，时而又声声幽咽好像泉水冰下流。渐渐地仿佛泉水冷滞弦凝结，凝结后水流不通声音渐小渐停歇。原来她别有一番忧愁苦恨暗滋生，此时虽无声却比有声更动人。突然间乐声响亮就像银瓶破裂水浆溅，又好像铁骑骤出刀枪鸣。弹完乐曲收回拨子琵琶中心用力划，四弦同时鸣响就像撕裂绸和帛。东西两边的船只全都悄无语，只有江心银波闪耀秋月白。她沉吟着拨片插进弦索中，整衣站起神色严肃又庄重。自述原来本是京城女，家住京城东南虾蟆陵。十三岁学成演奏琵琶艺，名字排在教坊第一部。每次演奏结束就连名师也叹服，梳妆打扮常常受到京师名伎秋娘的忌妒。五陵贵族青年争相送礼品，一支曲子就可得到红色绢绸不知多少数。金钿银篦因为欢乐至极击打节拍而破碎，红色罗裙也因饮酒乐极弄翻酒杯被酒污。今年欢笑明年接着再欢笑，秋月春风无限美景这样闲虚度。兄弟服役从军阿姨也死去，时光飞逝美丽容颜日衰暮。从此门前冷落车马越来越稀少，年龄老大只得憋憋屈屈出嫁当了商人妇。商人只重求利根本不懂离别恨，上月又到浮梁贩卖茶叶去。独自守着江口一空船，看见那凄清月光清冷江水别样寒。深夜忽然梦到少年时节多少风流事，梦中啼哭不知不觉满面红妆一时残。我听罢琵琶乐曲本已连连叹，又听这番话语更加伤感复叹息。我和你同样都是沦落天涯人，相逢就能相互理解何必一定以前曾相识。我自从去年离开京城长安后，贬谪卧病一直住在浔阳城。

浔阳偏僻荒凉没有高雅乐，一年到头也听不到笙管笛箫琴瑟声。我住在浥江附近地势低洼又潮湿，黄芦苦竹围绕房屋周围生。每天早晚听到都是些什么声？不是杜鹃啼叫就是猿猴悲哀鸣。每逢春暖花开明月朗照良辰日，常常摆酒自斟自饮独自倾。难道这里没有山歌与村笛？尽是些嘈杂嘶哑之音实在不好听。今晚欣赏你演奏的琵琶曲，好像聆听仙乐一般使我耳清目又明。请你不要推辞重新坐下弹一曲，我为你谱写歌词《琵琶行》。听完我话她感动得凝神久站立，然后坐下拧紧弦丝曲调弹得更紧急。凄凄切切再也不是刚才之旋律，满座人重听此音忍受不了个个掩面泣。在座者谁最悲伤泪最多？我这位江州司马青衫前襟湿透水淋漓。

评析　　白居易一生，是中国文人人生轨迹的典型代表，即"穷则独善其身，达则兼济天下"。江州之贬是他一生思想表现与人生态度的分水岭。元和十年（815）六月，坚决主战的宰相武元衡被人刺死，副相裴度被刺伤，轰动朝野。这时职为东宫赞善大夫（陪侍太子读书的闲官）的白居易，因"越职言事"遭到权臣诋毁，被贬为江州司马，实际是由于他在前期担任拾遗等官职时敢于直言得罪许多军政权贵，但当时谏官一般不以言辞治罪。当政者抓住这次机会对他进行报复，罪非应得。这次沉重的打击，使他深刻地认识到政治黑暗与世态炎凉。这首诗便是第二年秋天所作，通过对京师艺伎琵琶女沦落江湖与诗人自己无辜遭贬的描述，抒发了强烈的"天涯沦落之恨"。

　　序言部分不仅交代时间、背景与写作原因，而且巧妙地点明全诗之主旨："感斯人言，是夕始觉有迁谪意。"这对我们准确把握理解全诗的思想内容，有很大提示作用。

　　全诗可分为四层。从开头到"犹抱琵琶半遮面"为第一层，通过秋夜浔阳江头景色与送客场面的描写，烘托出一派凄凉冷落的氛围。诗人先摄取富有典型特色的枫叶、荻花和瑟瑟风声，渲染秋夜荒凉，然后以"举酒欲饮无管弦"之苦闷为全诗蓄势。在极度寂寞惆怅时，忽然听到熟悉的高雅音乐时的惊喜，引出下文。从"转轴拨弦三两声"到"唯见江心秋月白"为第二层，正面描述琵琶女的高超演奏技艺和感人至深的音乐效果，为其自叙身世做有力铺垫。诗人先交代她"转轴拨弦三两声"的校弦试音，"低眉信手续续弹"的姿态，"轻拢慢捻抹复挑"的指法和《霓裳》《六幺》的曲名，并用"未成曲调先有情"表现她的演奏中寄托着自己的深情。"弦弦掩抑声声思"揭示她的满腹幽怨之情，"似诉平生不得志""说尽心中无限事"，直接描述她的不平身世和苦闷情怀。将音乐内容、表达效果和女子身世融会在一起。"大弦嘈嘈如急雨"以下十六句是对音乐效果的精细描绘。这是一段极其精美备受赞誉的文字。诗人运用精彩的连续的比喻表现琵琶演奏的音乐效果，属于博喻手法。如以狂风暴雨比喻大弦的促密声势，以柔声细语比喻小弦的和缓韵律，以大小珍珠落玉盘比喻两弦交错的清脆和谐，以莺语花下比喻乐声的圆润明快，以泉流冰下比喻音乐的缓慢低沉，以银瓶乍破、铁骑突出比喻高昂乐调的突然迸发，以刀枪齐鸣比喻乐声的激越雄健、势不可遏。这些比喻都是人们生活中经常感知的音乐形象，故容易引起联想和共鸣，使人们仿佛同样在欣赏和享受音乐的美。

从"沉吟放拨插弦中"到"梦啼妆泪红阑干"为第三层，主要是介绍琵琶女少年欢乐、老年伤悲的痛苦经历。在她自述之前，作者还写了她插拨、整衣、沉吟与敛容的动作与神态，表明这位不幸的女子和最初诗人邀她相见时一样，内心是经过了一番矛盾斗争的。琵琶女由盛而衰的凄凉身世，不是偶然的，不是个别的，而是代表了封建社会中被侮辱、被损害的乐伎、艺人们共有的悲惨命运，她已成为封建艺人的典型写照。因此，她的乐技越精妙，越能引起人们对她那"珍珠坠泥"遭遇的不平之感。

从"我闻琵琶已叹息"到结束为第四层，紧密地把这个遭损害、受冷落的艺人命运和诗人自身仕途受挫、遭贬外放的命运联系起来，抒发了诗人政治失意的郁闷、愤激之情。"同是天涯沦落人，相逢何必曾相识"这千古名句之所以被人们广泛引用和激赏就是道出一个真理：有相同遭遇和命运的人容易沟通和相互理解与认同。诗人把琵琶女的不幸身世及现实感受与自身的命运与感受高度地融合在一起，不仅表达了对人民的深切同情和对现实的强烈批判精神，而且具有高度的典型性和普遍的社会意义。

　　本诗的艺术特色非常突出，展示出诗人高超的艺术才华。如叙事与抒情的高度融合，详略虚实的变化与互补，环境气氛的烘托与渲染，人物形象的细节描写与心理刻画，人物命运的相互映衬与补充等，都是十分成功的。最为杰出的艺术成就，是对于音乐的精彩描绘，运用大量精当的比喻描摹音乐的各种声响效果，出神入化，可谓登峰造极。这在前文中已有涉及，不再重复。

李商隐 ／ 约813—858

字义山，号玉谿生，又号樊南生。祖籍怀州河内（今河南沁阳），后迁居郑州（今属河南）。郡望陇西成纪。开成二年（837）登进士第。曾任县尉、秘书郎及东川节度使判官等职。因处在牛李两党斗争夹缝中，仕途艰难，潦倒终身。晚唐诗歌大家，与杜牧并称"小李杜"，与温庭筠并称"温李"。其诗多忧国伤时之作，咏史诗多托古讽今，无题诗尤为著名。擅长律绝，富于文采，多用象征比兴，意境朦胧，具有独特的艺术风格。有《李义山诗集》，今人刘学锴、余恕诚有《李商隐诗歌集解》。

韩　碑①

李商隐

　　元和天子②神武姿，彼何人哉轩③与羲④。誓将上雪列圣⑤耻，坐法宫⑥中朝四夷。淮西⑦有贼五十载，封狼⑧生貙⑨貙生罴⑩。不据山河据平地，长戈利矛日可麾⑪。帝得圣相相曰度，贼斫⑫不死神扶持。腰悬相印作都统⑬，阴风惨澹天王旗⑭。愬⑮武⑯古⑰通⑱作牙爪，仪曹外郎⑲载笔随。行军司马⑳智且勇，十四万众犹虎貔㉑。入蔡缚贼㉒献太庙，功无与让㉓恩不訾㉔。帝曰汝度功第一，汝从事愈宜为辞㉕。愈拜稽首㉖蹈且舞，金石刻画㉗臣能为。古者世称大手笔，此事不系于职司。当仁自古有不让，言讫屡颔天子颐㉘。公退斋戒坐小阁，濡染大笔何淋漓。点窜《尧典》《舜典》字，涂改《清庙》《生民》诗。文成破体㉙书在纸，清晨再拜铺丹墀。表曰臣愈昧死㉚上，咏神圣功书之碑。碑高三丈字如斗，负以灵鳌㉛蟠以螭㉜。句奇语重喻者少，谗之㉝天子言其私。长绳百尺拽碑倒，粗砂大石相磨治。公之斯文若元气㉞，先时已入人肝脾。汤盘㉟孔鼎㊱有述作，今无其器存其辞。呜呼圣王及圣相，相与烜赫流淳熙㊲。公之斯文不示后，曷与三五㊳相攀追。愿书万本诵万遍，口角流沫右手胝㊴。传之七十有二代，以为封禅㊵玉检㊶明堂㊷基。

注释 ①韩碑：指韩愈所撰的《平淮西碑》。②元和天子：指唐宪宗李纯。③轩：传说中的上古黄帝轩辕氏。④羲：伏羲氏，传说中的古代圣君。⑤列圣：指宪宗之前的唐朝历代皇帝。⑥法宫：皇帝治理政事的宫室正殿。⑦淮西：淮水上游之地，唐设淮西节度使。⑧封狼：大狼。⑨貙：似狸而大。⑩罴：熊的一种。此用三种猛兽比喻割据者。⑪麾：同"挥"。⑫贼斫：指裴度因坚持平叛被刺客刺伤。⑬都统：即天下兵马元帅都统。⑭天王旗：皇帝的旗帜。⑮愬：李愬，曾为唐、邓、随地节度使，参与讨伐吴元济。⑯武：韩公武，淮西都统韩弘的儿子。⑰古：李道古，鄂岳观察使。⑱通：李文通，寿州团练使。⑲仪曹外郎：即礼部员外郎李宗闵。⑳行军司马：官名，参谋军务，类似现代之参谋长，此指韩愈。㉑虎貔：比喻精兵良将。㉒入蔡缚贼：指元和十二年（807）十月十一日，李愬袭破蔡州，擒吴元济。㉓功无与让：功劳最高，无人可比。㉔恩不訾：加恩赏赐不限数量。訾同"赀"，计量。㉕宜为辞：应该撰写碑文。㉖稽首：叩头着地，为跪拜中最重的礼节。㉗金石刻画：撰写碑铭颂辞等铸刻于金（钟鼎等）石（石碑）之上。这里指刻碑。㉘颔、颐：即点头。颔，下巴，颐，面颊。㉙破体：遵从前人的体式又有所突破和创新。㉚昧死：

冒死罪。㉛负以灵鳌：以灵鳌驮负。㉜蟠以螭：以无角龙盘绕碑身。螭，一种无角龙。蟠，盘曲，这里指盘绕。㉝谗之：说韩愈坏话，暗指石孝忠推碑和李愬之妻（唐安公主女儿）在宫中告状事。㉞元气：古人认为构成万物无所不在的浑元之气。㉟汤盘：成汤沐浴之盘上的铭文："苟日新，日日新，又日新。"㊱孔鼎：孔丘祖先正考父鼎中铭文："一命而偻，再命而伛，三命而俯，循墙而走，亦莫予敢侮。"㊲淳熙：光泽强烈明亮。㊳三五：指三皇五帝。㊴右手胝：右手磨出茧子。㊵封禅：古代帝王宣扬伟大功绩去泰山顶祭告天地的仪式。这里指规模高而隆重的庆祝仪式。㊶玉检：封存封禅文书的封套。㊷明堂：天子颁布政令，朝见诸侯的地方。

译文　　宪宗皇帝具有神圣英武之资质，神圣简直可比上古时代轩辕和伏羲。发誓洗雪先朝列祖之耻辱，稳坐宫中正殿统治整个天下和四夷。淮西叛逆割据自拥五十载，就像大狼生貙、貙又生了罴，代代相承一代更比一代凶残和乖戾。他们不据险要山川却占据大平地，凭借着长戈利矛猖狂已至极。天子有幸得位贤相叫裴度，遭到叛贼砍杀却侥幸不死似乎有神灵在护持。他腰悬相印亲身自任兵马大都统，寒风惨淡高悬万岁特赐天子旗。李愬、韩公武、李道古、李文通四员大将听调遣，礼部员外郎李宗闵担任军中书记紧跟随。行军司马韩愈既有智谋又勇敢，十四万雄壮之师勇猛好像虎与貔。攻破蔡州活擒贼首献太庙。裴度功勋无人可比，天子赏赐无数不吝惜。皇帝说此次平定叛乱裴度功劳为第一，你韩愈一直跟随应当撰写贺功词。韩愈连忙叩头欢天喜地忙答应，撰写记述功德文章是臣长项臣能为。自古以来能作此文均称大手笔，事关重大我亲自动手写作不用交有司。当仁不让自古有明训，说得天子不住点头表赞许。韩愈下殿斋戒沐浴独自坐书斋，凝神默想饱蘸墨汁大笔挥洒何淋漓。融会《尧典》《舜典》之笔法，化用《周颂·清庙》《大雅·生民》之言辞。文章完成突破旧体多有创新意，第二天早朝时便拜呈君王阶前亲致辞：臣子韩愈冒死拜上记功字，请把歌颂圣明功德文章刻上石。石碑高达三丈，字大如酒杯，碑座是灵鳌碑身缠绕龙与螭。碑文句奇语深懂的人很少，有人到天子面前谗毁告状侮蔑韩愈心有私。百尺长绳拽倒石碑在地面，又用粗砂大石磨平碑上之文辞。然而韩公此文浩气凛然犹如浑元气，早已深入人心进入肝和脾。汤盘孔鼎铸刻铭文具有警世意，如今虽然没有器物却能永远流传其文辞。呜呼圣明帝王适逢贤宰相，相互辉映光芒明亮可为后世师。韩公大文如果不能传后世，圣君贤相事迹怎能与三皇五帝相匹敌。我自愿书写万本朗诵一万遍，哪怕嘴角流吐沫右手生茧子。流传七十有二代，把它作为封禅保留文本以及天子明堂奠基石。

评析　　本诗在李商隐诗中很特殊，是用叙事笔法，用古拙文辞写作的，与其他精美华丽朦胧的诗篇风格迥然不同，是表达一种政治态度，可以看出李商隐关怀世事的情怀和立场鲜明的政治品格，与《会昌一品集序》有相近的政治寓意。首先我们要基本搞清楚诗题《韩碑》的缘起。

　　元和后期，对于淮西藩镇吴元济在其叔父死后自封留后然后担任节度使之事，朝廷意见不同。按照道理，节度使应当由朝廷任命，自己不准擅自担任。但在一些特殊时候，朝廷出于各种原因，也有认可的情况。这次宪宗皇帝主张真正收回大权，加强中央权力，于是不批准，双方对峙。最后朝廷决定用军事打击手段解决。这对于朝廷和藩镇双方是一次大较量。有些藩镇首鼠两端，暗中支持吴元济，形势微妙而紧张。两名宰相武元衡和裴度都是坚定的主战派，韩愈也坚决主战。但战争进行不顺利。藩镇势力派刺客行刺两宰相，武元衡当即被杀死，裴度受伤。但裴度态度更坚决，亲自挂帅到前线去，并任命韩愈为行军司马。战争顺利，活捉吴元济。论功行赏，裴度功最大，赏赐无数。后来裴度用赏赐重修荐福寺，皇甫湜撰写碑文索取天价稿费都是这一背景。宪宗诏命韩愈撰写平定淮西的记功碑，韩愈亲自撰写，古朴浑厚，佶屈聱牙。但刻碑立起后，李愬夫人是唐安公主女儿，进宫哭诉，说碑文突出裴度的功劳而不突出李愬，雪夜下蔡州立下第一功的是李愬，这样不公平。宪宗皇帝下令将韩愈碑推倒磨平，让段文昌重新撰写。这在当时是很大的政治事件。涉及人物较多，背景极其复杂。笔者仔细阅读韩碑，其实很客观，绝没有埋没李愬功绩之处，雪夜下蔡州之事也写进碑文。应当说，这件事对韩愈是个打击。数十年后，李商隐写作本诗，政治态度鲜明，但他绝口不提段文昌之碑，这是一种策略，而且没有必要，因为那不是段文昌的事。

全诗按照事件发展顺序写来，可分五层。从开头到"长戈利矛日可麾"八句为第一层，写淮西藩镇从吴少诚开始盘踞五十年，不服天朝管的跋扈情形，说明形势的严峻。从"帝得圣相相曰度"到"汝从事愈宜为辞"十二句为第二层，写裴度指挥平叛的经过，天子诏命韩愈撰写碑文。"愈拜稽首蹈且舞"到"负以灵鳌蟠以螭"十六句为第三层，写韩愈撰写碑文之严肃认真以及献给皇帝受到赞赏，刻碑立碑的经过，碑石也高大精美。是正面描写碑文内容风格的中心段落，对韩碑给予崇高评价。"句奇语重喻者少"到"今无其器存其辞"八句写因为谗言而将韩碑推倒磨去文字，但韩文已经深入人心，碑可去文却流传，并用"汤盘孔鼎"作比说明韩文的光辉不可掩埋，对韩愈充满敬意，将韩碑与汤盘孔鼎相提并论本身就是最高的评价。"呜呼圣王及圣相"以下八句是第五层，正面歌颂韩碑的历史价值和不朽，表达对其无比钦敬赞美的盛情。

应当说，李商隐此诗在寓意上有一箭双雕之意，一是坚决赞美朝廷对藩镇的强力政策，赞美拥护中央集权制的高度统一，这种态度是进步的、积极的。二是赞美韩碑的内容和艺术。这既表现了李商隐的政治态度，对政治的关心程度，也表现其鲜明的政治品格。本诗在艺术上追求与韩碑的语言风格相近，故也古朴凝重，也采取叙事方式，表现出诗人才能之全面和才思之敏捷。苏东坡《临江驿》诗说："淮西功业冠吾唐，吏部文章日月光。千载断碑人脍炙，不知世有段文昌。"可见韩愈文章的巨大影响。

乐府

蜀道之难，难于上青天

公主琵琶幽怨多

长风破浪会有时

天生我材必有用

呼儿将出换美酒

车辚辚，马萧萧，

行人弓箭各在腰

王孙善保千金躯

江头宫殿锁千门

高适／约700—765

字达夫。晚年曾任左散骑常侍，后人因称"高常侍"。郡望渤海蓚县（今河北景县）。早年仕途失意，客游河西，为哥舒翰掌书记。安史之乱起，曾历任左拾遗，淮南、西川节度使，终散骑常侍，封渤海县侯。盛唐著名边塞诗人，与岑参齐名，并称"高岑"。有边塞诗四十多首，代表作是《燕歌行》。殷璠赞其诗"多胸臆语，兼有气骨，故朝野通赏其文"（《河岳英灵集》）。今人孙钦善有《高适集校注》，刘开扬有《高适诗集编年笺注》。

燕歌行① 并序
高 适

开元二十六年，客有从元戎②出塞而还者，作《燕歌行》以示适。感征戍之事，因而和焉。

汉家烟尘在东北，汉将辞家破残贼。男儿本自重横行③，天子非常赐颜色。摐金伐鼓④下榆关⑤，旌旆⑥逶迤碣石⑦间。校尉羽书⑧飞瀚海，单于⑨猎火照狼山。山川萧条极边土，胡骑凭陵⑩杂风雨。战士军前半死生，美人帐下犹歌舞。大漠穷秋塞草腓⑪，孤城落日斗兵稀。身当恩遇常轻敌，力尽关山未解围。铁衣⑫远戍辛勤久，玉箸⑬应啼别离后。少妇城南欲断肠，征人蓟北⑭空回首。边风飘飘那可度，绝域⑮苍茫更何有？杀气三时⑯作阵云，寒声一夜传刁斗⑰。相看白刃血纷纷，死节⑱从来岂顾勋⑲？君不见沙场征战苦，至今犹忆李将军⑳！

注释　①燕歌行：乐府旧题，属《相和歌·平调曲》，多写征戍相思离别之情。燕：今河北辽西一带。②元戎：军队统帅。③横行：指纵横驰骋疆场为国效力。④摐金伐鼓：敲锣打鼓，指行军。⑤榆关：即今山海关。⑥旌旆：泛指军旗。旌：杆头上有羽毛装饰之旗。旆：末端状如燕尾的旗。⑦ 碣石：地名，前注皆云在河北昌黎县。不确，据 20 世纪 80 年代考古发现，当在今辽宁省绥中县境内。⑧ 羽书：插有羽毛的紧急军书。⑨ 单于：本是匈奴部落首领。此处借指契丹部落首领。⑩ 凭陵：凭借暴力进行侵扰。⑪ 腓：枯萎。⑫ 铁衣：金属制的铠甲，此处指出征的战士。⑬ 玉箸：白色的筷子，比喻思妇的眼泪。⑭ 蓟北：蓟州之北。此处泛指边塞地区。⑮ 绝域：指人烟稀少，环境荒凉的边塞。⑯ 三时：指早、午、晚，即一整天都杀气腾腾。一说指春、夏、秋三季。以前说为优。⑰ 刁斗：古代军中值宿巡更时敲击的铜器，白天用来煮饭。⑱ 死节：为国事而牺牲。⑲ 顾勋：关心、考虑功名利禄。⑳ 李将军：指西汉戍边名将李广，智勇双全，爱护士兵，号称"飞将军"。

译文　　开元二十六年，有位客人随从军队统帅出塞回来，创作了一首《燕歌行》给我看。我感慨边塞战争的残酷激烈，因而创作此诗进行唱和。

　　朝廷战争的烽火发生在东北，朝廷的将军离开家乡去击破敌寇。男子汉本来重视驰骋沙场，何况皇帝的赏赐非常丰厚。敲锣打鼓出了雄伟的山海关，队伍的旌旗曲折行进在碣石之间。紧急军书在广阔的沙漠上飞快传送，敌军演习的火把映照山川。山河萧条一直到广袤的边塞，敌人的骑兵如暴风雨一般攻来。战士们在前线与敌人浴血奋战，将军在大帐中为美人的歌舞鼓掌喝彩。大漠深秋蒿草已经枯萎，孤城落日战斗的士兵逐渐稀少。身受天子的重视却常常轻敌，士兵拼尽全力也不能解围。战士们极其辛苦长期在外戍守，家中的媳妇独宿空闺从春到秋。她们在繁华的城市中徒自悲伤，战士在荒凉的塞外白白思念亲人和故乡。边塞的凉风根本无法超越，苍茫的塞外只有荒凉与寂寞。白昼里杀声阵阵如云，夜晚间不时传来巡逻铜锣的声音。亲见雪白的刀刃上鲜血淋淋，只是为国而战哪里考虑名位功勋。你没有看见沙场战争的残酷，现在还在思念有勇有谋的李广将军。

评析　　根据诗前小序，可知本诗是因张守珪军中之事而发，但不局限于一战一地，而是对开元年间唐军边塞战事的高度概括，重点揭露军中官兵苦乐悬殊的事实，抨击将帅腐败无能，同情浴血奋战的士兵及其家属。内容深刻而丰富。

全诗共二十八句，结构层次可分为四部分，前三个层次每层八句，最后一个层次四句，比较整齐。开头八句写边塞烽烟突起，军队奉命出师。军队开到前线，战争一触即发，形势紧急。"山川"句至"力尽"句八句是第二部分，写唐军虽英勇奋战，但战斗依然失利。失利的原因是将帅贪图自己享受，不关心士兵死活，玩忽职守而又轻敌。"铁衣"句至"寒声"句八句是第三部分，写战士与妻子的两地相思，缠绵幽怨，气氛凄凉。最后四句是第四部分，通过对汉代飞将军李广的怀念，点出主旨，委婉抒发对边将无能腐朽的不满。"战士军前半死生，美人帐下犹歌舞"两句用对比手法表现将帅奢侈享乐而不体恤士卒的丑恶品质，触及当时军队中的本质问题，而且有深远的历史意义，故为后世所传诵。

关于"战士军前半死生，美人帐下犹歌舞"两句有不同理解，有人说那是歌颂将军的指挥若定，具有大将风度。此说不可取，如果此次战斗胜利，或许勉强可以，但这次战斗结局是"孤城落日斗兵稀"，是"力尽关山未解围"，是失败的结局。况且，即使胜利，"战士军前半死生，美人帐下犹歌舞"都不可以，这样的将军怎么能够原谅呢？

古从军行①

李 颀

白日登山望烽火，黄昏饮马傍交河②。行人刁斗风沙暗，公主琵琶③幽怨多。野云万里无城郭，雨雪纷纷连大漠。胡雁哀鸣夜夜飞，胡儿眼泪双双落。闻道玉门犹被遮，④应将性命逐轻车⑤。年年战骨埋荒外，空见蒲桃入汉家。⑥

注释　①古从军行：乐府旧题。②交河：水名，位于今新疆吐鲁番西北。③公主琵琶：汉武帝与乌孙王和亲，命江都王刘建的女儿刘细君以公主身份嫁给乌孙王昆莫。送嫁时，恐其途中愁怨，故弹琵琶以娱之。④"闻道"句：汉武帝为取良马，派李广利进攻大宛，结果出师不利，士卒伤亡过半。广利上疏请求罢兵，武帝大怒，命使臣到玉门关拦截，说："军有敢入者辄斩之。"⑤ 轻车：汉有轻车将军，轻车都尉，此泛指将帅。⑥ "年年"两句：意谓战士年年暴尸边境，换来的仅仅是葡萄的移植。蒲桃，即葡萄。

译文　　白天登上山顶眺望烽火，黄昏饮马来到交河。行军的士兵冒着昏暗的风沙，和亲的公主忧愁和怨恨特别多。驻扎在野外而没有城郭，雨雪纷飞弥漫在荒沙大漠。胡地的大雁夜夜悲哀鸣叫，胡地兵卒的眼泪不停滴落。听说边关依然被把守的官兵拦遮，到塞外征战的官兵只能追随着将军去拼杀争夺。年年有战士的白骨埋葬在荒凉的塞外，换来的只是西域葡萄送汉家。

评析　　《从军行》属古乐府《相和歌辞·平调曲》旧题。多写从军征战的苦怨。这首诗借汉喻唐，明写汉武帝穷兵黩武，实则讥讽唐玄宗开边西北，给人民造成的无尽苦难，表达了诗人对死难士卒的深切同情。

　　诗人开篇便极力描述紧急征战之苦。将士们日行千里，匆匆赶赴战地，在风沙滚滚、天昏地暗的苍凉景色中，充满无限怨恨之情。并用万里征途不见人烟、茫茫大漠雨雪纷飞的凄清冷落环境，强烈渲染悲凉的氛围。接着，诗人一变常人狭隘的偏见，以"胡雁哀鸣""胡儿泪落"表达北方少数民族子弟的悲苦，从而极大地拓展了诗歌思想内容的广度和深度，使得诗歌的社会意义更为深远。"闻道"四句，巧借汉武帝派遣使者到边关阻挡李广利班师回朝之事，影射唐玄宗的好大喜功和穷兵黩武，为不断拓边，全然不顾战士死活。尤其是"年年战骨埋荒外，空见蒲桃入汉家"两句，以鲜明对比手法，指出天子以连年战争的巨大代价，换来的只不过是把葡萄引入中原而已。这不仅把拓边战争的掠夺本质揭露得十分深刻，而且鲜明地表达了诗人对唐代统治者的强烈义愤和对捐躯沙场者的无限同情。

　　在艺术上，这首诗能融现实与史事为一体，不仅生动地展现了万里边疆寂寥荒漠的典型景象，而且通过汉、胡两军悲苦幽怨的相互映衬与白骨、葡萄的鲜明对比，表达出诗人强烈的批判精神，在唐代边塞诗中可谓上乘之作。

洛阳女儿行 ①

王 维

洛阳女儿对门居，才可颜容十五余。良人玉勒乘骢马②，侍女金盘脍鲤鱼。画阁珠楼尽相望，红桃绿柳垂檐向。罗帷送上七香车③，宝扇迎归九华帐④。狂夫富贵在青春，意气骄奢剧季伦⑤。自怜碧玉⑥亲教舞，不惜珊瑚持与人。春窗曙灭九微⑦火，九微片片⑧飞花琐⑨。戏罢曾无理曲⑩时，妆成只是熏香坐。城中相识尽繁华，日夜经过赵李⑪家。谁怜越女⑫颜如玉，贫贱江头自浣纱。

注释　　① 洛阳女儿行：属新乐府辞。洛阳女儿，取意于梁武帝萧衍《河中之水歌》中"洛阳女儿名莫愁"句。②骢马：青白色相间的马，此处泛指宝马。③七香车：用七种香木做的车子，比喻车之名贵。④九华帐：鲜艳的花罗帐。⑤季伦：晋朝巨富石崇字季伦。⑥碧玉：梁汝南王侍妾名，此指洛阳女儿。⑦九微：一种高级灯名。⑧片片：指灯花。⑨花琐：指雕花的连环形窗格。⑩理曲：练习歌曲。理，演奏。⑪赵李：指汉成帝的皇后赵飞燕，婕妤李平的家。此泛指贵戚之家。⑫越女：即西施，幼时家境贫寒，曾在若耶溪浣过纱。

译文　　洛阳有个少女住在我家对门口，看那模样年龄也就十五六。丈夫骑着美玉装饰的青白相间的骏马，侍女全用镀金盘子盛上鲜美脍鲤鱼。朱楼高耸画阁相连尽在望，红桃绿柳屋檐下面显艳妆。出门时她被送上绫罗做帷的七香车，回家后又用宝扇遮住阳光一直步入九华帐。丈夫出身富贵家庭年少正青春，意气骄横奢侈超过晋代石季伦。他怜爱妻子亲自教她习歌舞，不惜稀世珍宝任凭她随意送他人。他们欢度春宵直到天明才熄九微灯，片片飞花飘落雕花连环窗格中。夫妇尽情欢乐没有时间练歌曲，有时梳妆过后只是坐在炉旁熏微香。城中相识都是显赫权贵尽繁华，昼夜造访的都是姓赵姓李一类外戚权贵家。谁能怜惜越国美女西施颜如玉，却因家境贫贱若耶溪边独浣纱。

评析　　本诗题下原注："时年十六"，是诗人早年作品。其主题是讽刺贵族男女骄奢淫逸生活的空虚和对社会机会不均等现象的不满。

　　王维虽然出身名门高姓，但父亲早亡，没有为他入仕提供任何帮助，完全靠自己拼搏。他十五岁即带领大弟弟王缙宦游两京，看到京师中贵族的骄奢生活，别有一番感受，写下本诗。

　　诗分三层。从开头到"宝扇迎归九华帐"八句为第一层，从吃、住、行三个方面写洛阳女儿生活的豪华富贵。"狂夫富贵在青春"到"日夜经过赵李家"十句为第二层，写洛阳女儿丈夫暴富，夫妻终日享乐骄纵，交往的都是贵族豪门。为最后点明主题造势。"谁怜越女颜如玉，贫贱江头自浣纱"两句为第三层，也是全诗重点所在。洛阳女儿并没有什么才貌，也没有什么德行，只因出身豪门，丈夫是权贵，便可过挥金如土的豪奢生活，而西施为天下第一美女，但并不被社会重视，依旧在若耶溪边浣纱，过着清贫艰辛的生活。这种强烈的对比揭示极其普遍而又严重的社会问题，就是社会不公平。可以想象到，当时进入仕途就需要权贵，就连进士考试也需要权贵，没有权贵的推荐无法金榜题名。这样寒士的生活道路就很艰辛。王维刚刚步入社会时这种感受是很强烈的。因此，本诗的主旨就是宣泄对这种不公平现实的不满。前边大部分渲染，为最后的议论造势，最后两句如同画龙点睛，揭示主旨。结构与卢照邻的《长安古意》极为相似。

老将行①

王　维

少年十五二十时，步行夺得胡马骑。②射杀山中白额虎，③肯数④邺下黄须儿⑤。一身转战三千里，一剑曾当百万师。汉兵奋迅如霹雳，虏骑崩腾畏蒺藜⑥。卫青⑦不败由天幸，李广无功缘数奇⑧。自从弃置便衰朽，世事蹉跎成白首。昔时飞箭无全目⑨，今日垂杨生左肘⑩。路旁时卖故侯瓜⑪，门前学种先生柳⑫。苍茫古木连穷巷，寥落寒山对虚牖。誓令疏勒出飞泉⑬，不似颍川空使酒⑭。贺兰山⑮下阵如云，羽檄交驰日夕闻。节使三河⑯募年少，诏书五道出将军⑰。试拂铁衣如雪色，聊持宝剑动星文⑱。愿得燕弓⑲射大将，耻令越甲鸣吾君。⑳莫嫌旧日云中守㉑，犹堪一战取功勋。

注释　　①老将行：属新乐府辞。②"步行"句：汉代李广有一次与匈奴作战负伤被擒，在押解途中，他伺机夺得敌人战马，南驰而归。③"射杀"句：汉代李广、晋代周处都射杀过猛虎。④肯数：怎肯让。⑤邺下黄须儿：指曹操次子曹彰，刚烈勇猛，善于骑马射箭。⑥蒺藜：带硬刺的植物。铁蒺藜，古代战场用的一种防御武器。⑦卫青：汉武帝时名将，卫皇后的弟弟。他与匈奴作战中从未受困，司马迁《史记》中称其"天幸"。⑧数奇：命运不好。古人认为偶（双）数吉，奇（单）数凶。李广本为汉代名将，骁勇善战，被誉为"飞将军"，但一生不得志，最后一次出击匈奴，汉武帝认为他年老数奇，恐难擒敌，没能给他直接面对匈奴作战的机会。卫青执行，李广愤而自杀。⑨飞箭无全目：《文选》李善注引《帝王世纪》："羿和吴贺同游，贺让羿射雀左目，却误中右目。"此指老将射箭百发百中。⑩垂杨生左肘：《庄子·至乐》有"俄而柳生其（指滑舟叔）左肘"之句，柳通"瘤"。此句中作者改"柳"为杨。因此"垂杨生"亦即"垂柳生"（如生瘤一样的不灵活）。⑪故侯瓜：秦时，召平曾封东陵侯。秦亡后他以种瓜为生，瓜味甜美，因而世人称其瓜为"东陵瓜"。⑫先生柳：晋陶潜有《五柳先生传》自况，在宅边种植五棵柳树。后人多称陶为"五柳先生"。⑬疏勒出飞泉：东汉名将耿恭领兵与匈奴作战，驻扎在疏勒（今属新疆）时，被匈奴截断水源，耿恭仰天长叹说："听说过去的贰师将军（李广利）拔佩刀刺山，飞泉涌出，今汉德神明，岂有穷哉？"接着便虔诚祈祷，不久水即涌出。匈奴以为有神助，终于退兵。⑭颍川空使酒：汉景帝时的将军灌夫，家住颍川，为人正直不阿，好借酒发脾气，后被诬陷灭族。⑮ 贺兰山：位于今宁夏回族自治区内。⑯ 三河：指河东（今山西黄河以东）、河南（今河南黄河以南）、河内（今河南黄河以北）。⑰ 五道出将军：即将军分五道出兵。汉惠帝时，曾发兵十五万，派五位将军分道出击匈奴。⑱ 星文：七星纹的简称，指宝剑上镶有七个金星。《吴越春秋》载，伍子胥曾赠给渔民一把价值百金的七星宝剑。⑲ 燕弓：古时燕地所产的弓，以强劲著称。⑳ "耻令"句：《说苑·立节》载，越国军队侵入齐国，齐国雍门子狄认为越军惊扰了自己的国君，自己未能尽到保卫君王的责任，这是莫大的耻辱，于是自杀身亡。铠甲，此代指军队。鸣，惊动、惊扰。㉑ 云中守：汉文帝时云中太守魏尚，是抗击匈奴名将，极得军心，匈奴惧之不敢犯边。后因报功时多报六个敌人的首级而被削职为民。冯唐在汉文帝面前为他鸣不平，文帝恢复了他的官职。

译文　　老将军早在十五到二十岁年轻时，曾经徒步夺得胡人战马骑。曾多次射杀山中白额虎，勇猛威武绝不亚于曹操夸奖的黄须儿。一生中南征北战三千里，一把宝剑就能抵挡百万雄师。汉朝军队英勇奋进快如霹雳闪电，敌人骑兵奔驰最怕碰上坚硬带刺铁蒺藜。卫青作战不败全靠命运有天幸，李广屡战无功只因命运有问题。老将自从弃置之后身体已衰老，岁月蹉跎徒增满头银发丝。昔日百步穿杨指哪射哪能叫飞雀无全目，如今胳膊不灵如同有肿瘤。为度岁月也学召平偶尔路旁卖瓜果，效仿陶潜房前栽种几株垂杨柳。苍茫古树连着又深又偏小胡同，冷冷落落的荒山正对你家窗门口。你曾发誓定要疏勒城中涌清泉，不能像鲁莽灌夫郁闷无聊就饮酒。贺兰山下敌军列阵如乌云，军中告急文书日夜飞传随时闻。钦差大人在三河一带招募士兵，皇上诏令分成五路出大军。老将军擦的铠甲如雪亮，手握宝剑发出闪烁寒光仿佛晃动七星。愿得燕地强弓射杀敌大将，耻让敌军迫近惊扰吾国君。请不要嫌弃过去云中老太守，他还能奋勇一战立下赫赫战功。

评析　　本诗属于乐府古题，通过对一位老将军生命历程的描写，热情歌颂热爱国家的高尚品格，深刻揭露统治阶级的刻薄寡恩和扼杀人才的罪恶。

全诗分三层。从开头到"李广无功缘数奇"十句为第一层，写老将军杰出的武功和辉煌的战绩，其原型可以看出司马迁着力刻画的飞将军李广形象，而最后"卫青不败由天幸，李广无功缘数奇"两句为第一层的总结，用对比手法对李广不被封侯表示不满。这两句诗被后世广泛引用，说明其概括力强而且思想性深刻。"自从弃置便衰朽"到"不似颍川空使酒"十句为第二层，描写老将军被朝廷遗弃后生活的窘境和精神上的苦闷。生活无着，住处荒凉，非常艰辛，立过赫赫战功的人却如此落寞，是对朝廷刻薄寡恩的最生动的控诉。"贺兰山下阵如云"以下十句是第三层，写老将军听说边防又有战争，便积极准备要求参战，不计较朝廷对于自己的刻薄而还以身许国，其伟大的爱国主义思想被表现得极其充分。

本诗层次清楚整齐，每十句为一层，第一层写老将突出的军事才能和所立下的赫赫战功，第二层写这样战功显赫的老将军却被朝廷闲置，过着极其清贫的生活，与前段形成鲜明对比，揭露统治者刻薄寡恩，压抑贤能的丑恶行径。第三层写一旦又有战争，老将军不计前嫌，不计较个人得失，依然要求报效国家，其以国事为重的高尚品格凸显出来。人物形象很生动完美。诗中大量运用典故，对仗精工，与内容相得益彰，好像良璞经过打磨成为宝玉，给人以琳琅满目之感，提升了诗的表现力和艺术品位。沈德潜在《唐诗别裁》中评云："此种诗纯以对仗胜。"

桃源行 ①

王　维

渔舟逐水爱山春，两岸桃花夹古津。坐看红树不知远，行尽青溪不见人。山口潜行始隈隩 ②，山开旷望旋平陆。遥看一处攒 ③ 云树，近入千家散花竹。樵客初传汉姓名，居人未改秦衣服。居人共住武陵源 ④，还从物外起田园。月明松下房栊静，日出云中鸡犬喧。惊闻俗客 ⑤ 争来集，竞引还家问都邑。平明闾巷扫花开，薄暮渔樵⑥乘水入。初因避地去人间，及至成仙遂不还。峡里谁知有人事，世中遥望空云山。不疑灵境难闻见，尘心未尽思乡县。出洞无论隔山水，辞家终拟长游衍。自谓经过旧不迷，安知峰壑今来变。当时只记入山深，青溪几度到云林。春来遍是桃花水，不辨仙源何处寻。

注释　①桃源行：属新乐府辞。②隈隩：山岩幽深曲折貌。③攒：聚集。④武陵源：即桃花源，在今湖南省桃源县境内。⑤俗客：指渔人。因桃源中人以仙境自居，故称外人为俗客。⑥渔樵：捕鱼和打柴的人。

译文　　一渔民轻荡渔舟顺着溪流游览春山观赏美景不胜收，两岸桃花交相掩映古渡口。由于一心观赏缀满红花树色不知行走有多远，直到溪水尽头突然遇到有人烟。刚进山口时狭窄弯曲又深邃，出山才突然看见开阔沃野大平川。远望有一处环绕大树如云雾，近看家家户户栽有鲜花和翠竹。渔民告诉他们汉朝以来各代的名称，当地居民穿着还是秦代的衣服。多年来他们一直共住武陵源，并在这世外胜境中建起美好之家园。明月高悬松柏翠碧房间特幽静，天明时太阳破云而出鸡鸣狗吠声音喧。他们突然听说外客来临纷纷争探询，争把渔民领到家中听听外面城邑之新闻。天刚亮时人们就打开房门自觉来到街巷扫花径，天黑时渔民樵夫都乘着小船纷纷回家门。当初他们为躲避战乱才离家，来到桃源仙境就不想再回还。在这深山峡谷之中没有尘世纷争事，尘世遥望这里只能看见渺茫之云山。渔民没有怀疑这是仙境难遇见，凡心未退思念故乡之家园。出洞自然要隔山和水，但他最终还是打算辞家再来玩。自以为走过的旧路不会迷方向，哪知道当时的山峰沟壑已改变。当时只记进入深山往远走，沿着溪流几经转折才能到达云树掩映的桃花源。春天到来处处流淌桃花水，实在分不清哪里才是仙境桃花源。

评析　　本诗是王维十九岁时所作，取材于陶渊明《桃花源记》和《桃花源诗》，而在立意上又别有建树。在同类题材中，共有三篇最突出，即王维、韩愈和王安石三人的作品。这三人都是重量级文人，故每人所表现的都是其政治理想的折射，这里只谈王维，此诗所表达的思想，更多的不是陶诗中那种"秋熟靡王税"的理想社会，而是追求一种"灵境""仙源"的美好愿望。联系王维其他诗中的思想，他对于桃花源的理解，更大层面是精神生活的无拘无束，自由自在，人们相互之间关系的淳朴和谐，是隐居的好去处，是心灵的乐园。

本诗是以陶渊明《桃花源记》为创作题材的作品，喻守真认为是对《桃花源记》的翻译，因此叙事结构上没有什么变化，这点是可以接受的。即整个事件的经过与原文基本一致。但将散文翻译成诗歌在表现手法上就有很大区别。本文先将段落层次大致解说一下，然后点明其主要艺术特点。

从开头到"近入千家散花竹"八句是引起，交代渔人发现并进入桃花源的经过。值得注意的是"行尽青溪不见人"是说青溪尽处之后忽然看到人，实际指进入小洞之后。不是先见人然后进洞，这样与陶渊明原文就不同了。诗歌语言是可以跳跃的，这便是诗歌与散文的不同。有人翻译为"直到溪水的尽头忽然遇到了行人，于是追随他悄悄进入幽深隐蔽的山洞"，实际是一种误解。"樵客初传汉姓名"到"世中遥望空云山"十四句是主体部分，写渔人所见桃花源中的生活图景以及受到热情款待的情形，交代这些人家的来源和与世隔绝的原因。从"不疑灵境难闻见"到最后十句是第三层，交代渔人没有认识到桃花源是仙境难以再次见到，于是便回家看看，其后再想回去就找不着路了。

本诗是王维早年作品，已经相当成熟。词采绚丽，情致悠闲，意境空灵，音韵和谐，已经表现出很高的艺术修养和才气。全诗三十二句，四句或六句一转韵，平仄相间，转换有致。清人王士禛说："唐宋以来，作《桃源行》最佳者，王摩诘、韩退之、王介甫三篇。观退之、介甫二诗，笔力意思甚可喜。及读摩诘诗，多少自在。二公便努力挽强，不免面红耳热，此盛唐所以高不可及。"(《池北偶谈》)

蜀道难 ①

李 白

噫吁嚱 ②，危乎高哉！蜀道之难，难于上青天！蚕丛及鱼凫 ③，开国何茫然。尔来 ④ 四万八千岁，不与秦塞 ⑤ 通人烟。西当 ⑥ 太白有鸟道 ⑦，可以横绝峨眉巅 ⑧。地崩山摧壮士死，⑨ 然后天梯 ⑩ 石栈 ⑪ 相钩连。上有六龙 ⑫ 回日 ⑬ 之高标，下有冲波 ⑭ 逆折 ⑮ 之回川 ⑯。黄鹤之飞尚不得过，猿猱欲度愁攀援。青泥 ⑰ 何盘盘 ⑱，百步九折萦岩峦。扪参历井仰胁息，⑲ 以手抚膺坐长叹。问君西游何时还？畏途巉岩 ⑳ 不可攀。但见悲鸟号古木，雄飞雌从绕林间。又闻子规 ㉑ 啼夜月，愁空山。蜀道之难，难于上青天，使人听此凋朱颜 ㉒。连峰去天不盈尺，枯松倒挂倚绝壁。飞湍瀑流争喧豗，㉓ 砯崖转石万壑雷。㉔ 其险也若此，嗟尔 ㉕ 远道之人胡为乎来哉！剑阁 ㉖ 峥嵘而崔嵬，一夫当关，万夫莫开。所守或匪亲，化为狼与豺。朝避猛虎，夕避长蛇，磨牙吮血，杀人如麻。锦城 ㉗ 虽云乐，不如早还家。蜀道之难，难于上青天，侧身西望长咨嗟 ㉘。

注释 ① 蜀道难：乐府古题，属《相和歌·瑟调曲》。② 噫吁嚱：惊叹声，蜀地方言。③ 蚕丛及鱼凫：传说中古代蜀国的两个国王。④ 尔来：此来，指从蚕丛、鱼凫开创国家以来。⑤ 秦塞：秦国的边境，此处指关中平原。⑥ 西当：西对。太白：秦岭山峰名，在今陕西省眉县南。⑦ 鸟道：只有鸟才能飞过去的路。形容道路极其险峻。⑧ 峨眉巅：即峨眉山。在今四川省峨眉山市西南。巅：顶峰。⑨ "地崩"句：据《华阳国志·蜀志》载：秦惠王将五美女嫁给蜀王。蜀王派五力士前去迎娶。返回途中见一大蛇钻进山洞，五力士拽住蛇尾将其拉出，结果山崩地裂，五力士和美女皆被压在底下，山即分成五岭。摧：倒塌。⑩ 天梯：非常陡峭险峻的山路，如同登天的梯子。⑪ 石栈：即栈道，在山腰凿石架木而成的道路。⑫ 六龙：神话传说羲和驾着一辆车，由六条龙拉，上面载着日头自东向西行驶。⑬ 回日：使羲和所驾驶的日车无法通过，只好回去。⑭ 冲波：水流冲击腾起的波浪，此处指激流。⑮ 逆折：往回倒流的水流。⑯ 回川：大漩涡。⑰ 青泥：岭名，在今陕西省略阳县西北，为唐代入蜀要道。⑱ 盘盘：山路盘旋迂回曲折貌。⑲ "扪参"句：扪：摸。参、井：古代天文学上两星宿名。古代将星宿分属地面上相应的州郡，称分野。参星属蜀之分野，井星属秦之分野。历：经过。胁息：屏住呼吸，形容极其紧张。⑳ 巉岩：险恶陡峭的山壁。㉑ 子规：即杜鹃鸟。相传是古代蜀王杜宇的魂魄所化，啼声悲切，如言"不如归去"。㉒ 凋朱颜：谓使人脸色变白。凋：衰谢。朱颜：红润的容颜。㉓ "飞湍"句：飞湍：飞奔而下的激流。瀑流：瀑布。喧豗：轰鸣声。㉔ "砯崖"句：砯：水击岩石的声音。此处用作动词，撞击。万壑雷：形容激流在山谷间撞击岩石后发出的雷鸣般的声音。㉕ 嗟尔：感叹你。嗟：叹息声。㉖ 剑阁：又名剑门关，在今四川省剑阁县北。㉗ 锦城：锦官城，即今四川省成都市。㉘ 咨嗟：叹息声。

译文　　啊！啊！啊！高啊！真高啊！蜀道的艰难，比上青天还要难。传说中的蚕丛和鱼凫，他们建立国家的年代该是多么久远，真是一片茫然。从那时以来四万八千多年，也不与秦国交通往来。西面的太白山上有鸟飞的道路，可以穿越峨眉山的山巅。山崩地裂后五位力士壮烈而死，然后出现天梯石栈相互钩连，一条蜀道联结起秦地和蜀川。上面有可以令太阳回转的高高的山峰，下面有水波冲荡曲折的沟川。黄鹤要想飞过去都无法穿越，猿猴想要爬过去也忧愁如何攀缘。青泥岭是多么迂回盘旋，百步里便九次拐弯，围绕着岩石和山峦。我仿佛摸着参星经过井星仰头喘气，用手抚摩着胸口而坐下长叹。问你们西游蜀地何时回还，令人生畏的道路极其艰险而不可攀缘。只见悲哀的鸟在古树间号叫，雄鸟飞雌鸟从环绕在树林之间。又听到子规鸟在夜月下悲啼，悲哀的声音传遍空山。蜀道之难，真的比上青天还要难，使人听到这些立即愁损容颜。连续的山峰离天不到一尺，枯老的松树倒挂着依靠绝壁。飞泻的水流瀑布争着在岩石间回转，撞击着山崖宛如万壑雷鸣。蜀道的险要便是如此，叹息你们这些远方之人，为什么要到这里来？剑阁高耸而险峻，一个人把守关口，一万个人也休想打开。守关的人如果不是亲近，便会变为虎豹和狼豺。人们早晨要躲避猛虎，傍晚要躲避大蛇，这些凶残的猛兽磨牙吸血，杀人如麻。锦官城虽然快乐，也不如早早回家。蜀道之难，真的比上青天还要难。我侧身向西眺望，感叹又感叹。

评析　本诗是李白诗歌的代表作之一，全诗将奇特的想象、恣肆的夸张和相关神话传说、历史故事融为一体进行写景抒情，生动描绘出蜀道崔嵬峥嵘的面貌和阴森幽邃的气氛，有力地突出了蜀道险峻高拔而难以攀越的凛然气势，并为整体画面涂上一层苍凉古朴而又神奇迷幻的色彩，散发着浓郁的浪漫气息。

本诗可分三个层次，从开头到"然后天梯石栈相钩连"是第一层，写蜀道开辟之难。蚕丛、鱼凫开国的茫然以及五大力士拽大蛇尾而开辟道路的描写，渲染了蜀道的艰危和神奇。从"上有六龙回日之高标"到"嗟尔远道之人，胡为乎来哉"是第二层，描写蜀道的跋涉攀登之难。"扪参"两句，仿佛是诗人亲自爬山的经历，使人感到真实亲切，但李白终生也未走过蜀道，更可见其想象的能力。号古木的悲鸟，争喧豗的瀑流都有声有色，增加了感情色彩。从"剑阁峥嵘而崔嵬"到最后是第三层，写蜀地形势的险要和环境的险恶，即蜀地居留之难。这样，全诗由"蜀道开辟难""蜀道攀登难""蜀地居留难"三个部分合一起，突出了蜀道难的主题，并用"蜀道之难，难于上青天"贯穿其中，仿佛有一股生气贯注其中，使全诗成为一个有机的整体，一气呵成，可谓神品。

李白诗歌的一大特点是强烈的主观抒情色彩，本诗最为鲜明地体现了这一特点。开篇即以"噫吁嚱，危乎高哉！蜀道之难，难于上青天"的强烈感叹抒发其对于蜀道高峻艰险的惊愕和感叹，感情奔涌澎湃，感染力极强。其后对这一主调的反复咏叹，更令人荡气回肠。另外，句式灵活多变，语言奔放恣肆也体现出李白七言歌行体的独特个性。

长相思^① 二首（其一）

李 白

长相思，在长安。络纬^②秋啼金井阑，微霜凄凄簟色寒。孤灯不明思欲绝，卷帷望月空长叹。美人如花隔云端^③。上有青冥之长天，下有渌水之波澜。天长地远魂飞苦，梦魂不到关山难^④。长相思，摧心肝。

注释 ① 长相思：属乐府《杂曲歌辞》旧题，取意于《古诗》"客从远方来，遗我一书札。上言长相思，下言久别离"。②络纬：昆虫名，又名莎鸡，俗称纺织娘。③隔云端：喻相隔甚远。④关山难：关山难以翻越。

译文 我住在京师长安，日日夜夜长思念。秋夜里的纺织娘，声声啼叫在那精致井栏边。寒霜初降到人间，竹席上感觉冷又寒。孤灯不明特黯淡，我的思念已经到极点。卷起窗帘望明月，禁不住声声空长叹。那可爱的美人貌如鲜花肤似玉，却被浮云阻隔在天边。上有高远苍茫之蓝天，下有汹涌澎湃之波澜。天太长啊地太远，灵魂飞越特艰难。我的魄魂无论怎样梦游依旧难以飞越重峦叠嶂之关山。我日日夜夜长思念，相思得肝肠寸断，简直碎了心和肝！

评析 本诗主题有些模糊，从"美人如花隔云端"一句看，是有所寄托，思念的美人不是男女之情人，而是政治理想中的完美人格，也可以理解是开明君主或贤明大臣，抒发对美好政治的渴望和追求。

　　诗可分为两层。从开头到"卷帷望月空长叹"六句是第一层，描写抒情主人公的情怀。"在长安"三字理解不同，有人说是思念的对象在长安，有人说是抒情主人公住在长安，如果从寄托上来理解，两者都可通。但是从环境之精美和全诗之意蕴，理解为抒情主人公在长安更好。以下四句从外到内表现秋景的寂寥和主人公孤独不寐的神情。纺织娘在井边叫，声音很细微但主人公却能听到，说明其很敏感。刚刚下霜的季节竹席感觉凉，是一种心理感受，孤灯昏暗，相思之情难以忍受，开窗望月叹息。一个深夜无眠心事重重的人物形象呼之欲出。"美人如花隔云端"是独立句，交代出相思的对象，"隔云端"三字透露出美人高不可及。后面则表现因有重重险阻而无法追求得到美人眷顾的精神痛苦。从语言上很像屈原《离骚》上下求索的风格，更显示出主人公追求之美人的特性了。全诗实际表现的是人生不遇而美人迟暮之感。王夫之在《唐诗评选》中云："题中偏不欲显，象外偏令有余，一以为风度，一以为淋漓，呜乎，观止矣！"

本诗之结构形式值得注意，"美人如花隔云端"是独立诗句，处在中间，把全诗分为两部分，前后又完全相同，都是两个三字句四个七字句，三字句在首尾，这样全诗的结构非常匀称，形成一种结构的美，这种结构形式很少见。

长相思（其二）
李 白

日色欲尽花含烟①，月明如素愁不眠。赵瑟②初停凤凰柱③，蜀琴④欲奏鸳鸯弦。此曲有意无人传，愿随春风寄燕然⑤。忆君迢迢隔青天，昔时横波目⑥，今作流泪泉。不信妾肠断，归来看取明镜前。

注释　　①花含烟：黄昏时花色朦胧，如有烟雾笼罩。②赵瑟：战国时，赵国人善鼓瑟，故名。③凤凰柱：刻有凤凰形状的瑟柱。④蜀琴：汉时，蜀人司马相如善弹琴，曾挑逗卓文君与之私奔，故称。⑤燕然：山名，即杭爱山，在今蒙古国境内中部。此泛指边塞地区。⑥横波目：顾盼含情的眼神。

译文　　日色将尽有些迷蒙鲜花如笼烟，月色皎洁如白绢令我辗转反侧愁难眠。刚放下赵国古瑟弦上凤凰柱，又想弹奏司马相如蜀琴之上鸳鸯弦。曲中饱含无限情和意，可是无人传送亦枉然，但愿它能伴随春风一直飞到燕然山。我一心思念你可惜万里迢迢隔青天。往日我那秋水般顾盼生波之双眼，如今已由清泪汹成泪水泉。若不信我想你想得肝肠断，就请回来看一看，看一看明镜里面我那憔悴瘦损哭泣之容颜。

评析　　本诗属于征妇怨，可以算是边塞诗的一种，描述闺中女子对远征丈夫的深情怀念。

诗从日暮写到夜深，随着时间的流逝，思念的感情逐步加深。黄昏时花被暮霭笼罩如烟如雾的朦胧景象给人以凄迷的感觉，这种感觉与思妇的迷茫思绪相互映衬，月亮出来后皎洁的月光更使愁绪绵绵。她无法入睡，只能用弹奏音乐来抒发自己的相思，刚刚鼓完瑟，接着又要弹琴。越是演奏乐曲越增加思念的情绪，而乐器上的"凤凰柱""鸳鸯弦"委婉传达出乐曲的内容和抒情主人公的心思，暗示她所追求的凤凰和鸣，鸳鸯戏水般夫妻厮守恩爱的幸福生活，这种生活是正常女子所应该享受的，并不是奢求，却无法得到，这才令人同情。"愿随春风寄燕然"一句点出思念的对象是戍守边疆的将士，使全诗的抒情意向有了明确的指向，内容也可以落实。最后"昔时横波目，今作流泪泉"两句，运用奇特的夸张和鲜明的对比，描写女主人公以往和丈夫恩恩爱爱、脉脉含情、顾盼自怜的娇羞姿态和目前苦苦相思，泪如泉涌、肝肠寸断的愁怨神情，把女主人公的缠绵悱恻之情表现得淋漓尽致，极富感染力。

行路难 ①
李 白

金樽清酒斗十千 ②，玉盘珍馐直万钱。停杯投箸不能食，拔剑四顾心茫然。欲渡黄河冰塞川，将登太行雪满山。③ 闲来垂钓碧溪上，④ 忽复乘舟梦日边。⑤ 行路难，行路难，多歧路，今安在？长风破浪 ⑥ 会有时，直挂云帆济沧海。

　　① 行路难：属乐府《杂曲歌辞》，多写仕途艰难和离别的伤悲。② 斗十千：一斗酒价值十千钱。斗：酒器。③ "欲渡"两句：用自然界旅途的艰险暗喻仕途的艰难险阻。④ "闲来"句：用姜太公钓鱼之典。传说姜尚在未发达前曾在渭水河畔碧溪上钓鱼，后被周文王召去，成就一番事业。⑤ "忽复"句：用殷商名臣伊尹之典。传说伊尹梦见自己乘船在天空飘，后从太阳边上落下。醒后请人圆梦，圆梦者认为是大吉大利之梦，伊尹将被国君起用。后伊尹果然被汤重用，成为重臣。⑥ 长风破浪：借用南朝宋宗悫"愿乘长风破万里浪"的话表达自己一定会有远大前途。

译文　　镏金的酒杯，过滤后的昂贵清酒，每一杯酒就是金钱十千，玉制的菜盘，珍贵的菜肴，每一盘菜便值一万大钱。面对如此高贵的酒菜，我偏偏摔下筷子，放下酒杯而不能下咽。拔出宝剑四面环顾，心中一片茫然。我想要渡过黄河时，大冰块便塞满了河面，我要登太行山时，大雪便封住路径而落满山间，真令人沮丧无奈而又焦烦。但这也没有什么了不起，我还有机会和时间。姜太公八十多岁垂钓在渭水河畔，遇到文王，依然扭转乾坤而惊天动地。闲暇无事时我也到碧溪上去钓鱼，或许哪一天忽然做个梦而被请进宫里，干一番伟业而扭转坤乾。唉！人生道路是真难啊！人生道路是真难啊！到处都是岔道和险滩，我的道路究竟在哪边？没关系，没有关系！我李白肯定会成功，到那时，我将要乘长风而破浪万里，高挂船帆一直渡过沧海而到达理想的彼岸。

评析　　李白在天宝元年（742）秋季被召进京师当翰林供奉，天宝三载（744）春天便被体面赶出朝廷，本诗当是他被迫离开京师时所作。诗中交织着理想与现实，希望与失望的痛苦与矛盾，感情大起大落，翻卷纵横。

　　诗开篇便以"金樽清酒""玉盘珍馐"这样精美高贵的酒宴气氛与"停杯投箸""拔剑四顾"这极不协调的行为动作组合起来，暗示出诗人内心的苦闷、忧愤、茫然。化用鲍照"对案不能食，拔剑击柱长叹息"的诗句而与自己的处境心境吻合，浑然天成。"欲渡"两句用自然环境的险恶象征自己人生道路的险阻，是传统的比兴手法，以此抒发对于现实黑暗的愤怒激越之情。此时诗人的感情已经压抑到极点，下面的两句巧用典故，给人以峰回路转之感，在艰难的人生跋涉中又看到了希望。姜太公和伊尹之事，属于熟典，不但准确传达出诗人的自信和希望，而且也间接表现出诗人的志向和抱负。可以想象，这一刻，诗人处在对美好前景的憧憬中。但稍微一冷静，马上认识到自己现实的处境，于是便又低落下来，用两个"行路难"的叠唱和"多歧路，今安在"来抒发自己前途渺茫的感慨，并为后面的再度高昂蓄势。最后，诗人感情再度扬起，唱出"长风破浪会有时，直挂云帆济沧海"的高调，并以此终篇，使全诗的格调高昂，给人以鼓舞和力量。

将进酒①

李 白

君不见黄河之水天上来，奔流到海不复回。君不见高堂明镜悲白发，朝如青丝暮成雪。人生得意须尽欢，莫使金樽②空对月。天生我材必有用，千金散尽还复来。烹羊宰牛且为乐，会须一饮三百杯。岑夫子③，丹丘生④，将进酒，杯莫停。与君歌一曲，请君为我倾耳听。钟鼓馔玉⑤不足贵，但愿长醉不复醒。古来圣贤皆寂寞，惟有饮者留其名。陈王⑥昔时宴平乐⑦，斗酒十千恣欢谑⑧。主人何为言少钱，径须⑨沽取对君酌。五花马⑩、千金裘⑪，呼儿将出⑫换美酒，与尔同销万古愁。

注释　　①将进酒：乐府旧题，属《鼓吹曲·汉铙歌》。将（qiāng），请。②金樽：指高贵精美的酒器。③岑夫子：指诗人的朋友岑勋。④丹丘生：诗人朋友元丹丘。⑤钟鼓馔玉：泛指贵族之家豪奢的生活。钟鼓，贵族宴饮时奏乐的乐器。馔玉，精美的饭菜。⑥陈王：指三国曹植。曹植曾被封陈思王。⑦平乐：指平乐馆，汉明帝时建造。⑧恣欢谑：尽情欢乐享受。⑨径须：尽管、直接，意谓毫不犹豫。⑩五花马：毛色斑驳名贵的马。⑪千金裘：价值千金的名贵皮衣。⑫将出：拿出来。

译文　　你没看见吗？黄河的水仿佛是从天上而来，一直奔流到大海而不再返回。你没看见吗？在高堂上梳妆的时候，面对明镜而悲叹满头白发，早晨还是乌黑的头发到晚上便已雪白。既然人生如此短暂，就应该尽情欢乐，不要使精制的酒杯空对着明月。天生我这样的人才必然有用，千金用尽还会再来。烹羊宰牛尽情享乐吧，应当连续痛饮三百杯。岑夫子、丹丘生，请喝酒，酒杯不要停。我给你们赋上一首诗，请你们侧耳倾听。敲钟击鼓而享用名贵的酒菜，那种富贵的生活并不值得羡慕倾心，我只愿长在醉乡中遨游而不愿清醒。自古以来圣贤之人都非常穷困寂寞，只有酒徒才能留下姓名。从前的陈思王曹植在平乐馆中恣意游乐，一斗酒便是十千钱而尽情戏谑。主人何必说缺少金钱，尽管买酒与你们痛饮欢乐。五花马，千金裘，呼唤儿童统统拿出去兑换美酒，与二位共同浇去心头那万古的忧愁。

评析　　本诗表面看有些消沉，好像是劝人饮酒之诗，骨子里却充满了抗争和激愤。诗人豪饮高歌，借酒消愁，抒发忧愤深广的人生感慨。

　　本诗起笔突兀，以两个"君不见"提唱，领出两个排笔句式如天风海雨，表露出诗人蹉跎岁月的深沉忧虑和强烈的感伤。"人生"两句诗情陡然转折，由悲转乐，表现对自己才能的自信和前途的希望，特别是"天生我材必有用"一句，不知给后人带来多少鼓舞和力量。"钟鼓馔玉"以下八句，在酣饮纵乐表面豪放下却可以感受到诗人被时代埋没的激越愤怒之情。最后四句再做跌宕，以借酒消愁来呼应开头，揭示主题。

　　本诗所宣泄的情绪在封建社会乃至在整个人类社会的历史上都具有普遍而深广的社会意义，因此也将永远被人们所传唱。宇宙无限，人生苦短，这是人类要永远面对的矛盾，而且是永远无法解决的矛盾。而在短暂的人生中，不得意处常八九，而怀才不遇又是绝大多数文人的共同命运，也就是李白所说的"古来圣贤皆寂寞"，这便成为"万古愁"，如此深广久远的愁，不借酒来消一消又能如何？因其抒发的千古文人和正直士人的共同悲哀，故亦最容易引起人们的共鸣。

兵车行 ①

杜 甫

车辚辚，马萧萧，行人弓箭各在腰。爷娘妻子走相送，尘埃不见咸阳桥 ②。牵衣顿足拦道哭，哭声直上干云霄。道旁过者问行人，行人但云点行频。或从十五北防河，便至四十西营田 ③。去时里正 ④ 与裹头 ⑤，归来头白还戍边。边庭流血成海水，武皇 ⑥ 开边意未已。君不闻汉家山东二百州，千村万落生荆杞 ⑦。纵有健妇把锄犁，禾生陇亩无东西 ⑧。况复秦兵耐苦战，被驱不异犬与鸡。长者虽有问，役夫敢申恨？且如今年冬，未休关西卒。县官急索租，租税从何出？信知生男恶，反是生女好；生女犹得嫁比邻，生男埋没随百草。君不见青海头 ⑨，古来白骨无人收。新鬼烦冤旧鬼哭，天阴雨湿声啾啾 ⑩。

注释   ① 兵车行：诗人自创的乐府新题。② 咸阳桥：即中渭桥，位于长安西北。③ 营田：古代戍边的一种形式，军队驻扎边疆，平时种田，战时打仗。④ 里正：即里长，唐时百户为里，设里正。⑤ 与裹头：给征夫包裹头巾，意谓年龄小。⑥ 武皇：汉武帝，此处代指唐玄宗。⑦ 荆杞：荆棘和枸杞，泛指灌木丛。⑧ 无东西：谓地垄粗细不匀，长短不齐，庄稼长得杂乱不齐。⑨ 青海头：青海边。⑩ 啾啾：呜咽哭泣之声。

译文   车声辚辚，马声萧萧，新兵的弓箭各自背挎在腰。爹妈妻儿小跑着前来相送，尘埃滚滚已经看不见咸阳桥。牵扯衣襟跺着脚拦道哭叫，哭声简直要冲上九霄。道旁一位过路者询问征人，征人只是说：征兵征役过于频繁。有的人十五岁便到北面的河岸去守边，有的人四十岁还要到西面去驻扎屯田。去时是里正包裹的头巾，回来时满头白发还要去戍守边陲。边疆上战士的鲜血流成了海水，但皇帝开疆拓土的念头还没有停止。您没有听说吗？汉代山东二百多州，千万村落都已荒凉而长满荆棘。即使有健壮的妇女也能扶犁耕地，但地垄却或长或短，或粗或细，一点儿也不整齐。何况秦地的士兵耐于苦战，被到处驱遣好像轰赶狗和鸡。您老人家虽然相问，可征夫谁敢申说怨恨？就说今年冬天吧，应当休息的关西兵并没有返回家门。县官紧急催逼税租，税租又从何而出？如今确实知道是生男孩不好，反而是生女孩好。生女孩还可以出嫁给邻居而活命，生男孩则要战死疆场抛尸在僻野荒郊。您没有看见吗？在那遥远荒凉的青海边上，自古以来的白骨便无人掩埋，如今又增添许多新的尸骨遗骸。新鬼在大发牢骚，怨声浪浪，旧鬼在悲哀地哭泣，幽咽凄凉。满天阴雨，空气潮湿，那声音，那气氛，真令人揪心断肠，忧愁又悲伤。

评析　　本诗是诗人困守长安时所作，当时在天宝后期，对朝廷连年发动边塞战争，穷兵黩武而给百姓带来的深重灾难表示同情，揭露战争的罪恶。据《资治通鉴》载，天宝后期，杨国忠为建立自己威信，频繁发动对西北、东北、西南少数民族的战争，仅751年就进行讨伐南诏、出击大食、攻打契丹的征战，结果皆损兵折将，大败而返。为补充兵丁，杨国忠下令御史分道捕人，甚至绳绑索捆，"行者愁怨，父母妻子送之，所在哭声震野"。本诗所反映的正是这种情况。

开头六句描绘一个大军开行，军人家属前来送别的生离死别的场面，画面生动逼真，形声兼备，渲染悲剧气氛，奠定全诗基调。

从"道旁过者"句到"生男埋没"句是第二层，多角度揭露开边战争造成的深重的社会灾难。"或从"以下四句揭示战争时间之长，连续几十年征战，"君不"两句揭示战争影响地域之宽广，而中间两句"边庭流血成海水，武皇开边意未已"是全诗的主题句，揭示战争的根源和性质。接着又从战争破坏了生产，战争期间还要夹杂着苛捐杂税，使民不聊生，以致百姓一反常态，逐层加深地揭示战争的严重后果，这就从更深的层次上揭露了战争的罪恶，强化了主题。最后四句是一个层次，用边地阴惨的景象和想象中的鬼哭作结，进一步揭示战争的后果。

在艺术表现上，本诗有两点值得注意，一是首尾呼应，以人哭开头，用鬼哭结尾，使全诗笼罩在哭声中，加强了气氛。二是采用代言体，从"行人但云"以下便是征夫的语气，用第一人称控诉战争的罪恶，比第三人称叙述式强烈得多。本诗主题深刻，是杜甫用新题写现实，即新题乐府的奠基之作，标志杜甫现实主义诗风的形成。

丽人行①

杜 甫

三月三日②天气新，长安水边③多丽人。态浓意远④淑且真⑤，肌理⑥细腻骨肉匀。绣罗衣裳照暮春，蹙⑦金孔雀银麒麟。头上何所有？翠微㔉叶⑧垂鬓唇。背后何所见？珠压腰衱⑨稳称身⑩。就中云幕椒房亲⑪，赐名⑫大国虢与秦⑬。紫驼之峰⑭出翠釜⑮，水精之盘行素鳞。犀箸⑯厌饫⑰久未下，鸾刀⑱缕切空纷纶⑲。黄门⑳飞鞚㉑不动尘，御厨络绎送八珍。箫鼓哀吟感鬼神，宾从杂遝实要津㉒。后来鞍马㉓何逡巡㉔，当轩下马入锦茵㉕。杨花雪落覆白蘋，㉖青鸟㉗飞去衔红巾㉘。炙手可热㉙势绝伦，慎莫近前丞相嗔。

注释 ①丽人行：杜甫自创乐府新题。②三月三日：即上巳节。古代习俗，阴历三月的第一个巳日为"上巳日"，后改为三月三日。这一天人们要到水边游春祭祀，除灾求福。后来逐渐变成了游春宴饮的节日。在古代颇受重视。③水边：指曲江池，位于长安东南，是当时的游览胜地。④态浓意远：姿态浓艳，气度高雅。⑤淑且真：贤淑而又自然。⑥肌理：皮肤的纹理。⑦蹙：一种刺绣工艺。⑧㔉叶：古代妇女发髻上的花饰。⑨珠压腰衱：缀着珍珠的裙腰带。珠压，即用珍珠缀在裙腰带上，使其下垂，不被风吹起。⑩稳称身：指衣服非常合身。⑪椒房亲：椒房，用椒和泥涂壁的房屋，取其温暖和芳香，为后妃所居，此指杨贵妃。椒房亲，指后妃的亲属，此指杨贵妃的姐妹们。⑫赐名：赐予名爵，即皇帝恩赐的封号。⑬虢与秦：

天宝七载（748），杨贵妃的大姐封为韩国夫人，三姐封为虢国夫人，八姐封为秦国夫人。此是以二概三。⑭ 紫驼之峰：即驼峰，骆驼背上隆起的肉，为当时极名贵的肉食。⑮ 釜：炊具，相当于锅。⑯ 犀箸：犀牛角做的筷子。⑰ 厌饫：吃饱而腻。⑱ 鸾刀：柄上有小铃的刀。⑲ 空纷纶：白忙碌一阵。⑳ 黄门：宦官，太监。因宦官在涂有黄色的官门内服役，故代称之。㉑ 飞鞚：指马驰如飞。鞚，马勒头，即马缰绳。㉒ 要津：变通要道，重要渡口。"实要津"语意双关，暗指杨氏一门占据朝廷中的各个重要职位。㉓ 后来鞍马：最后骑马来的人，指杨国忠，亦即下文的丞相。㉔ 逡巡：本为欲进不进的样子。此指杨国忠趾高气扬的傲慢状态。㉕ 入锦茵：进入铺有锦绣地毯的帷幕。㉖ "杨花"句：杨树的花絮像雪花一样飘落并盖在浮萍上。此为隐语，暗喻杨国忠与虢国夫人的暧昧私通关系。㉗ 青鸟：神话中西王母的使者，后常被用作男女间的信使。㉘ 红巾：妇女用的红手帕。衔红巾，暗喻杨氏兄妹的不正当关系。㉙ 炙手可热：热得烫手，此指杨氏权倾天下、气焰逼人。

译文　　三月三日的天气多么清新，长安曲江池边聚集许多游春的贵妇人。她们姿色浓艳神情高雅贤淑又自然，皮肤细腻骨肉丰满苗条又匀称。刺绣的罗衣辉映着暮春美景，衣服上闪烁着绣金孔雀银线玉麒麟。头上戴的是什么？翡翠制成名贵髻花垂挂在两鬓。背后看到的是什么？用珍珠镶嵌的裙带使漂亮的衣裙更合身。当中居住在画有云彩的帐幕里的是皇亲，皇帝还赐封她们三人以韩国、虢国、秦国夫人。翠色锅中炖出骆驼峰上的名贵肉，水晶盘内盛上又白又细鱼肉香喷喷。她们拿起犀牛角做的筷子久久不下筷，早已吃腻吃够看着美味佳肴不动心。可叹厨师用带有响铃的鸾刀将美食切得细又细，手忙脚乱白白忙活乱纷纷。太监们驰马如飞生怕有灰尘，从皇帝厨房里不断送来海味与山珍。宴席上箫鼓齐奏美妙的音乐可以感动鬼与神。随从的宾客前簇后拥占据交通要路津。最后来的骑马者何等尊贵与傲慢，直接上前进入帷幕登上锦绣地毯。飘落的杨花犹如白雪覆盖水中浮萍上，但见青鸟殷勤飞来衔走一条红汗巾。他们的权势太大简直要烫手，千万不要靠近小心丞相发怒斥责你们这些小平民。

评析　据陈贻焮先生考证，本诗当作于天宝十二载（753）春。应当说，天宝十二载是本诗创作时间的上限，也有可能是天宝十三载（754）或天宝十四载（755）所作。是杜甫自制的乐府新题。诗中通过对杨氏兄妹骄横气焰和荒淫行径的描写，客观揭露了统治阶级的荒淫腐朽和即将出现社会危机的前兆，表达了极大的幽愤之情。

　　据有关材料记载，玄宗末年，杨贵妃专宠，其兄弟姐妹无不显贵。天宝七载（748），杨贵妃三个姐姐同一天并封为"国夫人"，每人每月赐钱十万用于脂粉消耗（而当时每石米尚不值二百钱）。玄宗每次临幸华清池，杨氏五家每每随从，并且每家为一队，每队穿一色衣服，五家合队，相映如花。甚至遗落金钿、绣鞋、碧玉、珠宝于一路。天宝十一载（752），杨国忠职居右丞相，身兼数职，独揽大权，权倾天下，并公然与虢国夫人私通丝毫不顾礼仪。甚至"有时与虢国并辔入朝，挥鞭走马，以为佶傺，衢路观之，无不骇叹"（《旧唐书·杨国忠传》）。可见，杨氏一族，生活奢华，擅权骄纵，荒淫无度，这一切都说明唐玄宗昏庸透顶。

　　我们再看看杜甫当时的生活处境。杜甫天宝五载（746）进长安谋求出路，参加各种考试，到处干谒谋求官职。经历多种磨难，遭遇许多白眼，不但仕途毫无进展，生活也陷入困境，"骑驴十三载，旅食京华春。朝扣富儿门，暮随肥马尘。残杯与冷炙，到处潜悲辛"（《奉赠韦左丞丈二十二韵》）。一方面是依靠椒房之亲，就因为是皇帝的大姨姐和大舅哥就可以有权有势，趾高气扬，穷奢极欲；另一方面是满腹经纶、胸怀大志的大知识分子却穷困潦倒，求告无门，甚至到走投无路的境界，两者形成极其强烈的对比和反差，理解这种情况对真正理解全诗的意蕴颇有帮助。

　　"杨花雪落覆白蘋，青鸟飞去衔红巾"两句影射杨国忠兄妹淫乱的丑行。北魏胡太后曾与杨白花私通，杨白花惧祸率部南奔降梁，并改名杨华，胡太后思念不止，作《杨白花歌》，其中有"秋去春来双燕子，愿衔杨花入窠里"等诗句。《旧唐书·杨贵妃传》亦有"国忠私与虢国，而不避雄狐之刺，每入朝，或联镳方驾，不施帷幔，道路为之掩目"之记载。而"雄狐之刺"乃借讽刺齐襄公与妹文姜淫乱的诗句，讽刺杨氏兄妹。同时，杨花正好暗合杨姓，而"蘋"在人们的认识中又是杨花落水变化来的，二者原本同源而覆交，这与杨氏兄妹之乱伦也很相像，"杨"与"杨"同字同音，因此这一暗喻极其巧妙经典。"青鸟"在唐诗中经常有"红娘"的意思，两句诗的意思更加明显了。这样的情况当然不能让别人近前了。

　　本诗艺术最大的特点就含蓄蕴藉，寓讥讽之情于客观叙述之中，通过情节和场面的精彩描绘，自然而然地将诗人的爱憎之情流露出来，这不仅极大地增强了诗歌内容的真实感，而且十分耐人寻味。仇兆鳌引周敬之语曰："语极铺扬，而意含讽刺。故富丽中，特有清刚之气。"（《杜诗详注》）钟惺赞曰："本是讽刺，而诗中直叙富丽，若深不容口，妙！妙！"（《唐诗归》）浦起龙说："无一刺讥语，描摹处，语语刺讥。无一慨叹声，点逗处，声声慨叹。"陆时雍云："言穷则尽，意亵则丑。"都是从客观描述而不直接出面批判这一角度来说的。

哀江头

杜 甫

　　少陵野老^①吞声哭，春日潜行^②曲江曲。江头宫殿^③锁千门，细柳新蒲^④为谁绿？忆昔霓旌^⑤下南苑^⑥，苑中万物生颜色。昭阳殿^⑦里第一人，同辇随君侍君侧。辇前才人带弓箭，白马嚼啮黄金勒。翻身向天仰射云，一箭正坠双飞翼。明眸皓齿^⑧今何在？血污游魂^⑨归不得。清渭东流剑阁^⑩深，去住彼此无消息。人生有情泪沾臆，江水江花岂终极！黄昏胡骑尘满城，欲往城南望城北^⑪。

注释　　①少陵野老：杜甫自称。少陵是汉宣帝许后的陵墓，杜甫曾在其附近住过，故自谓。②潜行：偷偷地行走。③江头宫殿：曲江池边上修建许多豪华的楼台馆所，有临时行宫，三省各部都有专门宾馆。④新蒲：新生的蒲草。蒲草，一种水生植物。⑤霓旌：皇帝仪仗中有缀着五色羽毛的彩旗，望之如霓虹，故称。⑥南苑：即美蓉苑，为玄宗的行宫，位于曲江南面。⑦昭阳殿：汉成帝时殿名，为成帝宠妃赵飞燕所居。⑧明眸皓齿：明亮的眼睛洁白的牙齿。形容人美。⑨血污游魂：指杨贵妃被缢死马嵬坡。⑩剑阁：地名，为由秦入蜀之险要，今属四川。⑪望城北：向城北，即向城北走。用以表达诗人内心的极度悲伤，乃至精神恍惚，认错方向。

译文　　我这个少陵的野老忍不住悲声哭泣，在春日里偷偷地来到曲江的隐僻之地。曲江两岸的楼台宫殿千门尽上锁，那细细的柳枝与新生的嫩蒲又在为谁而吐绿？往昔皇帝车驾到南苑，苑中万物精神抖擞光彩灿烂。昭阳殿里受帝恩宠绝代第一人，同车随驾侍奉君王在身边。车前女官威风凛凛佩弓箭，座下洁白宝马衔着金勒气不凡。那女官翻身仰面朝天射一箭，一箭射中双鸟一齐落眼前。如今那位明眸皓齿佳人在哪里？血污的游魂到处游荡无归宿。清澈的渭水东流剑阁巍巍何艰险，一远去一深埋两处渺茫彼此无消息。人有情感眼泪难抑沾衣襟，江水江花没有感情照常开放照样新。黄昏来临叛军满城调动起土尘，我黯然神伤心不在焉要回城南却糊里糊涂向北行。

评析　　安史之乱中，杜甫携家逃亡到鄜州羌村，稍做安顿后只身投奔肃宗，不料途中被叛军抓获，遣送长安。由于叛军不认识杜甫，不知他是官员，因此杜甫尚未完全失去自由，可以在城中走动，故能"春望"，也能去"哀江头"。本诗通过曲江池昔盛今衰的强烈对比，哀叹国家的残破衰败，抒发悲恸欲绝的爱国之情。

　　诗分三层。开头四句为第一层，叙事兼写景，语言沉郁，感情压抑。往日繁华喧嚣的曲江池如今已经无人，诗人才可以一个人悄悄来到这里找个僻静地方回忆往事。"江头宫殿锁千门"一句把曲江萧条冷落的景色表现得很充分。"忆昔霓旌下南苑"到"一箭正坠双飞翼"八句为第二层，描写乱前曲江池的繁华景象。集中笔墨刻画唐明皇和杨贵妃同游时的热烈场景。为最后一层做铺垫。"明眸皓齿今何在"到最后八句是第三层，归结到"哀"的主题和具体内容上，用杨玉环之惨死代表国家的残破不堪和政治的动荡。皇帝连自己最心爱的女人都保不住，生离死别，其他还用说吗？最后两句写伤心至极，竟到精神恍惚的程度。

本诗结构很有章法，用四八八的层次，匀称整齐。在写景上，先是现实，中间回忆写往昔，最后再回到眼前实景上，实际可以看作实—虚—实；与景物相适应的是内在感情，感情则是哀—乐—哀。中间的虚衬托前后的实，中间的乐衬托前后的哀，使"哀"更哀，这便是对比的效果。另外还有一点，从未见有人指出，即"翻身向天仰射云，一箭正坠双飞翼"两句是否别有含义？一般都认为写当时乐事，但射落"双飞翼"是否影射后文的杨贵妃和唐明皇劳燕分飞呢？是否他们自己的过度享乐，射落自己的"双飞"生活呢？唐明皇和杨贵妃游曲江之风流韵事一定很多，杜甫为何选取这样一个镜头，值得深思。应当从两方面思考，一是射落比翼鸟之事是否有记载，是否实有其事，如果有，杜甫可能认为是事谶，如果没有，则影射之意当很明显了。特提出供读者思考。

哀王孙①

杜 甫

　　长安城头头白乌②，夜飞延秋门③上呼。又向人家啄大屋④，屋底达官走避胡。金鞭断折九马死，骨肉不待同驰驱。腰下宝玦⑤青珊瑚，可怜王孙泣路隅⑥。问之不肯道姓名，但道困苦乞为奴。已经百日窜荆棘，身上无有完肌肤⑦。高帝⑧子孙尽隆准⑨，龙种自与常人殊。豺狼在邑龙在野，王孙善保千金躯。不敢长语临交衢⑩，且为王孙立斯须。昨夜东风吹血腥，东来橐驼满旧都⑪。朔方健儿⑫好身手，昔何勇锐今何愚⑬。窃闻天子已传位，圣德北服南单于。⑭花门⑮剺⑯面请雪耻，慎勿出口他人狙⑰。哀哉王孙慎勿疏，五陵⑱佳气⑲无时无⑳。

注释　　①王孙：皇家子孙，此泛指李氏宗亲。②头白乌：即白头乌鸦，俗传为一种不祥之鸟。③延秋门：唐宫苑西门。④啄大屋：啄于大屋之上。⑤玦：环形有缺口的玉佩。⑥路隅：路边角落。⑦完肌肤：完好的肌肤。⑧高帝：汉高祖刘邦。⑨隆准：高鼻子。据载刘邦长有"隆准而龙颜"之相，此借指王孙有着皇族的特征。⑩交衢：四通八达的交通要道。⑪旧都：指长安。⑫朔方健儿：指哥舒翰所率北方军队。⑬今何愚：指天宝十五载（756）哥舒翰所守潼关被安禄山攻破。⑭"圣德"句：指肃宗遣使与回纥和亲，回纥表示愿意助唐平定叛乱。南单于，指回纥。⑮花门：指花门山堡（今属甘肃张掖），为回纥骑兵驻地。此借指回纥。⑯劙：刺面流血，为少数民族一种结盟宣誓仪式。⑰狙：猕猴，极善于伺机捕食。此用以比喻有人伺机暗算。⑱五陵：此指唐高祖献陵、太宗昭陵、高宗乾陵、中宗定陵、睿宗桥陵。⑲佳气：兴旺发达的气象。古人认为祖墓气象预示着子孙后代的兴衰。⑳无时无：意即时时都有，意谓唐王朝气数未尽，犹可中兴。

译文　　长安城头聚集着一群白头乌，深夜飞落在延秋门上高声呼。又飞去啄达官贵人高大屋，吓得朝官躲避叛军四处逃散乱奔突。皇帝逃命竟甩断金鞭累死九匹马，顾不上带领王孙一同避难共驰驱，可怜的王孙这样被遗弃。尽管腰间悬挂珍贵玉佩青珊瑚，却沦落在路旁流泪暗悲泣。人家问他不肯说出名和姓，只说身处穷困孤苦但求为人奴。已经一百多天逃窜荒芜荆棘中，周身伤痕累累没有好肌肤。汉高祖子孙个个都是高鼻梁，帝王后代与普通百姓就是不一样。如今豺狼占据京师龙居野，王孙你还是好好保重贵重之身躯。我不敢在这大路旁和你多交谈。姑且为您站立片刻透露一些新消息：昨天夜晚东风吹来阵阵血腥气，叛军血洗长安抢劫珍宝全用骆驼运出去。朔方将士个个都有一身好武艺，从前何其勇敢而今又是多么愚。我私下里听说皇帝已经传位于太子，新皇帝的圣德已使北面回纥尽顺服。花门山堡的回纥骑兵个个刺面流血表忠心，请求为李唐王朝平定叛乱雪耻辱，你千万不要走漏消息以防贼人听去命堪忧。可怜的王孙千万谨慎切莫粗心大意有疏忽，要坚信五陵中那兴旺发达之气始终没有中断大唐，必定要复苏。

评析　　这是一首叙事诗，记载诗人沦落长安时偶然碰见一个落魄王孙的小细节，对于王孙的描写和对话表达了诗人对于这名险恶环境中之王孙的同情、抚慰和鼓励，一片赤诚的臣子之心，也表达一片爱国之心。

安史之乱中，当潼关失守，长安没有屏障可守，大势已去。唐明皇带着杨贵妃姐妹，在少数亲信护卫下，仓皇出逃。其他妃嫔、公主、皇孙等皆被弃于城中。安史叛军入城后，大肆杀戮李唐王朝宗室，公主、王妃、驸马以及王孙等被杀戮一百多人。逃出皇宫的王孙则改名易姓逃窜到民间，一旦暴露真实身份必死无疑。杜甫本来要投奔肃宗却被安史叛军俘虏带回长安。在长安偶然遇到一个如丧家之犬的王孙，才写诗记录。

全诗分三层。从开头到"骨肉不得同驰驱"六句为第一层，概括交代王孙流落的原因和背景。开头借物起兴，以白头乌夜飞而呼预示社会的动荡将临，又以其飞啄大屋，暗示皇戚达官们将有灭顶之灾。紧接着用金鞭断、九马死这一高度典型的艺术概括，揭示玄宗仓皇出逃，无暇顾及嫔妃和王孙的狼狈处境，既形象又高度概括。"腰下宝玦青珊瑚"到"王孙善保千金躯"十句是第二层，写自己偶然遇到王孙，是从他的形象气质和身上佩戴的宝玉认出的，但王孙还吞吞吐吐不敢说实话，只说已经到处藏匿流窜一百多天，体无完肤，杜甫安慰提醒王孙，现在处境依然很危险，一定要善于保全自己。"不敢长语临交衢"到最后十二句是第三层，写自己悄悄向王孙传达最新消息，新皇帝已经即位，而且得到回纥部落的支持，形势正在好转。这些情况你千万不要对别人透露，千万要谨慎再谨慎，朝廷中兴的希望非常大，你可要保全自己等待这一天啊！将一位老臣对落魄王孙的赤诚表现得淋漓尽致。

本诗在哀伤时乱、体恤王孙方面，写得十分出色。诗人以饱含辛酸的语言，朴实自然的白描手法，真实地反映了皇家后代在特定历史环境下的悲惨遭遇。尤其是对王孙那种惊惧不安的神情刻画和诗人语重心长的语言描写更令人叹服，可谓是"忠臣之盛心，仓猝之隐语，备尽情态"（刘辰翁《集千家注评点杜工部集》）。沈德潜评曰："一韵到底，波澜变化，层出不穷，似逐段转韵者。七古能事，至斯已极。"

律诗

海上生明月

夫子何为者

还寝梦佳期

城阙辅三秦

五言

城春草木深

不堪玄鬓影

闻道黄龙戍

客路青山外

潮平两岸阔

唐玄宗 / 685—761

即李隆基，谥号明，亦称唐明皇。睿宗第三子，因诛韦后有功，立为太子。先天元年（712）即位，在位45年。前期励精图治，先后用姚崇、宋璟、张说、张九龄为相，形成"开元之治"。后期贪图享受，骄奢淫逸，宠爱杨贵妃。奸相李林甫、杨国忠实掌权柄，国事日非，导致安史之乱爆发。其子李亨（肃宗）继位，尊为太上皇，后抑郁而死。玄宗多才多艺，识音律，能自度新曲，善书法，工诗擅文。在唐代诸帝中，文艺才能最好。《全唐诗》录其诗一卷。

经鲁祭孔子而叹之

唐玄宗

夫子①何为者？栖栖②一代中。地犹鄹③氏邑，宅即鲁王宫④。叹凤⑤嗟身否，伤麟⑥怨道穷。今看两楹奠⑦，当与梦时同。

注释　①夫子：对孔子的尊称。②栖栖：忙碌不安貌。《论语·宪问》："丘何为是栖栖者欤？"班固《答宾戏》："是以圣哲之治，栖栖遑遑，孔席不暖，墨突不黔。"③鄹：春秋时鲁国地名，在今曲阜东南。④鲁王宫：鲁王，汉景帝子刘馀，初为淮阳王，后徙为鲁王。孔安国《尚书序》："鲁恭王坏孔子旧宅，以广其居。升堂，闻金石丝竹之声，乃不坏宅。"⑤叹凤：《论语·子罕》："子曰：凤鸟不至，河不出图，吾已矣夫！"此句谓孔子自伤生不逢时。⑥伤麟：指孔子晚年闻获麟而自伤。《春秋》："哀公十四年春，西狩获麟……孔子曰：'孰为来哉！孰为来哉！'反袂拭面，涕沾袍。"又《孔丛子》载："夫子泣曰：'麟也，麟出而死，吾道穷矣！'"歌云："唐虞世兮麟凤游，今非其时兮来何求？麟兮麟兮我心忧！"⑦两楹奠：后人在两个楹柱之间祭奠。楹，古时有堂，堂上之柱称楹。《礼记·檀弓上》载，孔子尝梦坐两楹间，自感将不久于人世。按殷礼，人死后于两楹间置殡收葬。故孔子梦坐此间而生叹。后世则谓能得到两楹间的祭奠为难得之礼遇。

译文　　　孔老夫子是怎样一个人？他在忙忙碌碌四方奔走中度过一生。这里的地界仍然是孔子生活过的鄹氏邑镇，孔府当年曾是汉景帝之子刘馀的王宫。孔子曾叹息凤鸟不至而伤感生不逢时，因西狩获麟而幽怨自己的政治主张难以实行。老夫子真是知天识命的圣人。如今人们都在两楹之间对他进行祭奠，他所受到的礼遇与他当年的梦境完全相同，仅此一点便足以令人无比钦敬。

评析　　　唐玄宗李隆基是位很有才气的封建帝王，精通音律，亦擅长诗文，传世诗作七十篇左右，偶有佳作。此诗是他经鄹鲁时祭奠孔子所作。全诗以"叹"字为经脉。"叹"字又有二义，一是叹惜，二是叹美。

　　　首联以设问开篇，下句概括说孔子的一生是努力奋斗，追求不止的一生，为全诗的抒情张本。颔联用地名对，点出孔府之地及祭奠之所。颈联巧用孔子自己的话来叹息孔子生不逢时，其道不行的结局。"凤""麟"二字虽也出自孔子之口，但作者选用之，也含有对孔子的尊崇之情。"嗟""怨"二字实写孔子自己的感叹，也表现作者的叹惋，意味深长。尾联点题，曲折地写出自己也是在两楹之间祭奠孔子的，结清题目中的"祭"字，并含有叹美之意。

　　　全诗章法绵密，句句切题。首联写"孔子"，颔联写"经鲁"，颈联写"叹"，尾联写"祭"，层次分明，笔不疏漏。另外，本诗立题构思也很巧妙，纪晓岚评此诗曰："孔子更何赞，只以喟叹取神，最妙。"（《瀛奎律髓刊误》卷二十八）

望月怀远 ①

张九龄

海上生明月，天涯共此时。②情人怨遥夜，竟夕起相思。灭烛怜光满，披衣觉露滋。不堪盈手^③赠，还寝梦佳期^④。

注释 ①怀远：怀念远方的亲人。②"天涯"句：谓远在天涯的亲人都在共同望月怀念对方。③盈手：满手，手里握满。此句从陆机《拟明月何皎皎》"照之有余辉，揽之不盈手"句中化出。④梦佳期：在梦境中得到相会的佳期。

译文 浩瀚的海面生出一轮明月，远隔天涯的亲人同享这美好的月光。多情的人怨恨这夜晚太长太长，彻夜都无法消除思念与忧伤。吹灭蜡烛吧，却见月光满堂；推门来到外面吧，浓浓的露水又沾湿衣裳。有心用手捧起月光赠送给你，可月光又无法装满我的手掌。我无计可想，还是回到床上，盼望快点进入那甜美的梦乡。

评析 本诗通过对美好月光的无限怜爱表现对远方亲人的缠绵相思之情，将怀人和望月紧密结合，情景交融。

首联境界阔大高远，情在景中，给人以极高的审美享受。一个"共"字便把诗人自己与思念之人包容进来，仿佛在窃窃私语。高远幽静之意境和甜蜜之思情的高度统一使这联诗成为千古名句，也成为本诗的诗眼，成为后面抒情的出发点。颔联承前，写月夜下的情感活动。如此美妙宁静的夜晚却孤栖独宿，多情的人怎能入睡？因不能入睡才会产生颈联的举动行为。无论在屋里还是到外面都无法排遣思念愁苦的情怀，强调相思之情的深沉和悠长。尾联则是采用一种自欺欺人的方法，但也不失为一种智慧。梦境相会虽然像画饼充饥、望梅止渴，但毕竟可以在精神上得到一点安慰和解脱。居然想在梦中相会，相思的程度之深不就更显而易见了吗？这便是含蓄委婉处。

王勃 / 约650—676

字子安，绛州龙门（今山西河津）人。出身望族，隋代大学者王通之孙，幼年聪慧，高宗麟德三年（666）应举及第，曾任虢州参军。后往海南探父，渡海坠水，惊悸而死。与杨炯、卢照邻、骆宾王以文辞齐名，并称"初唐四杰"。王勃反对沿袭六朝余风的"上官体"诗，其作品多抒发个人情志，亦有抨击时弊之篇章，风格较为清新秀丽。擅长五言律绝。明人辑有《王子安集注》。

送杜少府之任蜀州

王　勃

城阙①辅三秦②，风烟望五津③。与君离别意，同是宦游人。海内存知己，天涯若比邻。无为在歧路④，儿女共沾巾。

注释　　①城阙：指京师长安的城郭宫阙。②三秦：承汉初旧称。项羽曾分秦地为雍、塞、翟三国，称为三秦。此泛指长安附近的关中之地。③五津：岷江从四川灌县以下到犍为的一段，当时有五个渡口，名为白华津、万里津、江首津、涉头津、江南津。此处是泛指蜀地，不必拘泥。④歧路：岔道口，此指分手之处。

译文　　长安形胜，历经沧桑的三秦之地拱卫着长安宫城。你即将踏上遥远的路程，途中将要经过的五个渡口一片迷蒙。分别在即，我的心情与你一样悲伤深沉，因为我们都为谋生而远离家门。但我深信，如果是心灵默契的知己，距离再远也仿佛是近邻，因为我们有一颗永远相通的心。满怀豪情踏上征程吧，不要像普通人那样，让悲伤的泪水沾满衣襟。

评析　　本诗是王勃青年时期所作的一首送别诗。因其中的"海内存知己，天涯若比邻"一联一反常人离别感伤凄楚的情调，表现出一种乐观旷达的情怀，而使本诗成为流传千古的名篇。

　　首联以对起，属于"工对"中之"地名对"，极壮阔。出句写长安宫阙，点明送别之地，对句想象途中景象，点明友人将去之所。上句为实，下句为虚，用"风烟"和"望"两词将相隔数千里的秦蜀两地联系起来，境界非常开阔。颔联句式变缓，表达惜别之意。颈联奇峰突起，语意转折，格调高昂而且入情入理。天下没有不散之宴席，很少有人能永远在一起，离别为难免之事，因此正确认识和理解这种现实并乐观对待就显得格外重要。如果心心相印，志同道合，分别又有何妨？如果貌合神离，同床异梦，朝夕相守又有何益？两句诗充满辩证法，道出了人世间朋友之义的最本质、最深刻的思想内涵。它不仅适合朋友之间，而且适合其他各种社会关系之间，具有普遍的社会意义。因此，这联诗为后世人所激赏，成为千古流传的名言警句。

骆宾王 ／ 生卒年不详

　　婺州义乌（今属浙江）人。出身寒门，七岁能诗，曾从军西域久戍边疆。历任临海丞等职。随徐敬业起兵讨武后，作《讨武曌檄》名传天下。兵败后不知所终。一说被诛，一说逃亡，一说为僧。与王勃等以诗文齐名，为"初唐四杰"之一。其诗作题材广泛，笔调宏肆，风格豪放。其诗集以清咸丰年间陈熙晋《骆临海集笺注》最为通行。

在狱咏蝉

骆宾王

西陆①蝉声唱，南冠②客思深。不堪玄鬓③影，来对《白头④吟》。

露重飞难进，风多响易沉。无人信高洁，谁为表予心。

注释　① 西陆：指秋天。《隋书·天文志中》："日循黄道东行，一日一夜行一度……行西陆谓之秋。"② 南冠：《左传·昭公九年》："晋侯观于军府，见钟仪，问之曰：'南冠而系者谁也？'有司对曰：'郑人所献楚囚也。'"杜预注："南冠，楚冠。"后因以南冠做囚徒的代称。③ 玄鬓：蝉为黑头，故称。④ 白头：诗人自谓。又古乐府曲名有《白头吟》，音调哀婉凄楚。

译文　凄凉的秋风中传来蝉的哀鸣，身陷图圄我悲愤难平。受诬含冤，两鬓白发陡生，更难以忍受蝉的悲声。露水太重，薄薄的翅膀无法飞行，风声太大，掩盖了我的悲苦之音。没有人相信我的高洁，又向谁去表达我的幽愤之心？

评析　本诗前有小序，自述创作此诗之缘由，对于理解此诗至为关键。序中说："每至夕照低阴，秋蝉疏引，发声幽息，有切尝闻。岂人心异于曩时，将虫响悲于前听？……感而缀诗，贻诸知己。庶情沿物应，哀弱羽之飘零；道寄人知，悯余声之寂寞。非谓文墨，取代幽忧云尔。"这段文字是我们准确理解本诗，把握作者思想感情的重要参考。可知作者非为文墨而作诗，而是要寄托自己的隐忧。

这是一首咏物诗，虽序中明言有寄托，但寄托也必须借物象来表现，方为咏物佳构。咏物而不囿于物，抒情而不离开物，正是本篇之精妙处。开头对起，很工稳，首句写蝉，次句写己，与序言相应，述说情感产生之由来。颔联隔句相承，是诗词中常见之法。三句承首句写蝉吟，四句承次句写己悲。前两句重在听觉形象，由蝉及人，听蝉声而起客思。三四句重在视觉形象，由人观蝉，见到蝉的"玄鬓"而感伤自己的"白头"。抒情回环往复，笔法细腻精微。

后半首纯用比体，合写双方，句句写蝉，句句中都有人，"露重""风多"比喻政治环境的险恶。"飞难进"比喻仕途上的不得志，"响易沉"比喻言论上的不自由、受压抑。物亦是我，情借物现，物我融合为一。"谁为表予心"

的"予"字很妙,既可理解为代言体的蝉,又可理解为诗人自谓。而理解为诗人直接出面抒情的"我"更好。这样读来更感到真实亲切,仿佛诗人在与蝉谈吐心曲,交流感情,增强了抒情的力度。全诗章法谨严,抒情深微,比喻妥帖,语多双关,洵为咏物佳作。

杜审言／约645—708

字必简。祖籍襄阳(今属湖北),迁居河南巩义。杜甫祖父。高宗咸亨元年(670)进士及第。神龙元年(705)因谄附张易之兄弟,被流放峰州。后官修文馆直士。与李峤、崔融、苏味道齐名,称"文章四友"。晚年与沈佺期、宋之问唱和,对近体诗形成颇有建树。五律格律严谨,庄严典丽。明人有《杜审言集》,今人徐定祥有《杜审言诗注》。

和晋陵①陆丞早春游望

杜审言

独有宦游人,偏惊物候②新。云霞出海曙,梅柳渡江春。淑气③催黄鸟④,晴光转绿蘋。忽闻歌古调⑤,归思欲沾巾。

注释　①晋陵:唐郡名,即今江苏常州市。②物候:根据自然现象如草木鱼虫等物的变化来观测节令叫物候。③淑气:温和美好的春天气息。④黄鸟:即黄莺,又名鸧鹒。⑤古调:格调近古之诗,指陆丞的原作。

译文　在外地做官的人,对节令气候的变化特别敏感。由北方来到江南的我,惊奇地感觉这里一切景物都很新鲜。朝霞从东方的江面上升起,托出一轮红日，云蒸霞蔚，十分美观。刚入早春，梅花已经盛开，柳叶也开始舒展。和煦的春风仿佛在催促黄莺歌唱，温暖的日光映照江面碧绿的浮萍绿光闪闪。忽然听到你那首充满古调的诗，不禁勾起我的归乡之念，涕泣几乎要沾湿衣衫。

评析　　这是一首和诗，原唱即晋陵陆丞所作，已佚。在武则天永昌元年（689）前后，杜审言曾在江阴（今属江苏）任职。江阴在长江南岸，与晋陵毗邻，有可能与陆丞同游唱和，诗当作于斯时。

　　诗人借早春游望所见之景，抒发宦游江南的感慨和思归的心绪。作者于高宗咸亨元年（670）中进士，至此已近二十年，诗名虽高，却一直沉迹下僚，宦游在外，难免有牢骚，诗之感伤情味正缘于此。

　　本诗开篇即发感慨。"独有""偏惊"两词有较强的感情色彩，强调对异地风情的新鲜感和漂泊异乡的羁旅之愁。中间两联写景，即"物候新"的具体表现。四句诗所写均是普通的江南春景，作者为何要"惊"？"新"又体现在哪里？须知作者是中原人，生活在黄河流域的中游地区，他是用自己原有的眼光和习惯来观察这里的一草一木。诗人的故乡，此时梅花尚未开放或者始见新花，柳也未展叶，春意尚很渺茫，所以他才吃惊这里的春天来得早、来得快，刚入初春便春意盎然了，与家乡大不一样。作者的思乡之情已悄然蕴含在这"偏惊"二字之中。还应指出，南朝梁诗人江淹《咏美人春游》中曾有"江南二月春，东风转绿蘋"的诗句，本诗"晴光转绿蘋"当由此化出。最后两句抒情，点题又回应首联。既表现对友人作品的尊重，又暗示出自己的思乡之情是多么浓重，一触即发。

　　全诗结构缜密，首尾两联抒情，从"宦情"领起，到"思归"终篇。中间两联写景，偏重在"惊""新"二字，从而引出对故乡春景的思恋之情，使情感的抒发有了依托，更加形象化。喻守真说："此诗作法非常绵密，全篇关键在'偏惊物候新'"，指的正是这种情况。

沈佺期
/ 约656—约715

字云卿，相州内黄（今属河南）人。官至太子少詹事，世称"沈詹事"。高宗上元二年（675）进士及第。曾因贪污及谄事张易之被流放驩州。诗与宋之问齐名，并称"沈宋"。对格律诗的最终定型颇多贡献，对七律所起作用更大。其作多应制诗，被贬时期的作品则题材扩大，情感凄婉，多直抒胸臆之篇。明人辑有《沈佺期集》。

杂 诗
沈佺期

闻道黄龙戍①，频年不解兵。可怜闺里月，长在汉家②营。少妇今春意，良人昨夜情。谁能将旗鼓③，一为取龙城④。

注释　①黄龙戍：唐时东北要塞，在今辽宁开原市西北，即开原老城。②汉家：以汉代唐几乎是唐诗中的定制，这样可避免直指。③旗鼓：代指军队。《左传·成公二年》："师之耳目，在吾旗鼓。"④龙城：匈奴的名城，秦汉时匈奴祭祀的地方。这里指敌人要地。

译文　听说在那遥远的边塞重镇黄龙戍，连年来烽烟不断，战争不停。令人伤心惋惜，那深闺中春情蜜意的明月，常常把惨淡的月光洒向军营。闺中的少妇春季里相思难耐，兵营中的丈夫亦夜夜盼归魂牵梦萦。他们只有一个共同的心愿，就是渴盼早日结束战争。可哪位将军能率部出奇制胜，一举攻取敌人的战略要地而制止战争取得和平？

评析　本题共三首，都是征妇怨类的题材。本篇原列第三首，除怨恨"频年不解兵"外，还盼望出现良将以早日结束战争，含有对边将无能的愤懑之情。

　　首联叙事，交代地点、背景与事件，揭示造成家庭悲剧的原因是连年的边塞战争。颔联借月抒情，用一轮明月把相隔千里的闺中和军营联系起来，体现时间上的统一性，男女双方都在望月相思。明月又有团圆的寓意，暗喻着昔日夫妻和美共谐鱼水的幸福情景，与现实的离别相思形成强烈的对比，更突出了战争的罪恶，深化了主题。颈联进一步描写双方相思之苦况，补足前意。尾联表达盼望战争早日结束的心情，进一步烘托主题。

　　本诗在艺术表现上有两点值得借鉴。一是颔联采用"流水对"的方式，两句诗如脱口而出，顺流直下，共同表现一个意思，语言活脱而含蕴丰厚。二是互文见义的手法用得熟练而巧妙，这主要表现在颈联上。"少妇今春意，良人昨夜情"，乍看稍嫌费解，细品方知妙味。原来是说"少妇良人春春意夜夜情"，意谓二人无年无日、无时无刻不受着相思之苦的煎熬，表现双方相思的长期性和一贯性，使情感的抒发更加真挚而醇厚。这些地方，应多加体会，对写诗解诗均大有补益。

宋之问 / 约 656—712

　　一名少连，字延清，汾州（今山西汾阳）人，一说虢州弘农（今河南灵宝）人。高宗上元二年（675）进士及第，官至考功员外郎，世称宋考功。曾先后谄事张易之和太平公主，睿宗时被流放钦州，后赐死。诗与沈佺期齐名，并称"沈宋"，对初唐时格律诗的成熟颇多贡献。多歌功颂德之作，但流贬途中之作有真情实感。明人辑有《宋之问集》。

题大庾岭①北驿

宋之问

阳月②南飞雁，传闻至此回③。我行殊未已，何日复归来。江静潮初落，林昏瘴④不开。明朝望乡处⑤，应见陇头梅⑥。

注释　①大庾岭：在今江西大余县境。岭上多梅，又称梅岭。②阳月：农历十月。③至此回：古时传说，鸿雁南飞至大庾岭即折回。④瘴：瘴气，南方深山密林中的郁蒸之气。⑤望乡处：指岭上高处，即下句的"陇头"。作者后来果然在此回头眺望北方的家乡。《度大庾岭》诗云："度岭方辞国，停轺（轻车）一望家。"⑥陇头梅：即岭头梅。大庾岭气候早暖，梅花早开。所谓"十月先开岭上梅"。

译文　十月份开始南飞的大雁，据说到此岭后便不再南飞，来年春天便开始飞回。可我被贬谪的路程尚很遥远，更不知何年何月才是归期。潮水初落，江面静悄悄；瘴气弥漫，山林雾气凄迷。明日登上山岭回头眺望家乡的时候，恐怕就可看到岭头的早梅。

评析　本诗是宋之问被流放途中所写。从诗题和意境看，可以推测是作者在登大庾岭前一天所写。"江静"二句为眼前实景，"北驿"又是在大庾岭之北无疑。那么，作者所住的便是当时虔州大庾县（今江西大余）的驿站。此驿站正在章水（今名贡水）之滨，出此向西南不远便是大庾岭。在古人观念中，大庾岭是中原与岭南的分界线，过大庾岭便意味着离开文明走向荒蛮，故作者才如此感伤。

前四句用比兴手法表达被谪往荒远地区的无限感伤。前两句触景生情，看到南飞的群雁便生出许多感慨。虽然都在奔波征徙有些相似，但这些雁到岭则不再南飞，而且可以按时回去。而自己则要越岭南下，走向更陌生荒凉的地方。宋之问此次被流放的地方是钦州（今广西钦州以南），因接近海边，而且没有明确的期限，故他才以雁为比，感到人不如雁，不仅贬途遥远，而且归回无期。"江静"两句以眼前实景烘托愁绪。江水尚有平静之时，自己起伏的思潮何时方能安宁？迷蒙的瘴气又如同郁结在心中的隐忧难以排遣。最后两句以预想登岭望乡的情景作结，把对故乡的眷恋之情推向巅峰，具有很强的感染力。

王湾／生卒年不详

洛阳（今属河南）人。玄宗开元元年（712）登进士第。官洛阳尉。曾往来吴楚间，多有著述，为天下称道。善刻画乡愁，写景诗句颇具特色。《次北固山下》诗中名联"海日生残夜，江春入旧年"为张说所激赏，曾亲笔题写于政事堂，令能文之士奉为楷模。开元中卒。《全唐诗》存其诗十首。

次①北固山②下

王 湾

客路青山外，行舟绿水前。潮平两岸阔，风正一帆③悬。海日生残夜，江春入旧年。④乡书何处达，归雁⑤洛阳边。

注释　①次：停宿。②北固山：在今江苏镇江市，北临大江，与金、焦二山并称"京口三山"。③一帆：一作数帆。④"江春"句：旧的一年未尽，新春已开始，指立春日在春节之前。⑤归雁：托雁传书之意。

译文　水路漫漫，延伸向青山外的远方。一叶小舟，在绿色的江面上远航。江潮上涨，水面升高，两岸显得平坦宽敞；微风徐徐，风向很正，一片孤帆高悬在桅杆之上。一轮红日冲破残夜，冲破阴霾，送来曙光，以及新一天的喜悦和希望；江岸青青，春意盎然，尽管旧的一年尚未结束，但新的春天已来到身旁。新旧更替，我更思念我的家乡，如果北归的大雁能捎书带信，我一定把家书捎向洛阳。

评析　　在盛唐诗人中，王湾名气不大，但此诗却享有极高的声誉。当时文坛领袖又是政界要人的燕国公张说曾亲手把"海日生残夜，江春入旧年"一联题写在政事堂，"每示能文，令为楷式"（《河岳英灵集》），可见其影响绝非一般。本诗在《河岳英灵集》中题为"江南意"，且有不少异文。

　　王湾是洛阳人，曾往来于吴楚之间。题为"江南意"的首联是"南国多新意，东行伺早天"，说明诗人是由西向东顺江而下。正是迎着朝阳升起的方向。本诗首联对起，工丽跳脱，色彩鲜明而有动感。"潮平"两句一远景一近景，组合成一幅视野开阔的画面，非常精彩。"风正一帆悬"仿佛是特写镜头，将视线聚焦在一片小帆之上。但仔细体味，其妙处不仅如此。王夫之曾指出本句诗的精妙在于"以小景传大景之神"（《姜斋诗话》卷上）。小船直行帆正的景象暗示给读者：江流宽阔而坦直，风向很正而且适中。如果江流弯弯曲曲或水流湍急，均不会有此景象；如果风向不正或风大，也不会有此景象。可见"一帆悬"的小景却传达出小舟行进在大江直流，视野开阔，风平浪静的大江上的神韵。

　　颈联最妙，在用精当的语言描绘出宇宙大化刻刻流转这一客观规律时，又给人以新的希望。为强调"日"和"春"这象征新生事物而又充满希望和诱惑情味的字眼，诗人将其置于句首进行强调，尤显出炼句之功。语序的变化带来神奇的效果，如果说"残夜生海日"则索然寡味矣。尾联的"乡书"暗应首联的"客路"，表达淡淡的乡思之愁。日暮年关，相思难免，此种感情带有普遍性，故容易引起人们的共鸣。

　　本诗之妙，当然在中间两联，但若无首尾两联的铺垫和烘托，全诗的整体意境便无法体现。就像一双美丽的眼睛一定长在最俊俏的脸蛋上一样，最精彩的诗句也一定出现在最精彩的诗篇中。

破山寺^①后禅院

常 建

清晨入古寺，初日照高林。曲径通幽处，禅房^②花木深。山光悦鸟性，潭影空人心。万籁^③此皆寂，惟闻钟磬音。

注释　①破山寺：即兴福寺，在今江苏常熟市虞山北麓。②禅房：也称寮房，僧侣的宿舍。③万籁：一切声音。籁：泛指自然界自然生发的声音，故也称天籁。

译文　清晨，我缓步走进这座古老的寺院，初生的朝阳送来温和而明媚的阳光。蜿蜒的小路一直通向幽静的地方。那花团锦簇的幽深之处，正是僧人们居住的禅房。山光青碧，鸟儿正在欢悦地歌唱；潭水清澈，倒影荡漾，那情景更令人心静如水，宠辱皆忘。整个宇宙宁静和谐，没有一点儿声响，只有那钟磬的余音在静空中回荡。

评析　本诗抒写清晨进入破山寺后见到的景色和产生的主体感受。最精彩的是中间两联，抒写细腻，状物精微。"曲径"两句把禅房环境的幽静雅致写得出神入化。"曲径"一作"竹径"，也可通，但还是以曲径为佳。一字之差，相去甚远。"曲"字写出诗人在竹木掩映的蜿蜒的小路上行走时的情景和主体心境。转来转去，小路一直通向最幽深的地方，这才发现，在花木丛生的深处是禅房。"幽""深"二字将禅房所在位置的僻静凸显出来。禅房是僧人的宿舍，是其日常生活之所。此处静谧清幽，毫无世俗尘嚣的烦扰，令人心驰神往，可以荡涤心中的一切苦闷和烦恼。下一联所表现的正是这种情韵，"悦鸟性""空人心"均是使动用法，进一步表现大自然和谐给人与鸟带来的愉悦。尾联的钟磬音本是僧人早晨礼佛诵经时伴奏的声音，是引导人们通往佛国的福音，给本来就清幽寂静的寺院增添了令人神往的神韵。

全诗语言朴实而深情绵邈，抒发了洒脱出尘的隐逸情趣，表现出对世俗污浊的厌弃和鄙夷，这正是盛唐乃至整个封建社会中士人所追求的高致，这便是本诗获得很高声誉的主要原因。

　　本诗在艺术手法上也有独到之处，首先是作者不按一般律诗的常规来写，颔联不对仗而在首联对仗。吴乔在《围炉诗话》中称这种形式为"偷春格"。其次是语言洗练生动，欧阳修激赏"曲径"一联，"欲效其语作一联，久不可得，乃知造意者难工也"。

寄左省^①杜拾遗^②

岑　参

　　联步^③趋丹陛，分曹^④限紫微^⑤。晓随天仗^⑥入，暮惹御香^⑦归。白发悲花落，青云羡鸟飞。圣朝无阙^⑧事，自觉谏书稀。

注释　　① 左省：即门下省。因与中书省并列，位置有左右之分，故又称左省、右省。② 杜拾遗：即杜甫，时在门下省任左拾遗。③ 联步：指同行。二人都是谏官之职，分属中书、门下两省，上朝时应并列而行。④ 分曹：分别属于不同的部门。当时岑参为右补阙，属中书省，杜甫则属门下省，故云。⑤ 限紫微：为紫微省所限。《唐书·百官志》："开元二年，改中书省为紫微省。"时岑参在中书省供职，故云。⑥ 天仗：天子朝会时的仪仗。⑦ 御香：朝会时殿中设炉燃香。《新唐书·仪卫志》："朝日殿上设黼扆、蹑席、香案。"⑧ 阙：同"缺"，错失。当时杜甫与岑参的职务就是拾遗、补缺，负责纠正朝政中的过失，故有尾联。

译文　　我们常常联步同行，共同走进金碧辉煌的皇宫。但因职务有别，我们工作的部门不同。你在门下省为官，我在紫微省办公。拂晓时，我们共同随着皇家的仪仗缓步上朝；傍晚时，我们又带着满身的御香走出紫禁城。头发斑白而悲叹花朵的凋落，举目青云而美慕小鸟的自由飞翔。圣明的朝廷没什么错失，自己也觉得我们的谏书应该尽量少写少呈。

评析　　诗题中的"杜拾遗"即杜甫。杜甫在唐肃宗至德二载至乾元元年（757—758）初，任左拾遗，属门下省，也称左省。岑参任右补缺，属中书省。"拾遗""补阙"都是谏官。岑、杜二人既是诗友，又是同僚，这是他们的唱和诗。

　　当时正逢安史之乱刚刚平定之时，人们对和平生活有所期待。玄宗、肃宗父子在开始一段时间还比较和谐，因此朝廷政治出现较好的局面。贾至创作引来很多诗人唱和的"早朝大明宫"诗歌便是此背景的作品，因此不能简单批评其歌功颂德。

　　前四句叙述作者与杜甫同朝为官的生活境况。诗中连续铺写"丹陛""天仗""御香"等字眼，有一种雍容华贵的气象，好像在炫耀朝官的显赫。如仅此四句，尚可作如是解。但颈联转折，语意明显不同，诗人向老友倾吐了内心的淡淡悲伤，这两句诗是理解全篇的关键。"悲""羡"二字可谓全诗之眼。"悲花落"是悲叹时光空逝，无所建树；"羡鸟飞"是羡慕鸟可自由飞翔，自由鸣叫，这就反衬出作者生活没有自由，言论也没有真正的自由了。从这两句再反过来思考前四句，便可体味出诗人表面似颂，骨子里却表现出对空虚、无聊、呆板、俗套的朝官生活的厌倦之情。尾联是全诗的高潮，揭露出诗人对这种生活厌倦的真正原因。"圣朝无阙事"是反语，讽刺中含有无奈。"自觉谏书稀"反映出诗人对朝廷文过饰非、讳疾忌医的失望心情。当时同为谏官的杜甫也有同样的感受，在《题省中壁》诗中说："衰职曾无一字补"，《曲江二首》中说："何用虚名绊此身！"语异而心同。故杜甫读此诗后，心领神会，在答诗中曰："故人得佳句，独赠白头翁。"（《奉答岑参补阙见赠》）

　　本诗采用的是曲折隐晦的笔法，寓贬于褒，绵里藏针。抒情婉曲，颇耐品味。

赠孟浩然

李 白

吾爱孟夫子，风流天下闻。红颜①弃轩冕②，白首卧松云。醉月频中圣③，迷花不事君。高山④安可仰，徒此揖清芬。

注释　①红颜：脸色红润，代指青年。②轩冕：古代卿大夫之车与服饰，代指仕宦。③中圣：谓饮清酒而醉。《三国志·魏书·徐邈传》："时科禁酒，而邈私饮至于沉醉。校事赵达问以曹事，邈曰：'中圣人'。"徐邈平日谓清酒为圣人，浊酒为贤人。因其饮清酒而醉，故曰"中圣人"，如果是饮浊酒而醉，则当说"中贤人"。④高山：比喻人道德高尚，难以企及。《诗经·小雅·车辖》："高山仰止，景行行止。"

译文　我十分景仰爱慕您这位孟老夫子，天下早在流传您的风流儒雅。年轻时便遗世高蹈，不追求富贵荣华；到晚年依然淡泊高逸，隐居在青松之下。月下醉酒经常进入圣人的妙境，迷恋鸟语花香而不肯当官受人管辖。您像巍峨的高山那样只能仰视而不可超越，我只好向您高揖效仿，以分得一点芬芳和高雅。

评析　李白此诗写于寓居湖北安陆时期（727—736）。李白在这一时期到周围各处游历，与孟浩然相识并结下深厚友谊。本诗既表现对孟浩然的无比景仰爱慕之情，也委婉地表现了诗人自己的精神世界。

首联点题，开门见山，直抒胸臆，从意境上统摄全篇。"爱"为全诗的抒情主线，"风流"二字为孟浩然品格气质的主要特征，有提纲挈领之妙。中间两联具体写孟浩然的风流。寥寥二十字，勾勒出一位高卧林泉、风流自赏、不为尘物所动的高士形象。"红颜"对"白首"，从纵的方面来写，概括出孟浩然大半生的风流情致。他宁肯丢弃达官贵人的车马冠服，也要高卧于松风白云之下。通过这一弃一取的行为上的对比，凸现出其超凡脱俗的气度风范。"卧"字尤精妙，活脱脱地画出一位潇洒出尘的隐士神态，确有不食人间烟火的情韵。"醉月"对"迷花",从横的方面描写其隐居生活。两联诗各有侧重,错落有致。前联诗着眼于时间,即纵向概括,取意上先反后正,先弃而后取;后联诗着眼于空间,即横向拓展,取意上先正后反,由隐居而不事君。纵横交错,笔法灵活。尾联回应首联,再度表现对孟夫子的景仰之情。

本诗以情构篇,线索分明。开头写吾爱之意,中间写孟浩然可爱之处,最终表敬爱之情,形成抒情—描写—抒情的结构,随情而咏,自然流动。

渡荆门^① 送别

李 白

渡远荆门外,来从楚国^②游。山随平野尽,江入大荒流。^③月下飞天镜,云生结海楼。仍怜故乡水^④,万里送行舟。

注释　　① 荆门:山名,在今湖北宜都西北长江南岸,与北岸虎牙山相对峙。② 楚国:今湖北省及周围地区,春秋战国时为楚国地域。③ "山随"两句:自荆门以东,山峦尽,地势转平。大荒,广阔无际的原野。④ 故乡水:指长江。长江自蜀东流,李白为蜀人,故云。

译文　　乘舟顺流远游到达荆门之外,来到这古老楚国的地面游览。山岭到了尽头,宽阔平坦的原野进入眼帘。江水在这大荒野上奔流,浩浩漫漫。皎洁的明月在空中流转,如同飞在空中的明镜玉盘。阳光折射那蒸腾的云气,变幻莫测如同海市蜃楼一般。虽然进入中原,我仍然依恋着故乡的水水山山。这些山水又是那么多情,不远万里一直伴随着我的小船。

评析　　此诗是李白初次出蜀时所作,故表现出浓郁的恋乡之情。全诗意境高远,风格雄健,尤其是第二联,逼真如画,宛如一幅乘船出峡谷渡过荆门时所欣赏的长轴山水图,成为脍炙人口的名句。

李白生长在蜀中，对养育他的故乡山水有很深的感情。刚离乡尚未出蜀时，便写《峨眉山月歌》抒发惜别之情。此诗可看作续篇。荆门地处楚蜀咽喉要地，从自然地貌来看，仿佛是山区与平原的分界线，所以李白从心理上便感到一出荆门便真正地离开蜀地而进入中原，这是真正的离开家乡。同时，江流原野的阔大景观又为蜀中所难见，惊喜与留恋之情并生，于诗中均可体会得到。

"山随"一联生动地描绘出船出峡谷，渡过荆门后的特有景色。群山远去，船行平缓的江面上，视野开阔，如同摄影师摄下的一组活动画面，给人以流动感和空间感。景中蕴含着诗人的喜悦之情和青春的活力。"月下"一联，前句写夜间之景，后句写白天之景。这是江流平野，在舒缓明净的江面上方可看到的奇妙美景。如在水流湍急之处，或在遮天蔽日的峡谷之间，均无法看见"飞天镜""海楼"的景观。凡乘船经过荆门之人，均会感觉到这两联诗状景的传神生动。喻守真说："所以我们有时竟可将古人的诗篇，作为地理上的参考，这也就是所谓'言之有物''言之成理'的结果。"当然，写诗不是画地形图，但状景要逼真，要切时切地，写出自然景观的特征及其神韵方妙，这倒是不容置疑的道理。

送友人

李 白

青山横北郭^①，白水绕东城。此地一为别，孤蓬^②万里征。浮云游子意，落日故人情。挥手自兹去，萧萧^③班马^④鸣。

注释　　① 郭：外城。此处与下句的"城"互文见义，泛指城郭。② 孤蓬：蓬草常常被风吹起，飞转无定，常用以比喻游子。③ 萧萧：马鸣声。《诗经·小雅·车攻》："萧萧马鸣。"④ 班马：离群的马。

译文　　绵延起伏的青山，横亘在城郭之北；清澈透明的白水，环绕在城郭之东。我们即将在此处分手，您将要踏上万里征程，仿佛随风飘转的孤蓬。空中的浮云飘浮不定，仿佛您行无定踪；将落的红日不忍遽下，宛如我的依恋之情。我们挥手告别，将从这里各奔前程。两匹马似乎也懂得主人的心情，不忍离别同伴而萧萧长鸣。

评析　　李白的律诗自然流动，不为格律所拘，透出一股飘逸灵动之气。前人评曰："李白于律，犹为古诗之遗，情深而词显，又出乎自然，要其旨趣所归，开郁宣滞，特于风骚为近焉。"（《李诗纬》）本诗即有这种特色。

　　首联对起，点明送别的地点。"青山""白水"，"城""郭"两组词均是互文见义，意谓青山白水环绕着城的东北方向，不必拘泥。颔联用流水对法，自然流动。颈联对仗工稳，比喻妥帖，绝无斧凿痕迹。王琦注云："浮云一往而无定迹，故以比游子之意；落日衔山而不遽去，故以比故人之情。"甚为精到。末句以马写人，用侧面烘托之法表现两人的离愁别绪，情意深婉。"萧萧班马鸣"借用《诗经》中的成句，只增加一"班"字，却增加了无穷意蕴，使其完全融会在自己的诗境之中，尤能显示诗人用典的巧妙。

　　小诗写得灵动跳脱，新颖别致，不落俗套。诗中形象生动，色彩鲜明，青山白水相衬，红日白云互映，境界全出，长鸣的班马更增加画面的生气。自然美与人情美交织在一起。

听蜀僧濬^①弹琴

李　白

蜀僧抱绿绮^②，西下峨眉峰。为我一挥手^③，如听万壑松。客心洗流水^④，余响入霜钟^⑤。不觉碧山暮，秋云暗几重。

注释　　①蜀僧濬：即李白《赠宣州灵源寺仲濬公》诗中所云的濬公。②绿绮：古琴名。

西汉辞赋家司马相如有绿绮琴。此处代指名贵之琴。③ 挥手：指弹琴。嵇康《琴赋》：
"伯牙挥手，钟期听声。"④ 流水：《列子·汤问》："伯牙善鼓琴，钟子期善听。伯
牙鼓琴，志在高山，钟子期曰：'善哉，峨峨兮若泰山！'志在流水，钟子期曰：'善
哉，洋洋兮若江河！'"⑤ 霜钟：《山海经·中山经》："丰山……有九钟焉，是知霜
鸣。"郭璞注："霜降则钟鸣，故言知也。"

译文　　蜀僧仲濬公抱着名贵的古琴，走下西面的峨眉山峰，为我演奏美妙的琴
音。只见他挥手弹拨洋洋洒洒，我如同听到千峰万壑中的松涛之声。品味着
这悠扬的乐曲，我的心好像被清澈的流水洗过一样轻松愉悦。袅袅的余音如
丝如缕萦绕在耳，竟和薄暮时庙里的钟声产生共鸣。不知不觉间已日近黄昏，
碧色的远山笼罩在苍茫的暮色之中，灰蒙蒙的秋云重重叠叠，布满天空。

评析　　唐诗中有不少描写音乐的佳作，白居易、李颀、李贺、韩愈等都创作过
表现音乐的诗，在描摹音乐效果上自有千秋，各呈异态。李白此诗则有自己
的独到之处，就是着重写听琴时的主观感受，而不对琴声做客观细致的描写。
从这一点也可看出李白是主观抒情性的诗人。

　　开头两句叙事，点明演奏者的身份和琴的名贵，为其演奏效果的美妙张
本。颔联正面描写弹琴，作者用白描手法来写，"一挥手"写刚刚演奏时的神
态，简洁而生动。"万壑松"用大自然宏伟深沉的音响比喻琴声，形象地表现
出音域的宽广和音色的浑厚。喻守真说："此诗但用'万壑松'三字，已将琴
音之妙托出，这一联用双管齐下法，一写弹者，一写听者。"分析得很有道理。
"客心"两句写听后的主体感受和余音的悠长。"洗流水"把"高山流水"的
典故消融其中，混化无迹。不作为典故来读亦通，作为典故理解则更妙。"霜
钟"一词也有如此艺术效果，足以显示李白卓越的语言技巧。尾联用自己着
迷而不知时间飞逝来暗示琴声的感人力量。弹者的高超技巧和杰出的音乐才
能都生动地表现出来，并给读者以丰富的驰骋想象空间，情味悠长。

夜泊牛渚①怀古

李 白

牛渚西江夜，青天无片云。登舟望秋月，空忆谢将军②。余亦能高咏，斯人不可闻。明朝挂帆去，枫叶落纷纷。

注释　①牛渚：山名，在今安徽当涂县西北，山北突入江中，名采石矶。②谢将军：指晋镇西将军谢尚。《世说新语·文学》篇载：镇西将军谢尚乘船行经牛渚，月夜闻客船上有人咏诗，叹赏不已，遣人询问，知是袁宏自咏他的《咏史》诗，大为赞叹，邀过船来交谈甚欢，遂订交。

译文　牛渚江面的夜晚，一片晴空万里无云。我登上船头仰望秋天的明月，不由得缅怀起当年的谢尚将军。他虽然是武将名臣，却能体会布衣士子咏史的慧心。邀请出身贫贱的袁宏彻夜谈论，使其名声到处传闻。我也能像袁宏那样吟咏意境高远的诗篇，但不能遇到谢尚那样开明的将军。明天早晨我还要高挂船帆继续赶路，陪伴我的只能是两岸的纷纷落叶。

评析　本诗题下有原注云："此地即谢尚闻袁宏咏史处。"为我们理解诗的内容提供了重要依据。

谢尚身为高门士族，镇西将军，却能赏识寒门出身的文学之士，不拘一格地提拔寒酸士子，表现出礼贤下士的宽阔胸怀。这件历史往事表现出一种令人向往追慕的美好的人际关系，即不因贵贱而妨碍心灵的沟通，共同的见识才华可以打破身份地位的壁障。这对于当时怀抱利器而不为世所用，到处干谒请托却无人赏识提拔的李白来说又具有多么大的吸引力啊！他真希望在现实生活中再出现一位像谢尚那样具有眼光和魄力的人物。

前半首诗重在怀古，后半首重在伤今。首联点明时间、地点，渲染环境气氛。寥廓空明的天宇和浩渺苍茫的西江在夜色中融为一体，颔联写望月怀古，揭示主题。同是牛渚之地，同是一轮明月之下，袁宏吟诵自己创作的咏史诗能够遇到谢尚而时来运转，而自己却正在背运之时。时、地、景的完全巧合触开诗人感情的闸门，吟出"空忆谢将军"这一充满幽怨感喟的诗句。"空"字的情感开启下半首并贯穿全篇，大有"前不见古人，后不见来者"的韵味。生不逢时，人生苦短这一人类最普遍的感伤情绪完全浓缩在一字之中。

后半首重在伤今，"余亦能高咏"是诗人的自负之语。自己虽然才高八斗，但知音难觅，与袁宏相比又是何等不幸。"不可闻"回应前联的"空忆"，加重了世无知音的沉重感。尾联宕开写景，想象明早离去的情景，用寂寥凄清的秋声秋色烘托怅惘落寞的情怀。本诗"无一字属对，而调无一字不律"（王琦注引赵宦光评）。自然流丽，颇能表现诗人飘逸不群的性格。

春　望

杜　甫

国破山河在，城春草木深。^① 感时花溅泪，恨别鸟惊心。^② 烽火连三月，^③ 家书抵万金。白发搔更短，浑^④ 欲不胜簪^⑤。

注释　①"国破"两句：司马光《续诗话》说："山河在，明无物矣；草木深，明无人矣。"②"感时"两句：互文见义，意谓由于感时恨别，观花溅泪，听鸟伤心。一说，因感时，花亦溅泪；一说，因恨别，鸟亦惊心。皆可通。③"烽火"句：一说战火连续三个月未停，一说战火连着两年的三月份，即一年未停。以后说为好，且在文意上暗承"惊"字。④浑：简直。⑤不胜簪：插不上头簪。

译文　国家虽然已四分五裂，但大好河山依然留存。美丽的春天已经来临，当年的京城繁花似锦，如今一派萧条草木深深。这种情景实在令人伤心，即使看到那艳丽的鲜花，我也会泪满衣襟；听到鸟婉转的叫声，我也会倍感伤情和吃惊。啊！原来又到了三月暮春，战火从去年三月一直燃烧到如今，与亲人千里阻隔，一年来没有音信。此时此刻的一封家信，足以抵过千金万金。

忧愁和焦虑占据了我的心，满头的白发越挠越少，少得简直要插不住头簪。

评析　　安史之乱中，杜甫曾被叛军俘获，被带到长安。但因他官职卑微，没有名气，所以未被囚禁，尚可以在城中到处闲逛，此诗即写于这一时期。

　　开篇点题，写春望所见之景。"破"字概括长安的满目疮痍，令人触目惊心。"深"字写尽荒芜冷落，满目凄凉之感。两句诗对仗工巧，自然圆熟。"国破"与"城春"对举，语义相反，对照强烈。"国破"本是衰残之景，反继之的却是"山河在"；"城春"本是明丽之色，反继之的却是"草木深"，前后相悖，又是一翻，极力表现山河美好而遭到蹂躏破坏的怅恨，情蕴极其丰富。明代胡震亨激赏此联，在《唐音癸签》卷九中说："对偶未尝不精，而纵横变幻，尽越陈规，浓淡浅深，巧夺天工。""感时花溅泪，恨别鸟惊心"两句后人理解有所不同，但本质精神却是相通的，即都是作者强烈的主观情感外射到花鸟之上的结果，花与鸟都带上诗人的主观色彩。"情哀则景哀，情乐则景乐"（吴乔《围炉诗话》），说的便是这一道理。颈联表达消息久绝渴盼亲人音信的迫切心情，语言朴素，感情真挚，颇为后人传诵。尾联进一步表现感时恨别的哀愁。"白发"为愁所致，"搔"本是人们愁苦时的下意识动作。

　　本诗表现了诗人热爱国家、眷念亲人的美好情操，意脉贯通，层次明晰。前半首写春城败象，饱含感伤；后半首写惦念亲人境况，充满别恨。情景交融，虚实相生，颇有艺术感染力。

月　夜
杜　甫

　　今夜鄜州①月，闺中②只独看。遥怜小儿女，未解忆长安。香雾云鬟湿，清辉玉臂寒。何时倚虚幌③，双照泪痕干。

注释　　①鄜州：唐时属关内道，故治在今陕西富县。②闺中：闺中之人，指妻子。

③ 虚幌：悬挂起的帷幔。

译文　　　今天晚上的月亮格外明亮，在那鄜州深深的闺房中，只有你一个人在出神眺望。几个可爱的孩子，怎能理解你此时的百转柔肠？怎能理解你对我的惦念和盼望？夜已深了，露水该润湿你那散发着微香的鬓鬟；坐得久了，清冷的月光会使你那美玉般的手臂着凉。不知什么时候我们能够重逢，相互依偎在一起，挂起那又轻又薄的幔帐，尽情说着悄悄话，让月光照干我们脸上的泪痕，照着我们幸福快乐的模样。

评析　　　这是杜诗中传诵较广的一首爱情诗，是杜甫在特殊的历史背景下，在特殊的人生遭际中创作的，情深语工，颇耐品味。

　　天宝十五载（756）六月，安史叛军攻进潼关，杜甫携带妻小逃到鄜州，客居羌村。八月，杜甫离家只身赴灵武，欲为国效力，不料途中被叛军所捉，押回长安。此诗即为同年秋天所作。

　　本诗之妙，在于从对方写起，使意思更进一层。首联想象妻子思念自己的情形。杜甫此时身处险境，已失掉自由，生死未卜，他当然也会为自己的处境焦心。但他更挂念的还是妻子儿女，这正是诗人至为仁厚之处。"独看"二字，含义甚丰，不可轻轻滑过。因丈夫未在，故曰独看，这是一层意思。但下联紧接着说"遥怜小儿女"，既然有小儿女在身旁，为何是"独看"？"未解"二字说明小孩子还不明白妈妈望月怀远的心情，有人而未解，更增情韵。此处需交代一下，这里的长安是借代的手法，诗人用来代指自己，与"闺中"的用法相同。有人在"长安"二字上发掘做文章，似未妥。杜甫的妻子怎能知道丈夫被叛军捉住带回长安呢？颈联进一步想象妻子凝神望月的情景。用词锦丽，意境朦胧美妙，表现出对妻子深沉真挚的爱。喻守真说："这一联风光旖旎，杜集中不大多见。"确是如此。尾联以美好的愿望结尾，使全诗之情味虽缠绵悱恻而不衰飒颓唐。

　　诗题为"月夜"，全诗便紧围月色来写，"独看""双照"为全诗之眼。"独看"是现实，虽全从对方落笔着墨，而诗人的"独看"自然包含其中。"双照"

兼包回忆与希望，而更多的是希望。词旨深婉，章法细密。诚如黄生所云：
"五律至此，无忝诗圣矣。"

春宿左省①
杜 甫

花隐掖垣②暮，啾啾栖鸟过。星临万户动，月傍九霄多。不寝听金钥③，因风想玉珂。明朝有封事④，数问夜如何？

注释 ① 宿：值宿，犹今言之值夜班。左省：即门下省。因位置在皇宫之东，故称左省。② 掖垣：皇宫旁垣，故作门下、中书两省的代称。③ 金钥：金锁，指宫门之锁。④ 封事：即封奏，奏事者封牍以进。拾遗掌供奉讽谏，大则廷诤，小则封事。

译文 天色黄昏，偏殿矮墙下的花儿已模糊不清，栖在掖庭树上的鸟儿开始还巢时传来啾啾之声。夜色降临，群星闪烁，似乎千门万户也在闪动；宫殿高入云霄，靠近月亮，被月光照到的部分多而显得格外明。夜深了，我难以入睡，侧耳倾听打开宫门铁锁的声音；风吹檐间的铃铎响动，我又误认为是百官骑马上朝的銮铃。因为明天早晨有封事上奏，怕耽误上朝时间而心绪不宁，几次询问下人已到什么时辰。

评析 本诗是作者任左拾遗时所写，抒发其忠勤国事的思想，深为后世学人所敬仰。

首联描写开始值夜时"左省"中的景色。乍看似乎信手拈来，细思方觉章法缜密，字字讲究。写花、鸟是点季节，表明是春季，"花隐"与"栖鸟"是傍晚之景致。正因他人下班，自己独在署衙中才能注意到这些景象。"掖垣"又扣紧省中。两句诗点出整个诗题，可见作者之匠心。

颔联写由暮入夜之景。对仗工稳妥帖，境界阔大，生动传神。不仅描绘出月映宫殿巍峨清静的夜景，而且寓意帝居高远的颂圣情味，形神兼备，语意含蓄双关。"动"字和"多"字极精练，被后人称为"句眼"，二字一下，境界全出。颈联写夜深时"不寝"之情。"听金钥""想玉珂"都是想象之词，深刻地表现出诗人恪守职责，尽心国事，深恐耽误次晨上朝的心情。抒情细腻生动，诗人侧耳倾听"金钥""玉珂"之声的情态依稀可见，惟妙惟肖。尾联交代"不寝"的原因，是因为天明后有封事要上奏。"数问夜如何"把"不寝"的神态写足，进一步表现老臣的耿耿忠心。末句化用《诗经·小雅·庭燎》中的诗句："夜如何其？夜未央。"在"夜如何"前再加"数问"二字，便逼真地表现出寝卧不安的情形，余味悠悠。

全诗前半侧重写景，后半侧重抒情，二者相互衬托，水乳交融。清人邓献章评此诗云："前半写宿省之景，花鸟星月皆生出精彩。后半写未寝所思，忧君爱国之思，淋漓满纸。"（《艺兰书屋杜诗评注》卷一）还应指出，本诗以时间为顺序，以"不寝"为抒情线索，结构谨严。这一点，清人吴瞻泰在《杜诗提要》卷七中分析得很精当："只起句写春，下七句皆写宿。'不寝'二字一篇关键。由日暮而星临，而月出。宜寝矣，而听钥，而想珂，而问夜，则何尝一息就寝，一片精诚爱国坐而假寐之意，俱在层次中序出。"

至德二载甫自京金光门^①出间道归凤翔^②乾元初从左拾遗移华州掾^③与亲故别因出此门有悲往事

杜 甫

此道昔归顺，西郊胡正繁。至今残破胆，应有未招魂。近侍^④归京邑，移官^⑤岂至尊？无才日衰老，驻马望千门^⑥。

注释　　①金光门：长安外郭城西面二门，中曰金光门。②凤翔：今陕西凤翔，至德二载（757），肃宗驻跸于此。③掾：古代对属官的统称。此指华州司功参军之职。④ 近侍：指左拾遗，为侍从谏臣。⑤ 移官：调动官职，指由左拾遗外放为华州司功参军。⑥ 千门：指宫殿，形容其建筑宏伟，门户很多。

译文　　当初从叛军占领的长安逃出投奔皇帝时，走的就是这个门。当时西郊驻扎的敌人很多，往来调动很频。真是危险极了，直到现在想起来还觉得心惊胆战。那时更是吓破了胆，至今仿佛还有未招回的魂。自从担任左拾遗随着銮舆回到京邑，如今被放为外任也不是圣上的本心。是因为我自己不争气，没有才干而又日渐衰老；但我依旧不愿离去，驻马回望帝都的万户千门。

评析　　安史之乱中，杜甫曾被叛军捉住，押往长安。几个月后，他从长安西门中的金光门逃出城，前往凤翔见肃宗，被任命为左拾遗。长安收复后，他随皇帝回京。后因上疏营救好友房琯而获罪，被贬为华州司功参军。恰好又从金光门出城。作者抚今追昔，悲慨万分，写下此诗。

　　首联扣题，从"悲往事"写起，述说往日虎口逃归时的险象。"胡正繁"有两层含义：一是说当时安史叛军势大，朝廷岌岌可危；二是说西门外敌人多而往来频繁，逃出真是太难，更能表现出诗人对朝廷的无限忠诚。颔联"至今"暗转，进一步抒写昔日逃归时的危急情态，申足前意而又暗转下文，追昔而伤今，情致婉曲。章法上有金针暗度之效，浦起龙《读杜心解》卷三之一评云："题曰'有悲往事'，而诗之下截并悲今事矣。妙在三、四句说往事，却以'至今'为言，下便可直接移掾矣。"指的正是这一点。颈联转写今悲，满腔忠心却遭外贬，本是皇帝刻薄寡恩，是皇帝自己疏远他，可诗人却偏说"移官岂至尊"，绝无埋怨皇帝之意，故成为杜甫忠君的美谈。元人赵汸《杜律赵注》卷上评云："子美乃心王室，出于天性。故身陷贼中而奋不顾死，间道归朝。及为侍从，虽遭谗被黜，而终不能忘君。"但若仔细体会，杜甫在这两句诗中还是含有怨艾之情的。只不过是说得委婉罢了。如无幽怨，他何必又追思往日难中逃归之事？言外之意是，当日不惜生命逃归朝廷，而今又被赶出京师，皇帝岂不是太不够意思吗？不论杜甫的主观愿望如何，谁读此诗都会有如此的体会。尾联在自伤自叹中抒写眷恋朝廷不忍速去的情怀。感情复杂而深婉，真是"一句一转，风神欲绝。实公生平出处之大节。自觉孤臣去国，徘徊四顾，凄怆动人"（吴瞻泰《杜诗提要》卷七）。

对全诗之评价，清人黄生较为公允中肯："前半具文见意。拔贼自归，孤忠可录；坐党横斥，臣不负君，君自负臣矣。后半移官京邑，但咎己之无才；远去至尊，不胜情之瞻恋。立言忠厚，可观可感。"（《杜诗说》卷十二）

月夜忆舍弟

杜　甫

戍鼓①断人行，边秋一雁声。露从今夜白②，月是故乡明。有弟③皆分散，无家问死生。寄书长不达，况乃未休兵。

注释　　①戍鼓：戍楼上敲击的更鼓。②露从今夜白：写自然时序，即白露节气。乾元二年（759）白露为农时八月初八，上半夜有月，故称"月夜"。③有弟：杜甫的三个弟弟杜颖、杜观、杜丰均流散各地，只有幼弟杜占在身边。

译文　　戍楼上敲起禁止通行的静夜的鼓声，哨兵立刻截断来往的行人。在这满目秋色的边地，传来一只孤雁的哀鸣。天气转凉，这里的露水从今天夜里即将变白，而月亮只有故乡的才最亮最明。我虽然有几个弟弟，但因战乱都四分五散各处飘零。如今更不知他们的家各在哪里，也无从写信探问他们的生死。寄封家书在平时还常常难以到达，何况如今正在打仗，到处都是烽火和军兵。

评析　　这首诗是杜甫于乾元二年（759）秋在秦州所作，抒发忧国思亲之情，笔力稳健。

起笔突兀，路断行人，写其所见；戍楼雁声，写其所闻。满目荒凉，写出当时正处于战乱之中的典型环境。"一雁声"使秋夜显得更加凄凉孤寂，离群的孤雁既象征着分散的弟弟，也是诗人自己处境的写照。颔联点题，极力渲染思乡念弟的情怀。"露从今夜白"，点明时令，也饱含着羁旅他乡的伤感。"月是故乡明"悖理而入情，天下的月亮一般明，这是妇孺皆知之理。但杜甫偏说故乡的月亮最明，而且语气十分肯定，从而表现出对故乡的一片痴情。两句诗强调主观感觉，把"露""月"二字提到句首，化常语为神奇。王得臣说："子美善于用事及常语，多离析或倒句，则语峻而体健，意亦深稳。"(《麈史》)颈联正面写"忆舍弟"，在绵绵愁思中夹杂着生离死别的焦虑不安，语气格外沉痛。尾联抒发内心的焦愁。弟弟们的情况生死未卜，又无从打听音信，岂不是雪上加霜，愁上加愁吗？这种生活遭遇在安史之乱中极为普遍，故此诗有广泛的社会意义。

全诗结构巧妙，层次井然。前四句似乎信手拈来，但仔细体味，均为"忆舍弟"所设。"断人行"暗逗后文的"未休兵"。而这一点又是"忆舍弟"的关键所在。闻雁、见露、望月无不引发思亲之情，字字饱含忆弟之意。全诗一气呵成，流转圆熟，足显大家手笔。

还应提及一点，即"况乃未休兵"一句的含义。实际上，此句诗本是泛指，意谓当时尚处在安史之乱中，处处紧张，常常戒严。并非具体指哪件战事。但宋人黄鹤在此句下作注云："是年九月，史思明陷东京及齐、汝、郑、滑四州，宜戍鼓之未休。"后人奉此说为圭臬，均用史思明南下作战来解释"未休兵""断人行"，笔者所见之书无一例外。其实，此说大有可商之处。杜甫写此诗在"白露"，即当年的八月初八。而史思明南下从范阳发兵已在九月，尚在杜甫作此诗之后，杜甫怎能未卜先知呢？秦州守军又怎能提前"断人行"呢？于理殊乖。或云，杜甫此诗不一定写在"白露节"。退一步说，即使不写在白露节这天，但从"露从今夜白"句来品味，定当写于入秋后不久则无疑，绝非是农历九月之物候。如写九月之景，恐怕当是"霜从今夜降"了。此虽无关诗之宏旨，但既然解诗，便当科学确切，以免以讹传讹。

天末^①怀李白

杜 甫

凉风起天末，君子意如何？鸿雁几时到？江湖秋水多。文章憎命达，魑魅^②喜人过。应共冤魂^③语，投诗赠汨罗^④。

注释　①天末：形容边塞之遥远，这里指秦州。②魑魅：传说山林中能害人的妖精。这里比喻奸佞小人。③冤魂：指屈原的冤魂。④汨罗：江名，屈原自沉之处。在今湖南汨罗市东北。

译文　萧瑟的秋风在这荒远的边塞地区刮起，我感到阵阵的凄凉。不知远谪异域的你，此时此刻的心情又是怎样？传书带信的鸿雁也不知何时能到达我身旁？江湖正是秋水上涨之时，波涛汹涌令人恐慌。自古以来文章和命运仿佛相克，文才纵横的奇士总是命运坎坷处境凄惶！而那些妖魔鬼怪偏偏喜欢人们有过错，以成为它们攫食的对象，任它们凌辱中伤。我非常理解你，知道你满腹冤屈无处诉说，一定要与千载之前的冤魂共语，把激愤的诗篇投进汨罗江，向那位彪炳千古，光同日月的屈原大夫控诉这些谗佞小人的卑鄙，道尽世间人心的龌龊与肮脏。

评析　这首诗是杜甫客居秦州（今甘肃天水）时所作。当时李白因永王李璘之事长流夜郎，杜甫非常同情且思念他。

首联以秋风起兴，使全诗笼罩在悲剧的氛围里。"君子意如何？"仿佛在与远方的朋友谈心，很是亲切。颔联写盼望友人音信的急切心情。"江湖秋水多"隐喻人生道路多艰，境界开阔苍凉，为后四句的抒情张本。李慈铭曰："楚天实多恨之乡，秋水乃怀人之物。"指出两句诗的抒情作用。颈联是深喻人生哲理的名言。尤其是"文章憎命达"一句，更为人们所激赏。在表示对友人命运的同情之中，也饱含着诗人自己的幽愤。正因两句诗道出千古以来文人的共同心声，具有感人的艺术力量，故为历代学人所传诵。高步瀛引邵长镵评曰："一憎一喜，遂令文人无置身地。"尾联是想象之词，一是为李白鸣冤；二是高度肯定李白的人格，将其比为屈原。言外之意是世上没有真正理解李白的人，只有屈原才是同调。可以说这是对李白的最高评价。屈原与李白二人同样含冤受屈，同样狂热地追求光明、追求理想，决不向邪恶势力屈服，是朝着黑暗勇猛攻击的志士，是中国文学史上最伟大的浪漫主义诗人。故二人能有共同的语言，从这层意义来说，杜甫是最理解李白的了。

奉济驿①重送严公②四韵

杜 甫

远送从此别，青山空复情。几时杯重把，昨夜月同行。列郡讴歌惜，三朝③出入荣。江村独归处，寂寞养残生。

注释　①奉济驿：唐时驿站名，在今四川绵阳。②严公：即严武，杜甫好友。曾两度任剑南节度使。③三朝：严武先后仕玄宗、肃宗、代宗三朝。

译文　远路相送，一程又一程，从这里即将分手，满目青山也空有离情别意。什么时候能重新把盏对饮，昨天夜晚我们还在月光下漫步同行。各州郡的百姓都在讴歌您的政绩舍不得让您离开，连仕三朝，出出入入间您尽享君宠的殊荣。送君走后，我将独自回到浣花溪边的江村中，在那里寂寞无聊地度过残生。

评析　严武是文武兼备之人，与杜甫关系较为密切。镇蜀时，对杜甫多有照顾，二人相互尊重，友谊深厚。宝应元年（762）四月，肃宗死，代宗即位。六月，召严武入朝，杜甫写此诗送别。因前已写过《送严侍郎到绵州同登杜使君江楼宴》诗，故称"重送"。

诗开篇即点明"远送"，情深意长。奉济驿离成都二百余里，在以马车为主要交通工具的时代，确实够远的。"青山空复情"，借山言人，情致婉曲。颔联以期待再会表惜别之情，尤显情之真挚深厚。两句诗意义上倒装，即昨天还在月下同行，现在怎么说分就要分开，真不知何时能再相见。"诗用倒挽，方见曲折"，此处可体现出来，颈联颂美友人。上句写深得百姓爱戴。"列郡"詈其影响面广，"讴歌"言其被歌颂，"惜"有惋惜、留恋意。下句写颇受皇室之宠信，连仕三朝，出镇入朝皆受殊荣。言简意赅，概括力极强，足以显示出诗人琢句炼字之功。尾联抒写别后的心境。"独"字写别后之孤单，"残"字含有风烛残年的凄哀，"寂寞"表现知心朋友离去后的冷落与惆怅。字字含深情。

　　全诗章法严谨，从别时开篇，再追述别前相送之深情，想象别后之寂寞，多方渲染惜别留恋之意。语言朴实，情真意切，颇为感人。于此也可看出杜甫是个重感情之人。

别房太尉①墓

杜　甫

他乡复行役，驻马别孤坟。近泪无干土，低空有断云。对棋②陪谢傅，把剑③觅徐君。唯见林花落，莺啼送客闻。

注释　　①房太尉：即房琯，字次律。玄宗奔蜀，拜为相。后因陈涛斜之败，贬为邠州刺史。宝应二年（763）四月，特拜进刑部尚书，路遇疾，卒于阆州僧舍，葬阆中城外。时年六十七岁，赠太尉。②对棋：《晋书·谢安传》："谢安字安石……玄等既破坚。有驿书至，安方对客围棋，看书既竟，便摄放床上，了无喜色，棋如故。"谢安死后，赠太傅，此处喻指房琯。③把剑：《史记·吴季札传》："季札之初使，北过徐君。徐君好季札剑，口弗敢言。季札心知之，为使上国，未献。还至徐，徐君已死，于是乃解其宝剑系之徐君冢树而去。"此以季札自比。

译文　　我又因行役而到他乡，特意停住马匹来告别太尉的孤坟。近坟的地方因被泪水浸湿而没有干土，天地悲凄，低空中徘徊着愁惨的阴云。当初我曾陪着您这位功侔谢安的太尉对弈，如今来到您的坟前，却像季札把剑寻找已故的知己徐君。但见林花纷纷坠落，却不见太尉的身影，只有那黄莺的啼声送别这远来之人。

评析　　房太尉即房琯，玄宗幸蜀时拜相，为人忠正，至德二载（757）因故被贬。杜甫上疏营救房琯，触怒肃宗险遭刑戮。后房琯卒于阆州，追赠太尉。杜甫在蜀时，镇蜀能臣严武曾奉诏入朝，徐知道在成都作乱，杜甫曾逃亡滞留在梓州、阆州一段时间，广德二年（764）春，严武再镇蜀，杜甫也离阆州归成都，行前特来房琯墓前告别，表现杜甫对朋友的深情厚谊。

　　首联叙事点题。"别"字表明以前曾来过，此次是告别。"孤坟"既哀叹老友身后的荒凉萧索，也含有淡淡的自伤情味。颔联兼用夸张与烘托手法写哀情。"无干土"显然是夸张，却生动地表现出悲哀程度之深，低空断云，凝滞愁惨，有烘托作用。颈联转写自己与房琯的友谊。上句以房琯拟谢安，虽有颂美之心，却无溢美之嫌，因二人生前都是朝廷重臣，位至宰辅，确有相似之处。下句以季札自比，表示友人虽亡，己情不变。用典贴切，内容含量很大。尾联以景收，林花飘落，莺啼送客，渲染出一种幽静肃穆的氛围，衬托出坟之孤零与凭吊者之孤单，增加了抒情效果。清人李因笃曰："言下有'叹息斯人去，萧条天地空'之感。结语更拈景设色，而弥形其悲。"（《杜诗集评》卷九）

　　生前的相知是死后以真情相思怀悼的基础。杜甫曾受知于房琯，二人相知。房琯被贬时，杜甫奋不顾身上疏营救，险遭不测。房琯死后，杜甫一如既往，不忘旧情，只身到孤坟告祭，并写下如此深情的诗篇。如此高义，本身就很感人。诗语言朴实，情真意切，概括力极强，更增加了艺术感染力。"他人千言不能尽，而公四十字括之，是称巨笔。"（赵星海《杜解传薪》卷五）

旅夜书怀

杜 甫

细草微风岸，危樯^①独夜舟。星垂平野阔，月涌大江流。名岂文章著，官应老病休。飘飘何所似，天地一沙鸥。

注释　　①危樯：高高的桅杆。危：高。

译文　　深夜静悄悄，微风轻轻吹拂着江岸上的小草。江边停泊着一只孤舟，独自竖立的桅杆显得很高。放眼望去，平野空旷，亮晶晶的群星在天空中闪耀，月光照在江面上，微微看见涌动着的滚滚江涛。自己现在也有一定的名声，但并不是因为诗文精妙。辞去官职多年，是因为自己多病而衰老。带着全家乘坐一条小船到处漂泊，真像一只在暗夜中盘旋在这凄清夜空中的沙鸥鸟。

评析　　唐代宗永泰元年（765）正月，杜甫辞去节度使参谋职务。四月，好友严武死去。他既无官职，又无靠山，便于五月携带家小离开成都草堂，乘舟东下，开始漂泊生活。此诗当是他经过渝州（今重庆市）、忠州一带时所写。

　　首联对起，状景精工。"用细、微、危、独几个形容词，将水陆两方面的情形，完全包举起来。"（喻守真语）颔联两句隔句相承，分写岸上与江面之景。这联诗境界雄浑阔大，为后人所称道。寥廓清旷的大背景反衬出诗人孤苦伶仃的形象和凄苦心情，并为尾联的比喻提供了环境。后四句转向抒怀。颈联带有自我解嘲的调侃意味。自己本不想只当一名诗人，却偏偏因为诗文而著名，这又岂是自己的初衷？年老多病，是该休官了，但自己辞官的主要原因却是官场的黑暗。两句诗表现诗人内心的愤懑不平，揭示出政治上的失意是他陷于困境，漂泊四方的根本原因。尾联用比喻抒情，用"一沙鸥"遥应首句的"独夜舟"，使全篇笼罩在孤独、凄凉的氛围中。

　　本篇题为"旅夜书怀"，前四句侧重写旅夜，即以写景状物为主；后四句侧重抒怀，即侧重议论抒情。前实后虚，虚实相映，情景相生。前四句中，隔句相承，一、三句写岸上之景，二、四句写江中之景。杜甫的许多律诗用此结构。多读细思，便可悟出杜诗章法上的一些规律。

登岳阳楼①

杜 甫

昔闻洞庭水，今上岳阳楼。吴楚②东南坼，乾坤③日夜浮。亲朋无一字，老病有孤舟。戎马④关山北，凭轩涕泗流。

注释　①岳阳楼：即岳阳城西门楼，下临洞庭湖。②吴楚：指春秋时期吴国、楚国之地。③乾坤：指天地，也指日月。《水经注·湘水》：洞庭湖"湖水广圆五百余里，日月若出没于其中"。④戎马：指战争。

译文　早年便听说洞庭湖的水势浩瀚，今天才登上名闻遐迩的岳阳楼。洞庭湖的面积真是广阔，东南面的吴地和楚地，仿佛被它割裂成两块。洞庭湖的水势真是浩瀚，仿佛整个天地日夜在波涛上漂浮。望着这浩渺的景象，我感到自己是那么渺小孤独，亲戚朋友没有一点儿消息，自己也老迈多病，只剩下这只随身漂泊的孤零零的小舟。可叹关山以北依然是烽烟滚滚，战乱直到今日也没有停休。凭依栏杆我极目远眺，默默地思索着这些国难家仇，禁不住伤心得涕泪交流。

评析　这是一首咏岳阳楼的绝唱，与孟浩然的《临洞庭上张丞相》诗合称题咏岳阳楼诗中的双璧，被大书在岳阳楼左序毬门间的两边而令后人不敢再题（见方回《瀛奎律髓》）。

首联直接入题，写刚刚登上向往已久的岳阳楼的复杂感受。清人仇兆鳌评此二句说"'昔闻''今上'，喜初登也"（《杜诗详注》）。但这仅是从字面来理解，未说到深刻处。两句诗并不是简单的登临的喜悦，其中还包含着自身漂泊天涯，怀才不遇等许多人生感触。本来早就听说过此楼壮观，可是直到今天，在流浪到此的时候才得以登临，其感情能仅是喜悦吗？显然不是。其中饱含悲怆的成分，这是不难体会的。颔联从面积和水势两方面描绘洞庭湖的浩瀚广阔，表现出一种涵盖天地，吞吐宇宙的宏伟气象，展示出诗人博大的胸襟与抱负，并为后面的抒情做好意境上的铺垫。颈联由远眺写景过渡到自伤身世。亲朋没有消息，孤独寂寞之情难耐；衰老而又多病，迟暮失落之感倍增。眼看着楼下的一叶孤舟，想到全家漂泊无依，没有着落，不但昔日的壮怀难以实现，就连基本生活都难以维持，这不是太惨了吗？而这种生活什么时候才能结束？作者在尾联做了含蓄的回答：战乱未休，苦难不止。国不安宁，家不得生。诗人将家事与国家的前途联系起来，使抒发的情感更加博大深沉，与时代的脉搏紧紧相连，具有更深广的社会意义。

辋川①闲居赠裴秀才迪②

王　维

寒山转苍翠，秋水日潺湲③。倚杖柴门外，临风听暮蝉。渡头余落日，墟里上孤烟。复值接舆④醉，狂歌五柳⑤前。

注释　　①辋川：王维的别墅，在今陕西蓝田县境。②裴秀才迪：王维的朋友，与王维交情甚厚，唱和颇多。《辋川集》是二人的唱和集，很有价值。③潺湲：水流声。④接舆：春秋时楚国隐士陆通，字接舆，佯狂遁世。从前孔子到楚国，接舆曾唱着"凤兮"之歌讽刺孔子，并在孔子车前走过。⑤五柳：指东晋隐士陶渊明。陶渊明曾作《五柳先生传》以自况，后世遂称其为"五柳先生"。此处王维自指。又王维也有可能在自己的宅前栽五棵柳树以象征隐者之居。《慕容承携素馔见访》诗有句云，"门看五柳识，年算六身知"，可为佐证。此处指人指宅均可通。

译文　　秋色日重，天气微寒。群山的颜色随着太阳的偏西变得越来越凝重暗淡。

山间的泉水细流涓涓。我拄着拐杖倚在柴门旁边，迎着秋风侧耳倾听日暮时秋蝉的吟唱。渡头寂无人影，只剩一轮红日贴近水面。村落中升起一缕炊烟，不知是谁家已开始生火做饭。这时，我的老朋友裴迪又是醉意酣然，像当年的楚狂接舆一样，佯狂避世，在我的门前夸夸其谈。

评析　　　王维是位精通音乐、擅长绘画的诗人。他善于把音乐和绘画融合到诗歌创作中，建立一种崭新的风格。

　　本诗在结构上也很别致。一联和三联写景，二联和四联写人，错落有致，意境却颇为和谐。一联写山中秋景，注意色彩渲染和音响效果。"转苍翠"表现山色愈来愈浓，色彩感极强，且有时间的流动感。"日潺湲"表现山泉终日流淌，绝不间歇，守恒如一。两句诗前者化静为动，后者又化动为静，有色彩，有声音，动静结合，意境十分鲜明。三联注意运用了绘画上的构图原理，圆圆的红日和水平线似的渡头及上下直线形的炊烟构成一幅横线、垂线、圆相互组合的立体空间画面，再衬以连绵起伏的远山，确是一幅美妙的田园风光图。充分体现出王维诗作"诗中有画"的特点。

　　生动的画面是人物活动的环境。本诗刻画人物神态的手段也令人叹服。颔联的"倚杖"表明已老态龙钟，"临风听暮蝉"这一生活细节表现诗人心境的恬淡闲适。尾联两个典故的运用十分贴切，既赞美了友人的洒脱出尘，也抒发了自己的闲情逸致。形神兼备，也可入画。

山居①秋暝

王　维

空山新雨后，天气晚来秋。明月松间照，清泉石上流。竹喧归浣女，莲动下渔舟。随意②春芳歇③，王孙④自可留。

注释　　①山居：山村。②随意：尽管、任凭。③歇：消歇、过去。④王孙：《楚辞·招隐士》："王孙兮归来，山中兮不可以久留。"此处反用其意。

译文　　一场刚刚停止的秋雨仿佛清洗了空气中的浮尘，宁静的小山村更加清新。傍晚时凉爽宜人，这才觉得秋天已经来临。雨后天晴，万里无云，皎洁的月光穿过松树枝叶的缝隙，洒向地面的绿茵。清澈的泉水流淌在沙石的小溪上，仿佛是一首美妙的乐音。竹林的那一面，忽然传来说说笑笑之声，那是洗衣服的女人们正在返家途中；水面上的莲花摇曳纷纷，那是因为上游下来捕鱼回家的渔人。已经到了黄昏，人们各有所归，阖家团圆享受男欢女爱的温馨。尽管多彩的春天已经远去，但这里依旧是那么美丽迷人。那些想要脱离尘俗的王孙，依然可以留在这里返璞归真，忘掉一切心机而超脱出尘。

评析　　本诗是王维山水田园诗的代表作之一。全诗描绘秋雨初停后的黄昏时节山居生活的恬静清幽，表现怡然闲适的心情和归隐生活的乐趣。

首联叙事，交代时间、地点、季节、气候，整体描画出秋雨初晴时山村中的清新景象。颔联描写自然景色的清幽静谧。这正是王维所追求的人生的理想境界，是政通人和的社会理想的一种折射。两句所写为眼前实景，正因雨后天晴，因此月亮才格外明亮；也正因新雨刚过，山中才会有股股清泉。可以说王维的山水田园诗是对自然景象和社会生活图景高度概括的艺术表现，并非像有人所说是在佛教理想王国中凭空构造出来的幻影。颈联侧重描写人的活动。这里的人怡然自乐，无忧无虑，勤劳纯朴，循性而动，顺天应时，日出而作，日落而息。这种纯洁美好，不受外力干扰的生活图景正是诗人理想中的生活模式，反衬出他对卑鄙龌龊的官场现状的鄙夷厌恶之情。尾联表面看是劝人之词，实际是作者自我心灵的剖白，委婉传达出自己要离开官场归隐田园的心态。

全诗意境浑融完整，又有工整精致的锦词丽句。中间两联看似平淡，实则意味无穷。两联同是写景，但各有侧重，前联侧重自然，后联侧重人事。四句中又两句写所见，两句写所闻，远近交错，隐显并举。寥寥二十字中，视点交叉变换，声、色、光、态无不囊括，上、下、远、近错落有致，意境清新，意蕴无穷，确实达到炉火纯青的地步。

归嵩山①作

王 维

清川带长薄②，车马去闲闲。流水如有意，暮禽相与还。荒城临古渡，落日满秋山。迢递嵩高③下，归来且闭关。

注释　　①嵩山：山名。五岳的中岳，主峰在河南登封市。有太室山和少室山。少林寺即在嵩山下。②薄：《楚辞·九章·涉江》王逸注："草木交错曰薄。"③嵩高：即嵩山。此指嵩山的主峰。《白虎通·巡狩篇》："中央为嵩高者何？言其高大也。"

译文　　河水清澈，悠悠绵长。两岸树木丛生，如同植物编成的长带，随着流水伸向远方。我坐着马车，沿着河边的土路，缓缓而行信马由缰。河水仿佛也理解我的心境，平静坦然地默默流淌。暮色苍茫，空中的飞鸟成对成双，结成伴侣往回飞翔。一座荒芜的废城正面对古老的渡口，落日的余晖洒满秋意正浓的山岗。经过遥远的奔波又回到嵩山脚下，进院后就把那简陋的柴门关上！

评析　　诗是抒情的艺术。无论何人，写诗都是要表达内心的感受和情怀。只有强弱隐显之分，没有情感的诗是绝对不存在的。情感是无形的、抽象的，一定要有载体才能得以表现，故高明的诗人往往借景抒情。这样，诗人选景时如同戴上了过滤眼镜，只选取最符合自己审美情趣的景物来写。美学家说，"一片风景就是一种心情"，指的正是这种情况。王维的这首诗便说明了这一问题。

本诗只写一路所见之景，初看仿佛漫不经心。读完细品，方觉深味。全诗意境浑融完整，表现了一种心境，即追求和谐，追求随缘自适的生活情趣。清清的河水，闲闲的车马，日暮即结伴而归的飞鸟，都表现出一种悠然自得的样态。他们都在循性而动，在毫无外力干扰的情况下，按照自我生命本来的要求存在着、生活着。"荒城"一联虽有萧瑟之意，但并未破坏"和谐"的整体意境，反而开阔了视野，增加了诗的厚重感。尾联的"闭关"更表现出日暮即归而与世无争的心情。沈德潜说："写人情物性，每在有意无意间。"（《唐诗别裁集》卷九）指的正是这种情景妙合的境界。

终南山 ①

王 维

太乙 ② 近天都 ③，连山接海隅 ④。白云回望合，青霭入看无。分野 ⑤ 中峰变，阴晴众壑殊。欲投人处宿，隔水问樵夫。

注释　①终南山：在陕西西安市长安区南五十里，又称秦岭，绵延八百余里，为渭水与汉水的分界线。②太乙：终南山的别名。③天都：一说指天帝所居之处。一说指唐代首都长安。当以前说为好。④海隅：海角、海边。终南山并不临海，此是想象夸饰之辞。⑤分野：古人以二十八星宿的区分标志地面上的州郡界域，即不同的地区分属天上不同的星宿叫分野。

译文　巍峨的终南山高高耸立，它的主峰似乎接近天庭。它地域广阔，西连群山，东接海滨，一片郁郁葱葱。进入山中，在陡峭的山路上攀行，回头一看，雾气合在一起形成白云；向前望去，青色的雾气缭绕升腾，但走进雾气时，又仿佛什么也没有，一切都无影无踪。终南山真是太大，一峰阻隔分野便不相同，各个山谷在同一时间里有阴也有晴。我想要继续登山游览，却难以发现人踪，只好隔着山涧向一位下山的樵夫打听路径。

评析　本诗是王维以画家的眼光和手法来创作山水诗的典型篇章。如此短章却能把偌大的终南山形神兼备地刻画出来，确是大家手笔。

中国画讲究散点透视，移步换形，即在一个画面中可以有许多视点，可以变换观察角度来表现自然景观。本诗采用的正是这种方法。

首联是远望仰观式，勾勒终南山的总体轮廓，突出其高峻广阔。"近天都"或解释为地近首都长安，虽亦可通，但缺少神韵，不如释为夸饰山之高峻，简直要接近天庭，与下句极言山之面积广大相对。终南山并未"接海隅"，也是夸饰之辞。颔联换一角度，写登山时所见云气的变幻莫测，属近景。诗人观察细致，体会精微，刻画传神，如山水画中的云气，使整幅画面气韵生动，增添了朦胧美。颈联再换角度，临顶眺望，属俯视，突出山之辽阔旷远。此联重点刻画山的脉络骨架，增强画面的立体感和重量感。尾联是局部点染刻画，以人物作为山水画的陪衬和点缀，其中的人物便是诗人与樵夫。日暮之时，上山的诗人与下山的樵夫隔着山涧问答的情态该是多么生动逼真。沈德潜评曰："或谓末二句与通体不配，今玩其语意，见山远而人寡也，非寻常写景可比。"（《唐诗别裁集》卷九）

我们可以换一个角度来谈本诗与中国画的关系。中国山水画的传统技法讲究勾、皴、擦、点、染五个步骤，本诗与此正合。所谓勾，是用简练的线条勾勒出山石的总体轮廓，经营位置，首联是也。所谓皴、擦，是用不同浓度的墨色，用不同的笔法描画阴阳向背，厘清脉络，突出立体感，颈联是也。所谓点，是点苔点树点人物，刻画细部，尾联是也。所谓染，即用水分较大的笔触渲染云气以突出空间感，颔联是也。可见王维在本诗创作中确实融进了绘画的技法。

酬张少府 ①

王 维

晚年唯好静，万事不关心。自顾无长策 ②，空知返旧林。松风吹解带，山月照弹琴。君问穷通理 ③，渔歌入浦深。

注释　① 少府：官名，县尉的别称。② 长策：高明的策略。③ 穷通理：命运中穷困和显达的道理。

译文　人到晚年，万念俱灰，无论何事都难以叩开我的心扉。自知没什么高明的策略治国理政，莫不如返回山林去享受清静无为。在幽静的松林中，我敞开衣襟承受清风徐吹，端坐抚琴一曲，明月向我洒下清辉。你若问我命运中穷困与显达的道理，请听一听远处水边传来的快乐悠扬的渔歌，那里的妙趣十分精微。

评析　这是一首应答诗。张少府是何许人已不得而知。可能是这位张少府对时政及自己的地位有所不满，在诗中向王维提出了"穷通"的疑问，王维才写此诗作答。

　　既然是回答问题，当然要有议论，这就容易写成枯燥乏味的说理诗。本诗之巧妙在于把议论消融在情景之中。前四句暗示出对"穷通"之理的回答，那就是要顺应自然，随缘自适，遇事少操心，无可无不可。"自顾"二句虽是自谦语，仔细品味，仍可体会出作者对执政者的不满和鄙夷之情。看来绝对的"万事不关心"是很难办到的，除非他没有心肝。第三联最妙，现身说法，借景抒情，极力表现隐居生活的潇洒出尘，而且描写生动逼真，只十字便写出一幅图画、一种神态、一种情趣，而且有动有静，有形有声，如在眼前，成为全诗的主体意象，是"好静"的具体化，形象化表现。两句诗使全篇皆活，一切情语都有了着落，确是神来之笔，结句即景悟情，对友人之问不做正面回答，而是用一种景象来表现一种情趣，答案即在情趣之中，耐人寻味。

过香积寺 ①

王 维

　　不知香积寺，数里入云峰。古木无人径，深山何处钟。泉声咽危石，日色冷青松。薄暮空潭曲，安禅② 制毒龙 ③。

注释　　① 香积寺：佛寺名。《长安志》十二："长安县：开利寺在县南三十里皇甫村，唐香积寺也。永隆二年建，皇朝太平兴国三年改今名。"② 安禅：僧人坐禅时心神安然入定的状态。③ 毒龙：《涅槃经》云："但我住处，有一毒龙，其性暴急，恐相危害。"又，毒龙比喻人们的欲念。

译文　　不知道香积寺的准确位置，步行几里路走进云雾缭绕的山峰。古木参天，小径之上没有人行。我正在惶惑之时，从深山之处传来了钟声。泉水流在高高的岩石之下，发出滞涩幽咽之音；日光照在苍松之上，显得更加冷清。薄暮降临，在潭水弯曲的地方，空寂幽静，一位僧人正在参禅入定，他要控制住欲望这条毒龙。

评析　　这首诗通过对山林深处的古寺清幽静谧氛围的描绘，表现出诗人向往恬淡宁静的生活情趣，尤可显示出杰出的诗才及诗中的禅趣。

　　前四句写寻访香积寺一路上的情景。"不知"和"何处钟"相呼应，突出了古刹的僻静幽深。钟声如空谷足音，生动传神，令人神往。"泉声"两句尤见炼字之功，尤其是"咽""冷"二字，神韵飞动，精妙绝伦。二字在语法上起粘接名词构成句子的作用。在意义上起丰富形象，烘托意境，表现情趣的作用。清代学者赵殿成评曰："泉声二字，深山恒迹，每每如此。下一'咽'字，则幽静之状恍然；着一'冷'字，则深僻之景若见。昔人所谓诗眼，是矣。"(《王右丞集笺注》)明末清初的文学评论家张岱在《琅嬛文集》中对这二字的功用做了更确切的评说："'泉声咽危石，日色冷青松'句，'泉声''危石''日色''青松'皆可描摹，而'咽'字'冷'字绝难画出。故诗以空灵，才为妙诗。"两段文字均是行家里手之言，我们从中可以悟出如何炼字及怎样理解诗眼的道理。

关于王维诗中的禅趣，即王维诗受佛教影响的问题，前人理解各异，褒贬不一。但有一点可以肯定，王维的山水田园诗中确有禅趣，本诗便是例证。前六句所写景色，清幽宁静，和谐冷清，绝无人间烟火味，这正是佛教禅宗追求的境界。尾联明确写到"安禅制毒龙"的景色，无论是眼前实景还是想象之景，都说明王维对禅定境界的理解和向往，也说明其山水田园诗确实受到了佛教的影响。

送梓州^①李使君^②

王 维

万壑树参天，千山响杜鹃。山中一夜雨，树杪百重泉。汉女输橦布^③，巴人讼芋田。文翁^④翻教授，不敢倚先贤。

注释　①梓州：州名，州治在今四川三台。②使君：汉代对郡太守的美称，后世用来称呼州、郡一级行政长官。③橦布：左思《蜀都赋》："布有橦华。"注：橦华树，其华柔脆，可绩为布。④文翁：汉时著名循吏，为蜀郡守，倡导仁爱教化，颇有政绩。

译文　千山万壑，树木参天，苍翠碧青。雨后新晴，群鸟欢腾，到处是杜鹃的鸣声。昨天夜里下了一场透雨，到处是飞泉瀑布，高高的树梢上仿佛挂着一道道闪闪发光的白练。汉中的妇女按照规定向官府交纳橦布，巴地的男人为芋田产生纠纷而争讼，这些都需您这位地方官处理疏通。您一定会像汉代的文翁以教化治蜀那样取得政绩，使后人将不敢再去颂美先贤，因为您必定要超越前人而建不世之功。

　　　　一般写诗送别，往往从眼前景物写起，即景生情，抒惜别之意。但本诗开篇却先描写友人欲到之地的风光，出人意料。

　　首联两句互文见义，起势突兀，用倒戟拖入之法，尤增神采。张谦宜说："'万壑树参天，千山响杜鹃'，参天树中即杜鹃叫处，倒出便有势，若倒过味索然矣。"（《茧斋诗谈》卷五）两句诗有形有声，气象阔大，神韵超迈，是律诗中工于发端的典范。颔联从细处着墨，是对前一联景象的进一步刻画，而且也有倒贯之意。"一夜雨"是前四句诗的总背景。正因雨过新晴，山色才更苍翠，杜鹃鸟才会欢悦地歌唱。两句诗充分表现出山势的突兀高峻和山泉的雄奇秀美。"山中"句承首联之"山"字，"树杪"句承首联之"树"字，四句诗一泻而下，天然工巧，确是神来之笔。沈德潜盛赞这两联诗云："右丞'万壑树参天，千山响杜鹃。山中一夜雨，树杪百重泉。'分顶上二语而一气赴之，尤为龙跃虎卧之笔。此皆天然入妙，未易追摹。"（《说诗晬语》）颈联转写梓州的民情物事。"汉女""巴人"为蜀地之人，"橦布""芋田"为蜀中之事，紧扣题目中的"梓州"二字。而征收赋税，处理诉讼公案又皆是使君职掌之事。切地而又切人。尾联用文翁治蜀的典故劝勉友人要翻新教化，创造出比文翁等先贤更加辉煌的业绩来。寓劝勉于典故之中，寄厚望于离别之时，委婉得体。

　　赠别之诗，要切地，切事，切人方妙。本诗恰是极好的范例。"此诗首四句是悬想梓州山林之奇胜，是切地……颈联特写'汉女''巴人'，是叙蜀中风俗，是切事。有此一联，就移不到别处去。结尾寻出文翁治蜀化民成俗，是切人。以文翁拟李使君，官同事同，是极好的影戤。"（喻守真语）

汉江^①临眺

王　维

楚塞^②三湘^③接，荆门^④九派^⑤通。江流天地外，山色有无中。郡

邑浮前浦，波澜动远空。襄阳好风日，留醉与山翁^⑥。

注释　①汉江：即汉水。源出陕西宁强嶓冢山。流经陕西南部、湖北入长江。②楚塞：指春秋战国时楚国地界。③三湘：湘水合漓水称漓湘，合蒸水称蒸湘，合潇水称潇湘，合称"三湘"。④荆门：今湖北荆门市，即在江南岸，市南有荆门山，与北岸虎牙山相对。⑤九派：九条支流。《文选》郭璞《江赋》："流九派乎浔阳。"⑥山翁：指山简。山涛之子，曾镇守荆襄，常去郡中习家池宴饮，每饮必醉。此借指当时襄阳的地方官。

译文　浩浩荡荡的汉江源远流长，南面紧接古代楚国境内的三湘，东面与荆门以下的茫茫九派汇合而成一派汪洋。江水汹涌澎湃，没有边际，仿佛流向天地之外；江边的重重青山若有若无，影影绰绰，宛如水墨画一样。江水混漾，船身轻荡，前面的城邑宛如在水面上漂浮；波涛汹涌，白浪滔天，远处的天空好像在动荡。襄阳真是个风景秀丽的好去处，我要留下陪伴贤良的太守痛饮美酒佳酿。

评析　王维在开元二十八年（740）、二十九年（741）时任殿中侍御史，曾"知南选"到过襄阳。此时他的身份是朝廷官员，又临时主持地方官员的选拔工作，故受到了地方官的礼遇。襄阳官员一定要陪他参观游览当地的名胜，此诗可能是在汉江泛舟时写下的。因当时地位优越，心满意得，所以本诗基调开朗乐观，境界开阔雄浑，富于艺术魅力。

诗用对起，渲染汉江磅礴气势，同时点明汉江的地理位置。纵连三湘，横通九派。三湘之水纵流江南数省，九派指长江的众多支流，此处代指长江。这种景象绝非作者所见，而是根据自己的地理知识经过想象熔铸而成的。颔联写汉江之长与江面之宽，一纵一横，一远眺一旁观，开阔视野，且深契画理。"江流天地外"属空间透视，江流一直延伸到视野之外，即消失在画面之外，其长则不可知。"山色有无中"属于色彩透视。山离人越远色彩越模糊不清，最远处则只是一片淡淡的灰蓝色。因江面上水汽氤氲浮动，更加迷蒙，就连这点颜色也若有若无了。故此句生动地描绘出江上观远山的主体感受，既写出江面之阔，又写出江上水汽蒸腾的特定景色。这种迷蒙的情境描写，被后来的画家们称为"迷远法"。这种迷远之妙，"可以有数里远的感觉，甚至仿佛有数百里之遥"，"凡要表现'无尽'或'幽深'的境界，往往都用这个迷远法"（王伯敏、童中焘《中国山水画的透视》）。颈联用错觉表现汉水水势之大。人在船上，船上下波动，却觉得前面的城郭在水上漂浮，又仿佛波澜晃动了远处的天空。这种感觉凡乘船之人恐怕都感受得到，但一经诗人道出，便觉惟妙惟肖，其乐无穷。这便是所谓的状难写之景如在目前，足显大家手笔。尾联用典表现对襄阳风物的喜爱及对襄阳官员的感谢之意，充满积极乐观的情绪。

终南①别业

王　维

中岁颇好道，晚家南山陲。兴来每独往，胜事②空自知。行到水穷处③，坐看云起时。偶然值④林叟，谈笑无还期。

注释　①终南：终南山。②胜事：值得高兴的赏心乐事。③水穷处：溪流的尽头，往往是泉眼。④值：遇到。

译文　中年时我已经爱好佛门的清静无为，晚年时隐居到终南山的山陲。兴致一来我便独自去游山玩水，那种愉悦的心情只有自己才能深深体会。有时沿着水流信步走去，走到水的尽头时又出现别的情味，那就是坐在石头上，悠闲自得地观察山谷间升起的云气。偶然遇到护林的老头儿，便无拘无束地谈天说地，聊得特别投机，不知什么时候才能回去。

评析　唐玄宗开元后期，张九龄被李林甫排挤出宰相班子后，王维认识到朝廷政治由开明转向黑暗，思想由积极进取转向消极避祸，对于政事采取"无可无不可"的态度，向自然中寻找乐趣以求解脱，本诗所写正是这种情趣。

首联叙事，总摄全篇。"好道"为全诗情感之骨。"南山陲"则为以下六句的描写提供了环境。颔联写自己随兴出行的闲情逸致。"独往"表现出诗人的勃勃兴致，"自知"又表现出诗人欣赏美景时自得其乐而与万化冥合的精神状态。颈联即是"胜事"的具体内容，表现一种细致深微的心理感受，描写人与自然默契冥合时瞬间的解脱状态，意与象会，无迹可求，深得后人激赏。近人俞陛云在《诗境浅说》中说："行到水穷，若已到尽头，而又看云起，见妙境之无穷。可悟处世事变之无穷，求学之义理亦无穷。此二句一片化机之妙。"尾联写偶遇林叟而谈笑的情景，写人与人的和谐。林叟是年事已高而又脱去世俗尘务的老人。两人邂逅，谈笑无期，更丰富了诗的情味。

应该指出，"偶然"一词，有倒贯前文之效。"兴来每独往"是偶然，"行到水穷处"也是偶然，遇到林叟，还是偶然，处处都是无心的遇合，更显出心中的悠闲，如行云自由飘荡，若流水任意流淌，无拘无束，自在徜徉，何其风流倜傥！本诗确实写出了诗人淡泊恬静、超然物外的风采。

本诗结构及抒情线索的安排也值得深味和借鉴。首联总领，"好道"为全篇感情之筋脉，"南山陲"为活动之环境。颔联总写"胜事"，颈联写人与自然之和谐，尾联写人与人之和谐。近人王文濡评此诗曰："第三句至第八句一气相生，不分转合，而转合自分，自是化工之笔。"（《历代诗评注读本》）

望洞庭湖赠张丞相

孟浩然

八月湖水平，涵虚混太清①。气蒸云梦②泽，波撼岳阳城。③欲济无舟楫，端居④耻圣明。坐观垂钓者，徒有羡鱼⑤情。

注释　①太清：指天空。②云梦：古时云、梦是两个湖泊，在今湖北省大江南北，江南为梦泽，江北为云泽。后世大部分淤成陆地，合称云梦泽。③"波撼"句：宋范致明《岳阳风土记》："孟浩然洞庭诗有'波撼岳阳城'。盖城据湖东北，湖面百里，常多西南风，夏秋水涨，涛声喧如万鼓，昼夜不息。"④端居：闲居、隐居。⑤羡鱼：《淮南子·说林训》："临河而羡鱼，不若归家织网。"

译文　八月的洞庭湖水势浩瀚，水面和岸边齐平。湖水混漾波动，仿佛包含着宇宙和天空。水汽充沛蒸腾，润泽着云梦两大湖泊的草木生灵。湖水的波涛声势浩大，仿佛在撼动着岳阳古城。想要渡过如此宽阔的水面，没有船只便无法启程。在这圣明的时代，安闲无事便是无能，令人羞耻而心中难平。观看他人在岸边垂钓，徒自产生欣羡仰慕之情。

评析　这是一首充满比兴意味的诗。作者写此诗献给当时的丞相张说以求得赏识和提拔。为了保留身份，故借景言情，尽量隐藏干谒的痕迹。

前四句极力渲染洞庭湖的浩瀚气势，夸饰水面的宽阔，境界恢宏，气象万千，体现了生机勃勃的盛唐气象，并为后半首求仕无门的比喻做好形象上的铺垫。后四句委婉地向张丞相倾诉衷肠。情由景生，故显得自然而不生涩。面对汪洋无际的湖水，想要渡过去却缺少船只，诗人的处境与此类似。想要入仕，必须有人引荐，布衣与朝官隔着一条如同湖水般的难以逾越的鸿沟，必须解决渡水工具即舟楫方可问津，而自己正苦于没有办法解决这一问题。急于求人引荐的意旨甚明而又没有直说，这便是含蓄委婉处。"圣明"一词虽是颂扬皇帝，也包含着对丞相的赞美之意。汲汲求仕之心也自在其中。尾联翻用典故进一步抒发自己因无官位而不得施展才能的淡淡幽怨，再表急于求仕之心。

全诗气象恢宏，比兴巧妙。虽有干谒之意，但写得得体，措辞不卑不亢，没有丝毫寒乞相，情格并高。

与诸子登岘山 ①

孟浩然

人事有代谢，往来成古今。江山留胜迹，我辈复登临。水落鱼梁 ② 浅，天寒梦泽 ③ 深。羊公碑 ④ 尚在，读罢泪沾襟。

注释 ① 岘山：又称岘首山，在湖北襄阳南，是襄阳名胜。② 鱼梁：指鱼梁洲。《水经注·沔水》："沔水中有鱼梁洲，庞德公所居。"③ 梦泽：指云梦泽。云、梦本为二泽，在湖北省大江南北，江南为梦，江北为云，后世大部分淤成陆地，并称为云梦泽。④ 羊公碑：也称堕泪碑，在岘山之上。据《晋书·羊祜传》载，羊祜镇荆襄时，常去山上饮酒赋诗，曾对同游者慨叹说："自有宇宙，便有此山。由来贤者胜士登此远望如我与卿者多矣，皆湮灭无闻，使人伤悲。"羊祜死后，因有政绩，荆襄百姓立碑建庙纪念他。望其碑者莫不流泪，杜预因名为"堕泪碑"。

译文 人类代代相传，继往开来而成为古代和今天。先贤登临此山时曾留下名胜古迹，我们这些人又来眺望游览。远远望去，水位下降而鱼梁洲大多已露出水面；天气寒冷，辽阔的云梦泽令人感到苍茫深远。山上的羊祜碑经历几百年的风风雨雨，依然完好无缺地屹立在那里供我们瞻仰观览。读罢碑文我仰慕羊公的业绩，不禁潸然泪下沾湿了衣衫。

评析 这是一首登临吊古之作，浑然天成，颇受后人的推崇。

本诗在结构上很独特。开篇即发议论，而且连发四句。"所谓凭空落笔，似与题目无关，但一气贯注，自有神合之处。"（喻守真语）前两句如话家常，却揭示一个人人皆晓的大道理，涵盖古今。三句以"胜迹"承"古"字，四句以"我辈"承"今"字，抒情自然，意脉甚明。颔联漫不经心，不用工对，而以意取胜。张谦宜在《茧斋诗谈》卷五中盛赞这四句说："流水对法，一气滚出，遂为最上乘。意到气足，自然浑成，逐句摹不得。""水落"两句乃登临所见之景，拓展了诗境，高远雄浑。尾联扣紧诗题，"如千里来龙，到此结穴，使这诗移不到别处去"（喻守真语）。还应指出，孟浩然本有求仕之心。但终生未第，沦落乡野间。见到羊祜之碑，自伤不能像羊祜那样干番事业，遗爱后人而与江山同样不朽，因而流下了伤心的泪。可见本诗的感情是很真挚而深厚的。

宴梅道士①山房

孟浩然

林卧愁春尽，骞帷②览物华。忽逢青鸟使③，邀入赤松④家。丹灶⑤初开火，仙桃正发花。童颜若可驻，何惜醉流霞⑥！

注释　①梅道士：孟诗中尚有《寻梅道士》《梅道士水亭》等诗，可知为浩然好友。其人生平未详。②帷：泛指窗帘、床帘。③青鸟使：《山海经·荒西经》："西有王母之山……有三青鸟，赤首黑目。"郭璞注："皆西母所使也。"《汉武故事》："七月七日，上于承华殿斋。正中，忽有一青鸟从西方来集殿前。上问东方朔，朔曰：'此西王母欲来也。'有顷，王母至。有二青鸟如乌，夹侍王母旁。"后世遂用青鸟指传信的使者。④赤松：古传说中的仙人。《列仙传》："赤松子，神农时雨师。"⑤丹灶：道士炼丹药的灶。此当泛指道观中之灶房。⑥流霞：传说中仙酒名。葛洪《抱朴子·祛惑》："河东蒲满有项曼都者，与一子入山学仙，十年而归家。家人问其故，曼曰：'仙人但以流霞一杯，与我饮之，辄不饥渴。'"

译文　闲居田园眼看春光将尽，我不免产生淡淡的闲适愁情。于是推开窗户，饱览一下户外那美丽的春景。忽然有一个小道童前来送信，是梅老道邀请我去饮美酒佳茗。来到道观，炼丹的丹灶刚刚开始生火，鲜艳的桃花正在轻轻飘零。如果真能使童颜永驻，我将放量痛饮道家的仙酒，即使喝醉又有什么不行？

　　孟浩然写诗，往往是"遇思入咏"，兴来辄写，并不刻意求工，只用淡淡的笔触把这种真情实感表现出来。真实的感情，浑然轻盈的笔法正相吻合，形成一种语淡而情深的醇厚风格。本诗便充分体现了这一特色。

　　全诗记述被梅道士所邀饮宴的过程，按时间顺序写来，有条不紊。首联写春光将尽而生闲愁，颔联写应邀去山房做客。颈联写山房中景物，尾联写饮酒之兴致，点明题目中的"宴"字。各联之间又有内在的联系，因开轩而见来使，因来使邀而入山房，因入山房而见道家之生活情景，因环境幽雅，主人盛情而尽兴。连贯而下，脉络清晰。于此可见"遇思入咏"，浑然而就的特点。

　　诗各有境界，便有各自的术语和典故，要运用恰当，切人切地切时方妙。本诗所咏为道士生活，故用"丹灶""仙桃""驻颜"等术语以及"青鸟""赤松子"这类与成仙相关的典故。如把它移到表现其他人物或环境的诗中就不伦不类，这是需要注意的。

岁暮归南山①
孟浩然

北阙②休上书，南山归敝庐③。不才明主弃，多病故人疏。白发催年老，青阳④逼岁除。永怀愁不寐，松月夜窗虚。

注释　　① 南山：指作者的故园。孟浩然的故园在襄阳城南岘山附近。故他诗中常称作南山。② 北阙：古代皇宫大门外，左右各置一台，上有楼观，称作阙。通称皇帝的居处为北阙。③ 敝庐：破旧的房屋，此指自己的房舍。④ 青阳：指春气。《尔雅·释天》："春为青阳。"

译文　　朝廷不重人才，求仕也是枉然。用不着再到北阙向皇帝上疏陈述己见，还是整理行装回归旧山。因自己没有才干，才被圣明的君主废弃不用，由于自己身体多病，才被那些老朋友疏远。头发已见花白仿佛在催促人走向老年，新春又见端倪，仿佛在驱赶旧的一年。绵绵不断的愁思使我夜不成寐，望着迷蒙空寂的夜空我迷茫惘然，淡淡的月光洒向夜晚，更令人心灰意懒。

评析　　本诗之写作，当在《留别王维》之后。孟浩然应考失利后，大为懊丧。求仕无望，只好心灰意懒地回到故乡。他有满腹的牢骚又无从发作，一种莫名其妙的失落感袭击着他的心，于是才以自怨自艾的方式抒发仕途失意的忧伤。表面看是一连串的自责自愧，骨子里却是一大堆的怨天尤人。

　　本诗最为后人称道，也最易引起争论的是"不才明主弃，多病故人疏"。这两句诗感情十分复杂，有反语的味道又不尽是反语。诗人在投考前非常自负，"执鞭慕夫子，捧檄怀毛公。感激遂弹冠，安能守固穷"表明他志向远大。"词赋亦颇工"表明他自负能文。因此，"不才"既有自谦无奈之意，又含有贤才不为人识，良马未遇伯乐的慨叹，当然也有对"明主"的怨艾之情。"多病故人疏"情感更深致委婉，写尽世态炎凉。这两句诗概括人生世相颇为精辟，情味无限，最易引起封建文人的共鸣。清初学人冯舒爱诵读这两句诗，并评论说："一生失意之诗，千古得意之句。"（顾嗣立（《寒厅诗话》卷一一）宋人刘辰翁曾评全诗曰："他人有此起，无此结，每见短气。其亦最得意之诗，最失意之日，故为明主诵之。"均是知言。据传，王维曾邀孟浩然到内署，恰逢玄宗到，向孟索诗。孟浩然便诵读此诗，玄宗听到"不才"两句后，生气地说："卿不求仕，而朕未弃卿，奈何诬我？"（《唐摭言》卷十一）此说不尽可靠，但也说明这两句语中确有弦外之音，确有怨艾之情。同时，这个传说引起后世文人的广泛兴趣，也大大地提高了本诗的知名度。

过故人庄

孟浩然

故人具鸡黍^①，邀我至田家。绿树村边合，青山郭外斜。开轩^②面场圃^③，把酒话桑麻^④。待到重阳日^⑤，还来就菊花。

注释　① 鸡黍：此处泛指精美的饭菜。黍：黄米。② 轩：窗户。一作"筵"。③ 场圃：打谷脱粒的地方叫场，俗称场院。④ 桑麻：桑以养蚕，麻以织布。此处泛指农业。陶渊明《归园田居》："相见无杂言，但道桑麻长。"⑤ 重阳日：农历九月初九为重阳节。古人在这一天有登高赏菊饮酒的习俗。

译文　热情的老朋友准备好鸡肉和黄米饭，邀请我去清静的农家小院。绿树环绕在村庄的周围，青山在旧城的外面绵延。推开窗户正对的是菜地和场院，端起酒杯谈起桑麻的收成和生产。酒足饭饱后我心满意足，等到明年的重阳佳节还来赏菊饮酒和盘桓。

评析　本诗所描写的只是一个普通的农庄，一次普通的农家宴请。但读完之后，却仿佛是一曲风光旖旎、清幽淡雅的田园交响曲，令人神往陶醉而回味不已。

首联仿佛是叙述家常，朋友有请我就去，毫无渲染，简单而随便。"鸡黍"二字显出农家的淳朴和热情，不讲虚礼和排场，这才显出主客之间的真情。颔联写"故人庄"自然环境的优美。一近一远，将小村绿树环绕，青山远映的景象刻画得生动逼真，历历在目，传达出诗人愉快的心情。正是在这样的自然环境中，宾主的心情都非常愉悦。开宴时推开窗户，面对宽敞平坦的场院和郁郁葱葱的菜地谈起农事来。这联诗不仅使我们能够领略到浓烈的农村生活风味，而且可以想象到宾主谈话时的欢声笑语。尾联写走时尚有不舍之意，余兴未尽，表示要在明年的重阳节再来做客。主客间的欢洽和谐之情不言自现，而且也暗示出此次邀请的时令。

冒春荣《葚原诗说》卷一中说："诗以自然为工，工巧次之，工巧之至，始如自然；自然之妙，无须工巧。"强调诗贵自然的道理，并推崇本诗为"不事工巧极自然者"。语淡而味浓可谓孟浩然诗的总体特征，本诗便体现了这种风格。

秦中寄远上人

孟浩然

一丘^①常欲卧，三径^②苦无资。北土^③非吾愿，东林^④怀我师。黄金燃桂^⑤尽，壮志逐年衰。日夕凉风至，闻蝉但益悲。

注释　①一丘：常与"一壑"连用而代指隐居之所，也可代指隐居生活，《太平御览》卷七九："（黄帝）谓容成子曰：'吾将钓于一壑，栖于一丘。'"《晋书·谢鲲传》："明帝问曰：'论者以君方庾亮，自谓何如？'答曰：'端委庙堂，使百僚准则，鲲不如亮。一丘一壑，自谓过之。'"②三径：传说汉蒋诩在庭院中竹下开三条小径，只与求仲、羊仲来往，后人遂以山径代指隐士住处，见《文选》李善注《三辅决录》。陶渊明常用此语，故更为人所熟悉。《晋书·陶渊明传》："潜谓亲朋曰：'聊欲弦歌，以为三径之资可乎？'"《归去来辞》："三径就荒，松菊犹存。"③北土：指秦中，代指长安。④东林：东林寺。晋桓伊为高僧慧远创建，在庐山东（见《高僧传》）。⑤燃桂：《战国策·楚策三》："楚国之食贵于玉，薪贵于桂。"意谓物价昂贵，食品比玉还贵，柴木比桂木还贵。

译文　我生性好静，经常想要隐居山林。想要置办带有"三径"的别业，又苦于没有金银。到京师来应举谋官并非我的志愿，常常怀念过着清静生活的僧人。长安的物价太昂贵，我带的盘缠已经花尽。豪情壮志随着时日逐渐衰减，再也没有什么理想和雄心。傍晚时凉风吹来秋蝉的哀吟，我的心中更加凄凉阴沉。

评析　本诗是落第后滞留长安时所作，是写给家乡的一位出家友人的，倾诉其困顿潦倒的苦况及仕与隐的矛盾心情。

首联写本意想归隐，但又"苦无资"。须知过隐逸生活也要有一定的经济基础。否则，一味在别墅中弹琴饮酒，飘飘然，怡怡然，老婆孩子岂不是要喝西北风？即使隐者本人不吃饭也要挨饿的。故"苦无资"三字是本诗的关键所在，不可轻轻放过。"北土"二句进一步阐发初衷，进京应考是不得已的，留在京师苦熬更不甘心了。颈联进而抒写惨淡的近况。"黄金燃桂尽"表现手头无钱，旅况困苦；"壮志逐年衰"表现无意进取，心灰意懒。用典贴切纯熟。尾联写凉风、蝉鸣，以暗淡凄清的秋景作结，化愁思于景物之中，余韵悠悠，感人肺腑，可谓诗人真情的流露。

宿桐庐江^① 寄广陵^② 旧游

孟浩然

山暝听猿愁，沧江急夜流。风鸣两岸叶，月照一孤舟。建德^③非吾土，维扬^④忆旧游。还将两行泪，遥寄海西头^⑤。

注释　① 桐庐江：浙江源出歙州，东流至建德而与兰溪汇合，北流经桐庐，称桐庐江，亦称桐江。② 广陵：扬州别称，唐属淮南道。因汉代属广陵国，故习称广陵。即今江苏扬州。③ 建德：唐睦州州治，地临桐庐江，今浙江建德以东。④ 维扬：扬州的别称。《梁溪漫志》："古今称扬州为惟扬，盖取淮海惟扬州之语，今则易惟作维矣。"⑤ 海西头：也指扬州。古扬州地域辽阔，直抵大海。因在大海西，故称。隋炀帝《泛龙舟》："借问龙舟在何处，淮南江北海西头。"

译文　山色迷蒙，只能听到一阵阵愁猿的哀鸣。江水茫茫，急急奔流昼夜不停。秋风掠过两岸的树梢，声声入耳，明月笼罩傍江的孤舟，景色凄清。建德地面并非家乡故土，我更怀念远在扬州的故旧亲朋。只能把两行思念的热泪化作诗篇，向遥远的海西头的友人寄去我的深情。

评析　盛唐田园山水诗派，"王孟"并称，后人多认为二人风格相近。其实，多读细品，王维和孟浩然的诗在意境创造和情感倾向上有相当大的差异。王维早年进士及第，大半生在官场，虽也有不遇之感，但心情毕竟较平静，故诗风雍容和谐，有富贵气息。而孟浩然四十岁不第，终身布衣，必然有一种失落感，故其心情颓丧，诗的境界也就孤峭冷清，有很重的感伤情味。本诗便是著例。

孟浩然在长安落第之后，为了排遣苦闷，出游吴越，本诗即写在途中。他内心的忧愁烦恼是不难理解的。前四句侧重写"宿桐庐江"之景色。日暮、山深、猿啼、江水、秋风、孤舟这些带有凄迷孤寂的景物组合在一起，构成孤峭冷清的意境，衬托出诗人的绵绵愁思。后四句侧重写"寄广陵旧游"，向朋友倾诉独客异乡的惆怅和孤独之感，又抒发怀念友人的拳拳之心，感情真挚。诗人感情如此凄恻，恐怕不仅是思乡和怀友，而是在特定背景下的特殊感受，更深层的原因则是科场失意及仕途前程的渺茫。但诗人在诗中只字未提这一层，这正是孟诗"淡"的一种表现。

本诗在结构上也值得注意。诗题是"宿桐庐江寄广陵旧游"，要写"宿"和"寄"两个内容，写不好容易前后分离，失去自然的过渡和联系。作者在这方面处理得很巧妙，首句一"愁"字为全篇张本，第二句着一"急"字，暗含"客心悲未央"的感情，并为尾联传泪到扬州的想法提供根据，前后呼应。"孤舟"又为怀友做好铺垫，使后半首的抒情更加自然。全篇浑然天成，意境完整。

留别王维

孟浩然

寂寂竟何待，朝朝空自归。欲寻芳草①去，惜与故人违。当路②谁相假，知音世所稀。只应守寂寞，还掩故园扉。

注释　①芳草：本义为香草，古诗中常比喻为美好的品德。此处指美好的处所，暗喻隐逸生活。②当路：身居要职的掌权者。《孟子·公孙丑上》："夫人当路于齐。"

朱熹注："当路，居要地也。"

译文　　科举落第谋职求仕又不成，终日寂寞寡欢，天天虚度光阴孤苦伶仃。留在京师毫无用处，不如去寻觅鲜花芳草的美景，却又有些留恋老朋友的友情。在位的人谁肯帮助我这样无利可图之人，知音更是稀少令人伤心。看来我这种命运本不该求仕应考，只该甘守寂寞返回园林，到家后紧紧关上院门，远离名利场中的滚滚红尘。

评析　　据《旧唐书·文苑传》载，孟浩然在四十岁时进京应进士考，落第后返归襄阳。本诗便是他离京前写给王维的。

　　首联写落第后的景象和心情。在封建社会，科举是读书人步入官场的主要阶梯。考中者扬眉吐气，落榜者心灰意懒。孟浩然考前非常自信，期望值太高，所以失败对他的打击也就更大。人们的冷落使他难堪，心灵上的空虚更难以忍受。他似乎做过谋职的努力，但结果令他完全失望了，所以他决心返乡。"竟何待"三字中含有怨怼之情，但更多的是辛酸。颔联扣题，写惜别之情，语浅意浓，表现出他与王维友情的深厚。颈联说明归隐的原因，语气沉痛，令人酸鼻。通过落第的打击和滞留京师间生活经历的磨炼，他切身体会到世态的炎凉。并没有人真正赏识人才，光凭才识和德行要进入仕途几乎是不可能的，为此他心灰意懒。在以钱财和权势编织成的无形的关系网统治整个社会的封建时代，这种情况是普遍存在的，故本诗具有典型意义。尾联表明归隐的决心。"只应"二字，颇有深味。诗人内心很苦，他甚至觉得不该来应考，这是人生道路上的误会，于是他要"还掩故园扉"，决心隐居了。事实也是如此，此后孟浩然再也未踏进科举考场半步。

　　本诗语淡味浓，如话家常，毫无斧凿痕迹，却把落第后的凄苦、辛酸、失望、怨怼的心情表现得淋漓尽致，颇为感人。刘辰翁评曰："个中人，个中语，看着便不同。"

早寒有怀

孟浩然

木落雁南度，北风江上寒。我家襄水^①曲，遥隔楚云^②端。乡泪客中尽，归帆天际看。迷津^③欲有问，平海夕漫漫。

注释 ① 襄水：汉水流经襄阳界的一段称襄水。《清一统志·襄阳府》："汉水……自府城西北三十里白家湾抵城北，稍东而左，会唐、白诸河之水，亦名襄水。" ② 楚云：襄阳古属楚国，故云。③ 迷津：迷失渡口。用孔子使子路问津之典。

译文 北风呼啸，飘零的落叶纷纷扬扬。北雁南飞，一行又一行。小舟行驶在江面上，寒气逼人，身冷心更凉。我的家在襄水的弯曲之处，正是那遥远的楚云升起的地方。翘首眺望，云烟渺茫。客行途中，我十分思念我的家乡。我的眼泪将要流尽，可我的船依旧在遥远的地方。想要问清迷失的渡口究竟在哪里，但见日暮时的江面格外宽阔，江水无边无际，浩瀚汪洋。

评析 孟浩然四十岁进京，应举落第。回乡后心情抑郁，次年便漫游吴越以抒忧愤。本诗当是此行到达长江下游时所作。这时候他内心凄苦而又矛盾，既想归隐田园，又不甘心此生如此落寞，而且也有"苦无资"的忧虑，故尚想出仕求官。东游吴越或许也有求仕的动机在内。欲官不能，欲隐不甘，在人生歧路上徘徊，这便是作者当时的心境。

"迷津"之问活用孔子使子路问津的典故。从长沮、桀溺所谈的大道理来看，这两个人确是隐士。孔子则是积极想要从政的人，在人生道路上恰是两种对立的类型。子路所问本是现实生活中的渡口，而长沮、桀溺并未从正面回答，却嘲讽孔子到处周游，栖栖惶惶以求进仕的行为。显然，回答问题的角度已经变了，"渡口"的意义已经虚化，他们所说的乃是人生道路的迷失。孔子完全心领神会，所以发了一番慨叹。孟浩然也正处在归隐与求仕的矛盾中，徘徊于歧路，内心十分迷惘苦闷。他尚在进行激烈的思想斗争，尾联仿佛在自问自答，最后还是没有明确的答案。"平海夕漫漫"的景色烘托出作者的迷惘茫然的心绪。

刘长卿／约726—约786

字文房，一说宣州（今属安徽）人，一说河间（今属河北）人。曾任随州（今属湖北）刺史，世称"刘随州"。天宝后期登进士第。官长洲县尉。因事下狱，两遭贬谪。天宝之后以诗名，与钱起并称"钱刘"，为大历诗风之主要代表。诗多写政治失意之感，也有反映离乱之作，善于描绘自然景物。尤工五律，自称"五言长城"。有《刘随州诗集》。

秋日登吴公台①上寺远眺

刘长卿

古台摇落②后，秋入望乡心。野寺来人少，云峰隔水深。夕阳依旧垒③，寒磬满空林。惆怅南朝事，长江独至今。

注释　①吴公台：故址在今江苏江都。原为南朝宋沈庆之攻打竟陵王刘诞所筑之弩台。后来南朝陈将吴明彻围攻北齐东广州刺史敬子猷，增高其台以射城内，因称吴公台。②摇落：《宋玉·九辩》："悲哉！秋之为气也，萧瑟兮草木摇落而变衰。"后因指凋谢，零落。③旧垒：古堡垒，指吴公台。

译文　荒凉古老的吴公台，草木凋落后更显得死气沉沉。秋风萧瑟，登台远眺，更触动我的思乡之心。荒野外的寺庙香客稀少，对面的山峰隔水相望显得挺拔而高耸入云。夕阳的斜光映照着旧时的堡垒，寺中的石磬之音弥漫在空荡荡的山林。想到南朝时的纷纭往事令我惆怅，那些显赫一时的人物早已销声匿迹，只有眼前的长江奔流不息直到如今。

评析　　这是一首咏怀古迹诗。首联叙事，点出时间、地点，扣实题目中的"秋日登吴公台"几字。"摇落"一词既切合"秋日"，又有肃杀萧条之气，为全诗定下感情基调。中间两联承前，写登台所见之景。颔联上句是近景，写来人稀少以状该地之荒凉。下句是远景，状深邃迷蒙之貌以增心境茫然之感。情景相生。颈联上句怀古，"旧垒"是当年战事的遗物，在夕阳映照下格外显眼，仿佛在述说着昔日的故事。下句写今，同一地点，同一空间，古今殊异。旧战场已成为出世的寺院，古时充满血腥之地如今却荡漾着祥和的钟磬之音，这便使尾联的抒情有水到渠成之势。"惆怅南朝事，长江独至今"把思绪从眼前实景引向历史，抒发沧海桑田，兴衰无常的感慨。"南朝"与"古台""旧垒"几个词切地切事，使此诗不能移易到别处去。切地切事是咏怀古迹诗之要义，无论作诗还是解诗，均须注意这一点。

从内容看，本诗在咏古中亦渗透着叹今之慨。刘长卿的中晚年曾两度在苏州、吴中一带生活，此诗当写于斯时。当时藩镇割据局面渐成，各镇节度使专横跋扈，称雄一方。尾联中的深慨便有对这种政治局面的不满和对国家统一强大的渴望之情。思想倾向与刘禹锡《西塞山怀古》基本一致。

送李中丞①归汉阳②别业

刘长卿

流落征南将，曾驱十万师。罢归无旧业，老去恋明时。独立三边③静，轻生一剑知。茫茫江汉上，日暮欲何之？

注释　　① 中丞：御史中丞的简称，为御史台之副职，位次仅低于御史大夫。② 汉阳：

汉水之北，指襄州（今湖北襄阳）。本诗题一作《送李中丞之襄州》。③ 三边：古代幽州、并州、凉州为三边，后泛指边境。

译文　　失意落拓的即将南行的老将军，当年曾经统率指挥过十万雄师。如今被罢免而没有职业，真是缅怀留恋当年的清明政治。往昔曾威震边陲，独自统领大军而使三边安定，他视死如归的品格佩带的利剑才能确知。在这茫茫的长江汉水交汇的江面上，已到黄昏不知你要到哪里去？

评析　　本诗借送别为李中丞这位老将军抱不平，批评朝政昏暗，不恤功臣老将的错误做法，与王维的《老将行》在主题方面有相似之处。

　　首联用对比手法对老将军的处境表示同情，不满之意自在其中，奠定全诗的基调。"流落"一词统领全篇，强调这位"征南将"的失意萧索的现状，这本身就有讽刺意义。"曾驱十万师"极力渲染老将军当年的赫赫声威，与"流落"形成鲜明的对比。颔联进一步写老将军的现状。"无旧业"既表现老将军终身为国戍边作战，不治家产的可贵品质，又批评了朝廷的刻薄寡恩。"恋明时"三字含蓄地批评现时朝廷的昏暗不明，用意显豁，措辞却很委婉。颈联转写老将的神威和忠心。"独立"即独当一面，表现老将军当年声名远扬，威慑敌胆，可使"三边静"，功在不朽。"轻生"表现老将军的耿耿忠心，为国可舍生忘死。"一剑知"语含心酸，老将军之忠心与战功只有剑知，可见统治者昏聩和麻木不仁，埋没他人功绩到何等程度。正因如此，老将军才会受到如此不公正的待遇。尾联以设问收，余味无穷。江汉茫茫，暮色苍苍，具有象征意蕴，象征着老将军晚景的凄凉和心境的迷茫。诗人明知老将军所去之所，却偏问"欲何之"，化实为虚，扩大诗的内容含量，回应首句的"流落"一词，使全诗意境笼罩在阴暗的氛围中，增强了揭露与批判的力度。

饯别王十一南游

刘长卿

望君烟水①阔，挥手②泪沾巾。飞鸟没何处，青山空向人。长江一帆远，落日五湖③春。谁见汀洲上，相思愁白蘋④。

注释　①烟水：江面上烟雾迷茫貌。②挥手：挥手惜别。晋刘琨《扶风歌》："挥手长相谢，哽咽不能言。"③五湖：当指太湖。④白蘋：水生植物，花白色。

译文　望着远去的帆影，只见烟波浩渺，我挥手向你告别，泪落沾巾。船越行越远，我在眺望出神，一只飞鸟不知在何处隐没，对面的青山也木然空对送别之人。在浩瀚的江面上你孤帆远行，将伴着落日到达充满春意的五湖之滨。谁能想得到，在这水边的汀州之上，一个人正在相思留恋，满面愁容地对着白蘋。

评析　这是别具一格的送别诗，着意写别时和别后的心情，并把情寓于景中，构思新颖，不落俗套。

首联直接写告别，笔墨集中凝练。通过"望""挥手""泪沾巾"这一系列动作，渲染出对友人依依不舍的深情。颔联上句实中有虚，可能确有一只水鸟在作者的视野中渐渐消失，但这只鸟影也正像他的友人一样不知"没何处"了。虚实相映，乃诗之妙境。下句移情于景，山本无情物，"空向人"是常理，但"空"字中有怨艾，衬出人之有情。颈联是对友人孤身远行的担忧和所去之处的向往。"五湖春"是美景，与李白《送孟浩然之广陵》中的诗句"烟花三月下扬州"的语意有相同之处。在对友人所去之处美景的向往中蕴含着不能同行的遗憾，委婉地传达出惜别的情怀。尾联纯写别后的相思和怅惘，更显出友情的真挚。

本诗按时间顺序来写，首联写别时之情，中间两联写目望相送之景，尾联写别后之忧伤，层次井然有序。在抒情手法上，"妙在全诗不见离别的字面，

只写出饯别时的风景，将一片离情完全融于景中"。（喻守真语）

寻南溪常道士 ①

刘长卿

一路经行处，莓苔见屐痕。白云依静渚，芳草闭闲门。过雨看松色，随山到水源。溪花与禅意，相对亦忘言 ②。

注释　　① 常道士：一作"常山道人"。② 忘言：陶渊明《饮酒》："此中有真意，欲辨已忘言。"

译文　　闲着无事，想到南溪寻找常老道谈古论今。一路上经过的地方，长满青苔的石板路上，竟能清晰地看出木屐的印痕。远远望去，道士的住处十分清幽，溪水环绕之处堆着朵朵白云。走到近前，才发现道士不在家里，只见芳草萋萋掩映着关闭的院门。一阵雨过后，我便仰观苍松的翠色，山回路转，我竟沿着溪流来到水的上游。溪水旁盛开着桃花，桃花的美丽芬芳中也充满着禅机妙趣，面对此种美景，我仿佛忘记了自我，更想不出形容这种妙悟的感受该用什么语言。

评析　　这是一首寻人不遇而别有深趣的诗。"寻"字为诗眼，是全诗的抒情线索。首联写寻人路上，"莓苔见屐痕"可见人迹罕至。表现常道士很少与人来往，住处非常清静。颔联上句写路上远望之景。此处的"渚"字应当灵活理解，不必讲成"水中小洲"，而当是溪水环绕的意思。这样，"白云""水源"等词语均好诠释。"白云"本有悠闲意蕴，再"依静渚"，更增幽静之气氛。"芳草"与尾联的"溪花"相映成趣，暗示出这是花红草绿的春季。"闭闲门"写道士不在，暗转下半首。颈联转折，寻人不见，便观览周围景色，以景衬人。通过环境的描写便可了解常道士之为人，亦可折射出作者的精神境界，属于以宾衬主之法。松翠泉清象征着主人冰清玉洁的品格。尾联则以观溪花自然开放表现自己对人生宇宙之至理——禅意的妙悟，一片化机。寻人不见是失，但寻到了人生的真谛，这又是得，均从"寻"字而来，妙哉！

全诗情景交融，景为情趋，情由景生，妙合无垠，自然浑成，有陶诗之风。结构上也独具匠心，喻守真分析得很精到："本诗题眼在一'寻'字，全诗就得从寻字着想。首二句是一路寻来，三句是远望，四句是近看。是寻到了道士隐居之处，而道士不在，用'闭门'来表示。五六句是道士既不遇，看松寻源，亦有别趣……末句以见溪花之自放，而悟禅理之无穷，将寻不见的意义，尽情结出。"（《唐诗三百首详析》）

新年作

刘长卿

乡心新岁切，天畔^①独潸然。老至居人下，春归在客先。岭猿同旦暮，江柳共风烟。已似长沙傅^②，从今又几年。

注释　① 天畔：天边、天涯。时作者贬潘州南巴（今广东电白）。② 长沙傅：指西汉初年政论家贾谊，曾为执政大臣所谗，被贬为长沙王太傅。此处是作者自喻。

译文　人们在欢天喜地庆祝新年，思念故乡的忧伤占据了我的心田。一个人在天涯海角孤孤单单，我伤心得泪下潸潸。已经到了老年，依然寄人篱下真是难堪。春天归来，我却无法返回家园。早早晚晚与山岭上的猿猴为伴，只能看见江边杨柳笼罩着的风烟。真像当年被贬谪的贾谊，从今后不知又是几年？

评析　一般认为刘长卿出生在公元714年，比杜甫仅小两岁，但由于成名和步入仕途较晚，故一直被视为中唐诗人。他及第可能在肃宗至德二载（757），乾元元年（759）暂摄海盐（今属浙江）令。不久，被罢免并身陷囹圄，后被贬为南巴尉。他的罪是由于"刚而犯上"，是无辜的，对于这次贬谪，他感到无限悲愤和委屈。此诗即被贬南巴时所作。

本诗表现独处异地而又逢佳节时的悲慨。被贬远方，背井离乡，又逢新年，几重悲苦聚集心头，诗人难以忍受，故开篇即抒悲慨。"独潸然"三字笼罩全篇。颔联构思巧妙，句意从薛道衡《人日思归》"人归落雁后，思发在花前"两句中化出，但意义上增进一层，由单纯的思归而增加官居人下的悲愤，更增凄楚之感。此联诗虽然工巧，但有斧凿痕迹伤于自然。沈德潜评此联说："巧句。别于盛唐，正在此种。"（《唐诗别裁集》卷十一）颈联以景托情，写生活现状的孤独与悲苦，且暮猿啼的凄凉，风烟江柳的迷茫，都融入了诗人的感情。尾联用典，委婉表达被贬无期，返乡无望的哀伤，回应首句的"独潸然"，使全诗弥漫着感伤的情味。因是真情的流露，故艺术感染力很强。

钱起／生卒年不详

字仲文，吴兴（今浙江湖州）人。玄宗天宝十载（751）进士及第（一说天宝九载）。曾任蓝田尉，官终考功郎中。与隐居王维酬唱，得王维赞许。诗才清逸，为"大历十才子"之首，多献酬之作，长于饯送，时称"前有沈宋，后有钱郎"，与郎士元齐名。有关山林篇作，常流露追慕隐逸之意。有《钱考功集》。

送僧归日本

钱 起

上国^①随缘^②住，来途^③若梦行。浮天^④沧海远，去世^⑤法舟^⑥轻。水月^⑦通禅寂^⑧，鱼龙听梵声^⑨。惟怜一灯^⑩影，万里眼中明。

注释　①上国：指唐朝。②随缘：佛家语，身心受外界事物之感触称作缘。应缘而起之动作叫随缘。有顺应自然之意。③来途：指僧人从日本来中国。④浮天：谓从沧海远处而来，如从天边而来。⑤去世：谓离开尘世生活。去，离开。⑥法舟：喻僧人出家，如上佛法之舟。⑦水月：喻世事空幻，如水中之月那样不真实。佛教徒常以此为喻。⑧禅寂：一作"禅观"。佛教徒坐禅以息万虑，排除一切杂念的精神状态。⑨梵声：谓诵佛之声。梵，洁净之意。佛教以清净为主，故凡与佛相关者，皆可称梵。⑩一灯：喻佛理。《维摩经》有法门名无尽灯，譬如一灯燃，百千灯冥者皆明，明终不尽。

译文　您从日本来到大唐帝国，完全都是顺天随缘而行。来时经过茫茫大海，途中迷迷蒙蒙，仿佛在梦境。船漂浮在广阔的海面如同远在天边，遁入空门离开尘世的拖累，您会感到法舟轻盈。水中之月与禅定的妙境很是相通，海中的鱼龙仿佛也在倾听您的诵佛之声。我只可怜您归途中寂寥无伴，只有一灯孤影，陪伴您的万里航程，在您的眼前闪烁着光明。

评析　这是一首送别诗，送的是日本僧人，具有特殊性，故诗之写法也很特别。
　　诗之起笔突兀，本是送别，却不写送归，偏从来路写起。"若梦行"表现长时间乘舟航海的疲惫、恍惚的状态，以衬归国途中的艰辛，并启中间两联。颔联写海上航行时的迷茫景象。"浮天"状海路之远，海面之阔，蕴含着对僧人长途颠簸的关怀和体贴。"法舟"扣紧僧人身份，又含有人海泛舟，"随缘"而往之意蕴，含蓄空灵，意蕴丰富。颈联写僧人在海路中依然不忘法事修行，在月下坐禅，在舟上诵经。"水月"喻禅理，"鱼龙听"切海行，又委婉表现僧人独自诵经而谨守佛律的品性,想象丰富。尾联用"一灯"描状僧人归途中之寂寞,只有孤灯相伴,这是实处。但实中有虚,"一灯"又喻禅理、佛理。虚实相映成趣。

本诗在立意上有两点要注意:一是所送者为僧人,诗中用了一些佛教术语,如"随缘""法舟""禅""梵""一灯"等,切合人物身份。二是僧人来自日本,又欲归日本,必经大海,故极言海路航行之苦。中间两联前人多谓其写来途,实嫌拘滞。其实是往返兼写,而以返途为主,这样才能与"归日本"的诗题相合。王维的《送秘书晁监还日本国》也设想其归国途中海路的遥远与险恶以寓别情,可谓同一机杼。

谷口^①书斋寄杨补阙

钱 起

泉壑带茅茨,云霞生薜帷^②。竹怜新雨后,山爱夕阳时。闲鹭栖常早,秋花落更迟。家僮扫萝^③径,昨与故人期。

注释　　①谷口:地名,在今陕西泾县西北。②薜帷:薜荔成片生长,爬挂墙壁上,状如帷。③萝:地衣类植物。

译文　　茅草与杂木郁郁葱葱,沿着泉水蜿蜒在沟壑之中。翠色的薜荔爬满书斋旁边的墙垣,雨后新晴,雾气萦绕着书房升腾。雨后的秋竹清新若洗,夕阳满山最令人动情。悠闲的白鹭早早就开始栖息,秋季的花儿很晚才开始飘零。家中的童仆开始清扫斋前的小路,我昨日已与老朋友约定,今日要到这书斋里来赏景品茗。

评析　　本诗写邀友小叙,等待盼望朋友时的心情,风情旖旎,别具一格。

首联写书斋周围的环境,先从远景写起。"带"字用得很精练。"云霞"

暗应下句的"新雨"。"生薜帷"是想象之词，气韵生动，意境很美。"薜帷"易使人联想到美人之帷幕，而缭绕着的云霞不又仿佛是从美人帷幕中飘出的缕缕香雾吗？"生"字何其妙也！细思自可悟得。颔联上句写近景，"新雨"点明气候特点。下句宕开，写远景，点明时间是在黄昏。颈联用工笔法精雕细刻。"闲鹭"烘托自己的心闲，"秋花"点明季节。至此，描写景物的主要因素即时间、季节、气候皆备，景物描写已相当充分。这是一个秋日雨后的黄昏，空气清新，景色宜人。为篇末待友盼友的感情抒发做好了铺垫。尾联点题。"家僮扫萝径"，尚引而不发，故意制造个小悬念。最后一句才揭出主旨，"昨与故人期"，轻轻一点即终篇。读到此句才恍然大悟：噢，原来是作者昨天即邀好了故人，他是事先到这里来等待的。

小诗构思很妙。前六句皆写景，着重渲染气氛，并一句句暗逗出气候、时间、季节，笔法缜密，表现出"良辰、美景、赏心、乐事"这"四美"已俱，只欠共赏之人。尾句点题，盼望友人应约前来共赏美景，水到渠成，并在感情上倒贯全篇，使前面的景语都成了情语。

赋得^①暮雨送李曹^②

韦应物

楚江^③微雨里，建业^④暮钟时。漠漠帆来重^⑤，冥冥鸟去迟。海门^⑥深不见，浦树远含滋^⑦。相送情无限，沾襟比散丝^⑧。

注释　①赋得：凡是指定、限定的诗题，多在题目上加"赋得"二字。与咏物诗的"咏"字略同。②李曹：一作"李胄"，又作"李渭"。③楚江：长江濡须口以上至三峡，都是楚地，古称"楚江"。④建业：三国吴国首都，即今江苏南京市。⑤帆来重：船帆因被雨沾湿而显得沉重。⑥海门：长江入海处。⑦远含滋：远远看去含着水汽。⑧散丝：晋张协《杂诗》："密雨如散丝。"这里用"散丝"代指细雨。

译文　　　楚地的江面上，细雨蒙蒙。金陵古都，傍晚时荡漾着阵阵钟声。江面上，被雨淋湿的船帆显得很是沉重，雨中的鸟儿在昏暗中飞得缓慢低平。长江的入海口遥远幽深而无法望见，远处江边的树木淋着暮雨水汽蒸腾。看着朋友缓缓远去的帆影，我的情意绵绵悠长，泪水和雨丝融会在一起朦朦胧胧。

评析　　　这是一首送别诗。李曹生平及与韦应物的关系均难确考，但从诗的内容来看，二人的交情似乎很深。题目中有"赋得"二字，想必作此诗者不止韦应物一人。既有"赋得"二字，就要受题目的限制，即必须就题发挥，应景抒情。题目中的关键三字是"暮雨送"，"暮雨"为景，"送"为情。只要把这三字表现充分，便可谓好诗。

　　　首联"楚江微雨里，建业暮钟时"出句点"雨"，对句点"暮"，互文见义，直切诗题。"微雨里"表明诗人伫立江边，既写出雨丝缠身，冒雨送友的深情，又描绘出一幅烟雨迷蒙笼天罩地的灰暗调的画面，为全诗涂上一层暗淡的底色。中间两联具体描写"暮雨"的景色，甚见功力。前联写雨湿而万物显得重而滞的情形。"重""迟"二字生动传神，非在微雨之中难见此景。此二句描写动态，侧重寥廓旷远的一面。"海门"二句描写静态，侧重昏暗深邃的一面。两联诗动静相间，富有立体感，共同构成一种空旷深邃迷茫的境界，衬托出心境的迷茫，为尾联的抒情渲染了气氛。尾联直抒胸臆，篇末点题。并用"散丝"代指细雨，再用细雨比喻泪水，是双重比喻，回应首句的"微雨"，使全篇笼罩在灰暗细雨的氛围中，与送别的心情相一致，非常精到地表现了"暮雨送"三字的意蕴，可见作者的匠心之运。

韩翃 / 生卒年不详

字君平，南阳（今属河南）人。玄宗天宝十三载（754）进士及第。官至中书舍人。"大历十才子"之一。因《寒食》诗见赏于德宗。其与柳氏之爱情故事盛传一时，许尧佐撰为传奇故事《柳氏传》。因久在军幕，其诗多为送别酬唱之作，诗风富丽华美。明人辑有《韩君平集》。

酬 ① 程延秋夜即事见赠

韩 翃

长簟 ② 迎风早，空城澹月华。星河 ③ 秋一雁，砧杵 ④ 夜千家。节候看应晚，心期卧已赊。向来吟秀句，不觉已鸣鸦。

注释 ① 酬：指回答唱和。得到他人作品，按原题或原意作诗相答。本诗是得到友人程延《秋夜即事》诗后的和诗。② 长簟：高竹。簟，本义是竹席，此处指竹。③ 星河：即银河。④ 砧杵：捶衣物的用具。砧，垫在下面用的方形扁石。杵，一头粗一头细的圆木棒，一对，用来捶衣，俗称棒槌。

译文 高高的丛竹似乎最早得到秋风，在夜色中轻轻摇动；城中空空荡荡，月光暗淡而朦胧。星光闪烁银河高远，空中有一只孤雁的身影，夜幕中千家万户传出捣衣的砧杵之声。时间看来已经很晚，我早已产生要卧床休息之心。但因吟咏您的美好诗句，不知不觉已经拂晓，窗外已传来乌鸦的鸣叫声。

评析 据诗题可知，这是一首和诗。原诗是《秋夜即事》，故本诗也从秋夜写起。
首联写秋夜中的风声与月光。本是风吹竹动，却偏说竹子"迎风早"，增加了情趣。颔联对仗工整巧妙，上句写形，是视觉形象，以孤雁衬夜空之寂寥，烘托人的孤独感。下句写声音，是听觉形象，大有"长安一片月，万户捣衣声"的意境，取景典型，境界阔大。颈联写深夜欲卧，既切诗题中之"秋

五言律诗 | 251

夜"，又为尾联蓄势做铺垫。最后两句点题，深夜不寐的原因是"吟秀句"，竟"不觉已鸣鸦"，夸赞友人诗句的艺术精髓，切合题中的"酬"字，非常得体。

本诗章法很妙，前四句写秋夜之景，有声有色，景中含情。"尤以颔联属对，秀逸自然，真不愧为一种'秀句'。"（喻守真语）后四句叙事，意在称颂友人诗作之秀美，并以"鸣鸦"回应上文的"夜"字，使全篇之景语皆有着落，都是作者的所见所闻。

刘眘虚／生卒年不详

一作"慎"。字全乙，一说字挺卿。洪州新吴（今江西奉新）人。玄宗开元二十一年（733）进士及第。少时即善作文，为人淡泊名利。其诗今存十五首，大多为五言，多写自然景物。殷璠评其诗"情幽兴远，思苦语奇。忽有所得，便惊众听"（《河岳英灵集》）。《全唐诗》存其诗一卷。

阙　题 ①

刘眘虚

道由白云尽，春与青溪长。时有落花至，远随流水香。闲门向山路，深柳读书堂。幽映每白日，清辉照衣裳。

注释　　①阙题："阙"同"缺"，本诗当有题目，不知何故失落。殷璠《河岳英灵集》卷上录有此诗，未录诗题，后人遂以"阙题"命之。

译文   已爬上半山腰，白云在脚下荡漾，才来到通往别墅的路上。路旁有一道曲折的溪水，两侧到处是草碧花香。溪水有多长，春色就有多长。偶尔有落花随着流水而下，带来淡淡的缕缕清香。来到别墅门前，才发现山门正朝着山路开放。进入别墅的院子里，在绿柳掩映的深处才是主人的读书堂。尽管是晴空万里的白昼，这里也十分幽静高雅，清幽的水塘反射的亮光，映照着淡雅的衣裳。

评析   刘眘虚存诗不多，但此诗却是精品，为历代所传诵。全诗描写走访一位隐居者的情景，用环境的清幽高雅衬托主人的高致。

    首联写途中之景。上句写路之起点，白云尽处才开始走上通往别墅之路，可见此处的地势相当高峻。只此五字，便省略了前面爬山的一段文字，并暗示出此处离别墅已经不远，用笔省净。下句写路上的流水春光，溪水是从别墅流来的，沿着水流便可走到隐者的居所。颔联紧承上文，"至"和"随"两字用得很精当。落花随流水而至，表明是由上游漂下的，即从隐居者居处漂来的，暗示出别墅坐落在鲜花簇拥的地方。"随"字写出了花随水流动的动态感。颈联写到达别墅所见之景。上句写门外所见，以"闲"字状门，表现主人远离世俗尘嚣的闲情逸致。下句写入门后所见，院子里柳荫浓郁，长条飘拂，读书堂便坐落在柳荫掩映的深处。进一步刻画出主人治学环境的清幽宁静。尾联写在读书堂中的主体感受。这里安谧恬静，空气新鲜，气候舒适，是治学著书、修身养性的最佳去处，主人公的闲适高洁便是不言而喻的了。

    全诗由景语构成，景中含情。按空间顺序写来，使读者仿佛随着诗人的笔触游览了这位隐者的别墅。由远及近，从外向里而行。孙洙说："此以深柳句为主，言由白云尽处而来，见溪水长流，落花浮至，而门向山开，堂尽深窈，虽白日惟清辉幽映耳。"（《唐诗三百首》卷五）

戴叔伦 / 732—789

字幼公，一作次公。又名融，字叔伦。润州金坛（今江苏金坛）人。少从萧颖士学，有才名，何年登进士第不详。官抚州刺史、容管经略使，兼御史中丞，后人称为"戴容州"。其诗作多表现隐逸生活和闲适情调，有的作品表现民间疾苦，上承杜甫，下启元白。其题材、风格、手法等均体现唐诗由盛转中的轨迹。明人辑有《戴叔伦集》，《全唐诗》存其诗二卷。

江乡故人偶集客舍

戴叔伦

天秋月又满，城阙①夜千重②。还作江南会③，翻疑梦里逢。风枝惊暗鹊，露草泣寒虫。羁旅长堪醉，相留畏晓钟④。

注释　①城阙：指京师长安。②千重：千层，形容夜色浓重。③江南会：倒装，即会集江南故人。④畏晓钟：意谓害怕天亮后要分手。

译文　季节已到秋天，又恰逢满月如盘。京城里夜色浓重，寂静肃然。想不到能与江南的故人们在客舍中相会，反而怀疑是在梦境里邂逅盘桓。风吹枝动，暗夜中的乌鹊惊噪不安；满是寒露的秋草丛里，各种秋虫在鸣叫啼寒。滞留客舍实在令人焦虑，只能用醉酒来解除忧烦。很怕天亮后就要分手，所以留下诸位尽情地酣饮畅谈。

评析　此诗题目一作《客夜与故人偶集》。是一首即事即景之作。"他乡遇故知"是人生一大快事，客居京师时遇到同乡故人，怎能不倍感亲切呢？

首联叙事。上句点时，从"天秋月又满"句来体味，当是中秋节的晚上。如果是七月则当是"天秋月初满"。"偶集"恐怕也不是纯粹偶然相遇的。中唐时尚无中秋赏月的习俗，故只写月满。下句点地，"城阙"即京城宫阙，可知作者是在京师客舍中偶遇江南故人的。至于来京师干什么，诗中未言，无非参加科举或干谒求官。从诗之情味看，似乎并不顺利。"夜千重"是说夜的气氛浓重，并非说黑暗，因当日正是月满之时。颔联点题，用流水对法，抒情味很强。"还"有偶然、意外的意味，扣紧诗题中的"偶集"二字。人们突然遇到意外之事，有时高兴得竟不相信其真实性，这是在日常生活中常常遇到的情景，故最能动人。颈联借景抒情。"风枝惊暗鹊"蕴含着"月明星稀，乌鹊南飞。绕树三匝，何枝可依"（曹操《短歌行》）这一典故，比喻诗人与江南故人在客舍中无所依托的困境。"寒虫"之鸣也包含着求告无门的哀怨，渲染悲剧气氛。尾联顺势而下，直抒胸臆。"畏晓钟"又暗示出夜深将晓，显示出异地故人相会的喜悦及友人们的真挚感情，衬托出羁旅生活的孤独、寂寞和愁苦。

卢纶／生卒年不详

字允言，郡望范阳（今河北涿州），籍贯河中蒲州（今山西永济）。天宝末、大历初屡试进士不第，曾在河中任元帅府判官，官至检校户部郎中。素有诗名，"大历十才子"之一。诗多送别赠答之作，也有反映军旅生活的作品。其诗工于叙事，兼擅各体，古诗歌行极有气势，近体律绝洗练明快，今人刘幼棠有《卢纶诗集校注》。

送李端

卢 纶

故关①衰草遍，离别正堪悲。路出寒云外，人归暮雪时。少孤为客早，多难识君迟。掩泣空②相向，风尘何所期。

注释 ① 故关：故乡。② 空：徒然。

译文 郊外遍布枯衰的野草，在这里送别，真是令人难忍酸悲。道路向凝滞阴沉的寒云之外延伸，你踏上归途时暮霭沉沉雪纷飞。我自幼丧父早孤遭际多难，认识你真是太晚太迟。暗自掩泣徒自向着你离去的方向，真不知何时是我们再见面的日期。

评析 这是一首送别诗，以"悲"字贯穿全篇，首联写送别的地点和环境。"衰草遍"写尽凄凉萧瑟之景象，为全诗罩上阴暗的感情色彩。"离别正堪悲"直抒胸臆，如话家常，为全诗定下深沉感伤的基调。颔联写送别之景。上句写友人远去。路延伸到"寒云"之外，既含有对友人长途跋涉之艰辛的同情与挂念，也暗示出作者伫立远望友人的身影，表现出时间的流程，突出路途遥远；下句写气候恶劣，突出旅途之艰辛。"人归"照应"路出"，"暮雪"照应"寒云"，笔法细密，浑然天成，色彩沉郁。颈联转折，回忆往事，感叹身世。少年而孤乃人生之大不幸，又逢乱世，早早便羁旅客游在外，更能感受到友情的珍贵，所以才感到"识君迟"，扣紧离别之"悲"。诗人把送别之意，落实在"识君迟"上，潜台词则含有分别太速之意。将惜别之情与感伤身世结合起来，抒发出特定生活环境中送别友人的悲怀，形成全诗抒情的高潮。尾联以期望再会收篇，虽是送别诗常用的手法，但上句以"掩泣空相向"铺垫，再用"风尘"一词修饰，表现再逢的渺茫无期，增加了离别之悲的程度，抒情效果甚佳。

全诗以送别始，到盼望再会终。感情自然抒发，意脉清晰。近人王文濡评曰："先叙送别之地与时，转到自己身世，正为难以作别耳，但终须一别，而后期茫茫，又不可知。文情相生，亹亹动人。"（《历代诗评注读本》）

李益 / 748—829

字君虞，凉州姑臧（今甘肃武威）人，代宗广德二年（764）迁居洛阳。大历四年（769）进士及第。初仕途不顺，弃官客游燕赵，累官至礼部尚书。其诗多长短歌行，与李贺齐名。尤擅绝句，工乐府。边塞诗多传颂之作，小诗酷似南朝民歌。其诗多为当时乐工所传唱。七绝凝练含蓄，韵味深长，胡应麟以为"七言绝句开元之下，便当以李益为第一"（《诗薮》内编卷六）。有《李益集》，今人范之麟有《李益诗注》。

喜见外弟①又言别

李 益

　　十年离乱后，长大一相逢。问姓惊初见，称名忆旧容。别来沧海事②，语罢暮天钟。明日巴陵③道，秋山又几重。

注释　　① 外弟：表弟。指姑之子。② 沧海事：用沧海桑田之典，指世事变化很大。葛洪《神仙传》："麻姑自说云：'接待以来已见东海三为桑田，向到蓬莱，水又浅于往者会时略半也，岂将复还于陵陆乎？'方平笑曰：'圣人皆言海中复扬尘也。'"③ 巴陵：唐郡名，郡治在今湖南岳阳市。

译文　　经过十年的离乱，我们都已经长大成人，却在这异地他乡偶然相逢。问起姓氏，我惊讶这意外的初见，你说出名字，我不由得回忆起你当日的音容笑貌。自从分别以后，社会发生的沧桑巨变令人吃惊。当畅谈完十年来各自的情形，苍茫的暮色中响起了晚钟。可惜明天就要分手，你将要艰难地跋涉于千山万岭中。

评析　　本诗抒写与外弟久别重逢旋又分手的复杂感情，在以人生聚散为题材的小诗中，是脍炙人口的名篇。首联写相逢的背景，语言平平，含义丰富。起码有三层意思：一是离别已十年；二是离别的原因是战乱，是特殊的历史环境造成的；三是离别时本来是孩提，如今均已长大成人，容貌都有很大变化。正因如此，才会有颔联带有戏剧性的细节描写。颔联正面描写重逢时的情景。两句诗流传甚广，是表现故人重逢的名句。它非常生动、准确地传达出在特定环境下的情感体验，把人们久别重逢，尤其是孩提分手而成人后才相见的那种感受表现得十分传神。宋人范晞文在《对床夜话》中评此联曰："久别倏逢之意，宛然在目。想而味之，情融神会，殆如直述。"再往深层次探讨，两句诗的精妙之处还在于其艺术表现手法。它所表现的是表兄弟二人刚通姓名时那种将信将疑，一边端详对方一边在脑海中追忆以前印象的瞬间，并不描写确认后激情达到顶点时的场面，表现的是思维动向趋势而不是终点极限，给读者留下丰富的想象空间。颈联写见面后叙谈的深情。"沧海事"用典贴切。"暮天钟"不仅表现时间已晚，而且暗示是钟声提醒二人，委婉表达出交谈的亲切忘情。尾联未说别字而别字自现。"秋山"点明别时的季节，又蕴含着伤别的情怀。

淮上①喜会梁州②故人

韦应物

江汉曾为客，相逢每醉还。浮云③一别后，流水十年间。欢笑情如旧，萧疏鬓已斑。何因不归去，淮上对秋山。

注释　①淮上：即今江苏淮阴一带。②梁州：地名，唐时属山南西道，故址在今陕西南郑境内。③浮云：比喻生活飘荡不定。

译文　在长江和汉水之间，我们曾在共同的羁旅生涯中结下情缘。那时节，每当相逢便共同饮酒，归宿时又总是意兴阑珊。自从分手之后，便像两片浮云一般，各奔西东北南。逝去的光阴如同流水，不知不觉已是十年。今日见面，欢声笑语与当初并无两样，可惜的是我们的鬓发都已花白如斑。为什么我还不归去，却要在这淮水边上，满怀愁情去面对满是秋色的群山？

评析　这首诗写在淮上偶遇昔日梁州故人的情况和感慨。诗用倒戟拖入之法，先从十年前客中聚首的情况写起，因见故人而思故情，十分自然。首句交代以前订交的地点，次句回忆当时友情的深厚。相逢即饮，常常扶醉而归，这是何等的欢洽款曲。用笔精练，表现力极强。颔联抒发分别时间太久，岁月蹉跎的感慨。"浮云""流水"巧用典故，表现人生易老、时光空逝的怅恨。颈联又回到现实，久别重逢，令人欣喜，旧情依旧，可见二人都是重感情之人，但相顾对视之间又不免十分感慨。二人都已不是当初那红光满面风流倜傥的青年了，而是均现老态，两鬓斑白了。两句诗一喜一悲，笔法跌宕；一正一反，交互成文。尾联以反诘作结，抒发思乡之念。细品味此两句诗，当是诗人在滁州时所作。他在《登楼》诗中说："坐厌淮南守，秋山红树多。"他于建中四年（783）夏出任滁州刺史，贞元元年（785）春被罢免，但留在滁州未走，直到秋天才得到朝命出任江州刺史。滁州正在淮水之南，故称"淮南守"，也可称淮上。如果此种推论不错，则此诗当作于公元784年或785年的秋天。

司空曙／生卒年不详

字文明，一作文初，广平（今河北鸡泽县东南）人。卢纶表兄。官水部郎中。为"大历十才子"之一，其诗多写自然景色和乡思旅情。语挚意真，凄哀动人。长于五律。《全唐诗》存其诗二卷。

云阳馆① 与韩绅② 宿别③

司空曙

　　故人江海别，几度隔山川。乍见翻疑梦，相悲各问年。孤灯寒照雨，深竹暗浮烟。更有明朝恨，离杯惜共传。

注释　　① 云阳馆：云阳驿舍。云阳，县名，故城在今陕西西安市以北。② 韩绅：据韩愈《虢州司户韩府君墓志铭》载，韩愈有叔父名韩绅卿，与司空曙同时，曾做过泾阳县令。而此诗标题"韩绅"一作"韩升卿"，二者当是一人。③ 宿别：一作"即别"。

译文　　自从分别以来多年不见，一晃又是几年，阻隔着万水千山。刚一见面反而怀疑是在梦境，相互询问对方的年岁而顿生悲戚之感。客馆里一盏孤灯照着你和我，窗外秋雨潇潇夜色寒。竹林深处迷蒙昏暗，仿佛飘浮着片片云烟。一想到明晨就要分手，我更加怨恨而无奈，只能把惜别的酒杯频频递传。

评析　　云阳县治在今陕西泾阳县西北，韩愈叔父韩绅卿曾任过泾阳县令，并与司空曙有交往。诗题中之韩绅可能就是韩愈之叔，在云阳驿馆住宿时遇到司空曙，二人饮酒叙旧话别，司空曙写下此诗。

　　首联从上次分别说起，表现此次相会的不易。而刚刚相会又要分手，自然过渡到叙谈与惜别，曲折有致。颔联是最受后人激赏的名句，因其十分生动传神地表现出故人久别重逢时的惊奇、欣喜的神态和细微的心理变化。宋人范晞文评此联云："久别倏逢之意，宛然在目，想而味之，情融神会，殆如直述。前辈谓唐人行旅聚散之作最能感动人意，信非虚语。"（《对床夜话》卷五）清人吴汝纶亦说："三、四千古名句，能传久别初见之神。"（《唐宋诗举要》）颈联转折，以景衬情。紧扣"宿"字，写孤灯叙谈的景象。孤灯、寒雨、湿竹、浮烟都是凄凉晦暗的色彩，不仅渲染映衬出主客双方悲凉暗淡的心情，也象征着人生命运的漂浮变动和难以把握。尾联总写恨别之意。那珍惜离别之情的酒杯频传劝饮，表现出彼此间恋恋不舍的深情。

久别重逢，而且在驿馆中，一宿后又将分手，对老朋友来说确是易动感情的。本诗语言朴实无华，情真意切，确是抒情佳篇。沈德潜盛赞云："三、四写久别忽遇之情，五、六夜中共宿之景，通体一气，无饾饤习尔，时已为高格矣。"（《唐诗别裁集》卷十一）

喜外弟卢纶见宿[①]

司空曙

静夜四无邻，荒居旧业贫。雨中黄叶树，灯下白头人。以我独沉久，愧君相见频。平生自有分，况是蔡家亲[②]。

注释　①见宿：一作"访宿"。②蔡家亲：晋张华《博物志》卷六《人名考》："蔡伯喈母，袁公（熙）妹曜卿姑也。"因蔡邕之母是袁涣（字曜卿）的姑姑，蔡袁二人是姑表兄弟。后因称姑表亲为"蔡家亲"。又，一说羊祜为蔡邕外孙，曾以自己将晋的爵位赐乞舅之子蔡袭，事见《晋书》。故称表亲为"蔡家亲"。

译文　夜晚寂静得没有一点儿声音，我的居处荒陋偏僻而没有近邻，家境困窘十分清贫。窗外秋雨潇潇，枯黄的树叶在风雨中飘摇悲吟。屋内萤豆青灯，我已是身心憔悴的迟暮之人。因为我孤独沉沦太久，你便常常前来过访慰问，更使我产生愧疚之心。可转念一想，谁让我们生来就特别投缘，而且又像蔡邕、袁涣那样是骨肉至亲？

评析　司空曙和卢纶均在"大历十才子"之列，同好诗歌，功力相匹，又是表兄弟，故关系很密切，司空曙"磊落有奇才"，但因"性耿介，不干权要"所以"家无甔石"（《唐才子传》卷四）。本诗便是其家境清寒，心境凄苦的真实写照。

前四句用静夜中的荒村，陋室里的贫士，寒雨中的黄叶，昏灯下的白发这样一组衰飒的画面构成完整的意境，充满了辛酸和悲哀。后四句扣题，写表弟来访之喜。俞陛云在《诗境浅说》中评此诗曰："前半首写独处之悲，后言相逢之喜，反正相生，为律诗一格。"这是从章法上来分析的，颇有道理。

本诗为后人所钟爱的主要原因在于颔联的比兴手法。"雨中黄叶树，灯下白头人"，利用对比的形象来烘托气氛，用树叶之枯黄来比喻人之衰老，甚为贴切；雨中枯叶摇摇欲坠来比喻老人之风烛残年，亦极神似。故"雨中黄叶树"兼有起兴和比喻的作用。高步瀛在《唐宋诗举要》中说："'雨中''灯下'虽与王摩诘相犯，而意境各自不同，正不为病。"这里所说的"雨中""灯下"指的是王维《秋夜独坐》中"雨中山果落，灯下草虫鸣"一联诗。这两句诗纯用白描状眼前之景，纯属赋体而无比兴之意，不仅意境不同，手法也不相同。虽然语言、结构相类似，但不能看作司空曙袭用王维的诗句。"正不为病"，指的就是这层意思。

贼平①后送人北归

司空曙

世乱同南去，时清独北还。他乡生白发，旧国见青山。晓月过残垒②，繁星宿故关。寒禽与衰草，处处伴愁颜。

注释　　　① 贼平：指平定安史之乱。② 残垒：废弃的军事营垒。

译文　　　世道混乱的时候，你我一同逃亡到南地，如今社会清平，你却独自返回到北方的故乡。长期滞留外地，我们的两鬓已生白发，但天地不变，故国的青山依旧苍苍。你归心似箭而日夜兼程，在拂晓淡淡月光的映照下，经过战时军队的营房。满天繁星时，又住在通往故乡的关隘上。只有枯草和啼寒的鸟一直陪伴你，与你共同忧戚共同感伤。

评析　　　这是一首感人至深、构思别致的抒情诗。全诗并未正面出现送别的场面，只是设想借归乡者途中的凄凉景象来寄托自己的悲怀。归乡者尚如此凄楚，而未归之人更何以堪？这便是本诗立意的妙处。

　　　首联叙事，交代此次送别的特殊性。即因为战乱而同时离开故乡逃往南方。此时战乱已平息，友人要北归返乡，而作者却不能同行，还要滞留客居异地。同时离乡而不能同归，只能眼巴巴地看着他人回归故里，诗人的心情是不难想象的。故首联为抒情之骨，有统摄全篇之效。以下三联表面看是为北归之人着想，实质是抒己之悲。颔联抒人生易老而山河依旧之慨。人生老于异乡，更增悲怆，友人老于异乡尚能返乡，而作者虽老尚不得归，又增一层悲怆。后四句设想友人归途中的艰辛与孤独，极力宣泄悲剧气氛，以烘托自己的悲愁。

　　　本诗在句法上曾遭到过前人的批评。批评的主要内容是"四言一法"，即连续四句的句法结构完全相同。如本诗的中间两联，即犯此病。四句诗的动词都在第三字，前后各有一个名词，而这八个名词的结构义全都是偏正式的。仔细品味，确实显得呆板一些。律诗只八句，连续四句句法一样，当然不太好。所以在不以辞害意的情况下，还是尽量避免一下为好。

刘禹锡 / 772—842

字梦得，洛阳（今属河南）人。德宗贞元九年（793）登进士第，又登博学宏词科、吏部取士科。入仕后因参与"永贞革新"，被贬朗州司马，迁连州刺史，历夔州刺史、和州刺史。后由裴度力荐，任太子宾客，加检校礼部尚书，世称"刘宾客"。中唐时期著名诗人之一，世称"诗豪"。有《刘梦得文集》，有陶敏、陶红雨《刘禹锡全集编年校注》。

蜀先主庙

刘禹锡

天下英雄①气，千秋尚凛然。势分三足鼎②，业复五铢钱。③得相能开国，生儿不象贤④。凄凉蜀故伎，来舞魏宫前。⑤

注释　①天下英雄：《三国志·蜀书·先主传》曹操曾对刘备说："今天下英雄，唯使君与操耳。"②三足鼎：指魏、蜀、吴三国鼎立的局面。③"业复"句：五铢钱是汉武帝以后所用的钱币，王莽篡汉后废止不用。此句指恢复汉业。④象贤：效法先主的贤德。《礼仪·士冠礼》："继世以立诸侯，象贤也。"注："象：法也。"⑤"凄凉"两句：后主刘禅降魏后，被迁洛阳。"司马文王（昭）与禅宴，为之作故蜀伎，旁人皆为之感怆，而禅喜笑自若。"

译文　刘备经营天下的英雄壮举，千秋之后照样凛凛有生气，令人肃然而生敬意。白手创业，使天下鼎足三分，终生奋斗要完成光复汉室的伟绩。三顾茅庐，访到千古贤相诸葛亮，开创蜀汉的业基。可叹儿子又笨又愚，弄得国破家亡分崩离析。可惜那些蜀国的宫伎，却翩翩起舞于魏国的宫殿里。没心没肺的刘禅，竟看得津津有味还非常欢喜。

评析　这是一首传诵很广的咏史诗。蜀先主即刘备，庙在夔州（今重庆奉节）白帝城山上。

首联突兀劲挺，高唱入云。"天下"二字囊括宇宙，从空间下笔，极言英雄气之充塞天地；"千秋"二字贯穿古今，从时间着墨，极写英雄气之万古长存。表现出诗人对先主功绩的无比崇敬。颔联高度概括先主的英雄业绩。他百折不挠，屡经磨难，开创三足鼎立的局面。终生以光复汉室为己任，其志向可嘉。颈联转折，为先主功业未成而叹息。用刘备长于择相，知人善任与后人不肖相对比，感慨颇深。尾联用典，讽刺后主不能继承先人之业，致使国灭身俘，使先人事业半途而废。这一结尾大有深意。

　　诗人咏史怀古，多是有感而发。本诗前半咏盛德，后半叹业衰，在鲜明的对比中显示这样的主题：创业难，守业更难。后人的贤良与否是国家和事业能否发展兴旺的关键。中唐时期，多是昏庸平凡之君，诗人的感慨乃为此而发，读者不可不察。

张籍/766？—830？

　　字文昌，祖籍吴郡（今江苏苏州），后移居和州乌江（今安徽和县乌江镇）。德宗贞元十五年（799）进士及第。曾任水部员外郎、国子司业，故世称"张水部""张司业"。与韩愈处于师友之间。同王建、孟郊、贾岛互有赠答。与白居易友善，文学主张接近。其诗工于乐府，与王建齐名，并称"张王乐府"。其作多反映社会现实。《全唐诗》存其诗六卷。有《张司业集》。

没蕃故人

张　籍

前年伐月支 ①，城下没全师。蕃汉 ② 断消息，死生长别离。无人收废帐，归马识残旗。欲祭疑君在，天涯哭此时。

注释　①月支：又写作月氏，古西域国名，此处借指吐蕃。②蕃汉：吐蕃和唐朝。

译文　前年老朋友出征月支，后来在城下与吐蕃大战而覆没全师。从此和中原朝廷彻底断绝消息，无论死活我们都无法相见而永远别离。战败后也无人去收拾废弃的营帐，只有幸存的战马望着残破的军旗仰颈长嘶。我有心要祭奠你又怀疑你尚活在人世，只能在这遥远的天涯痛哭流涕。

评析　中唐后期，即9世纪初，唐朝和吐蕃多次交战，而最大的一次是在公元819年，吐蕃将领绮心儿率军强攻沙州城（即今敦煌）之战，结果是唐军全军覆没。诗之首句称"前年"，此诗或作于公元821年。

首联叙事，交代故人陷没吐蕃的时间与地点。"没全师"写大战惨败的结局，具有撼人心魄的力量，为后文的抒情张本。颔联承前，写战败后的恶果是与故人的"长别离"。"死生"二字有两种释义：一谓故人与我一死一生，一谓故人或死或生，当以后者为好。这样既暗应尾联的"欲祭疑君在"，又符合人们正常的思维方式。当友人或亲人生死未卜甚至死而未见尸时，谁都希望对方还活着。而且在当时确有一些没蕃的中原人在吐蕃占领区中长期生活着，《敦煌曲子辞》中便有反映这种现实的诗篇。颈联转写战败的凄惨景象。这联景语的插入相当成功，虽完全是想象之辞，但入情入理，是"没全师"后应有的景象，渲染悲剧气氛，扣紧故人没蕃这一诗题，也蕴含着对国事的担心及对战争的痛恨。尾联是"全诗主意所在，欲望空遥祭，当冀其能生还，语真情苦"（喻守真语）。两句诗如话家常，感情容量极大，感人肺腑。清人潘德舆评此二句云："张文昌《没蕃故人》诗云：'欲祭疑君在，天涯哭此时。'语平淡而意沉痛，可与李华'其存其没'数语并驾。陈陶'无定河边'二语，紧于李、张而味似少减。此等处难于言说，悟者自悟。"（《养一斋诗话》卷二）这段话中的李华之语，指李华《吊古战场文》中结尾处的一段文字："其存其没，家莫闻知；人或有言，将信将疑。悁悁心目，寝寐见之；布奠倾觞，哭望天涯。"陈陶"无定河边"，指陈陶《陇西行四首》（其二），全诗是："誓扫匈奴不顾身，五千貂锦丧胡尘。可怜无定河边骨，犹是春闺梦里人。"录此以备参看。

草 ①

白居易

离离 ② 原上草，一岁一枯荣。野火烧不尽，春风吹又生。远芳侵古道，晴翠接荒城。又送王孙去，萋萋 ③ 满别情。

注释　　① 草：诗题一作《赋得古原草送别》。"赋得"二字相当于"咏"字。② 离离：长貌，形容春草到处都是。荣：茂盛。③ 萋萋：春草茂盛貌。《楚辞·招隐士》："王孙游兮不归，春草生兮萋萋。"

译文　　碧绿茂盛的春草，欣欣向荣，绿遍了原野，绿遍了大地。尽管在秋冬季节干枯萎靡，但当春风吹来时很快便恢复勃勃生机。漫山的野火也无法将它燃尽，在春风的吹拂下，它再度苏醒过来，为大地披上绿衣，漫山遍野，无边无际，显示出无与伦比的强大的生命力。春风习习，春草的芳香沿着古道伸向远方的天际；丽日高照，春草的翠绿连接着荒芜的古城废墟。又有人在欢送自己的朋友远去，春草萋萋，仿佛也充满了离情别意。

评析　　关于本诗的写作背景，唐张固在《幽闲鼓吹》中说："白尚书应举，初至京，以诗谒顾著作况。顾睹姓名，熟视白公，曰：'米价方贵，居亦弗易。'乃披卷首篇（即本诗），即嗟赏曰：'道得个语，居即易矣！'因为之延赏，声名大振。"此说虽未必属实，但可看出其在当时即广为流传，是白居易的成名之作。

诗题一作《赋得古原草送别》，"赋得"是限题作诗的一种形式。按照本诗题意，必须把"古原""草""送别"三者联系统一在一起，构成一个完整意境方可，不能缺少任何一个方面。

前四句重点写草，因这是中心词，是构成全诗意境的主体意象。开篇入题，"离离"形容草原的广袤与繁荣。"一岁一枯荣"道出草的生长规律。诗人未写荣—枯，而是写成枯—荣，强调草的顽强的生命力，描状出一幅生生不息的图景，为下文蓄势。颔联紧承"枯荣"二字写来，描绘出一幅非常醒目、令人激动不已的壮观场面。野火燎原，枯草成灰，一片黑色，大地焦灼。但等到春风一吹，野草复生，遍地绿色，野草的旺盛生命力令人敬佩，值得歌唱。这种在烈火中再生的壮丽也给人以鼓舞的力量。颈联侧重写古原。充满诗情画意的春草与"古道""荒城"这古色古香的词语组合在一起，意境很别致，并为尾联的送别提供了典型环境。尾联关合全篇，点送别之意，而且是在古原草的烘托下送别，写足题面。

杜牧／803—853

字牧之，京兆万年（今陕西西安）人，祖居长安下杜樊乡（今陕西西安市长安区东南），因称"杜樊川"。另有"杜书记""杜司勋""杜舍人""杜紫微""小杜"等称号。宰相杜佑之孙。文宗大和二年（828）进士及第。曾任黄、池、睦、湖等州刺史，官终中书舍人。以济世之才自负，曾注释《孙子兵法》。诗文中多有指陈时政之作，也有流连声色之篇。近体情致俊爽、清丽圆润。古体骨力遒劲，豪健奔放。尤长七绝。有《樊川文集》，今人缪钺有《杜牧诗选》。

旅　宿
杜　牧

　　旅馆无良伴，凝情①自悄然。寒灯思旧事，断雁警愁眠。远梦归侵晓②，家书到隔年。沧江③好烟月，门系钓鱼船。

注释　　①凝情：凝神专注貌。②侵晓：天已破晓。③沧江：一作湘江。

译文　　滞留在旅馆中独自生活而没有好的伙伴，经常凝神自思而苦闷茫然。面对寒灯思念着往事，远处传来断断续续的孤雁的哀鸣，使我更加忧愁而难以入眠。待到进入梦境回到家时天已拂晓；家中的书信寄到时恐怕已经过年。沧江的江面上烟笼月照，旅馆的门口就拴着钓鱼船。对于那无拘无束的垂钓生活，我是真心向往和艳羡。

评析　　这是一首羁旅思乡之作，属于常见的题材，但由于诗人善于剪裁熔铸，故写得很有神韵，丰采动人。

　　首联直接点题，叙事兼抒情，为全诗张本。"无良伴"即没有亲人或友人之意，旅馆中自有许多同住的旅客，但均是路人，无法倾心交谈，只能"凝情自悄然"了。"凝情"描绘失神落魄的精神状态很是逼真。颔联两句只写平常之情景，却生动传神。上句写面对寒灯，如见其形，下句写听雁惊心，如闻其声，形声兼备，状尽孤独寂寞的情怀。颈联写思乡念亲之切，与前联笔断意连，意蕴丰富。"远梦归侵晓"需从两方面去理解：一是说家乡太远，梦归也难，待梦中归乡时天已破晓矣，好梦难成；二是说客居思乡而失眠，待更深夜将阑时才能入睡，意脉上紧承"断雁警愁眠"。下句写家远，书信需隔年方能到达自己手中，表现出盼望家书的殷切心情，衬托出独居旅舍之苦况。尾联用他人自由闲适反托自己的羁于行役，困于异乡的烦恼苦闷，风情动人。尾联的笔法很妙，值得借鉴。前六句从各方面渲染刻画旅宿的幽恨闲愁，最后一笔宕开去，用反托之法以客衬主，在对比中突出自己忧愁的程度。喻守真对这一点分析得比较精当，他说："末二句是从无可奈何中艳羡门外沧江渔船的清闲自在，自叹劳人做客，这是跳出题目圈子的话，此诗做得神韵风趣，往往从此等语得力。"（《唐诗三百首详析》）

许浑
788?—858

字用晦，一作仲晦。郡望安陆（今属湖北），籍贯洛阳（今属河南），后移家京口（今江苏镇江）丁卯涧，后人称"许丁卯"，文宗大和六年（832）进士及第。官虞部员外郎，睦、郢二州刺史，自小苦学多病，专攻律诗，多写林泉及登高怀古之作，有《丁卯集》。

秋日赴阙① 题潼关② 驿楼
许 浑

红叶晚萧萧，长亭酒一瓢。残云归太华③，疏雨过中条④。树色随关迥，河声入海遥。帝乡明日到，犹自梦渔樵。

注释　　①阙：宫阙，代指当时的首都长安。②潼关：古代著名关塞，是由中原进入关中平原的咽喉要道，地势险要，历来为兵家必争之地。《水经注》："河在关内，南流潼激关山，因谓之潼关。"故址在今陕西潼关县境。③太华：即华山。山的西南有少华。为区别起见，故名太华。④中条：中条山，在太行山与华山之间，故名。

译文　　傍晚时分，红红的枫叶在秋风中瑟瑟飘摇，亭中送客，倍感惆怅寂寥。只有你我二人举杯劝酒，长亭内外一片萧条。残云仿佛归向太华山脉，稀疏的雨滴宛如正在经过中条山的山腰。树色随着潼关城墙伸向远方，黄河的波涛声伴着河水东流越来越小。虽然我明天即可到达繁华的京城，但在今晚的睡梦中，渔樵生活的乐趣依然令我魂牵梦萦。

评析　　本诗又题作《行次潼关逢魏扶东归》，两个诗题联系在一起，我们便可清楚此诗的写作背景。诗人于秋天从故乡润州丹阳（今属江苏）去长安，在潼关遇到魏扶东归，于是在长亭送别，并赋此诗。魏扶当是刚从长安归来，他自然要谈到京师中的一些情况，所以诗人才会有尾联的意绪。

　　首联勾勒出一幅秋日话别图，引人入胜。"红叶晚萧萧"，景中含悲凉之意，"长亭酒一瓢"，情中有离别之苦。中间四句笔势陡转，通过对潼关典型风物的刻画，创造出一种苍茫雄浑的意境。前两句写远景，残云归岫，疏雨过山，措意新颖，化死景为活景，使整个画面充满动感，增加了诗的意趣。后两句写近景，一形色一声音，一是望中所见，一是听中所闻，绘声绘色，给人以亲临其境之感。尾联以述志作结，在向朋友袒露心曲，含蓄地表白自己此次进京并非专为名利而来，已经做好返乡归隐的思想准备。优游不迫，委婉得体。

早　秋

许　浑

　　遥夜①泛清瑟②，西风生翠萝③。残萤栖玉露，早雁拂金河④。高树晓还密，远山晴更多。淮南一叶下，⑤自觉洞庭波⑥。

注释　　①遥夜：长夜。《楚辞·九辩》："靓杪秋之遥夜兮，心缭　　而有哀。"②泛清瑟：古人称弹奏琴瑟为泛。陶渊明《闲情赋》："褰朱帏而正坐，泛清瑟以自欣。"此处谓瑟声飘荡。③翠萝：又名松萝，地表类植物。④金河：即银河。⑤"淮南"句：《淮南子·说山训》："见一叶落，而知岁之将暮。"此句化用其意。⑥洞庭波：屈原《九歌·湘夫人》："袅袅兮秋风，洞庭波兮木叶下。"

译文　　漫漫的长夜飘荡着凄清哀怨的瑟声，秋风轻轻吹拂着长在地面的翠萝。布满白色露水的草丛中，隐约可见几点微弱发光的残萤。早归的大雁高飞苍穹，好像要碰着银河中的星星。拂晓时树木笼罩在雾中显得密集，远山在晴日中重重叠叠。《淮南子》中有一叶下而知秋的说法，见到落叶自然联想洞庭湖的秋风。

评析　　唐诗中咏秋的作品很多，但专咏早秋的不多，而写得如此精彩的尤少见。

　　全诗扣紧题目，用一"早"字结构全篇。首联描写早秋的萧瑟气氛。"清瑟"本是哀怨之调，加一"泛"字，更增神韵，大有"二十五弦弹夜月，不胜清怨却飞来"（钱起《归雁》）的味道。"西风"本秋风，风传瑟声，声增风怨，相互生发，加浓了早秋的凄清氛围。中间两联写眼中所见，从不同角度集中描绘早秋之景，上下交错，远近纵横。第三句是俯察，第四句是仰观，第五句是近看，第六句是远眺。视野开阔，取景典型，组合成一个典型的早秋世界。颈联中的"晓"字和"晴"字又鲜明地表现出由于时间推移和气候变化所带来的早秋景物的特征，增加了色彩感和空间立体感。尾联用典结题，灵活贴切，含蓄而富有哲理。"淮南"借《淮南子》的字面，"洞庭"借屈原作品中的词句，各取其意，将两处描绘秋意的精彩片段巧妙地绾合在一起，连同上文共同构成一幅精彩的早秋图画。"淮南""洞庭"又是两个地名，作者巧妙地嵌入诗中，灵动活脱，需灵活理解。如胶着拘滞，则难解其意，淮南地区落下一片树叶，在湖南的洞庭湖怎会感受到秋风乍起时的微波，岂不成了笑话？

蝉

李商隐

本以高①难饱，徒劳恨费声。五更疏欲断，②一树碧无情。薄宦梗犹泛③，故园芜已平。④烦⑤君最相警，我亦举家清。

注释　①高：蝉生活在树上，故曰高；也含有清高、高洁之意。②"五更"句：谓蝉彻夜鸣叫，到五更时力竭声稀。③梗犹泛：《战国策·齐策》："桃梗谓土偶人曰：'子，西岸之土也，挺子以为人。至岁八月，降雨下，淄水至，则汝残矣。'土偶曰：'不然。吾，西岸之土也，吾残，则复西岸耳。今子，东国之桃梗也。刻削子以为人，降雨下，淄水至，流子而去，则子漂漂者将何如耳！'"此句谓自己官小而四处漂泊。④"故园"句：化用陶渊明《归去来兮辞》："归去来兮，田园将芜胡不归"句意。⑤烦：麻烦、烦劳。

译文　你是住在高枝上的一个高洁的小生灵，餐风饮露本来就难以饱腹，何必幽怨而发出怨恨之声？这一切都是枉费徒劳，因为根本就无人肯听。你彻夜哀鸣，到五更时已声嘶力竭，但那满树的碧色却麻木不仁而毫无表情。我的官职卑微，像桃木梗那样四处飘零，流落何方难以确定。故乡的田园已经荒芜，何不归去隐居以求得自由宁静？麻烦你用自己的哀鸣，为我敲响警钟，我的家境和处境也是如此，贫寒困苦而又凄清。

评析　这是一首咏蝉诗，因其妙契物性，巧寓己情，被清代学者朱彝尊尊誉为"咏物最上乘"。

　　前四句写蝉，意义上句句生发，连贯而下。以"高"字为筋脉。首联起势突兀，造句奇硬，表面似自怨自艾，实含忧愤之情。蝉栖高枝，暗喻自己之清高；蝉难饱，也与诗人身世境遇相吻合。含恨而鸣又枉费徒劳，其中亦有潜台词。两句诗含有这样的意思：诗人因清高而仕途偃塞，生活困顿，向有权势者陈情却无人理睬，无人真心帮助自己。颔联紧承首联而来，"上句即承'声'字，谓即力竭声嘶，亦无同情的人。下句承'高'字，谓高栖于树，而树亦无情。字字咏蝉，却字字是自况。"（喻守真语）这几句分析入情入理，很得要领。颈联转折，抛开所咏之物，直抒胸臆。"薄宦"句用典抒写自己孤苦无依，到处漂泊的身世，言简意丰，非常精当。"芜已平"比"田园将芜"更甚，禾苗和野草已经连成一片，漫然而不可分，婉转表达诗人思归心情之迫切。这两句表面看与蝉无关，但在精神实质上是相通的。因清高而薄宦而难饱而徒费声也。尾联结题，回到蝉身上。君与我对举，完全平等，我就是蝉，蝉亦是我，二者在做情感上的交流。是蝉的鸣叫声惊动了我的心，我也真正理解你这个弱小而高洁的小生灵。这样，就把咏物和抒情紧密结合起来，在意脉上倒贯全篇，呼应开头，使全诗的意境浑然一体。

风　雨

李商隐

凄凉《宝剑篇》①，羁泊欲穷年。黄叶仍风雨，青楼②自管弦。新知遭薄俗，旧好隔良缘。心断新丰酒③，销愁斗几千？

注释　①《宝剑篇》：一作《古剑篇》，唐前期名将郭元振作，有"虽复尘埋无所用，犹能夜夜气冲天"之句，寓怀才不遇和郁勃不平之气。② 青楼：古有二义，一指妓院，一指富贵之家，此处是后者。③ 新丰酒：唐时名酒，价格昂贵。王维《少年行》："新丰美酒斗十千。"

译文　我虽然胸怀匡国之志，也有郭元振《宝剑篇》那样充满豪气的诗篇，但却不遇明主，长期羁旅在外虚度华年。黄叶已经衰枯，风雨仍在摧残，豪门贵族的高楼里，阔人们正在轻歌曼舞急管繁弦。新朋友又遭到浇薄世俗的非难，老朋友又因层层阻隔而疏远无缘。想要用新丰美酒来消愁解闷，管它价钱是十千还是八千。

评析　　这首诗当作于晚年羁旅异乡之时。诗人一生坎坷，仿佛一直在受到风雨的摧残，故慷慨悲歌，一伸抑郁愤懑之气。

　　诗一开篇就在苍凉沉郁的气氛中展示理想与现实的矛盾。唐初名将郭元振也曾落拓未遇，却因《宝剑篇》而受到武则天的赏识而平步青云，一展雄才。但自己虽也满腹文才，却无法施展。心情凄苦，满纸悲酸。《宝剑篇》的内容及典故所包含的奇情壮采，又令人有一种釜剑沉埋的勃郁不平和奋力抗争的感觉。颔联承上，用对比手法抒写漂泊异乡期间无比凄苦的人生感受。上句用比兴手法，实中寓虚，用遭受风雨摧残的黄叶象征自己的身世遭遇，与下句实写的青楼管弦形成对比，用他人的富贵欢乐反衬自己的沉沦贫寒，反差强烈，具有极强的表现力和批判力。"仍""自"二字开合相应，极有神采。清代大学者纪晓岚赞叹道："神力完足，'仍'字、'自'字多少悲凉。"（《玉谿生诗说》卷上）颈联转写人事交往，进一步表现孤苦无援的窘境。"新知""旧好"一遭一隔，两种表现一个原因。充分反映出诗人在牛李党争和浇薄世风中举步维艰的生活历程，也蕴含着诗人对薄俗的强烈不满。凄凉的人间风雨，已经渗透到知交的领域，茫茫人世，何处还有温暖？"心断新丰酒，销愁斗几千？"也是暗用典故。初唐的马周落拓未遇时西游长安，住新丰旅舍，受到冷遇，遂取酒独酌，表现出不凡的气度和性格。后来受到皇帝的赏识拔居高位。诗人用此典，寓意不难理解，暗写自己只有马周之落拓而无马周之幸遇，幽怨尤深。诗以问句收，正给人以心绪迷惘茫然的强烈印象。

　　诗题"风雨"，具有象征意蕴。象征着包围、压抑、摧残、扼杀贤才的冷酷无情的社会现实。但品味全诗，便会体会到作者在批判揭露阴暗现实的同时又表现一种积极用世的生活热情。首、尾两联用郭元振、马周之典也流露出对初唐开明政治的向往和匡时济世的强烈要求。这正是一切正直的有事业心而又不遇于时的知识分子所共有的心境，故此诗具有典型性和深广的社会意义。

落 花

李商隐

高阁客竟①去，小园花乱飞。参差连曲陌，迢递送斜晖。肠断未忍扫，眼穿仍欲归。芳心②向春尽，所得是沾衣③。

注释　　①竟：尽、终。②芳心：花心，亦指看花人之心，有双关意。③沾衣：双关。既指花瓣花心零落飘飞沾人之衣，又指惜花人观落花伤感而泪落沾衣。

译文　　高阁上，客人们全都离去；小园里，零落的花瓣纷乱飘飞。飘飞的花瓣坠落蜿蜒曲折的小路上，高处低处都有仿佛在送落日的斜晖。看到这种凋残的景象，我心中忧伤颓衰，不忍心将它们扫起，望眼欲穿地希望它们日渐稀疏。那充满温馨气息的美妙的花心向着春光而凋零净尽，所得到的只是落泪沾衣。

评析　　这首咏物诗写于会昌六年（846），作者正闲居永乐。当时李商隐陷入牛李党争之中，境况不佳，心情郁闷，故本诗流露出幽恨怨愤之情。

诗起笔直接描写落花景象。上句叙事，下句写景。如分开看，都很平常，但联系在一起则妙不可言矣。清屈复评此诗云："首句如彩云从空而坠，令人茫然不知所为。"（《唐诗成法》）这里的"首句"是指首联而言。落花本是自然现象，与客人来去无关。但作者却把二者连在一起，并含有因果关系，这就是"令人茫然"的地方。乍看悖理，细思入情，故有出人意表之致。花早在落，但有客在而未察觉。待客散阁空，孤独寂寞之感顿生，这才发现"小园花乱飞"。因客散方见落花，岂不真有因果关系吗？"高阁"点出诗人所在之地，故可看到满园之景致。颔联承上，具体描写落花的触目皆是。上句从平面之广来写落花到处都有，下句从立体空间来写落花高低尽是，写足"小园花乱飞"的意象。"斜晖"点出时间，与"客竟去"相呼应。夕阳西下，鲜花飘零，使整个画面笼罩在沉郁黯淡的色调里，透出诗人心灵深处的淡淡忧伤。颈联直抒惜花怜花之情，大有"无可奈何花落去"的感慨，也透露出诗人华年空逝而又无可奈何的悲哀。尾联语意双关。花朵用整个生命装点了春天，无私地奉献出一片芳心，但所得到的只是凋零残破，沾惹人衣的凄凉结局，岂不可哀。这不也正是作者自身的写照吗？他素怀壮志，却报国无门，屡遭打击，"一生襟抱未尝开"，只能低首徘徊，泪落沾衣而已。明代的钟惺评此诗云："落花如此起，无谓而有至情。'所得'二字苦甚。"（《唐诗归》）

凉 思

李商隐

客去波平槛①，蝉休露满枝。永怀当此节，倚立自移时。北斗②兼春③远，南陵④寓使迟。天涯占梦数⑤，疑误有新知。

注释　①波平槛：指池水水面与栏杆下的地面几乎相平。②北斗：喻指君主，这里代指朝廷。③兼春：即再春、两春，代指两年时间。④南陵：唐属江南西道宣州，今安徽南陵。⑤占梦数：数占梦。

译文　客人离去才发现秋水在悄然上涨，池水渐渐与栏槛平齐。蝉也停止了鸣叫，清清的露水挂满树枝。此时此刻我凝神长想反复寻思，久久倚靠在栏杆上任时间飘移。两个春天已经过去，但朝廷的消息还像北斗星那样杳然难期，托往南陵去的使者也迟迟没有送回有关的消息。在这荒凉僻远的天涯海角，我心神不定，只能频频借梦境来占卜凶和吉，甚至猜疑所要联系的对方又有新朋而忘了旧知。

评析　本诗写初秋夜晚的一段愁思。含蓄蕴藉，颇有神韵。

起笔突兀，耐人深思。"客去"与"波平槛"本无联系，为何要连在一起叙述呢？细细推敲，这样写恰恰能传达出诗人心理感受的微妙变化，客人在时并未注意环境的变化，待人去寂寞，才发现池水上涨，清露满枝。表现诗题中的"凉"。构思上与《落花》的首联"高阁客竟去，小园花乱飞"同一机杼，同样精彩。颔联由凉转思，写客去后在凉夜中长期伫立凝思的情态。紧扣诗题中的"凉思"二字。后半首转写思的具体内容。颈联写离开朝廷很久，请托无信。尾联抒茫然迷惘之情。诗人终生不得志，在朝廷中只做过短短的两任小官，大半生都寄人篱下，漂泊异乡。由于写作背景不详，故所叙写的事情也难以确指。不过，这并不影响对本诗意境的理解和把握。此诗所表现的是诗人向往当官而不得归，寻找新的出路又没有结果，托身无地，苦闷彷徨的愁思。

诗题《凉思》，语意双关，既指"思"由"凉"而生，也意味着思绪的悲凉。情思婉转有致，意境浑成。在写法上，首联用对仗而颔联不用对仗，是谓偷春格。所谓偷春，意谓梅花偷春而先开也，即把颔联应用的对仗提前到首联来。

北青萝 ①

李商隐

残阳西入崦②，茅屋访孤僧。落叶人何在，寒云路几层？独敲初夜磬，闲倚一枝藤③。世界微尘④里，吾宁爱与憎。

注释　① 北青萝：地名，在今河南济源市王屋山中，李商隐早年曾在王屋山分支之玉阳山学道。② 崦：崦嵫山。《山海经》："崦嵫山下有虞泉，日所入。"③ 一枝藤：谓一根藤杖。④ 世界微尘：《金刚经》："若以三千大千世界碎为微尘。"

译文　火红火红的残阳落向西山，我到茅屋中去寻访孤僧。到处是飘飞的落叶而不见人影，只见寒云下的道路一层又一层。我继续沿路寻去，这时听到初入夜的磬声。顺声找去，才发现僧人清闲地站在山门，手中挂着一根竹藤。

一番交谈使我大彻大悟，悟得这大千世界就在微尘之中，又哪里用得着什么爱恨之情！

评析　　此诗写访僧悟禅的情景，章法缜密。首联叙事，写访问的对象和时间。"茅屋"是僧人居所，表现其清静无为的生活情趣。颔联写寻访的路上。上句暗点季节，落叶纷纷表明是在秋季，只见落叶不见人，足以显示出僧人住处的深邃幽静。下句"寒云路几层"进一步渲染气氛，并为下联闻声见人做好铺垫。颈联写访到孤僧时的情景。上句写闻其敲磬之声，清夜中悠扬的磬声颇有神韵，尤能衬出环境的静谧幽深。"初夜"照应开头的"残阳"，暗示出开始出发到找到僧人的时间历程。下句写见到僧人时的情景。"闲倚"写出僧人悠闲自在的神情。"倚"是倚仗之意，即拄着藤杖。当是僧人听到有脚步声，才停止敲磬出门来迎。而诗人则是闻磬声才找到"茅屋"。这主客间的一寻一迎，默契和谐，俱在文字之外，又全在情理之中，故诗人的领悟禅理亦势在必行了。尾联便写受高僧指点后大彻大悟的精神境界。表面看非常旷达，骨子里却透露出难以忘怀的无法排遣的爱与憎的情思。

　　李商隐是位至情至性之人，诗中勃郁着一股纯真而炽热的真情，故最能动人。本诗从他执着地寻僧访道的精神也可体会到这一点。在结构方面，则按时间顺序写来，并注意内在的联系和呼应。何焯《义门读书记》卷五十八评此诗云："'独敲初夜磬，写'孤'字。'初夜'顶'残阳'来，而'路几层'亦透落句，不唯回顾'孤'字，兼使初夜深山迷离如睹。"

温庭筠

/ ?—866

原名岐，字飞卿，太原祁（今山西祁县）人。因辞章敏捷，八叉手而成八韵，故称"温八叉"。仕途蹭蹬，官止国子助教。其诗设色浓艳华丽，与李商隐齐名。词为晚唐大家，花间鼻祖。后人辑有《温庭筠诗集》。

送人东游①

温庭筠

荒戍②落黄叶，浩然③离故关。高凤汉阳渡，初日郢门山④。江上几人在，天涯孤棹还。何当重相见，樽酒慰离颜。

注释　① 东游：一作"东归"，观"天涯孤棹还"句，以"归"为是。② 荒戍：荒废的旧营垒。③ 浩然：《孟子·公孙丑下》："予然后浩然有归志。"注："浩然，心浩浩有远志也。"④ 郢门山：即荆门山。

译文　荒凉萧条的戍楼渡口，地面上落满枯黄的树叶。友人就从这里分别，满怀豪情离开这古老的关河。秋风浩荡的汉阳渡口空旷寂寥；旭日初升的郢门山上彩霞蓬勃。江面上冷冷清清看不见几只帆影，一只小船如同行进天涯海角一般孤独寂寞。真不知我们何时再见，到那时一定要痛饮美酒来安慰相思和离别。

评析　这是一首秋日送别诗，所送何人未详。从诗中地名来看，当写于江陵一带。

本诗起笔高拔超迈，很有气势，出人意表。出句尽写萧飒之气。古戍本已荒凉，又值黄叶萧萧，此时此地送别，自然要倍增伤感。但作者笔势一转，诗意陡变，"浩然"一词强调友人的胸怀豁达大度，尽扫衰残之风，毫无感伤情味。气象格调，确是不凡。沈德潜很赞赏这一开头，评之曰："起调最高。"

（《唐诗别裁集》）颔联以景托情。初日，点明送别的时间为清晨。两句诗互文见义，意谓在高风初日中，荆山楚水里送友人还乡。用飒飒秋风，浩浩大江，杲杲红日，巍巍远山构成雄浑高远的境界，为友人之行状色，并暗应"浩然"一词。颈联写目送友人远去时的情景，意味深长。"孤棹还"既含有对友人独行的同情关切，也有自己依然羁旅外地而不能还乡的忧伤。尾联设想他日重逢的情景，更显示出友情的深厚真挚。

　　本诗在结构布局方面很有特色。首联点出送别的时间、地点与环境，中间两联宕开，描绘出一个山高水长、扬帆万里的辽阔雄奇的意境，与"浩然"一词的情调相一致，情景相生。结尾又回到眼前，设想他日的相逢。从时间看，一笔宕开去，渺茫无期，从空间看，一笔收拢来，将思绪从浩瀚的江面收回到眼前。纵横开阖，放得开，收得拢，可看出诗人经营的苦心。

马戴／生卒年不详

　　字虞臣，曲阳（今江苏东海西南）人。武宗会昌四年（844）进士及第。在太原幕府任掌书记，因直言获罪，贬为龙阳（今湖南汉寿）尉。遇赦返京，终太学博士。与姚合、贾岛等唱和。擅长五律，多写旅途风光及羁留愁思，乐府诗有讽意，七绝也有佳作。被人称为晚唐之王维。今人杨军有《马戴诗注》。

灞上 ① 秋居

马　戴

灞原风雨定，晚见雁行频。落叶他乡树，寒灯独夜人。空园白露滴，孤壁野僧邻。寄卧郊扉久，何年致此身^②。

注释　①灞上：亦写作霸上，即灞水西之白鹿原。在今陕西西安市东。②致此身：意谓皇上的恩泽到我身上，即找到职务的意思。

译文　灞水上的一场风雨刚刚消歇。南下的大雁匆匆忙忙飞过一拨儿又一拨儿。异地他乡的树已开始枯黄落叶，面对如豆的寒灯我孤独地伤心闷坐。空园中传来轻微的声响是白色的雨露在点点滴落，隔壁是位出家的和尚住宿过夜。我寄居在这郊外的敝屋中时间太久，也不知什么时候才能找到个进身之阶？

评析　晚唐时期政治黑暗，科场舞弊严重，许多才士难以中第。马戴很有才气，却困于场屋三十余年，其中曾长期逗留在长安及附近地区求仕，本诗当即作于此时，抒写长期羁旅在外的忧伤和进身无望的苦闷。

首联写秋雨乍停的暮景。"雁行频"既表明雁群之多，又表现出大雁急于飞行寻找宿处的惶急之状。这与诗人汲汲求仕而又没有着落的现状颇为相类，其寓意不难体会。颔联刻画自己的窘境，言简意丰。"他乡树"抒背井离乡之恨，"独夜人"写孤独落寞之慨。远离家乡，时逢秋晚，树已落叶，而自己不能返乡，功名又没有指望，何其凄惶愁苦？"寒""独"二字相互映衬，寒灯更显长夜漫漫，孤人倍觉寒气森森。此类句子状常人常见之情景如在目前，生动形象，情味很浓。颈联进一层写心理感受。上句重在写静，"白露滴"的声响都可听到，足显夜静的程度。用声响表现静，是以动写静之法，有沁人心脾的艺术效果。下句重在写孤，用的也是同法。隔壁有人，却是个不问人间事的僧人。前三联诗由外到内逐层写来，由外景到室中，由客观到主观，蓄势待发，逼出尾联的强烈的感情宣泄。所以尾联直抒胸臆，袒露直率地道出怀才不遇的苦闷和前途渺茫的怅恨，大有呼天喊地的味道，胸中的积愤一泻无余。情真意切，颇能动人。喻守真说："末联意在寄卧时久，大有久蛰思动事君致身之意。大概诗人多感，即景抒情，不觉吐出胸中积郁。"分析颇为中肯。

楚江①怀古
马　戴

露气寒光集，微阳下楚丘。猿啼洞庭树，人在木兰舟。广泽生明月，苍山夹乱流。云中君②不见，竟夕自悲秋。

注释　①楚江：此处指湖南境内的长江。②云中君：云神。屈原《九歌》中有"云中君"。此处用以引出屈原。

译文　露气越来越重，寒光也开始聚集，光线微弱的夕阳已沉没在楚地的山丘。暮霭沉沉，洞庭湖树上的猿猴开始啼叫，我还在江面上泛着木兰舟。明月从广阔无垠的湖泊中徐徐升起，苍茫的山色中夹杂一条条零乱的水流。我的忧思无法排遣，屈原《九歌》中的云中君不可复见，屈子的精魂也难以寻求，在这冷清萧瑟的傍晚，悲秋的愁绪一直笼罩我的心头。

评析　唐宣宗大中初年，以直言获罪，马戴由太原幕府掌书记被贬为龙阳（今湖南汉寿）尉，从北方来到江南，在洞庭湖和湘江一带游览。他忠而见谤，直而被贬，与屈原的遭遇相类，又来到屈原生活过的地方，便触景生情，感怀身世，写下三首《楚江怀古》，均是五律，这是第一首。

首联点出时间，描绘萧瑟清冷的暮秋景色，抒发悲凉落寞的情怀，奠定全诗的基调。颔联是晚唐诗中的名句。猿啼树，人泛舟的情景与《九章·涉江》中"入溆浦余僔徊兮，迷不知吾所如。深林杳以冥冥兮，乃猿狖之所居"的神韵何其相似，同样苍凉迷茫，为尾联的抒情做好了铺垫。两句诗一写听觉，一写视觉；一写物，一写己，动静相间，声形兼备，对仗亦工整，确是难得的佳句。颈联描绘的景象生动而逼真，且有寓意。上句境界阔大，反衬诗人贬谪远方的孤单离索，下句是迷茫纷乱之景，暗示出诗人心灵深处纷乱的愁绪和无所适从的迷惘。情寓景中，意在象外。尾联抒情，以屈原《九歌》中的"云中君"引出对屈原的缅怀与追思，表现"屈宋魂冥寞，江山思寂寥"（《楚江怀古》之三）的情愫。吊古亦是伤今，诗人的怨愤之情便不难理解了。

　　本诗情景契合，构思巧妙。前六句从各个角度描绘楚江的风物，并紧紧贴近屈原作品的意境着墨，景为情摄，篇末再拈出"云中君"，含蓄地抒发怀念屈原之情，情致深婉不露。全诗从日落写到月出，写出了时间的流程，尾句用"竟夕"倒贯全篇，妙极。俞陛云评此诗说："唐人五律，多高华雄厚之作，此诗以清微婉约出之，如仙人乘莲叶轻舟，凌波而下也。"（《诗境浅说》）

张乔／生卒年不详

　　字伯达，池州（今安徽贵池）人，僖宗咸通末年进士。黄巢兵起，退隐九华山。诗作多为五律，境界开朗壮阔。《全唐诗》存其诗二卷。

书边事

张　乔

调角①断清秋，征人倚戍楼②。春风③对青冢④，白日落梁州⑤。大漠兵无阻，穷边有客游。蕃情似此水，长愿向南流。

　　　① 调角：即号角。古军中乐器，犹后世之军号。② 戍楼：边塞上防御敌人的城楼。③ 春风：非实指，意谓青冢草青，像被春风吹拂一样。由青色联想春风，属通感。④ 青冢：即昭君墓，在今呼和浩特市南约二十里，边塞草皆白，冢上草独青，故称青冢。⑤ 梁州：当指凉州。凉州与青冢东西相对。曲名《凉州》也有写作《梁州》的。唐时梁州在今陕西南郑一带，与诗意不合。

译文　　　秋高气爽，广阔的边塞非常清静，也没有号角之声。戍边士卒正倚在城楼上观赏这清秋的边地之景。昭君墓上的青草四季常青，如同始终面对着春风。一轮白日向梁州的方向落下，天边留下一抹夕阳红。辽阔的大漠安谧宁静，可以自由来去而没有阻拦的军兵。在这荒凉僻远的边地，竟有客人来此游览，足以显示出这里的安定和平。但愿塞外军民之心像河中的流水一样，天长地久，永远向着南方的朝廷。

评析　　　安史之乱后，唐朝国力受到极大的削弱。肃宗以后，河西、陇右一带长期被吐蕃所占。宣宗大中五年（851），沙州民众起义领袖张议潮出兵攻取瓜、伊等十州后，派其兄张议潭奉十一州地图入朝，归向朝廷。大中十一年（857），吐蕃将领尚延心以河湟降唐。此后一段时间里，唐西部边地出现和平安定的局面。这便是本诗写作的大背景，了解这些情况对我们理解诗意有重要的作用。

　　　首联呈现在读者面前的是一幅边塞军旅生活安宁平静的图景。上句写号角不鸣，意谓没有军事行动，故士兵才安闲无事，得以"倚戍楼"。"倚"字下得很妙，写出了征人倚楼而望的安闲神态，微妙地传达出边关安宁无战事的神旨。颔联写入"青冢"，大有深意。"春风"非实指，而是虚拟。因青冢上的草色常青，诗人便联想到春天，是谓通感。王昭君是汉人对少数民族和亲政策成功的典范人物，故作者希望王昭君的精神像墓上的青草一样永远在春风中摇曳，体现了希望各族人民和睦相处的美好愿望。丽日西下的景色又增添了祥和的气氛。颈联实写自己的感受。本为边地，却无盘查的军兵，任客人自由游览，正是边地安定的具体体现。尾联用比兴手法抒写诗人的心愿，使主题深化，表现出向往和平渴望民族团结的殷切心情。

全诗写诗人在边地的所见所闻所感，意境高远，情致婉曲丰富。诚如俞陛云所评："此诗高视阔步而出，一气直书，而仍顿挫，亦高格之一也。"（《诗境浅说》）

崔涂／生卒年不详

字礼山，江南人。僖宗光启四年（888）进士及第。长期漂泊，游迹遍布巴蜀、湘鄂、秦陇等地，故"多离怨之作"，格调抑郁低沉，但意境颇为阔远。《全唐诗》存其诗一卷。

除夜①有怀

崔　涂

迢递三巴②路，羁危万里身。乱山残雪夜，孤烛异乡人。渐与骨肉远，转于僮仆亲。③那堪正飘泊，明日岁华新。

注释　　①除夜：即除夕之夜。农历年最后一天的夜晚。古人对此节最重视，有守夜即通宵不眠的习惯。②三巴：指今四川省。《华阳国志》：献帝建安六年，改永宁为巴郡，以固陵为巴东，安汉为巴西，是为三巴。③"渐与"两句：王维《宿郑州》："他乡绝俦侣，孤客亲僮仆。"当为此二句所本。

译文　　三巴地区的道路崎岖又遥远，真令人生厌。我只身羁旅在万里之外，内心十分焦烦。山脉起伏不断，显得凌乱，又正是残雪的夜晚。一个人在小店中面对萤豆青灯，真是凄苦又可怜。因离亲人越来越远，觉得书童和仆人亲近温暖。更难以忍受在漂泊的旅途中度过除夕之夜，明天早晨便是新的一年。

评析　　本诗抒写旅途之中适逢除夕之夜的悲愁。离家远行，一可悲也；行当穷乡僻壤，"乱山残雪"之处，二可悲也；适逢春节，孤独无亲，三可悲也。故全诗笼罩在悲苦的氛围里。

　　首联出句点明地点，对句交代人物。"迢递"含有道路崎岖不平和遥远两层含意，寓有诗人的厌倦之情，表现出奔波的劳苦。"羁危"形容当时处境的窘迫。诗人为谋生不得不四处奔波。"危"指何事未明，或许是夸张生活艰难之语。"万里身"抒写独自漂泊在外的忧伤，是全诗抒情之本。颔联写景，四川之地在春节前后残雪未尽，尤显清冷。"孤烛"为除夕守夜之习俗，不可移易。"孤"字状尽他乡独坐守岁的寂寞、孤独、清冷的苦况，凄楚动人。颈联是客中之人普遍易生的感受，如话家常，读来亲切有味。虽然是化用王维诗句，但与自己诗境完全吻合，不露痕迹。尾联点出时间，扣紧题目，以情结篇，颇为感人。

　　据《唐才子传》卷九载：崔涂"穷年羁旅，壮岁上巴蜀，老大游陇山，家寄江南，每多离怨之作"。可知本诗为其壮年所作。

孤　雁

崔　涂

几行归塞尽，念尔①独何之？暮雨相呼失，寒塘欲下迟。渚云低暗度，关月冷相随。未必逢矰②缴③，孤飞自可疑④。

注释　　①尔：你，指孤雁。②矰：古代射鸟用的带绳的箭。③缴：射鸟箭上所带的丝绳。④疑：疑虑，谓担心。

译文　　仰望长空，几行北飞的大雁已消失在天际，只剩下一只孤雁还在艰难地挪移。我不由得为你担心忧虑，只身孤影要飞向哪里？黄昏中蒙蒙细雨，你的叫声悲凉而凄厉，却无法找到远去的伴侣。前面看见一个荒凉的水塘，想要落下栖身又惶恐迟疑。前面的途程遥远黯淡，洲渚上乌云笼罩而扑朔迷离，只有关塞那清冷的月光与你的身影相随。虽然不一定会遇到弓箭的袭击，但你自己孤单单独自远飞，毕竟令人担心疑虑。

评析　　这是一篇很著名的咏物诗，全篇用赋而比的手法写成。作者把全部情感倾注到孤雁的形象中，自己并不亲自出面，与李商隐的《蝉》和骆宾王的《在狱咏蝉》有别，形成自己的特点。

　　"孤"字是全诗的诗眼。首联写孤的原因是离群，用"几行"和"独"相对比，孤雁的形象马上在画面上凸现出来。"念尔"一词隐含作者的同情之心，表现出诗人对客体的关注之情。颔联承前，具体描绘"独何之"的神态。表现孤雁失群后仓皇惊恐的神情，非常精彩。时值黄昏，孤雁经不住风雨的摧残，实在飞不动了。前面出现一个荒凉的水塘，它想要落下休息，但又有些害怕，几度盘旋，把迟疑惊恐的心理刻画得细致入微。颈联设想孤雁前程的艰难寂寞。特别要注意"低""冷"二字的感情色彩。"低"突出其途中压抑阴郁的氛围，"冷"突出其孤苦冷清的境况。月冷云低，衬托出形单影只，突出行程的艰险，心境的凄凉。尾联写对孤雁的祝愿和同情。从语气上看像是安慰，实际上是更深的担忧。"矰缴"回应全诗，点出孤雁最惊恐的是矰缴，这是惊呼失伴，怕下寒塘的主要内容。"孤飞"二字点题终篇，结清题意。

　　本诗妙在托物言志，句句写雁，句句又都在写诗人自己，亦雁亦人。崔涂本是江南人，一生中却常在巴、蜀、湘、鄂、秦、陇等地做官，远离家乡和亲人，不也像这只孤雁吗？前途未卜，时时要防备遭人暗算，不也像这只孤雁吗？中间两联尤为精彩，蕴含着诗人对生活前景的担忧和恐惧，内容含量极其丰富。确有味之无极，闻之动心的艺术效果。

杜荀鹤
846—904

字彦之，号九华山人，池州石埭（今安徽石台县）人。早年累举进士不第，曾隐居十五年，直至四十六岁才登进士第。后任五代梁太祖朱温的翰林学士，旬日而卒。有些诗篇能反映唐末军阀混战的动乱及人民的痛苦处境，上承元白，自成一家，后人称为"杜荀鹤体"。所作律诗既有严谨之韵律，又极为通俗易晓，有时纯为口语，实为律诗的一次大解放。有《唐风集》，又称《杜荀鹤文集》。

春宫怨
杜荀鹤

早被婵娟①误，欲妆临镜慵。承恩不在貌，教妾若为容。风暖鸟声碎②，日高花影重。年年越溪女③，相忆采芙蓉。

注释　①婵娟：容态美好貌。②鸟声碎：鸟声轻而细。③越溪女：用西施典故，借指昔日的女伴。西施曾在越溪浣纱。越溪，即若耶溪，在今浙江绍兴。

译文　深宫中，春日里，一名宫女在凝思：早知是容貌太美误了自己，想要梳妆打扮，但一照镜子时又没心思。既然承受恩宠不在于容貌，又让我怎样打扮梳洗。春风骀荡温暖，鸟儿在欢快地轻歌细语。丽日高照，花影重叠猗旎。实在怀念当年的幸福生活，怀念那些一同在若耶溪畔采摘芙蓉花的少女。

评析　宋胡仔《苕溪渔隐丛话·前集》卷二十三中说："谚云：'杜诗三百首，唯在一联中。'　'风暖鸟声碎，日高花影重'是也。"可知本诗在当世被人推重的程度。

这是一首宫怨诗，借宫人生活的幽独苦闷，抒写自己怀才不遇的感慨。首联点出人物。"早"字说明入宫已久，"误"字怨情尤深。次句写欲妆又罢，以外显内，展示内心的彷徨苦闷，情致深婉。颔联用流水对，进一步展示宫女临镜时的复杂心态，揭示诗的主题。既然是"承恩不在貌"，那么我又何必要打扮呢？又将怎样打扮呢？这种情况不仅在宫中存在，而且在封建专制制度的政治生活中普遍存在，也是最值得仔细体味的地方。颈联宕开，以美景衬哀情。临镜的宫女愁苦已极，忽见外面的良辰美景，更唤起内心的空虚寂寞之感。如此美好的时光却不属于自己，情何以堪？两句诗设色浓艳，充满富贵气象，既写出盛春正午的景象，反衬怨情，又承上启下，引发联想，转出尾联。尾联写宫女见景回忆起入宫前年年在家乡溪水边与女伴们采莲时的幸福情景，用欢乐愉快充满青春活力的生活图景反衬宫中生活的窒息、苦闷、无聊，使含而不露的怨情具有更悠远的情韵，更深刻地揭露了封建专制制度的罪恶。

　　杜荀鹤在诗坛上享名甚早，但却屡试不第，至四十六岁才考中进士。才名颇高而科场失意，仕途坎坷，与那位貌美而未能承恩的宫女不有相似之处吗？联系诗人身世再体会本诗的意蕴，自然别有一番滋味。

韦庄 / 约836—910

　　字端己，谥文清，后人因称"韦端己""韦文清"。京兆杜陵（今陕西西安市长安区东北）人。晚年居成都院花溪杜甫草堂遗址。后人称"韦浣花"。昭宗乾宁元年（884）登进士第。后仕蜀，官至吏部侍郎兼平章事。为晚唐五代重要词人及诗人。与温庭筠齐名，史称"温韦"，为花间派代表词人。有《浣花集》。

章台①夜思

韦　庄

清瑟怨遥夜，绕弦风雨哀。孤灯闻楚角②，残月下章台。芳草已云暮，故人殊未来。乡书不可寄，秋雁又南回。

注释　　① 章台：汉章台宫中有章台，台下有章台街。② 楚角：以角吹奏之楚音，声调凄清悲凉。

译文　　凄凉幽怨的瑟音在漫漫长夜中飘荡，萦绕瑟弦的声音像凄风苦雨一样悲哀。面对青灯听到那种裂人心肝的楚角之声，眼看那一弯残月又悄悄地挪下章台，更令人悲伤满怀。春日的芳草如今开始枯衰，盼望的好友久等不来。家中的书信又不能收到，想要寄封家书而那些秋雁已南回。真是雪上加霜，哀哉复哀哉！

评析　　此诗抒写怀人思乡之情，幽恨绵绵，令人肠断。

题目为"章台夜思"，而重点则在"夜思"二字，全诗便以此二字立意布局。前半首侧重写夜，夜景中含思情；后半首侧重写思，思借夜景来表现，情景相生。首联从听到瑟声写起，"怨"状瑟音，也含听瑟人之情，"风雨"是形容瑟声之凄苦的，并非实写，否则"残月"便不好诠释了。颔联接着写"闻楚角"，须知清瑟、楚角均是哀曲怨调，均是牵动客子之乡思的声骨，再加上一盏"孤灯"，便写出一种况味，描绘出一幅凄清暗淡、充满压抑气氛的客子暗夜思乡图。以所闻所见来写夜景，极力渲染寂静孤独的气氛，为后半首的抒情张本。后半首转写"思"字。一用比法，二用赋法，一气贯注，虚实相映。末句点出秋字，倒贯全篇，使全诗笼罩在阴冷暗淡的气氛中，把"夜思"抒写得淋漓尽致。近人喻守真分析此诗云："上半段只就闻见写出夜景，至颈联然后实写'思'字。思些什么？韶华已逝可思，故人不来可思，乡书难寄可思。一个思字分三层写出，那么客思的无聊，即可想见。结句点出时节是秋，尤其可思。"（《唐诗三百首详析》）

皎然/生卒年不详

字清昼，一作昼。僧人，俗姓谢，为南朝宋谢灵运十世孙。湖州长城（今浙江长兴）人。出家为僧，在杭州灵隐寺受戒，后居吴兴杼山妙喜寺。与颜真卿、刘长卿、韦应物、顾况等交往，刘禹锡幼年曾受他指点。诗多描写山水，宣扬禅理，也多送别酬答之作。有《皎然集》（即《杼山集》）十卷。另有诗论专著《诗式》。

寻陆鸿渐①不遇

皎　然

移家虽带郭，野径入桑麻。近种篱边菊，秋来未著花。扣门无犬吠，欲去问西家。报道山中去，归来每日斜。

注释　　①陆鸿渐：即陆羽，名鸿渐，号竟陵子。终生不仕，以擅长品茶著名，著有《茶经》一书，被后人奉为"茶圣""茶神"。

译文　　好朋友陆鸿渐新近搬家，我想去拜访一下。虽然新居在离城不远的地方，但那里景致清幽，野间的小路两边是茂盛的桑麻。新居附近栽种着许多秋菊，但因新栽所以虽近秋天也未开花。我敲了敲门，连狗叫的声音都没有，更无人应答。我想要返回又有些不甘心，便去询问西邻的人家。那人告诉我说："新来的邻居到山中去了，每天回来时都是太阳将落，满天彩霞。"

评析　　作者是位僧人，超凡脱俗，不为物碍。要寻访者又是位专喜品茗的隐士，故诗中充满了清新出尘的情调。

首联写寻访途中。陆羽新居离城不远，但"野径入桑麻"已显示出这里的幽静。颔联写将到时所见，"秋来未著花"又切"移家"二字，入情入理，亦衬托出陆羽喜菊的性格，更增隐逸的情趣，并暗示出诗人访友的季节。颈联写到门。"扣门无犬吠"更突出新居的静谧气氛。"问西家"的细节表现出诗人对好友的深情。邻人的回答虽简短，但却委婉地说明陆羽终日到山中游玩，流连山水自然之乐而不以俗事为念，概括地表现出其疏放不拘、潇洒自在的性格特征和隐士风度。全诗自然浑成，清空如画，意味隽永。近人俞陛云评曰："此诗之潇洒出尘，有在章句外者，非务为高调也。"(《诗境浅说》)

本诗在艺术上有两点需注意。一是不用对偶，全用散体写成。但音韵完全合律，故归之于律诗，属于别一格，不值得效仿。二是本诗的结构层次安排得很好，完全按时间顺序来写。"首句是寻起，二句是途中，三、四句是将到，五、六句是到门，七、八句是不遇。换言之，前四句是写'寻'字，下四句是写'不遇'。"(喻守真语)

律诗

一

岧峣太华俯咸京

昔人已乘黄鹤去

燕台一去客心惊

汉文皇帝有高台

朝闻游子唱离歌

凤凰台上凤凰游

嗟君此别意何如

绛帻鸡人报晓筹

鸡鸣紫陌曙光寒

七言

崔颢 / 704?—754

汴州（今河南开封）人，玄宗开元十一年（723）登进士第。官司勋员外郎。早期诗多写闺情，多浮艳轻薄，漫游四方以后诗风发生变化，骨气凛然，雄浑奔放。其《黄鹤楼》被严羽誉为唐人七言律诗第一，并使李白折服。《长干行》等小诗，淳朴生动，颇近民歌。《全唐诗》存诗一卷。

黄鹤楼 ①

崔 颢

昔人 ② 已乘黄鹤去，此地空余黄鹤楼。黄鹤一去不复返，白云千载空悠悠。晴川历历汉阳树，芳草萋萋鹦鹉洲 ③。日暮乡关何处是？烟波江上使人愁。

注释　①黄鹤楼：武昌西有黄鹤山，山西北有黄鹤矶，旧有黄鹤楼，故址在今武汉长江大桥桥头。传说仙人王子安乘黄鹤过此，故名。②昔人：指传说中的仙人王子安。黄鹤：一作白云。③鹦鹉洲：唐时在汉阳西南长江中，后渐被江水冲没。东汉末年，创作《鹦鹉赋》的祢衡被黄祖杀于此洲，或因此得名。

译文　从前的仙人已经驾着黄鹤飞走，此处只剩下这座空荡荡的黄鹤楼。黄鹤飞走后再也没有回返，只有那飘浮不定的白云，千载依旧，在楼的上空荡荡悠悠。举目远眺，江面分明，清清楚楚映入眼帘的是汉阳树，绿色撩人，布满芳草的是鹦鹉洲。苍茫的暮色渐渐来临，思念家乡的情绪笼罩我的心头。可此处无法望到我的家乡，只见江面上烟波浩渺，我不由得感到怅惘和忧愁。

评析　据元人辛文房《唐才子传》记载，李白登黄鹤楼时曾想要吟诗，但见此作后为之敛手，说道："眼前有景道不得，崔颢题诗在上头。"其后又先后创作《鹦鹉洲》《登金陵凤凰台》二诗与之较胜。严羽在《沧浪诗话》中推崇说：

"唐人七言律诗，当以崔颢《黄鹤楼》为第一。"这些传说和评价都极大地提高了本诗的知名度。

本诗确实精彩，意境雄浑高古，诗味淳厚。前四句似随口吟出，气势奔腾。仙人跨鹤，本属虚无，但作者以无作有，借楼名起兴，说仙人一去不复返，就有一种岁月不返，古人不可复见的遗憾。仙去楼空，唯有悠悠的白云千载依旧。尤能表现世事迷茫，人生短暂渺小的感慨。缅怀古今，骋目四野，在这悠远广袤的时空中创造出令人迷惘若失的氛围，为后文的抒情张本。颈联转折，由对历史传说的缅怀回到现实，句式也由散漫不拘而变为整饰。前人或认为"似对非对"，认为"历历"下属"汉阳树"，而"萋萋"上属"芳草"，结构上不一致。解诗不该如此拘滞，"历历"修饰"晴川"又有何不可，故当看作对偶句，而且对得比较巧妙。尾联以登高望远怀乡作结，情由景生，吐属自然，余韵悠悠。

本诗艺术颇具特色。前半首用散体变调，以意为主，几乎完全不管格律的要求。首联"黄鹤"一词重复出现且在同一位置上，这是平仄所不允许的。第三句几乎全用仄声字，四句又用"空悠悠"三平调煞尾，均为律诗之大忌。颔联不用对仗，与律法也不合。后半首则严格按照格律写来，分毫不爽，甚合法度。结构与情感的表达相一致，故得到后人激赏。沈德潜在《唐诗别裁集》卷十二中评此诗曰："意得象先，神行语外，纵笔写去，遂擅千古之奇。"

行经华阴

崔　颢

岧峣①太华②俯咸京③，天外三峰④削不成。武帝祠⑤前云欲散，仙人掌⑥上雨初晴。河山北枕秦关⑦险，驿路西连汉畤⑧平。借问路旁名利客，无如此处学长生⑨。

注释　① 岩峣：山势高峻貌。② 太华：指华山。③ 咸京：秦都咸阳。此处代指咸阳、长安。④ 天外三峰：指华山著名的莲花、明星、玉女三峰。另一说天外三峰是南峰（落雁峰）、东峰（朝阳峰）、西峰（莲花峰）。⑤ 武帝祠：指巨灵祠，汉武帝所建。《华山志》："巨灵，九元祖也。汉武帝观仙掌于县内，特立巨灵祠。"⑥ 仙人掌：在华山东峰石壁之上。"巨石垂直，黄白相间，旭日照射，赤光灿烂，远而望之，五指分明。"《水经注》及《国语》："华岳本一山，当河，河水过而曲行。河神巨灵手荡脚踏，开而为两。今掌足之迹，仍存华崖。"⑦ 秦关：秦地关山。指函谷关、潼关。⑧ 汉畤：古代帝王诸侯祭天地、五帝的基地。⑨ 长生：指求仙访道修身养性。

译文　巍峨崇高的华山俯视着关中的京师皇宫，挺立天外的三峰真是鬼斧神工，绝非人力刻削所能完成。武帝祠前的云气正在散去，仙人掌那里也是雨过初晴。黄河华山枕着秦地的关塞，驿前的大路西面连接着秦汉帝王祭祀天地的祭庭。望去道路非常坦平。借问一下路上那些奔赴长安的名利客，汲汲于势利之途怎如在这里求仙访道而学习"长生"。

评析　本诗是作者行经华阴时见景生情所抒发的人生感慨。据诗题可知，作者所经之处是华阴。又据"驿路西连汉畤平"句可推知作者是住在华阴的驿站里。即言"行经"，便必有所往之地，而所往之地毫无疑问的是"咸京"，即长安。了解这一点，是理解把握全诗思想感情的关键。

首联起势突兀，盛赞华岳的巍峨险峻。出句有提醒全篇之妙。"岩峣太华"，渲染华山的形胜，"俯咸京"，有居高临下之势，以神仙岩穴的华山压倒王侯富贵的京师，为尾联的抒情说理打下伏笔。颔联从平视和仰望两个角度进一步描写华阴景物优美迷人，写出雨后新晴，江山如洗的清新景色。"武帝祠"和"仙人掌"这样的字眼又为末句的"学长生"做好铺垫。颈联上句写华阴山河之形胜，下句写西行道路之平。一"险"一"平"，对比而出，蓄势待发。尾联顺势而出，抒发人生之深慨。"借问路旁名利客"，借客为主，实质是作者本人思想矛盾的表现。"学长生"，不能简单地理解为求仙访道，而更深的意蕴是对尔虞我诈之官场的厌恶，对清静闲适的隐居生活的向往。

崔颢两次进长安，都在天宝年间。这一时期，李林甫、杨国忠先后弄权，政治窳败，李白、杜甫、王维等大诗人皆发过许多牢骚，故崔颢的感慨具有深刻的社会历史原因，是有典型意义的。

祖咏／约699—约746

洛阳（今属河南）人。玄宗开元十二年（724）进士及第。与王维交谊颇深，互有酬唱之作。中进士后未得官，离京归汝水别业以渔樵终其一生。其诗作多借状景绘物宣扬隐逸乐趣。明人辑有《祖咏集》。

望蓟门^①

祖　咏

燕台^②一去客心惊，笳鼓喧喧汉将营。万里寒光生积雪，三边^③曙色动危旌。沙场烽火侵胡月，海畔云山拥蓟城。少小虽非投笔吏^④，论功还欲请长缨^⑤。

注释　①蓟门：即蓟丘。故址在今北京德胜门外。②燕台：即黄金台。相传战国时燕昭王所筑，以招天下贤士。故址在今河北易县东南。③三边：汉时幽、并、凉三州，其地皆在边疆，后世遂以"三边"指边塞之地。④投笔吏：指班超。《后汉书·班超传》："（超）家贫，常为官佣书以自养。久劳苦，尝辍业投笔叹曰：'大丈夫无他志略，犹当效傅介子、张骞立功异域，以取封侯，安能久事笔砚间乎？'"

后投笔从戎，立功西域，封定远侯。⑤请长缨：用终军之事。据《汉书·终军传》载：汉武帝时，经营四方，终军请曰："愿受长缨，必羁南越王而致之阙下。"后因以请缨谓自告奋勇。终军后使南越，南越王举国内属。

译文　　一到燕台地界，远远望见蓟门，我的心情非常兴奋。军营中响着箫声和鼓声，生机勃勃而士气大振。万里积雪，寒光闪闪，曙光映照边塞，高高的军旗迎风招展。战场的烽火连接着胡地，海滨崇山簇拥着的蓟州古城坚如磐石。我虽然不是少年即请缨杀敌的志士，但看到此情此景也踌躇满志，想要建立军功奔赴前线。

评析　　这是一首边塞诗。描写边塞唐军大营的整肃，抒发欲建功立业的雄心。

　　燕台原为战国时期燕昭王所筑的黄金台。这里代指蓟城，泛指东北边防。"燕台一去"是"一去燕台"的倒装，把地名提前，除平仄的要求外，还有强调的作用。"惊"是作者的独特感受，是全诗之眼，有振起全篇之功用。客心为何而惊？这便是唐军营寨中的高昂士气。"笳鼓喧喧"用声音渲染出其赫赫军威。颔联在更广袤的背景下表现其军营的严整肃穆。曙光映照着万里积雪，寒光闪烁，一面红旗在寒风中高高飘扬。境界阔大，色彩鲜明。与岑参诗句"纷纷暮雪下辕门，风掣红旗冻不翻"（《白雪歌送武判官归京》）有异曲同工之妙。颈联进一步写唐军责任重大和地势之险要。烽火与胡月相连，雪光、月光、火光交织在一起，毫无悲凉之感，反而有一种雄壮威严的气势。那座蓟城南临渤海，北靠燕山，地形险要，稳如磐石。写出了唐军的昂扬士气和边防力量的强大，引出尾联的感情抒发。尾联顺势而出，连用两个典故表现欲投笔从戎建功边地的雄心大志，立使全诗神采飞动。金圣叹赞曰："此诗已是异样神采，乃读末句，又见特添'少小'二字，便觉神采再加十倍。"（《选批唐诗》卷三）

　　全诗紧扣题目，前六句写望蓟门所见之景，后两句写见景所生之情。开篇以"客心惊"领起，尾句以抒壮志终篇。意脉清晰，结构严谨。

崔曙 / ? —739

宋州（今河南商丘）人。玄宗开元二十六年（738）进士及第。试题为"明堂火珠诗"，崔曙诗最为人称赞。登第后任河内尉，次年卒。《全唐诗》存其诗一卷，计十五首。

九日登望仙台^①呈刘明府

崔　曙

汉文皇帝有高台，此日登临曙色开。三晋^②云山皆北向，二陵^③风雨自东来。关门令尹^④谁能识，河上仙翁去不回。且欲近寻彭泽宰^⑤，陶然共醉菊花杯^⑥。

注释　　① 望仙台：《神仙传》："河上公授文帝《老子》而去，失所在，帝于西山筑台望之。"据《一统志》载：望仙台在陕西鄠县西三十里。② 三晋：指战国时韩、赵、魏三国之地，因三国分晋地而立国，故云。③ 二陵：《左传》："崤有二陵焉。其南陵，夏后皋之墓也！其北陵，文王之所避风雨也。"④ 关门令尹：《神仙传》："关令尹喜者，周大夫也。善内学，隐德修行，时人莫知。老子西游，知其奇，为著书授之。后与老子俱游流沙，莫知所终。"⑤ 彭泽宰：指陶渊明，因其曾任过彭泽县令。此处代指刘明府。⑥ 菊花杯：《南史·隐逸传》："陶潜为彭泽令，解印绶去职，当九月九日无酒，出宅边菊丛中坐。久之，逢王弘进酒至，即便就酌，醉而后归。"

译文　　汉文皇帝当年曾建筑高高的望仙台，今日登临远眺，曙光初开。三晋的山河尽向着北方，崤山二陵的风雨从东方飘来。函谷关门的令尹谁能相识，河上仙翁也一去而不回。姑且在近日里寻找那位陶渊明式的令宰，与他一起欣赏秋菊，共同酣饮而频频举杯。

这是一首投赠诗，是较常见的题材。在抒写怀念友人的情思中，隐含着知音难遇的喟叹。喻守真认为此诗"无所谓寄托，也无所谓感慨"，是不足为凭的。

首联切题，出句直接写望仙台，对句写登台时间和气候特点，正因"曙色开"才能望远处之景，为下联张本。颔联紧承首联，写望中之景，这里北临三晋，东扼二陵，形胜景美，属于实写。颈联由实转虚，借"望仙台"驰骋想象。两句诗旨在说神仙之事虚无缥缈，无法追求得到。还是去找老朋友共同赏菊饮酒来度过这重阳佳节吧！末联以刘明府比陶渊明，切合人事，也暗示出自己的高洁。

全诗"一气转合，就题有法"（沈德潜《唐诗别裁集》卷十三）。首联点题，颔联写实，烘托望仙台之形胜，颈联由实转虚，就题发挥，尾联结题，点明"九日"与"刘明府"。就思想感情而言，其间也隐含作者怀才不遇的淡淡忧伤。从"关门令尹谁能识"一句可以察觉这种情思。当然这句诗的主要意思还是说像尹喜这样的贤人早已不在，无人可识。但就这一典故本身来理解，尹喜"隐德修行"却无人知晓，老子知其奇，才为他著《道德经》。其中不也寓含着世无知己，诗人虽贤德，却没有老子那样识贤之人的感叹吗？这层意思虽隐晦，但仔细体味，仍可察觉出来。所以他要去找刘明府醉饮，除符合重阳饮酒这一习俗外，恐怕也有一定的牢骚吧！

送魏万① 之京

李 颀

朝闻游子唱离歌②，昨夜微霜③初度河。鸿雁不堪愁里听，云山况是客中过。关城树色催寒近，御苑砧声向晚多。莫见长安行乐处，空令岁月易蹉跎④。

注释　①魏万：又名颢，山东博平人，是李颀的晚辈诗人，隐居王屋山，自号王屋山人。②离歌：即"骊歌"。古逸诗有《骊驹》篇，据《大戴礼》载，古代客人临去而歌《骊驹》，后世因将告别之歌称作"骊歌"。③昨夜微霜：即满地微霜的清晨。霜皆成于夜间，故称昨夜。④蹉跎：虚度时光。

译文　昨夜清冷，大地罩上一层白白的轻霜。凌晨，即将远行的游子，向前来相送的友人殷勤话别，情深意长。分别在即，本来就很惆怅，空中又传来征鸿鸣叫之声，更加凄楚感伤。山川云雾，在客游中领略别是一番情味，别有一种感想。当你接近京师关隘的时候，树色已经枯黄，仿佛催促着寒气，倍觉苍凉。长安城中，每当日暮黄昏，便到处是捣衣的砧声，令人恓惶。到长安之后，千万不要看到处都是冶游玩乐的处所，便贪图享乐而虚度了大好时光。

评析　诗无定法，却有一定的规律可循。不同题材的诗在内容与结构上各有其要求。这是一首典型的送别诗，仔细分析琢磨，对我们掌握此类诗的写作及鉴赏要领大有益处。

关于"赠别"诗，元代的杨载在《诗法家数》中提出这样的要求："第一联叙题意起。第二联合说人事，或叙别，或议论。第三联合说景，或带思慕之情，或说事。第四联合说何时再会，或嘱咐，或期望。"参照这段话，我们再来回味简析本诗的结构，会别有一番体会。

首先，本诗首联叙题，点明分别时的情景和气氛。二联叙别，述说别时及别后的孤独和冷清。第三联写景，带有同情之意，第四联嘱咐中含有期望之情。全篇用一"情"字贯穿起来，正合上文杨载所说的"赠别"诗的体式。再联系王勃的送别名篇《送杜少府之任蜀川》一诗的结构层次，便可领悟出一些写送别诗的道理来。

其次，本诗首联写法也很有特点。作者采取倒载而入之势，显得生动活泼，出人意表。"朝闻"句直接写送别时的场面，次句才写到送别的地点和环境。作者用"度"字把霜拟人化，仿佛这些白茫茫的微霜是为今晨的送别特意渡河而来的，增强了表达效果。

登金陵凤凰台 ①

李 白

凤凰台上凤凰游，凤去台空江自流。吴宫②花草埋幽径，晋代衣冠③
成古丘。三山④半落青天外，二水中分白鹭洲。⑤总为浮云⑥能蔽日，长
安不见使人愁。

注释　　①凤凰台：《江南通志》："凤凰台，在江宁府城内之西南隅，犹有陂陀，尚可
登览。宋元嘉十六年，有三鸟翔集山间，文彩五色，状如孔雀，音声谐和，众鸟
群附，时人谓之凤凰。起台于山，谓之凤凰台。山曰凤凰山，里曰凤凰里。"《珊
瑚钩诗话》："金陵凤凰台，在城之东南，四顾江山，下窥井邑，古题咏惟谪仙为绝
唱。"②吴宫：三国吴大帝孙权迁都建业，后孙皓营建新宫，大开园囿。③晋代衣
冠：东晋时的王公大臣。东晋元帝司马睿亦以建康为都城，宫城仍用吴国故宫。王
谢等大贵族很盛。④三山：《江南通志》："三山在江宁府西南五十七里。"其山滨大
江，三峰行列，南北相连。山在今南京市西南长江东岸。⑤"二水"句：王琦注：
"史正志《二水亭记》：秦淮源出句容、溧水两山，自方山合流，至建业贯城中而西，
以达于江。有洲横截其间，李太白所谓'二水中分白鹭洲'是也。"白鹭洲：在金
陵城西大江中。⑥浮云：喻指朝中奸佞。陆贾《新语》："邪佞蔽贤，犹浮云之障日
月也。"

译文　　相传在这座凤凰台上，曾有三只凤凰嬉戏优游。如今凤凰早已飞去，台
上空空荡荡，只有台下的长江独自奔流。一切繁华都已成为过去，当年吴国
宫殿的花草，如今已变得荒凉而深幽，东晋豪族曾经辉煌一时，如今都埋入
长满蒿草的坟丘。只见那三山隐隐约约坐落在青天之外，白鹭洲把长江分为
两道水流。可惜漫天的浮云竟遮蔽了太阳，眺望不到长安令我非常忧愁。

评析　　据说李白写作此诗是想与崔颢的《黄鹤楼》诗比较胜负（参见前《黄鹤
楼》诗评析），其格律气势确实相仿，难分高低。

首联写凤凰台的传说，十四字中连用三个"凤"字，却不嫌重复。音节流转明快，和谐优美。两句诗与崔颢前四句内容相等。颔联就"凤去台空"进行发挥。六朝时的繁华显赫并未留下什么有价值的东西，一切都已成为历史的陈迹。颈联从历史回到现实，描绘眼前之景色。陆游《入蜀记》云："三山，自石头及凤凰山望之，杳杳有无中耳。及过其下，距金陵才五十余里。"这段话正好说明"三山半落青天外"的意境。两句诗气象壮丽，生动逼真，对仗工稳，实为佳句。尾联用比兴手法暗示皇帝已被佞幸的小人所包围，抒发自己报国无门，忧伤愤懑的心情。"不见长安"暗点诗题中的"登"字，使全诗意义浑然一体。仔细体味，李白之愁是忠君忧国之愁，崔颢之愁是思乡之愁，李白愁的内容更深沉博大。

送李少府贬峡中①王少府贬长沙

高　适

嗟君此别意何如？驻马衔杯问谪居②。巫峡③啼猿④数行泪，衡阳归雁⑤几封书？青枫江⑥上秋天远，白帝城⑦边古木疏。圣代即今多雨露⑧，暂时分手莫踟蹰。

注释　　①峡中：指夔州，今重庆市奉节。②谪居：贬官所去之所。③巫峡：长江三峡之一，在三峡之中段。水深流急，两岸多有猿啼。④啼猿：猿同"猨"。《宜都山川记》："自黄牛滩东入西陵峡，至峡口一百余里，山水纡曲，林木高茂，猿鸣至清，山谷传响，行者闻之，莫不怀土，故渔者歌曰：'巴东三峡巫峡长，猿鸣三声泪沾裳。'"⑤衡阳归雁：《舆地纪胜》："荆湖南路衡州，回雁峰在州城南。或曰雁不过衡阳，或曰峰势如雁之回。"⑥青枫江：指浏水，在长沙入湘江。⑦白帝城：故址在今重庆奉节白帝山上。⑧雨露：喻指皇帝的恩泽。

译文　　感叹我们就要在此地分别，不知二位的心情怎么样？我下马端起酒杯，慰问你们因遭受贬谪而凄凉的心情。巫峡中有猿猱哀鸣令行人下泪，衡阳常有大雁归来，不知二位能否传回惠书几行？流到长沙而汇入湘江的青枫江天高地远，白帝城边的苍老古木枯叶疏朗。圣明的朝代皇恩浩荡，我们只不过是暂时分手，二位也不必过于感伤而踟蹰彷徨。

评析　　本诗写送别之情，较为常见。但同时送分贬两地的两个人，属双扇题目，都要照顾到，又要注意抒情的分寸，较难把握。但作者处理得非常好，可谓是送别诗中的翘楚。

　　首联点题，直接写送别衔杯。"意何如"三字无限含蓄，遥应尾联的劝慰。"问谪居"启中间两联，即想象二人要去之处所的景象。中间两联分写。因两位少府分贬二地，故四句中分别描述。三、六句写巫峡、白帝城，切李少府所贬之峡中。"啼猿"又用《巴东三峡歌》之典故，描写贬谪途中的凄凉，寓有伤别之情。四、五句写衡阳、青枫江，切王少府所贬之长沙。"衡阳归雁"也用典状其荒远，有切盼友人多来信之意。各用二地名，一典故，分量相等，铢两悉称。尾联又合写，表达劝慰之意，回应首句的"意何如"而结题。全诗章法极妙。"中联以二人谪地分说，恰好切潭峡事，极工确，且就中便含别思，末复收拾以应首句，然首句便已含蓄"（盛传敏《碛砂唐诗纂释》卷二）。关于本诗抒情的分寸，朱三锡等《东岩草堂评订唐诗鼓吹》中说："人臣一身惟君所命，今二公被贬，即口无怨辞，或中萌一点怨尤之意，便是不忠。一起曰：'嗟君此别意何如'，妙妙，盖'意何如'三字推到至微至隐之地。"

和贾至舍人《早朝大明宫^①》之作

岑 参

鸡鸣紫陌曙光寒，莺啭皇州春色阑。金阙晓钟开万户，玉阶仙仗拥千官。花迎剑佩星初落，柳拂旌旗露未干。独有凤皇池^②上客，《阳春》^③一曲和皆难。

注释　　　①大明宫：唐宫殿名，在长安城东北角。②凤凰池：皇，同"凰"。中书省所在地，故可代指中书省。③阳春：古代高雅的曲名；此处形容贾至诗作高雅。

译文　　　鸡鸣之时，京师中的大街沐浴着晨曦，微觉寒意。黄莺开始歌唱，皇城里正是暮春天气。金碧辉煌的宫殿内传出报晓的钟声，层层宫门次第开启。玉石台阶上，神仙般的仪仗导引着千官，升上丹墀按班站立。宫中的鲜花迎着挂剑佩玉的文武大臣，寥寥的晨星刚刚隐去。柳条轻拂着仪仗中的旌旗，晨露尚未尽晞。凤凰池上中书省的官员才能卓越，创作出高雅的阳春之曲，令同僚们难以唱和赓续。

评析　　　本诗是一首唱和诗，描写早朝时威严和肃穆的气氛，可以看出大唐帝国的赫赫声威。

　　　首联用"鸡鸣""曙光寒"写"早"字，用"莺啭""春色阑"点明暮春季节。中间两联渲染早朝时的景象，写得富丽堂皇。晓钟悠扬，万扇宫门层层启动，十分壮观。"仙仗拥千官"写出朝仪的整肃庄严，气势恢宏。颈联进一步突出"早"字。尾联赞美贾舍人诗作之高妙，属唱和诗的客套话，以结题意，颇为得体。

　　　全诗紧扣题目，布局紧凑。喻守真说："题是早朝，就从'早'说起。所谓'曙光''晓钟''星初落''露未干'，都是做的一个'早'字。所谓'金阙''玉阶''仙仗''千官''旌旗'，都是做的一个'朝'字。结句始出酬和之意，自谦而尊人，身分均合。"在同题诗作中，后人对本诗评价较高。吴汝纶说："庄雅秾丽，唐人律诗此为正格。"（《唐宋诗举要》卷五）

　　　和贾舍人此诗的，除岑参外，还有王维和杜甫。或者还有一些人，但作品保存下来的却只有王、杜、岑三首，连原唱是四首。由于四首诗同一题材，同一形式，出于同朝代四位著名诗人之手，故引起后人的广泛兴趣，加以比较评论优劣的大有人在。笔者无暇详述众说，但总的倾向是对王维、岑参的诗评价较高。

　　　为参照阅读，今附录贾至原作如下：

早朝大明宫呈两省僚友

银烛朝天紫陌长，禁城春色晓苍苍。千条弱柳垂青琐，百啭流莺绕建章。剑佩声随玉墀步，衣冠身惹御炉香。共沐恩波凤池里，朝朝染翰侍君王。

和贾至舍人《早朝大明宫》之作
王　维

绛帻鸡人^①报晓筹，尚衣^②方进翠云裘^③。九天阊阖开宫殿，万国衣冠拜冕旒^④。日色才临仙掌^⑤动，香烟欲傍衮龙^⑥浮。朝罢须裁五色诏^⑦，佩声归向凤池^⑧头。

注释　　①绛帻鸡人：戴红色头巾的负责伺更报时的官员。《汉官仪》：宫中夜漏未明，三刻鸡鸣，卫士候于朱雀门外，著绛帻（红布包头像鸡冠）鸡唱。鸡人：古官名，即鸡供奉。②尚衣：官员，负责供天子冕服。③翠云裘：用翠羽编织的有云纹图案的裘衣，此代指珍贵的龙袍。④冕旒：天子之冠。旒：冠前下垂的珍珠串。《礼记·礼器》："天子之冕，朱绿藻，十有二旒。"⑤仙掌：皇帝身后宫女所持的羽扇。一说指汉武帝所造的柏梁铜柱仙人掌，但与全诗意境不合，恐不确。⑥衮龙：天子所穿龙袍上面有龙的图案。⑦五色诏：即天子诏书，因用五色帛书写，故称。⑧凤池：凤凰池之简称，乃中书省所在地，故可代指中书省。贾至是中书舍人，在中书省任职，故云。

译文　　黎明时分，皇宫内外分外寂静，负责伺更报晓的官员开始行动。他们头戴象征鸡冠的红色角巾，把表示时间的筹码送进宫中。各种人员开始忙碌，负责穿衣的宦官捧着龙袍脚步匆匆。层层宫门依次开启，响声隆隆，庄严肃穆的早朝即将举行。天子走上金銮殿，文武百官依次侍立，众多外国使臣也跪拜在大殿之中。当太阳刚刚照临时，在皇帝身后手持羽扇的宫女便开始移动，簇拥着皇帝离开皇宫。御炉中的缕缕香烟随着龙袍轻轻浮动，仿佛要依傍君王的威风。早朝已经结束，您将要回到中书省，裁好书写圣旨的五色纸，思索草拟圣旨的新内容。

评析　　这是一首和诗。原作是中书舍人贾至所写，描绘大明宫早朝时的恢宏气象，表现出大唐盛世的赫赫声威。

本诗层次清楚，按照时间顺序写来。首联写早朝的准备阶段，鸡人报晓，尚衣进裘均是真实的宫廷生活。颔联写早朝刚刚开始时的壮观场景。写景由外到内，场面宏大。"万国衣冠拜冕旒"一句表现出大唐帝国国势强盛，处在宗主国的地位，周围的许多属国臣服听命的威势。在"万国衣冠"后面用一个"拜"字，突出很多外国使臣拜见中国天子的情景，运用数量上众与寡，地位上尊与卑的对比突出大唐帝国的强大国势和威严，是符合历史实际的。胡元瑞赞叹这联诗"高华博大，冠冕和平，使全诗为之生色"确是知言。颈联写早朝刚刚结束之景，皇帝离去，香烟缭绕，充满富贵祥和气象。尾联恭维贾至甚得圣眷，回去即要忙于起草圣旨了。篇末归结到原唱上，深合和诗之体。

奉和圣制从蓬莱① 向兴庆② 阁道中留春雨中春望之作应制

王　维

渭水自萦秦塞③ 曲，黄山④ 旧绕汉宫斜。銮舆迥出千门柳，阁道⑤ 回看上苑⑥ 花。云里帝城双凤阙⑦ ，雨中春树万人家。为乘阳气⑧ 行时令，不是宸游玩物华。

注释　　① 蓬莱：宫苑名，即大明宫，位于禁苑东南。《唐会要》卷三十："龙朔二年，修旧大明宫，改名蓬莱宫。长安元年十一月，又改为大明宫。"② 兴庆：即兴庆宫，在东内之南隆庆坊。本玄宗在藩时之邸宅。③ 秦塞：唐都城长安，古时为秦池。

④ 黄山：即黄山宫，汉惠帝二年建造，故址在陕西兴平市西北的黄麓山上。⑤ 阁道：在地面上架起的空中通道，上面进行封闭，两侧开小窗户，实际是当时立体交通的形式。⑥ 上苑：禁苑，即宫中的苑圃。⑦ 双凤阙：《三辅黄图》："凤凰阙，汉武帝造。《古歌》云：'长安城西有双阙，上有双铜雀，一鸣五谷成，再鸣五谷熟。'"铜雀，即铜凤凰，故谓双凤阙。⑧ 阳气：谓春气。《汉书·律历志》："阳气动物，于时为春。"又《礼记》："立春之日，亲率三公九卿诸侯大夫以迎春于东郊。"

译文　　渭河曲曲弯弯，萦绕着古秦国的地面，渭水之滨斜对过坐落着汉代的黄山宫殿。伴随皇帝的銮驾走上高出街道柳树的阁道，回头可以看到鲜花盛开的宫廷禁苑。云雾低回缭绕中一对凤阙显得更加壮观，茫茫春雨中树木簇拥着万户人家生意盎然。圣上出游是因为阳气通畅而顺天行时，并不是为了游览风光到处赏玩。

评析　　应制诗是受皇帝之命而作的带有命题性质的应景之作，容易写成谀颂的文字，精品不多。王维此诗既合体式，又写出了大唐帝国的盛大气象，笔势雄浑、色彩鲜明，结构圆熟，被后人奉为应制诗的楷模。

　　唐代宫城在长安城东北，大明宫又在宫城的东北，兴庆宫在宫城的东南。开元二十三年，修筑阁道，从大明宫经兴庆宫一直连通城东南的风景区——曲江。帝王后妃从宫中可以通过阁道直达曲江。阁道是架在空中的密封式的通道，类似现代的天桥。从诗题中可知，玄宗率领部分大臣从大明宫向兴庆宫去，途中停下观赏雨中的长安景色，并命群臣即景赋诗，同时作者还有李憕等人。

　　全诗紧扣"春望"来写，画出一幅春雨长安图。首联是远景，写长安乃形胜之地。渭水、黄山和秦塞、汉宫作为长安的陪衬和背景，境界开阔，"秦""汉"二字还带有浓厚的历史情味，使诗境增加了厚重感。中间两联具体描绘雨中长安的景象。颔联写近景，充满富贵气象，如绘画中的工笔，高出树梢之上的阁道中的皇帝的仪仗依稀可见。颈联用大笔渲染，状景生动逼真，概括力极强，写出了大唐帝国的恢宏气势，历来为人所称道。尾联寓规于颂，把皇帝的春游玩乐说成为国为民的带有政治意义的活动。虽也是歌功颂德之词，但含蓄委婉，很得体。

积雨辋川庄作

王　维

积雨空林烟火迟，蒸藜①炊黍饷东菑②。漠漠水田飞白鹭，阴阴夏木啭黄鹂。山中习静观朝槿③，松下清斋④折露葵⑤。野老与人争席⑥罢，海鸥何事更相疑。⑦

注释　　① 藜：一年生草本植物，高五六尺，新叶嫩苗可吃。② 菑：开垦一年的土地。此处泛指田地。③ 槿：落叶灌木，夏秋之际开花，有红、紫、白数种。朝开暮落，故曰朝槿。古人常用来做人生无常的象征。④ 清斋：即斋食。佛家过午不食叫斋。世俗以素食为斋。⑤ 露葵：即绿葵，一种素菜，见《颜氏家训劝学篇》。⑥ 争席：指与人不拘形迹，毫无隔膜。《庄子·寓言》载：阳子居（杨朱）去见老子时，旅舍的人对他很客气，给他让座位。他从老子处学完道理返回时，人们不再给他让座，而与之"争席"了。郭象注云："去其夸矜故也。"谓毫无架子，与人平等相亲的生活态度。⑦ "海鸥"句：《列子·黄帝篇》载：有人住在海边，与鸥鸟相亲相习。他的父亲知道了，要他把鸥鸟捉回去。他再去海边，鸥鸟便躲开他而不再飞近了。

译文　　连日阴雨，空荡荡的山村中格外宁静。气压太低，做饭的炊烟非常迟缓地徐徐上升。广漠的水田中不时有白鹭飞起，浓郁茂盛的树木中不时传来黄鹂鸟的歌声。为了修炼静养之功，我在山中默默观察木槿早晨徐徐开花时的情景；为保持清淡的素餐，我在松树下采摘带着露水的绿葵而食用它的叶和茎。我已经完全与世无争，可那些飞翔着的海鸥为何还对我疑虑重重？

评析　　《旧唐书·王维传》载："维兄弟俱奉佛，居常蔬食，不茹荤血。晚年长斋，不衣文彩。"辋川庄是王维晚年的别墅，在今陕西省蓝田县境内。本诗把辋川庄优美恬静的田园风光与自己清淡幽雅的隐居生活结合起来，创造出一幅清新优美的画面。

前四句写田园风光之美。首联写田家生活。炊烟袅袅，农妇将饭送到田间。秩序井然，生活气息浓烈。颔联写自然景象。"漠漠水田"写视野的开阔，"阴阴夏木"写境界的深邃。"飞白鹭"是可见之形，"啭黄鹂"是能闻之声。前句是俯视，后句是仰听。两句中，上与下、广阔与纵深、听觉与视觉交织在一起。给人的感官造成强烈的印象。前人盛赞王维"诗中有画"，指的正是这种境界。后四句写自己清静无为的生活，确有不食人间烟火的味道。尾联的两个典故进一步表现自己要尽去世俗之心，屏绝尘想，与人无碍，与世无争的心境。

本诗形象鲜明，兴味深远。前人对其推崇备至，认为"淡雅幽寂，莫过右丞《秋雨》"，甚或有人推崇其为全唐七律的压卷之作（见赵殿成《王右丞集》卷十），均可见其受重视的程度。

赠郭给事 ①

王 维

洞门 ② 高阁霭余晖，桃李阴阴柳絮飞。禁里疏钟官舍晚，省中 ③ 啼鸟吏人稀。晨摇玉佩趋金殿，夕奉天书拜琐闱 ④。强欲从君无那 ⑤ 老，将因卧病解朝衣。

注释　① 郭给事：喻守真说："郭给事名承嘏，字复卿。"给事即给事中，为门下省重要属员。② 洞门：宫禁之门深幽，故云洞门。③ 省中：指门下省府衙。唐时，门下、中书省均在禁苑之中。④ 琐闱：带有连锁花纹的宫中侧门。⑤ 无那：无奈。

译文　庄严幽深的宫门，高拔壮丽的殿堂楼阁，沐浴着夕阳的余晖。宫中的桃李花繁叶茂，绿荫浓郁，柳絮在和煦的春风中轻盈地飘飞。傍晚时分，门下省的府衙中格外肃静，官员们大多已散朝退班，人影稀疏，钟声袅袅，鸟儿鸣啼。清晨时你冠服佩玉，迈着官步缓缓走上金殿参见万岁，黄昏时捧着圣旨回到府邸。我本想跟着老朋友亦步亦趋，无奈年迈体衰，因为多病而将要脱去朝官之衣。

评析　　据诗题可知，这是一首和诗。王维在中年以后，大部分时间做朝官，也曾在省中值过宿，故对这种生活情境很熟悉。郭给事是门下省要员，与王维是同僚，写诗给王维，王维便作此诗相和，在颂美的同时表达了自己想要归隐的愿望，诗境雍容华贵而不窘迫。

　　首联写官中的景象。余晖掩映，柳絮飘舞，渲染出太平祥和的气氛。颔联把视线缩小到省中。"疏""稀"二字点染出官衙中轻松闲静的情味。"啼鸟"一词意味很深。如果府中人来人往，政务繁杂，便不会有啼鸟之声，人们也不会注意到这种声音。用"啼鸟"写闲静是以动写静之法，用在此处尤增情味，官署内的清静也暗示出政治清平。颈联直接写人，表现郭给事受皇帝信任，而他本人又忠于职守，恭敬严谨，是个称职的好官。字里行间含有对友人的钦佩和鼓励之意。尾联转折，老病显然是谦词，但毕竟也是理由，表现出王维淡于仕进的隐退思想，也隐含着不能随友人荣进的遗憾和愧疚之情。这样写容易被友人所接受，给出唱和本意。

　　王维在天宝后期长期担任给事中之职，写作本诗时可能仍在任上，若此，与郭给事便是真正意义的同僚。本诗前六句写景写人，景观视野由大到小，由远及近，最后具体写人。闲适中有富贵气象，清新有味。结尾以情收，高致淡远。虽有消沉之意，却无促迫之情。

蜀 相①

杜 甫

丞相祠堂②何处寻？锦官城③外柏森森。映阶碧草自春色，隔叶黄鹂空好音。三顾④频烦天下计，两朝开济⑤老臣心。出师未捷身先死，⑥长使英雄泪满襟。

注释　　①蜀相：一作丞相。此诗以篇首二字为题。②祠堂：即今武侯祠，在成都市南郊公园内。晋时李雄在成都称王时所建。③锦官城：成都的别称。古锦官城是成都少城，毁于晋桓温平蜀之时。④三顾：刘备为请诸葛亮，曾三顾茅庐。⑤开济：开创基业，匡济危时。⑥"出师"句：《蜀书·诸葛亮传》："亮悉大众由斜谷出，以流马运，据武功五丈原，与司马宣王对于渭南。……相持百余日。其年八月，亮疾病卒于军。"

译文　　诸葛丞相的祠堂到什么地方去找寻？人们指给我，就在锦官城的外面，那里的松柏茂茂森森。我漫步走进，碧草映照石阶，空有一片绿茵。黄鹂鸟在密叶深处鸣唱，徒有一腔美妙的声音。当年的先主不怕麻烦，为天下苍生而三顾茅庐请出高人。诸葛亮鞠躬尽瘁，辅佐刘备开创基业，建立蜀汉而与吴、魏鼎足三分。辅弼刘禅拯救危难，表现出老臣的耿耿忠心。可惜北伐未成身先死去，常使后世的英雄人物泪流满襟。

评析　　本诗为唐肃宗上元元年（760）春杜甫到成都后初游武侯祠时所作，在喟叹诸葛亮功业未成身死的同时，寄寓了作者忧国伤乱怀才不遇的感慨。

　　首联写急于走访游览武侯祠的心情，以自问自答的方式点明其地理位置及总体印象。颔联写祠内的景色。作者选景布局别具匠心，不可不察。祠内景物甚多，巍峨的殿堂，庄严的雕像，诗人皆略而不写，却偏写"映阶碧草"和"隔叶黄鹂"，这本来都是美景，但加上"自""空"二字，境界迥变，渲染出祠内荒凉冷落的景象。这既是眼前实景，又是诗人主体心境的写照。

"自""空"二字，在句中所用为拗格，但舍此二字，便无法恰切表现那种情境，可见作者遣词造句的良苦用心。颈联高度赞美诸葛亮的丰功伟绩和鞠躬尽瘁的敬业精神。上句写刘备识才礼贤，烘托诸葛亮的雄才大略，下句概括其一生的盖世功业。"两朝开济"四字极为精练，概括力强，一字千钧，充分显示出杜甫笔力的雄健老到。浦起龙评曰："五、六实拓，句法如兼金铸成，其贴切武侯，亦如熔金浑化。"（《读杜心解》）确如斯言，此为千古以来咏叹诸葛亮的最佳对联，后人无以过之。尾联抒情，既伤诸葛亮，也是诗人自伤。杜甫虽是诗人，但素有大志，自比稷契，终生忧国忧民。然而壮志未申，天下大乱，悲从中来，洒下热泪也在情理之中。故泪满襟的英雄当然也包括诗人在内。

客 至①

杜 甫

舍南舍北皆春水，但见群鸥日日来。花径不曾缘客扫，蓬门今始为君开。盘飧②市远无兼味，樽酒家贫只旧醅③。肯与邻翁相对饮，隔篱呼取尽余杯。

注释　　①客至：原注云："喜崔明府相过。"明府，唐县令之别称。②飧：晚饭。此处代指肴馔。③醅：酒未经过滤者，即浊酒。

译文　　我房舍的南南北北，都是浩漫无边的春水，每天都有一群一群的白鸥飞来，无忧无虑，无嫌无猜。因为没有客人，花间的小路不曾为谁打扫，这简陋的柴门今日才为您打开。离集市太远，盘子里没有几样好菜；家境贫寒，樽中也只有浊酒旧醅。如果您肯和邻居老翁对饮，我就隔着篱笆喊他一声，让他过来喝几杯。

评析　这是一首至情至性的纪事诗。表现诗人朴厚纯真的性格及喜客好客的心情。生活气息浓郁，很是感人。根据作者自注可知，来的这位客人是县令，是主掌一县大权的父母官。这一身份可以说明两个问题：一是杜甫当时虽然客居他乡又无官职，但在当地尚有一定的知名度；二是说明杜甫平易近人，与邻居们关系密切，不分彼此，与人民息息相通。

首联写自己生活环境的清幽，点明时间、地点和环境。"群鸥"在古人笔下常常是与世无争，没有心机的隐者的伴侣。它们"日日"到来，表现了环境的幽雅僻静，更暗示出诗人心境的宁静和谐，毫无尘想俗念。正因如此，他才能抹去社会地位、权力给各阶层的人们所造成的鸿沟和界限而完全平等相处。什么县令、庄稼老汉，在诗人心里，都是平等的人，这一点在封建等级制分明的社会中又是多么难能可贵。颔联由外向内转，写院中的情景，写接待来客的随便，不用特意准备，也不事先打扫一下卫生，而是任其自然，越这样越能表现主客间的默契相亲。后四句写待客。前两句是实实在在的家常话，听来十分亲切，我们从中很容易感受到主人盛情待客而又力不从心的歉疚之情，也暗示出主客间的深情厚谊。尾联笔意转折，别开生面。前人唯指出这两句"峰回路转，别开境界"（喻守真语）这一点，未进一步挖掘其思想意义。实质上，这联诗更深层次的意蕴是表现杜甫与普通百姓的亲密关系，也说明他在这一时期里具有平等思想的光辉。虽是商量语气，也可看出诗人是真心邀请东院的庄稼老头儿来陪这位县大老爷喝酒的。若在平时，在其他场合，这是绝对不可想象的。而县令与百姓的同席平等正是由于杜甫这一中间环节。这不恰恰表现作者的平等观念及与人民的息息相通吗？杜甫的这一感情又是一贯的，《又呈吴郎》诗表现的是更深挚的同情贫弱百姓的感情，读来令人心灵震颤。这正是杜甫的感人之处，也是杜诗彪炳千古，一直深受后人喜爱的缘故。

本诗之结构也值得借鉴。作者兼顾空间顺序和时间顺序来写，给人以身临其境之感。从空间上看，从外到内，由大到小；从时间上看，则写了迎客、待客的全过程。衔接自然、浑然一体。

野 望

杜 甫

西山①白雪三城戍②，南浦清江万里桥③。海内风尘诸弟隔，天涯涕泪一身遥。惟将迟暮供多病，未有涓埃④答圣朝。跨马出郊时极目，不堪人事日萧条。

注释　①西山：在成都西，主峰雪岭终年积雪。②三城戍：指松、维、保三城，为唐与吐蕃之界，是蜀边陲要塞。③万里桥：据《华阳国志》载：桥在成都南门外。三国时，蜀遣费祎聘吴，诸葛亮设宴送别。费祎叹曰："万里之行，始于此桥。"故名其桥曰"万里桥"。④涓埃：谓一滴水、一粒尘，比喻极微小。

译文　西山上白雪皑皑，三座城堡戍守着蜀地的边陲；南面水边的清江上，架着一座通向远方万里的告别之桥。海内战乱，我与几位弟弟受到阻隔，只身一人涕泪沾衣漂泊在天涯海角。这垂垂老矣的身躯又多灾多病，没有一点儿劳苦报答圣明的王朝。骑马来到郊外极目远眺，真令人难以忍受，满目荒凉而又萧条。

评析　本诗写成都郊外野望所见之景及作者忧国忧民的情怀。

首联直接描写野望所见之景。上句写高远之景，"三城戍"暗示出边事甚紧，不但内忧重重，外患亦可深虑。下句写平远之景，"万里桥"活用费祎别孔明之典，含有与亲人万里阻隔的意蕴。颔联承前，由景转情。上句承第一句而来，因见"三城戍"而感风尘未已，故与诸弟相隔；下句承第二句而来，因见"万里桥"而想到自己孑然一身，飘零在万里之外，怎不凄然伤感，潸然泪下？颈联写自身之苦况。诗人忧国忧民，忠君爱国之情溢于言表。尾联扣题结篇。"跨马出郊"点出"野"字，"极目"点出"望"字，为全篇景语之总括，"不堪人事日萧条"即指中间两联的国难家仇与人生忧患，为全诗情语之总括。有板有眼，笔不疏漏，可见杜诗章法之绵密。

闻官军收河南河北

杜 甫

剑外①忽传收蓟北②，初闻涕泪满衣裳。却看妻子愁何在，漫卷诗书喜欲狂。白日放歌须纵酒，青春③作伴好还乡。即从巴峡穿巫峡，便下襄阳向洛阳。

注释　　①剑外：即剑南，代指蜀中。②蓟北：今河北北部，安史叛军的根据地。③青春：春天。

译文　　在这偏僻的剑门之外，官军收复蓟北的消息忽然传到耳旁。乍听到时我惊喜万状，眼泪沾湿了衣裳。再看妻子的忧愁也一扫而光，忙忙乎乎收拾诗卷和书房，高兴得简直要发狂。这样喜庆的日子，只应纵酒歌唱。我将在美丽春景中返回故乡。通过巴峡再穿过巫峡，过了襄阳后便直奔洛阳。

评析　　唐代宗宝应元年（762）冬，唐军收复洛阳和河南大部分地区。第二年正月，史思明之子史朝义兵败自杀，部将纷纷投降，安史之乱结束。春天，消息传到蜀地，正流寓在梓州（治所今四川三台）的杜甫听到这一消息后，欣喜若狂，写下这首"平生第一首快诗"（浦起龙《读杜心解》）。

本诗起笔突兀，感情如决堤狂涛随势而起。诗人多年漂泊在外，主要原因就是安史之乱未靖所致。所以乱平的消息，如春雷乍响，山洪突发一般，令他喜不自胜，全诗的感情即由这一消息所生发。颔联以转作承，写家人及自己的惊喜情态。"漫卷"这一细节极为生动逼真，乃人之常情，故也最动人。颈联对"喜欲狂"做进一步的抒写。"白日"和"青春"相互为文，衬托出诗人明朗欢欣的心境。"放歌""纵酒"既有战乱结束的喜悦，更有即将还乡的欢欣。下句直接道出久久积郁在心的愿望，"青春作伴好还乡"。尾联犹奇，连用四个地名，形成流水对，设想返乡的路线。"巴峡"和"巫峡"，"襄阳"与"洛阳"，既各自对偶（句内对），又前后对偶，形成工整的地名对。再用

"即从""便下"两个表现紧紧相连关系的词语绾合起来，文势迅急，一气贯注而下，生动地表现出作者返乡的心情是何等迫切，思乡之念又是何等强烈。久客在外急于还乡的感情具有很大的普遍性，故也最易引起人们的共鸣。

全诗感情奔放，气势充沛，快言快语，感人肺腑。诚如仇兆鳌在《杜少陵集详注》中引王嗣奭的话所云："此诗句句有喜跃意，一气流注，而曲折尽情，绝无装点，愈朴愈真，他人决不能道。"

登 高
杜 甫

风急天高猿啸哀，渚①清沙白鸟飞回②。无边落木萧萧下，不尽长江滚滚来。万里悲秋常作客，百年多病独登台。艰难苦恨③繁霜鬓，潦倒新停浊酒杯④。

注释　①渚：水中小洲。②鸟飞回：谓鸟因风急而在空中盘旋。③苦恨：特别恨、非常恨。④潦倒句：当时杜甫因病戒酒，故云。

译文　登上江边的高山，秋天的天空寥廓而高远。山风一阵紧似一阵，风声中夹杂着猿鸣的凄寒。俯视江面，江中的洲渚清晰可见，江边的沙滩白茫茫一片，几只水鸟在空中盘旋。随着阵阵秋风，满山遍野的落叶纷乱。俯瞰江面，滔滔的江水波浪滚滚，源源不断。面对这凄凉萧瑟的秋景，我悲从中来，思绪万千。想到自己大半生客居在万里之外，如今已到迟暮之年，弄得浑身是病，一个人孤零零登上高山，真是凄凉而又可怜。我真痛恨这混乱的世道，忧愁得两鬓如繁霜一般。本来想要借酒浇愁，但因有病不能再把酒杯来端。

评析　本诗是杜诗中的精品，杨伦称赞此诗为"杜集七言律诗第一"（《杜诗镜铨》）。胡应麟更大加推崇，认为是古今七律之冠。

本诗思想容量很大，饱含诗人大半生的坎坷经历和穷困潦倒的喟叹，既富于形象性又有很大的概括力。前半首写登高所见之景，后半首写触景所生悲秋之情，笔法错落有致，隔句相承。一、三句写山上，二、四句写江面。一、二句精雕细刻，相当于绘画的工笔，三、四句大笔渲染，相当于绘画的写意。纵横开阖，天高地远，形声兼备，描绘出一幅萧条冷落、凄清寥廓的长江峡谷秋景图，为全诗的抒情渲染了悲剧气氛。颈联是全篇的中心，"悲秋"二字是诗眼，两句诗含蕴丰厚，味之无穷。逢秋而悲，人之常情；客中悲秋，其悲更甚；常常做客，故常常有悲；故园万里，故悲中又牵惹乡关之思；独自登台，顿生身世伶傅之感；多病缠身，尤增凄苦之情；年值垂暮，平添功业无成之痛。万事尽不遂愿，身心俱已憔悴矣。可见这两句诗思想含量极其丰富，表现出诗人当时极其复杂的感情世界。回环往复，笔触细腻。还应指出，此联中的"万里""百年"与上联的"无边""不尽"相互对应，均是一横一纵，一空间一时间，拓展了诗的境界。而且情景交融，互相渗透，诗人的忧思仿佛无边的落叶和不尽的长江一样无边无垠，绵绵不绝，使感情的抒发更加沉重凝练、博大深远。

本诗艺术上最显著的特点是通体对仗，而且对得精致工巧，句中有对。如首联的"风急"对"天高"，"渚清"对"沙白"，给人以均齐对称之感。"一篇之中，句句皆律；一句之中，字字皆律。"（胡应麟《诗薮》）

登 楼

杜 甫

花近高楼伤客心，万方多难此登临。锦江^①春色来天地，玉垒^②浮云变古今。北极^③朝廷终不改，西山寇盗^④莫相侵。可怜后主^⑤还^⑥祠庙，日暮聊为《梁甫吟》^⑦。

① 锦江：岷江支流，自四川郫都区流经成都市区西南，杜甫草堂临近锦江。
② 玉垒：山名，在今四川茂县。③ 北极：北极星，喻指唐王朝。④ 西山寇盗：指吐蕃。
⑤ 后主：即蜀汉后主刘禅。⑥ 还：仍旧。⑦《梁甫吟》：《三国志·蜀书·诸葛亮传》：
"亮躬耕陇亩，好为《梁甫吟》。"

译文　　　　高楼的近处鲜花开放，使我这位远方的客子更加感伤。在这国破家亡的
艰难时刻，一个人孤独地来到楼上。骋目远眺，美丽的锦江在日夜流淌，两
岸的春色蜿蜒绵长。玉垒山上的浮云飘忽不定，从古到今也没有固定的模样。
大唐帝国的命运非常久远，就像天上的北极星那样。西南面的寇盗不要侵犯
疆土，不要产生推翻朝廷的妄想。令人叹息的是那位昏庸误国的刘禅，至今
依然有他自己的祠堂，还在承受着后人的祭祀，真是天大的荒唐。我还在默
默地思想，不知不觉中已经暮色苍茫。姑且也像当年的诸葛亮，他爱好吟诵
《梁甫吟》，我也写下这首诗章。

评析　　　　本诗写于代宗广德二年（764）春，诗人客蜀已经是第五个年头。前一年
春天刚刚平定安史之乱，秋天吐蕃便攻陷长安，代宗出逃。不久，郭子仪收
复京师，乘舆返回。年底吐蕃又攻陷蜀北的一些州县。朝廷内外交困，宦官
专权，藩镇割据，朝政混乱不堪，灾难重重。这些都是"万方多难"的内容。
　　　　起笔突兀，因果倒装，先说见花伤心的反常现象，再说伤心是因为"万
方多难"的缘故，出人意表。"万方多难"是全诗抒情的出发点。"登临"则
是观景的前提，可见首联具有提纲挈领、统摄全篇的作用。颔联描写山河的
壮丽，上句写空间之广阔，下句写时间之悠远。天高地迥，古往今来，构成
一幅阔大悠远、贯通古今的具有立体感的境界，充分显示出诗人视野的广博
和胸襟的开阔。颈联议论天下大势。"终不改"三字表现出杜甫对唐王朝的一
片忠心，倾诉了热爱国家和渴望安定统一的愿望，其中也包含着可贵的民族
自豪感和自信心。尾联借古讽今，用曲笔表达对国家前途的无限关注之情。
刘禅是亡国之君，仍受庙享，而当时的皇帝代宗李豫也非明主，正是由于他
宠信宦官搞乱朝政才"万方多难"的。刘禅当初尚有名相诸葛亮辅佐，而代

宗身旁却没有贤相能臣，国事岂不堪忧？但自己又万般无奈，空有济世之心，苦无献身之策。只能吟诗自遣忧愁，如此而已。愁思绵绵，情味深婉。

本诗在炼字方面特别突出，除尾联外，诗人将每句的句眼皆放在第五字。首句的"伤"字奠定全诗悲怆的基调，并造成悬念。次句的"此"字含义丰富，兼有此时、此地、此人等多种意义，强调环境之特殊。三句的"来"字显示出春色扑面而来，四句的"变"字语义双关，借浮云变幻喻世事沉浮多变。五、六、七句的"终""莫""还"三字也都非常警拔凝练，各有深味。

宿　府①
杜　甫

清秋幕府②井梧③寒，独宿江城蜡炬残。永夜角声悲自语，中天月色好谁看。风尘荏苒音书绝，关塞萧条行路难。已忍伶俜十年事，强移栖息一枝安④。

注释　　①宿府：住宿在幕府中，类今日之值班。②幕府：古代军队出征，将帅无固定住所，以帐幕为府署，故称幕府。后代称地方军政长官的衙署。③井梧：庭院中之梧桐树。井，指天井，即庭院也。④一枝安：《庄子·逍遥游》："鹪鹩巢于深林，不过一枝。"

译文　　冷清清的秋夜，幕府庭院中的梧桐树显得非常凄寒。我独自住在江城边的府舍中，注视着蜡烛正在渐渐烧残。漫长的黑夜里角声呜咽，如在倾诉世道的悲惨；满天的月色清盈却无人去欣赏仰观。在风烟战乱中苦度着岁月，家里的书信已经绝断。关塞地区战争频繁，有心回家又担心路上太艰难。只身漂泊异地，已经忍受十年。姑且勉强栖息一枝，以维持生计求得暂时的平安。

评析　　代宗广德二年（764）六月，杜甫受严武的推荐出任剑南节度使幕府的参谋。按当时的定制，参谋有时要在幕府中留宿值班，此诗便是住宿幕府时所写。

首联用倒挽法，先出景后出人，意在笔先，起势峻耸。出句通过渲染环境的凄凉烘托人物心境的悲凉，次句才写到"独宿"。"独宿"二字为全诗之眼。在清寒之夜，眼巴巴地看着"蜡炬残"，其孤独寂寞、夜不能寐之苦已见于言外。颔联写独宿的所见所闻。境界阔大，形声兼备，颇具神韵。抒情方法尤妙，诗人本在听角望月，却偏说"自语""谁看"。试想，诗人未听，何以知角悲？诗人未看，何以知月好？这样写来，一状孤独，无人共语共赏；二状心情抑郁，月色好也无心去观赏。抒情委婉顿挫，最有深味。清施补华云："'永夜角声悲自语，中天月色好谁看。''悲'字、'好'字，作一顿挫，实七律奇调，令人读烂不觉耳。"（《岘佣说诗》）颈联转写身世。"风尘"句上承"永夜"句。"永夜角声"意味着战乱未息，因此才岁月蹉跎，乡书阻绝。"关塞"句上承"中天"句。遥望中天明月，更生乡思之情。但天下未靖，关塞萧条，想要返乡谈何容易，只能"思家步月清宵立，忆弟看云白日眠"（《恨别》）而已。尾联暗应首联，总括全诗，抒情更加概括、精练。《庄子·逍遥游》中说："鹪鹩巢于深林，不过一枝。"作者显然是化用了这一典故。前边用"已忍伶俜十年事"一垫，情味尤丰富深沉。已经忍受了十年漂泊，如今勉强有这一职位，总算有栖身之所了，故曰"一枝安"。但再看一看诗人这一夜中徘徊彷徨的景况，他心里是真"安"了吗？这种似怨非怨、似安非安的矛盾而复杂的心理，耐人寻味。另外，尾联的"一枝安"照应首联的"井梧寒"，意谓幕府参谋本是寒枝，但亦能暂且栖身，实中有虚，虚中有实，增加了表达效果。

阁　夜

杜　甫

岁暮阴阳①催短景，天涯霜雪霁寒宵。五更鼓角声悲壮，三峡星河②

影动摇。野哭千家闻战伐，夷歌③数处起渔樵。卧龙④跃马⑤终黄土，人事音书漫⑥寂寥。

注释　　①阴阳：指日月。②星河：银河。③夷歌：四川境内少数民族的歌谣。④卧龙：指诸葛亮。诸葛亮因居住卧龙冈，也称卧龙先生。⑤跃马：指公孙述。左思《蜀都赋》："公孙跃马而称帝。"⑥漫：任凭，随意。

译文　　岁暮时节，昼短夜长，光阴荏苒而时序逼人。客居天涯的游子，在霜雪初停的夜晚更觉得寒气凛凛。五更将尽，城楼上响起一阵悲壮的鼓角之音。三峡的江面上江水晃漾，天河的倒影闪烁深沉。战争频繁使山野中传来许多哭声，但悠扬的山歌也时常出现在河边或山林，唱歌的是樵夫或渔民。人生的道理真是难以琢磨，当年叱咤风云的诸葛亮，跃马称帝的公孙述，最终也都埋进黄土，身后的庙宇又有何意义可云？我也不必懊恼穷困潦倒又与亲人断绝音信，一切都要顺应自然听从命运。

评析　　本诗是杜甫大历元年（766）寓居夔州西园时所作。当时天下战乱未已，诗人生活也未安定，故诗中的感情很沉郁。

首联写日短天寒的主体感受，有一种凄凉萧飒的气氛。"天涯"二字又有客居他乡的漂泊之感。颔联承次句的"寒宵"，写拂晓前的所见所闻。"鼓角声悲壮"写战事仍频，形势紧张，黎明前军队已开始活动，很悲壮，暗启第五句。"星河影动摇"写晴空如洗，江面澄静的壮丽景象，意境清新，暗启第六句。两句诗一悲壮，一秀丽，是构成本诗复杂情感的两组意象。"野哭"句承第三句，写战乱给人们带来的深重灾难。一闻战声便"野哭千家"，可见人们的心灵所受到的创伤是多么剧烈。"夷歌"句承"第四句"，写尽管战乱，但也有不受影响而逍遥自乐的渔樵。暗寓着对自己生活态度、生活道路的调侃式的嘲讽，并生发尾联的感慨。夔州西郊有武侯庙，东南有白帝庙，作者借古抒情，想到无论贤愚，同归泯灭，自己眼前的贫困孤独也就不必介意了。还是放松一些，像渔樵那样活得潇洒快乐一点吧！表面旷达，骨子里却是更深的忧伤，是对世事无可奈何的幽愤。

咏怀古迹五首（其一）
杜 甫

支离①东北②风尘③际，漂泊西南天地间。三峡楼台④淹日月，五溪衣服⑤共云山。羯胡⑥事主终无赖⑦，词客哀时且未还。庾信⑧平生最萧瑟，暮年诗赋⑨动江关。

注释　①支离：犹流离，与下句漂泊意近。②东北：指中原地区，对蜀地而言。③风尘：指安史之乱。④楼台：即杜甫在夔州所居之高斋。⑤五溪衣服：指当地的少数民族，夔州南接五溪。即雄溪、樠溪、无溪、酉辰、辰溪，夹溪之地住着五溪蛮。据《水经注·沅水》载，五溪地区的少数民族"织绩木皮，染以草食。好五色衣，裁制皆有尾"。⑥羯胡：泛指北方少数民族，这里指安禄山、史思明等人。⑦无赖：狡诈，不可靠。⑧庾信：据《周书·庾信传》载，信字子山，初仕梁，擢右卫将军，封武康县侯。侯景之乱，信奔江陵。奉使聘于西魏，被留达二十七年之久。信于北朝，仕至大将军开府仪同三司，地位虽显赫，但常有江关之思，曾作《哀江南赋》以寄深慨。⑨暮年诗赋：庾信少有文名，仕梁与徐陵齐名。入北朝后，诗风由艳冶转向苍劲刚健。杜甫另有诗句赞之曰："庾信文章老更成，凌云健笔意纵横。"

译文　在东北方向的中原地区，烽火连天，我也曾颠沛流离。如今又漂泊到了西南，饱尝离乡背井的辛酸。三峡掩映着楼台，我被迫淹留在这里苦挨着岁月的艰难。夔州南接五溪，我与这里的少数民族共同拥有这块河山。羯胡之人侍奉君主终究不太可靠，我悲叹时世动乱而令我至今不能返回家园。南朝梁陈间的庾信生平最为凄惨萧条，晚年的诗赋却极为感人而名动江关。

评析　《咏怀古迹五首》是杜甫寓居夔州时所写的一组诗，后四首分别咏宋玉、王昭君、刘备、诸葛亮。本诗前六句是杜甫感慨身世，尾联才提到庾信，与后四首以咏古人为主不同，故有人认为本诗当割出另为一章。此说当然不妥，关于这一点，杨伦分析得很精当，他说："此五章乃借古迹以咏怀也。庾信避难，由建康至江陵，虽非蜀地，然曾居宋玉之宅，公之漂泊类是，故借以发端。次咏宋玉，以文章同调相怜；咏明妃，为高才不遇寄慨；先主、武侯，则有感于君臣之际焉。或疑首章与古迹不合，欲割取另为一章，何其固也！公避禄山之乱，自东北而西南，谓从陷贼谒上凤翔，旋弃官客秦州入蜀，自乾元二年至此已八年矣。因风尘故怀及先主、武侯，因漂泊故怀及庾、宋、明妃，知非泛咏古迹。"（《杜诗镜铨》卷十三）

　　本诗前六句所咏确实是作者自己的生活遭际。首联写中原地区遭安史之乱，自己也曾辗转流离，如今又漂泊到西南的蜀地来。颔联承前，写羁旅在夔州这落后蛮荒之地的抑郁。颈联写国事家愁，指出造成这种局面的主要原因是少数民族将领的叛变。"词客哀时且未还"，既写自己，也写庾信，金针暗度，引出尾联。"庾信平生最萧瑟，暮年诗赋动江关"二句顺势而出，大有倒贯全篇之势。杜甫与庾信相隔近两个世纪，但二人遭际相似，心灵相通，大有"萧条异代不同时"的感慨，二人如打成一片，不分彼此矣。仔细品味，便会体悟到，诗的前六句明写自己，暗喻庾信；尾联则明写庾信，暗拟自己。写自己时侧重漂泊，"五溪衣服"又暗中扣紧庾信身世，写庾信时，侧重萧瑟，"诗赋动江关"又暗中切合自己遭际特长。笔法细密，构思巧妙。

咏怀古迹（其二）

杜　甫

　　摇落^①深知宋玉^②悲，风流儒雅亦吾师。怅望千秋一洒泪，萧条异代不同时。江山故宅空文藻^③，云雨荒台^④岂梦思。最是楚宫俱泯灭，舟人指点到今疑。

注释　　　① 摇落：宋玉《九辩》首句曰："悲哉秋之为气也，萧瑟兮草木摇落而变衰。"
② 宋玉：战国楚人，屈原弟子，《楚辞》作家之一。名作有《九辩》《高唐赋》《登
徒子好色赋》等。③ 文藻：指宋玉的文学才能。④ 云雨荒台：指宋玉《高唐赋》
中所写的楚王梦巫山神女的故事。此本为虚构，后人不解其意，竟附会出"云雨
荒台"的古迹来。

译文　　　秋风萧瑟，草木摇落，对于宋玉的悲苦忧愁我深深理解。他那种风流儒
雅的志士气度堪称我的楷模。遥想千年来人们对宋玉的误解，我极其怅惘而
伤心泪落。我和宋玉生活在不同时代，但人生遭际都同样偃寒和坎坷。江山
中保留着的宋玉故宅只是他文才的见证，《高唐赋》中的巫山云雨又岂是单
纯的艳情描写？最令人感慨的是楚宫的遗迹早已泯灭，舟上的行人指指画画
也说不清楚而充满疑惑。

评析　　　这首诗是凭吊战国时期楚国的著名辞赋家宋玉的，字里行间也流露出自
伤自吊之情。

　　　宋玉的代表作是《九辩》和《高唐赋》。《九辩》的主要内容是借秋气之
萧瑟慨叹志士之不平。《高唐赋》的故事题材虽然荒诞，但作者的用意是讽谏
君王不要淫荡。后人对宋玉并未真正地了解，只知其是文人而不知其是志士，
一可悲也。对于《高唐赋》，人们只把它当作荒诞梦想，欣赏其风流韵事，甚
或以此认为宋玉是个轻薄无行的文人，二可悲也。这些，成为杜甫本诗咏怀
抒情的主要内容。

　　　前四句感慨宋玉生前的困顿，表示自己对他的理解、钦敬和同情。后半
首为其身后的被误会曲解鸣不平。文人宋玉不灭，志士宋玉不存，生前不获
重用，身后被人曲解。宋玉之悲在此，杜甫之悲为此。仔细品味，意味极为
深远悠长。最后两句意谓楚国宫殿遗迹早已荡然泯灭，而宋玉的名声还流传
后世，相对比较，宋玉的生命力更长。全诗议论精警，立意高远，用典灵活
贴切，抒情含蓄深婉，非一般咏古诗可比。

咏怀古迹（其三）

杜 甫

群山万壑赴荆门①，生长明妃尚有村。一去紫台②连朔漠③，独留青冢④向黄昏。画图⑤省识春风面，环珮空归月夜魂。千岁琵琶作胡语⑥，分明怨恨曲中论。

注释　　①荆门：山名。在今湖北枝城西北，长江南岸，隔江与虎牙山对峙。②紫台：即紫宫，此指汉宫。③朔漠：北方沙漠之地。此借指匈奴之地。④青冢：昭君墓。在今内蒙古呼和浩特市南九公里大黑河南岸。墓草长青，故曰青冢。⑤画图：《西京杂记》卷二载，元帝后宫多，使画工图形，按图召幸。诸宫人皆赂画工，多者十万，少者亦不减五万。独王嫱不肯，遂不得见。及赐单于，临行召见，貌为后宫第一。⑥胡语：胡音。

译文　　随着浩瀚湍急奔腾的江水，万壑千山也仿佛奔赴荆门。那里钟灵毓秀，竟有生育王昭君的小村庄。当年她离开豪华的汉宫，到荒凉的大漠前去和亲。郁郁寡欢死在异域，只留下一座青冢默默向着黄昏。昏庸的汉元帝只看画图不看人，怎能真正认识王昭君？令一代才人葬身塞外，回到故国的只有芳魂。千年以来，众多琵琶古曲都有昭君出塞意，凄清哀婉的乐曲中分明饱含昭君的幽怨和伤心。

评析　　据《一统志》载："昭君村，在荆州府归州东北四十里。"其地址在今湖北秭归县的香溪。杜甫时居夔州白帝城，在三峡西头，地势较高。但两地相隔数百里，作者无论如何也望不到昭君村。他全凭想象力，创作出"群山万壑赴荆门，生长明妃尚有村"这样颇有气势的诗句，大有先声夺人之势。清吴瞻泰盛赞这一开头，在《杜诗提要》卷十二中说："发端突兀，是七律中第一等起句，谓山水逶迤，钟灵毓秀，始产一明妃。说得窈窕红颜，惊天动地。"他确实悟到了此联的妙处。颔联由村及人，用极概括有力的笔法，写尽昭君一生的悲剧。此联当是化用南朝江淹《恨赋》中的话："明妃去时，仰天太息，紫台稍远，关山无极。望君王兮何期，终芜绝兮异域。"但杜甫的这两句诗内容更加丰富和深刻。清人朱瀚说："'连'字写出塞之景，'向'字写思汉之心，笔下有神。"（《杜诗解意》）确是如此，上句在"紫台"和"朔漠"中用一"连"字，描状昭君离开汉宫而远嫁大漠，在异国殊俗中生活终老的苦况。下句把"青冢"置于"黄昏"之中，意境尤浑成。笼罩四野的黄昏的天幕，似乎笼罩了一切，吞食一切，却只有一座青冢吞食不下，分外显眼。这自然给人一种天地无情、青冢有恨的无比广大而沉重之感。颈联承前，进一步抒写昭君的家国身世之情。"画图"句承第三句，"环珮"句承第四句。上句说元帝昏庸，不识真才真貌，才造成千古遗恨。下句说昭君故国之思至死不变，独留青冢，魂归故乡。一位远嫁异域的女子竟如此至死不渝地怀乡恋国，确实难能可贵。这是中华民族在漫长的历史岁月中，经过世代积淀和巩固起来的对生育自己的乡土和祖宗最深厚的感情，具有典型性。尾联点明"怨恨"的主题。琵琶本是从胡地传入中国的乐器，经常演奏胡音胡调的塞外曲。昭君身后，许多人同情她的遭遇，又创作出《昭君怨》《王昭君》等琵琶曲，借以抒写昭君的幽怨和憾恨，洒一掬同情之泪。

本诗起势突兀，一气贯注，篇末点题。在抒写昭君的怨情中寄寓自己的身世之慨，实属咏怀杰作，《唐宋诗醇》卷十七评曰："破空而来，文势如天骥下坂，明珠走盘。咏明妃者，此为第一。"

咏怀古迹（其四）

杜 甫

蜀主窥吴①幸三峡，崩年亦在永安宫。翠华②想象空山里，玉殿③虚无野寺中，古庙杉松巢水鹤，岁时伏腊走村翁。武侯祠屋常邻近，一体君臣祭祀同。

　　① 蜀主窥吴：指刘备当年起兵伐吴事。刘备恨孙权杀害关羽，于章武元年（221）七月率军伐吴，次年六月败归白帝城，后死在永安宫中。② 翠华：皇帝出行的仪仗。③ 玉殿：句下原注曰："殿今为辟龙寺，庙在宫东。"

译文　　蜀先主刘备攻伐东吴来到三峡，当年辞世就在永安宫。望着空荡荡的山川，依稀可以想象当年皇帝銮舆的情景。雕栏玉砌的宫殿已不存在，故址就在这野寺院庭。古庙的松杉上居住着水鹤，每逢年节祭日便有来来往往的村翁。诸葛武侯的祠庙就在先主庙邻近，君臣一体共同享受着后人的祭奠和崇敬。

评析　　此诗咏叹蜀先主刘备，有世事沧桑之感，也寓有君臣遇合难得之慨。清浦起龙说："因庙而咏蜀主，悲不祀也。结以武侯伴说，波澜近便，鱼水君臣，殁犹邻近，由废斥漂零之人对之，有深感焉。"（《读杜心解》卷四之三）

　　首联从永安宫写起，追想当年刘备伐吴并驾崩于此的史事。颔联想象当时这里的繁华景象，如今已满目凄凉，只有空山野寺而已，有一种沉重的历史感。颈联继续描写古庙的荒凉萧条。"巢水鹤"似有寓意，与君臣遇合有关，当是反用"月明星稀，乌鹊南飞。绕树三匝，何枝可依"（曹操《短歌行》）的句意。死后之庙尚可"巢水鹤"，生前之礼贤下士亦可想而知也。"走村翁"写当地百姓还在怀念着这位曾叱咤风云的一代英主，按照节令而前来祭祀。尾联的"一体君臣"有双关意，用两庙邻近同受祭祀暗喻君臣遇合，心心相印的盛事。

　　刘备以仁德之主而著称于史，但使他获得更高声誉的则是"三顾茅庐"及以后的识贤、礼贤、尊贤、用贤的明智之举，故他的名字常和诸葛亮的名字连在一起，成为君臣遇合的典范。而这一点正是封建专制制度下的绝大部分士人所梦寐以求的，因为只有遇到明君才能有机会一展胸襟抱负，干一番轰轰烈烈的伟业，这便是刘备深受后人推崇的主要原因。

咏怀古迹（其五）

杜 甫

　　诸葛大名垂宇宙，宗臣^①遗像肃清高。三分割据纡筹策^②，万古云霄一羽毛^③。伯仲之间见伊吕^④，指挥若定失萧曹^⑤。运移汉祚^⑥终难复，志决身歼军务劳。

注释　　①宗臣：为后世敬仰的名臣。②纡筹策：用尽计谋策略。纡，曲折，引申为反复的意思。③一羽毛：双关。诸葛亮常拿羽毛扇，故用以借指诸葛亮。又，以羽毛代指鸾凤，高翔于云霄之上，不可企及。④伊吕：指伊尹、吕尚。伊尹辅佐商汤，吕尚辅佐周文王、周武王。都是开国元勋。⑤萧曹：指汉开国功臣萧何、曹参。⑥运移汉祚：运，运数、国运，祚，帝位，言国运转移，汉朝的帝位终难恢复。

译文　　诸葛亮的大名响遍天下，流传古今，一代名臣的遗像神貌清高。天下三分割据形势复杂，你费尽心机谋算辛劳；万古以来令人景仰，如高翔于云霄的鸾凤神鸟。安邦定国可与伊尹、吕尚相伯仲，指挥千军万马，镇定自若胜过萧曹。可叹汉朝运数已尽终难恢复，但他志向坚定，憔悴病死是因军务繁忙而过于操劳。

评析　　这是咏叹诸葛亮的一首绝唱。

　　首联总领，写诸葛亮的显赫声名和见到遗像时肃然起敬的心情。上下四方为宇，古往今来为宙。"垂宇宙"三句，囊括时间和空间两个方面，盛赞诸葛亮是位名满寰宇、流芳百世的风流人物。"宗臣"与"宗师""文宗"等词有相同点，即万人效法，万世臣表之意，进一步表现敬慕之情。"宗臣"二字为全诗之骨。颔联高度概括诸葛亮一生的丰功伟绩。他在极端困难的情况下辅佐刘备开基创业，创建成三国鼎立的局面。"万古云霄一羽毛"形象地表现诸葛亮从容镇定胸怀全局的伟大气魄，可以使人想见其羽扇纶巾，一扫千军万马的潇洒气度。颈联在与四位著名历史人物的比较中突出诸葛亮的人品与才能，给予极高的评价。不仅表现出诗人对武侯的极度崇敬，同时也表现出其不以成败论英雄的真知灼见。刘克庄曰："卧龙公没已千载，而有志世道者，皆以三代之佐许之，如云'万古云霄一羽毛'，如侪之伊吕伯仲间，而以萧曹为不足道，此论皆自子美发之。"（《后村诗话》新集卷二）清人黄生说："此论出，区区以成败持评者，皆可废矣。"可见这一联诗议论警拔高古，对后世产生了深远的影响。尾联叹息其功业未成之憾。作者把兴复汉室大业的失败归于"运移汉祚"，即在于天命而非人事。深合诸葛亮"谋事在人，成事在天"之语。既是对其"鞠躬尽瘁，死而后已"的品格的颂歌，也对其壮志未酬表示叹惋。

全诗除首联的"遗像"是古迹外，几乎都是议论，但因感情炽烈，议论超绝，故仍有感人的力量。明王嗣奭评曰："通篇一气呵成，宛转呼应。五十六字，多有曲折，有太史公笔力。薄宋诗者谓其带议论，此诗非议论乎？"（《杜臆》卷八）

江州^①重别薛六柳八二员外^②

刘长卿

生涯岂料承优诏^③，世事空知学醉歌。江上月明胡雁过，淮南^④木落楚山多。寄身且喜沧洲^⑤近，顾影无如白发何。今日龙钟人共老，愧君犹遣慎风波。

注释 ①江州：唐州名，治所在浔阳（今江西九江）。②员外：员外郎之省称。唐尚书省六部各司主管为郎中。其次为员外郎。有时地方官也有员外设置，也可称员外郎。此处即指后者。③优诏：此处指调动职务的诏书。④淮南：九江汉初为淮南国。⑤沧洲：水滨之地，古诗文中常指隐居者之所。

译文　　今生真想不到又承领一次优宠的诏书，世事难料，只知以酒浇愁而学唱醉歌。江上月明，南飞的鸿雁又从这里过。淮南地区的树叶开始凋零，楚地的山峰特别多。且喜身在水滨近处，顾影自怜白发日多也无可奈何。我们三人都老态龙钟到了迟暮之年，二位还嘱咐我要小心人间的风波，真令我从心里感到愧怍。

评析　　刘长卿曾两度被贬。第一次是乾元初由苏州任所贬往南巴（今广东电白）。至德年间入朝为监察御史。本诗当是此次从贬所归来途经江州时所作，故首句有"岂料承优诏"之语。

　　首联从分别写起，因"承优诏"故必须分别。"承优诏"，喻守真认为是指被贬，并说作者"以贬谪为幸"是其忠厚处。与诗意颇不合，与理亦未通。封建士大夫遭贬为常事，而被贬后再"承优诏"则不容易，故曰"岂料"。颔联写送别之地的景象。"月明"点时间为傍晚，"木落"点季节为秋天。"雁过"有声，"山多"有形，一向高处看，一往远处观，角度不一，形声兼备。视野开阔，意境苍凉，渲染离别的感伤气氛。颈联多解为将去之所，笔者认为是方离之地，意谓以前的寄身之处荒远僻静，宜于隐居，并未遭受困难，但却在那里空度韶年，如今已见白发矣。自然引出下文。尾联用"人共老"写入二员外，点明告别之意，并对老友的殷切关心表示感激之情。

　　本诗章法很细密，"首联直起，暗点重别的缘由。颔联是写江州秋景，点送别。颈联是点贬所，做正反两层说，微写感慨。结联以'人共老'点二员外，以互戒作结"（喻守真语）。

长沙过贾谊①宅

刘长卿

三年谪宦此栖迟②，万古惟留楚客悲。秋草独寻人去后，寒林空见日斜时。汉文有道恩犹薄，湘水③无情吊岂知？寂寂江山摇落处，怜君何事到天涯。

注释　　① 贾谊：西汉著名政论家，少年得志，为大臣所忌，曾被贬为长沙王太傅。赴任途中在湘水凭吊屈原，作《吊屈原赋》。司马迁将其与屈原合写一传，即《屈原贾生列传》。贾谊宅：据说是贾谊在长沙的居处。《元和郡县志》卷二十九《江南道·潭州·长沙县》："贾谊宅在县南四十步。"② 栖迟：居住停留。③ 湘水：屈原自投汨罗江，江通湘水，贾谊曾于湘水凭吊屈原。

译文　　西汉时的才子贾谊曾被贬谪到这里，三年间郁郁寡欢迟疑徘徊。万古以来，只留下你客居此地时的悲哀。秋草荒芜，我独自追寻着昔人离开后留下的陈迹，只见林木萧条空疏，斜日的余晖映照着古老的旧宅。汉文帝是历史有名的明君，对贾谊依然如此恩薄而无奈，湘水没有情感，又怎能理解当年贾谊凭吊屈原时的忧伤情怀？江山寂寞，秋风瑟瑟，落叶飘飘，枯木摇摆，我真的同情可怜你，当时究竟是为什么被贬谪到这样荒凉的地方来？

评析　　吊古之诗，多含伤今之意。吊古人之诗，多含自伤之情。否则就容易写成枯燥乏味的史论式的作品，难以引起读者的审美感受。本诗之妙正在于强烈的主观情感的渗入。

　　首联点出凭吊之人，连贯古今。谪宦虽然仅仅三年，但留下的却是万古之悲。给人以抑郁沉重的悲凉之感。"悲"字直贯篇末，奠定全篇凄怆悲愤的基调。颔联以眼前实景扣合题中的"过"（走访）字，写贾谊故宅的荒凉萧条，以景衬悲。贾谊在《鵩鸟赋》中有"庚子日斜兮，鵩集予舍"，"野鸟入室兮，主人将去"的句子，诗人巧妙地借用"日斜""人去"的字面，融入自己的诗境，浑化无迹。颈联转折叙事，寓意深刻，"汉文"句有潜台词，意谓贾谊遇到汉文帝那样的明君尚遭贬谪，其他尚有何说？自己的贬谪也就不值得悲哀了。豁达之中悲愁更深。"湘水"句表面叹贾谊，实则伤自己。贾谊吊屈原，屈原不知，自己吊贾谊，贾谊不也是不知吗？伤感之意又翻尽一层。尾联抒感，情景交融，"何事到天涯"有双关意，贾谊不该被贬谪到这天涯之地，我刘长卿又是为何到这里来呢？这是对封建专制制度及谄佞小人们的谴责和控诉。

本诗结构安排值得借鉴。喻守真说："首联点宅，颔联点景，颈联点事，末联抒感。颔联上句是俯瞰，下句是仰望，颈联上句是褒，下句是贬。写景用事，都恰到好处。"

自夏口①至鹦鹉洲②夕望岳阳寄元中丞③

刘长卿

汀洲无浪复无烟，楚客④相思益渺然。汉口夕阳斜渡鸟，洞庭秋水远连天。孤城背岭寒吹角，独树临江夜泊船。贾谊⑤上书忧汉室，长沙谪去古今怜。

注释　①夏口：唐代以今湖北武昌为夏口。②鹦鹉洲：原位于汉阳西南二里长江中，后被江水冲没。东汉末，黄祖杀祢衡葬于洲上，祢衡乃汉末名士，以作《鹦鹉赋》著称。后人遂称此洲为鹦鹉洲以寄怀念之情。③元中丞：一作阮中丞、源中丞。中丞，御史中丞之省称，御史台之次官。④楚客：作者自称。因在楚地做客，故云。⑤贾谊：西汉文帝时大臣，因上书得罪权贵被贬长沙。此处是作者自拟。

译文　鹦鹉洲上，一片寂静，没有波浪也没有云烟。流落楚地的客子，相思之情笼罩心头，更加惶惑茫然。夕阳映照着汉口，一只鸟斜着掠过江面，洞庭湖的秋水浩瀚，遥接远天。汉口孤城背靠山岭，传来凄凉的号角，孤零零的戍所紧靠江边，夜间停泊着客船。贾谊上书本是忧虑关心汉室，却被谪往长沙，因而得到古今人们的同情和可怜。

评析　本诗抒写对被贬友人的同情，也隐喻自己怀才不遇的淡淡感伤。

首联以"汀洲"点出鹦鹉洲，写所到之地。以"楚客"代自己，已含贬谪流寓之感伤。"相思益渺然"为全篇思想感情之筋脉。中间两联写景。颔联上句写船离夏口时之景象。"夕阳"点时,"斜渡鸟"隐喻自己日暮尚在赶路的情景。下句想象友人一方,洞庭湖离夏口很远,无法望到。诗题中之"望岳阳"是想望的意思,并非实指。又以"秋水"点出季节。颔联写自己的处境。"孤城""独树"以地之荒僻状心境之孤独,"寒吹角""夜泊船"描绘夜不成寐的状态,遥应"相思益渺然"。也正因如此,才更思念朋友,感伤身世。尾联用贾谊之典,当是合写双方。从诗题来看,作者之友人"元中丞"当在岳阳,而中丞本是朝官,到岳阳应当也是被贬,与贾谊的情况很相像,故曰"古今怜",以表示对友人处境的同情。当然,作者本身也曾两次被贬,并曾在诗中以贾谊自拟,故其中也隐含有自伤之意。但从全诗意境来体味,主要还是表现对友人的同情与思念。金圣叹在《唐才子诗》卷二中说:"'夕阳斜渡鸟',写为时既已无及,'秋水远连天',写为地又颇不近。然则,但好相思,不好相过,固不待更说者也。妙写'望'字、'寄'字也。"

赠阙下裴舍人

钱　起

　　二月黄鹂飞上林①,春城紫禁晓阴阴。长乐②钟声花外尽,龙池柳色雨中深。阳和不散穷途恨,霄汉长悬捧日心③。献赋④十年犹未遇,羞将白发对华簪⑤。

注释　　①上林:秦汉时皇家园圃,在今陕西西安市北,此处借指唐宫苑。②长乐:汉宫名,在长安西北,此处借指唐宫。③捧日心:用程昱之事。《三国志·魏书·程昱传》裴注引《魏书》:"昱少时常梦上泰山,两手捧日。昱私异之,以语荀彧。及兖州反,赖昱得完三城。于是彧以昱梦白太祖。太祖曰:'卿当终为吾腹心。'昱本名立,太祖乃加其上'日',更名昱也。"此句意谓自己虽落第,但忠君爱国之心是永存的。④献赋：此处指应进士举。⑤华簪：簪是固定冠的饰物，当官者用。此处代指高官，指裴舍人。

译文　　　阳春二月，黄鹂在上林苑中飞鸣，春色洒满紫禁城，拂晓时天色阴阴。长乐宫的钟声到苑囿之外便渐渐消失，龙池旁的柳色在春雨中显得更浓更深。阳和之日也难消我仕途不顺的怅恨，霄汉之间长悬着我的忠心。多年献赋应考仍然没机遇，我真是感到惭愧，已经满头华发，无颜面对你这位头插华簪的中书舍人。

评析　　　这是一首投赠诗，目的是请求得到裴舍人的援引和荐举。此类诗要不露痕迹，没有穷乞相方妙。

　　　前两联用浓墨重彩描绘皇城宫禁中的穰丽景色，充满富贵气象。本是赠人之作，为何要用一半篇幅写景呢？这正是本诗的妙处，是一种曲笔。舍人有通事舍人，掌管朝见官员的接纳，有起居舍人，掌管记录皇帝的言行，有中书舍人，掌管起草拟定诏旨，均是皇帝身边的近臣。只有这样的身份才能随侍皇帝游上林，升朝殿，才能领略欣赏宫苑殿阁中的这些美景。故虽是写景，实是写裴舍人的生活环境，烘托他的特殊身份，是恭维的话。但因用景语，故含蓄不露。四句诗在赞美之中也流露出羡慕之意，为后面的抒情做意念上的铺垫。颈联含蓄地表达自己落第的遗憾和愿为朝廷效力的心情，寓有请求援引之意在内。尾联顺势抒写未遇知音的感慨，含蓄委婉而得体，意思也表达清楚了。既然"犹未遇"，面对显达的裴舍人而惭愧，不就是希望裴舍人能成为自己的知遇者吗？

　　　本诗在格律上有一点需指出，即颔联与首联间失黏。此乃律诗之大忌，不知何故。喻守真认为是传抄之误，是传抄者把首联的两句诗抄颠倒了。当然，如把两句颠倒一下便合律了。但原文如此，只好存疑。所谓黏是指律诗中下一联开头的两个字与前联诗对句开头的两个字平仄必须相同，如不同就叫"失黏"。如本诗颔联出句的前二字是"长乐"，是仄起，那么首联对句的前二字也必须是仄声。而本诗的"春城"却是平声。两字中以第二字为主，不能变。第一字则有很大的灵活性，在许多句子中可平可仄。此有关律诗之大法，故略述及。或许首句入韵之律诗在前两联间黏对要求不严格，杜甫《咏怀古迹之二》前两联亦失黏，即"摇落深知宋玉悲，风流儒雅亦吾师。怅望千秋一洒泪，萧条异代不同时"。"风流"与"怅望"平仄相反。此问题待考。

寄李儋^①元锡

韦应物

去年花里逢君别，今日花开又一年。世事茫茫难自料，春愁黯黯独成眠。身多疾病思田里，邑有流亡愧俸钱。闻道欲来相问讯^②，西楼望月几回圆。

注释　① 李儋：韦应物好友，字元锡，曾官至殿中侍御史。② 问讯：探望。

译文　去年鲜花盛开的时候，我们挥手告别。如今花儿又开，我们分别已整整一年。社会混乱不堪前景难以预见，面对春日的美景我反而黯然伤神，独自昏昏欲眠。因为多病常常产生想要回归田园的心愿，但看到自己管辖的州邑有人流亡逃难，心中又十分内疚难堪，感到自己未能尽职而愧领国家俸钱。听说你想要来我这里探望问候，我常到西面的楼上跷足眺望，看见明月圆了又圆。

评析　这首诗是韦应物晚年在滁州刺史任上所作。唐德宗建中四年（783）春夏之交，韦应物从尚书比部员外郎调任滁州刺史，与好友李儋分别。李儋当时在京师任殿中侍御史，别后曾托人问候韦应物。次年春天，韦应物写此诗寄赠李儋为答。

首联叙别，平淡中见真情。从花里相别写起，如今又见花开，即景勾起对往事的回忆，自然浑成。颔联写自己的苦闷孤独。世事难料四字中包含着丰富的内容。就在韦应物到滁州任职的一年里，长安发生朱泚之乱，称帝号秦。皇帝逃跑在外，关中大乱，民生凋敝。滁州境内也是民不聊生，到处可见流民的身影。正因如此，他才在美好的春光里"春愁黯黯独成眠"的，"独"字暗含着对朋友的思念之情。颈联具体写自己的思想矛盾。本因多病想要归隐，但看到贫穷百姓的苦难，又应尽心为国，不能一走了之。进退维谷，很是苦闷，所以盼望友人早日来访。

　　本诗之所以光照千古，为后世传诵，关键在于"身多疾病思田里，邑有流亡愧俸钱"两句。诗人满含深情地披露了一个富有正义感的封建官吏的思想矛盾和苦闷，真正概括出处在专制制度下某些正直官吏的典型心境。范仲淹曾叹为"仁者之言"，朱熹盛称"贤矣"，黄彻说得更深刻："余谓有官君子当切切作此语。彼有一意供租，专事土木，而视民如仇者，得无愧此诗乎？"这些评论都盛赞其同情人民忠于职守的可贵精神。这在封建专制社会中确有较高的典型性和较强的现实性，本诗之可贵正在于斯。

同题仙游观^①
韩　翃

　　仙台初见五城楼^②，风物凄凄宿雨收。山色遥连秦树晚，砧声近报汉宫秋。疏松影落空坛静，细草香生小洞幽。何用别寻方外^③去，人间亦自有丹丘^④。

注释　　① 仙游观：初唐时著名道士潘师正居逍遥谷，高宗尊异之，诏在其处建道观，又敕于逍遥谷建仙游门。② 五城楼：《史记·五帝本纪》："方士有言黄帝时为五城十二楼以候仙人。"此处代指仙游观。③ 方外：犹言世外。《庄子》："孔子曰：'彼游方之外者也，而某游方之内者也。'"④ 丹丘：《楚辞》："仍羽人于丹丘兮，留不死之旧乡。"注曰："丹丘，海外神仙地，昼夜长明。"

译文　　　初次来到仙台，看见这带有神秘色彩的五城楼。风雨凄迷，宿雨已经尽收。远处的山色连着秦川的树木，黄昏时附近响起的砧声报知已到深秋。稀疏的松影落在空空的醮坛边非常寂静，小洞里如春天般细草芳香温暖和深幽。何用再到别处去寻找什么世外仙境，人世间也自有可人之所，哪里再用他求？

评析　　　这是一首游览题咏的诗。因游览之地为道观，故诗中也表现出趋静向道之意。

　　　游览诗描写景物要切地、切时、切人。本诗是与人同游道观时所写，故开篇即用与道教相关的词语与典实。"仙台""五城楼"切合题目中的"仙游观"。颔联写观外的景物。上句写所见，用"秦树"点明仙游观的位置，使其移易不到别处去。下句写所闻，点明登观的季节，并用晚景砧声进一步表现"风物凄凄"的情景。颈联描绘观中的寂静和幽深。上句写高处的空坛，突出其静；下句写低处的小洞，突出其幽。用以烘托道士生活的闲适恬静。末句再用"方外""丹丘"两个与道教相关的词语收束，表示对道士生活的称羡和向往，也隐含着对世俗生活的厌弃之情。

　　　本诗章法很细密。首联点题总写，颔联写观周围之景色，切地切时，颈联写观内之景，突出静与幽，尾联表羡慕之情，切人。

皇甫冉 / 约717—770

字茂政，润州丹阳（今江苏丹阳）人。玄宗天宝十五载（756）进士及第。官至右补阙。幼年有文才，受张九龄、萧颖士等奖掖，后与刘长卿、刘方平等友善。五七律风格清远，为时所重。高仲武《中兴间气集》称"冉诗巧于文字，发调新奇，远出情外"。《全唐诗》存录其诗二卷。

春 思

皇甫冉

莺啼燕语报新年，马邑①龙堆②路几千。家住层城③邻汉苑，心随明月到胡天。机中锦字④论长恨，楼上花枝笑独眠。为问元戎窦车骑⑤，何时反旆勒燕然⑥？

注释　①马邑：地名。故址在今山西朔县西北。②龙堆：地名。《汉书·西域传》："楼兰国最在东垂，近汉，当白龙堆。"在今新疆天山南麓。③层城：一作"秦城"。④机中锦字：用织锦回文诗之事。《晋书·窦滔妻苏氏传》："窦滔妻苏氏，始平人也。名蕙，字若兰，善属文。滔，苻坚时为秦州刺史，被徙流沙。苏氏思之，织锦为回文旋图诗以赠滔，宛转循环以读之，词甚凄惋，凡八百四十字。"⑤元戎窦车骑：指东汉窦宪为车骑将军，曾大破匈奴。登燕然山刻石勒功，班师而还。元戎，主帅。⑥燕然：山名，即今蒙古国境内的杭爱山。

译文　黄莺啼，燕子叫，好像在向闺中的思妇报告，新的一春又已来到。思妇的丈夫在马邑、龙堆等地征战，山河阻隔，令人心焦。家住在层城邻近汉朝的宫苑，思绪却随着月光向着边地飘。织布机中锦字回文诗倾诉着深深的怨恨，楼上的花枝似乎也在嘲笑她孤栖独宿的日子多么难熬。她真想问一下领兵的统帅，何时才能打败敌人，像车骑将军窦宪那样勒石燕然山后高奏凯歌班师回朝？

评析 　　这是一首具有反战色彩的征妇怨诗。首联出句写春日的美景，点出题目中的"春"字，以乐景写哀情，更增凄婉。对句用"马邑""龙堆"两地名代指边塞征战之地，用"路几千"暗点出"思"字。扣紧题目，就此渲染生发。颔联承前。出句写女子所居之所，对句写思念远人之情。"明月"一词暗示出是在夜间相思，朦胧的月光又增加凄迷色彩，抒情效果甚好。颈联用织锦回文诗之典暗示出这是位知识女性，知识越多思想感情越丰富，相思亦越苦，怨恨亦越深。此典感情容量很大。"楼上花枝笑独眠"有些浅露，略有纤巧轻佻之嫌。沈德潜说："'卢家少妇'之亚，惟'笑独眠'句工而近纤，或难与沈诗争席耳。"（《唐诗别裁集》卷十四）尾联再次用典，盼望丈夫能早日归来。典故中饱含着对主帅无能，不能早日结束战争的怨愤之情。以问句终篇，尤增深味。全诗紧扣"春思"二字布局谋篇，"一气蝉联而下，新丽自然，可谓情到兼神到矣"（乔亿《大历诗略》卷五）。

晚次①鄂州②
卢　纶

　　云开远见汉阳城③，犹是孤帆一日程。估客昼眠知浪静，舟人夜语觉潮生。三湘④衰鬓逢秋色，万里归心对月明。旧业已随征战尽，更堪江上鼓鼙声。

注释 　　①次：住宿。②鄂州：地名，故址即今湖北武汉市武昌地区。③汉阳城：汉水北岸，鄂州之西，即今湖北武汉市汉阳地区。④三湘：泛指湖南地区。

译文 　　阴云散去，可以远望汉阳城，但水路尚有一天的里程。乘船的商人们在白日里睡眠，可知风平而浪静，从船夫夜间的谈话里可以感觉到潮水在升腾。我满头衰鬓流落在三湘地区又逢秋季，万里之外归心似箭面对皓月当空。家乡的故宅旧业已随着战乱损失净尽，哪能受得了在这水路中又听到战鼓之声？

评析　　　本诗题下有原注："至德中作。""至德"是唐肃宗年号（756—758），可知此诗作于安史之乱的前期，表现了那个特定的历史时期人们流离失所的苦恼和忧伤，具有深广的社会历史意义。

　　在解诗之前，需明确一个问题，即本诗的写作背景到底是离乡途中还是返乡途中。前人注释或赏析多解作逃离家乡时的作品。但若以此解诗，多有抵牾，从语气、感情上均解释不通。余以为是离乱中返乡途中所作。或云，至德年间为安史之乱的前期，作者不能返乡。但在至德二载（757）秋季，唐军曾先后收复两京，取得阶段性的胜利。安知此时期里作者不曾返乡？为顺畅诗意，笔者即按此解析。

　　首联叙事，交代旅行路线。鄂州在今武昌境内，汉阳在汉水之北，在鄂州的西北方向，而作者的家乡在蒲州（今山西永济），犹在汉阳之北。仅从这三地的方位，便可知诗人是从东南向西北方向的家乡行进。"犹有"二字表现急于归家的心情，与颈联的"归心"一词遥相呼应。颔联写舟中的生活情景与感受。虽为常人常有之情，但作者写得生动逼真，令人叹服，且委婉地传达出诗人的焦躁情绪。正因他心中焦烦难以入睡，才在白天看到商人成眠，在夜里听到船夫的对话。颈联写异地逢秋之悲及盼归之切。"三湘"当是诗人离开之处而非欲往之所。"月明"遥应首句的"云开"，可见是眼前之实景。尾联设想回到家乡后的困境，家业已尽而战火未息，未来的生活该怎样度过啊！愁思绵绵，把思乡之情与忧国之思结合起来，扩大了诗的思想意义。

登柳州①城楼寄漳汀封连四州刺史

柳宗元

城上高楼接大荒，海天愁思正茫茫。惊风乱飐②芙蓉水，密雨斜侵薜荔③墙。岭树重遮千里目，江流曲似九回肠。共来百越④文身⑤地，犹自音书滞一乡。

注释　　①柳州：唐州名，故址在今广西柳州市。②飐：风吹物动貌。③薜荔：一种常绿蔓生植物，常缘壁而生。④百越：一作"百粤"，泛指五岭以南的少数民族。⑤文身：身上刺花纹。古时南方少数民族有"断发文身"的习俗。

译文　　登上柳州高高的城楼，前面是无边无际的旷野大荒。我的愁思就像大海一样宽，像长空一样长，无穷无尽，迷迷茫茫。狂风胡乱地吹拂着水中的荷花，密密的雨丝斜着浸湿长满薜荔的古墙。山岭上的树木重重叠叠，遮住我眺望远方朋友的视线；江流曲曲弯弯，好像是我忧思百结的寸寸柔肠。我们几个人都被发配到这荒蛮的穷乡僻壤，偏偏又都不通音信，各自孤苦伶仃地独处一方。

评析　　这是一首在特殊情境中写成的抒情诗。赋中有比，象中含兴，是首情景交融的名篇。唐顺宗时，柳宗元参加了王叔文领导的永贞革新。失败后，革新派人物被残酷镇压，领袖人物王叔文、王伾被贬斥而死。柳宗元等八名年轻有为的骨干人物皆被贬为远州司马，这就是历史上有名的"八司马事件"。宪宗元和十年（815）年初，柳宗元、刘禹锡、韩泰、韩晔、陈谏五人奉诏进京，将受重用。但朝廷又变卦，把他们再次贬到更荒远的柳州、漳州、汀州、封州、连州任刺史。这五州均在岭南，十分落后。柳宗元心情郁闷，刚到柳州时便写了这首诗。

　　开篇从登楼所见的景色写起，视野开阔。"愁思"二字统摄全篇。茫茫的愁思与大荒的景色相互生发，境界阔大。颔联写所见近景，刻画细致。就描绘风急雨骤的景象而言，用的是赋笔。但仔细体味，又有比兴的意义。芙蓉、薜荔可象征人格的高洁芳馨，屈原的作品中不止一次地用过这两个词。风雨很明显是比喻那些当政弄权的小人。"惊""斜"二字表现出诗人对政治形势莫测的恐惧心理。颈联写远景，一仰观，一俯视，以景出情。从字面看，两句诗铢两悉称，可属"工对"。但从意义上看，前实后虚，前因后果，因望不见而更增愁思，又有流水对的优点。尾联用音书阻隔进一步抒发对友人的思念之情。前边用"共来百越文身地"一句做铺垫，使孤独忧伤之情更加深重，具有撼人心灵的艺术效果。抒情强烈而又不露筋骨，有含蓄蕴藉之致。

西塞山①怀古

刘禹锡

王濬②楼船下益州，金陵王气③黯然收。千寻铁锁沉江底，一片降幡④出石头⑤。人世几回伤往事，山形依旧枕寒流。今逢四海为家日，故垒萧萧芦荻秋。

注释 ① 西塞山：六朝时长江水道著名军事要塞，在今湖北大冶东长江边。一名道士洑矶。② 王濬：晋益州刺史。奉命伐吴，造大船，以木为城，起楼。每船可容二千余人。③ 金陵王气：金陵即今江苏南京市。古人迷信望气之术，认为帝王所在之地有"王气"，国亡气收。④ 降幡：投降时打的白旗。⑤ 石头：即石头城。王濬伐吴，攻下石头城。吴主孙皓亲到营门投降。

译文 西晋的王濬驾着高大的战船顺流东下离开益州，金陵上空的帝王之气黯然而收。几千尺长的拦江铁锁，被长长的火炬烧熔沉落江底，一片投降的白幡摇摇晃晃走下石头城的城楼。人世间有多少令人伤感的往事，只有西塞山的地形依旧枕着长江的滚滚寒流。如今是四海升平天下一统，而那些早已废弃的古时的营垒依然存在，满是芦荻在西风中摇摆，正是衰飒的残秋。

评析　　西塞山是六朝时著名的军事要塞，刘禹锡在途经此处时即景抒怀，借古讽今，写下此诗。

　　起笔突兀，先声夺人。从益州到金陵相距遥远，但王濬的楼船一"下"益州，金陵的王气便"黯然收"。写出了晋军的浩大声势和东吴的不堪一击。颔联紧承首联陈述史事，"如骊龙之珠，抱而不脱"（杨载《诗法家数》）。两句侧重写吴国一方，直接写战况与结果。吴国倚恃天险，又用千寻铁链横拦在江面上，结果被烧熔沉落江底，仍然逃脱不了灭亡的命运。前半首极力渲染东吴灭亡的迅速，为最后的抒情咏怀做好铺垫。颈联转折，由东吴的灭亡引发开去。"几回伤往事"概括力极强，使人们很容易联想到吴亡之后，东晋、宋、齐、梁、陈几个朝代的兴衰更迭。清代屈复评此诗曰："前四句止就二事言，五以'几回'二字括过六代，繁简得宜，此法甚妙。"（《唐诗成法》）于此也可看出作者的剪裁之功，悟出作诗要以简驭繁，用典型事例来括代其他的手法。第六句才正式写到西塞山，扣合题目。用山形依旧来反托人类历史的兴衰剧变，委婉地表现出"兴废由人事，山川空地形"（刘禹锡《金陵怀古》）的思想，加强了"伤往事"的表达效果。尾联宕开，回到眼前实景上来。天下虽已统一，但故垒仍在，这些历史是不该忘怀的。人们应该维护国家的统一，割据不得人心，也不会长久，东吴等六朝灭亡便是铁证。于此便可悟出作者为何在前半首极力描写东吴灭亡的史实，这也带有警告当时专横跋扈的镇帅的寓意。同时，孙皓的荒淫腐朽导致东吴灭亡的史实对当时骄侈腐败的唐王朝也是一面生动的镜子，也有很好的借鉴作用。篇末点题，含蓄有致。

元稹 / 779—831

字微之，别字威明，洛阳（今属河南）人。德宗贞元九年（793）登明经第，十九年（803）登书判拔萃科。曾任监察御史，官至同中书门下平章事，居相位三月。其诗与白居易齐名，世称"元白"。乐府诗占重要地位。艳体诗与悼亡诗最具特色。有传奇小说《莺莺传》，此为王实甫《西厢记》之滥觞。有《元氏长庆集》，今人杨军有《元稹集编年笺注》。

遣悲怀三首（其一）

元　稹

谢公最小偏怜女①，自嫁黔娄②百事乖。顾我无衣搜荩箧③，泥④他沽酒拔金钗。野蔬充膳甘长藿⑤，落叶添薪仰古槐。今日俸钱过十万⑥，与君营奠复营斋。

注释　①"谢公"句：晋太傅谢安侄女谢道韫聪颖有才辩。一日，谢安家人聚集。俄而空中飘雪。谢安问："何所似也？"安兄子谢朗曰："散盐空中差可拟。"道韫马上说："未若柳絮因风起。"谢安大悦（见《晋书·列传》）。作者此处化用此典，将岳丈太子少保韦夏卿比作谢安，将妻子韦丛比作谢道韫。韦丛是韦夏卿最小的女儿，故称"幼女"。②黔娄：战国时著名隐士，齐人。鲁恭公闻其贤，遣使欲聘为相，辞不受。齐王又礼之以黄铜百斤，聘为卿，又辞不受。甘守清贫，著书四篇，言道家之务，号《黔娄子》。死时衾不蔽体（见《高士传》）。此处是作者自喻。③荩箧：犹言草箧，简陋的衣箱，犹今日之柳条包也。荩，一作"画"。④泥：此处是软磨硬缠之意。⑤藿：豆叶，嫩时可食。长藿即长成、老了的豆叶。⑥"今日"句：此句过去有多种解释，均无法切合。或谓今日俸钱积余之数超过十万。或曰"十万"为夸张语，形容今日俸禄优厚。

译文　她是太子少保韦夏卿最宠爱的幼女，出身高贵而聪明美艳，就像当年深受谢安宠爱的谢道韫一般。自从嫁我这个黔娄一样的穷书生，诸事不顺受尽苦难。看到我没有衣服可以替换，你便翻箱倒柜到处翻检；我没钱买酒喝时，就死乞白赖地将你磨缠，你便拔下金钗充作换酒钱。家境贫寒，你甘于用野菜豆叶充作菜饭，用那些落叶的老槐枯枝当作薪柴点燃。如今我的俸禄已经超过十万，可是你却离我而去，我万分内疚，只能置办些斋品来祭奠再祭奠。

评析　　此首诗赞美妻子甘守清贫以谐夫志的贤德品行，追忆夫妻和睦的幸福，表达对妻子未能与自己同享荣华富贵的惋惜遗憾之情。首联用典，抒写对韦氏能屈身下嫁的感激和未能使之幸福欢乐的愧疚。上句以东晋名士谢安最宠爱的侄女谢道韫比喻亡妻出身的高贵及绝顶的聪明贤惠，下句用战国时齐国贫士黔娄比喻自己的满腹才学和清贫的处境。"百事乖"概括说婚后百事不顺，生活拮据困难，为中间四句张本，颔联与颈联便是"百事乖"的具体内容。颔联侧重描写夫妻感情的真挚和美，重点写妻子对自己无微不至的关怀体贴。两句诗纯用白描的笔法记叙夫妻间发生的日常生活的烦琐小事，却将处在困境中的夫妻恩爱写得活灵活现。"拔金钗"的生活细节不但表明当时已困难到了一定的程度，而且也表现了妻子慷慨大度的品格，衬托出其对丈夫所爱之深，字里行间渗透着诗人的无限情思。颈联侧重写亡妻甘守清贫的美德。人之忧患莫过于饥寒，野菜葵藿充食，其饥可知；老槐落叶充薪，其寒可知。两句诗在对往事的追忆中饱含着对亡妻的哀伤之情。尾联表现对妻子不能同享富贵的惋惜。"复"字用得很妙，既表现诗人不知用什么方式来寄托哀思才好的哀恸情状，又表现出此类活动的频繁，真实地凸现出诗人的凄苦心境。

遣悲怀（其二）

元　稹

昔日戏言身后意，今朝都到眼前来。衣裳已施^① 行看尽^②，针线犹存未忍开。尚想旧情怜婢仆，也曾因梦送钱财。诚知此恨人人有，贫贱夫妻百事哀。

译文　　从前说笑戏言死后如何如何的话，如今都到眼前来。看到妻子的遗物我便伤心悲怀，她穿过的衣服大多我已施舍出去，但她做的针线活我尚珍存着不忍打开。因思念亡妻我对她的那些奴婢仆人也格外照顾，也曾因在梦境中见到她并给她送去钱财。我知道这种遗憾人人都有，因为贫贱的夫妻过日子很艰难，一旦永诀，许多往事更令人悲哀。

评析　　此首意义紧承前首，重点写自己对亡妻的怀念与哀伤。开头两句追述往事，语带辛酸。妻子生前，夫妻之间的玩笑话，如今却一桩桩地成了悲怆的现实。中间两联用几件日常生活中的行为表现来具体刻画相思之情。四句诗从不同的角度表现哀悼情感之强烈缠绵，真是睹物亦思，见人亦思，无处不思；白昼亦思，梦中亦思，无时不思。梦中送钱的情景与前一首"今日俸钱过十万"两句表达的情思相互绾合，是至情至性的真实流露。最后两句一抑一扬，收束本诗，暗转下首。

遣悲怀（其三）
元　稹

闲坐悲君亦自悲，百年都是几多时。邓攸①无子寻知命，潘岳②悼亡犹费词。同穴③窅冥④何所望，他生缘会更难期。惟将终夜长开眼，报答平生未展眉。

注释　　①邓攸：晋邓攸，字伯道，为河东太守。永嘉末遭石勒之乱，挈家出走，途中遇贼，度不能两全，因其弟早亡，便弃儿存侄邓绥。后历任吴郡太守、吏部尚书，清廉自持，但无子息。时人哀之曰："天道无知，使邓伯道无儿。"② 潘岳：晋诗人，字安仁，中年丧妻，作《悼亡诗三首》，后世颇为传诵。③ 同穴：《诗经·王风·大车》："穀则异室，死则同穴。"④ 窅冥：渺茫的意思。

译文　　闲坐无事时，悲叹你的一生，我自己也非常酸楚凄悲。人的一生能有多久？我在世间还能活上几时？邓攸心地善良却偏偏没有儿子，潘岳写悼亡诗怀念爱妻，但对亡妻又有什么意义，只是枉费了语词。夫妻在阴暗的冥间同穴而居又怎能希冀？他生有缘重结伉俪更是渺茫难以预期。唉！我今生欠你的太多太多，只好长夜相思，来报答你平生愁苦不得舒展的双眉。

评析　　此首由悲亡妻转而自悲，以"闲坐悲君亦自悲"承上启下。"悲君"总括前两首，"自悲"开本诗。妻子已死，人寿有限，虽曰百年，其能几时？"邓攸无子寻知命，潘岳悼亡犹费词"两句用典故含蓄表达"自悲"的内容。用典贴切，曲折地表现自己无子、丧妻的无限悲恸。颈联是对将来的遥思，如今已阴阳阻隔，无缘相见，但愿死后能同穴，在转生的来世能再结良缘。然而，"何所望""更难期"两词表明这些愿望是难以预期的，甚至是没有什么希望的。那么，唯一可以寄托哀思的现实的办法就是"惟将终夜长开眼，报答平生未展眉"了。感情真挚绵邈，柔肠千回百转，催人泪下。

　　三首诗紧扣诗题一气而下，以"悲"字贯穿始终。前两首重点悲亡妻，第一首侧重倾诉夫妻的恩爱及亡妻对自己的体贴，第二首侧重写妻亡后自己悲恸之情，从过去写到现在。第三首悲伤自己的孤苦凄凉，从现在写到未来。情感线索十分明晰。本诗的语言也极本色，情真语真，毫不藻饰雕绘，有的诗句已成为千古传诵的名句。如"昔日戏言身后意，今朝都到眼前来""贫贱夫妻百事哀""惟将终夜长开眼，报答平生未展眉"等句都是极为浅近自然之语，但所抒发的感情却极沉痛哀婉。这样，质朴平易的语言形式与深厚婉曲的情感内容达到高度完美的统一，这是至高至美的艺术境界。蘅塘退士云："古今悼亡诗充栋，终无能出此三首范围者，勿以浅近忽之。"并非溢美之词。

望月有感

白居易

自河南经乱，关内阻饥，兄弟离散，各在一处。因望月有感，聊书所怀，寄上浮梁大兄①、於潜七兄②、乌江十五兄③，兼示符离④及下邽⑤弟妹。

时难年荒世业⑥空，弟兄羁旅各西东。田园寥落干戈后，骨肉流离道路中。吊影⑦分为千里雁，辞根散作九秋⑧蓬。共看明月应垂泪，一夜乡心五处同。

注释　①浮梁大兄：白居易大堂兄，名幼文，时为浮梁县（今江西景德镇）主簿。②於潜七兄：诗人七堂兄，时为於潜县（今浙江临安市附近）县尉。③乌江十五兄：诗人十五堂兄，时为乌江县（今安徽和县）县主簿。④符离：今属安徽宿县，当时诗人即在此地。⑤下邽：诗人原籍，白氏祖墓所在地，今陕西渭南县。⑥世业：先人留下的家业。⑦吊影：对自己的影子感伤。形容人孤单。⑧九秋：秋季三个月，九十天，故有"三秋""九秋"之称。

译文　自河南地区经历战乱，关内一带漕运受阻致使饥荒四起，我们兄弟也因此流离失散，各自在一处。因为看到月亮而有所感触，遂写诗一首以记录，寄给在浮梁的大哥、於潜的七哥、乌江的十五哥，以及在符离、下邽的弟弟妹妹们看。

时事艰难，岁逢灾荒，祖传的家业荡然一空，弟兄们为生活所迫而流离失所各奔西东。战乱后田园荒芜满目生悲，兄弟姐妹们辗转四处正在离别之中。形影相吊孤零零如同千里单飞的鸿雁，因离开故土而没了根基仿佛漫天飘飞的秋蓬。共望一轮圆圆的明月，我们都会流下伤心的眼泪，此夜，分处五地的我们思念家乡亲人的心情完全相同。

评析　本篇大约作于唐德宗贞元十六年（800）秋天。作者此时到达符离，可能在符离还有其他弟妹。这样，浮梁、於潜、乌江、符离、下邽合起来共"五处"，与末句所言方合。贞元十五年（799）春，宣武节度使董晋死，其部下举兵叛乱。不久，中、光、蔡州节度使吴少诚也叛乱。唐朝廷分遣十六道兵马讨伐，大战都发生在河南道境内。交通阻绝，南方的物资无法运送到关内（今陕西中部、北部及甘肃部分地区），加上旱灾严重，关内发生饥荒。在这种情况下，白居易写下这首感人肺腑的抒情诗。

诗的前半首从"时难年荒"这一时代性灾难写起，揭示出兄弟离散的背景和原因，对动乱表现出极大的厌恶之情。接着用千里孤雁、九秋飞蓬对自己及兄弟们的处境做了形象的比喻，并用"吊影""辞根"这样充满感情色彩的词语表达孤苦凄惶的心境。最后以己推人，用共望明月而相思收束全诗，创造出一种浑朴纯真、感人肺腑的艺术境界。

全诗纯用白描手法，毫不雕琢，不用藻绘也不用典故，如话家常，却颇为生动感人，足以显示白诗的风格。结构上句句生发，意义连贯而下。首联是因果句，述兄弟离散之原因。颔联隔句相承，上句承"世业空"，下句承"弟兄"。颈联以妙喻写"兄弟离散"之情形，尾联以情结，紧扣题意。全诗"一气贯注，八句如一句，与少陵《闻官军》作同一格律"（蘅塘退士语）。

锦　瑟①

李商隐

锦瑟无端五十弦，一弦一柱思华年。庄生晓梦迷蝴蝶②，望帝春心托杜鹃。③沧海月明珠有泪，④蓝田⑤日暖玉生烟。此情可待成追忆，只是当时已惘然。

注释　　①锦瑟：瑟上有彩绘如锦者。传说古瑟有五十弦（见《庄子》原文）。②"庄生"句：《庄子·内篇·齐物论》："昔者庄周梦为蝴蝶，栩栩然蝴蝶也。"③"望帝"

句：望帝是周末蜀国一个君主的称号。名叫杜宇，相传死后魂魄化而为鸟，名杜鹃，鸣声凄哀。④ "沧海" 句：古人传说，海里的蚌珠与月亮相感应，月满珠圆，月亏珠缺。又有 "鲛人泣珠" 之说，鲛人是在海里像鱼一样生活的人，能织绡，哭泣时眼泪变成珠。⑤ 蓝田：今陕西蓝田东南，以产玉著名。

译文　　　锦瑟无缘无故的竟有五十弦，一弦一柱仿佛都在追忆思索已逝的美好华年。庄子在拂晓时梦见自己变成蝴蝶，醒后尚感到扑朔迷离，感到真假难辨。望帝杜宇死后的魂魄化成杜鹃，在叫声中寄托着心中的春情和幽怨。明月映照沧海，海中的珍珠宛如泪光般晶莹璀璨。晴日照耀蓝田，蓝田的宝玉仿佛升起氤氲的蓝烟，无法触摸却可以望见。这样的情景怎可指望等将来追忆思索，只是在当时便已感到迷茫和惘然。

评析　　　这是李商隐的代表作，自问世以来备受人们的喜爱。但这又是一首意境朦胧颇难解析的诗，自宋元以来，众说纷纭，莫衷一是。归纳起来不下十种，影响较大者起码有四：一是 "爱情说"，此说又有咏在世情人与悼念亡妻之别；二是 "自伤说"；三是 "诗序说"；四是咏物即 "咏瑟说"。通观全诗，细绎词语，当以 "自伤说" 为可取，其他各说均有不尽可通之处。限于篇幅，本文只做简略讲析，不做详细考证。

　　　首联借物起兴，引发对一生遭际的追忆和联想。此诗写于诗人在世的最后一年，时年四十七岁。说 "五十弦" 是取其约数，不必拘实。颔联用比兴手法抒写对人生与社会的迷惘与怅恨，他本无意参加党争，却被裹挟在牛李党争之中难以自拔，屡受打击，"一生襟抱未曾开"。为何会如此，他不得其解，所以 "迷"。他把这种凄迷与怨恨之情寄托在诗中，故云 "春心托杜鹃"，情致婉曲。颈联概括自己诗歌创作的体会和达到的境界。"珠有泪" 言诗中含有酸悲，本用血泪铸成；"玉生烟" 言诗境氤氲灵动，朦胧美妙而不拘滞。尾联总括一生，回应开头，谓当时已经迷惘困惑，如今追思起来情何以堪。于此可见本诗是作者对人生悲剧的总结性回顾与感悟。

　　　本诗用典浑化工巧，色彩浓郁艳丽，情思幽深细密，意境朦胧绵邈，确实达到了极高的艺术境界。钱钟书先生评此诗曰:"《锦瑟》一篇借比兴之绝妙好词,究风骚之甚深密旨,而一唱三叹,遗音远籁,亦吾国此体绝群超伦者也。"(《谈艺录》补订)

无　题
李商隐

　　昨夜星辰昨夜风,画楼西畔桂堂东。身无彩凤双飞翼,心有灵犀^①一点通。隔座送钩^②春酒暖,分曹射覆^③蜡灯红。嗟余听鼓应官^④去,走马兰台^⑤类转蓬。

注释　　①灵犀:《南州异物志》:"犀有神异,表灵以角。"《汉书·西域传》如淳曰:"通犀,谓中央色白,通两头。"犀牛角中间有一道贯通上下的白线,实为角质,古人以为灵异。②送钩:又称藏钩。钩弋夫人少时手拳,分其手,得一玉钩,手得展,后因有藏钩之戏(见《汉武故事》)。送钩,当指传钩而言。③射覆:亦古代一种游戏,类现代之猜物。《汉书·东方朔传》注:"于覆器之下置诸物,令暗射之,故云射覆。"射,猜。④听鼓应官:唐制五更二点击鼓,街坊门开。应官,应付官差,上衙点卯。⑤兰台:指秘书省。《旧唐书·职官志》:"秘书省,龙朔初改为兰台。"

译文　　这里的一切都和昨天夜晚一样,依然是群星闪烁,春风吹拂,也同样是在画楼西畔的桂堂之东。但昨日的欢情已成过去,只剩下我自己冷冷清清。昨天夜间,我们同在这里参加宴会和游戏,那种情景真令人陶醉和憧憬。你我虽没有像彩凤那样可以比翼双飞的翅膀,无法接近相亲,却有像灵犀一样的心,默契相通。尽管隔着座位传送手钩,我也感到酒特别暖,虽然分组猜物,但蜡灯也显得格外红。可叹我们游玩尚未尽兴更鼓已响,我只能慊慊地离开这里,骑马赶往秘书省,就像秋天里随风飘转的飞蓬。

评析　　这是一首抒写艳情的诗。原诗二首，另一首是七绝，其中有"岂知一夜秦楼客，偷看吴王苑内花"之句，可知作者怀的是一位贵家女子。

　　对于本诗内容，后人解说不一。此处不做辨析和考证，就诗说诗，做一简明分析。全诗是追忆情事，首联写情事发生的时间和地点。诗人又来到"画楼西畔桂堂东"，看到风景如昨，星辰春风依旧，但佳人已不可复见，幸福的情景已不能再现，惆怅惘然，感伤不已。以下六句语意连贯，均是昨夜在此地时所发生的事，要统一把握，不可分裂。颔联总写与情人一见钟情而又不能互通款曲的复杂细微的心理感受。比喻贴切而新奇。"身无"与"心有"，相互映照生发，组成一个蕴含丰富的意象。相爱的双方相见而不能接近，该何等的痛苦，但身未接而心灵却契合相通，内心中又是莫大欣慰。因有希望而又追求不到，心灵相通而身遭阻隔，便令人产生继续执着追求的热望，这种情感极富典型性，也极富感染力，故这一联成为咏爱情的名句千古传唱。颈联是对这种情感的深化表现和具体化描写。"隔座送钩""分曹射覆"，座位不在一起，游戏又不在一组，身被阻隔而无法接近，即"身无彩凤双飞翼"也。"春酒暖""蜡灯红"是写心理感受，与情人在一起宴饮嬉戏，故觉酒也热，灯也亮，心情极为畅快，对方的神情亦如此，即"心有灵犀一点通"也。宴会上融洽欢乐的气氛烘托出面对恋人时心灵深处的无比喜悦。玩得越开心，忆起来越痛苦，越是遭受阻隔，渴望会合的感情越炽烈，留下的记忆越深刻，可见此联抒情之妙。尾联叹息被迫分别的憾恨。作者把爱情受阻的遗憾与身世飘蓬的慨叹结合起来，拓展了诗的内容，深化了诗的意蕴，使这首爱情诗也有了自伤身世的意味。

　　本诗结构很妙。喻守真所析甚是："本诗完全是追记所遇见的情事。首句是记'时'，二句是记'地'，三句是恨形体相隔，四句是喜心情相通，五、六两句是记所遇时若即若离的情事，七、八两句是记分别后的抱憾。"（《唐诗三百首详析》）

隋　宫

李商隐

　　紫泉^①宫殿锁烟霞，欲取芜城^②作帝家。玉玺不缘归日角^③，锦帆应是到天涯。于今腐草无萤火^④，终古垂杨有暮鸦。地下若逢陈后主^⑤，岂宜重问《后庭花》^⑥。

注释　　① 紫泉：即紫渊（唐避高祖讳，改渊作泉），水名，在长安北，此处指长安。② 芜城：即江都，今江苏扬州市。③ 日角：额骨隆起像太阳一样，称为日角。《旧唐书·唐俭传》说李渊"日角龙庭"，有帝王之相。此处以"日角"代指李渊。④ 无萤火：杨广在洛阳景华宫曾征求萤火数斛，夜游时放出，照山谷。在江都时也常如此。江都有放萤院（见杜牧《扬州》），相传是炀帝放萤之处。⑤ 陈后主：名叔宝，荒淫亡国，死后谥号为"炀"，与杨广同，也是历史上著名的荒奢之主。⑥《后庭花》：《玉树后庭花》的省称，舞曲名，陈后主所作新词。《隋遗记》载杨广曾在江都吴公宅鸡台于醉梦中恍惚与陈后主相遇，令陈后主之宠妃张丽华舞《玉树后庭花》。

译文　　长安的宫殿城阙笼罩着风烟和云霞，荒淫的隋炀帝穷奢极欲，偏要把芜城作为帝王之家。如果不是传国的玉玺归到日角龙庭的唐王名下，他的荒淫绝没有止境，一定会继续开凿运河，说不定要乘坐龙舟游到海角天涯。如今，荒芜的江陵隋宫中已看不见一星萤火，唯有那长堤上的垂杨，每到傍晚时啼绕着群群暮鸦。如果炀帝的阴魂不散，在九泉下遇到陈后主的话，怎好意思像在昔日的梦中那样，重新向陈后主问起《玉树后庭花》。

评析　　本诗题为"隋宫"，实际是讽刺隋炀帝荒淫误国的。首联点题。上句写长安宫殿之巍峨壮观，但隋炀帝尚不满足，又"欲取芜城作帝家"，正面点出所咏之题——隋宫。颔联按一般做法承前意，本诗却宕开一笔，用虚拟的语气设想隋炀帝若不亡国，定会荒淫不止的。这并不完全是悬想之语，而是出自对史实和人物性格的合理推断，深刻表现出杨广穷奢极欲导致亡国又至死不悟的可鄙可悲。用笔灵妙，命意深婉，出人意表。颈联是公认的佳句，用笔轻盈，含意深刻，涉及杨广的两个史实。一是放萤，一是植柳。白居易《隋堤柳》中写道："大业年中炀天子，种柳成行夹流水，西至黄河东至淮，绿阴一千三百里。"如果只写此二事，尚无过人之处，而诗人却说"无萤火"，不仅说当年放萤的地方已成废墟，更深的含义是杨广为放萤夜游，穷捕极搜，以致使萤火虫绝了种。下句的"有暮鸦"亦有深意。今日之"有"正衬出昔日之"无"。试想当年炀帝南游时，鼓乐喧天，热闹非凡。乌鸦怎敢在堤柳上栖息？而今却"有暮鸦"，不正表现今非昔比，隋宫隋堤已一片荒凉了吗？两句诗都包含着今昔对比，但在艺术表现上却只写一个方面，另一方面留给读者去想象，感慨淋漓而又含蓄蕴藉。清代方东树《昭昧詹言》评这两句诗说："兴在象外，活极妙极，可谓绝作。"尾联活用杨广与陈叔宝在梦中相遇的史实，用假设、反话的语气深刻地揭示荒淫必亡国的主题。含蓄地说明杨广与陈叔宝是一丘之貉，都以荒淫亡国，都被追谥为"炀帝"。无论是谁只图自己享受，不恤民生疾苦都会被人民所唾弃，都会被历史所嘲弄，这是历史的严正的裁判。诚如喻守真所云："末联以讥讽的笔调说炀帝和后主同是荒淫无道的君主，以刺炀帝，尤觉有无限风趣。"

无题二首（其一）

李商隐

来是空言去绝踪，月斜楼上五更钟。梦为远别啼难唤，书被催成墨未浓。蜡照半笼金翡翠①，麝熏微度绣芙蓉。刘郎②已恨蓬山远，更隔蓬山一万重。

注释　　①金翡翠：用金丝线绣成翡翠鸟图案之锦被。②刘郎：用刘晨、阮肇遇仙女事。

《幽明录》："汉刘晨、阮肇，共入天台山，溪边有二女子，姿质妙绝，遂留半年而归。"一说指汉武帝刘彻求仙未遂。

译文　　如期再来的话都成空言，一去不返无影也无踪。月光斜射到楼窗上，外面已响起报晓的五更钟。梦境中因即将远别我竟悲伤啼哭得难以唤醒，情书是催促而成，心急如火得连墨都等不及研浓。烛光暗淡，笼罩着翡翠般的锦衾，朦朦胧胧；麝香烟浮浮绕绕，轻轻飘进绣有芙蓉花的帷帐之中，此情此景更引我追忆往事无限伤情。那位多情的刘郎已恨蓬山太远，可你我之间的阻隔啊，比那蓬山还要远上一万重。

评析　　这两首诗是《无题四首》中的前两首。第三首是五律，第四首是七古。关于这组诗，清人何焯说得特别肯定："此等只是艳诗。"（《义门读书记》卷五十七）

　　第一首诗抒写主人公对远隔天涯的恋人刻骨铭心的相思之情。关于主人公的身份，后人理解不同，或以为是作者，或以为是女子。笔者认为当是后者。"梦为远别"是全篇抒情线索，立意谋篇即以此为骨。

　　首联写梦醒后的怅恨。"来是空言"表明恋人曾许诺前来而未来。正因如此，痴情人才彻夜等待，几乎通宵。困极而梦，又为"五更钟"所惊醒。但见空空如也，人已不能再来，"来"的许诺已经成为空言，而离开之后就难以再见面了，只有淡淡的斜月之光映照楼阁，不免感到无限的寂寞、无聊、空虚和失望，这才发出一声长叹："来是空言去绝踪"啊！颔联追溯梦中之情景和醒后的行为。对上句人们的理解有所不同。余以为当理解为在梦中因要远别而悲啼，且难以唤醒，抒写"远别"对心灵所造成的巨大伤痛，可见主人公怕"远别"到何等程度。梦境尚如此，现实不更令人肝肠寸断吗？"书被催成墨未浓"一句很值得研究分析。一般都理解是梦醒后的举动。我认为不是，"催"字很明显是写信时旁边有人催促，等着拿信。而自己的情人未来，是谁在催促等待？一定是情人派来的。其情形可作这样的推论：原先二人有约今晚幽会，到时候情人未来却派人来告知即将分别的消息，来人并要带诗人手书回去，于是急忙写信。待人走后心情恍惚而入梦，醒后而赋诗。故写信是实景，是梦前之举。这样才合情合理。这种细节描写突出了主人公的痴情，符合当时主人公的心境，有生活实感，格外传神。颈联写室中之景，渲染气氛，具有一定的象征性和暗示性，呼应首句的等待。被已铺好，烛光尚明，绣帐已熏，唯独恋人未来，情何以堪？尾联抒写阻隔遥远、会合无望的怅恨。用刘晨之典，点明爱情阻隔的主题。末句推进一层，谓自己与恋人之阻隔更远更远，会合岂有可望？前六句反复渲染远别相思之苦，后两句集中抒写天涯阻隔之恨，使全诗产生了撼人心魄的艺术力量。

关于本诗抒情线索及结构方式，喻守真分析得简而当，录下备参："第一首写有约而不来的怨思。首句开口即说负约，二句是写痴待到天明。颔联上句是梦中远别，下句醒后寄书，颈联上句是写灯犹可见，下句是写香犹可闻。无如其人不来，都成孤负，是即景生情的写法。末联提出恨字，情虽深挚，其人已远，不得不恨。"（《唐诗三百首详析》）这段分析，只是"下句醒后寄书"我有异议，其他均通达。顺便提及，仔细分析本诗之意境，详细考察李商隐人生轨迹，可以推知本诗是他和宋华阳热恋时，宋华阳被迫离开玉阳山二人分手所写，这样理解分析全诗，非常透彻。读者诸君如有兴致，请阅读余之拙著《李商隐传》中的相关情节。

无题（其二）

李商隐

飒飒东风细雨来，芙蓉塘外有轻雷。金蟾[①]啮锁烧香入，玉虎[②]牵丝汲井回。贾氏窥帘韩掾少，[③]宓妃留枕魏王才。[④]春心莫共花争发，一寸相思一寸灰。

注释　①金蟾：蟾形铜香炉，啮锁，衔着鼻钮。②玉虎：井栏上之玉石虎形的辘轳。

③"贾氏"句:《世说新语·惑溺》载:韩寿貌美,贾充用为僚属。贾充女在帘内偷看到他便爱上了,于是与他私通,并赠给他奇异的香料。后来被贾充发觉,便把女儿嫁给韩寿。掾,僚属。④"宓妃"句:用甄后爱曹植之事。《文选·洛神赋》李善注说,魏东阿王曹植曾求娶甄氏为妃,曹操却将她许给曹丕。甄氏被谗死,曹丕将她的遗物玉带金缕枕送给曹植。植归国经洛水时。梦见甄后对他说:"我本托心君王,其心不遂,此枕今与君王。"曹植感其事而作《感甄赋》,后明帝改名为《洛神赋》。

译文　　飒飒春风,飘来蒙蒙细雨;荷塘以外,传来阵阵轻雷。金蟾形的香炉衔着鼻钮,开启便可放入香料;玉石装饰的虎头辘轳,摇动即可牵引丝绳汲上井水。贾氏女在帘后偷看到韩寿年轻英俊,一见钟情便成就无限风情之美。甄皇后身死尚留下金缕枕,是倾心爱慕魏王曹植的八斗之才,这些风流韵事引起我相思的情怀。我的怀春之心切不要和春天的花朵争荣竞发,因为那样只能受到伤害,一寸寸的相思只会化成一寸寸的灰!

评析　　此首写深锁幽闺的女子追求爱情生活而失望的痛苦。首联写景,景中有一定的象征色彩。"芙蓉"(荷花)是美好事物的象征,《离骚》中就有"制芰荷为衣兮,集芙蓉以为裳"的诗句。这两句把芙蓉置于风雨轻雷之中,暗示其爱情将要受到风雨的摧残,奠定悲剧的基调。纪昀评此二句说:"起二句妙有远神,不可理解而可以理喻。"(《玉谿生诗集》卷上)颈联由远及近,写室中院内之景。赋中有比,寓意深婉,但稍嫌晦涩。金蟾虽啮锁,但烧香仍可入,虽玉虎牵丝,但毕竟可汲水,而自己却没有任何机会去与恋人相会。正是在这种理解的基础上,何焯评此联诗云:"三句言外之不能入,四句言内之不能出,防闲亦可谓密矣。"还应体会到,两句诗上句的香与下句的丝,合起来为"香丝",谐音正为"相思",恐非偶然之巧合,因李义山善用谐音双关的手法。颈联用典抒情,表现对自由爱情的渴望和这种渴望无法满足的深深的痛苦,也足以表现女子对封建礼教的蔑视和敢于冲破束缚的可贵精神。贾氏偷情,甄后心有外遇,均不合礼教之要求,但女子却充分肯定,表现出她大胆追求幸福美满爱情的热情和无所顾忌的勇气，值得钦佩。尾联陡转反接，抒发内心积郁的悲愤。想象奇妙，比喻更奇妙。"春心莫共花争发"，因花发是会开花结果的，而自己的"春心"却不会有结果，尚可体会出其意味。但"一寸相思"却如何能化成"一寸灰"呢？真是莫名其妙。但仔细推敲斟酌，便会悟出其妙而拍案叫绝：相思情苦，望着香在一寸一寸地燃烧，一寸一寸地化成灰烬。而这一寸一寸燃去的香，不也正是一寸一寸的光阴吗？自己的相思毫无结果，这美好的情怀不正像香化为灰一样被毁掉了吗？相思的结果是痛感韶光的空逝，辜负了豆蔻年华，耽误了大好青春，怎不令人痛心？可见"一寸相思一寸灰"这句诗，不但化抽象为形象，而且用强烈对照的方式显示出美好事物被毁灭的悲剧，撼人心魄，催人泪下，不愧为奇思妙想的千古绝唱。

恩格斯说："痛苦中最高尚、最强烈的和最个人的——乃是爱情的痛苦。"李商隐是最擅长描写这种痛苦的诗人。前人或谓有政治寄托，即使有的话，这种寄托也与其因身世飘零而爱情受阻有关，而最本质的最深层次的，还是爱情生活不能得到满足而又苦苦追求的一种灵魂的呼喊。

筹笔驿 ①

李商隐

猿鸟犹疑畏简书 ②，风云长为护储胥 ③。徒令上将 ④ 挥神笔，终见降王 ⑤ 走传 ⑥ 车。管乐 ⑦ 有才真不忝 ⑧，关张无命欲何如？他年锦里 ⑨ 经祠庙，《梁父吟》 ⑩ 成恨有余。

注释　　① 筹笔驿：即今之朝天驿，在今四川广元与陕西阳平关之间。诸葛亮伐魏，曾驻此地筹划军事。② 简书：指军中文书命令。《诗经·小雅·出车》："王事多难，不遑启居。岂不怀归，畏此简书。"③ 储胥：指藩篱栅栏之类。④ 上将：指诸葛亮。⑤ 降王：指蜀汉后主刘禅。⑥ 传：即传舍，驿站旅舍。⑦ 管乐：指春秋战国时贤相名将管仲、乐毅。诸葛亮曾自比二人。⑧ 不忝：无愧。⑨ 锦里：里巷名，在成都城南，有诸葛武侯祠。⑩ 梁父吟：也作"梁甫吟"，古代葬歌，古辞今已不传。宋郭茂倩《乐府诗集》收一首，相传为诸葛亮所作，似不确。但据《诸葛亮传》说"亮躬耕陇亩，好为《梁父吟》"，可知诸葛亮好吟咏此诗。

译文　　诸葛亮治军严明，连猿鸟都畏惧他的军令，风云似乎也爱护他的营垒，护卫着当年军营周遭的藩篱。可叹上天不佑，诸葛亮运筹帷幄再有雄才也枉费心机，最终却只能见投降的后主被押往洛阳的车队经过这里。诸葛亮的才能与管仲、乐毅相比毫不逊色，而军中没有关羽张飞那样的大将也难取得胜利。他年到成都锦里去拜访武侯的祠庙，想到他徒有雄才伟略却功业无成，爱好吟诵《梁父吟》的诗篇而含恨抑郁。

评析　　这是一首怀古诗，与其他凭吊诸葛亮的诗一样，在颂扬其丰功伟绩的同时，又叹息其功业无成而千古遗恨，也寄寓着诗人自己的身世之慨。本诗最成功之处在于用抑扬交错之法来表现诸葛亮的雄才与命运的矛盾，突出一个"恨"字。

　　首联写时至今日，猿鸟尚疑畏其"简书"，风云尚护卫着军营，盛赞其昔日执法如山的威严，表现出无比敬仰之情，这是一扬。颔联却说他徒有才智，但并未能挽救蜀汉灭亡之命运，徒见刘禅乘坐传车被押往洛阳，这是一抑。颈联出句称其才无愧于管仲、乐毅，又是一扬；对句则说关羽、张飞先死，而使其军中无大将，又是一抑。经过这两扬两抑，归结到"恨有余"而终篇。表面看似矛盾，仔细体味，诗意上相反相成，文意连属。凭诸葛亮之威智，大业可成，但遇上后主刘禅这个昏庸之人，不堪辅弼，终致国灭身虏，这是一恨；凭其谋略，出师本该告捷，但因军中无可用之大将，结果"出师未捷身先死"，又是一恨。末联所云："梁父吟成恨有余"有双关义，既扣合诸葛亮"好为梁父吟"的记载，写其生前的遗恨，也隐含着作者的"恨"。这种抑扬之法使情感的抒发婉转有致，颇耐品味。诚如何焯所评："议论固高，尤在

抑扬顿挫处，使人一唱三叹，转有余味。"（冯浩《王谿生诗集笺注》引）

关于抑扬之运用，还有一点应指出。即扬处皆颂诸葛亮之威、之智、之才，而抑处皆写其时运不济，或主庸，或无将，这些又非其本人的主观意愿所能决定。正因如此，才会产生"恨"。当我们联想到诸葛亮常说的一句话即"谋事在人，成事在天"时，便会隐然悟到李商隐在本诗所表现的正是这种情感。即诸葛亮人事已尽，而事未成，责在天而不在人，千古留恨。这种情况在中国古代社会中又带有普遍性，本诗思想意义的深刻性正在这里。

无题二首（其一）

李商隐

相见时难别亦难，东风无力百花残。春蚕到死丝 ① 方尽，蜡炬成灰泪 ② 始干。晓镜但愁云鬓改，夜吟应觉月光寒。蓬山 ③ 此去无多路，青鸟 ④ 殷勤为探看。

注释　① 丝：与"思"谐音。② 泪：蜡烛燃烧时流溢的油脂。③ 蓬山：蓬莱山之简称，传说中的海上三仙山之一。此处借指对方的住处。④ 青鸟：《山海经·大荒西经》载，西有王母之山，"有三青鸟，赤首黑目"。注曰："皆西王母所使也。"又《汉武故事》载：西王母会汉武帝，先有青鸟到殿前。后人遂以"青鸟"代指使者。

译文　我们相见一次可真难，分手时恋恋不舍，心里更是难。春风已柔弱无力，艳丽的百花都已凋残。春蚕的丝绵绵不断，只有到死时才能吐尽，蜡烛的泪点点常滴，只有燃成灰烬才能淌干。拂晓临镜梳妆时，才发现自己乌黑的美丽如云的鬓发在悄然改变，实在令人忧愁伤感。深夜里，在月光下独自吟诗的时候，你要珍重自己，不要让身子骨儿着了寒。蓬莱仙境本来离这里不算太远，我会派传达消息的青鸟常去把你探看。

　　　这是一首被广泛传诵的富有魅力的爱情诗，抒情缠绵悱恻，情感回环往复，感人至深。

　　首联写离别之苦。"相见时难"蕴含着诗人对外来阻力的深深不满和无穷的幽怨。正因见面十分困难，所以分手时更加难舍难分。两个"难"字，从客观写到主观，字面相同，含义有别。"东风无力百花残"用凋残的暮春景象委婉含蓄地倾吐出爱情生活不能美满的怅恨。骀荡的春风能催开满园遍野的鲜花，给人们带来姹紫嫣红、生机勃勃的春天，但在诗人爱情的田园中却没有春光、没有温馨、没有快乐、没有幸福，有的只能是东风无力，百花凋残的无穷伤感。颔联承前，用比兴手法表白对爱情的忠贞不渝。两句诗意义上看似重叠，实则各有侧重，上句情在缠绵，下句语归沉痛。极富形象性和感染力，深为后人所激赏。颈联转折，合写双方，在对对方的无限体贴和关怀中寄寓着极度孤独寂寞的愁苦之情，也包含着韶光空逝而又无可奈何的悲哀，体物细密，深情绵邈。尾联表达希望再度见面的美好愿望，又回到"相见时难"上来，与首句照应。全诗把相离和离别、失望和希望交织起来，情感丰富复杂而细腻。

春　雨

李商隐

　　怅卧新春白祫①衣，白门②寥落意多违。红楼隔雨相望冷，珠箔③飘灯独自归。远路应悲春畹④晚，残宵犹得梦依稀。玉珰缄札何由达，万里云罗一雁飞。

　　　①白祫：白夹衣，唐人以白衫为闲居便服。②白门：当指男女欢会之所，非确指。南朝民歌《杨叛儿》："暂出白门前，杨柳可藏乌。欢作沉水香，侬作博山炉。"③珠箔：珠帘。④畹：太阳将落山的光景。多喻年老。《楚辞·哀时命》："白

日晼晚其将入兮，哀余寿之弗将。"陆机《叹逝赋》："老晼晚其将及。"刘良注："晼晚，日暮也，比人年老也。"

译文　　在这万象更新的春天，我穿着白色便服烦闷地躺在床上，白门之内空空荡荡，心中非常懊丧。对面的红楼，隔雨相望显得更加清冷；当初顶着春雨在灯光映照下，送走你后我无精打采地回到室中。你行走在遥远的征程上，也一定会同我一样为春日的昏暮悲哀伤心。只有在这拂晓前的梦境中，我们才得以依稀地重温旧情。我的情书和作为信物的玉珰怎样才能送到？纵有一雁传书，又怎能穿过这宛如密密罗网的云层？

评析　　李商隐的诗多包藏细密，情感跳跃性大，意境朦胧，必须从整体来把握，方能悟出其表达的内容。

　　本诗采用叙忆结合的笔法，以情感为线索。首联叙事，用赋笔，清晨穿着便服独卧，暗示出彻夜未眠的凄苦。"意多违"为首联语意的重点。颔联在意脉上紧承首联，具体写"意多违"的原因。"隔雨相望"的"红楼"便是作者意中人所住的地方，因为人去楼空，故"冷"，此句为眼前之景。"珠箔飘灯独自归"则是追思昨日昏暮送别之景，正因情人离去，所以才楼空而"冷"。此"冷"主要是清冷，是主体心境之冷，而非客观气候之冷。颔联之上下句又是因果句，情意婉曲缠绵。颈联转折，设想情人在途中的悲戚。作者是至情至性之人，以己推人，想象他人也和自己一样情痴，为别而悲，这正表现作者的多情，"残宵"句又回到现实，"梦依稀"表现对情人的极端眷恋，以梦境反衬现实的冷酷，引出尾联，呼应首联的"意多违"。"万里云罗"是封建礼教的象征。全诗赋予爱情以美丽动人的形象。飘洒迷人的春雨，融入主人公迷蒙的心境，依稀的梦境，更给人以扑朔迷离之感，这正是诗人追求幸福美满的爱情生活而不得，因不得而更加执着追求的情感的艺术表现。真挚感人的情感与优美生动的形象有机结合在一起构成了完整和谐的意境，使本诗具有迷人的艺术魅力。

无题二首（其一）

李商隐

凤尾香罗①薄几重，碧文圆顶②夜深缝。扇裁月魄③羞难掩，车走
雷声④语未通。曾是寂寥金烬⑤暗，断无消息石榴红。斑骓只系垂杨岸，
何处西南⑥任好风。

注释　　①凤尾香罗：即凤纹罗。②碧文圆顶：一种圆顶百折的罗帐，唐人婚礼多用之，
谓之百子帐。③扇裁月魄：指白色圆扇。班婕妤《怨歌行》："裁为合欢扇，团团似
明月。"④车走雷声：古代木制轮车，行走时声音很大。司马相如《长门赋》："雷
殷殷而响起兮，声象君之车音。"⑤金烬：灯花。⑥西南：曹植《七哀》："愿为西
南风，长逝入君怀。"此以西南风喻指知心人。

译文　　带有凤纹的图案薄薄的几层，那青碧色花纹圆顶的罗帐，是在夜深时亲
手所缝。那一天我们邂逅，我羞愧地用白色的团扇掩着脸，车声太大连话也
未通。此后我常常在暗夜里静坐凝思，呆望着那灯花落尽而暗自伤神。却一
直没有你的消息，如今已见石榴花火红火红。斑骓马就拴在岸边的垂杨柳上，
不知你又到什么地方去幽会欢情。

评析　　李商隐优秀的爱情诗，多数是写相思的痛苦与会合的难期，带有悲剧色
彩。但即使是无望的爱情，抒情主人公也总是矢志不渝、执着不移地追求着，
希望之火在寂寞中燃烧，于是便产生一种感人的力量。这两首诗也是如此，
都是抒写女子爱情失意的幽怨和苦闷，又都采取女主人公深夜追思往事的方
式，因此，女子的心理独白便构成诗的主体。

　　本首起联写女子居处的幽静。碧文圆顶的凤尾罗帐正垂着，这是女子在
夜深时缝制的。"夜深"暗示出女子未眠，或正在缝罗帐，或早已缝好，卧在
罗帐中等待。"罗帐"在古代诗歌中常常用作男女相合的象征。她在期待什么，
是不难理解的。颔联是女子对往事的一段回忆。她意外地遇到意中人，但因

车行迅速，声音很大，又因羞涩用团扇遮面而未能通话。若从诗意和常情来推论，这位女子所遇到的那位男子不像是初次见面，倒好像是有过暧昧关系的情人。这样，她才可能在见面而未通话的情况下在深夜中期待相会。但因当时未能交谈，错过了一次机缘，所以在追思留恋中尚有微微的遗憾，心理刻画很细腻。颈联写别后的寂寥和相思的痛苦。这一联用情景交融的手法概括地抒写出较长一段时间的生活与感情，具有浓郁的抒情气氛和象征暗示色彩，笔触精练细致。"金烬暗"状长夜独栖之寂寞，"石榴红"写春光空逝之怅恨。仿佛是漫不经意地点染景物，却寓含如此丰富的感情内容，手笔确是不凡。尾联回到深情的期待上来。"斑骓"句暗用乐府《神弦歌·明下童曲》"陆郎乘斑骓……望门不欲归"句意，于怨艾中尚有期待之心。意中人久盼不来，她才产生怀疑，是不是另有所欢了呢？怀疑、怨艾正表明她爱得深、盼得紧，表现出一种执着而深厚的感情。

无题（其二）

李商隐

重帏深下莫愁①堂，卧后清宵细细长。神女②生涯原是梦，小姑居处③本无郎。风波不信菱枝弱，月露谁教桂叶香。直道④相思了无益，未妨惆怅是清狂⑤。

注释　①莫愁：《乐府古题要解》："石城有女子名莫愁，善歌谣。""莫愁"在古诗文中多见，此代指女子。②神女：用巫山神女事。宋玉《神女赋序》："楚襄王与宋玉游于云梦之浦，使玉赋高唐之事，其夜王寝，果梦与神女遇，其状甚丽。"③小姑居处：《乐府·清溪小姑曲》："开门白水，侧近桥梁。小姑所居，独处无郎。"④直道：即使、尽管。⑤清狂：放荡、不检点。

译文　层层的帏帐深深垂下，我静卧其中细细思量，只觉得这漫漫黑夜太长太长。巫山神女遇合楚王的欢愉只是梦境，小姑的住处本来就没有情郎。风波仿佛不信菱枝柔弱而故意摧残，甘露也不作美，不来传播桂枝的暗暗幽香。我也知道相思毫无用处，但也不妨相思惆怅，任凭他人说这是放荡。

评析　　此首侧重写主人公的身世遭遇之感，笔法更概括。首联只写女子居处的幽邃寂寞；虽然没正面写主人公的心理，但"细细长"三字传达出其内心的无可名状的苦恼和幽怨。颔联用典，抒写对爱情遇合的回顾。两句中的"原""本"颇有深意。前者暗示她在爱情上有过追求而且有过短暂的遇合，但很快分手，终成梦幻，故曰"原是梦"。后句则是在向人辩解和表白，现在依然是孤居独处，故云"本无郎"。颈联连用两个比喻，意义较隐晦，暗示出在生活中一方面受到恶势力的摧残，另一方面又得不到应有的同情与帮助。"不信"是说风波明知菱枝弱而偏加摧残，"谁教"是说月露本可滋润桂叶却偏偏不肯。措辞委婉，语意沉痛。尾联表现明知不可为也要为的一种近乎痴迷的心理，在近乎幻灭的情况下依然要矢志不渝地追求，可见其对爱情的执着与忠诚，这本身就很感人。但喻守真说："末联就快吐而出，直说相思无益，何必惆怅，真是大彻大悟之语。"（《唐诗三百首详析》）这是未读懂全诗而对这两句诗的曲解。这里哪有什么大彻大悟的味道，反而是痴迷甚深，至死不悟，也不想悟的一种表白。

利州^①南渡

温庭筠

澹然空水对斜晖，曲岛苍茫接翠微。波上马嘶看棹去，柳边人歇待船归。数丛沙草群鸥散，万顷江田一鹭飞。谁解乘舟寻范蠡^②，五湖烟水独忘机。

注释　　①利州：唐属山南西道，治所在今四川广元市。②范蠡：春秋时楚国人，曾助勾践灭吴，功成后辞官乘舟而去，泛于五湖经商，是大富翁。与张良共同被后世奉为功成身退的典范。

译文　　傍山的夕阳映照着江面，江面上波光闪闪。弯曲的江边岛屿笼罩着暮色，与周围的山色连成一片。江面上传来马的嘶鸣声，渡船正在载着行人和马匹划向对岸。岸上的人坐在柳树旁边，等待归来的渡船。因有马嘶人语，几丛沙草中一群鸥鸟被惊起飞散，江边万顷田野的上空，只有一只白鹭在盘旋。谁能真正理解范蠡漂泊五湖、尽忘尘世机缘的愉悦自由的心境？乘着扁舟去追寻范蠡的遗迹，远离污浊龌龊的尘世和满是烦恼的人间。

评析　　这是一首借景抒情之作，前六句正面写南渡，即向南岸摆渡，末两句"浩然有归隐之志"（喻守真语）。

　　首联叙事，点出时地。中间两联写景，极为生动逼真。颔联上句写江中，写马嘶的声音可以引起人们的注意。下句写岸上，待渡的人们坐在柳树边企盼着渡船的归来，焦急的心情和期望的目光似可想见。两句诗声形兼备，生活气息很浓。作者抓住特定场景中的典型景物下笔传神，写得活灵活现，只有渡口处方有此景，只有待渡人方有此情，放到他处绝不可，这便是写景佳句的妙处。颈联的"群鸥散""一鹭飞"既契合渡口之景，又有一定的寓意。"群鸥散"是因受到人的惊扰，暗示尘世的喧嚣与纷扰，"一鹭飞"有怡然之态，象征悠然自得，超凡脱俗的境界。上句写众人，下句暗指忘机的范蠡，使景物与后面的抒情联系起来。于是，才在末两句"感谓能如范蠡之扁舟泛湖，是真忘机者，惜世人多不解耳"（王文濡《历代诗评注读本》上）。

　　温庭筠是个行为放浪的没落贵家子弟，屡次参加科举考试而不能得第，终生不得志，常为谋生而奔走四方，本诗表现的正是对这种到处漂泊而又劳累困顿之生活的厌弃。这在封建文人之中具有一定的现实意义。

苏武①庙

温庭筠

苏武魂销②汉使③前，古祠高树两茫然。云边雁断胡天月，陇上④羊归塞草烟。回日楼台非甲帐⑤，去时冠剑是丁年⑥。茂陵⑦不见封侯印⑧，空向秋波哭逝川⑨。

注释　　①苏武：西汉的坚持民族气节的英雄，事迹见《汉书·李广苏建传》。他出使匈奴，被扣留逼降，不屈，被流放在北海（今贝加尔湖）无人烟之地牧羊。历尽艰辛，十九年后才回到汉朝。②魂销：即销魂，心情十分激动貌。③汉使：指汉昭帝派到匈奴的使臣。④陇上：山岭、丘垄之上。⑤甲帐：《汉武故事》载，武帝"以琉璃、珠、玉、明月、夜光，错杂天下珍宝为甲帐，其次为乙帐。甲以居神，乙以自居"。⑥丁年：壮年。汉制，平民从二十岁到五十六岁须服徭役，叫作丁男。李陵《答苏武书》："丁年奉使，皓首而归。"⑦茂陵：武帝的陵墓，此处代指武帝。⑧封侯印：苏武还朝后，受到封赏，赐爵关内侯，食邑三百户。⑨哭逝川：悲叹时间像河水流逝不返。《论语·子罕》："子在川上曰：逝者如斯夫。"

译文　　苏武出使匈奴，被扣留十九年。看到汉朝的使臣时心情激动，仿佛要魂销魄散。如今古祠荒芜，高树凋零，一切都成为历史的陈迹，令人迷惘茫然。昔日苏武手持汉节在北海牧羊，遥望胡天南飞的大雁，直到消失在天边。每日从山坡上牧羊归来，所见到的只是塞草和荒烟。当随汉使回到长安，武帝早已死去，昔日的甲帐已不复存在，而他刚走时正是血气方刚的丁壮之年。武帝已不能见到苏武封侯挂印，苏武也只能临着秋风哭叹时间的飞逝，再也无法见到武帝的御颜。

评析　　苏武是历史上著名的坚持民族气节的英雄人物。本诗是瞻仰苏武庙后的凭吊之作。

首联点题，分别写"苏武"与"庙"。汉昭帝时，与匈奴和亲。汉使到匈奴后，得知苏武尚在，便诈称汉皇帝在上林苑射猎，得到苏武系在雁足上的帛书，知道苏武在某某泽中。匈奴见隐瞒不住，才承认苏武尚存，并遣其归国。首句想象苏武乍见到汉使时表现出的极为强烈、激动、复杂的感情。"魂销"二字真切传神，笔墨极洗练。"古祠高树"写庙之苍古肃穆，渲染浓郁的历史气氛，寄托诗人的崇敬之情，为颔联转入对苏武当年生活的遥想创造了条件。颔联仿佛两幅图画。上句写望断飞雁，侧重表现思念故国的情怀，下句写荒塞牧归，侧重写牧羊生活的孤独凄苦，更能烘托其历尽艰辛而不妥协的民族气节。忠于祖国，思念朝廷是他的精神支柱，故能克服难以想象的艰难险阻，二句中暗含着因果关系。颈联遥承首句，写苏武回朝后的所见所感。此联先说"回日"，后述"去时"，是为"逆挽法"，写得生动跳脱。苏武归国后曾奉诏以"一太牢谒武帝园庙"，此事为尾联所本。两句诗集中抒写苏武对武帝的追悼与怀念，进一步表现其忠君爱国思想，使形象更加丰满完整。

喻守真认为："此亦是吊古之诗，是怜惜苏武的苦节，并讥武帝的负德。"此说非确。当时武帝已死，苏武功高赏薄，责在昭帝，与武帝何干？本诗之主旨在颂扬苏武。晚唐国势衰弱，民族矛盾尖锐，故需要提倡民族精神。杜牧《河湟》诗云："牧羊驱马虽戎服，白发丹心尽汉臣。"本诗所塑造的正是这样一位"白发丹心"的汉臣形象。诗中虽微有讽意，但那毕竟是次要的。

薛逢／生卒年不详

字陶臣，蒲州河东（今山西永济西）人。武宗会昌元年（841）进士及第。历官校书郎、侍御史、尚书郎、太常少卿、给事中，官终秘书监。曾被贬为巴、蓬、绵等州刺史。工诗善赋，尤擅长七律。歌行体学白居易，律体多精警。也善书法。《全唐诗》存其诗一卷。

宫 词

薛 逢

十二楼①中尽晓妆，望仙楼②上望君王。锁衔金兽③连环冷，水滴铜龙④昼漏长。云鬟罢梳还对镜，罗衣欲换更添香。遥窥正殿帘开处，袍袴宫人⑤扫御床。

注释　①十二楼：《史记·封禅书》载：方士言"黄帝时为五城十二楼，以候神人于执期"。②望仙楼：《旧唐书·武宗本纪》："会昌五年，作望仙楼于神策军。"此处的十二楼、望仙楼均代指嫔妃的住所。③金兽：门上辅首，即带门环以备上锁之物。④铜龙：刻漏上有铜龙为饰。刻漏，古代计时器。⑤袍袴宫人：指穿便装的宫女。袍，长衣。袴，古时指套裤，后泛指裤子。

译文　清晨，后宫中一片繁忙，楼阁中的嫔妃们全在精心地打扮化妆。妆后个个登楼眺望，望眼欲穿地期盼着君王到来。兽头形的铜锁衔着冷冰冰的铁环，铜龙滴水式的漏壶在不停地滴水，白天显得特别漫长。梳完高高的发鬟，对着镜子照了一遍又一遍；想要再换一件锦绣罗衣，重添香料再熏一熏香。再望一望远处的正殿，只见正殿的帘幕已开，穿着短衣绣绔的宫女正在打扫御床。

评析　唐诗中写宫怨的作品很多。此诗构思巧妙，笔墨集中凝练，摹写生动，在此类题材中也可谓是出类拔萃之作。

首联点题总写。"十二楼""望仙楼"均指嫔妃住所，既状其精美，又含有"候神""望仙"的寓意。"尽晓妆"和"望君王"相呼应，表现出所有宫妃都在刻意打扮自己，她们的共同的也是唯一的心愿便是君王的临幸。颔联用环境描写烘托人物的内心世界。上句的"冷"字，既写宫门上上锁用的兽形衔着的门环之清冷，又暗示出宫妃们内心的凄冷。下句的"长"字是宫妃们对漏壶中持续不断的滴水声的独特感受，刻画出其昼长难耐、孤寂无聊的特殊心境。若稍有点生活情趣的人，谁又能注意到这细微的声音呢？颈联通过嫔妃的刻意梳妆打扮，进一步刻画其空虚的心情，她们生活的唯一希望就是君王的宠幸，唯一能做的就是以色媚人。上句写反复照镜端详自己的发式，下句写注意选择服饰。表明她们在失望中尚燃烧着希望之光，否则就不会又"对镜"又"添香"了。只要君王尚未确定到哪一宫中去，每位宫妃便都有一定的希望，尽管很渺茫，但毕竟有。尾联通过极典型的生活细节的描写，暗示嫔妃们的绝望之情。用笔隐晦含蓄。"遥窥"二字传神，写出她们渴盼焦急的心情，回应首句的"望"，暗示出等待的结果是空虚和绝望。从帘幕开处看到正殿的宫女正在打扫御床，说明皇帝要到正殿去，"十二楼"中的这些嫔妃则毫无希望了。另外还有一层意思，即我这样的有一定身份的嫔妃倒不如那些宫女，因为那些宫女尚有接近皇帝的机会。

　　本诗的心理刻画非常成功，作者完全用以外显内的手法，只写嫔妃的动作，以动作暗示心理。首联写希望，中间两联写盼望，两联中一写环境，一写动作。尾联写绝望。作者还巧妙地把外在动作的"望"与内心的盼望结合起来，以行为的"望"开篇和结尾，而用心理的"希望"开篇，用"绝望"终笔。字里行间充满同情之感，如泣如诉，十分感人。

秦韬玉 / 生卒年不详

字中明，一作仲明。京兆（今陕西西安）人，一说郃阳（今陕西合阳）人。累应进士不第。后从僖宗避乱蜀地，在宦官田令孜府中任幕僚。中和二年（882）特赐进士及第。官至工部侍郎。擅长七律，音调和谐浏亮。《全唐诗》存其诗一卷。

贫 女

秦韬玉

蓬门^①未识绮罗香^②，拟托良媒益自伤。谁爱风流高格调^③，共怜时世俭梳妆。敢将十指夸偏巧，不把双眉斗画长。苦恨年年压金线^④，为他人作嫁衣裳。

注释　①蓬门：是蓬门中人的略语。以柴木为门，指贫穷人家。②绮罗香：指富贵女子的衣饰。③高格调：气度胸襟超群。④压金线：用金线绣花，是刺绣的一种。

译文　我是个生长在蓬门荜户中的穷家女孩，从未穿过绫罗的华服丽裳。想要托媒嫁人也是徒劳，只能背地里暗自心伤。全社会的人都追求富贵新潮，有谁能怜爱自己这样格调高雅的俭朴梳妆？我敢自信地说，我有一手好针线活，十指非常灵巧，从不浓妆艳抹靠化妆来博得人们的欣赏。但我却年长不嫁，非常恼恨懊丧。虽然年年手压金线刺绣，却只是为他人缝制出嫁的衣裳。

评析　这是一首比兴意义明显，颇为后人传诵的诗。全篇以未嫁贫女的独白，表现寒士怀才不遇、寄人篱下的怅恨。社会中，重出身门第而不重实际才能，许多怀抱利器之才士因无权势者引荐难以登第，更难得要职而一展怀抱，只能忍气吞声沉迹下僚。每个朝代的末世尤其如此。秦韬玉生活在晚唐，科场黑暗，官场腐败，故有此深慨。

首联以自述口吻述说自己的身世。"蓬门"点明身份，扣紧题目的"贫女"，次句的"自伤"为全篇意脉的筋骨。颔联紧承"自伤"写来，侧重于客观方面。"谁"字直贯两句，表现清高自持的品格为急功近利的社会风尚所不容的可悲。颈联侧重于主观方面，表现贫女的自负。"不把双眉斗画长"，不只是说自己不迎合流俗以艳妆取媚于人，更深层的意义是说自己天生丽质，双眉本来就非常美，不用化妆便可貌盖群女。是极为自负的语气，需仔细品味。尾联结题，扣紧"自伤"二字。贫女虽貌美节高，却依然无法实现自己的人生价值，还是嫁不出去，只能年年为他人作嫁衣。"苦恨"二字语极沉痛。两句诗有广泛深刻的内涵，浓厚的生活哲理，使全诗的意义得到升华，具有更深广的社会意义。

本诗的比兴意义很明显，写得很巧妙。拟托良媒寄托着贫士无人荐引的苦闷哀怨，"谁爱风流"两句是对整个社会重门第轻人品的谴责和抗议；"敢将十指"两句隐喻着寒士秀外慧中、超凡脱俗的孤高情怀，"为他人作嫁衣裳"则是久被压抑的封建文士灵魂的呐喊和呼号，是饱含着血与泪的抗争与控诉。诚如俞陛云所说："此篇语语皆贫女自伤，而实为贫士不遇者写牢愁抑塞之怀。"（《诗境浅说》）

乐府

海燕双栖玳瑁梁

卢家少妇郁金堂

九月寒砧催木叶

十年征戍忆辽阳

乐府

白狼河北音书断

丹凤城南秋夜长

谁为含愁独不见

更教明月照流黄

独不见①
沈佺期

卢家少妇郁金堂，②海燕③双栖玳瑁④梁。九月寒砧⑤催木叶，十年征戍忆辽阳⑥。白狼河⑦北音书断，丹凤城⑧南秋夜长。谁为⑨含愁独不见，更教⑩明月照⑪流黄⑫。

注释　①独不见：乐府旧题，属杂曲歌辞类。一作《古意》，一作《古意呈补阙乔知之》。②"卢家"句：语本梁朝萧衍所作《河中之水歌》："……洛阳女儿名莫愁……十五嫁为卢家妇"，后世以"卢家妇"作为少妇的代称。郁金堂，以郁金苏合香为香料浸酒和泥涂壁的堂屋。一说，燃烧郁金苏合香料的堂屋。③海燕：又名越燕，产于南方滨海地区，春季北往，于室内营巢。④玳瑁：一种与龟相似的海生动物，甲黄黑相间，半透明，可制装饰品。⑤寒砧：寒风中捣衣的砧杵相击声。古代妇女一般在秋季捣衣赶制冬服，故捣衣声最能引起思妇对远方亲人的思念。⑥辽阳：泛指辽河以东地区，唐时政府派重兵镇守，为东北边防要地。⑦白狼河：今辽宁省大凌河，流经锦州入海，古称白狼水。⑧丹凤城：此指唐京城长安。丹凤，相传秦穆公的女儿弄玉吹箫引凤，凤凰飞临咸阳城，因而以"丹凤"为城名。后人即以丹凤称京城。又，汉武帝在长安建凤阙，唐代大明宫前又有丹凤门，故相沿成习，呼京城为丹凤城。⑨谁为："为谁"的倒文。为，一作"谓"，一作"知"。⑩更教：一作"使妾"。⑪照：一作"对"。⑫流黄：黄紫相间的丝织品，这里指帏帐。一说，指所捣的衣裳。

译文　卢家少妇的居室极其华贵，墙壁上涂抹着郁金苏合香，漂亮的玳瑁装饰着房梁，上面栖息着燕子双双。自从丈夫去镇守边防，每至九月寒秋霜降，满城的砧杵声仿佛在催促树叶枯黄飘落。思妇情不自禁地遥念起丈夫所在的辽阳。无法得到白狼河那边的音信，京师城南的思妇只觉得秋夜过于漫长。彻夜难眠的少妇已痛苦不堪，不知是谁，又让明亮的月光来映照这华丽的慢帐和这伤心的面庞。

评析　　这是一首较早出现的比较优秀的七律，写京中少妇对久戍不归的丈夫的深切思念之情，曾被人推为唐人七律的压卷之作，声誉甚高。

本诗具有较浓的乐府民歌风格，主要表现在首联对少妇家居环境的描写上。从"郁金堂""玳瑁梁"等词汇的选用看，诗中女主人公似乎是位富家妻室，然而并非如此，这里正运用了民歌中所常用的夸饰女子富有的传统手法，如《陌上桑》等均如此。本诗写女子居室华丽只是手段，其目的只为塑造她的美好形象，本意当不在"富"字上。另外需注意的是颔联，应以互文手法释诗，如此才格外精彩。这位思妇是年年九月思夫，而不是在第十年的九月才起了思夫之情。如此解诗可大大加深对本诗抒情深度的理解。再就是颈联写情，从男女各方落笔，如此更见双方情苦。后来高适《燕歌行》中的名句"少妇城南欲断肠，征人蓟北空回首"模仿的正是这种两地相思的笔法，甚至连"城南"也照用。另外，诗中选"白狼"为河名，带有险恶困危之意，说明男子在边地作战，生死攸关，前途难卜，令思妇十分担心，也该指明。

这首诗的主要特色在于情和景的高度融合。如首联的"郁金堂""玳瑁梁"，便是以夸饰之辞美化少妇之居室，其真实用意恐怕在于渲染一种和谐美满的家庭生活氛围，从而反衬我们的女主人公徒自居住其中，岂不可惜？二句中的"海燕双栖"也是反衬。三句又以"九月寒砧催木叶"的凄凉正面烘托女主人公的压抑心境，也很合宜。另外六句中的"丹凤城"，是以美文来反衬女主人公内心的愁苦，她本可在这座漂亮的丹凤城中同丈夫共度幸福快乐的时光，然而却不能，又多么令人遗憾。末句同样用的是反衬手法：屋宇中美则美矣，又有明月，又有流黄，然而人却不能成双，如此茕茕孑立，形单影只，岂不可悲？综上所述，本诗在情景关系上主要运用反衬手法，使情和景在反向上会合，从而凸现了女主人公的哀怨心情。

绝句

独坐幽篁里

空山不见人

王孙归不归

红豆生南国

五言

君自故乡来

床前明月光

春眠不觉晓

终南阴岭秀

移舟泊烟渚

鹿 柴①

王 维

空山不见人，但闻人语响。返景②入深林，复照青苔上。

注释 ① 鹿柴：即鹿寨，养鹿场。② 返景：夕阳返照的光线。景：同影。

译文 空荡荡的山中看不见人影，却听到说话的语声。一缕夕阳的余晖射进密林深处的青苔之上，显得格外明朗和温馨。

评析 本诗是王维组诗代表作《辋川集》中的一首，虽为短章，却能很好地体现王维山水诗的艺术特点。

王维山水田园诗的重要特点是诗中有画，诗中有禅趣，这两点在本诗中都有体现。前两句以动写静，空谷中的"人语"给人的印象是何等强烈，而这声音更能显出山谷中的静谧和清幽。后两句由声及色，以明写暗，描绘林间的幽深灰暗。透过树木枝叶间照射进来的一缕阳光，使幽深昏暗的林间立刻产生温暖光明的感觉，从而大大地加强了周围环境的阴暗程度。那缕阳光照射的又是树荫下石头上的青苔。青苔生长在阴暗潮湿处，很不引人注目，诗人将其拈出，大有深意。连那斑驳杂沓的点点青苔都依稀可辨，足见这一缕阳光尚很明亮，而且也传达出诗人的欣慰之情。从空间看，这一缕阳光给密林深处的局部带来一点光明，所照射之处可以看到自然景物的真实存在，而周围的环境则显得昏暗不清，阳光所照射之处与周围昏暗的空间相比，显得又是那么小，那么有限，以有限衬无限；从时间看，太阳的回光返照是极其短暂的，恐怕连一两分钟都难以停留，待这"返景"消失之后，留给人们的不就是长时间的黑暗吗？是以瞬间衬长夜。短暂而渺小的人的生命之光在茫茫天地和无始无终的宇宙中不就像这瞬间的阳光吗？它是那么短暂，那么有限，但却会带给人温暖和安慰，不更值得珍惜吗？

竹里馆 ①

王 维

独坐幽篁 ② 里，弹琴复长啸 ③。林深 ④ 人不知，明月来相照。

注释　　① 竹里馆：王维辋川别墅中的一景。② 幽篁：因丛竹茂密而幽深之处。屈原《九歌·山鬼》："余处幽篁兮终不见天。"吕向注："幽，深也。篁，竹丛也。"③ 啸：撮口发出一种悠远清越之声。是魏晋时期名士表示洒脱情怀的一种行为。④ 深林：指竹林深处。

译文　　我独自坐在幽深的竹丛里，一边弹琴一边长啸，尽情宣泄心中的苦闷与牢骚。竹林深深，也没有人知道，只有那轮明月的月光把我照耀。

评析　　王维早期曾有大志，想追随贤君明相干一番事业。但唐玄宗晚年开始荒淫怠政，罢黜张九龄而重用大奸臣李林甫。此后直到安史之乱爆发，政治黑暗，群小竞进，王维虽然一直在官场中虚于应付，但内心十分苦闷，精神生活极其孤独，本诗便是这种心境的艺术写照。

独坐丛竹，弹琴长啸，巨大的孤独感和强烈的忧愤情绪已经包含在这形象和行为中。弹琴是人抒发情感的手段和行为，而这还不够，还要长啸，可见其内心的压抑感是多么严重。而诗人的这种发泄并没有人知道，更无人理解，因为在竹林深处，根本无人知晓，只有那轮无知的明月依然在照耀。忧愤孤独的情绪扑面而来，令人为之心动。

丛竹、弹琴和长啸的形象不禁使我们联想到竹林七贤中的阮籍，阮籍最常用的宣泄郁闷情怀的手段也是弹琴和长啸。阮籍等人也愿意在竹林中高谈阔论，抨击时政和虚伪的名教。阮籍虽然孤独，但尚有嵇康等友人，而王维此时呢？尽管王维和阮籍的性格很不相同，但在忧愤孤独方面却是一致的。

送　别①

王　维

山中相送罢，日暮掩柴扉②。春草年年绿，王孙③归不归?

注释　　①送别：一作《山中送别》。②柴扉：柴门，木制简陋之门。③王孙：这里指送别之友人。《楚辞·招隐士》："王孙游兮不归，春草生兮萋萋。"

译文　　山里送别归来已黄昏，暮色中独自关上柴门，寂寞孤独笼罩着我的心。春天的草年年泛绿，不知友人能否再度光临?

评析　　这是一首别具一格的送别诗，只选取送别后的寂寞冷清反衬对友情的珍重，惜墨如金，简练含蓄。

　　诗题为"送别"，其实写的是送别后的情景，而将送别当时的具体情景全部省略不写，构思方面是独具匠心的。首句说在山中刚刚送别友人归来，"罢"是结束，接着写时间和动作，看似很平常的生活细节，却给人以别样的感觉。"日暮"表明黄昏时暮色苍茫，"掩"是缓慢的动作，一个人冷冷清清，造成一种寂寞冷清的环境氛围。三句转折，可以说就在"掩柴扉"的同时，诗人想到的是"春草年年绿"，那是绝对的，非常准时的，但是友人能不能再来呢? 盼望友人再来的情思溢于言表。刚刚送别就盼望下次再来，可见他对友情的重视，也反衬出诗人与友人关系的亲密，也可逆推出送别时的依依不舍。小诗含蓄多情，颇有高致。

相 思 ①

王 维

红豆②生南国，春来发几枝。愿君多采撷，此物最相思。

注释　　① 相思：尤衮《全唐诗话》卷一载：安史之乱后，李龟年奔放江潭，曾于湘中采访使筵上唱本诗。②红豆：俗称相思子。李时珍《本草纲目》载："相思子生岭南，树高丈余，白色，其叶似槐，其花似皂荚，其荚似扁豆，其子大如小豆，半截红色，半截黑色，彼人以嵌首饰。"又，《广东新语》载："相传有女子望其夫于树下，泪落染树结为子，遂以名树云。"

译文　　红豆树生长在美丽富饶的南方，春天来临将生长出许多新枝。我希望你多多采摘，因为那玲珑剔透的红豆最能寄托人的相思。

评析　　本诗的写作年代背景均不详，但当是一首爱情诗，是写给情人或妻子的。由于王维的婚姻生活状况不清楚，故此诗的写作对象难以指实。

　　本诗借红豆起兴开篇，写出红豆生长的地方和其旺盛的生命力。"春来"有的版本作"秋来"，认为相思树秋天结果实，故用"秋"字。但两相比较，还是"春"字为好，因为树木在春天发出新枝嫩叶是常识，且给人以苍翠清新的美好感受。诗歌是有时空跨越的，采撷红豆虽是秋季，但并不影响春天发出新枝。

　　篇末点题。经过前三句的逐层铺垫和推进，最后揭出谜底：为什么希望对方多采撷呢？因为"此物最相思"。多采撷便是多相思之意，一般来说，还是用在男女感情方面较普遍，因此我创作《王维传》时，便将其作为王维爱情生活的诗篇处理，作为其爱情生活的主旋律反复出现几次。"相思"是人类最普遍的感情之一，确实能够令人产生许多联想或遐思，故也最能引起人们的最广泛的共鸣。

杂 诗①

王 维

君自故乡来，应知故乡事。来日绮窗②前，寒梅著花未？

注释　　①杂诗：本组诗共三首，此是第二首。②绮窗：有花纹的窗户。

译文　　您是刚刚从故乡来的，应当知道故乡现在的情形。你来时画窗前的梅花，是否已经含苞泛红？

评析　　王维的诗简明含蓄，耐人寻味，只用窗前的梅花是否开花这一简明的家乡景色来表现对家乡的思念，以少胜多。

　　因为本诗是组诗中中间一首，虽然单独也很明白，但如果将前后两首都列出，则更容易明白。第一首曰："家住孟津河，门对孟津口。常有江南船，寄书家中否？"第三首曰："已见寒梅发，复闻啼鸟声。心心视春草，畏向阶前生。"可见本诗是用对话体写成的。客居在外的抒情主人公遇到一个来自故乡的人，乡人先向他发问，意谓你的家住在孟津渡口，通信很方便，你往家里寄信没？本诗是抒情主人公的回答。但他没有直接回答对方提出的问题，而是向对方发问。他所最关心的是窗前的寒梅是否已经结蕾开花。这可以引起我们许多想象：一是窗前的梅花当是诗人栽植的，因此才如此关注。二是欣赏梅花本身就是人之主体品格的象征，也可看出其情趣之高洁。其中当然也蕴含着思乡情怀。王文濡评此诗说："通首都是询问口吻，不必作无聊语，即此寻常通问，而游子思乡之念，昭然若揭。"

裴迪 / 716—？

关中（今陕西关中盆地一带）人。官蜀州刺史及尚书省郎。早年与王维一起隐居，游览赋诗，琴酒共乐。王维《辋川集》是二人在辋川隐居时唱和之诗，颇有研究价值。天宝末入蜀，与杜甫友善。现存诗多为五绝，多描写幽寂的山水景色，思想倾向大致与王维的山水诗相近。《全唐诗》存其诗二十九首。

送崔九^①

裴 迪

归山深浅去，须尽丘壑美。莫学武陵人^②，暂游桃源里。

注释　①崔九：崔兴宗，排行第九。唐人习惯称行第。崔兴宗是王维内弟，与王维、裴迪交往密切。②武陵人：陶渊明在《桃花源记》中所写之渔人，误入桃花源留居数日后返回，其后便无法找到去的路径了。

译文　您就要回到山林中去，要尽情享受山水的清幽美丽。不要像那位武陵渔人，到桃花源里溜达一圈就匆忙归去。

评析　这首小诗抒发对自然山水的热爱和对隐居生活的向往。借送人到山中之机表达自己的观点，可谓机巧。

王维《崔九弟欲往南山马上口号与别》道："城隅一分手，几日还相见。山中有桂花，莫待花如霰。"根据王维、裴迪、崔兴宗三人的关系和生活经历，本诗与裴迪的诗可能是同一背景。这样，崔兴宗要去的山便是终南山了。三人都在终南山隐居过，崔兴宗此行不是初次到终南山，否则就不会用"归"字。诗之句眼在第二句，即"须尽丘壑美"，必须尽情享受山水丘壑的美景，这不但是对友人的希望，也是作者自我审美情趣和人生追求的表白。后两句用武陵渔人没有在桃花源隐居的遗憾来劝慰崔兴宗要真正在山林中隐居下来，以摆脱世俗的羁绊而求得心灵的净化和升华。

终南①望余雪

祖　咏

终南阴岭②秀，积雪浮云端。林表③明霁④色，城⑤中增暮寒。

注释　　①终南：指终南山，距长安城南约六十里。②阴岭：山的北面。终南山在长安南，从长安望山，所见只能是北面。③林表：树林的顶部，即森林树梢部分。④霁：雨雪后初晴为霁。⑤城：指长安。

译文　　终南山阴面的景色非常秀美，积雪仿佛飘浮在白云的上端。雨过天晴后的树林色彩很明快，城中之人也好像能感受到阵阵清寒。

评析　　据计有功《唐诗纪事》卷二十载，本诗是诗人应试之作。按照唐代考试规定，考试的律诗是排律，要求六韵十二句。现在保存的应试诗均如此。但祖咏却只写完四句就交卷了。监考问为何不答完，他回答说"意尽"。宁可承担被淘汰的风险也不肯画蛇添足，倒是位很有性格的人。这首诗在当时广为流传，这也是个重要因素。

　　本诗能够引起社会的普遍热爱，还有一个更重要的原因，即与当时的社会风情有关。当时的长安人特别爱在春天观看终南山的远景，唐诗中时常可以看到关于这种情况的描写。尤其是晚饭后的黄昏前后，许多人家在庭院中张开屏风，摆上瓜果点心眺望欣赏终南山。这样，关于终南山描写的诗文便备受关注和喜爱。而在诸多描写终南山的诗歌中，本诗短而精彩，故引起时人极大的兴趣。

　　小诗确实很精彩，首句一个"秀"字写出了终南山阴岭景色的总体特点。

次句写山顶之景，画面生动鲜明，动态感极强。白雪好像在浮云上面飘浮，表现出逼真的云气浮动的景象。第三句写山腰部分的景色，雨后初晴的阳光特别明亮，照射在郁郁葱葱的山林之上，色彩鲜明清新，分外赏心悦目。最后一句写在长安城中观赏者的主体感受，而这恐怕是观景人都有而没有表达出来的带有共同性的感受。因此，本诗受到人们的极大喜爱也就在情理之中了。

宿建德江 ①

孟浩然

移舟泊烟渚 ②，日暮客愁新。野旷天低树，江清月近人。

注释　　① 建德江：指新安江流经浙江衢江区至建德市的一段。② 烟渚：水汽笼罩的小洲。

译文　　我乘船停泊在新安江畔，日暮黄昏，新的愁绪又充满我的心田。江边的原野空旷辽远，远处的天仿佛在树的下面；江水非常清澈，水中的明月就在人的身边。

评析　　本诗抒写旅途中的乡思。首句叙事点题，随着船的行进自己停泊在雾气迷蒙的江渚旁边。次句点时抒情，"客愁新"为全诗主旨所在。"新"字暗示原来已经有愁，此时又添新愁。愁的具体内容是什么没有指出，但在后两句的景物中可以体会出来。平野空旷寥廓，诗人乘坐的小船显得极其渺小，而诗人本人也更觉孤单。那轮近人的月亮更增加诗的意蕴。月亮近人，与人亲近，更显出人的孤单寂寞。月亮是圆的，而人却不能团圆；如此美好的月夜，诗人在外奔波，不能与亲人团聚，至此，愁的内容便可体会出来。情景交融，含蓄有致。

春　晓

孟浩然

春眠不觉晓，处处闻啼鸟。夜来风雨声，花落知多少。

译文　　春天的睡眠真是又甜又香，不知不觉已出现黎明的曙光，蒙眬中可以听见到处是鸟的歌唱。潜意识里觉得昨夜好像又刮风又下雨，真不知道有多少花儿飘零凋伤。

评析　　这是一首惜春怜春的小诗，内容很简单，但所抒发的感情却极其丰富细腻，风情旖旎，饶有情趣，颇耐品味。

本诗所表现的是清晨乍醒还有些蒙眬时的瞬间感受，而这种感受是人类普遍经历的，故阅读时便不知不觉随之进入情境之中。"春困秋乏夏打盹"是句饱含生活经验的俗语，春天的睡眠最惬意，不知不觉间天快亮了，但诗人还不知道。这时从外面传来叽叽喳喳清脆的鸟叫声，诗人才感觉到：噢，天亮了。这时，朦胧的意识唤起回忆，夜间好像听到了风雨之声。再清醒一些时进行进一步确认，是的，昨夜是刮风下雨了，真不知那些花被风雨摧残凋落多少。诗人刚刚醒来，所关心的便是花朵是否凋零，可见其惜春怜春的一片深情。这是对于美好的一种挽留，是人类最普遍的感情之一，故最能打动人心。

应该说，小诗所表现的景色是非常美好的。夜间的风雨过后，是个晴朗明快的早晨，否则群鸟不会歌唱。这是一个充满美景的春天的早晨，但诗人却表现出淡淡的惆怅，因为他隐约感觉到了美中不足，那就是美好的春天即将过去，而这又是无可奈何的。追求完美，而完美又是不可能的，这便是小诗情感内容极其丰富的原因。

夜　思 ①

李　白

床前明月光，疑是地上霜。举头望明月，低头思故乡。

注释　　① 夜思：诗题一作《静夜思》。

译文　　水井围栏的周围呈现一片银白色的月光，我以为那是一层薄薄的轻霜。抬起头来看见天空中悬着一轮明月，才发现那不是轻霜而是月光。看到如此美好的月色，不由得低下头来思念起我的故乡。

评析　　这是一首脍炙人口、妇孺皆知的小诗，刚会说话的儿童几乎便能背诵，可见其深入人心的程度。除其表现的思乡主题是人类最普遍的情感外，语言的质朴和行为描写的自然也是重要因素。

　　这是一个普通的夜晚，诗人客居在外。至于是否住旅店实在无法确定，也没有多大关系。前两句写主体产生的错觉，在水井围栏的周围是一片银白色，他恍惚间觉得仿佛是地上的霜。但忽然间觉得又不是，是不是月光？于是才抬头观察天空，验证一下自己的判断，果然是一轮明月高挂苍穹。看到如此美好的月色，低头沉思时，思念故乡的感情更加强烈。

　　这里有一个结需要解开，即诗人为何怀疑地面上是"霜"，这是破译本诗思想内涵的关键，而目之所及尚未见有注意此点者，故此处重点解说。霜是秋天的物候特点，象征秋天的到来，而秋天是成熟的季节，也是人类应当回家的季节，故成为客子思乡的典型季节。因此，我们可以这样考虑：诗人是在外漂泊时间太久，以为秋天已经来临，先产生思乡之情，故才会把月光错当成霜。当从错觉中醒悟过来，确认那不是霜而是月光时，想到如此的良辰美景不能与亲人团聚却要一个人在外漂泊，思乡之情则更为强烈。由思乡而错觉，因错觉而验证，因验证而看到月色之美，则思乡之情更甚。行为自然，感情真挚，这便是本诗最动人处。

怨 情

李 白

美人卷珠帘，深坐^①颦蛾眉^②。但见泪痕湿，不知心恨谁。

注释　　①深坐：可有两层意思，一指时间久，一指闺阁深处。②蛾眉：比喻女子眉美。语出《诗经·卫风·硕人》："手如柔荑，肤如凝脂。领如蝤蛴，齿如瓠犀，螓首蛾眉。"蛾指蚕蛾，比喻女子眉毛好看。

译文　　美人卷起珍珠的门帘，久坐深闺里紧皱双眉，只见她两眼泪痕湿湿，不知道她心里怨恨的是谁。

评析　　这是一首风情旖旎的小诗，只描写美人的动作和表情，给人以美的享受和想象的空间。

前两句写美人的两个动作，一是卷起珠帘，这样可以看见外面的世界，也是诗人能够看见美人的前提。二是久坐深闺紧皱眉头，皱眉已经是表情刻画，暗示出美人的心情幽怨。后两句是一个转折，只看见美人泪眼汪汪，但不知道她心中怨恨的是谁。诗到此戛然而止，给读者留下很多想象：美人怎么了？怨恨谁？其实，这其中因由恐怕诗人都不一定知道，他很关心，但又没有缘由去问，因此只能表示一下自己的关怀而已。《唐诗归》钟惺在本诗后两句评曰："二语有不敢前问之意，温存之极。"关心那位陌生女子的伤心情怀而又不好意思询问，故以诗记之，而这种怨情恐怕不仅仅是这位女子独有的吧？连怨恨的对象都说不清楚，委婉表达出怨恨之深广悠远，这正是本诗含蓄幽深之处。

八阵图①

杜　甫

功盖三分国，名成八阵图。江流石不转，遗恨失吞吴②。

注释　①八阵图：故址在今重庆奉节南，由天、地、风、云、龙、虎、鸟、蛇八种阵势所组成的军事操练和作战的阵图。由诸葛亮创造。刘禹锡《嘉话录》："八阵图，聚石分布，宛然犹存。峡水大时，三蜀雪消之际，澒涌滉瀁，大木十围，枯槎百丈，随波而下，及乎水落平川，万物皆失故态，诸葛小石之堆，标聚行列依然，如是者近六百年，迄今不动。"除奉节外，于弥牟镇、棋盘市均有八阵的遗迹。②吞吴：想要吞掉吴国。指刘备伐吴事。

译文　诸葛亮的功绩超越三国时期的所有英雄，他的成名则在于那扑朔迷离的八阵图。江水日夜奔流，而八阵图的石头并不移动，仿佛在对历史进行倾诉，蜀汉的最大失误，便是大动干戈兴兵伐吴。

评析　大历元年（766），杜甫初入夔州，在去游览凭吊八阵图遗迹时即兴而作此诗。本诗赞美诸葛亮的丰功伟绩。首句写诸葛亮为建立蜀汉政权立下汗马功劳，是促成三国鼎足而立局面的关键人物，故功绩最高。次句切合题面，用高度概括的笔法赞美诸葛亮的军事才能，八阵图的存在便把诸葛亮运筹帷幄、胸有雄兵百万的军事家的风度和才能突出出来，以点带面，以少胜多。"江流石不转"既是实景，又有暗示作用，借八阵图的坚固，历经六百余年的沧桑而不改变暗示诸葛亮的丰功伟绩也是永垂千古的。最后一句，当是对历史的评价，有人说是对于诸葛亮的批评，即诸葛亮没能阻止刘备伐吴之举。我认为更主要的是对于诸葛亮功业未成的遗憾和惋惜，即蜀汉最大失误就是发动对东吴的战争，从某种意义上说，这也是造成诸葛亮"出师未捷身先死"的重要原因，故此句背后的潜台词极其丰富，值得深深思索。

王之涣

/

688—742

字季凌，排行七，原籍晋阳（今山西太原），后迁居绛郡（今山西新绛），曾官文安县尉。好游览山水，足迹几乎遍布黄河南北，以边塞诗享有盛名。曾与高适、王昌龄等著名诗人唱和，有"旗亭画壁"故事传世。其诗多经当时乐师制曲歌唱，流传甚广。《全唐诗》仅存绝句六首，均为佳作。

登鹳雀楼 ①

王之涣

白日依山尽，黄河入海流。欲穷千里目，更上一层楼。

注释　① 鹳雀楼：一作鹳鹊楼，故址位于今山西省永济县西南，前面是中条山。

译文　白日傍依着中条山缓缓沉没，黄河朝着大海的方向滚滚东流。如果想要看得更加辽远，就要往上再登一层高楼。

评析　这是一首流传最广，几乎所有国人皆能背诵的小诗。寥寥二十字中，有如此开阔之境界如此深邃之哲理，实在令人赞叹。前两句写登楼所见，白日向远山降落，渐渐贴近，再一点点隐没，黄河向东方大海的方向滚滚奔流，视野开阔，画面生动，意境雄浑，令人心醉神迷，并为后两句的叙事说理做好形象上的铺垫。

后两句理寓事中。非常简单的生活常识却蕴含着深邃的人生哲理。如果想要看得更远，那么就要更上一层楼。这既是谁都能理解和有亲身体会的生活常识，又包含着这样的哲理：如果想要在人生境界或某一领域取得更大的成就，那么就要提升自己的能力和品位。这是极富启发意义的。

小诗干净简洁，写景、抒情、说理巧妙地结合在一起，浑化无迹。诗人以如椽大笔勾勒出白日依山和大河奔流的苍茫雄浑气势，表现出诗人阔大的胸襟和孜孜不倦的追求精神，也体现出朝气蓬勃的盛唐气象，确实给人以鼓舞和启迪。

送灵澈 ①

刘长卿

苍苍竹林寺②，杳杳钟声晚。荷笠带斜阳，青山独归远。

注释　　① 送灵澈：诗题一作《送灵澈上人》。灵澈，中唐著名诗僧，俗姓汤，字源澄，会稽（今浙江绍兴）人，出家本寺在会稽山云门山云门寺。② 竹林寺：在中润州（今江苏镇江），灵澈云游至此。

译文　　竹林寺在那苍茫掩映的深山中，那里传出悠扬的晚钟之声。你戴着斗笠披着斜阳的余晖，一个人孤零零归向远方的寺庙之中。

评析　　本诗属于送别诗，被送的对象是一位在当时诗坛颇有影响的诗僧，诗人自己也是在仕途长期受挫之后，理解送别双方的这种身份和境遇，是深刻体悟诗歌内蕴的钥匙。

　　开头两句如同远镜头，在那遥远的深山中，依稀可以听到悠扬的钟声，有声有色，境界幽深旷远，虽然只是写景，但诗人对其向往之情跃然纸上。"苍苍"和"杳杳"两组叠字的运用很精到，形象表现出山寺的深邃和寺庙钟声的悠远。第三句的"带"字非常凝练，可谓句眼，就连斜阳也在留恋行人，随着他的身影而移动。《诗境浅说续编》载："四句全是写景，而山寺僧归，饶有潇洒出尘之致，高僧神态，涌现毫端，真诗中有画也。"本诗大约写在大历五年（770）前后，刘长卿从湖湘调到吴中之后。此前十年间，刘长卿仕途偃蹇，曾因坚持正义两次遭到贬谪，因此对官场之龌龊、尘世之污浊有更清晰的认识，对于僧人的清静生活情趣自然多几分理解和认同，何况这是位文化水准很高的诗僧，其亲近之情自然又增几分，因此诗中充满羡慕和钦敬之情，充满诗情画意，是诗人主体精神的外化。

弹　琴①

刘长卿

泠泠②七弦③上，静听松风寒④。古调虽自爱，今人多不弹。

注释　①弹琴：诗题一作《听弹琴》。②泠泠：风声。宋玉《风赋》："清清泠泠，愈病析酲。"这里比喻琴声的清越。③七弦：指古琴。相传神农所制之琴有五弦，后经周文王增至七弦。④松风寒：古琴曲有《风入松》，演奏之韵律当是风入松林的声音效果。

译文　在那清澈优雅的七弦琴上，弹唱出《风入松》的古曲令人感觉心静清寒，虽然自己非常喜爱古曲，可惜现代的人多数都不再演奏拨弹。

评析　本诗感慨曲高和寡，世无知音的苦闷，但借欣赏琴曲来表达，便显得含蓄蕴藉。从诗题又作《听弹琴》来看，可能是诗人欣赏他人演奏古琴曲《风入松》时的感受。有的书解作诗人自己弹奏，恐非是。

前两句描写听琴时的主观感受，"听"字说明是在听，在欣赏而不是在弹奏。后两句慨叹古调很少有人弹奏的现实，很值得注意。"自爱"很明显是诗人自己，而"今人多不弹"指演奏者。这样思考，全诗的脉络和感情就可以清晰了：诗人喜欢《风入松》这类古曲，因此点了这首曲调，而这位琴师还真会，因此诗人在欣赏品味着。虽然他很钟爱这样高雅悠扬的古乐，可惜能够演奏的人已经不多，现在的人多数不再弹了。不弹是因为很少有人欣赏的缘故，暗示出人们纷纷趋赶时髦的社会现象，而诗人始终保持古道的信念不变，因此有孤独之感。不随波逐流是一切正直士人的基本品格，王安石说："人然亦然，俗人也；已然而然，君子也。"无论社会多么荒唐，都能够坚守自己做人的原则，这才是君子，才是圣人的基本品格。

送上人
刘长卿

孤云将野鹤①，岂向人间住。莫买沃洲山②，时人已知处。

注释　①孤云将野鹤：比喻潇洒出尘的人。一般神仙都有仙鹤陪伴。这里比喻上人超凡脱俗。将：与、共、带。②沃洲山：在今浙江新昌县东，山上有放鹤峰、养马坡，相传晋朝名僧支遁曾于此放鹤养马。道家列为第十二福地。沃洲，一作"沃州"。

译文　您如同一片孤云，在野鹤陪伴下独来独去，怎么会去红尘滚滚的俗世？请您不必再买沃洲的山水，那里已经是俗人都知道的去处。

评析　本诗的思想格调与前一首《送灵澈》基本相同。都是借送僧人朋友表达自己对清静生活的向往，对于尘世混沌生活的厌倦。

"孤云将野鹤"可理解为孤云带领野鹤，比喻上人的闲适潇洒，"孤云野鹤"成语即由此产生。后两句理解有歧义，或说是讽刺上人有世俗心，因为沃洲山已经不是清静的佛教圣地，而成为世俗沽名钓誉的地方。因此认为后两句有讥讽上人未能脱俗的意思。但如果仔细琢磨领会，还可以这样理解：您是孤云野鹤般的高僧，就应当追求心灵的一方净土，现实世界的山山水水都被染上世俗的色彩，因此那不是您该去的地方。既然是孤云野鹤，就该云游四方而无定所，所以当然不用买什么沃洲山了。这样理解更接近诗歌本义。

秋夜寄邱员外 ①

韦应物

怀君属 ② 秋夜，散步咏凉天。空山松子落，幽人 ③ 应未眠。

注释　　① 秋夜寄邱员外：诗题一作《秋夜寄邱二十二员外》。邱员外，名丹，诗人邱为之弟，浙江嘉兴县人，曾官仓部、祠部员外郎。时邱丹正在临平山中学道。② 属：适逢、正值。③ 幽人：隐士，这里指邱员外。

译文　　秋天的夜晚凉风习习，在外面散步心旷神怡，我在深情怀念着你。空荡荡的山间里，松子落地的声音都可以辨析，估计你这位高人还没有睡眠休息。

评析　　本诗抒写秋夜乘凉散步时思念友人的情怀，同时表现了自己的生活态度和人生价值取向。

前两句即景描写现境，是实写。正值秋夜出外散步乘凉的时候，天气凉爽，非常舒服惬意，忽然怀念起友人来。后两句侧重写友人，是想象中的景象，属于虚境，松子落地的声音都可以听到，可见夜晚是多么静谧，而那位幽人一定和自己一样，在尽情享受大自然赐给的这种恩泽。由己及彼，推己及人，表现一种高雅悠闲的生活情趣。其中"松子落"三字值得稍加辨析，松子是古人认为可以使人长生的果实，据《列仙传·偓佺》载："偓佺以松子遗尧，尧不暇服也。……时人受服者，皆至二三百岁焉。"尽管这种说法是美好愿望，但松子却是古人很喜欢的干果类食品，而其高洁的品性是可以肯定的。因此，这一意象增加了本诗的内容意蕴。施补华在《岘佣说诗》中评此诗曰："清幽不减摩诘，皆五绝中之正法眼藏也。"

听 筝①

李 端

鸣筝金粟②柱，素手玉房③前。欲得周郎顾④，时时误拂弦⑤。

注释　　①听筝：诗题一作《鸣筝》。筝，今称古筝，一种弹拨乐器，有十三根弦，长六尺，柱高三寸。②金粟：古代称桂木为金粟。一说，金粟是柱上的饰物。③玉房：玉制的弦枕。房：是筝上部件，在筝面上枕垫筝弦之物，将筝弦架空以发音。一说，玉房指女子居室。当以前说为是。④周郎顾：《三国志·吴书·周瑜传》载，三国吴将周瑜，任建威中郎将时，年仅二十四岁，美貌有风度，妙精音律，时人呼为周郎。听人弹奏音乐时，如果出现错误便回头看，时人云："曲有误，周郎顾。"⑤误拂弦：指弹错曲调音符。

译文　　装饰精美豪华的古筝，弦柱是名贵的桂木做成，一双白皙纤细的手在玉弦枕前深情拨弄。她好像心事纷纭，或许为引起意中人的注意，偶尔就弹错几个音。

评析　　本诗描写一弹奏古筝女子的神态，惟妙惟肖，通过外在行动刻画内在精神，以外显内，细腻入微。

前两句极力刻画演奏者之美貌和古筝之精良，金粟装饰的弦柱，美玉做的弦枕，白皙的手，已经足以引起听曲者的兴致。但这位演奏古筝的美人好像心事重重，为了引起意中人的注意而故意偶尔弹错音调。"欲得周郎顾"值得品味，一般理解是弹筝女故意弹错，以引起意中人的注意。但我理解是活用典故，是因为听曲的客人中有该美人的意中人，促使她偶尔分神，这才造成了"误拂弦"。"误拂弦"更增加情韵和故事，而弹筝女的意中人恐怕就是诗人。这样理解似乎更合乎情理。如果是弹筝女为引起情人注意而故意弹错，那么可能会有相反的效果，即不是引起情人的注意，而是引起轻视和嘲笑。概括说，本诗所写一位美人在演奏古筝时，因为座中有自己的情人而走神，因此偶尔出现错弹的地方，而这种错误由于是多情造成，更增加这位女子的楚楚风情和迷人的魅力。《诗境浅说续编》："此诗能曲写女儿心事：银筝玉手，相映生辉，尚恐未当周郎之意，乃误拂冰弦，以期一顾。……希宠取怜，大率类此，不独因病致妍以贡媚也。"可供参考。

王建 / 生卒年不详

字仲初，颍川（今河南许昌）人。出身贫寒。一度从军，曾任县丞、侍御史等官，后任陕州司马。与张籍友善，同为著名乐府诗作者，世称"张王乐府"。其乐府诗多以田家、蚕妇、织女、水夫、羽林军为题材，多方面反映社会现实。语言通俗，风格爽利。又有《宫词》百首，以大型组诗铺叙帝王宫禁之事，流传广泛，影响深远，后世多有效仿。《全唐诗》存诗六卷。

新嫁娘①

王　建

三日入厨下，洗手作羹汤。②未谙姑③食性，先遣小姑尝。

注释　①新嫁娘：诗题一作《新嫁娘词》共三首，这是第三首。②"三日"两句：古代习俗，新媳妇过门后第三天，须首次下厨房为公婆做饭。称"三朝下厨"或"参厨"。③姑：婆婆。此处也包括公公，是姑舅的略文。

译文　结婚第三天的新娘，按照规矩亲自下了厨房，要为公公婆婆做一碗羹汤。因为不熟悉婆婆的口味，先让小姑子尝一尝，多么乖巧的新嫁娘！

评析　这是一首表现民俗生活的小诗，风情旖旎，生活气息浓烈，给人以强烈的印象。

前两句叙事。按照当时习俗，新娘子在结婚后的第三天，要亲自下厨房为公婆做第一顿饭菜，既表示孝敬，也表示正式成为其家庭成员，同时也显示一下烹调手艺。这顿饭菜能否可口称心，对于新娘在家庭中的地位及与公婆的关系颇为重要。而羹汤当是必须有的一道菜，对于烹调技术要求很高，此菜的口味如何是最关键的。

后两句是一个小细节，新娘不知道公婆的口味，便让小姑子先品尝一下。这一细节颇生动有趣，刻画出新娘的聪明机智。小姑子是婆婆的女儿，在婆婆身边长大，她如果爱吃，婆婆自然也会喜欢。而且妈妈和女儿的关系最好，新娘如果能够和小姑子搞好关系，那么和婆婆的关系也就好处得多。仅此一点，便可看出新娘的机灵与活泼。

权德舆／759—818

字载之，原籍天水略阳（今甘肃秦安东北）人，后徙润州丹阳（今江苏丹阳）。幼年聪慧，十五岁为文已数百篇。以文章进身由谏官累升至礼部尚书同平章事。诗文雅正，为一代宗匠。《唐才子传》赞他"工古调，乐府极多情致"。诗多奉和、应制、酬赠、送别之作。有《权文公集》，《全唐诗》存其诗十卷。

玉台体^①

权德舆

昨夜裙带解^②，今朝蟢子^③飞。铅华不可弃，莫是藁砧^④归？

注释　①玉台体：指艳诗。南朝梁陈时诗人徐陵选编梁以前诗歌，共十卷，书名为《玉台集》，又名《玉台新咏》，所录多为艳诗，后世遂称艳诗为"玉台体"。②裙带解：古代民间习俗，认为妇女衣带自解预兆夫妇相聚。③蟢子：一种长脚蜘蛛，也叫"喜子"，也通称蜘蛛为"喜蛛"。古代民间有个习俗，早晨看见蜘蛛则有喜事降临。④藁砧：古代称呼丈夫的隐语。藁砧是古代切草时的工具，即俗称的铡刀，别名为"铁"，与"夫"谐音，故民间将其作为丈夫的隐语。

译文　昨天夜里裙带忽然自己解开了，今天早晨又看见喜蛛在飞奔。看来是马上就得化妆打扮，难道是丈夫就要回归家门？

评析　本诗抒写一个女子因丈夫久出未归焦急盼望的心情和神态，如题目所示，是一首别具风韵的艳诗，颇具民歌特色，生活气息浓烈。

前两句写女子心理活动，但用民间习俗来表现。先写两个先兆：一个是裙带自解，可能古代裙带较宽松，带结系得也不紧，因此会随身体的活动而自行松解开，本是现实生活中很普通的小事，甚至不算什么事，但作为思妇来说，因为盼夫心切，因此将其看得很重。而第二天早晨又出现了蜘蛛，蜘蛛出现的时候很重要。至今民间还有"早报喜，晚报财，不早不晚报祸害"的说法，认为早晨看见蜘蛛是喜事，而思妇的最大喜事就是丈夫归来，因此她才产生后面的思想活动：噢，莫非丈夫要回来？看来得马上化妆打扮了。一位热烈盼望丈夫归来的思妇形象便呼之欲出了。古代女子生命和幸福的全部就在于能够找到一个忠于爱情又有责任心的丈夫，因此当丈夫外出时，盼望归来的心情十分真挚和焦急，常常出现卜兆等生活细节，或扔大钱，或用掐草等方式来预测丈夫能否归来。本诗则是运用最常见的民间习俗信仰来表现，很有现实生活的神韵。《唐诗摘抄》说："极是儿女家常卜兆之语，末句本即接前二句，但此诗二十字宜一气急道，方象惊喜自疑之意。插'铅华'句在中，自是口角。"

江 雪

柳宗元

千山鸟飞绝，万径人踪①灭。孤舟蓑②笠翁，独钓寒江雪。

注释　①踪：踪迹，此处特指人的脚印。②蓑：用棕皮或莎草编织成的雨具。

译文　千座山岭都看不见飞鸟的身影，万条道路都看不见人的踪迹。山岭大地都隐藏在皑皑白雪里，整个宇宙没有一丝生机。只有一个老翁披着蓑衣，戴着斗笠，独自在寒冷的江水上垂下钓丝。

评析　本诗以景托情，表现一种高洁的志向和伟岸的人格精神。前两句写雪之大之广之无所不在，表现气候的极端恶劣。山上看不见鸟的踪影，路上看不见人的踪影，一切有生命的东西都远离恶劣的环境，不再出来活动，可见环境恶劣的程度该多么严重。这是大画面，是气氛渲染。后两句则精雕细刻，刻画一位藐视一切困难、独钓寒江的高洁伟岸的志士形象。在没有任何生物活动的大雪天，一个老翁，披着蓑衣，戴着斗笠，顶风冒雪，独自在那里钓鱼。他根本没有把风雪放在眼里，没有把险恶放在眼里，没有把困难放在眼里，悠闲自在。这是一种精神，是一种人格。联系柳宗元在永贞革新后备受打击而坚贞不屈的伟大人格，品味本诗的精神境界，我们不能不对其肃然起敬。

行　宫①

元　稹

寥落古行宫，宫花寂寞红。白头宫女在，闲坐说玄宗。

注释　　①行宫：本篇或作王建诗，题为《古行宫》。行宫，皇帝在京师以外之地的宫殿。本诗所写当是上阳宫。

译文　　一座冷清萧条的古老的行宫，花儿在寂寞中依然是姹紫嫣红。那些经过盛唐的宫女已经白了头发，坐在那里闲聊当年的风流天子唐玄宗。

评析　　本诗以极其精练的笔触，撷取社会生活中的一个小侧面，却反映出唐王朝由盛转衰的历史剧变，具有凝重的历史感和深沉的忧患意识。含蓄有致、精彩绝伦。

前两句描写行宫环境的寥廓冷清，为后面的人物活动提供典型环境。"寥落"写出行宫中的冷清、空旷和寂寞，给人以总体印象。用"寂寞"写宫中之花，再度渲染气氛，花儿都感觉寂寞，何况人乎？后两句是一个特写镜头，几个白头的宫女还在，因为寂寞无聊，便聊起唐玄宗当年的风流韵事来。唐玄宗是个极其复杂的历史人物，他是开创盛唐气象的伟大帝王，也是唐王朝由盛转衰的历史罪人，因此后人对他的感情也很复杂，关于他的事迹人们也最感兴趣，这便是《长恨歌》经久不衰的重要原因。这样，最后一句便把诗的内容扩展开来，令人产生无限的遐想。

本诗概括力强，虽是短章，内容却很丰富，且语言精练，表现生动，颇受后人青睐。瞿佑《归田诗话》云："乐天《长恨歌》，凡一百二十句，读者不厌其长；元稹之《行宫》，才四句，读者不觉其短；文章之妙也。"

问刘十九 ①

白居易

绿蚁 ② 新醅 ③ 酒，红泥小火炉。晚来天欲雪，能饮一杯无 ④ ？

注释　　① 刘十九：诗人在江州时的友人，名字生平未详。作者另有《刘十九同宿》诗中云："唯共嵩阳刘处士"，可知刘十九是河南登封人，隐居未仕。② 绿蚁：新酿制未经过滤的米酒上面漂浮绿渣如蚁，故称绿蚁。③ 醅：没有过滤的酒。④ 无：表疑问的语气词，相当于"否"。

译文　　新酿的米酒上面漂浮一层绿色的碎末，烫酒用的红泥小火炉烧得红红火火。晚上天色阴沉好像就要下雪，能不能过来喝杯酒暖和暖和？

评析　　这是一首请人同饮的诗，小巧玲珑，生活味十足，可见唐代人的生活中充满诗情，无事不可诗，无时不作诗，令人羡慕。

前两句对比描写："绿蚁"和"红泥"的色彩很显眼，一个是酒上漂浮的色彩，一个是取暖用具的色彩，而炉火也是红色的，给人以赏心悦目的感觉。第三句点明时间和气候，天色已晚，又要下雪，一个人冷冷清清，多么无聊，能过来喝一盅吗？你看，酒是新酿的，小火炉也生得红红火火，傍晚的雪天，喝多少随便，这样请人喝酒，谁能不去？小诗一气贯注，如话家常，简明亲切，值得品味和借鉴。

张祜 / 生卒年不详

字承吉。郡望清河东武城（今山东武城西北），籍贯南阳（今属河南），晚年居丹阳（今属江苏）。以布衣终身。长年浪迹江湖，所经之地极广。以宫词著称。婉而多讽，造诣颇高。也多山水景物之作。边塞诗量少质高。有《张处士诗集》，现有上海古籍出版社影印宋本《张承吉文集》。

何满子①

张　祜

故国三千里，深宫二十年。一声何满子，双泪落君②前。

注释　① 何满子：诗题一作《宫词》，原作有三首，此是第一首。何满子：一作"河满子"。白居易《听歌六绝句》其五《何满子》自注："开元中，沧州有歌者何满子，临刑，进此曲，以赎死，上竟不免。"苏鹗《杜阳杂编》载："文宗时，宫人沈翠翘为帝舞《何满子》，调辞风态，率皆宛畅。"可知何满子初为人名，后演化为歌曲名、舞蹈名。② 君：指皇帝。

译文　离开故乡三千多里，来到深深的皇宫中已二十多年。初次为圣上演唱《何满子》的乐曲，不由得双眼流泪涕泣涟涟。

评析　《唐诗纪事》（卷二十五）张祜条载："（唐）武宗病笃，目孟才人曰：'吾即不讳，尔何为哉？'（孟才人）指笙囊泣曰：'请以此就缢。'上悯然。（孟才人）复曰：'妾尝艺歌，请对上歌一曲，以泄其愤。'上许。乃歌'一声何满子'，气亟立殒。上令医候之，曰：'脉尚温而肠已断。'"这是一个感人肺腑、引人遐思的故事。这个故事使本诗声名鹊起，流传甚广。同时，也可证明本诗在这件事发生之前已经广泛流传，尤其在宫中更是大受欢迎，并引起宫女的广泛共鸣，孟才人选择此曲演唱以抒发自己的愤懑，便是最有力的证明。

本诗属于宫怨词，是为宫女写的。前两句从时空上落笔，抒写她们产生怨恨的原因。她们离开自己的家园几千里地，被选进宫中，实际上等于住进了体面的监狱，成千上万的女人服侍一个男人，其竞争之激烈是无法形容的。绝大多数女子只能是独守空房，在痛苦的企盼中消磨着美好的青春。杜牧说"有不得见者，三十六年"绝非夸张。正因如此，当她们在君主面前歌唱这首感伤的曲调时，立刻便会伤心得泪流满面。

如注解所云，"何满子"当初是名歌手，他可能是自己创作一个曲子，曾经想用此曲来挽救自己的生命，但没有成功。此曲可能本身就极度感伤，再加他的鲜血的染濡，则更加凄楚忧伤。张祜根据何满子的曲调和故事创作本诗，而本诗的演唱又使孟才人气绝身亡，更增加其凄楚迷人的色彩，也仿佛是对于封建制度尤其是宫女制度的血泪控诉。

登乐游原 ①

李商隐

向晚 ② 意不适 ③，驱车登古原。夕阳无限好，只是近黄昏。

注释　　① 登乐游原：诗题一作《乐游原》《登乐游》。乐游原，长安城东南风景区，地势高，视野开阔。汉宣帝时曾建筑乐游苑，是汉唐时期著名旅游区。② 向晚：傍晚。③ 意不适：心情不好。

译文　　临近傍晚时心情特别不舒畅，便驱车来到京师东南那古老的乐游原上。夕阳西下时的晚景非常美好，只是天色渐渐变得黯淡和昏黄。

评析　　本诗是触景生情之作，但所生之情是什么，则有不同理解。较流行的即有"悲哀身世遭际""慨叹时光流逝""忧患时事政局"等说法。这几种说法在诗中似乎都可以微略体会出来，将其综合在一起当大致不错。

前两句叙事，意思很明白。傍晚的时候心情不好，于是乘车登上古老的名胜风景区乐游原。后两句含义丰富，令人遐思。那夕阳的景色是很美丽的，但可惜的是已接近黄昏，美好的景色很快便会逝去。这一意象和议论中可以引发许多想象。可以理解为好景难驻，表现对逝去时光的惋惜和对美好晚年的留恋。同时，夕阳意象中也蕴含着忧患国家前途，预感国运不永的感伤。总的情调当是伤感而非喜悦，首句便可确定。即使"夕阳无限好"一句有喜悦之情，也是短暂的，是为后面的伤感做的铺垫。

贾岛 / 779—843

字浪仙，一作阆仙，自称碣石山人，范阳（今北京附近）人。早年曾为僧，法名无本。后还俗，屡举进士不第。曾官长江（今四川蓬溪西）主簿，世称"贾长江"。以苦吟著称，曾有吟诗"推敲"冲犯韩愈之传说。诗风生新瘦硬，与孟郊齐名，有"郊寒岛瘦"之称。其诗多写荒凉枯寂之景，以五律见长。有《长江集》，今人李嘉言有《长江集新校》、陈延杰有《贾岛诗注》。

寻隐者① 不遇

贾 岛

松下问童子②，言师采药去。只在此山中，云深不知处。③

注释　　①隐者：隐士。有德才而无官位之人。②童子：指隐者的书童或徒弟。③"只在"两句：只知道在这座山里，但山里云气缭绕，究竟在什么位置则不知道。

译文　　我去寻访隐者却只在松树下见到了他的书童，书童说他的老师为采药进了山中。只见山里白云飘荡云气朦胧，老师肯定就在眼前的这座山里，究竟在什么地方实在难以说清。

评析　　本诗表现隐士生活的清高闲适，风情摇曳，神韵十足。首句直接写到隐者家门前的情形，省略了路上及寻找的过程，简洁洗练。在松树下面询问隐者的书童，环境本身就非常清幽高雅。"言"字以下则是书童的答话，答话中有动作有景色，活灵活现，宛如就在读者的眼前。那书童说他的老师进山采药去了，并用手指着大山深处白云缭绕之景以不知道具体的地方来回答诗人的问话。隐者高雅清幽的生活环境和高洁闲适的生活态度都在这一问一答中展现出来，给人以赏心悦目的感受，同时也能使读者的精神为之一振，仿佛暗夜中的一束光明，酷热中的一阵清风，干渴时的一碗凉水，饥饿时的一张馅饼。无拘无束，无忧无虑，无荣无辱，无挂无碍，这才是人生的最大自在。妙哉！

李频／生卒年不详

字德新，睦州寿昌（今属浙江）人。少时好学，拜姚合为师，得其奖掖并为其婿。宣宗大中八年（854）登进士第。曾官建州（今福建建瓯）刺史，卒于官。工于诗，尤长五律，用心苦吟，为后人所重。有《建州刺史集》，又称《梨岳集》。

渡汉江①

李 频

岭外②音书③断，经冬复历春。近乡情更怯④，不敢问来人⑤。

注释　①汉江：即汉水，长江支流，在武汉市汇入长江。②岭外：岭南，指五岭以南的广大地区。③音书：家书和消息。④怯：畏惧、犹疑。⑤来人：指家乡的熟人。

译文　我被贬谪在岭外而与家中断了音信，经过寒冷的冬天而又过了立春。返回时离家越近心中越忐忑，竟不敢询问路上遇见的熟人。

评析　本诗一作宋之问作，写离家很久返归接近家乡之时的复杂细腻的心态。前两句叙事，为后文张本。首句说离乡之远，通过诗题可知，诗人是汉水以北的人，而他所在之处却是岭南，几千里的路程，那年月可不是短距离，而且"音书断"，家中的信息一点儿也不知道。次句写离乡时间之长，经过了冬天而且过了立春。长时间没有家中的音信，家中到底是怎样的情况，一无所知。于是便顺势产生下面的心理活动：快到家时心里更加害怕、犹疑、惦念、忐忑不安，这段时间里家中怎样？即使遇到从家乡方面来的熟人也不敢询问。既惦念而又怕发生什么意外的矛盾、复杂甚至有点反常的心理刻画得十分生动逼真。离别是人类经常遇到的问题，而久别返乡的人也会产生同样的感受，这便是此诗颇为后人赏识的原因。

金昌绪/生卒年不详

余杭（今属浙江）人。活动时期在玄宗时代。《全唐诗》存诗一首，即《春怨》诗，受历代好评。

春 怨 ①

金昌绪

打起②黄莺儿，莫教枝上啼。啼时惊妾梦，不得到辽西③。

注释　①春怨：一作《伊州歌》。②打起：打跑、赶走。③辽西：辽河以西，今辽宁省西部。

译文　赶快打跑树上的黄鹂鸟，别让它在那里没完没了地叫。它的叫声惊醒了我甜蜜的梦境，不能到遥远的辽西与丈夫团聚欢笑。

评析　本诗属于边塞诗中的征妇怨，风格活泼，感情真挚，有民歌情味。表现手法上很独特，先写结果，再摆原因，给读者造成悬念。黄莺即黄鹂，叫声婉转好听，小鸟的模样也挺好看，招人喜欢。可本诗中的主人公却为何要将其打跑，不让其在树枝上啼叫？有些反常。

后两句女子自己说出了原因，原来是这只鸟的鸣唱惊醒了她的美梦，使她不能在梦境中到辽西去。到辽西去干什么，不言自明，是与丈夫团聚。由此知道女子的丈夫是位为国戍边的战士，女子的身份到最后一句才暗示出来，并以此倒贯全诗，这是一个征人的妻子。如果我们仔细体会，还有许多潜台词。黄鹂的鸣叫肯定不在夜间，最常见的情况是早晨，孟浩然的"处处闻啼鸟"可证。那么可以想象女子清晨尚在梦中，彻夜在思念丈夫。夫妻长期分隔两地已经令人痛苦，而连在梦境中相逢的短暂虚幻的幸福还被鸟的啼叫声破坏，难怪她如此恼怒。迁怒鸟是没有道理的，但恰切地表达了思妇相思之情的浓烈，这便是悖理入情。

西鄙人 / 失姓名

玄宗天宝年间，哥舒翰为河西节度使，控地数千里，甚有威严。当地人（即西鄙人）作诗歌咏他的功绩。见《南部新书·庚》，《全唐诗》录有该作。

哥舒①歌
西鄙人

北斗七星②高，哥舒夜带刀。至今窥③牧马④，不敢过临洮⑤。

注释 ① 哥舒：指哥舒翰，盛唐时大将，哥舒部落的后裔，入唐后曾为河西、陇右节度使，大破吐蕃，封西平郡王。后安禄山反，被俘后投降，后被杀。② 北斗七星：天文学指大熊星座，七星分布若斗形，故称。其在天空中最显眼，也最好辨认，又通过北斗星可以非常便利地找到北极星，是古人夜行辨认方向的主要天象。③ 窥：窥伺，侦探。④ 牧马：古代西北边境少数民族常趁秋季南下牧马，并伺机抢掠，后即以牧马代指外族内侵。贾谊《过秦论》："乃使蒙恬北筑长城而守藩篱，却匈奴七百余里，胡人不敢南下而牧马。"⑤临洮：今甘肃岷县，秦筑长城西边起点。

译文　　北斗七星高挂苍穹，唐军大将哥舒翰在夜间常常挎着战刀屡出奇兵，令敌人望风披靡胆战心惊。至今敌人即使是窥探情报想要牧马，都不敢越过临洮的边境。

评析　　西鄙人实际等于无名氏，但与一般的无名氏有所区别，即作者身份有地域归属。本诗表现西北边境百姓对于哥舒翰捍卫边疆功绩的歌颂和赞美。

　　《旧唐书·哥舒翰》载："吐蕃盗边，翰持半段枪迎击，所向披靡。虏骇走，只马无还者。逾年，筑神威军青海上，谪罪人二千戍之。由是吐蕃不敢近青海。"可见哥舒翰在守卫西北边境方面有胆识有谋略，保卫了边境的安宁，使人民能够安居乐业，发展生产，因此得到百姓发自内心的拥护和颂扬。前两句仿佛特写镜头，在北斗七星高悬天空的夜晚，哥舒翰全副武装率领勇敢的部队出发。去干什么却没有写，也没有必要写，这便是诗，可以跳越。后两句是前一行为的结果：使经常进犯的敌人至今再也不敢越过临洮边境了。

　　本诗具有很浓烈的民歌风格，表达了百姓热爱英雄的心情。至于哥舒翰后来失节投降安禄山，那是以后的历史。而这首诗歌是在哥舒翰前期镇守边疆建立功业时的作品，人们赞美和歌颂的是他保卫边境的功绩，并非溢美之词。

乐府

家临九江水

君家何处住

玉阶生白露

鸳翎金仆姑

乐府

月黑雁飞高

林暗草惊风

野幕敞琼筵

同是长干人

嫁得瞿塘贾

长干行^① 二首（其一）

崔　颢

君家何处住？妾住在横塘^②。停船暂借问，或恐是同乡。

注释　　①长干行：诗题一作《长干曲》，属杂曲歌辞。共四篇，这里选录前两篇。长干：地名，今江苏南京市秦淮河南，古时有长干里，在长江岸边。②横塘：古建康（今南京市）堤塘名，三国吴时所建，在秦淮河南岸，地近长干里。

译文　　您家住在什么地方？我的家住在横塘。停下船冒昧询问一下，听您的口音我们或许还是同乡。

评析　　《长干行》组诗共四首，是一个整体，仿佛组画，每诗一个小情节，生动活泼，人们形象逼真。第一首描写一名女子主动询问邻船的一个小伙，表现其大胆外向的性格特征。

　　诗歌是最简约的语言，其中有跳跃，但可以通过想象进行补充。人有同心，心有同理，对于诗歌以及文学作品之理解，也必须采用以己度人的办法。可以想象，一位采莲姑娘准备出行，途中偶然遇到一个驾船的小伙，口音非常亲近，可以判定是自己家乡的人，于是才主动发问：没有等对方回答就说出自己的住处以及可能是同乡的猜测，表现出这是一个大胆活泼、性格稍微有些急躁的外向型的女孩。至于她为什么要主动发问，又那么急迫，恐怕就是想认识一下，以便在同行中相互有个照应。若说主动示爱，就有些主观臆断了，因为从对话中体会不出这层意思来。王夫之《姜斋诗话》说："五言绝句，以此为落想第一义。唯盛唐人能得其妙。如'君家住何处'云云，墨气四射，四表无穷，无字处皆其意也。"在无字处体会出意思来，方是妙趣。《唐诗真趣编》说："望远杳然，偶闻船上土音，遂直问之曰：'君家何处住耶？'问者急，答者缓，迫不及待，乃先自言曰：'妾住在横塘也，闻君语音似横塘，暂停借问，恐是同乡亦未可知。'盖惟同乡知同乡，我家在外之人或知其所在，知其所为耶？直述问语，不添一字，写来绝痴绝真。用笔之妙，如环无端，心事无一字道及，俱在人意想间遇之。"理解很准确灵活。即不必追求女子问话的真实用心，因为诗中"心事无一字道及"，因此可以任凭读者进行想象，可以有不同的理解。这才是诗之美。

长干行二首（其二）

崔　颢

家临九江①水，来去九江侧。同是长干人，生小②不相识。

注释　　①九江：有两义，广义指长江下游，因为长江到下游时已汇集诸多江水，故称九江。狭义指今江西九江市一带。这里是广义，自然是指南京之长江。②生小：从小、自小。

译文　　我的家紧临九江江边，来去都在九江的江畔。我们真的同是长干里的人，可惜我们小时候没有相识。

评析　　本诗是前一首的答诗，正面回答了姑娘的问话，我家真的也是在长江边上的长干里住，但我们从前并不认识。尤其最后一句意蕴极其丰富，耐人品味。《唐诗选脉会通评林》：周敬曰："此与前篇含情宛委，齿颊如画。"其中可以体会出很多意蕴：一种是对于女子问话表现平淡，但不能不回答，因此说我确实是长干里的人，但我们并不认识啊！态度礼貌但冷淡，不惊不喜。一种是表现出一定的惋惜：既然咱们都是长干里长大的，怎么以前我们在小时候没有认识呢？实在有些可惜。委婉透露出相见恨晚的意思，表现出一定的热情。

其实，两首诗就是一对陌生年轻人偶然相逢的问答，女子开朗热情善于交际，男子稳重也不乏礼貌、热情。联系他们的纽带是乡音，是乡情，是"他乡遇同乡"的一种惊喜，这种人生感受人们会普遍遇到，不必做其他分析，什么爱情之类，实在看不出来，不能强加于古人。

玉阶怨 ①

李 白

玉阶生白露，夜久侵罗袜。却下水晶帘，玲珑 ② 望秋月。

注释　① 玉阶怨：乐府古题，属《相和歌辞·楚调曲》。玉阶：玉石砌成的台阶。② 玲珑：形容月亮精美明亮。

译文　白玉石的台阶上都是晶莹的露珠，伫立在台阶上深情等待君王的脚步。夜色深深袜子已经湿漉漉，她才失望进入华丽的深屋。但她没有关上那厚厚的殿门，而是放下门帘的串串水晶珠，抬头凝望玲珑的秋月，不由得有些神情恍惚。

评析　本诗写官怨，描写一宫中女性盼望君王前来临幸的身影，以形写神。在唐诗中是常见的题材，但写得风神摇曳，含蓄多姿，属于同类题材中的翘楚。

前两句如同肖像描写：玉石的台阶上已经有了露水，说明这是个深秋而晴朗的夜晚，阴天是没有露水的，夜色很深，时间很久，那位伫立在玉阶上的美人的罗袜已经被露水沾湿，可见她站立了很久很久，那么她站在这里干什么呢？从环境和这种环境中的女子身份就可以知道，这是宫中的女人。有人解释为宫女，我看未必，也可能是嫔妃，因为后宫的女人都渴望皇帝的到来。后两句是前面动作的继续，因久等不来，只好悻悻进屋，但依旧不能睡觉，放下水晶帘来眺望明月。眺望明月意蕴更深，可能是不甘心今夜独守，心中尚有一线希望。也可能是失望后的下意识动作，看见月亮圆圆而人却形单影只，更加楚楚可怜。总的风格是全诗没有一个怨字，但怨字却存在始终，含而不露。《唐宋诗醇》引蒋杲语曰："玉阶露生，待之久也；水晶帘下，望之息也。怨而不怨，惟玩月以抒其情焉。此为深于怨者，可以怨矣。"《诗境浅说续编》说："题为《玉阶怨》，其写怨意，不在表面，而在空际。第二句云，露侵罗袜，则空庭之久立可知。第三句云，却下晶帘，则羊车之望绝可知。第四句云，隔帘望月，则虚帏之孤影可知。不言怨而怨自深矣。"《李太白诗醇》云："从帘隙中望玲珑之月，则望幸之情，犹未绝也。虽不说怨，而字字是怨。"这些评说都值得参考。

塞下曲① 四首（其一）

卢　纶

鹫翎②金仆姑③，燕尾④绣蝥弧⑤。独立⑥扬新令⑦，千营⑧共一呼。

注释　①塞下曲：乐府旧题。诗题一作《和张仆射塞下曲》。原诗共六首，本书选四首。张仆射，即张延赏，唐德宗贞元三年（787）官至左仆射同平章事。卢纶创作这组诗时，在镇守河中的浑　幕府当幕僚。②鹫翎：鹰的羽毛。鹫，也称鹰或雕，一种猛禽。翎：一般指鸟的羽毛。有时特指鸟尾部长长的羽毛。③金仆姑：古时一种箭的名称，后世泛指箭簇。《左传·庄公十一年》载："公以金仆姑射南宫长万。"④燕尾：指军旗上燕尾形的飘带。⑤蝥弧：古代旗帜的别名。《左传·隐公十一年》载："颍考叔取郑伯之旗蝥弧以先登。"⑥独立：独自站立，强调屹立、挺立之威武。⑦扬新令：宣布新的命令。⑧千营：谓千座军营中的官兵，是夸张语。

译文　　将军佩戴着雄鹰羽毛装饰的箭镞威风凛凛，身旁竖立的军旗上燕尾形的飘带随风飘舞。他站立在场地的制高点上宣布新的命令，全体军营中的官兵共同发出雷鸣般的欢呼。

评析　　卢纶的《塞下曲》共六首，这是第一首，通过一位将军宣布命令时的赫赫军威表现边塞军队的威武气势，歌颂了将军一呼百应的崇高威信。画面生动，形神兼备。

　　前两句运用典型描写的手法，集中笔墨描绘将军形象，那装饰有长羽毛的箭，飘扬着燕尾飘带的军旗，把将军的威武形象烘托出来。不直接写人，而用物来烘托，是一种侧面表现的手法。后两句采用大场面描写的手段。将军登高一呼，万人响应，那种赫赫声威给人以深刻的印象。将"千营"与"一呼"组合到一句中，具有十分强烈的艺术效果。《诗境浅说续编》云："前二句言弓矢精良，见戎容之暨暨，三句状阃帅之尊严，四句状号令之整肃。寥寥二十字中，有军容荼火之观。"分析简明扼要，深中肯綮。

塞下曲四首（其二）
卢　纶

林暗草惊风^①，将军夜引弓。平明寻白羽，没在石棱^②中。

注释　　①草惊风：实际上是风惊草，或者是风吹草而令人惊恐害怕。历来有"虎从风"的说法，虎来必带风声，故草惊风是渲染老虎出现前的紧张气氛。②石棱：石头表面凸起的棱角，这里指石头缝。

译文　　密林深处昏暗朦胧，忽然刮起一阵急风，将军急忙拉开那张硬弓，向远处风声起处仿佛有老虎的地方发出雕翎。但却全然没有动静，令人有些迟疑不定。等到天色黎明的时候去仔细查看，原来那是一堆石头仿佛老虎的身形，将军的雕翎箭正好射在石头的缝隙之中。

评析　　　这是卢纶《塞下曲》的第二首，内容写将军巡夜时的行为，暗用飞将军李广的典故赞美将军的神力勇武。

　　　《史记·李将军列传》中记载："广出猎，见草中石，以为虎而射之，中石没镞，视之石也。"本诗选材于此，借以歌颂现任将军的勇武。但本诗之精彩处不是对于原有材料的照搬，而是经过艺术加工和处理，使事件更加可信和合乎逻辑。一是将引弓的时间描写为夜间，而且"林暗"，这样才会误把石头看成老虎。二是最后一句，"没在石棱中"，虽然没有明确说是石头缝隙，但箭不可能正好射进石头棱角处，而是两个棱角之中。这样，即使整支箭都陷没进去也是可能的。运用典故而有所改造，诗人写的是现任将军，并不是李广，所以完全可以灵活处理，这种写法处在虚实之间，正是其构思巧妙之处。《诗境浅说续编》说："此借用李广事，见边帅之勇健。李广射虎事，仅言射石没羽，记载未详。夫弓力虽劲，没镞已属难能，而况没羽。作者特以'石棱'二字表出之，盖发矢适射两石棱缝之中，遂能没羽，于情事始合。卢允言乃读书得间也。"

塞下曲四首（其三）

卢　纶

月黑①雁飞高，单于②夜遁逃。欲将轻骑逐，大雪满弓刀。

注释　　　① 月黑：指夜色黑暗，没有月光。② 单于：本义是匈奴的君主，这里代指边塞地区少数民族首领。

译文　　月色黑暗大雁飞得很高很高，地面上战尘滚滚声音喧嚣。战败的敌人趁着夜色急忙逃跑，将军率领轻装的骑兵紧紧追赶，纷扬的大雪落满了弓箭和大刀。

评析　　本诗是《塞下曲》第三首，描写战争胜利后雪夜追击残敌的英雄壮举，用侧面手法表现将军的勇敢无敌。前两句直接写一次战役的结果，敌人的指挥官在夜色中仓皇逃跑，惊得大雁在高空飞翔哀号。可见战争规模不小，程度也很激烈。敌人趁没有月光的雪夜逃跑也说明其败得很惨，突出了我方将军的英勇善战。后两句用环境的艰苦衬托边疆将士勇敢无畏的精神，在大雪纷飞的夜晚，组织轻骑兵去追击逃跑的敌军，这既需要克服困难的勇气，也需要战胜敌人的雄心壮志。这样恶劣的天气有利于逃跑的敌人而不利于追击的一方，而将军依旧不放弃，说明其有胜利的把握和一举将敌人彻底打败的决心。《诗源辩体》评曰："纶五言绝'月黑雁飞高'一首，气魄音调，中唐所无。"《唐诗摘抄》的评价很有启发性："言虽雪满弓刀，犹欲轻骑相逐。一顺看，即似畏寒不出矣，相去何啻天渊！'夜'字一本作'远'字，不惟句法不健，且惟乘月黑而夜遁，方见单于久在围中，若远而后逐，则无及矣。止争一字，语意悬远若此。"认为敌人之所以选择夜间逃跑，是因为长时间被围困，而且刚刚逃跑，因此将军才组织轻骑兵前去追击，分析合情合理。《诗式》分析此诗结构曰："首句对景兴起，次句入正意。三句追进一层，承次句意，四句确是逐时情景，'雪'字映上'月'字。"多琢磨这种分析，对于创作很有补益。

塞下曲四首（其四）

卢　纶

野幕①敞②琼筵③，羌戎贺劳④旋。醉和金甲舞，雷鼓⑤动山川。

注释　　　　① 野幕：在野外，以天为幕。或解释为野外的营幕，非也。那样境界太窄小，与全诗意境不合。② 敞：敞天，即不在室内。③ 琼筵：豪华的酒宴。④ 贺劳：慰劳，祝贺功劳。劳，去声。⑤ 雷鼓：雷鸣般的鼓声。一说"雷"同"擂"，动词，敲击。前说为好。

译文　　　　在广阔无垠的大漠上，在天幕之下，敞天摆开盛大的酒宴，军民共同祝贺将军的凯旋，边疆少数民族的百姓们专门慰问军队而尽情联欢。将士们尽兴狂饮，酒酣的时候就穿着铠甲舞蹈翩翩，雷鸣般的鼓声震荡着旷野和山川。

评析　　　　这是一首别具一格的边塞诗，思想意义极其突出和重要，在整个唐代边塞诗中也有特殊的意义，即本诗不但歌颂了将军的神勇无敌，而且也歌颂和肯定了战争的正义性，不但深受中原汉人百姓的拥护，同时也深受边地少数民族的热烈拥护，这种主题在边塞诗中并不多见。

　　　　首句便展示一个大场面，在广阔的大漠召开一个盛大而丰盛的宴会，次句承前进行说明："羌戎贺劳旋。"主语是"羌戎"，是宴会的组织者，那么就不是军队召开的庆功大会，而是边疆少数民族前来慰问凯旋的唐军将士，将士们则更加高兴，酒酣时满身戎装就和热情的主人们跳起舞来，鼓声震耳欲聋，雷鸣一般，简直有惊天动地的气势。这样一体会，全诗所写重点是唐代军队与边地少数民族百姓的军民鱼水情，这样的军队将是百战百胜，这样的战争又是何等正义光明。《诗境浅说续编》评此诗说："边氛既扫，乃宏开野幕，飨士策勋。醉余起舞，金甲犹擐，击鼓其镗，雷鸣山应。玉关生入，不须'醉卧沙场'矣。唐人善边塞诗者，推岑嘉州。卢之四诗，音词壮健，可与抗手。"对于本诗写作背景及气势的解说可供参考，但有一点必须强调，即本诗不是军队自己内部的"飨士策勋"，而是边地少数民族的拥军活动。"羌戎"可以理解为羌族，当时是居住在西北地区人口最多的少数民族之一，戎是对于西北一带少数民族的统称。当然这里也可能包含其他少数民族的意思，总之，这次规模盛大，气氛热烈的慰问大会是少数民族群众主动宴请凯旋的唐军将士。这样理解才最合原诗本意。小诗很注意炼字，"野""敞""琼""动"字都很精练准确，给人以强烈的印象，亦极大地增强了艺术表现力。

江南曲 ①

李 益

嫁得瞿塘贾 ②，朝朝误妾期。早知潮有信 ③，嫁与弄潮儿 ④。

注释　　① 江南曲：乐府古题，属《相和歌辞·相和曲》。② 瞿塘贾：往返于瞿塘峡的商人。古代主要交通是水路，而瞿塘峡乃长江必经之峡谷，水流湍急，是最危险之处。这里到处是贩运的商人。③ 潮有信：潮水有固定周期，非常准确，称为潮信。④ 弄潮儿：唐宋时盛行江浙一带的水上游戏。当大潮将至时，弄潮人先撑小船，迎潮而上，能够随大潮起伏，非常壮观，是勇敢的表现，也有一定危险。

译文　　嫁给一个到处奔波只知赚钱的贩运商，天天都让我孤苦伶仃独守空房。如果早先知道海潮准时有信，不如嫁给一个弄潮的勇敢儿郎，到时候就会准时回到我的鸳鸯枕旁，共度夫妻和美的幸福时光。

评析　　本诗写一位商人妇对丈夫久出不归，使自己青春虚度发出的怨恨之情。商妇怨题材在唐诗中并不少见，但李益运用乐府旧体所写，且极简明精练，言简意丰，立意精妙。遂成名篇。

　　开头两句直接抒发怨情，称丈夫为"瞿塘贾"而不是"金陵贾""扬州贾"很值得注意，因为诗题为"江南曲"，可知这位女子是江南女性，如果丈夫在金陵、扬州一带做买卖，可能会经常回家，而丈夫偏偏要经常经过瞿塘峡去长途贩运，这样回家的机会就太少了。这是怨恨的主要缘由。后两句怨极生悔，这种感情变化是符合内在逻辑的，也是怨恨至极的表现。

弄潮儿虽然危险，但潮水有信，到时候必来，来后必退，这样丈夫也会按照固定的日期回到自己的身旁。但这里强调的字眼是"有信"，有信用，说到做到。而这种怨恨恰恰说明丈夫不守信用，不能按期归来。小诗感情逐层推进，因爱而相思，因相思而失望，因失望而生悔。感情层层深入，抒情效果十分强烈。仔细体会，还是商妇相思至极之语之思，非真想改嫁他人也。

绝句

隐隐飞桥隔野烟

少小离家老大回

独在异乡为异客

一片冰心在玉壶

七言

昨夜风开露井桃

闺中少妇不知愁

蒲萄美酒夜光杯

朝辞白帝彩云间

故人西辞黄鹤楼

贺知章 / 659—744

字季真，越州永兴（今浙江杭州市萧山区）人。武后证圣元年（684）进士及第，官至秘书监。为人诙谐旷达，自号"四明狂客"，与张旭、包融、张若虚合称"吴中四士"。

回乡偶书 ①

贺知章

少小离家老大回，② 乡音无改 ③ 鬓毛衰。儿童相见不相识，笑问客从何处来。

注释　① 回乡偶书：原作共二首，本诗是第一首。② "少小"句：贺知章三十七岁中进士，前此已离开家乡，后一直在外地为官，八十六岁始致仕还乡。③ 无改：一作"难改"，没有改变。

译文　年轻的时候就离开故土，老年才返回家乡。家乡的口音虽然没有改变，但两鬓已斑白如霜。村里的儿童们都不认识我，笑着问我来自什么地方。

评析　本诗是诗人在耄耋之年返回故乡的即兴之作，同时创作两首，表现同一感受，即客居在外的时间太久，回归故乡时自己已是白发苍苍的老人。其感慨良多是可以想象的。

全诗的抒情重点在第二句"鬓毛衰"三字，首句叙事交代特殊背景，即少小时离开家乡老年才回来，次句的"乡音无改"和"鬓毛衰"形成对比反衬，虽然口音没有什么改变，但容颜却已完全不同。人之衰老不可避免，而自己的大半生都是客居在外度过的，直到晚年才回归故土，其感慨很深沉。后两句是一幅生动的画面：几个儿童不认识诗人，笑着打听诗人是从什么地方来的。本来是回归故乡，可故乡的孩童反而问自己从何处而来，其中意蕴也很丰富。其一是回应首句，离乡太久，家乡的孩子都不认识自己；其二是本来是回，而儿童却以为是来，反衬出自己久别归乡的喜悦。

小诗生动活泼，尤其第二句的"乡音无改"表达出诗人对故乡的认同和亲和感，这是中国人传统观念中故土情结的典型表现，故为人所激赏。

为了更好地理解本诗的感情，录出第二首以供参照赏析。"离别家乡岁月多，近来人事半消磨。惟有门前镜湖水，春风不改旧时波。"

张旭 / 生卒年不详

字伯高，吴郡（今江苏苏州）人。曾官常熟尉、金吾长史，世称"张长史"。善书法，尤精草书。常在醉后挥毫，时称"张颠"。其草书与李白诗、裴旻剑舞号为"三绝"。与贺知章、包融、张若虚合称"吴中四士"。

桃花溪①

张 旭

隐隐飞桥隔野烟，石矶西畔问渔船②。桃花尽日随流水，洞在清溪何处边？

注释　①桃花溪：湖南桃源县桃源山有桃源洞，传说是晋陶渊明在《桃花源记》中所描写之桃花源所在地。本诗即以此为题材。桃花溪在桃源洞北。②渔船：代指打鱼人。《桃花源记》中一个武陵渔人曾去过桃花源。

译文　　隐隐约约的一座高桥隔着层层烟雾，在一块水边大石头的西边询问渔夫，整天都可以看见桃花随着流水漂下，桃花源的洞口究竟在什么去处？

评析　　本诗表现对理想社会和理想境界的追求，意象鲜明灵动，意境幽雅含蓄，意蕴丰富。

　　桃花溪是通向传说中的桃花源这一世外仙境的溪流，诗人以此为题，本身便具有引人入胜之高致。首句便有一种朦胧神秘的感觉，隐隐约约中的一座飞桥又被云雾所笼罩，可见这座桥通向的地方也一定高远深邃，可见路径的不同寻常。次句写问路，问的对象是渔船上的渔夫，而《桃花源记》中也正是一个渔夫曾经无意中误入桃花源，因此向他问路是明智的。问的内容便是后两句：终日看到桃花随着流水漂下来，可去桃花源的洞口究竟在什么地方呢？诗到此戛然而止，给人以扑朔迷离的感觉，给读者留下广泛的想象空间。那个神秘的引人入胜的洞口究竟在哪里？是否真的存在？渔人知道吗？都值得深思。不必说诗人时代的这位渔人距离陶渊明时代已经三百多年，即使是当年去过桃花源的那位渔人在回来之后，都再也找不到那个洞口了，何况是唐代的渔人，答案不问自明。那么，诗人所要追寻的桃花源便只能在理想之中了。

　　诗中的意象很美，充满动态感和神秘感，那云雾缭绕中忽隐忽现的飞桥，那漂浮着桃花的流水，都给人以仙界的感觉，而那通往桃花源的神秘的洞口不就更神秘了吗？另外，还有一点亦应当提及，即诗中的"飞桥"这一意象大有深意。因为在《桃花源记》中绝没有桥出现，而此桥便是诗人精心设计的。桥是"飞"的，可见其高，见其连接之处的险峻，而且又在云雾之中隐隐约约，故将其理解为诗人心目中通向仙界之桥恐怕也不无道理，但桥仿佛也是可望而不可即的，更增加诗的意蕴。诗人是著名的草书大家，诗中也有草书灵动、飞白、潇洒的意蕴。

九月九日^①忆山东兄弟

王 维

独在异乡为异客，每逢佳节倍思亲。遥知兄弟登高处，遍插茱萸^②少一人。

注释 ①九月九日：重阳节，也称"重九"，是古代民间比较重视的节日。这一天有登高、赏菊、饮酒、佩戴茱萸等习俗。此节形成于秦汉之间。②茱萸：植物名。有香气，又名"越椒"。古人认为佩戴茱萸、登高、饮酒可以避灾。

译文 独自在外地客游孤单寂寞而伤神，每到佳节的时候更加思念亲人。我知道在那遥远的故乡，兄弟们一起登高时会欣喜万分。他们都佩戴着茱萸欢度佳节，却偏偏只少了我一个人。

评析 据题下小注，本诗是诗人十七岁时所写。但由于感情真挚且带有普遍性，故深受后人喜爱，传唱不衰。

本诗最精彩之笔在第二句，即"每逢佳节倍思亲"，由于这句诗是发自诗人肺腑的真情的流露，故打动了古今中外所有人的心弦，也引起最广泛的共鸣。首句先说自己的处境，两个"异"字强调了远离家乡亲人的孤独感，为次句抒情提供典型环境，而且可以隐约感觉到诗人不但远离家乡，而且身边还没有知己朋友，又是如此年轻，因此才会产生次句的感受。次句的"倍"字是句眼，其潜台词是平时也思念亲人，但每逢佳节时思亲的感情更加强烈，属于加倍的写法。另外，"亲"字也很重要，拓展了诗的内容含量。王维本诗是思念兄弟的，但如果说思"兄"则大为逊色，因为这样就极大地缩小了情感的指向。而一个亲字则把人类亲人之间的思念都囊括进来，夫妻之间、姐妹之间、母子父子之间、兄弟之间等只要有亲情关系的人都会产生共鸣，于是本诗便成为贯通古今、超越国界、超越阶级、超越种族的为全人类所共享的精神财富。后两句则将思念具体化，给人以形象感，使情感的抒发更加具体细腻。

下面材料可以说明本诗的永恒的魅力和其深远广泛的影响。"在庆祝1990年法国国庆节的日子里，巴黎又推出了一个独特的节目，即在市中心的多幢高楼大厦的外墙上，用激光投影出多首中国古典诗歌，其中惹人注目的便是王维的名作：'独在异乡为异客，每逢佳节倍思亲。遥知兄弟登高处，遍插茱萸少一人。'"（王丽娜《王维诗歌在海外》）

芙蓉楼^① 送辛渐^②

王昌龄

寒雨连江夜入吴^③，平明送客楚山孤。洛阳亲友如相问，一片冰心在玉壶。

注释　①芙蓉楼：故址在今江苏省镇江市。②辛渐：王昌龄朋友，生平未详。③吴：与下句的"楚"字为互文，指春秋时期吴楚故地，即诗人送客的江南镇江一带。

译文　凄寒的风雨连着江面，在夜间侵入古代吴国的领地。天刚蒙蒙亮时，我送客人来到这里，一座孤独的楚山傲然挺立。洛阳的亲戚朋友如果询问我的近况，请告诉他们：我的精神世界仿佛是玉壶冰那样洁白剔透。

评析　王昌龄仕途不顺，几次被贬。天宝初，被贬谪为江宁丞，本诗即写于江宁丞任内。从语气及所反映的心情看，当是刚到任所不久，朋友辛渐前去看望，他在送客时写下这一千古名篇。

前两句写景兼叙事，描绘一个凄寒冷清的环境氛围，为后文的抒情做好铺垫。"寒"字奠定全篇的抒情基调，一夜风雨，遮天盖地，平明时开始送客，心情可以体会。下句的"孤"字是重点字，暗示出诗人内心世界的孤独寂寞，也可暗喻诗人孤高的人格，为最后一句蓄势。第三句转折，为最后一句自我表白提供前提。"一片冰心在玉壶"如掷地有声的宣言：我的内心世界洁白无瑕，尽管我遭受贬谪，但这并不能玷污我的人格品行，亲友们放心吧！这既是向亲友的表白，也是向政敌及卑鄙小人们的抗议，全诗表现出一种桀骜不驯的精神气质。

闺　怨

王昌龄

闺中少妇不知愁，春日凝妆上翠楼。忽见陌头①杨柳色，悔教夫婿觅封侯②。

注释　　①陌头：街道边或大路边。②觅封侯：指追求功名。

译文　　深闺中的少妇不知道忧愁，春天中浓妆艳抹登上绣花楼。忽然看见大路边杨柳一片翠绿，那盎然的春色实在令人着迷忘忧。看到这种良辰美景，一种难以名状的孤独和忧伤忽然间涌上心头。真是后悔莫及，当初为什么让夫婿去追求功名王侯？

评析　　本诗是王昌龄闺怨诗中的精品，刻画一位被春色撩动感情波澜的少妇形象，描写细致入微。

首句平起，先点明少妇身份，为尾句张本。她开始时不知愁，而且浓妆艳抹登楼观赏春色。第三句转折，她忽然看到路边杨柳的盎然春色，那美好的景色立刻唤起她的春情，于是顺理成章出现最后一句的感情波澜，即后悔让丈夫离开自己去追求什么功名富贵。感情的变化极其自然，心理活动也符合正常的轨迹。"人禀七情，应物斯感"，人们见到特定情景便会产生感情的波动，而这位少妇正是见到最令人兴致勃发的春色才会产生后悔念头的。在此之前，可以想象，少妇是支持丈夫远行求取功名的。而当看到美丽春色时，情战胜了理，夫妻恩爱厮守在一起不比什么都重要吗？虽然仅是短短的四句，却合情合理地描写了少妇的一次心理活动，也揭示了真挚的爱情高于功名这一观点。

春宫怨①
王昌龄

昨夜风开露井②桃，未央③前殿月轮高。平阳歌舞④新承宠，帘外春寒赐锦袍。

注释　①春宫怨：诗题一作《春宫曲》。②露井：露天之井。《古乐府》："桃生露井上，李树生桃旁。"③未央：未央宫，汉代宫殿名称，皇帝所居。④平阳歌舞：用典。出自《汉书·外戚传》："孝武卫皇后字子夫，为平阳公主讴者，武帝过平阳，既饮，讴者进。帝独悦子夫，得幸。赐平阳公主千金。"

译文　昨夜的春风吹开了井旁的春桃，未央宫殿前的月亮该多么妖娆。平阳公主的府中歌舞表演正在高潮，汉武帝看得仿佛魂魄都要出窍，对于卫子夫的表演喜上眉梢，立刻加以恩宠，赐给无比昂贵的锦袍。

评析　宫怨是唐诗中比较常见的题材，王昌龄是创作这类题材诗的高手。本诗的暗喻讽刺用意是比较明显的，借汉武帝在平阳公主家遇到卫子夫而宠幸的史实影射唐玄宗溺爱杨贵妃的现实，很辛辣深刻。

对于本诗之主旨，一般认为是羡慕赞叹新得宠者而委婉抒发失宠之幽怨。这样理解没有问题，但似乎未说到关键处。笔者认为，本诗之主旨是在婉讽唐玄宗专宠杨贵妃之弊。汉武帝是在平阳公主府邸遇到卫子夫并一见钟情而宠幸之，而唐玄宗则是在玉真公主道观第一次幽会杨玉环，平阳公主和玉真公主身份相同，而两位公主都是预先准备好为武帝和玄宗创造环境提供方便的。因此有理由说本诗是讽刺唐玄宗的。而唐玄宗因为宠爱杨玉环而造成杨氏一门骄奢淫逸，引起天下公愤的情况是有史实根据的。"昨夜"照应后文的"新承宠"，只因为一夜的歌舞打动君王之心便受宠，桃花开放已不寒而赐锦袍，都表现出皇帝施恩之随心所欲，幽怨之情自在其中。沈德潜评此诗说："王龙标绝句，深情幽怨，意旨微茫。'昨夜风开露井桃'一章，只说他人之承宠，而己之失宠，悠然可思，此求响于弦指外也。"（《说诗晬语》）《古唐诗合解》云："不寒而赐，赐非所赐，失宠者思得宠之荣，而愈加愁恨。"更简明扼要，便于理解。

王翰／生卒年不详

一作王瀚。字子羽，并州晋阳（今山西太原）人。睿宗景云元年（710）登进士第。官仙州别驾。任侠使酒，恃才不羁。因行为狂放，贬道州司马，旋卒。王翰能文善诗，与祖咏等有唱和，其诗善写边塞生活，尤以《凉州词》著名。《全唐诗》存其诗一卷。

凉州词①

王　翰

蒲萄美酒②夜光杯③，欲饮琵琶马上催。醉卧沙场君莫笑，古来征战几人回？

注释　　①凉州词：一作《凉州曲》。凉州：今甘肃省河西、陇右一带，治所在今武威市。②蒲萄美酒：蒲萄，即葡萄，本产自西域，可酿制美酒。汉时传入中原。③夜光杯：

玉制的精美的酒杯。《海内十洲记》载："周穆王时西胡献夜光常满杯。杯是白玉之精，光明夜照。夕出杯于庭，天比明，而水汁已满。"

译文　　葡萄美酒斟满了精制的夜光杯，刚要开始饮酒的时候，军乐队演奏起音乐前来助兴，仿佛催促将士们高举酒杯。让我们开怀畅饮吧，即使是喝得酩酊大醉，谁也不要笑话谁，因为自古以来战争就最为残酷，谁知道能有几个人全身返回？

评析　　本诗是边塞诗中的名篇，但关于其主题、抒情倾向及表现的是战前还是战后的问题却有不同的理解。此处只阐释笔者的理解，而不做比较和考释。

　　前两句切合边塞来写，"蒲萄美酒""夜光杯"均是精美之物，而且都是从西域引进的物产，诗人将其置于篇首，创造出一种豪迈的气氛，产生一种壮美，为全诗的抒情倾向奠定基调。后两句则抒发豪饮的壮怀，有一种蔑视敌人、报效祖国而舍生忘死奔赴沙场的英雄气概。当然也隐隐有悲壮的感伤情怀。施补华在《岘佣说诗》中说此诗："作悲伤语读便浅，作谐谑语读便妙，在学人领悟。"故将此诗作为即将奔赴沙场前的战前总动员的誓师大会上的豪饮更加稳妥一些。如果是战后，则有幸灾乐祸之嫌，诗之境界也不美了。

送孟浩然之广陵
李　白

故人西辞黄鹤楼①，烟花三月下扬州。孤帆远影碧空尽，惟见长江天际流。

注释　　① 黄鹤楼：武昌西有黄鹤山，山西北有黄鹤矶，矶上有黄鹤楼。传说仙人王子安曾驾鹤过此，故得名。楼曾被毁，后重建，在今武汉长江大桥武昌桥头。

译文　　老朋友辞别了西面的黄鹤楼，在这风景如画的三月顺江而下游览扬州。

我伫立在黄鹤楼头，凝视着渐渐远去的一叶孤舟。只见那一片帆影越来越小，最后终于完全消失在天的尽头，只能看见滔滔滚滚的大江在天边奔流。

评析　　这是久负盛名的水路送别诗。由于二人都是盛唐时期乃至中国文学史上著名的人物，故此诗一直备受欢迎。前两句叙事，交代送别的地点、时间和特定场景，情寓事中。而"烟花三月"一词至关重要，正因这一美景才使全诗虽有淡淡的感伤而格调并不低沉。两句中有对分别的可惜也有不能同行的遗憾。

后两句写景，仿佛是个动态的画面，好像影视作品中的一个推移的特写镜头。孟浩然乘坐的小船在宽阔的江面上向远方航行，逐渐远去，船帆的影像越来越小，渐渐消失在视野中，只剩下大江奔流的空镜头。而这一动态景象是伫立在黄鹤楼头的诗人眼中所见，这就通过时间的流程曲折表现了依依惜别的深情。委婉含蓄，饶有风致。

下江陵①

李　白

朝辞白帝彩云间，千里江陵一日还。两岸猿声啼不住，轻舟已过万重山。②

注释　　① 下江陵：一作《早发白帝城》。白帝城：故址在今重庆奉节东白帝山上。东汉公孙述据此，称殿前井中曾有白龙跃出，故自称白帝。山称白帝山，城称白帝城。城高险峻，如入云霄。②"两岸"两句：《水经注·江水》："有时朝发白帝，暮到江陵，其间千二百里，虽乘奔御风，不以疾也。……每至晴初霜旦，林寒涧肃，常有高猿长啸，属引凄异，空谷传响，哀转久绝。故渔者歌曰：'巴东三峡巫峡长，猿鸣三声泪沾裳。'"

译文　　清晨我告别了高山上的白帝城，顺水而下很快便到了夔门。此时我回头一望，只见白帝城处缭绕着绚丽的彩云。船行的速度异常迅疾，千里的途程一日便回到了江陵。尽管两岸的猿声凄凉尖厉，但我的小船早已驶过了重重山峰。

评析　　安史之乱中，李白因受永王李璘的牵连而被长流夜郎。流放途中到达夔州时，忽然得到被赦免的喜讯，他恢复自由，可以回到生活了大半生的第二故乡——长江中下游地区，其喜悦之情不难想象。本诗正是这种喜悦的生动表现。

　　首句起势突兀，叙事中有景色，为全篇奠定基调。"彩云间"三字色彩感和动态感都很强，既写出了白帝城景色的绚丽多彩，饱含诗人的喜悦之情，同时也写出了白帝城地理位置之高，为下句船速迅疾做好铺垫。"千里"一句用空间距离之远与所用时间之短进行对比，突出船行进速度的惊人之快。此句虽然从《水经注·江水》中的一段话化出，但已经完全融入诗人自己所创造的境界中，达到出神入化的程度，确是大家手笔。三句一转，别开生面，抒写自己乘船飞越三峡时的主观感受，为全诗神韵之所在。两岸凄厉的猿声此起彼伏，一叶轻舟在猿啼声中顺流直下，速度如飞，根本不在意猿的声音，那是何等的惬意！猿声为全诗增添了音响效果，且以不在意猿的哀啼反衬出诗人内心的喜悦，神韵飞动。施补华说："中间用'两岸猿声啼不住'一句垫之，无此句则直而无味，有此句走处仍留，急语仍缓，可悟用笔之妙。"（《岘佣说诗》）最后一句进一步描述船速的迅疾，最妙在"轻"字，既表现船行水上的迅疾轻飘，又暗喻诗人心情的轻松，轻松之人乘坐轻松之舟飞奔在顺流的江面上，两旁高山上猿声相伴，真如神仙境界一般。

　　李白是个充满激情的诗人，此诗又写于充满激情之时，诗中洋溢着一种难以抑制的激情。正是这种激情，可以给不同时代、不同阶层的人带来喜悦，因此获得了永恒的艺术生命。

逢入京使①

岑 参

故园②东望路漫漫，双袖龙钟③泪不干。马上相逢无纸笔，凭④君传语⑤报平安。

注释 ① 入京使：返回京师的使臣。入，因从边地返回内地，故称入。② 故园：故乡。诗人是江陵人。此处当指诗人在长安的家。③ 龙钟：形容泪水纵横的样子。④ 凭：托、靠。⑤ 传语：带个口信、捎话。

译文 我来到这遥远荒凉的边疆，日夜都在思念我的故乡。向着东面故园的方向眺望，只能是云山雾罩一片迷茫。思乡的泪水难以遏制，竟沾湿了我的衣裳。骑在马上遇到一位返回京师的特使，想要写封家书又没有笔墨和纸张。只好请他给亲人捎个话，告诉他们我在这里平安健康，以免亲人们牵肠挂肚。

评析 岑参是盛唐时期著名的边塞诗人，他有过两次长时间的边塞生活。本诗便是他在边塞偶然遇到回京使者时所产生的思乡情怀的反映。

岑参两度出塞，均在西北边陲，故首句云"故园东望"。次句承前，直抒胸臆，感情如大江奔腾，泪水如泉水流淌，竟达到把两个衣服袖子都揩湿了还不能擦干眼泪的地步。显然是夸张，但却生动地表达了难以遏制的思乡之情。第三句转折，诗人与对方都是骑在马上相逢，而且是不期而遇，当然不会有什么准备，故没有纸和笔，无法写家书，但还要把自己的信息传达给亲人，于是才灵机一动，想出唯一的办法，请对方捎个口信，向家人报平安。

其实，诗人是在遇到入京使后才产生思乡之情的，但他却把这一细节安排在第三句，使诗的情感变化产生波澜。前两句只是说，离家太远，思乡之情太浓，好像是没有办法与家人沟通。但第三句出现转机，遇到一个马上回故乡的使者，这是一喜，可以写一封家书了，但诗人马上意识到自己现在没有条件，这是一悲，但又一转念，还是可以捎个口信的，心情再为之开朗。

感情变化微妙但可以体会出来。正是这一感情波澜将思乡之情表达得入木三分，使人读后经久不忘。

江南①逢李龟年②

杜 甫

岐王③宅里寻常见，崔九④堂前几度闻。正是江南好风景，落花时节又逢君。

注释　　①江南：杜甫于大历五年（770）在湖南潭州（今长沙市）遇见李龟年。古人称江湘一带亦为江南。②李龟年：唐玄宗时著名歌手，"后流落江南，每遇良辰美景，常为人歌数阕，座客闻之，莫不掩泣"（《明皇杂录》）。③岐王：唐玄宗之弟李隆范，宅邸在尚善坊。杜甫在十四五岁时因才华出众而经常出入岐王宅。④崔九：即殿中监崔涤，中书令崔湜之弟。与唐玄宗关系密切，有宅在遵化里，杜甫亦常出入其门。

译文　　在岐王的宅院中我们经常见面，在崔九的大堂里我多次欣赏你美妙的歌声。现在正是江南风景最美的时候，在落花的暮春时节我们又重新相逢，真令我高兴而又激动。

评析　　本诗所写只是与老朋友的一次重逢，乍看内容很简单，但其包含的感情容量却很大。前两句写开元年间二人的交情。岐王李隆范和崔九在当时都是显赫的人物，一般人很难跨进那高高的门槛。而杜甫特意说出在这两个贵族宅院里的相见，在抬高对方的同时也在抬高自己，更主要的是对往昔繁荣昌盛景象的回忆。李龟年是盛唐时期宫廷中的著名歌手，曾为朝气蓬勃的盛唐气象放喉歌唱，而杜甫"闻"的也是盛唐之音。

后两句则明扬暗抑，无限感慨深藏其中。先说美景，再说重逢，表面看当是喜事，应当欢乐。但到底怎样呢？诗人和友人李龟年自有体会，我们也可感悟出来。"又逢君"是全诗重点，而此次见面与以前的交往时空跨度太大了。时间上相隔四十年，空间上一个是京师长安一个是数千里外的潭州。而两人的社会地位和身份则变化更大，杜甫简直成了四处漂泊的流民，李龟年也成为流落江湖的靠演唱谋生的歌手，而这一切都是怎么造成的？无限的历史沧桑巨变和深沉的人生慨叹都包含在四句诗中，可见其感情容量是多么巨大和深沉。内容丰富而深藏不露是本诗最大的艺术特色，元人范德机评此诗为"藏咏"，指的就是这一点。另外，以乐景衬托哀情也是本诗一个特点。本诗的景致是很美丽和谐的，如果仔细体会，其中恰恰暗示出物是人非山河依旧的哲理的思考。

滁州 ① 西涧 ②

韦应物

独怜幽草涧边生，上有黄鹂深树鸣。春潮带雨晚来急，野渡 ③ 无人舟自横。

注释　① 滁州：今属安徽省。时韦应物任滁州刺史。② 西涧：在滁州城之西，俗名上马河。至宋时此河已淤塞。③ 野渡：非官府设置经营的渡口，与"官渡"相对。

译文　嫩小幽雅的春草遍布西涧的两边，黄鹂鸟的歌声来自涧上高树的密叶之间。春天的潮水挟带着风雨，在傍晚时来势凶猛而突然，野外私人的渡口处，有一条被湍急的潮水冲得横了过来的小船。

评析　韦应物是位有志节有政绩的官员，在山水田园诗的创作方面是中唐前期的代表人物，这首绝句是其山水诗代表作。滁州西涧本来是一条极平常的小河，却因此诗而成为当时的一处胜景，可见文学的重要功能。

本诗之特点在于有声有色又有立体感。地面上的"幽草"和在树深处鸣叫的黄鹂，一上一下，一隐一显，一音一形，构成一幅立体春涧图。两句诗的景物均属于近景，而第三句"春潮带雨"则拓展空间，增加了画面的动态感，渲染气氛，并为最后一句的特写提供大背景，正因为风雨交加而春潮来得迅猛，才把本来顺着河岸放置的一条小船冲得横了过来。全诗刻画一幅幽雅但又有风有雨的春景，在表现对自然美景喜爱的同时，也有对天下形势风雨飘摇的淡淡忧伤。

张继／生卒年不详

字懿孙，籍贯襄州（今湖北襄阳）。天宝进士，曾任检校祠部员外郎、洪州盐铁判官。诗多登临纪行之作。《全唐诗》存诗一卷。

枫桥^①夜泊

张 继

月落乌啼霜满天，江枫渔火对愁眠^②。姑苏^③城外寒山寺^④，夜半钟声^⑤到客船。

注释　①枫桥：在苏州阊门外枫桥镇边，距苏州城九里。旧作"封桥"，因张继此诗后改名枫桥。②愁眠：指自己，谓睡眠时忧愁之人，实际暗示未能入睡。③姑苏：苏州城的别名，因城西南有姑苏山而得名。④寒山寺：在枫桥西一里，苏州名胜之一。初建于南朝梁代，唐时有著名诗僧寒山、拾得居此寺，故名。曾多次毁于战火，现存寺院为清末重建。⑤ 夜半钟声：唐时寺庙有半夜敲钟之习惯，称无常钟、定夜钟。

译文　　　月亮沉下去，繁霜满天遍地，乌鸦在躁动不安地乱啼。江边的枫树影摇摆纷披，渔船上的点点星火闪耀凄迷。面对这样凄清的景色，我实在难以入睡安栖。正在这失眠难熬之时，寒山寺的钟声在夜空中响起，原来是又有客船到达这里。

评析　　　本诗情景交融，深情绵邈，流传很广。若真正理解本诗，必须先抓住主旨和灵魂，即本诗到底表现怎样的情感，然后便可执一驭万，对全诗之意境理解透彻了。本诗借秋夜居住客船之上所见所感抒发羁旅思乡之愁。

　　　首句写入夜时的整体环境，是大的背景，渲染气氛，造成凄凉清冷的氛围。次句写失眠人眼中所见，更增凄楚。影影绰绰的枫树和忽明忽暗的渔船灯火更显出暗夜的凄凉寂寥，给人以不寒而栗的感觉。第三句转折，写寒山寺传来的钟声。可以想象，寂静的暗夜中的钟声是多么悠扬清亮，令人精神为之一振。钟声是告知人们：又有新的客船到达码头了。随着新到客船的游客们夜餐或其他活动，诗人大概更难以入睡，而思乡思念亲人的感受则更加强烈。

寒　食 ①

韩　翃

春城无处不飞花，寒食东风御柳斜。日暮汉宫传蜡烛，轻烟散入五侯 ② 家。

注释　　　① 寒食：节日名，在清明前一天或两天，相传为纪念介子推而设立此节，另说源于周代禁火旧制。是日，民间禁止烟火，只吃冷食，故曰寒食。②五侯：西汉成帝时，外戚王谭等五人同日封侯，时称五侯。东汉顺帝时，也有外戚五人同日封侯，亦称五侯。桓帝时，五名宦官同日封侯，又称五侯。大体来说，五侯指外戚集团或宦官集团。也可泛指享有特权的高门贵族。

译文　　春天的宫城中到处是飘飞的杨花柳絮，寒食节气候宜人春风习习，御道旁的柳树嫩枝在春风中飘摆依依。黄昏日暮时汉朝的宫城中传出蜡烛，那缕缕轻柔的烟气，分散着进入五侯的家里。

评析　　对于本诗主旨的理解历来有不同说法，有人说有讽刺，有人说只是描述京师寒食节时妩媚可爱的春景而已。因这是理解本诗的关键，不得不将其厘清。

　　笔者认为，此诗是有讽刺意义的，这要从两方面来考虑：一是"汉宫"和"五侯"，二是唐代当时的历史状况。众所周知，汉代社会政治最突出的两大症结是外戚干政和宦官专权，而五侯恰恰与这两点都有直接的关系。唐代从中唐开始宦官干政专权的问题日益严重，代宗德宗两朝更是猖獗。至德宗时，宦官掌握禁卫兵大权，从此宦官专政便成定局。本诗的写作时间虽然难以确定，但大约在代宗、德宗时期是不成问题的。而宦官专权是唐王朝生死攸关的大事，故诗人对这一现象进行讽刺是可以体会出来的。清人吴乔在《围炉诗话》中评此诗曰："唐之亡国，由于宦官握兵，实代宗授之以柄。此诗在德宗建中初，只'五侯'二字见意，唐诗之通于《春秋》者也。"所言大致可信。

刘方平／生卒年不详

河南洛阳人，活动在开元天宝年间。才品茂异，善画，以山水树石知名。一生隐居不仕，与皇甫冉、李颀、严武等为诗友。其诗多五言乐府，善写闺情宫怨，多咏物写景之作。尤擅绝句。《全唐诗》存其诗二十六首。

月　夜

刘方平

更深月色半人家①，北斗②阑干③南斗④斜。今夜偏知春气暖，虫声新透绿窗纱。

注释　①半人家：谓月光照射的地方仅是房屋的一半，另一半处在背光。②北斗：星宿名，共七颗，属于大熊星座。其中三星为斗柄，四星为斗身。其位置和方向随着季节的变化而变化。③阑干：横的意思。北斗星的斗柄指东，天下为春天，指南为夏，指西为秋，指北为冬。④南斗：星宿名，共六颗，形状如古代舀酒之斗，故称斗星。在不同季节位置也发生变化。

译文　夜已深，更已阑，月亮悬挂南天，迷人的月色照射到房屋的一半，没有照到的地方依旧是灰暗一片。随着时间的推移，北斗和南斗的方向都在改变。我知道今夜的春气非常温暖，因为虫声传进了纱窗，它们仿佛在欢迎和歌唱这美好的春天。

评析　这是一首描写春天月夜之美的小品，仿佛一首韵律悠扬的小夜曲，仿佛一幅淡雅的水墨画，有声有色，令人陶醉，有极高的审美价值。

首句如同绘画的明暗着色，立体感和空间感都非常强，那月光照射下半明半暗的房屋宛如立在目前，真是神来之笔。次句用天象表现季节的特征和夜晚时间的推移。古代没有机械计时器，人们都善于通过观察天象来测定大致的时间，属于生活常识。后两句运用细腻的笔法表现春色和春气的迷人宜人。前后是因果关系，即我之所以知道春气暖，是因为窗外传来在自然界中刚刚产生的虫声。此处的"新"字是关键，从字面看，是修饰"透"的，即虫声才透过窗纱传进来。但如果从意念上说，"新"字也兼有修饰窗纱的意味。由于春气变暖，主人公晚上睡觉时打开窗户，并安上绿窗纱。正因为开窗，微细的虫声才能透过窗纱传进。而每年春天初次打开窗户并开窗睡觉时，人们呼吸着新鲜带有芳香的空气，那将是怎样惬意啊！这是须仔细体会方可悟出的。

春　怨

刘方平

纱窗日落渐黄昏，金屋①无人见泪痕。寂寞空庭春欲晚，梨花满地不开门。

注释　①金屋：形容居室之华丽高贵。《汉武故事》："武帝为太子时，长公主欲以女配帝，问曰：'得阿娇好否？'帝曰：'若得阿娇，当以金屋贮之。'"后多用来代指宫中嫔妃居室。

译文　纱窗上的日影在不断下降，天色渐渐昏黄，没有人看见金屋中美人的泪痕。庭院空空到处都是寂寞，已经到了令人伤心的晚春，满地是飘落的梨花无心打扫，终日也没有心思前去打开院门。

评析　这是一首宫怨诗，表现宫女命运的悲惨，揭露封建时期后妃制度的罪恶。"金屋无人见泪痕"是诗眼，也是点破主题的关键。"金屋"暗用汉武帝

"金屋藏娇"之典故表明诗中的主人公是一位宫女，她被深深幽闭在后宫，无人过问，无人关心，因此满眼泪痕却无人看见。这里也有深意，一是独处一室，荒废青春，伤心苦恼无处诉说，没有倾诉对象才是最大的悲哀，二是泪痕表明哭了很久，表现其始终伤感。抒情主人公的形象呼之欲出，但她为什么如此伤心？这就会引起读者的深入思考：主人公被幽闭在深宫中，却面对着良辰美景，首句说一天即将过去，三句说春天即将过去，在一年中最美好的春季中的一天就要这样寂寞无聊地流逝，青春就这样苦苦逝去，一个年轻女子却要在这孤独、寂寥、冷清的环境中苦苦挨着时光。这该是何等的冷漠无情，简直是对人性、对青春的扼杀。

诗歌结构布局很有章法，从时间关系看，第一句写日之晚，引出次句金屋中独处之人，第三句写春季之晚，引出第四句空庭落花。从空间关系看，前两句写屋内，后两句写庭院，从内到外，由近及远，井然有序。《唐诗解》说："一日之愁，黄昏为切；一岁之愁，春暮居多。此时此景，宫人之最感慨者也。"

本诗意境鲜明，画面生动。诗人采取重叠润染的手法，写日落再点明黄昏，使画面整体意境更加昏暗朦胧，写春晚再写落花，使春光荡然无存，写金屋无人，再写庭院深深，再写紧闭院门，一步步把抒情主人公形单影只、无依无靠、与世隔绝的悲惨处境表现到无以复加的地步，艺术感染力很强。

柳中庸

名淡，河东（今山西永济）人，为柳宗元族人。萧颖士爱其才，以女妻之。曾授洪州户曹，不就。与事端为诗友。《全唐诗》存其诗十三首。

生卒年不详

征人怨①

柳中庸

岁岁金河②复玉关，朝朝马策与刀环③。三春白雪归青冢④，万里黄河绕黑山⑤。

注释　①征人怨：诗题一作《征怨》。②金河：唐代有金河县，故址在今内蒙古自治区呼和浩特市南，又名"黑河"。③刀环：刀柄上的铜环，此代指兵器。④青冢：汉代王昭君墓，在今内蒙古自治区呼和浩特市境内。据说塞外草皆白，唯王昭君墓地草色是青色，因称"青冢"。⑤黑山：又名杀虎山，在今内蒙古自治区呼和浩特市东南。

译文　年年岁岁在边地到处征战，不是奔赴金河就是行军到玉门关，日日夜夜紧张备战，时时刻刻离不开刀枪和马鞍。暮春时节的青冢依旧白雪漫天，万里黄河曲折萦绕着那座险峻荒凉的黑山。

评析　这是在中唐时期广为传诵的一首边塞诗，写边防将士终年奔波，到处征战而不得返回家园的悲苦生活，歌唱出当时人们最普遍的对于边境战争频繁的厌倦情绪，可以说是体现了当时社会的集体意识，因此得到最广泛的共鸣。

前两句用互文见义的手法叙事，年年岁岁东西奔波，不得休息，日复一日跃马挎刀，到处征战。金河、青冢、黑山都在今内蒙古自治区境内，唐代属单于都护府，因此就本诗作者而言，当是属于单于都护府隶属的一个军人。金河在东，玉门关在西，两地距离很远，且都在当时边陲，一个"复"字写出军队经常处在奔波流动间，没完没了。马策与刀环是骑兵典型的武装器具，一个"与"字写出每天与战马刀枪为伴，寂寞单调。"岁岁""朝朝"贯穿前两句，即年年月月日日到处奔波征战，不离鞍马刀枪。后两句再度强调生活的单调艰苦，暮春时节，这里依旧是白雪纷飞，唯一的青冢的一点绿色也被白雪所掩埋，而看到的是黄河绕黑山流淌的情景。其实黄河距离黑山有段距离，这里主要是用这种意象表现边境环境之艰苦荒凉，同时也暗喻黄河好像都无法离开黑山，军人们就更加无法离开这里了。黄河滚滚流淌的意象也可以使人感觉到源源不断的忧愁感伤。满纸怨情，越体会越深刻。《诗境浅说续编》道："四句皆作对语，格调雄厚。前二句言情，后二句写景，嵌'白''青''黄''黑'四字，句法浑成。"

顾况 / 约730—806后

字逋翁，号华阳山人，苏州海盐（今属浙江）人。肃宗至德二载（757）进士及第。曾官著作郎。因"傲毁朝列"被贬，后隐居茅山。其诗多写人民疾苦，开白居易新乐府运动先声。语言不避俚俗，富有民歌色彩。其诗论也看重"声教"，不主张以"文采之丽"求胜。明人辑有《华阳集》，今人赵昌平有《顾况诗集》校订本。

宫 词

顾 况

玉楼①天半起笙歌，风送宫嫔笑语和。月殿影开闻夜漏②，水精帘卷近秋河。

注释　　①玉楼：装饰豪华精美的楼宇。②夜漏：即漏壶，也称滴漏，宫中的称宫漏。古代计时器，在水壶中设置刻有标记的箭，水滴有节奏，随着水面的升沉，箭上露出的标记不断变化，显示时刻。

译文　　华丽的高楼上传出悠扬美妙的奏乐之声，其间还夹杂着宫女嫔妃们欢笑的音容，顺风一直传送到深邃的后宫。一个宫女正在仔细聆听，紧蹙双眉一脸愁容。月宫里的阴影仿佛完全散开，月光格外清明，宫漏滴水的声音滴答滴答更加冷清，她百无聊赖地把水晶帘轻轻卷起，秋空高处的天河好像很近很近，河水宽广而盈盈。

评析　　本诗用对比反衬的手法抒写宫怨的题材，但由于含蓄朦胧，主题隐蔽，故此前许多解诗人多未理解出"怨"来。《唐诗笺要》说："宫词多作怨望，此独不然，当是逋翁特地出脱处。"这种意见是主流的，但却是错误的。

　　本诗抒情主人公的幽怨极其深沉。前两句写其他宫人的欢乐，在高楼上笙管笛箫伴奏，歌声悠扬，宫人们欢乐的笑声混合在里面，构成欢快的乐章。这确实是描述宫人欢乐的情景，但这不是诗歌表现的主体，"风送"两字非常关键，是风把这里的欢乐声音送到了别处，送给谁了呢？后两句主人公才出场，且身份不明确，需要体会方知。"月殿影开"指月亮中的阴影退去，月光很亮，"闻夜漏"是在侧耳倾听宫漏中水滴的声音，那种声音不大但很清晰，且有节奏，能够使失眠的人肝肠寸断，撕心裂肺，因此宫词中经常看到这样的描写，如中唐诗人李益的《宫怨》："似将海水添宫漏，共滴长门一夜长"一直被人激赏。最后一句"水精帘卷近秋河"也有深味。为何要卷起门帘而接近秋河呢？这位宫女到底在想什么呢？从全诗体会，可以寻觅出端倪，秋河是指秋天的银河，而初秋七夕是牛郎会织女的佳期，每年只有一天。正是这条无情的天河隔断牛郎和织女的爱情，她凝望天河是在怨恨？还是在期盼？或许二者兼有。前面的欢乐衬托出后面主人公寂寞无聊的痛楚，这便是本诗的主旨。章燮说："此诗不言怨情而怨情显露言外。若无心人安得于夜深时，犹在此间一一闻之，悉而见之，明耶！"

夜上受降城^①闻笛

李 益

回乐峰^②前沙似雪，受降城上月如霜。不知何人吹芦管，一夜征人尽望乡。

注释　　①受降城：唐代受降城有东、中、西三城，均是唐中宗神龙年间由朔方主管张仁愿为抵御突厥入侵而筑。东城在胜州，西城在灵州，中城在朔州。此处指西受降城，故址在今内蒙古自治区杭锦后旗乌加河北，狼山口南，距本诗中之回乐峰最近。②回乐峰：指回乐县一带的山峰。回乐县故址在今宁夏回族自治区灵武县西南，唐时属灵州。峰，一作"烽"。

译文　　回乐峰前的沙碛上白蒙蒙好像雪，受降城里到处白茫茫好像霜。不知是谁吹起了幽怨的芦笛，弄得将士们彻夜难眠，都焦虑地朝着家乡的方向张望。

评析　　李益是中唐前期边塞诗人的代表，从此诗便可体会出盛唐与中唐边塞诗的不同。本诗的主题是最后两字"望乡"，即表现戍边战士的思乡之情。

　　前两句用地名展开空间，点明地点和刻画环境氛围。"雪"和"霜"都是错觉，实际上就是月光。但这种错觉造成一种凄凉阴冷的悲剧效果，为全诗抒情渲染气氛。第三句的笛声是转折，使整个画面活了起来，并成为末句抒情的媒介。在寥廓的清空中的一曲幽怨笛声，打破了沉闷和寂寞，也引发了军营中官兵的思乡之情。"尽望乡"表明这是全体官兵的情绪，从而委婉表现了厌战的心理。"一夜"说时间之长，谓征人无时不在思乡，"尽"说所有官兵无人不在思乡，可见笛声使整个军营的官兵都彻夜难眠。

乌衣巷 ①
刘禹锡

朱雀桥 ② 边野草花，乌衣巷口夕阳斜。旧时王谢堂前燕，飞入寻常百姓家。

注释　① 乌衣巷：当时金陵城中一条街道名，位于秦淮河之南，与朱雀桥相近。三国时吴国曾在此设军营，士兵多穿黑衣，故称乌衣巷（参见《能改斋漫录》卷四引《丹阳记》）。东晋时王导、谢安等豪门贵族聚居于此。② 朱雀桥：金陵城朱雀门外横跨秦淮河的大桥。

译文　六朝时繁华无比的朱雀桥边，如今到处是荒草野花，当年贵族豪宅集聚的乌衣巷，在夕阳余光的笼罩之下。往昔寄居在王谢庭堂里的小燕，都飞进平常的百姓之家。

评析　本诗是《金陵五题》组诗中的第二首，通过朱雀桥畔乌衣巷口今昔景象巨变的描绘，揭示豪门贵族虽能权倾一时，最终逃脱不了衰败的命运这一不可抗拒的历史规律，极力表现人世虚幻，有凝重深沉的历史沧桑之感。

开头两句描写实景。朱雀桥是当年最繁华的所在，如今野草已经开花，可见一年也没有人清除，而当年最热闹繁盛的乌衣巷，如今在夕阳中冷清寂寥。在对比中显示出夕盛今衰之感。三句中的燕子是很重要的意象，是它的行为引起人们更深沉的遐想。以前王谢豪宅里的小燕，如今飞入寻常百姓的家。象征王谢贵族的衰落。但此处的寻常百姓到底是什么身份，人们的理解不一致。关于此点，清代施补华的意见很有启发性。他说："若作燕子他去，便呆。盖燕子仍入此堂，王谢冷落，已化作寻常百姓矣。如此则感慨无穷，用笔极曲。"(《岘佣说诗》)即燕子虽然依旧飞入王谢之家，但以前的王谢是显赫的大贵族，如今王谢的后代已经成为寻常百姓。这样理解更深刻，抒情更有张力。

春　词^①

刘禹锡

新妆宜面^②下朱楼，深锁春光一院愁。行到中庭数花朵，蜻蜓飞上玉搔头^③。

注释　① 春词：诗题一作《和乐天春词》。② 宜面：很协调匀称的装束。③ 玉搔头：玉簪，美玉制成的头簪。搔头，簪的别名。旧题汉刘歆《西京杂记》二："武帝过李夫人，就取玉簪搔头。自此后宫人搔头皆用玉，玉价倍贵焉。"

译文　刚刚化完时髦的新妆走下红楼，幽深的庭院仿佛锁住的都是闲愁。她百无聊赖地数着院里的花朵，一只蜻蜓飞到她的玉搔头上。

评析　本诗是对白居易同题诗的唱和之作，都是歌咏少女的春愁。为理解本诗。有必要把白居易原作录出："低花树映小妆楼，春入眉心两点愁。斜倚栏杆背鹦鹉，思量何事不回头？"白居易所写是个心事重重的女孩，而刘禹锡笔下则是一个活泼乐观的女孩，二人对于春愁的表现方式不同。

　　"新妆宜面"是妆化得非常合体漂亮，表现女孩爱美之心。"下朱楼"是欣赏春光美景，与王昌龄的"闺中少妇不知愁"异曲同工。次句是典型环境描写，春光虽好，却被锁住，而且满院子都是愁。"愁"是锁不住的，锁住的是人，锁住了人也就锁住了愁，因此才会产生后面的行为。少女怀春，人之常情，但却被封闭在深深的庭院之中，无法享受大自然的美，更无法与外界交往，享受自由爱情的幸福，实在无聊，她才去数花朵。而数花朵的行为也有惜花怜花的意蕴，花儿开放能有几日红？潜在的意识便是自怨自怜，自己的青春能有几时？淡淡的春愁从这一动作中可以体现出来。可能因为站立时间长了，美人太漂亮，因此蜻蜓将其看成花儿一般，竟落在她的头簪之上。这更增加了她美丽的程度，这样青春年少的美女就在这样的深闺大院里空度时光，不就是人生最大的悲哀吗？用表面的美景揭示内心的深愁隐忧，怨而不怒，哀而不伤，是本诗的主要风格。

宫　词①

白居易

泪尽罗巾梦不成，夜深前殿按歌声。红颜未老恩先断，斜倚薰笼②坐到明。

注释　　①宫词：诗题一作《后宫词》。②薰笼：覆罩香炉的竹笼，香炉用来薰衣被，为宫中器物。

译文　　泪水沾湿了丝绸的枕巾就是无法进入梦境，深更半夜前殿依旧传来有节奏的歌声。回想自己还没有衰老就被皇帝遗弃，怎么会如此红颜薄命？斜着身子凭倚薰香的竹笼呆呆愣愣，独自坐到天色黎明。

评析　　在诸多宫词中，本诗自有特点在，诗中的宫女是一位曾经受过恩宠的嫔妃渴盼君王再度临幸的心理过程，层次清楚，步步深入，令人同情。

首句说泪湿透枕巾依然无法入梦，或云宫人想到梦境中寻取欢乐，虽然也可通，但有些浮浅，其实就是想睡觉而不成，极度失眠造成神经衰弱。这是很痛苦的，此时前面宫殿中又传来欢乐的歌声，歌声中的欢乐情景历历在目，这对于失眠宫人来说是更大的刺激，如同伤口上撒盐更加痛苦不堪。第三句被人批评太露，即"红颜未老恩先断"，把话说明白了，自己还没有衰老而君王的恩宠就断绝了。但这句话是本诗中最关键处，因为正是这句诗起码提供两个信息：一是这位女子曾经得到过皇帝的宠爱，与从未被临幸过的女子不同，对于爱的渴望更加强烈，对于失宠的幽怨就更加深刻。二是这位女子还很年轻，红颜未老，如果人老珠黄失宠也是正常的，没有什么值得怨恨的。自己受过恩宠，现在依然年轻美丽，可君王为什么就冷落自己了呢？她想不通，因此独自斜倚薰香的竹笼一直坐到天明。彻夜未眠。这样我们再从头思索全诗的抒情线索，便十分清楚了。夜晚不寐，盼望君王临幸也；盼望无影，暗自流泪湿透衣襟也；听他人欢乐，更加痛苦难堪无眠也；暗思曾被恩宠，如今红颜依旧，君恩已绝，痛惜红颜薄命，幽怨益深，一个人流泪到天明也。感情层层深入，千回百转，令人同情。

赠内人 ①

张　祜

禁门宫树月痕过，媚眼惟看宿鹭窠 ②。斜拔玉钗灯影畔，剔开红焰救飞蛾。

注释　① 内人：唐代称在皇宫内宜春院的伎女为内人，也可泛指所有宫人。专称妻子是后来的用法。② 宿鹭窠：有白鹭鸟住宿的鸟巢。

译文　朦胧的月光照临紫禁城中的一棵树上，树上双栖共眠的白鹭吸引了一个姑娘的目光，那是一位被选进宜春院的姑娘。忽然一只飞蛾向着灯光飞来，那姑娘急忙斜着婀娜的身姿拔下玉钗，边剔灯花边把这只误投光明的飞蛾赶开。

评析　　这是一首别具一格的宫怨诗，从诗歌表面看不出怨来，但如果仔细体会字面后面的意蕴，幽怨还很深沉悠远。

　　四句诗为两个特写镜头。前两句仿佛一个由远向近移动的画面：森严冷漠的宫门中，一棵大树上的鸟巢里酣睡着一双鹭鸟，镜头移动到深宫中一个宫人的眼睛上，那双美丽迷人的眼睛凝神而深情地注视着那个鸟巢。因为镜头已经在无形中由外面移动到室内，这时才会出现第二个镜头，即后两句的内容。正当宫人出神的时候，忽然飞进一只小小的飞蛾，径直向着灯光飞去。她急忙斜身迅速拔下金钗，急忙把即将投向灯火的飞蛾拨开赶走，使其脱离危险。

　　这两个生活细节各有很深的意蕴，观看鸟巢的举动暗示出她对于鸟雀能够过平常生活，尚有夫妻家庭的向往，而孤独伶俜独守空闺是女性的最大悲哀，这恰恰是这位宫人所必须面临的命运，其内心的苦楚不言而喻。后两句刻画她营救飞蛾的动作。飞蛾向灯飞是追求光明，但其结果是葬身灯火，所谓"飞蛾扑火"成语即说此。而这可怜的小生命本来是追求光明而来的，结果却是死亡。这与许多女孩入宫追求幸福极其相似，本来满怀希望而来，但对于绝大多数女孩来说，一旦进入宫中，便失去自由和生命的意义，如同住进了活棺材，丧失了人最起码的爱的权利，与扑火的飞蛾何其相似乃尔。因此，救飞蛾的举动既表现官人的仁慈之心，也是自我救赎、自我哀怜的表现。小诗用语很精练，一个"媚眼"写出其多情妩媚的表情，一个"斜拔"写出其婀娜多姿的身段，这是一个很漂亮很令人怜爱的姑娘，在增强诗之美感的同时，也加强了悲剧效果。这么美丽动人的女子却是这种命运，不是更令人同情惋惜吗？另外，以外显内，用外在行为举动表现内心丰富细腻感情的艺术手法也很高妙，值得借鉴。

集灵台^①二首（其一）

张　祜

日光斜照集灵台，红树花迎晓露开。昨夜上皇新授箓^②，太真含笑入帘来。

注释　①集灵台：即长生殿，在华清宫里。《唐会要》："天宝元年十月，造长生殿，名为集灵台，以祀神。"②授箓：授给别人道箓。道教接受新门徒时的仪式之一。道箓，道教的一种秘文，朱笔写在绢上。

译文　初升的阳光斜射着新建的集灵台，树上的红花迎着朝露含笑绽开，因为昨天夜晚太上皇新给一人亲授道箓，那时杨太真含情脉脉微笑着走进帘来。

评析　《集灵台》二首属于一个主题，都是揭露唐明皇重色荒淫误国的丑行，语言犀利，揭露深刻。前首讽刺其用掩耳盗铃之手段抢占儿子媳妇，后首揭露其和大姨姐公开有暧昧关系，都属于社会伦理所不齿的丑恶行径。

前两句用欢快清新的景物烘托唐明皇和杨玉环两个当事人的喜悦心情，"日光斜照"是旭日初升之景象，所照射的地方是集灵台，而树上的红花迎着朝露开放，清新而喜悦，朝气蓬勃，象征新欢之人的内心世界。应当指出，这里的集灵台不是华清宫中的长生殿，而是在长安皇宫中专门为杨玉环新设置的道观，或许当时唐明皇也称之为集灵台而史籍失载，但肯定是在长安宫中是毋庸置疑的，时间也不是天宝元年，而是开元二十八年。将这件史实简明介绍便可解开本诗。杨玉环于开元二十四年入宫，嫁给唐明皇十八子寿王李瑁为妃。李瑁乃武惠妃所生，武惠妃是武则天娘家孙女，颇有心机，与李林甫内外勾结要谋求皇后之位，而李瑁则有当太子可能。杨玉环进宫便为寿王妃，直接奔皇后去的。但太子已立多年，李瑁要当太子之前提就是废掉原太子。于是武惠妃与李林甫处心积虑编织罗网陷害太子。太子被废，但武惠妃亦死，李瑁当太子事暧昧不明。尽管李林甫费尽心机，但唐明皇就是不表态。三年后，唐明皇三子忠王李玙被立为太子，李瑁的太子梦彻底破碎，而杨玉环的皇后梦也就成了泡影。于是杨玉环主动另攀高枝，在一次唐明皇举办的家庭联欢会上在唐明皇面前极尽表演之天才，跳了最优美最有调情的《柘枝舞》，最后一式是"回眸一笑"，结果这么一笑就"百媚生"，引起唐明皇的高度注意。武惠妃死后，唐明皇没有宠幸女人，于是钟情杨玉环。经过高力士和玉真公主撮合，唐明皇与杨玉环在玉真公主宅幽会。其后秘密往来，经常是"相见时难别亦难"。于是杨玉环和李瑁离婚，杨玉环出家为女道士，唐明皇在宫中专门为其设置道观，并亲自去为之授道箓，赐给法号叫"太真"。然后二人便可以学道为名天天厮守了。此事发生在开元二十八年。皇宫中人人都知道内情，因此都称杨玉环为"杨娘子"。这样，后两句的意思便十分清楚了，之所以集灵台的早晨充满喜气，原来是从唐明皇和杨玉环的眼里看出的。昨晚开始，二人可以公开幽欢，能不欢喜吗？"授箓"的实质是什么也就不言而喻了，讽刺意味颇深警。

集灵台二首（其二）

张　祜

虢国夫人①承主恩，平明骑马入宫门。却嫌脂粉污颜色，淡扫②蛾眉朝至尊。

注释　①虢国夫人：杨贵妃二姐的封号，嫁给裴氏。②扫：轻轻描画。

译文　虢国夫人承受着唐明皇的隆恩，天亮时骑着马大摇大摆进入宫门。她嫌浓妆艳抹会玷污天然的美貌，只是淡淡扫了一下蛾眉就去朝见天下的至尊。

评析　本诗讽刺唐明皇滥封乱爱秽乱宫闱的荒谬行为，表面看是赞美虢国夫人的美貌，仔细体味便可悟出讥刺之深刻犀利。

自从杨贵妃被宠幸后，杨氏一门大受封赏，她的三个姐姐都被封为国夫人。其中最淫荡的是她二姐虢国夫人。她早先便与族兄杨国忠私通，入京后又深得唐明皇恩宠。据史料记载，虢国夫人倚仗皇帝的宠爱，上早朝时，与杨国忠二人并马而行，不施帷幔，挥鞭谈笑自若，观者无不惊讶侧目。《杨妃外传》载："妃有姊三人，皆丰硕修整，工于谐浪，每入宫中，移暑方出。虢国不施妆粉，自炫于美艳，常素面朝天。"全诗所写便是虢国夫人"素面朝天"的情景。首句叙事，交代原委，次句写其放肆的举止，在大白天时公然骑马也不带帷幔，抛头露面进入皇宫。皇宫属于禁地，文官要下轿，武官要下马，可人家就是骑马而入。唐代女子出门，要戴幂帽，即类似斗笠，周围一圈纱布下垂，使人不能看见其面貌。但虢国夫人偏不理睬这些世人皆守的规矩，故意将自己不化妆的美貌展示出来，以炫耀她的"天生丽质"，使看到的人都大惊失色，连忙转脸不敢多看，可见这在当时是非常过分的行为。最后再度点明主旨，虢国夫人之所以如此，是去朝见至尊皇帝。表面看是赞美虢国夫人的天姿国色，真美！实际是在讥刺唐明皇娇纵杨氏一门秽乱宫闱的腐败行为。仇兆鳌曾将此诗误为杜甫之诗而有精彩的分析："乍读此诗，语似称扬。及细玩其旨，却讽刺微婉。曰虢国，滥封号也；曰承恩，宠女谒也；曰平明上马，不避人目也；曰淡扫蛾眉，妖姿取媚也；曰入门朝尊，出入无度也。"分析很深刻。《古唐诗合解》评此诗曰："此诗讥刺太甚，然却极佳。"可谓独具法眼。

题金陵渡^①

张　祜

　　金陵津渡^②小山楼，一宿行人自可愁。潮落夜江斜月里，两三星火是瓜州^③。

注释　　① 金陵渡：在今江苏南京市附近的渡口。一说在今江苏省镇江附近的长江渡口。② 津渡：同义复词，即渡口。③ 瓜州：一作"瓜洲"。今江苏省南京市六合区，在长江边。一说在今江苏省扬州市邗江区，与镇江市隔江相对。

译文　　我住在金陵渡口驿馆靠山的小楼，虽然只住一宿也挺孤独忧愁。听着江潮在半夜里渐渐落去，西斜的迷蒙月光更令人烦忧。在暗夜的远方闪耀着几点灯火，那个地方便是瓜洲。

评析　　本诗表现旅途中的忧愁，感情淡而有味。前两句叙事抒情。诗人住在依山而建的小楼里，视野比较开阔。这座小楼是金陵渡的驿馆。古代在大路边和主要水路的码头或渡口处建有驿馆，由国家统一经营，为来往客人提供食宿。次句说自己只住一夜，但也应当愁。为何而愁呢？这便是眼前的景色。你看，一轮斜月的朦胧月光下，江潮落了，一片寂静，远远望去，那闪烁着几点灯光的地方是瓜洲。在漆黑的夜晚，看见有灯光本应有些安慰和温暖才对，为何诗人反而觉得愁呢？这便是艺术上相反相成的道理，因为闪烁灯光的地方是有人居住的处所，生活在那里的人阖家团圆，没有一个人漂流在外的苦恼和寂寞，因此更加重行人的思乡情怀。那几点灯火的作用与马致远的"小桥流水人家"有异曲同工之妙。这便是本诗颇受欢迎的原因。月亮西斜，已到下半夜，能听到江潮的渐渐落去，也说明诗人一直未能入睡，其心绪烦躁的情形可以想象，在这种情况下，再看到那几点灯光，怎能不愁呢？

朱庆馀／生卒年不详

名可久，以字行，越州（今浙江绍兴）人。敬宗宝历二年（826）进士及第，官秘书省校书郎。仕途不顺，曾客游边塞。其诗词意清新，描写细致，风格与张籍相似，前人称他"得张水部诗旨"。《全唐诗》存其诗二卷。

宫中词 ①

朱庆馀

　　寂寂花时闭院门，美人相并立琼轩②。含情欲说宫中事，鹦鹉前头不敢言。

注释　　① 宫中词：一作《宫词》。② 琼轩：美玉建造的长廊。

译文　　鲜花盛开的仲春，一个宫院中却寂静无音，紧紧地关闭着宫门。两个美丽苗条的宫女并肩站立，凭依在白玉栏杆前。两人含情脉脉，刚要互相说宫中的什么事端，忽然看见前面有个鹦鹉，便都紧闭嘴巴什么也不敢谈。

评析　　本诗属于宫怨类，揭示宫女生活的寂寞苦闷和精神生活的痛苦，批判宫女制度的残酷无情。开头两句如一幅静态的图画，春光宜人，百花盛开，皇宫的一个宫院大门紧闭，象征这里是与世隔绝的地方，给人一种封闭的感觉。两名并肩而立的宫女袅袅婷婷。后两句通过叙事点出主旨，她们本来都满腹心事想要相互倾吐，但看到鹦鹉便不敢说了，因为怕被鹦鹉学舌传到别人的耳朵里。在鹦鹉面前便如此，在人的面前不更可想而知吗？于此可以想象宫女们在精神生活方面所受到的禁锢该是多么严酷。宫女们生活在恐怖和禁锢中，后宫仿佛是一个女性精神的监狱，这便是本诗的主旨。至于宫女想要说的话是什么内容，至于鹦鹉是否真的能学舌都不重要，有人在这两方面分析评价，实在没有必要。

近试上张水部 ①

朱庆馀

　　洞房昨夜停红烛，待晓堂前拜舅姑②。妆罢低声问夫婿，画眉深浅入时无。

注释　　① 近试上张水部：诗题一作《闺意献张水部》。近试，临近科举考试之时。张水部，指张籍，时任水部员外郎。② 舅姑：公婆的旧称。

译文　　昨天夜间洞房里红烛高照而彻夜通明，新娘等待着早晨去拜见婆婆和公公。化妆完了低声询问夫婿，你看我的妆饰是否新潮和时兴？能否符合公婆的眼光而使他们有个好心情？

评析　　这是一首比兴诗，在新娘与新郎的对话这一细节中委婉征求对方的意见。先看表面意义。新媳妇次日清晨要拜见公婆，新娘怕自己的打扮公婆不喜欢，因此化完妆便征求丈夫的意见，如果丈夫认可，公婆可能就会认可，因为丈夫最了解他的父母。而且万一公婆不认可，丈夫也会从中说情斡旋。可见这是个有心计的新娘。表层意义明确，其比兴意义自然清楚。

　　唐代进士考试不糊名，即主考官和评卷人可以直接看见考生的姓名。这样，先给主考官以好的印象就是能否及第的重要因素了。因此唐代盛行行卷的风习，举子们在考试前要先向政界要人或权贵或文坛名人呈现自己的诗文作品，名义是请教，实际是变相请托。如果得到这些人的认可和推荐，及第的希望就很大。本诗便是行卷时交的。很明显，诗中的新娘是诗人自己，夫婿是张籍，舅姑是主考官。画眉深浅句是问我的诗文是否合乎主考官的口味。张籍当然看懂了，写诗回答曰："越女新妆出镜心，自知明艳更沉吟。齐纨未足时人贵，一曲菱歌敌万金。"暗示诗人，你的水平没有问题，因为现在的人喜欢自然美，你的菱歌价值无比。果然，朱庆馀高中金榜。二人的诗歌往来也成为诗坛一段佳话。

将赴吴兴^①登乐游原^②一绝

杜 牧

清时有味是无能，闲爱孤云静爱僧。欲把一麾^③江海去，乐游原上望昭陵^④。

注释 ① 吴兴：今浙江省湖州市。隋时曾名湖州，唐天宝间改为吴兴郡。② 乐游原：在长安城东南，地势高敞，是汉唐时期登临游览胜地。③ 一麾：一面旗帜，表示官员身份的物件。古人称出外地任郡守为"建麾"。④ 昭陵：唐太宗李世民陵墓，在今陕西省礼泉县东北。

译文 太平盛世里本应当大有作为，而我还有闲情逸致便是无能，所以我喜欢清闲飘浮的孤云，爱看参禅打坐的僧人。现在将要到远离京师的地方去担任职务，于是我感慨万千登上乐游原，去眺望远方的昭陵。

评析 杜牧颇有才能和志向，但生不逢时，处在党争夹缝中，饱受压抑。本诗是大中四年（850）秋四十八岁时所作。此前，他曾三上宰相书请求外任，得到批准，出为湖州刺史。行前登上乐游原而作此诗。

关于本诗主旨，人们理解有歧义，或云歌颂清平，或云对朝政失望，最关键是对后两句如何理解。前两句是反语，谓在清平时代而不能干一番事业便是无能的表现，而自己正如此，喜爱清静的云和僧。那么，是否诗人真的无能呢？绝对不是。但为何如此说？前人似乎未涉及此点。杜牧当时任吏部员外郎之职，可能是不被重视，没有独立执政权，而处在一种清闲的地位，无法施展才能，而整个朝廷政治亦庸庸碌碌，无所作为，故主动要求外任。后两句说在将要出任地方官的时候，登上乐游原眺望昭陵。登乐游原游览便是对前两句诗的具体诠释，也是有为的具体表现。最后一句将视线和思绪宕开，他登乐游原是要眺望昭陵。昭陵是唐太宗的陵墓，诗人向往贞观盛世，向往唐太宗那样的圣明君主的感情都委婉地表现出来。而这不正是对于现实失望的举动吗？意在言外，情在理中。

赤　壁^①
杜　牧

折戟沉沙铁未销，自将磨洗认前朝。东风不与周郎^②便，铜雀^③春深锁二乔^④。

注释　　①赤壁：指赤壁山，三国时赤壁大战战场。在今湖北赤壁市西北长江南岸，耸峙江边。又，湖北省黄冈市城外有赤鼻矶，后人误认为赤壁。杜牧曾于会昌二年（842）至会昌四年任黄州刺史，此诗当作于此时。②周郎：即周瑜。赤壁大战时年仅三十四岁，吴国人爱称其为周郎。③铜雀：台阁名。建安十五年曹操在邺城（今河北临漳县西南）所建，因楼顶有大铜雀而得名。曹操姬妾均居住其间。④二乔：东吴乔公两个女儿，是两位倾城倾国的美女，大乔嫁孙策，小乔嫁周瑜。

译文　　一支折断的戟沉没在江边的沙滩，铁还没有完全腐蚀完，我亲自蘸水磨洗掉铁锈斑斑，仔细辨认字迹知道那是前朝的物件。这不仅使我浮想联翩：当年如果不是东风给周瑜提供方便，恐怕他实在难以打胜赤壁大战。东吴的两位美女大乔和小乔，也将被关进铜雀台。

评析　　本诗是见物生情，借怀古之酒浇自己心中块垒的咏怀之作。欲真正理解本诗意旨，必须先了解杜牧之人。

杜牧有很高的实际才能，对于军事、经济、地理等都进行过研究，尤其是军事才能，在唐代诗人中是最优秀的，在同时代大臣中，也无人能与他相比。他注解的《孙子兵法》流传至今。但由于当时党争激烈，他不受重用，经常做幕僚或中下级官吏，从未掌握重权，郁郁不得志，才能当然无法施展。当他在江边沙滩捡到一支沉埋数百年的戟时，便引发一系列的联想，写下此诗。

诗的表面意义很好理解，前两句叙事，说他在沙滩捡到一支戟，经过一番磨洗后辨认出是三国时期的兵器。后两句议论，说当年的赤壁大战多亏是东风为周瑜提供方便，否则，周瑜难以胜利，而东吴的两位有特殊身份的美女大乔和小乔也将被曹操俘虏而为其所占有。二乔的被俘暗示东吴的亡国，这是以小见大之法，也是用生动的具体事例代替抽象的议论。总之，其结论是周瑜的胜利是借助东风。对于这一点，没有异议。但如果仅理解到此，则未真正理解杜牧真意，若隔靴搔痒，未触痒处。其实，理解本诗的关键是"东风"一词，确实如此，如果没有自然界的东风，周瑜无法建立如此名垂青史的伟业。但自然界的东风是偶然的，仅此一点并不能干成什么。周瑜成功的关键是国主孙权抗战的坚定决心和对周瑜的绝对信任和支持。故此处的东风已经扩大了内涵，象征社会提供的一切客观条件。周瑜的成功正是得力于此。因此，可以理解，杜牧的潜台词是：周瑜成功是当时历史所提供的客观条件促成的，我杜牧缺少的正是这种东风。

泊秦淮 ①

杜　牧

烟笼寒水月笼沙，夜泊秦淮近酒家。商女不知亡国恨，隔江犹唱《后庭花》②。

注释　　①秦淮：即秦淮河，在今南京市内。从六朝到唐代，秦淮河一直是官僚富商追逐声色的繁华之地。②《后庭花》：《玉树后庭花》的简称。《玉树后庭花》是南朝陈后主所作的靡靡之音，被后世称为亡国之音。

译文　　朦朦胧胧的夜晚，水气和烟雾笼罩着河水和沙滩，我的船停泊在秦淮河边，对岸便是一个大酒店。那些卖唱的女子似乎不知道亡国的怨恨和遗憾，居然演唱的是陈后主的《玉树后庭花》，那靡靡之音弥漫在秦淮河的两岸。

评析　　本诗抒发伤感时忧愤之情。首句描写环境，是全诗大背景和色彩基调。两个"笼"字将秦淮河一带雾气蒙蒙，月色黯淡，凄清阴冷的气氛渲染出来，是整个社会环境的缩影。次句"夜泊秦淮"紧承前句点题，"近酒家"三字下启后两句。因为距离酒家很近，才能听清楚商女歌唱的内容而引起感慨。后两句重点在"犹唱《后庭花》"。商女是歌女，演唱什么歌曲并不是自己主动说了算，而是由那些听歌的达官贵人们点，类似现代的点歌。因此，诗人批评的重点不在歌女，而在点歌者，便是那些进行声色享乐的官僚富豪。这便是借题发挥，是委婉含蓄的表达法。《玉树后庭花》是靡靡的亡国之音，作为社会既得利益者的这些权贵只图自己拥红抱翠，纸醉金迷的享乐，根本不考虑国家前途和大事，居然如此欣赏亡国之音，可见已经没了心肝。权贵如此，本来已经每况愈下的国势不就更令人忧虑吗？全诗意脉清晰，意境朦胧，以景托情，韵味弥足。

寄扬州韩绰①判官②

杜　牧

青山隐隐水迢迢，秋尽江南草未③凋。二十四桥④明月夜，玉人⑤何处教吹箫。

注释　　① 韩绰：生平不详。② 判官：中晚唐时节度使、观察哨、防御史均可开府设置幕僚，判官是幕僚之一。③ 未：一作"木"，以"未"为好，更符合全诗意境。④ 二十四桥：唐时扬州最繁华，二十四桥是具有代表性景物，唐诗宋词中多有歌咏者。⑤ 玉人：如玉美人，不限男女，这里指韩绰。

译文　　青山隐约连绵，绿水流向远天，秋天虽然已随江去，草木尚未零落凋残。

二十四桥的美景依旧，尤其是那明月的夜晚，更令人心醉目眩。那位美男子风度翩翩，此时此刻不知道正在哪里，教美女们吹箫而满心香甜。

评析　　这是一首歌颂友情的名篇，后面两句风情旖旎，声色相兼，故很脍炙人口。杜牧对于扬州情有独钟，甚至描写唐代扬州美景的第一诗人也非他莫属。

　　大和七年至九年（833—835），杜牧曾在淮南节度使牛僧孺幕府做幕僚，尽情声色享乐，"十年一觉扬州梦，赢得青楼薄幸名"便是离开扬州后的感受。此诗也是离开扬州后所写。韩绰生平未详，杜牧共写给他两首诗，另外一首是《哭韩绰》推测可能是杜牧在扬州当幕僚时的朋友，而且交情不错。《哭韩绰》云："平明送葬上都门，绋翣交横逐去魂。归来冷笑悲身事，唤妇呼儿索酒盆。"可知韩绰死杜牧曾经亲自到场了。本诗首句以景起，山水的美丽遥远拉开与友人的空间距离，在写出怀念友人的同时也写出对于扬州美景的留恋。次句云虽然秋天已尽，但江南的草依然是绿色，江南依然很美丽。后两句笔锋一转，集中写一个特写镜头，在"二十四桥明月夜"的醉人的夜晚，此时此刻，你在哪里教一群美女吹箫呢？关于最后一句，在我看到的关于本诗的解释中，为什么提到"教吹箫"，都含混不清。而这确实是解释此诗最关键的问题。杜牧以风流著称，韩绰是否风流不得而知，但跟杜牧关系很密切是可以确定的。我推测，韩绰可能擅长吹箫，而且也曾经有过教人吹箫的事，于是杜牧在最后特意拈出此事既有调侃的意味，也有对其风流倜傥风度的艳羡之情。如此美景，如此风流韵事，给人以无限的遐想，给人以美感享受，这便是本诗的成功之处。

遣　怀^①
杜　牧

落魄^②江湖^③载酒行，楚腰^④纤细^⑤掌中轻^⑥。十年^⑦一觉扬州梦^⑧，赢得青楼薄幸^⑨名。

注释　①遣怀：抒发情怀。②落魄：潦倒失意。一作"落拓"，意同。③江湖：一作"江南"。④楚腰：用楚王好细腰之典。此处指身材苗条的妓女。⑤纤细：一作"肠断"，意为可爱至极。⑥掌中轻：相传西汉成帝皇后赵飞燕身轻，能为掌上舞，此形容妓女体态轻盈可爱。⑦十年：表示时间之久。杜牧从二十六岁进士及第一直到三十六岁，十年间基本在各大幕府中当幕僚，其中在扬州牛僧孺幕府三年。此概而言之。⑧扬州梦：杜牧在扬州幕府时曾迷恋声色歌舞，常出入娼楼妓院。事后回忆，仿佛梦境，微含悔意。⑨薄幸：薄情。

译文　十多年来我仕途偃蹇困顿，终日到处饮酒打发内心的苦闷，或者到娼楼妓院去欣赏红裙，与那些妖艳风骚的青楼女子日夜厮混。如今犹大梦初醒非常悔恨，不想再那样荒唐颓废而要振作精神，然而已经得到放荡轻薄的不好名声。

评析　本诗流传极广，得到世人尤其是文人激赏，宋词中多有运用此典者，元人则以此诗为题材创作杂剧进行演出。之所以如此，是因为本诗所表现的生活情景和思想情绪在古代文人中最具有普遍意义。

诗意不难，前两句刻画出一个活脱脱的风流浪子形象，一是酒楼，一是妓院，而这两点可以说是古代大多数文人心向往之的，故引起人的欲望而产生共鸣。后两句思想内涵比较丰富，人们又可以各取所需，仁者见仁智者见智。仔细体会，其中交织两种情绪：一是对于自己仕途困顿的不满和愤懑，政治不明，官场不公，害得自己整整荒废了十年的大好时光。这十年自己干什么了，只得到一个青楼薄幸的名声。简直如同大梦一般。二是对于自己的这段生活颇有后悔之意，不能再这样生活，这样颓废了，应当改变，应当奋发。若仔细品味，后悔中还夹杂点自我欣赏的味道，虽然不浓，但可以品尝出来。追求风流，欣赏风流，是古代绝大多数文人的共同心态，而痛恨政治黑暗，珍惜时间，追求事业功名也是古代绝大多数文人的共同心态，两者均可在本诗中得到，这便是本诗流传甚广的原因。

秋　夕①

杜　牧

银烛秋光冷画屏，轻罗②小扇扑流萤。天阶夜色凉如水，卧看③牵牛织女星④。

注释　　①秋夕：诗题一作《七夕》。②轻罗：轻薄的丝织品，这里指小扇的质地。③卧看：一作"坐看"。④牵牛织女星：《荆楚岁时记》："天河之东有织女，天帝之子也。年年织杼劳役，织成云锦天衣，天帝怜其独处，许嫁河西牵牛郎。嫁后遂废织。天帝怒，责令归河东，但使其一年一度相会。"

译文　　白色蜡烛的光线映照在屏风的画面上色彩很冷清，那位年轻的宫女手持丝绸的团扇捕捉飞动的萤火虫。月光照耀着后宫的台阶冰冷如水，而那位小宫女却斜卧在台阶上观看天空中的牛郎织女星。

评析　　本诗属于宫怨类，写一名失意宫女在七夕晚上的举止，反映出后宫生活的寂寞冷清，揭露封建时代后宫制度的罪恶。

　　前两句描写后宫生活的图景，白色蜡烛的光照在屏风的画面上，色调黯淡而幽冷。庭院里又飘忽飞动的萤火虫，一个宫女手持丝绸小扇去捕捉萤火虫。这一景有多层含义，萤火虫产生在腐草中的说法虽没有科学根据，但杂草丛生的荒凉之所才会有萤火虫则是生活常识，因此暗示出这是一个被冷落的地方。"扑流萤"是因为百无聊赖，无事可做，暗示出宫女的孤独寂寞。团扇到秋天则被冷落抛弃，曾被比喻女性色衰爱弛，据说汉代的班婕妤失宠后曾创作《怨歌行》抒发怨恨，其中有"常恐秋节至，凉飙夺炎热"的句子，如今到了秋天，她手中的罗扇不也是其命运的象征吗？这一小的镜头意蕴如此深沉，后面两句意境更美，当夜深人静的时候，她一个人独自坐在台阶上观看牵牛织女星。牵牛织女是中国最古老的民间传说之一，一对恩爱的夫妻被天河阻隔，一年才能相会一个晚上，而这天晚上正是他们甜蜜幽会的时刻，可能正在缠绵吧？一年一度相逢，本来已经够不幸的了，但依然令宫女羡慕，因为她根本没有正常爱情的权利，可能这一生连一次和心上人相会的机会都没有，这不是更大的悲哀吗？这便是加倍的写法。

小诗艺术表现力很强，画面很生动，意境优美，衡塘退士评曰："层层布景，是一幅着色人物画。只'坐看'二字，逗出情思，便通身灵动。"

赠别二首（其一）

杜　牧

娉娉袅袅①十三余，豆蔻②梢头二月初。春风十里扬州路③，卷上珠帘总不如。

注释　①娉娉袅袅：形容女子容貌美丽体态苗条，亭亭玉立。②豆蔻：多年生草本植物，初夏开花，二月初尚含苞未放，故常用以比喻少女。后称十三四岁女子豆蔻年华，即本于此。③十里扬州路：唐代扬州有一条街，最繁华，是妓院集中区，长近十里。

译文　刚过十三岁的你美丽而苗条，好像二月初豆蔻梢头那含而不放的喜人的花苞。春风里走遍扬州最繁华的十里长街，所有的珍珠门帘都卷得高高，里面的美人在向游人舞眉弄眼卖弄风骚，但却无一人能够比得上你的姿容玉貌。

评析　这是一首美的赞歌，极力表现自己意中人无与伦比的美貌。首句正面描写女子的美丽，采取避实就虚之笔法，"娉娉袅袅"是体态轻盈美好，"十三余"是说芳龄，只七字，一位美貌动人的少女形象便呼之欲出，非常高明。次句用一精彩贴切的比喻，便为后世创造一个"豆蔻年华"的成语，更是神奇。豆蔻产于南方，花呈穗状，初生时在嫩叶中包裹，叶渐展开，花从中伸出渐渐开放，颜色由深红转淡。南方人称其含苞待放者为"含胎花"，常用来比喻处女。以此花比喻十三余的女孩，极其贴切，而且此花在梢头随风轻轻摇曳，其神韵也酷肖开头的"娉娉袅袅"四字，可见此句之妙。后两句是加倍写法，写诗者称之为"尊题格"，即强此以弱彼，加强自己描写对象的某一方面，而弱化其他，用对比手法给人造成强烈印象。为突出意中人之美，先描绘一个可以参照的背景，以明媚的春天为时间背景，以最繁华热闹闻名天下的扬州十里长街为舞台背景。这里是美女荟萃的地方，但所有的美女都将自己屋门的珠帘卷起来，向人们展示其美，却"总不如"。不如谁，不言自明。能在荟萃美女的十里长街中站住脚的所有美女都很美，这是一层，而在如云美女中，诗人的意中人又是其中翘楚，其美便可称天下第一了。这便是加倍法。

赠别二首（其二）
杜　牧

多情却似总无情，唯觉樽前笑不成。蜡烛有心^①还惜别，替人垂泪到天明。

注释　　①蜡烛有心：蜡烛有芯。心，谐音为芯。

译文　　本来多情的人却好像总是无情，只是端着酒杯想笑也笑不成。蜡烛有芯还知道珍惜离别，好像在替我们俩一直流泪到天明。

评析　　本诗与前一首为组诗，前首重点赞颂美，本首重点写惜别。前两句用白描手法写情人分别时的场面。有人认为是反语，其实不然，此乃人之常情。人在最动情之时，往往反而不知说什么好，反而木然。简练的两句诗便写出了一种情境。后两句用蜡泪衬托人泪，抒情极其强烈。蜡烛流泪，自人眼中看出，实际便是人垂泪。而"垂泪到天明"暗示一对情人彻夜未眠，守蜡而坐，难舍难分的情形历历在目。

金谷园 ①

杜 牧

　　繁华事散逐香尘 ②，流水无情草自春。日暮东风怨啼鸟，落花犹似坠楼人 ③。

注释　　① 金谷园：西晋富豪石崇所建园林，极其豪奢，在历史上非常著名。故址在今河南洛阳市西北。石崇《金谷诗序》："余有别庐在河南，界金谷涧中，清泉茂树，众果竹柏药物备具。"② 香尘：《拾遗记》载，石崇将沉香木之屑铺在象牙床上，让他所喜爱的舞伎践踏身轻无迹痕者便赏以珍珠。③ 坠楼人：指石崇爱妾绿珠。据《晋书·石崇传》载：石崇爱妾绿珠，美艳过人，善吹笛。孙秀向石崇索要，石崇说："绿珠吾所爱，不可得也。"孙秀矫诏收捕石崇。石崇对绿珠说："我今为尔得罪。"绿珠哭曰："当效死于君前。"于是跳楼而死。

译文　　繁华的往事已经伴随着香尘散去无影无踪，流水没有感情，无声无息依旧在日夜流淌，草木不懂悲哀，春天一来照旧一片葱茏。黄昏时节，顺着春风传来几声鸟鸣，其中隐隐约约好像有悲哀的怨情，那慢慢飘零的花瓣，就好像是当年跳楼而死的美人。

评析　　这是即景怀古咏史之作，抒发对于世事无常的感慨，对于绿珠之守节殉情表现出很复杂的感情。

　　石崇是西晋首富，也是荒淫奢靡生活的倡导者和领袖，这种豪奢的贵族生活，历来是文人们的话题之一，评价不一。杜牧咏史诗以见识高拔深刻见长。前两句景中带情，繁华豪奢如同香尘般会随风飘散，一去不返，而自然山水依旧，草木自青水自流。对于人间的喜怒哀乐根本不理睬，"自"字很凝练，写出自然无情，反衬出人之有情。后两句则转出鸟与花之有情。本来，春天的鸟鸣不应当有幽怨，但诗人听来好像是在哀怨，实际是人以怨心听声皆哀怨，而飘落的花瓣就是自然陨落，但诗人却把它想象成当年坠楼而死的美人绿珠，表现对于绿珠的叹息和赞美。像绿珠这样侍妾一类的女性，在封建时代是权贵们的玩物，可以随便给来给去，而石崇宁可自己获罪也不肯将绿珠交出，可见其对绿珠是倾心真爱，正是出于这一点，绿珠才以死殉情，死亡是人之最难过之关，绿珠作为一个年轻女子，又不是什么有名分的妻子，能够如此刚烈，确实难能可贵。对于一切人，我们都应当将心比心，用常态去分析评价，石崇暴富骄奢淫逸，是该批判，但其对于绿珠之真情也应给予一定肯定。绿珠之殉情也当如是评价，最起码是值得我们同情的。花瓣无法左右自己的命运，绿珠也同样，那随风飘落的花瓣与那无奈坠楼的绿珠不是很相像吗？比喻自然贴切，借鸟鸣落花委婉表达对绿珠的惋惜和缅怀，很有人情味。

夜雨寄北 ①

李商隐

君问归期未有期，巴山②夜雨涨秋池。何当共剪西窗烛③，却话巴山夜雨时。

注释　① 寄北：寄给北方的亲人，指妻子。诗人当时在蜀地巴山，长安在巴山之北，故云。一作寄"内"，内，即内子，妻子别称。② 巴山：即大巴山，又叫巴岭，山脉横亘于今四川、陕西两省边境。一般泛指今川东地区。又，唐代有巴山驿，在今湖北巴东县大江北岸。③ 剪烛：剪去蜡烛结的灯花，以使其更亮。

译文　你催问我什么时候回去，我现在还无法预期。巴山夜间的秋雨很大，秋水已经灌满外面的水池。真不知道什么时候才能回到家里，我们在西窗下缱绻相依，一边共同剪掉灯花，一边倾诉今日雨夜的刻骨相思。

评析　关于本诗的写作对象，有不同说法。有的说是写给妻子王氏的，有的说是写给朋友的。从感情和语气来看，当是写给妻子的。

首句一问一答，包含妻子来信催促和自己暂时无法回归两方面的内容，是全诗情感的出发点。次句以景托情。巴山的茫茫夜雨，绵绵细密，淅淅沥沥，烘托出诗人愁绪的缠绵悱恻。后两句拓展时空，由目前的巴山联想到将来长安的团聚，以未来相聚的幸福反衬当前两地相思的孤独痛苦，情味绵长。本诗之妙，正在于此。盼望"共剪"，则此时思归之切可知，而一人守着蜡烛寂寞无聊之景可见；盼望"却话"，则此时独听巴山夜雨，百无聊赖也可想而知。诗人的思绪飞回到妻子身旁，指向未来的团聚，再返回现状，则凄苦之状自现，相思之情更苦。抒情回环往复，缠绵细腻，感人至深。"共剪西窗烛"化用杜甫《月夜》诗尾联"何当倚虚幌，双照泪痕干"的意境而更洗练。此情此景只有夫妻关系才会出现，故此诗是寄给妻子之诗当无问题。

寄令狐① 郎中②

李商隐

嵩云秦树③久离居，双鲤迢迢一纸书。休问梁园④旧宾客⑤，茂陵秋雨病相如。⑥

注释　　①令狐：指令狐绹，李商隐年轻时同学兼朋友，令狐楚之子，行八。②郎中：官职名，唐代六部各下设四司，各司长官称郎中。③嵩云秦树：比喻，李商隐当时住在河南，嵩山属河南，令狐绹住在长安，属于秦川，故用嵩云和秦树代指双方。④梁园：汉梁孝王刘武的宫苑。司马相如因不受景帝赏识，辞职到梁孝王国中，成为座上宾。李商隐早年三入令狐楚幕府，深受令狐楚器重。⑤旧宾客：将自己比作当年在梁园的司马相如。⑥"茂陵"句：司马相如晚年失意，"尝称病闲居"，被免除孝文园令之职，遂"家居茂陵"。作者此时也患病，故云。茂陵，汉武帝陵墓，在今陕西兴平东北。

译文　　好像嵩山的云彩和秦川的树木一样，我们很长时间别离索居，承蒙您从遥远的长安寄来一封信书。不要打听当年在梁园时期的老朋友，我现在的情况就像当年秋天霖雨间困在茂陵的又穷又病的司马相如。

评析　　这是会昌五年（845）李商隐在洛阳丁母忧时所作，是对令狐绹来信的酬答，在平淡中蕴含着真挚的友谊，在回忆往昔美好友情中也有对自己近况寂寞潦倒的喟叹。

　　会昌年间是武宗朝，当政者是干练能臣李德裕，李商隐在会昌年间虽然没有飞黄腾达，但比较顺心，对于李德裕的执政方略也比较赞同。而这一时期牛党失势，令狐楚已死，令狐绹也不得重用，比较郁闷。李商隐因丁母忧期未满，在家闲居，心情也很低落。正是在这种情况下，令狐绹的一封来信令他感慨良多，于是以诗为酬。

　　首句写二人长期分离，但用"嵩云秦树"就非常形象有韵味，是化用杜甫《春日忆李白》中的名句"渭北春天树，江东日暮云"而成，寓情于景。次句叙事，说在我们长期离别的时候接到你的一封信。三句承前回忆往事，久离居，"梁园旧宾客"点出当年自己在令狐楚幕府中深受器重，与令狐绹兄弟也结下深厚友谊的快乐时光。梁园在汴梁（今河南开封），而李商隐最开始入幕就是在汴梁，以文才受知于令狐楚，境遇也与司马相如相似，因此用典很妥帖。这句诗足以勾起二人对美好往事的共同回忆，对于增加友情是很有补益的。最后一句"茂陵秋雨病相如"写出现在自己的现状，闲居而且有病，处境也很窘迫。李商隐和令狐绹的关系很复杂而微妙，李商隐是令狐绹父子全力帮助培养起来的，这一点毫无疑问，李商隐始终感恩戴德，从未流露过对于令狐楚父子不满的话。但李商隐娶了王茂元的女儿，而在当时的党争中，王茂元属于李德裕党，而令狐楚属于牛僧孺党。这样，令狐绹以及牛党人便对他发生误会，曾几次排挤李商隐。有相当长的一段时间关系比较冷淡。但这个时候，二人都过四十岁了，令狐绹也经历了被打击压制的痛苦，二人又没有直接的对立和冲突，因此令狐绹给李商隐来信，是重温旧情，李商隐回信，真情倾诉自己的现状，也有重修旧好之意。冯浩《玉谿生诗集笺注》引杨致轩评语说："其词甚悲，意在修好。"有一定道理，最准确说，是对令狐绹重温旧情的积极回应，也想修好。从本诗反映的相互关系看，二人都比较真诚，处在平等地位。诗中充满感念古旧恩情之意，没有趋承卑微之心，有感慨身世落寞之意，没有祈求援引之心，感情真诚深切。纪昀评价说："一唱三叹，格韵俱高。"

为　有①

李商隐

为有云屏无限娇②，凤城③寒尽怕春宵。无端嫁得金龟婿④，辜负香衾事早朝⑤。

注释　①为有：取诗之前两字为题，与内容无关，属于无题诗。②无限娇：指屏风中之美人。③凤城：指皇都。有两说：一说春秋时秦穆公之女弄玉，好吹箫，嫁萧史，秦穆公为筑凤台，二人在上吹箫，引来凤凰，双双成仙；一说皇宫前筑有凤阙，因称凤城。④金龟婿：佩戴金龟的高官当女婿。《旧唐书·舆服志》："天授元年，改内外所佩鱼并作龟，三品以上龟代用金饰，四品用银饰，五品用铜饰。"佩金龟者则是三品以上大官。⑤事早朝：参加早朝。唐代早朝很早，冬季天尚未亮百官便已上朝，卯正为早朝时间，相当于现代早晨六点。

译文　美丽屏风中的美人无限娇媚深沉，皇城中寒气已尽却害怕春天的早晨。好端端地嫁给一个高贵的朝官干什么，如此香软的被窝该多么温馨，却偏偏要上朝去参议什么政事，辜负了如此美妙的大好青春。

评析　本诗含蓄深婉，用美景抒发淡淡的悲情，属于闺怨类。但从中可以体会出多种意蕴，是追求完美的一种情绪。

首句写得很富贵风情,"云屏"是云母所做的非常豪华的屏风,暗示出这是贵族之家,正因为是富贵之家,因此屏风中的美人才"无限娇"。"无限娇"可以从两个方面理解,一是娇媚漂亮,二是撒娇,在与夫婿缱绻缠绵。次句写明季节和地点,暮春季节,气温最适宜不过,而且这里是京师。京师中的富贵人家,暮春这大好时光,但美人却"怕春宵",害怕春天的早晨,这是为什么呢?留下小小的悬念。后两句一个意思,揭示原因,即无故嫁给一个大官,偏偏要去参加早朝,把夫妻同眠香衾,缠绵温柔的幸福白白耽误了,怎能不恼?这里揭示一个人生哲理:什么才是最幸福的,当甜蜜爱情与功名富贵发生矛盾时,如何取舍。确实,甜蜜爱情值得珍惜,远比功名富贵更令人神往。这种观点很能代表一大批青年人的世界观。其主旨与王昌龄《闺怨》"悔教夫婿觅封侯"有近似处。

隋　宫①

李商隐

乘兴南游②不戒严,九重③谁省谏书函④。春风举国裁宫锦,半作障泥⑤半作帆。

注释　①隋宫:隋朝宫殿。当指京师长安。②南游:指隋炀帝三游扬州。扬州方位在长安以南,故云。③九重:指皇宫,因为宫门甚多,且九为数之极,为阳数,天子多用之。④谏书函:函封给天子的谏书。⑤障泥:即马鞯,垫在马鞍下垂于马体两旁遮挡泥土的布垫。

译文　兴致一来便开始南游也不顾常理,深深的皇宫里没人去看大臣谏书中的意见。美好春光里全国都在裁剪进贡给皇宫的锦缎,一半用来做南游时护驾马匹的障泥,一半用来做南游时龙舟上的船帆。

评析　　这是一首讽刺意味很浓的咏史诗，思想意义很深刻，是诗人晚年江东之游时写下的。

隋炀帝是历史上著名的荒淫误国的昏君，为了游览玩乐，三下扬州，规模巨大，龙舟豪华壮观，文武百官，后妃宫女大多随行，船队前后长达二百里，两旁骑兵护卫，锣鼓喧天，彩旗飘扬。李商隐以此为题材创作两首同题咏史诗，另一首是七律。本诗前两句写隋炀帝南游的肆无忌惮和不计后果，而且根本不理睬大臣的意见，一意孤行。后两句选择一个典型事例，通过夸张的手法将隋炀帝之荒淫奢侈表现得淋漓尽致。"宫锦"是百姓的血汗，是国家的物质储备，但一半被用作骑兵护卫的马坐垫，一半被用作水面上的船帆和锦旗，全部被挥霍掉。这样的败家子当皇帝，焉能不亡国？诗人抓住"宫锦"做文章，以小见大，手法很高明。还应指出，李商隐对于统治阶级的荒淫奢侈非常痛恨，其咏史诗的矛头多指向此点，也有针砭时弊之意。

瑶　池①

李商隐

瑶池阿母绮窗②开，黄竹③歌声动地哀④。八骏⑤日行三万里，穆王⑥何事不重来？

注释　　① 瑶池：神话传说中的地名。《穆天子传》说，周穆王西游至昆仑山，遇西王母。西王母在瑶池设宴招待。临别时西王母作歌："白云在天，山陵自出。道里悠远，山川间之。将（希望）子毋死，尚能复来。"穆王作歌回答，约定三年后重来会见。② 绮窗：花纹格式的窗户。③ 黄竹：传说中的古歌名。《穆天子传》说，周穆王在去黄竹的路上看到有人挨冻，作《黄竹歌》三章表示哀怜。④ 动地哀：形容歌声极其悲哀。⑤ 八骏：据说穆天子有八匹骏马，名曰赤骥、盗骊、白义、逾轮、山子、渠黄、华骝、绿耳。⑥ 穆王：西周天子，姓姬名满，后世传说他曾周游天下，《穆天子传》即写他西游的故事。

译文　　住在瑶池的西王母将那漂亮花纹的窗户推开，正在耐心等待。《黄竹》的歌声极其悲哀，惊天动地令人难以忍耐。周穆王的八匹骏马每天可以奔驰三万里，可他为什么不能再来？

评析　　中唐以后的帝王，有的荒唐，即追求神仙，追求长生不老；有的荒淫，追求声色犬马之乐，穷奢极欲。李商隐的咏史诗，多是针对这两种现象而发，本诗便是讽刺前者的。

　　周穆王是个好游玩的天子，关于他的传说很多，是古代帝王中追求长生的典型人物。但他的追求却化为乌有，还是和凡人一样埋在了地下。他会见西王母本来是传说，是虚的，而本诗则在虚的基础上进一步虚构，以表明一个道理。传说穆王见过西王母，西王母约他三年后再去相会。但结果却没有下文。李商隐根据这则传说，创造出西王母在优美高雅的环境中等待周穆王的情景，穆王的八骏虽然快，结果还是没有再来。为什么不来，结果也在不言中，即穆王没有成仙，他死了，当然就去不成了。试想，穆王曾经见过西王母，西王母是神仙，她都不能帮助穆王成仙，其他帝王连西王母都没有见过，想要成仙不更是痴心妄想吗？四句诗两度扬抑，首句美景，次句哀歌，三句马快，四句不能来，一波三折，颇耐品味。

嫦　娥 ①

李商隐

云母 ② 屏风烛影深，长河渐落晓星 ③ 沉。嫦娥应悔偷灵药，碧海青天夜夜心。

注释　① 嫦娥：神话传说中后羿的妻子，因偷取后羿从西王母那儿讨来的长生不老的灵药，吃后自己飞升到月宫中成为仙子。② 云母：一种精美名贵的玉石，晶体透明而有光泽。③ 晓星：即启明星，拂晓出现在东方。

译文　镶嵌云母的高级屏风里，烛光已经黯淡幽深，天河渐渐落下去，启明星也开始下沉。月宫中的嫦娥，应当后悔当年偷取长生不老的灵药，如今在那碧色天空上的月宫中，独守空闺承受着寂寞相思的痛苦煎熬。

评析　本诗借助传说中的月宫仙女嫦娥形象，抒写抒情女主人公对于环境的敏锐感受和孤独寂寞的心灵独白。

　　前两句描写女子生活环境的氛围，暗示出彻夜未眠的情景。能够拥有云母屏风的人家，绝不是寻常百姓而是贵族，"烛影深"写出烛光黯淡，暗示出蜡烛一直在亮着，而烛光黯淡幽深既是烘托主人公的心情黯淡凄苦，也是实景，因为天渐渐拂晓，烛光当然就渐渐黯淡，这是生活常识，而主人公的孤独寂寞立即展现在读者面前。下句所写是对时间的补充，由内景到外景，引向天空，拓展空间，为后面的抒情做好铺垫。"渐"字可谓诗眼，将时光无情流逝对于年轻女子的精神损伤写得淋漓尽致。正因为天空景象的出现，自然而然过渡到后面的两句：月宫中的仙女嫦娥虽然可以不死，但一个人孤苦伶仃，没有爱情，没有欢乐的生活又怎么忍受啊？她应当后悔，肯定后悔，面对广阔无垠的碧海般的天空，一个人独自挨着一个个失眠难熬的夜晚，那该是多么大的痛苦和不幸？在对嫦娥的体贴关怀中，透露出抒情女主人公的内心世界，可以看作是她的心灵独白。

　　那么本诗所写的女子到底是什么人？诗中并没有给出确定的答案。一般认为窃药求仙且孤独之女性与唐代女道士生活很吻合，李商隐在《送宫人入道》诗中曾把女道士比喻为"月娥孀独"，在《月夜重寄宋华阳姊妹》诗中用"窃药"比喻女子学道求仙，因此说本诗主要是针对这些人所写是有道理的。但其思想意义不局限于此。求仙是追求清高而要摆脱世俗的束缚，但结果却是极端的孤独。清高和孤独仿佛是双胞胎，要清高就必然要忍受孤独。嫦娥如此，求仙的女道士如此，追求精神独立脱离庸俗世风李商隐不也如此吗？三者虽然生活境遇有巨大差别，但在追求高洁而遭受寂寞之苦这方面却有相似相通之处，正是这种能够引起人很多联想和感受的艺术形象塑造和意境的渲染，才使李商隐的诗呈现独特的朦胧幽深之美。

贾　生^①

李商隐

宣室^②求贤访逐臣，贾生才调更无伦。可怜夜半虚前席^③，不问苍生^④问鬼神。

注释　　① 贾生：指贾谊，西汉初著名政论家，曾被贬逐为长沙王太傅。② 宣室：汉代未央宫前殿正室，文帝在此处接见刚刚被召回的贾谊。③ 前席：向前挪动座位，是二人对谈时听得入神的下意识动作。据史书记载，汉文帝在宣室接见贾谊时向他询问鬼神的本源，贾谊做详尽的回答，一直谈到半夜。文帝听得入神，便不自觉地向前移动座位。④ 苍生：百姓，此指有关国计民生的大事。

译文　　贤明的汉文帝访求贤人，在宣室中咨询被贬逐过的大臣，贾谊的才气格调都无人可以相提并论。可惜的是文帝在半夜时独自谈话、往前挪动席位，不询问如何治理天下，却询问怎样才能成仙成神。

评析　　本诗属于咏史诗，采取先扬后抑的手法，批评统治者不关心国计民生而求仙访道的荒唐做法，也曲折抒发了自己怀才不遇的郁闷和感伤。

前两句叙事，汉文帝是历史上著名明君，贾谊是著名贤臣。明君访求贤臣，本来是鱼水相合，风云际会之举，而且二人谈得确实非常融洽，但用"可怜"和"虚"两词一转，给人造成悬念，最后揭示主旨，原来文帝询问的都是鬼神之事，并没有国计民生方面的内容。于是，便把帝王迷信求仙的弊端轻轻点出。唐代皇帝多迷信追求长生，咏古多有讽今之意。对于贾谊遭际的同情也委婉抒发了自己才能不得施展的郁闷和感伤。

瑶瑟怨①

温庭筠

冰簟②银床③梦不成，碧天如水夜云轻。雁声远过潇湘去，十二楼④中月自明。

注释　①瑶瑟怨：以瑟倾诉怨情。瑶瑟，以美玉装饰的瑟。②冰簟：白色的竹席。③银床：镶嵌银饰的精美之床。④十二楼：《神仙传》说："昆仑阆风苑有玉楼十二，立台九层。"此处借指主人公居住之高楼。

译文　白色的竹席非常凉，床上一片银白色的月光，我辗转反侧也无法进入梦乡。只见深碧色的天空浮云轻轻浮荡。大雁的叫声早已远去，可能已到达遥远的潇湘。我独自居住在这华丽的高楼里，心情感到万分失落和忧伤。

评析　温庭筠是描写女性柔情的高手，这方面的词水平尤高，而这首诗也是一篇精品。全诗均是景物描写，人并没有出现，通过环境气氛的渲染委婉表达人的感情，使我们似乎可以感觉到抒情主人公的脉搏在跳动。

　　"冰簟银床"有冰清玉洁之意，是冷色调，象征女子的心凉。她想要做梦却做不成，暗示其严重失眠。正因为梦不成，才会看到下面的景色。晴空万里，有如水洗一般，浮云在轻盈地飘。水和云如同雨和云，云雨象征男女情爱，而天如水，云在飘浮，都不着边际，不正是这位女子渴望爱情而没有着落的象征吗？远过潇湘的雁声也寄托了女子的情色，寄希望鸿雁能够将自己的刻骨铭心的相思传达给远方的他。但一切都是枉然，一轮明月依旧高挂苍穹，女子也只能望着明月出神。生活条件极其优越，自然景色非常优美，越是这样，越是感到空虚寂寞和忧伤，这样的女性生活古今中外都不乏其人，故其有广泛的社会意义。

郑畋／842—882

字台文，谥文昭，荥阳（今属河南）人。武宗会昌二年（842）进士及第，任秘书省校书郎，中书舍人，僖宗朝入相。《全唐诗》存诗十七首。

马嵬坡①

郑　畋

玄宗回马杨妃死，云雨②难忘日月新。终是圣明天子事，景阳宫井③又何人。

注释　①马嵬坡：唐代马嵬驿所在地，杨贵妃被缢死处。据传晋人马嵬曾于此筑城，故名。在今陕西省兴平市西。②云雨：比喻夫妻恩爱的男女情事。出自宋玉《高唐赋》，巫山神女对楚王云："妾在巫山之阳，高丘之阻。旦为朝云，暮为行雨。朝朝暮暮，阳台之下。"后人便借"云雨"为男女欢爱之词。③景阳宫井：指陈后主偕张丽华、孙贵嫔入景阳宫井避隋兵事。井在今台城（今江苏南京玄武湖畔）内，又名胭脂井、辱井。

译文　唐玄宗从成都返回长安的途中，经过马嵬坡时感情奔涌，想到杨贵妃死前的凄惨情景，他感到万分懊悔和揪心。对于贵妃的思念，绵绵不绝与日俱增。唐玄宗到底是一位圣明的天子，而携带爱妃藏到景阳井中的陈后主算是个什么人。

评析　　唐玄宗是个复杂的历史人物，死后颇不寂寞，尤其是马嵬坡悲剧，一直是人们议论的一个话题。本诗便以此为题，对此事件阐述一个观点，对于唐玄宗有一番评价，而且与前此诸人不同，有独到之处。

马嵬坡事件，诗人中观点各异，有责备杨贵妃误国的，有批评玄宗无情无义的，有同情贵妃惨死的，而本诗则表现对唐玄宗做法的赞同，同时也承认玄宗与杨贵妃之间真挚的爱情，是一种政治家的历史观。诗只撷取玄宗从成都返回途中见到贵妃惨死之处的伤感及日后的思念这一镜头，无限含义均在其中。后面两句用对比法肯定玄宗当年做法的明智。

陈后主是历史上著名的误国昏君，隋朝兵马已经进攻到城门时，他依旧在欣赏张丽华的《玉树后庭花》。当隋兵攻破宫门后，他带着张丽华和孙贵嫔躲入景阳井中，结果被俘受辱，国破家亡，留下千古笑柄。而唐玄宗在乱兵进行兵谏的危急关头，能够舍弃自己钟爱的杨贵妃稳定局势，赢得时间，取得重整江山的机会，相对比较，与陈后主不可同日而语。另外，诗人对唐玄宗对于杨贵妃的思念和爱情给以肯定和同情，亦未对杨贵妃口诛笔伐，这是其独特之处。

但陈后主是著名昏君之一，马嵬坡与景阳井的情况也不相同，难以相比，而诗人却将两者相比，在肯定玄宗的同时，也有淡淡的讽刺，仔细体会可以悟出。

韩偓

韩偓／844—923

字致尧，一作致光。小名冬郎，自号玉山樵人。京兆万年（今陕西西安）人。昭宗龙纪元年（889）登进士第。官翰林学士、中书舍人、兵部侍郎等。其诗多与时局离乱有关，怀古、咏物、写景均有佳作。早期作《香奁集》多为艳情之什，辞藻华丽，缺乏骨力。《全唐诗》存其诗四卷。

已 凉

韩 偓

碧阑干外绣帘垂，猩色①屏风画折枝②。八尺龙须③方锦褥④，已凉天气未寒时。

注释　①猩色：猩红颜色。②画折枝：当指画面上画的是梅花一类，折枝是强调折叠式的屏风用折枝将整个画面连接为一体。③龙须：用龙须草编织的凉席，很高级名贵。④方锦褥：方形锦绣褥子，强调是双人褥。单人为长方形，双人则为方形。

译文　碧玉的栏杆外面，高档刺绣的帷幕自然低垂。猩红色的屏风上面，画着道劲曲折的梅花花枝。八尺长最名贵的龙须凉席上，铺着锦绣的双人床褥，天气已经凉爽，但还没有寒气正是最舒服适意之时。

评析　本诗只写环境和气候，没有人物的任何活动，但读后感觉很优美，充满对生活的热爱之情，给人以丰富的想象空间。

韩偓是晚唐著名诗人，其《香奁集》主要表现男女情爱的诗歌，色彩绚丽、意境优美，在晚唐五代很受欢迎。尽管只有四句，但很有层次感，仿佛是移动的镜头由外向内，由远及近慢慢推进。门前的碧玉栏杆，当门的锦绣帘幕，门内的猩红色屏风，屏风里面是闺房的深处，高级凉席上铺设着锦绣双人褥，一间装饰精美华丽典雅的卧室形象地展示在我们面前。多么温馨抒情，多么令人陶醉。季节方面轻轻一点，正是暑气退去刚刚凉爽而还没有一点儿寒冷的时候。小诗到此戛然而止，留下无限的余韵，令人遐想。毫无疑问，这是贵族有文化的女子的卧室，那么这名女子究竟在想什么？是什么感受？我感觉，这是一位珍惜时间、热爱生活的女性，她好像很满足，可能是铺好床褥等待意中人来共度良宵。有人说是寂寞空虚，有人说"折枝"寄寓着"花开堪折直须折，莫待无花空折枝"的意蕴，有及时享乐之意，这与本人理解基本接近，铺好被褥等待良人来共度良宵还不是及时行乐吗？借助环境描写渲染来点染人的情思，但不说破，供读者自己想象思索，色彩美丽，情调香软绮艳，给人很高的艺术审美享受，这便是韩偓香奁体最主要的特色。

台　城①

韦　庄

江雨霏霏江草齐，六朝②如梦鸟空啼。无情最是台城柳，依旧烟笼十里堤。

注释　①台城：一作《金陵图》。金陵，今江苏省南京市，为六朝古都。台城：也称"苑城"，在南京玄武湖畔，六朝时宫城所在地。《舆地纪胜》："台城一曰苑城，本吴后苑也。晋咸和中作新宫，遂为宫城，下及梁、陈，宫皆在此。晋、宋时谓朝廷禁省为台，故谓宫城为台城。"②六朝：指三国吴、东晋、南朝的宋、齐、梁、陈，建都均在金陵。

译文　春雨霏霏，雨丝绵密如织，江边的春草精神茂盛，一望无际而且长得整整齐齐。六朝的繁华如同春梦般过去，鸟仿佛在诉说那迷人的往事，但也是空自哀啼，无法阻止岁月的流逝。最无情的是台城周围的柳树，在烟雨中依然茂盛纷披，用绿色笼罩着十里长堤。

评析

本诗除在《唐诗三百首》中题作《金陵图》外，其他版本均作《台城》，而诗人另有《金陵图》一诗，为避免混淆，故采用此题。

本诗属于咏史怀古类，由物是人非慨叹历史的兴衰变迁，给人以沉重的历史沧桑感。首句以"江雨霏霏"开篇，给读者一个凄迷黯淡的感觉，在此背景下的一切景物都染上迷蒙的感情色彩。接着的"江草齐"以无边无际的春草的旺盛生命力反衬六朝的短命。次句用"六朝如梦"直接陈述主题，表达哀怨感伤之情，与首句的景物相呼应。后两句再以台城柳的茂盛回应首句的江草，强化主题。台城的自然景色并没有什么变化，江边的春草依然那样茂盛，周围的柳树依然那样茂盛，六朝的繁华已成过眼云烟，一切繁华都将成为过去，故人们苦心追求功名富贵的行为也没有什么意义，倒不如自由自在地按照本来的天性生活为好。在追求自然超脱的同时，也给人一种淡淡的历史虚无感，应当正确对待。

本诗在艺术手法上注意以景托情和以无情烘托有情。鸟仿佛有情，却是空啼，而江草和柳树均是无情之物，而它们本来就应当无情，责备其无情，恰恰反衬出诗人的多情。

陈陶 / 约812—约885

字嵩伯，鄱阳（今江西波阳）人，一作岭南（今广东、广西一带），又作剑浦（今福建南平）人，曾试进士不第，乃浪游名山。大中时游学长安，后隐居南昌西山，自称"三教布衣"。孙光宪《北梦琐言》称其诗"似负神仙之术，或露王霸之说"。后人辑有《陈嵩伯诗集》一卷。

陇西行 ①

陈　陶

誓扫匈奴不顾身，五千貂锦 ② 丧胡尘。可怜无定河 ③ 边骨，犹是春闺梦里人。

注释　①陇西行：乐府旧题。主要表现边塞战争艰苦和闺人思夫的怨情。②貂锦：汉朝皇帝的羽林军穿貂裘锦衣。此处代指唐军将士。③无定河：黄河中游支流，在陕西北部，因水急沙多，深浅不一，故名。

译文　戍守边关的战士奋不顾身，坚决要消灭来犯的敌人。可惜五千名英勇的战士，壮烈牺牲卧尸在荒草野原。可怜那些无定河边的白骨，依然出现在充满春意的闺房中，依旧是他媳妇梦境中的活生生的心上人。

评析　本诗属于边塞诗中的征妇怨一类，读来令人酸鼻。晚唐时期，唐王朝内忧外患严重，边塞战争多处不利状态，与盛唐迥别，故边塞诗的感情色调也大不相同，高昂的壮语已不多见，凄凉悲酸的伤感则占据主导地位，均是社会现实决定的。本诗前两句叙事，概括一次战斗的结局：五千唐军战士壮烈牺牲，抛尸荒郊野外，很悲壮凄惨。后两句只选取一个特殊的视角揭示战争带给人们的深重灾难。一位战士已经成为白骨，可他的媳妇一点儿也不知道，在家中依然盼望他的归来，而在梦境中依旧和他团聚。战士的现实处境（已成白骨）与妻子的热切期待（在梦境中相会）成为鲜明的对比，暗示出妻子的等待实际是陷入自己挖掘的一厢情愿的深深的陷阱中无法自拔，因为她并不知道丈夫已死这个事实，她苦苦期盼的将是怎样的结局不言自明。这便把战争的罪恶揭示出来。因此，可以说这是一首反战意识很明确的诗篇，具有深远的普遍的社会意义。

张泌／生卒年不详

一作张佖，字子澄，淮南（今江苏扬州）人。南唐后主时，登进士第，授句容尉。宋建立后历官监察御史、内史舍人。《全唐诗》存其诗一卷。

寄 人 ①

张 泌

别梦依依到谢家 ②，小廊回合曲阑斜。多情只有春庭月，犹为离人照落花。

注释　① 寄人：此题有二首，这是第一首。② 谢家：指女子之家，并非一定姓谢。东晋时王谢两大贵族联姻，谢安之侄女谢道韫有貌有才，为王徽之之妻。后世常称才女为谢娘，指意中女子只能家为谢家。又，有时谢家专指外家，岳父家。这里是前说。

译文　离别后我在梦境中来到你的家，小廊回转绕合，栏杆也随着曲折倾斜。屋里院中空空荡荡，我无法寻找到你的行迹和芳踪。只有那轮春天的明月，仿佛尚记得当年的美好情景，静静地为离别的情侣照射着满院寂寞凋零的花朵。

评析　这是一首怀念旧日恋人的诗章，通过梦境相寻抒发对恋人的思念依恋，情感深厚绵长。

清人李良年《词坛纪事》载："张泌仕南唐为内史舍人。初与邻女浣衣相善，作《江神子》词。……后经年不复相见，写绝句云云。"指的就是本诗。若此，本诗便很好理解了。首句叙事，交代诗之背景，是与情人离别之后相思入梦来到情人之家。后三句一气呵成，写梦中所见之景。"小廊回合曲阑斜"逼真而具体，可以推知是诗人去过的地方，现在是梦境，是虚写，而当时则是现实，这里留下许多幸福与温馨，留下许多与情人的浪漫。后两句写景为顺笔而下，而在意念和情感上则是转折，"多情只有春庭月，犹为离人照落花"。对于"离人"有不同理解，但长全诗体悟，虽然可以兼指二人，但还是从诗人眼中看出，以诗人主体视角为主。即物是人非，有"人面不知何处去，桃花依旧笑春风"之意蕴而更朦胧委婉。诗人惆怅、迷惘、留恋、惋惜之情都融汇在曲折回环的小廊和月光映照下的满院落花中。

杂 诗
无名氏

近寒食①雨草萋萋，著麦苗风柳映堤。等是②有家归未得，杜鹃③休向耳边啼。

注释 ① 寒食：节令名，清明前一天或两天。古代寒食、清明时一般都家人团聚进行踏青和扫墓等活动。② 等是：即"底是"，为什么之意。苏轼《和子由除夜元日省宿致斋》："江湖流落岂关天，禁省相望亦偶然。等是新年未相见，此身应坐不归田。"又，"等"解释为同等、同样也可通。③ 杜鹃：鸟名，即子规，相传为古代蜀王杜宇魂魄所化，叫声凄厉，其声即"不如归去"。

译文 临近寒食的时候，青草茂盛，细雨如丝，吹进麦田的春风使麦苗起伏高低，柳树的柳条随风飘舞，映照着河堤。我为什么有家却不能归去？杜鹃鸟千万不要冲着我的耳朵鸣啼。

评析 这是一首游子思归的诗，因为是无名氏所作，因此诗的具体情感指向无法判断，但其所传达的是人类最普遍的情感，因此依旧可以理解和分析。

前两句是一幅寒食风雨图，春草茂盛，春雨绵绵，令人心情如雨丝一样紊乱没有头绪。风吹进麦田，麦苗随风起伏，人的心情也好像在随着麦苗起伏不定。"柳映堤"的景象同样风情旖旎，令人遐思。如此良辰美景，别人都可以阖家团圆，为什么自己就不能归去，依旧在外面漂泊？杜鹃鸟就不要在这个时候在自己的耳边啼叫了。可以设想，可能此时真有杜鹃鸟在鸣叫，更加重了诗人的烦恼和郁闷。四句景语，用一愁字贯穿，将主观情感注入景物中，情景融为一体，抒情是很成功的。

还须指出，本诗的句法很有特点，一般七言句式都是二、二、二、一，如"蜀相祠堂何处寻""锦瑟无端五十弦"者是也。或二、二、一、二，如"花近高楼伤客心""漠漠水田飞白鹭"者是也。总之，前两个音部普遍为二、二，本诗前两句却是一、二、一、一、二的句式，在意义上是"近—寒食—雨—草—萋萋，著—麦苗—风—柳—映堤"，刚开始阅读感觉不顺，但仔细琢磨，与表达的内容很契合，是一种创造。

最后简单说明一下"等是"的"等"字，解法很多，或云等于，或云都是，或者干脆把"等是"改为"早是"，都未妥帖。解释为"低是"，即为什么虽可通，但我觉得与原诗之意不十分契合。我以为，"等"是同等、同样之意，这样全句的意思就是：同样都是有家有口，我为什么偏偏回不去？这样不是更准确吗？如果"等是"是"等事"的话，解释为"底事"则绝对正确，而"等是"与"等事"是不同的，需要仔细斟酌。

乐府

西出阳关无故人

奉帚平明金殿开

秦时明月汉时关

桂魄初生秋露微

乐府

春风扶槛露华浓

一枝红艳露凝香

劝君莫惜金缕衣

黄河远上白云间

云想衣裳花想容

渭城曲 ①

王 维

渭城朝雨浥②轻尘，客舍青青柳色新。劝君更尽一杯酒，西出阳关③无故人。

注释 ① 渭城曲：一作《送元二使安西》或《阳关三叠》。渭城，指咸阳旧城，故址在今陕西省西安市西渭水北岸。② 浥：沾湿、使湿润。③ 阳关：古关名。故址在今甘肃省敦煌市西南，因其在玉门关之南，故曰阳关。为唐时通往西域之主要关口。

译文 渭城早晨下了一场小雨，沾湿了地面上的灰尘，客馆内外一片清新，柳树的嫩黄色更加喜人。尽管您的酒意已经很浓，但我还是将您的酒杯满斟，再喝一杯吧，因为出了阳关后，便再也没有您能认识的人。

评析 本诗一出，很快便被谱入乐府，当成送别曲，人们在送别仪式上总要演唱这首诗，中唐时期的诗中便可时常见到关于本诗的词语，而唐诗宋词中引用此诗者不下数十首，可见影响之广泛深远。

前两句点明送别时间、地点，描写环境气氛。雨过天晴，空气清新，适宜行人赶路，客舍是临时居所，柳树是离别象征，为后面的抒情做好铺垫。后两句一气呵成，语浅意深。绝句篇幅短小，作为精练概括。诗人只选取最后告别的深情的话语和真诚的祝酒词表达惜别的深情。省略中间很多环节，"更"说明二人已经饮了很多酒，说了很多话。而且祝酒词也不是什么豪言壮语，而是最普通的告别话，西出阳关后再也没有熟人和朋友了。这最后的一杯酒中饱含着主人的深情厚谊，有对远行友人旅途艰辛的担忧和对前途命运的关切。壮怀中略感凄清，惜别中寓有关注，感情容量相当丰富。最普通的最真挚的感情才是最感人的，也最容易引起所有社会成员的共鸣，这便是本诗取得巨大成功的原因。

本诗题目开始时叫《送元二使安西》，谱入乐府后当称《渭城曲》，因其演唱特点又称《阳关三叠》。据苏东坡讲，唐代的唱法在宋代已经发生变化，为何叫《阳关三叠》当初他也不明白，宋人演唱时，每句唱两遍，应当叫"两叠"，如果从四句的角度看，则应当叫"四叠"，都不是三叠。后来到密州时看到了古本《阳关》，这才恍然大悟，原来唐代演唱此诗时，首句不叠，只唱一遍，从第二句开始重叠，每句唱两遍。因为三句叠唱，故叫"三叠"。白居易《对酒诗》云："相逢且莫推辞醉，听唱阳关第四声。"自注云："第四声，劝君更尽一杯酒。"以此验之，可知唐代时首句确实不叠，首句如果叠唱，则此句当为第五声矣。

秋夜曲①

王 维

桂魄②初生秋露微，轻罗已薄未更衣。银筝③夜久殷勤弄，心怯空房不忍归。

注释　　①秋夜曲：郭茂倩《乐府诗集》作王维诗，其他本多作王涯诗，或张仲素诗。②桂魄：月亮的别称。传说月亮中有桂树，后世便以"桂"代指月亮。《尚书》注称月亮无光处为魄，故"桂魄"可代指月亮。③筝：弦乐器，有十三弦。

译文　　秋天的月牙刚刚出现，秋天的露水也很轻微，绫罗的丝绸衣服稍微有点薄，但还用不着更换秋衣。夜色很深了，她依旧在庭院中深情弹奏精美的古筝，心中实在打怵空荡荡的闺房，不忍心如此归去。

评析　　本诗抒写一位贵族女子在初秋季节的相思情怀，她丈夫尚未归来，而她难以忍受单栖独宿的凄凉，因此在院子深情弹筝的情形，如同一幅精美的仕女图。

这是初秋季节，天气凉爽宜人，露水轻微，空气湿润，夏天的丝绸衣服虽然有点单薄，但还不需要换季，是最舒服最惬意的时候。月色朦胧，空气湿润，温度宜人，多么好的环境和秋后季节，这正应该是夫妻鸳鸯戏水、比翼双飞、恩恩爱爱的大好时光，而自己的丈夫却偏偏不在家中，她难以忍受一个人独守空房、空度这美好时光的痛苦，于是在庭院中深情弹筝，久久不愿回房间。"心怯空房不忍归"是全诗抒情的关键，也是前面层层铺垫水到渠成的结果，如同谜语的谜面被揭开，闺怨的主题便鲜明揭示出来。

长信怨①

王昌龄

奉②帚平明金殿开，暂将团扇③共徘徊。玉颜④不及寒鸦色，犹带昭阳⑤日影⑥来。

注释　①长信怨：一作《长信秋词》。共五首，这是第三首。据《汉书》载，成帝时班婕妤美貌无双，且贤而能文，很得宠。后来成帝专宠赵飞燕、赵合德姊妹，班婕妤恐怕被害，主动请求到长信宫侍奉太后，以度余生。②奉：同"捧"，即拿的意思。③团扇：此暗用班婕妤《团扇歌》诗意。诗云："新裂齐纨素，皎洁如霜雪。裁成合欢扇，团团如明月。出入君怀袖，动摇微风发。常恐秋节至，凉飙夺炎热。弃捐箧笥中，恩情中道绝。"此处暗示持扇人与团扇的命运相同。④玉颜：姣美的容貌。⑤昭阳：宫殿名，赵飞燕姊妹所居，成帝长居于此。⑥日影：太阳光，古代常以日代指君主，故日影比喻君恩。

译文　手中拿着扫帚等待着天亮时宫门开启，打扫卫生的劳苦工作马上开始，姑且拿把团扇，心中徘徊疑虑。难道我如此姣好的颜面还赶不上乌鸦美丽？乌鸦还能飞临昭阳殿的上空，感受沾染万岁的气息。

评析　王昌龄擅长写闺怨类的题材，而宫怨是闺怨中的特殊类型。本诗借班婕好先受宠而后被冷落遗弃的悲剧命运，表达对宫中广大嫔妃宫女长期遭受禁锢不得自由之命运的深切同情。

　　本诗之妙是后两句，主要艺术特点是含蓄。手拿团扇徘徊的女子怨恨君王寡恩抛弃自己，但不直接诉说，却用一种极其曲折的方式表述。自己本来容貌美丽姣好，可还不如在空中飞翔的令人讨厌的丑陋的乌鸦，因为乌鸦尚可看到君王，尚可从昭阳宫的上方飞过，带着昭阳殿的日影。而我却连君王的身影都看不到，徒自有如此的美貌和才华。在这鲜明的对比反衬中，在美人羡慕丑陋之乌鸦的心理描写中，罪恶的封建制度下的宫中女性的悲惨遭遇和精神折磨的深度便入木三分地被刻画出来，具有震撼人心的艺术力量。

出　塞①

王昌龄

　　秦时明月汉时关，②万里长征人未还。但使龙城飞将③在，不教胡马度阴山④。

注释　　①出塞：一作《从军行》。共二首，这是第一首。②"秦时"句：互文见义，谓秦汉时期的明月照耀秦汉时期的边关，谓秦汉时期便在边境地区设置边关。③龙城飞将：指西汉飞将军李广，在抵御和讨伐匈奴的战争中屡立奇功。曾镇守过卢龙城。故龙城一作"卢城"。④阴山：在今内蒙古自治区南部，汉时匈奴常越过阴山南侵。

译文　　在遥远的秦汉时代，边境地区便设置了边关。一千多年来也没有停止边塞的争战，万里长征的将士们至今也未返还。只要有飞将军李广那样智勇双全的将军存在，就不会让敌人的骑兵越过阴山。

评析　　本诗非常著名，传诵不衰。首句起笔极有气势，有一种深沉凝重的历史感和强烈的忧患意识凝聚其中。其中的含义是：边塞问题自从秦汉以来就始终困扰着在中原建立国家的朝廷，是一个历史悠久而应当特别重视的大事。后两句则指出解决问题的关键是将帅，如果将帅选用得当，则可遏制外族的入侵，国家和百姓得以安宁，否则就会战争不断，国难民苦。关于这一主旨，清人沈德潜早已指出："'秦时明月'一章，前人推奖之而未言其妙。盖言师劳力竭而功不成，由将非其人之故，得飞将军备边，边烽自熄，即高常侍《燕歌行》归重'至今人说李将军'也。"（《说诗晬语》）

首句属于互文见义的典型用法，"秦时明月汉时关"，"秦"和"汉"同样统领"明月"和"关"，即秦汉时都有明月照边关之情况，不是秦朝之明月照临汉朝之边关，这边是诗歌语言之妙，简洁凝练，耐人寻味。

清平调①三首（其一）
李　白

云想衣裳花想容，春风拂槛②露华③浓。若非群玉山④头见，会向瑶台⑤月下逢。

注释　①清平调：诗题一作《清平调词三首》。清平调，唐代大曲名。②槛：栏杆。③露华：露珠。④群玉山：也作玉山，传说为西王母居住的仙山。⑤瑶台：传说西王母住的宫殿，见《穆天子传》。

译文　想象彩云追月就像她那轻盈飘逸的衣裳，想象牡丹花的美丽娇艳就像她那美丽娇羞的面容。春风吹拂着花圃的栏杆，娇艳欲滴的牡丹花上露珠透明晶莹。此情此景，如果不是在仙界的群玉山上曾经见过，就一定是在王母瑶台的月下曾经相逢。

评析　李白被征召入京，非常兴奋，其理想是"奋其智能，愿为辅弼，使寰区大定，海县清一"（《代寿山答孟少府移文书》）。因此政治情绪高涨，诗歌也很高昂张扬。但唐玄宗只是用他为文学侍从，只是花瓶，是装潢门面的摆设。这三首清平调就是应景而作，但却表现了李白敏捷的才思。

据《乐府诗集》引《松窗录》载，李白在长安供奉翰林时，某天，唐玄宗带领杨贵妃到兴庆宫沉香亭去欣赏牡丹，兴致大发，要求李龟年演唱清平调词，但嫌歌词太陈旧，要求新创，于是召来李白即景即事赋诗，李白尚带有醉意，很快挥毫创作出这三首清平调，梨园弟子马上演唱，玄宗大悦，杨玉环大喜。这种创作背景决定了诗歌的内容和风格。赞美杨贵妃和牡丹花相互辉映之美，讨取唐玄宗之欢心。带着这样的理解，我们来简明分析这三首诗。"云想衣裳花想容"，用词造句极其警拔新鲜，为强调服装之轻盈翩翩欲仙之貌，先用"云"字点明，比喻巧妙，而用牡丹花比喻杨贵妃的容貌，也非常贴切，牡丹花肥美丰硕，属于花中之富贵者也，因此首句灵动精妙，点出两个歌颂主体——杨贵妃和牡丹花。"春风拂槛露华浓"是季节环境氛围，描绘出一种宛如仙境的境界，为后两句的赞美造势。"群玉山"和"瑶台"都是仙境，对于表现当时的情景也非常贴切，皇宫中皇帝和妃子在月下欣赏牡丹花的景象不很像仙境吗？民间是永远不会有这种情景的。

清平调三首（其二）

李　白

一枝红艳露凝香，云雨巫山①枉断肠。借问汉宫谁得似②，可怜飞燕③倚新妆。

注释　　①云雨巫山：宋玉《高唐赋》中说，楚王游高唐，梦见一女子与他幽欢交合，自谓："妾在巫山之阳，高丘之阻。旦为朝云，暮为行雨，朝朝暮暮，阳台之下。"此句谓楚王梦巫山神女幽欢毕竟是虚无之事，徒自浪费感情而已。②得似：能够相似，相媲美。③飞燕：赵飞燕，初为阳阿公主家宫女，貌美善歌舞，身轻如燕，能在掌上跳舞，为汉成帝宠爱，立为皇后，后因淫乱，平帝时被杀。

译文　　仿佛是一枝娇艳的牡丹花上凝结了露香，楚王梦境中与巫山神女幽会毕竟是虚无渺茫。假设说汉代宫殿中的美人谁最相像，那就是可爱的能歌善舞的赵飞燕还要借助仔细的化妆。

评析　　这首诗专门描写杨贵妃之美，仿佛是特写镜头。首句用暗喻直接将杨贵妃写成一枝带有香露的牡丹花。杨贵妃体态丰腴，容貌艳丽，身上有浓郁的香味，因此这种比喻很有神韵。此句用对比的手法强调唐明皇和杨贵妃是在现实中享受风流情爱，而楚王梦中的寻欢作乐是无法相比的。后两句再用历史上最著名的后妃美人赵飞燕来比拟杨贵妃。而且赵飞燕还必须借助精心的化妆打扮才勉强可以，更突出杨贵妃之美貌无与伦比。应当指出，李白之所以如此比喻，是选取赵飞燕美丽善歌舞这一角度，比喻和用典出来就是多边的，可以从不同角度去用。不料这一比喻给李白带来很多麻烦，也给后世带来许多话题。后来高力士利用这两句诗挑唆杨贵妃，说李白把她比喻成赵飞燕是轻视和诅咒，因为赵飞燕出身卑微而且不得好死，因此杨贵妃很怨恨李白，在玄宗面前进谗言，加快李白被疏远的速度。后人也有认为李白写作此诗确实有讽刺之意，其实不足为训。试想，李白讨好唐玄宗和杨贵妃还来不及，哪能有意讽刺呢？不要把李白想得那么高尚伟大，这种应制而作的诗歌是不会故意讥讽的。

清平调三首（其三）

李　白

名花①倾国②两相欢，常得君王带笑看。解释③春风无限恨，沉香亭④北倚栏干。

注释　① 名花：指牡丹花。唐代人，尤其是长安人有牡丹情节，都非常喜欢牡丹花。② 倾国：绝色美女。汉李延年《佳人歌》："北方有佳人，绝世而独立。一顾倾人城，再顾倾人国。"③ 解释：解除，消除。④ 沉香亭：在长安兴庆宫龙池东，用沉香木建造。

译文　最著名的牡丹花和倾国倾城的美人交相辉映，相得益彰，经常得到君王含情脉脉地微笑观赏。能够消解君王的无限怨恨，便是这沉香亭北美人凭倚栏杆的娇媚模样。

评析　本诗侧重写玄宗饱享艳福的风流，运用两种手法来表达，一是以花人喻人，一是用春风代指人。所谓的花人指牡丹花和杨贵妃，所愉悦的是唐玄宗。春风指代的是唐玄宗。

　　唐玄宗在武惠妃死后很长时间没有令其开心的女人，自从遇到杨贵妃后大为欢悦，这便是本诗所要表达的主要思想。最宠爱的美人观赏最心爱的牡丹花，双美交相辉映，美不胜收，于是才"常得君王带笑看"。使唐明皇消除"无限恨"的，正是在"沉香亭北倚阑干"的美人杨贵妃。扣紧主题终篇。

　　三首诗即景即事口占而成，确实需要敏捷的才思和下笔成章的天赋。三首诗各有侧重，并不重复。第一首诗写眼前之总体景象，名花和美人双美，月光朦胧，宛如仙境。第二首诗侧重写美人，运用虚实对照，古今比较的方式极力赞美杨贵妃之美，而这恰恰是唐明皇和杨贵妃都喜欢的。第三首诗侧重写唐明皇的快乐与幸福，仿佛可以看到唐明皇心满意足的得意神态。语语浓艳，字字溢香，名花与美人历历在目，春风满纸，花光照眼，美人迷离，给人以极高的审美享受。

出　塞①

王之涣

黄河远上白云间，②一片③孤城万仞④山。羌笛何须怨杨柳⑤，春风不度玉门关⑥。

注释　　①出塞：一作《凉州词》，一作《凉州歌》。②"黄河"句：一作"黄沙直上白云间"。③一片：一座，形容周围没有人烟。④仞：古代以七尺或八尺为一仞。⑤杨柳：指羌笛所吹的《折杨柳》曲。北朝乐府《鼓角横吹曲·折杨柳枝》："上马不捉鞭，反拗杨柳枝。下马吹横笛，愁杀行客儿。"后人诗中常将折柳、吹笛和离别相联系。⑥玉门关：在今甘肃省敦煌西，唐时为凉州西境，是通往西域要道。

译文　　顺着蜿蜒的黄河向上游望去，它的源头好像一直延伸到遥远的白云之间。一座孤零零的城堡背靠着万丈高山。戍边的将士何必如此哀怨，羌笛吹奏出的《折杨柳》那忧伤的曲调令人心烦意乱。须知这里寸草不生极其荒寒，春风从来也不会度过玉门关，又到哪里去寻找杨柳来折攀？

评析　　这是一首脍炙人口的边塞诗，在描绘寥廓苍莽的塞外风光中表现了戍边将士生活环境的艰苦，委婉批评了朝廷不关心体恤戍边战士的错误做法。意境苍凉雄浑，抒情婉曲含蓄。

　　起笔高拔突兀，从纵的方向表现边塞旷远。其实，边塞地区已经属于黄河的上游，如果再顺着河流往上游看，确实可以看到黄河仿佛是从远处的白云间经过崇山峻岭逶迤而来的壮观景象。次句则从横向的角度表现边塞地区的广袤苍凉，万仞高山下的一座孤城显得非常萧条冷落。两句诗把边塞环境的特点表现得很充分，为后面的抒情张本。

　　后两句抒情很委婉。"羌笛"句暗示羌笛吹奏的是《折杨柳》的曲调，此曲调之内容正是戍边战士抒发思乡的哀怨。但加上"何须"二字和最后一句"春风不度玉门关"的配合，便使本诗的意蕴极其丰富，颇耐品味。因为曲调名称是折杨柳，而春风不度玉门关，那么边塞地区当然也就不会出现杨柳依依的景象，而没有杨柳又怎么折？故曰"何须"。表面看是写环境气候恶劣，实际是说在京师中享受荣华富贵的皇帝和大臣不关心体恤边防将士，朝廷的恩泽不能到达边塞。杨慎在《升庵诗话》中说："此诗言恩泽不及于边塞，所谓君门远于万里也。"是深中肯綮之见。

杜秋娘／生卒年不详

杜秋娘（生卒年不详），生活在宪宗时代，金陵（今江苏南京）人。善唱《金缕衣》曲，入宫后为宪宗所宠。晚年离宫返乡，孤苦无依。

金缕衣

杜秋娘

劝君莫惜金缕衣①，劝君惜取少年时。花开堪折直须折，莫待无花空折枝。

注释　①金缕衣：用金线织成的衣服，谓其极其华贵。一说金缕衣为古代曲调名。郭茂倩《乐府诗集》将其编入"近代曲词"，当产生于唐代，或许以本诗命名。

译文　奉劝你不要舍不得那名贵的金缕衣，该穿的时候就应当毫不吝惜。奉劝你应当珍惜少年的大好时机，应当去努力拼搏和进取，因为大好的光阴最容易逝去。花儿开放的时候能折就该折取，不要等花儿凋零的时候再去折空荡荡的花枝。

评析　　这是一首劝人珍惜时光、不要浪费光阴的警世诗，可以从积极和消极两个方面理解。其主旋律似乎用五个字即可概括：莫负好时光。前两句都用"劝君"二字开头，仿佛和读者交心，给人以亲切感。金缕衣是贵重之物，但诗人却劝人"莫惜"，不要珍惜，不要舍不得。而应当珍惜的是"少年时"，在这一弃一取之间，诗人的观点便很明确地表现出来：即青春时光比任何贵重的东西都可贵。这是没有歧义的。但对于后两句的理解，则可从不同角度去思考。说把青春比作花季亦可，说把少女比作花儿也可，说劝人及时奋起，努力拼搏也可，说劝人及时行乐也可，仁者见仁，智者见智，这便是此诗的魅力所在。

图书在版编目 (C I P) 数据

唐诗三百首译注评 / 毕宝魁著 . –– 北京：现代出
版社，2022.1

ISBN 978-7-5143-9133-6

Ⅰ. ①唐 …　Ⅱ. ①毕 …　Ⅲ. ①唐诗－诗歌欣赏　Ⅳ.
① I207.227.42

中国版本图书馆 CIP 数据核字 (2021) 第 126329 号

唐诗三百首译注评

著　　者	毕宝魁	
责任编辑	赵海燕　　王　羽	
出版发行	现代出版社	
通信地址	北京市安定门外安华里 504 号	
邮政编码	100011	
电　　话	010-64267325　　64245264（传真）	
网　　址	www.1980xd.com	
电子邮箱	xiandai@vip.sina.com	
印　　刷	三河市宏盛印务有限公司	
开　　本	710mm×1000mm　　1/16	
印　　张	33	
版　　次	2022 年 1 月第 1 版　　2022 年 1 月第 1 次印刷	
书　　号	ISBN 978-7-5143-9133-6	
定　　价	68.00 元	